HEYNE

SCIENCE FICTION
Herausgegeben
von Wolfgang Jeschke

Von **Christopher Priest** erschien in der Reihe
HEYNE SCIENCE FICTION & FANTASY:

Ein Traum von Wessex · 06/3631
Die Stadt · 06/3465; auch als
Der steile Horizont (s. unten)

BIBLIOTHEK DER SCIENCE FICTION LITERATUR

Sir Williams Maschine · 06/3540
Der weiße Raum · 06/4073
Der schöne Schein · 06/4413
Die stille Frau · 06/4833
Die Amok-Schleife · 06/6387
Der steile Horizont · 06/41

christopher priest

die amok-schleife

Roman

Aus dem Englischen von
USCH KIAUSCH

Deutsche Erstausgabe

Im Anhang

SCIENCE FICTION ALS
»LITERATUR DES VISIONÄREN REALISMUS«

Ein Gespräch mit CHRISTOPHER PRIEST
von USCH KIAUSCH und SASCHA MAMCZAK

WILHELM HEYNE VERLAG
MÜNCHEN

HEYNE SCIENCE FICTION & FANTASY
Band 06/6387

Titel der englischen Originalausgabe
THE EXTREMES
Deutsche Übersetzung von Usch Kiausch
Das Umschlagbild ist von Cliff Nielsen

Umwelthinweis:
Dieses Buch wurde auf
chlor- und säurefreiem Papier gedruckt

Redaktion: Wolfgang Jeschke

http://www.heyne.de
Deutsche Erstausgabe 2/2002
Printed in Germany 12/2001
Umschlaggestaltung: Nele Schütz Design, München
Technische Betreuung: M. Spinola
Satz: Schaber Satz- und Datentechnik, Wels
Druck und Bindung: Ebner Ulm

ISBN 3-453-19663-5

Für Leigh

1. k@pitel

Sie heißt Teresa Ann Gravatt und ist sieben Jahre alt. Sie hat einen Spiegel, durch den sie in eine andere Welt blicken kann.

Die wirkliche Welt kommt Teresa klein und wenig aufregend vor, aber sie träumt von besseren Dingen, von einer Welt jenseits derjenigen, mit der sie vertraut ist. Sie wohnt mit ihren Eltern auf einem Stützpunkt der US Air Force in der Nähe von Liverpool, im Nordwesten Englands. Ihr Vater dient als Offizier bei der Luftwaffe; ihre Mutter ist Britin, eine Einheimische, die aus Birkenhead stammt. Irgendwann, wenn ihr Vater seinen Dienst in Europa abgeleistet hat, will die Familie in die USA zurückkehren. Wahrscheinlich werden sie nach Richmond in Virginia ziehen, wo Bob Gravatt herstammt und sein Vater als Generalvertreter Farben und Lacke für die Industrie vertreibt. Bob spricht oft von dem, was er nach seinem Ausscheiden aus der Luftwaffe unternehmen möchte. Allerdings wird allgemein angenommen, dass der Kalte Krieg noch viele Jahre andauern und Amerika seine militärische Einsatzbereitschaft und Präsenz in Europa solange aufrechterhalten wird.

Teresa hat lange hellbraune Locken, denn ihr zartblondes Babyhaar, das ihren Papa ursprünglich darauf gebracht hat, sie seine Prinzessin zu nennen, ist mit der Zeit nachgedunkelt. Ihre Mama bürstet ihr das Haar gern durch; allerdings merkt sie es offenbar gar nicht, wenn sich die Strähnen in der Bürste verheddern. Inzwischen kann Teresa schon ohne fremde Hilfe

Bücher lesen, schreiben und malen, auch zum Spielen braucht sie niemanden. Sie ist ans Alleinsein gewöhnt, auch wenn es ihr Spaß macht, mit den anderen Kindern auf dem Stützpunkt zu spielen. Jeden Tag fährt sie mit dem Rad in den gut geschützten Park, der in der Nähe der Wohnquartiere liegt, denn dort kann sie sich mit ihren Freundinnen und Freunden treffen. Derzeit ist sie das einzige Kind, das eine englische Mutter hat, aber das ist offenbar noch gar keinem aufgefallen. An jedem Wochentag kutschiert ihr Papa sie ans andere Ende des Stützpunktes, wo die Kinder der Armeeangehörigen zur Schule gehen, und holt sie dort auch wieder ab.

Teresa wirkt und verhält sich wie ein kleines Mädchen, das rundum glücklich ist; die Eltern haben sie lieb, die Schulfreunde gern. Alles in Teresas Leben scheint glatt zu laufen, schließlich leben die Menschen, die ihr am nächsten stehen, allesamt in derselben geschützten Welt der amerikanischen Luftwaffe. Auch ihre Freunde haben kein auf Dauer angelegtes Zuhause und müssen von einem Luftwaffenstützpunkt zum nächsten umziehen, wenn das Verteidigungsministerium es so will. Auch sie kennen die langen Wochen, in denen ihre Väter abwesend, da zu Manövern oder Fortbildungslehrgängen abgeordnet, sind. Und sie wissen auch, welch plötzlicher Bruch in ihrem Leben durch eine Versetzung des Vaters nach Westdeutschland, auf die Philippinen, nach Mittelamerika oder Japan eintreten kann.

Zwar hat Teresa den Atlantik noch nie überquert, dennoch hat sie fast ihr ganzes bisheriges Leben auf amerikanischem Hoheitsgebiet verbracht, auf jenen Inseln inmitten fremdländischer Staaten, die sich die amerikanische Regierung für die eigenen Stützpunkte aussucht. Teresa ist als amerikanische Staatsbürgerin geboren, wird nach amerikanischen Vorstellungen erzogen und wird in wenigen Jahren, wenn ihr Vater seinen Dienst bei der Armee beendet hat, in die Vereinigten Staaten ziehen, um dort ihr ganzes übriges Leben zu verbringen. Derzeit weiß Teresa noch nichts davon, und selbst wenn sie es wüsste, wäre es ihr vermutlich egal. Für sie gibt es einerseits die Welt, mit der sie vertraut ist, andererseits die Welt, die sie sich in ihrer Phantasie ausmalt. Papas Welt endet an der Umzäunung des Stützpunktes; ihre eigene hat keine Grenzen.

Manchmal, wenn es regnet – und das scheint in dieser Gegend Englands fast täglich vorzukommen –, wenn sie sich am heftigsten nach der Gesellschaft anderer Kinder sehnt oder wenn ihr einfach danach ist, vertieft sich Teresa im Schlafzimmer ihrer Eltern in ein Spiel, das sie selbst erfunden hat. Wie alle schönen Spiele hat es sich über eine ganze Zeitspanne hinweg entwickelt und dabei verändert und wird von Woche zu Woche komplizierter, aber von Anfang an hat es sich um den hölzernen Türrahmen in der Mitte der Schlafzimmerwand gedreht. Offenbar hat dieser Rahmen noch nie eine richtige Tür eingefasst; vielleicht war dafür auch nie eine Tür vorgesehen gewesen, denn das glatte Holz weist keine Anzeichen früherer Türangeln auf. Schon vor langer Zeit ist Teresa aufgefallen, dass das Fenster im dahinter liegenden Wohnzimmer der Größe, Form und Gestaltung nach genauso aussieht wie das Schlafzimmerfenster und vor beiden Fenstern auch die gleichen orangefarbenen Gardinen hängen. Wenn sie beide Gardinen gleich anordnet und auf einem bestimmten Fleck, ein, zwei Schritte vor dem Türrahmen, stehen bleibt und dabei nicht nach rechts und links sieht, kann sie sich einbilden, in einen Spiegel statt durch einen leeren Türrahmen zu blicken. Und dann ist das, was sie vor sich sieht, nicht mehr Teil des angrenzenden Zimmers, sondern tatsächlich das Spiegelbild des Zimmers in ihrem Rücken.

Die Spiegelwelt ist die Sphäre, in der ihre persönliche Realität beginnt. Dort kann sie ungehindert weiter und weiter laufen, dort gibt es keine militärischen Stützpunkte, keine Umzäunungen, es ist ein Land, in dem ihre Träume wahr werden können.

Sein Ausgangspunkt ist das genau gleiche Zimmer jenseits des Türrahmens. Und in diesem Zimmer kann sie ein anderes kleines Mädchen erkennen, eines, das genau wie sie selbst aussieht.

Vor ein paar Wochen hat Teresa, während sie vor dem vorgeblichen Spiegel stand, eine Hand erhoben und nach dem kleinen Mädchen ausgestreckt, dessen Gegenwart sie sich so mühelos jenseits von ihrem Standort, im angrenzenden Zimmer, in der Spiegelwelt vorstellen kann. Wie durch Zauberei hat auch die imaginäre Freundin die Hand hochgestreckt und jede ihrer Bewegungen nachgeahmt.

Das kleine Mädchen hieß Megan und wurde in jeder Hinsicht zu Teresas Gegenüber. Megan war ihre eineiige Zwillingsschwester, aber auch ihr Gegenstück, ihre Gegenspielerin.

Inzwischen nimmt Teresa, wenn sie sich selbst überlassen ist oder ihre Eltern sonst wo im Haus beschäftigt sind, ihren Platz vor dem Spiegel ein und lässt ihrer Phantasie in den unschuldigen Spielen mit Megan freien Lauf.

Als Erstes lächelt sie und zupft an ihrem Kleid, dann legt sie den Kopf schräg. Im Spiegel erwidert Freundin Megan ihr Lächeln, hebt den Saum ihres Kleides und neigt schüchtern den Kopf. Hände strecken sich aus, Fingerspitzen streichen unbeholfen über die Stelle, an der sich eigentlich das Spiegelglas befinden müsste. Teresa tänzelt davon und lacht Megan, die ihre Bewegungen spiegelbildlich imitiert, über die Schulter zu. Alles, was die Mädchen tun, findet seine Entsprechung im Spiegelbild, im genauen Ebenbild der anderen.

Manchmal lassen sich die beiden kleinen Mädchen am Boden vor dem Spiegel nieder und unterhalten sich flüsternd über die beiden Welten, in denen sie leben. Könnte ein Außenstehender dabei mithören, würde das, was sie sagen, aus der Erwachsenenperspektive keinen rechten Sinn ergeben. Die Kinder empfinden diese seltsamen, sprunghaften Tagträume als unendlich fesselnd und in sich schlüssig, aber einem Erwachsenen würden sie völlig unstrukturiert und beliebig vorkommen, weil die beiden sich alles so ausdenken, wie es sich gerade aus dem Spiel ergibt. Für die kleinen Mädchen ist das, was diese Beziehung ausmacht, durchaus auf Vernunft gegründet. Ihr Leben und ihre Vorstellungswelten fügen sich nahtlos zusammen, weil sie sich gegenseitig ergänzen. Obwohl sie einander so unheimlich ähnlich sind, sich so instinktiv ineinander einfühlen können, sind ihre Welten voll unterschiedlicher Bezeichnungen.

Und so spinnen sich die angenehmen Träume der Kindheit munter fort. Während Tage, Wochen und Monate vergehen, leben Teresa und Megan ihre unschuldigen Tagträume von fremden Ländern und Heldentaten aus. Diese Zeitspanne in ihren Leben ist von Sicherheit und Stabilität geprägt. Beide haben sie in der anderen eine verlässliche Freundin gefunden, sie vertrauen und verstehen einander ohne jede Einschränkung.

Da Megan immer zur Stelle ist und von der anderen Seite des gemeinsamen Spiegels her ihren Blick erwidert, gibt diese Freundschaft Teresa Kraft. Nach und nach erweitern sich ihre Vorstellungen von sich selbst und von der Welt, in der sie lebt. Sie hat selbst das Gefühl, jetzt besser zu begreifen, was um sie herum geschieht. Das, was sie neu entdeckt, kann sie besser als früher verarbeiten. Ihr wird klar, womit sich ihr Vater beschäftigt, warum er und ihre Mama geheiratet haben und welche Folgen das Leben ihrer Eltern für sie selbst hat. Sogar ihrer Mutter fällt auf, dass Teresa sich irgendwie verändert hat, denn sie erwähnt oft, dass ihr kleines Mädchen wohl endlich Vernunft annimmt. Alle spüren diese Entwicklung.

Auch Megan im Spiegel verändert sich.

Irgendwann fragt Teresas Mama: »Weißt du noch, wie ich dir erzählt habe, dass wir eines Tages nach Amerika ziehen?«

»Ja, weiß ich noch.«

»Bald ist es so weit. Sehr bald. Vielleicht schon in zwei Wochen. Freust du dich darauf?«

»Kommt Papa mit uns mit?«

»Seinetwegen ziehen wir ja um.«

»Und Megan?«

Ihre Mutter drückt sie fester an die Brust.

»Selbstverständlich kommt Megan mit. Dachtest du etwa, wir würden sie hier lassen?«

»Eigentlich nicht«, sagt Teresa und blickt über die Schulter ihrer Mutter auf den Türrahmen, in dem sich normalerweise der Spiegel befindet. Von hier aus kann sie Megan nicht sehen, aber sie weiß, dass sie dort sein muss, irgendwo außerhalb ihres Blickfelds.

Eines Tages ist Teresa wieder einmal allein im Schlafzimmer. Ihre Eltern halten sich in einem anderen Teil der Wohnung auf und unterhalten sich über den Umzug nach Amerika, der immer näher rückt, und all das, was sie vor dem Rückflug noch erledigen müssen. Teresa hat ihr Spielzeug auf dem Teppich ausgebreitet, aber sie langweilt sich. Als sie zum Türrahmen hinüberblickt, sieht sie, dass Megan da ist und auf sie wartet. Ihre Freundin wirkt genauso mürrisch und gelangweilt wie sie selbst. Offenbar ist beiden Mädchen klar, dass die gemeinsame Welt der Phantasie heute ausnahmsweise keinen Ausweg aus der Wirklichkeit bietet.

Während Megan sich umdreht, geht Teresa quer durchs Zimmer auf das Doppelbett ihrer Eltern zu. Über Bettzeug und Laken ist die leicht gepolsterte Flickendecke mit den gedämpften Farbmustern gebreitet, die ihre Mama in den letzten Weihnachtsferien genäht hat. Außerhalb von Megans Blickfeld hüpft Teresa ein paar mal auf und nieder, aber selbst diese vertraute gymnastische Übung kann sie heute nicht aufheitern. Sie fragt sich allmählich, ob sie Megan in dem neuen Haus in Amerika tatsächlich wiedersehen wird.

Teresa wirft einen Blick auf den Spiegel, aber da das Bett nicht sichtbar ist, ist ihr klar, dass auch Megan von hier aus nicht zu sehen ist. Jetzt schon kommt es ihr so vor, als schrumpfe ihre kleine Welt zusammen, als rücke die Umzäunung näher auf sie zu.

Später, nachdem sie gegessen hat, kehrt sie – immer noch beunruhigt und besorgt – zu dem Bett zurück. Ihr Papa hat angekündigt, er werde übermorgen nach Florida fliegen, Mama und sie sollen in wenigen Tagen nachkommen. Megan im Spiegel ist darüber genauso unglücklich wie sie selbst, auch sie fürchtet, dass sie sich nie wiedersehen werden. Und so ziehen sie sich bald voneinander zurück.

Neben dem Bett steht an der Seite, auf der ihr Papa schläft, ein niedriger Nachttisch, dessen flache Schublade sich vom Zimmer aus aufziehen lässt. Irgendwann einmal, es ist schon lange her, hat ihr Papa sie ermahnt, diese Schublade niemals zu öffnen. Teresa weiß sowieso, was da drinnen liegt, und bis heute war sie nie so neugierig, tatsächlich nachzusehen.

Aber jetzt zieht sie die Schublade auf und legt ihre Hand auf die Pistole, die dort liegt. Sie fasst sie einmal und nochmal an und fährt mit den Fingerspitzen die Form nach, dann hebt sie die Waffe mit beiden Händen an und holt sie heraus. Sie weiß, wie man sie halten muss, ihr Papa hat es ihr einmal gezeigt. In diesem Augenblick jedoch, in dem sie die Pistole tatsächlich in den winzigen Händen hält, beschäftigt sie vor allem der Gedanke, wie schwer das Ding ist. So schwer, dass sie es kaum schafft, es vor sich auszustrecken.

Noch nie hat sie ein so aufregendes und gleichzeitig so beängstigendes Ding in den Händen gehabt.

Mitten im Zimmer, dem Spiegel zugewandt, legt sie die Pistole auf einen Stuhlsitz und sieht zu Megan hinüber. Mit der traurigen Miene, die sie beide seit ein paar Tagen ziehen, steht Megan dort neben ihrem eigenen Stuhl.

Auf Megans Stuhl liegt keine Pistole.

»Sieh mal, was ich habe«, sagt Teresa, und als Megan angestrengt herüber blickt, hebt sie die Pistole hoch und streckt sie vor sich aus, so dass sie über den kleinen Abstand hinweg direkt auf ihre Zwillingsschwester gerichtet ist. Sie merkt, dass sich im Zimmer etwas bewegt, dass jemand plötzlich hier eingedrungen ist, der Größe nach ein Erwachsener, und wirbelt erschrocken herum. In diesem Augenblick ist ein schrecklich lauter Knall zu hören, die Pistole gleitet Teresa aus den Händen, verdreht ihr die Handgelenke. Und im anderen Teil des Zimmers, jenseits des vorgeblichen Spiegels, erlischt plötzlich ein kleines Leben aus Träumen.

@ @ @

Fünfunddreißig Jahre vergehen.

Acht Jahre nach Rückkehr der Familie in die Vereinigten Staaten kommt Bob Gravatt, Teresas Vater, auf der Interstate 24, nahe bei einem Luftwaffenstützpunkt in Kentucky, durch einen Autounfall ums Leben. Nach dem Unfall zieht Teresas Mutter Abigail zu Bobs Eltern nach Richmond in Virginia. Für alle Beteiligten ist es eine Notlösung, die mehr schlecht als recht klappt. Abigail fängt zu trinken an, macht immer mehr Schulden, streitet sich fortwährend mit Bobs Eltern und geht irgendwann eine zweite Ehe ein. So kommt Teresa zu zwei neuen Stiefbrüdern und einer Stiefschwester, die sich allerdings weder miteinander noch mit Teresa verstehen. Es ist keine glückliche Phase in Teresas Leben und letztendlich auch für ihre Mutter keine schöne Situation.

Teresas letzte Teenagerjahre sind für alle Menschen in ihrem Umkreis eine Nervenprobe, es sieht keineswegs rosig für sie aus.

Auch in der Zeit des Erwachsenwerdens setzen sich Teresas emotionale Achterbahnfahrten fort. Sie macht Liebeskummer durch, muss erfahren, wie Liebesbeziehungen scheitern, steht Umzüge durch und entfernt sich innerlich nicht nur von der Mutter, sondern auch von der Familie ihres Vaters; über längere Zeit lebt sie mit einem Mann zusammen, der sich langsam, aber sicher zum Alkoholiker entwickelt und sie mit seiner Gefühlskälte und Gewalttätigkeit unterdrückt; nach einer kurzen Phase, in der sie allein wohnt, zieht sie mit einer jungen Frau zusammen, mit der sie sich die Wohnung für längere Zeit teilt. Schließlich stößt sie zu ihrem Glück auf ein städtisches Förderprogramm, das volljährige Studentinnen und Studenten durch Vergabe von Stipendien dabei unterstützt, einen Universitätsabschluss zu machen.

An diesem Punkt beginnt Teresa endlich, ihr Leben in die Hand zu nehmen. Nach vier Jahren intensiver wissenschaftlicher Arbeit, in denen sich Teresa durch Büroarbeiten finanziell über Wasser hält, erwirbt sie ihren Bachelor of Arts* in Informatik und qualifiziert sich damit für eine sehr gute Stelle bei der Bundesregierung, im Justizministerium.

Zwei Jahre später ist sie mit einem Kollegen namens Andy Simons verheiratet und führt eine Ehe, die im Großen und Ganzen als erfolgreich bezeichnet werden kann. Mehrere Jahre leben Andy und Teresa glücklich und zufrieden zusammen, Streit gibt es nur selten. Die Ehe ist kinderlos, da beide beruflich stark engagiert sind und alle Energie in ihre Arbeit stecken, aber es ist genau

---

* Bachelor of Arts: Bakkalaureus der philosophischen Fakultät, niedrigster Grad vor Master of Arts und Doktortitel – *Anm. d. Ü.*

das Leben, das sich beide gewünscht haben. Als Regierungsangestellte mit zwei Gehältern erwerben sie nach und nach einen gewissen Wohlstand, unternehmen teure Ferienreisen ins Ausland, fangen an, Antiquitäten und Gemälde zu sammeln, schaffen mehrere Autos an, sind Gastgeber zahlreicher Parties und kaufen schließlich ein großes Haus in Woodbridge, Virginia, das Ausblick auf den Potomac bietet. Bis Teresas Glück an einem heißen Junitag ein plötzliches Ende findet: Beim Einsatz in einer Kleinstadt, die im Pfannenstiel von Texas liegt, wird Andy von einem bewaffneten Verbrecher erschossen.

Acht Monate danach hängt ihr Leben immer noch in der Schwebe. All ihre Gedanken kreisen um die Tatsache, dass sie plötzlich Witwe ist. Was ihren Kummer ins Unerträgliche steigert, ist ihr tiefer Groll auf die Umstände, unter denen Andy ums Leben gekommen ist, und die anhaltende Wut auf das Justizministerium, das keine Anstalten macht, ihr wesentliche Einzelheiten über die Umstände seines Todes mitzuteilen.

Inzwischen ist sie dreiundvierzig Jahre alt. Unmerklich ist seit dem Tag, an dem Megan gestorben ist, ein Drittel Jahrhundert vergangen. Im kalten Licht dessen, was sie heute weiß, kommt es Teresa so vor, als ließen sich diese Jahre zu einer Art Lebensbilanz zusammenfassen, als seien sie nur das Vorspiel zu einer ganz anderen Situation gewesen, die sie so nie gewollt hat. Alles, was geschehen ist, hat nur auf diesen Augenblick des Verlustes hingeführt. Teresa bleiben nur die großzügigen Auszahlungen von Andys Lebensversicherungen, die drei Autos aus gemeinsamem Besitz, ein großes Haus – voll gestopft mit überflüssigen Anschaffungen und kostbaren Erinnerungen – und eine berufliche Position, die ihr erlaubt, aus familiären Gründen Sonderurlaub zu nehmen.

Schließlich nimmt Teresa das Urlaubsangebot ihres Abteilungsleiters in Anspruch. An einem dunklen

Februarabend fährt sie zum John Foster Dulles-Flughafen in Washington D.C., lässt ihren Wagen in der Tiefgarage für Langzeitparker und nimmt den Nachtflug der American Airways nach Großbritannien.

Während die Maschine im Morgenlicht Kurs auf London Gatwick nimmt und über dem Flughafen kreist, blickt Teresa erwartungsvoll aus dem Fenster. Das ländliche England kommt ihr düster und verregnet vor. Ihr ist zwar selbst nicht klar, was sie eigentlich erwartet hat, aber das, was sie sieht, dämpft ihre Stimmung. Als die Maschine landet, nehmen ihr die Abgase der Motoren und der Sprühnebel, den die Räder auf der Landebahn aufwerfen, für kurze Zeit die Sicht auf den Flughafen. Der englische Februar ist nicht so kalt wie der Februar in Washington, dennoch empfindet Teresa, als sie auf der Suche nach ihrem Leihwagen das Betonfeld des Flughafens überquert, das Wetter als feuchter und abschreckender, als sie gehofft und erwartet hat.

Auf ihrer Fahrt ins Landesinnere bemüht sie sich, die anfängliche Enttäuschung zu überwinden. Die ruckartige Fahrweise des Kleinwagens, eines Ford Escort, macht sie nervös, außerdem tragen das hektische Tempo des Verkehrs um sie herum und die unberechenbaren, offenbar völlig willkürlich angelegten Kreuzungen zu ihrer Verunsicherung bei.

Nachdem sie sich mit dem Wagen besser vertraut gemacht hat, wendet sie den Blick hin und wieder flüchtig vom Verkehr ab, um sich die Landschaft anzusehen. Interessiert betrachtet sie die sanften Hügel, die winterlich kahlen Bäume, die kleinen Häuser und brach liegenden Felder. Es ist ihr erstes Wiedersehen mit England, das sie als Kind verlassen hat, und trotz aller widrigen Umstände findet sie nach und nach Gefallen daran.

Im Unterschied zu dem Land, das ihr vertraut ist, stellt sie sich England als kleiner, älter und dichter bebaut vor; anders als die USA zieht es sich nicht endlos über Strecken nichts sagender Landschaft, sondern umfasst zusammengedrängte Zeit: eine Geschichte, die über sie hinweg in die Vergangenheit weist, während sich vor ihr die Zukunft auftut. Und genau in diesem Augenblick der Gegenwart treffen Vergangenheit und Zukunft aufeinander. Vom langen Flug, dem Mangel an Schlaf und der Warteschlange vor der britischen Passkontrolle ist sie so erschöpft, dass ihr wunderliche Gedanken kommen.

Irgendwann hält sie in einer Kleinstadt an, um spazieren zu gehen und sich die Geschäfte anzuschauen, kehrt jedoch bald darauf zum Wagen zurück und döst ein Weilchen, so gut es die beengte Lage hinter dem Lenkrad zulässt. Als sie plötzlich aufwacht, weiß sie einen Augenblick lang nicht genau, wo sie ist, und sehnt sich schrecklich nach Andy. Wie gern würde sie das alles gemeinsam mit ihm erleben! Zwar ist sie hierher gefahren, um ihn, so weit möglich, zu vergessen, aber in mehrfacher Hinsicht ist ihr das in ihrer häuslichen Umgebung leichter gefallen. An diesem Ort vermisst sie ihn schrecklich. Sie weint im Wagen und fragt sich dabei, ob sie nach Gatwick zurückfahren und die nächste Maschine nach Hause nehmen soll, aber schließlich wird ihr klar, dass sie die Sache an Ort und Stelle durchstehen muss.

Der kurze Nachmittag geht bereits in den Abend über, während sie weiter nach Süden, zur Küste von Sussex, fährt und Ausschau nach einem kleinen Küstenstädtchen namens Bulverton hält. Ständig geht ihr durch den Kopf: Das hier ist England, hier bin ich geboren, hier kenne ich mich aus. Aber in Großbritannien sind ihr weder Freunde noch Verwandte geblieben, sie ist hier in jeder Hinsicht fremd. Bis vor einem Jahr, bis vor acht Monaten – ihr kommt es so vor, als liege ein ganzes Leben dazwischen – hat sie das Küstenstädtchen Bulverton nicht einmal dem Namen nach gekannt.

Es ist bereits dunkel, als Teresa in Bulverton ankommt. Die Gassen sind eng, die Häuser dunkel, und über die Küstenstraße strömt der Durchgangsverkehr. Sie findet ihr Hotel, bleibt jedoch noch ein paar Minuten im Wagen sitzen, um sich für das Kommende zu wappnen. Schließlich greift sie nach einigen Gepäckstücken und steigt aus.

Und taucht jäh in grelles weißes Licht.

2. k@pitel

Sie hieß Amy Colwyn und hätte einiges darüber erzählen können, was ihr an einem Tag im vergangenen Juni zugestoßen war. Aber wie so viele andere Leute in Bulverton hatte auch sie niemanden, dem sie es hätte erzählen können. Kein Mensch in ihrer Umgebung konnte es ertragen, Weiteres darüber zu hören, und sogar Amy selbst wollte es nie wieder in Worte fassen. Wie oft kann man Kummer, Schuldgefühle, die Sehnsucht nach dem Partner, Selbstvorwürfe, Erinnerungen an die Liebe, verpasste Gelegenheiten in Worte fassen? Allerdings änderte das Nichtaussprechen der Worte nichts daran, dass man sie dachte.

Am Abend saß sie, wie so oft, allein hinter der Theke des Weißen Drachen. Da es nicht viel gab, was ihr Ablenkung verschaffen konnte, ging ihr die Geschichte immer wieder durch den Kopf und machte sie rasend. Wie ein musikalischer Ohrwurm, den man sich einfach nicht aus dem Kopf schlagen kann, war sie stets präsent.

»Ich bin in der Bar, falls du mich suchst«, hatte Nick Surtees ihr mitgeteilt. Auch Nick, der Besitzer des Hotels, hätte vielleicht einiges zu erzählen gewusst.

»In Ordnung«, hatte sie erwidert, denn dass er in der Bar sein würde, kündigte er ihr Abend für Abend an, und Abend für Abend antwortete sie mit einem »in Ordnung«.

»Erwarten wir heute Abend irgendwelche Hotelgäste?«

»Ich glaube nicht, es könnte aber sein, dass doch noch irgendjemand auftaucht.«

»In dem Fall überlasse ich alles dir. Falls niemand übernachten will, könntest du dann in die Bar kommen und hinter der Theke einspringen? Es macht dir doch nichts aus, oder?«

»Nein, Nick.«

Amy Colwyn war eine von zahlreichen Betroffenen, die das Blutbad von Bulverton im vergangenen Sommer überlebt hatten. Für sie selbst hatte keine direkte körperliche Gefahr bestanden, dennoch hatten die Ereignisse ihr Leben seither ständig überschattet. Die Schreckensszenen dieses Tages ließen sie nicht los. Da das Hotel normalerweise nur wenig Gäste hatte, blieb ihr nur allzu viel Zeit, über das Schicksal anderer Opfer nachzugrübeln und sich zu fragen, wie ihr Leben wohl ohne diese Katastrophe verlaufen wäre.

Einige der Selbstvorwürfe, die ihr häufig zu schaffen machten, galten Nick Surtees, der von der Schießerei ebenfalls betroffen war, wenn auch nicht direkt. Es hatte eine Phase in ihrem Leben gegeben – sie lag noch gar nicht weit zurück –, in der ihr ein Wiedersehen mit Nick nie in den Sinn gekommen wäre. Und schon gar nicht, dass sie mit ihm zusammenarbeiten, zusammenleben und mit ihm schlafen würde. Aber genau das war geschehen und hatte sich bis zum heutigen Tag fortgesetzt, ohne dass ihr die Gründe ganz klar geworden waren. Sie und Nick hatten beieinander Trost gesucht und gefunden und hielten immer noch aneinander fest, obwohl das Bedürfnis nach Trost allmählich schwächer geworden war.

Bulverton lag im hügeligen Randgebiet der Ebene von Pevensey, zwischen Bexhill und Eastbourne. Noch vor fünfzig Jahren war es ein typischer Urlaubsort gewesen, die Art von Küstenstädtchen, in dem früher vor allem Familien mit Kleinkindern gern die Ferien verbracht hatten. Seitdem der Urlaub im Ausland erschwinglich geworden war, hatte der Urlaubsort Bulverton einen schnellen Niedergang erlebt; die meisten der Strandhotels hatte man inzwischen in Wohnblocks oder Altenheime umgewandelt. Während der letzten zwanzig Jahre hatte Bulverton sich sozusagen vom Meer abgewandt und darauf verlegt, die Vorzüge seiner Altstadt herauszustellen. Die Altstadt bestand aus einem engen Geflecht von wohlgestalteten, erhöht gelegenen Häuserreihen und Gärten, die einen Teil des Flusstals und einen der Hänge am Strom einnahmen. Wenn man gegenwärtig überhaupt von Gewerbe in Bulverton reden konnte, dann bestand es in den Antiquitätenläden und Buchantiquariaten, in einer Reihe von Pflegeheimen im höher gelegenen Teil des Städtchens, allgemein »der Hügel« genannt, und darin, Wohnungen für die Pendler zu stellen, die in Brighton, Eastbourne oder Tunbridge Wells arbeiteten.

Es lag an Nick, dass sich der Weiße Drache offenbar nicht recht zwischen einer Existenz als Pub oder dem Überleben als Strandhotel entscheiden konnte. Nick war es durchaus recht, das Gasthaus als reines Pub zu führen, da er die meisten Abende ohnehin unten in der Hotelbar verbrachte, um sich mit ein paar Kumpels einen hinter die Binde zu gießen.

Für den Hotelbetrieb, der ein bisschen mehr abwarf – normalerweise buchten die Gäste Übernachtung mit Frühstück, am Wochenende hin und wieder auch Halbpension –, war Amy zuständig, hauptsächlich deswegen, weil Nick selbst kaum Interesse daran hatte. In den Tagen und Wochen unmittelbar nach der Schießerei, als es in Bulverton vor Journalisten und Fernsehleuten nur so wimmelte, war das Hotel völlig ausgebucht gewesen. Für Amy war die Arbeit eine willkommene Ablenkung von ihren eigenen Grüblereien gewesen, und sie hatte sich regelrecht darauf gestürzt. Als sich der anfängliche Schock über die Katastrophe mit der Zeit legte und das Interesse der Medien nachließ, war das Geschäft zwangsläufig zurückgegangen. Bereits Mitte Juli waren die Belegzahlen des Hotels auf den Stand geschrumpft, den Amy inzwischen als normal betrachtete. Solange nicht allzu viele Menschen gleichzeitig eintrafen, kam Amy, die allein arbeitete, mühelos damit zurecht, die Zimmer sauber zu halten und die Betten frisch zu beziehen, das winzige Restaurant mit einer annehmbaren Auswahl von Gerichten zu versorgen und sogar die Buchhaltung auf den neuesten Stand zu bringen. Nick interessierte das alles gar nicht.

Oft dachte Amy an die Zeit zurück, in der sie gemeinsam mit ein paar alten Schulfreundinnen Sommer für Sommer von Juli bis September nach Eastbourne gezogen war, wo stets zwei, drei große Kongresse tagten: Kongresse der Gewerkschaften, der politischen Parteien, der Wirtschaft oder berufsständischer Organisationen. Es war nie schwer gewesen, kurzfristige, aber vergleichsweise gut bezahlte Arbeit zu finden: Die großen Hotels hatten stets Bedarf an Zimmermädchen und Bedienungen. Außerdem war es auch lustig gewesen, mit all den jungen Männern, die einen draufmachen wollten und mit Geld nur so um sich warfen. Und kein Mensch hatte allzu sehr darauf geachtet, was sich dabei abspielte. Dort hatte sie auch Jase kennen gelernt, der sich seine Brötchen ebenfalls im Tagungsgeschäft verdiente, aber als Weinkellner arbeitete. Auch das war Anlass zu Witzen gewesen, da Jase, der eigentlich Dachdecker war, sich mit Weinen noch weniger auskannte als Amy.

@ @ @

Was Amy Nick gegenüber nicht erwähnt hatte, war die Enttäuschung, die sich im Laufe des Tages in ihr breit gemacht hatte. Es ging dabei um eine Zimmerreservierung, die jemand vor zwei Wochen von Amerika aus vorgenommen hatte. Damals hatte Amy Nick nicht von der Buchung erzählt und die Anzahlung für das Zimmer stillschweigend auf das Bankkonto eingezahlt. Eine Frau namens Teresa Simons hatte schriftlich angefragt, ob sie auf unbefristete Zeit ein Zimmer mit Bad buchen könne; sie habe vor, so schrieb sie, sich längere Zeit in Bulverton aufzuhalten und benötige einen festen Ausgangspunkt für ihre Unternehmungen.

Damals hatte sich Amy einem angenehmen Tagtraum hingegeben: Sie hatte sich vorgestellt, wie schön es wäre, eines der Zimmer auf Dauer zu vermieten, am besten den ganzen Spätwinter hindurch, denn in dieser Zeit war das Geschäft flau. Möglicherweise würde sich die Zimmerbuchung als einträglich erweisen und die Anwesenheit der Frau den Umsatz an Speisen und Getränken ankurbeln. Natürlich war es Unsinn zu glauben, ein Dauergast mit Halbpension könne das Blatt wenden, aber aus irgendeinem Grund hatte Amy dennoch fest darauf gebaut. Sie hatte sofort zurück gefaxt, um die Reservierung zu bestätigen, und der Frau bei längerem Aufenthalt sogar einen leichten Preisnachlass in Aussicht gestellt. Das ausgefüllte Buchungsformular und die Anzahlung waren kurz darauf eingetroffen. Und Nick wusste noch immer nichts davon.

Heute war der Tag, an dem Mrs. Simons ankommen sollte. In ihrem Brief hatte sie angekündigt, sie werde am Morgen in Gatwick landen, so dass Amy mehr oder weniger davon ausgegangen war, sie werde irgendwann im Laufe des späten Vormittags eintreffen. Um die Mittagszeit war immer noch nichts von ihr zu sehen, und es war auch keine Nachricht eingegangen. Während es später und später wurde, ohne dass die Frau sich meldete, hatte sich Amy immer mehr in den Gedanken hineingesteigert, es müsse etwas passiert sein. Ihr war selbst klar, dass sie die Sache viel zu wichtig nahm – schließlich konnte sich das Flugzeug aus vielerlei Gründen verspätet haben, und warum sollte die

Frau überhaupt direkt nach der Landung zum Hotel fahren?

Ihr wurde dabei jedoch wieder einmal bewusst, wie sehr sie sich für diesen nicht gerade viel versprechenden Hotelbetrieb engagierte. Sie hatte Nick mit der Ankunft von Mrs. Simons überraschen wollen und sich darauf gefreut, ihm zu verkünden, dass ihre Einkommen wohl für einige Zeit gesichert seien. Flüchtig hatte sie sogar gehofft, die Nachricht könne ihn aus dem scheinbar endlosen Zirkel aus Sorgen und wortlosen Grübeleien reißen.

Ihr war klar, dass sie beide in einem Zyklus von Kummer gefangen waren, eine langwierige Phase der Trauer durchmachten. Damit standen sie in Bulverton nicht allein da: Die meisten Menschen im Städtchen trauerten immer noch.

Es war genau so, wie es Hochwürden Oliphant in der Woche nach der Katastrophe beim Gedenkgottesdienst der Stadt formuliert hatte (damals hatte Amy zum ersten Mal in ihrem Leben den Wunsch verspürt, zur Kirche zu gehen und hatte ihm auch nachgegeben). Kenneth Oliphant hatte gesagt: Trauer ist eine Erfahrung, die genauso zum Leben gehört wie das Glücklichsein, der Erfolg, das Entdecken neuer Dinge oder die Liebe. Trauer hat eine bestimmte Form und dauert eine bestimmte Zeit lang an, Trauer gibt und nimmt einem etwas. Man muss die Trauer ertragen, man muss sich ihr überlassen, man entkommt ihr erst, wenn man zu dem gelangt, was jenseits der Trauer, am anderen Ende, liegt. Und das erreicht man nur, indem man diese Trauer durchlebt.

Solche Worte waren zwar tröstlich, aber sie lösten nichts. Wie so viele andere Menschen in der Stadt machten Amy und Nick immer noch die Trauerphase durch, ohne dass das »andere Ende« sich schon irgendwo abzeichnete.

Während Amy auf einem Barhocker hinter der Theke saß und mit leerem Blick zu dem Tisch hinüber starrte, an dem Nick und seine Kumpel unter einer blassblauen Dunstglocke aus Tabakrauch zwischen kleinen Bierpfützen Poker spielten, hörte sie draußen auf der Straße einen Wagen halten. Zwar verrieten Amys Augen und Gesicht keine Regung, aber all ihre Sinne konzentrierten sich auf das Geräusch des Motors, der jetzt im Leerlauf klopfte. Die Wagentüren blieben geschlossen, der Motor lief weiter. Es blieb merkwürdig still.

Als ein Gang eingelegt wurde, knirschte Metall auf Metall – war der Fahrer zu faul, die Kupplung richtig zu bedienen, ungeübt oder einfach nur müde? –, gleich darauf fuhr der Wagen wieder an. Durch die unteren Milchglasscheiben der Barfenster konnte Amy erkennen, wie die hinteren Bremslichter aufleuchteten, als der Fahrer an der Einfahrt zum Torweg das Tempo drosselte und den Wagen auf den dahinter liegenden Parkplatz lenkte. Wie ein Radarsuchgerät verfolgte Amy mit angespannten Sinnen, was da vor sich ging. Schließlich hörte sie, wie der Motor abgestellt wurde.

Sie stand vom Barhocker auf, hob die Durchgangsklappe im Tresen an und ging quer durchs Zimmer zum Fenster hinüber, um nach draußen auf die Straße zu spähen. Falls Nick es bemerkt hatte, war ihm jedenfalls nichts anzusehen. Das Kartenspiel ging weiter, einer von Nicks Freunden zündete sich noch eine Zigarette an.

@ @ @

Amy drückte ihre Stirn an das kühle Fenster, an dem sich Streifen von Kondenswasser gebildet hatten, rieb mit den Fingern ein Guckloch an der feuchten Scheibe frei und blickte über die Eastbourne Road Richtung Meer, das von hier aus nicht zu sehen war. Auf der Hauptstraße hatte der Regen, der früher am Tag gefallen war, glänzende Spuren hinterlassen. Dort, wo die Räder der Autos entlang gefahren waren, wies die Straße trockenere Streifen auf. In verzerrten Mustern spiegelte sich das orangefarbene Licht der Straßenlampen auf dem holperigen Straßenbelag und in den Fenstern der gegenüberliegenden Geschäfte und Wohnungen. Einige Schaufenster waren beleuchtet, aber die meisten wurden entweder von Schutzgittern verdeckt oder waren einfach leer.

Einen Augenblick lang beobachtete Amy den vorbeifließenden Verkehr und fragte sich dabei, wieso sich das Geräusch eines anhaltenden Autos so auffällig vom ständigen Lärmpegel des Durchgangsverkehrs hatte abheben können. Offenbar hatte sie die ganze Zeit über mit einem Ohr nach draußen gehorcht, weil die Ankunft der Amerikanerin ihr, aus welchem Grund auch immer, inzwischen persönlich am Herzen lag.

Sie zog sich wieder hinter die Theke zurück, schloss die Durchgangsklappe und trat auf den Gang hinter der Bar. Am anderen Ende lag der Teil des Gebäudes, in dem sie und Nick wohnten und schliefen. Unmittelbar hinter der Bartür befand sich die kleine Küche, in der sie kochten und ihre eigenen Mahlzeiten einnahmen. Jetzt ging sie jedoch daran vorbei, bis zum Notausgang, und stieß die Doppeltüren auf, die zum Parkplatz des Hotels auf der Rückseite des Gebäudes führten.

Amy schaltete die Hauptlampe ein, die den Parkplatz in Flutlicht tauchte, das sie plötzlich als allzu weiß und grell empfand. Ein regennasses Auto hatte sich schräg über zwei durch weiße Streifen markierte Parkbuchten gestellt, eine Frau beugte sich gerade durch die geöffnete hintere Beifahrertür, um etwas aus dem Wagen zu holen. Gleich darauf trat sie einen Schritt zurück, richtete sich auf und stellte zwei kleine Reisetaschen auf dem Boden ab.

Als die Frau die Haube des Kofferraums aufmachte,

ging Amy zu ihr hinüber. Im Wageninnern stapelten sich weitere Koffer und große, voll gestopfte Reisetaschen.

»Mrs. Simons?«, sprach Amy sie an.

@ @ @

»Ich zeige Ihnen Ihr Zimmer«, erklärte Amy und stieg die Treppe hinauf. Mrs. Simons war schon vorausgegangen, Amy überholte sie auf dem ersten Treppenabsatz. Als sie an ihr vorbeiging, bemerkte sie, dass die Frau ihr kurz ein dankbares Lächeln schenkte. Sie sah jünger aus, als Amy erwartet hatte, allerdings hatte sie ihre Vermutung kaum auf handfeste Informationen stützen können: lediglich auf eine amerikanische Adresse, eine handschriftliche Mitteilung, die mit blauem Kugelschreiber auf Briefpapier, wie Amy es noch nie gesehen hatte, geschrieben war und auf eine bestimmte Art des stilistischen Ausdrucks. Die bewusst gewahrte Förmlichkeit der Mitteilung hatte Amy den vagen, inzwischen jedoch eindeutig unbegründeten Eindruck vermittelt, es müsse sich um eine Frau im gesetzten Alter – im Rentenalter oder kurz davor – handeln. Weit gefehlt: Mrs. Simons wirkte so anziehend und scheinbar alterslos wie manche der Fernsehschauspielerinnen. Amy hatte das Gefühl, sie bereits zu kennen, einen Moment lang fragte sie sich sogar, ob sie Mrs. Simons vielleicht schon im Fernsehen hatte auftreten sehen. Die gut aufgemachte Fassade verbarg Müdigkeit, auch ihre Stimme klang erschöpft – kein Wunder nach dem langen Flug. Dennoch hatte sie eine so lockere Art, dass sich Amy in ihrer Gegenwart ungezwungen verhalten konnte. Sie wirkte anders, interessanter als die üblichen Hotelgäste – die Rentnerehepaare, die hier das Wochenende verbrachten, oder die Geschäftsleute, die hier für eine Nacht abstiegen. Amy brachte sie zu Zimmer 12 in der ersten Etage, das sie früher am Tag hergerichtet hatte. Das Bett war frisch bezogen, die Heizung aufgedreht. Amy ging voraus, schaltete das Deckenlicht ein und öffnete gleich darauf die Verbindungstür zum Bad, damit Mrs. Simons es inspizieren konnte. Amerikaner galten als pingelig, was Hotelbäder betraf.

»Ich werde runtergehen und mich um Ihr restliches Gepäck kümmern«, kündigte Amy an, erhielt jedoch keine Antwort, da Mrs. Simons bereits ins Bad gegangen war. Also zog sich Amy zurück und machte die Tür hinter sich zu.

@ @ @

Unten in der Bar unterrichtete Amy Nick sofort von Mrs. Simons' Ankunft. Inzwischen hatte Nick jedoch schon einen über den Durst getrunken (was der üblichen Menge entsprach, er trank jeden Abend einen über den Durst) und zuckte nur mit den Achseln.

»Hilfst du ihr dabei, das Gepäck aus dem Wagen zu holen?«, fragte Amy.

»Mach ich, in einer Minute«, erwiderte Nick und deutete auf die Spielkarten in seiner Hand. »Wer ist das überhaupt? Kann mich gar nicht daran erinnern, dass du irgendwas von einem Gast erwähnt hast, der heute Abend ankommen sollte.«

»Ich wollte dich damit überraschen.«

Nick spielte eine Karte aus.

Amy unterdrückte ihren Ärger, ging zum Auto hinaus, holte die restlichen Gepäckstücke selbst aus dem Wagen und kämpfte sich schwer beladen bis zum Zimmer 12 hoch.

»Sie können das dort lassen«, erklärte Teresa Simons und deutete auf eine Zimmerecke. »Haben Sie das alles ganz allein heraufgetragen?«

»Hat mir keine Mühe gemacht«, erwiderte Amy. »Ich wollte sowieso noch nach Ihnen schauen. Möchten Sie irgendwas essen, ein warmes Abendessen vielleicht? Bei den Mahlzeiten halten wir uns eigentlich nicht an bestimmte Küchenzeiten, es würde mir gar keine Umstände machen.«

»Ich glaube nicht, aber danke für das Angebot. Ich habe irgendwo unterwegs Rast gemacht, in einem der Restaurants an der Straße drüben. Haben Sie hier eine Bar?«

»Ja.«

»Dann werde ich mich erst mal ein Weilchen ausruhen und später vielleicht unten was trinken.«

@ @ @

Als Amy in die Bar zurückkehrte, war Nick vom Tisch aufgestanden und hinter der Theke damit beschäftigt, sich ein weiteres Bier zu zapfen.

»Warum hast du mir nichts von ihr gesagt?«, fragte er, hob das Glas an die Lippen und schlürfte den Schaum ab.

»Ich dachte, du würdest dir hin und wieder die Datei mit den Zimmerreservierungen vornehmen.«

»All das überlasse ich doch dir, Liebes. Wie lange wird sie denn voraussichtlich bleiben? Eine Nacht? Eine Woche?«

»Sie hat für unbefristete Zeit gebucht.«

Amy hatte angenommen, dass Nick überrascht reagieren würde, aber er bemerkte lediglich: »Dann stellen wir ihr wohl besser jedes Wochenende eine Rechnung aus. Man kann nicht vorsichtig genug sein.«

Amy runzelte die Stirn, verließ gleich nach Nick ihren Platz hinter der Theke, ging von Tisch zu Tisch, sammelte die wenigen benutzten Gläser ein und tauschte den Aschenbecher auf Nicks Tisch aus. Als sie wieder hinter dem Tresen stand, beugte sie sich vor, so dass ihr das Haar an beiden Seiten übers Gesicht fiel. Sie spritzte die Gläser mit dem Druckschlauch aus und stapelte sie danach auf dem Gummieinsatz auf, der zum Trockner gehörte. Dabei dachte sie über Nick und sein Trinken nach, über das ziellose Leben, in das er sich hatte treiben lassen. Offenbar war für Nick ein Tag wie der andere, nichts unterschied den einen Tag vom nächsten, nichts wandelte sich zum Besseren. Aber welche Alternative hatte er schon? Und worin lag ihre eigene, wenn sie ehrlich mit sich selbst war? Ihre Eltern waren beide tot, Jase war tot, und viele ihrer Freundinnen und Freunde waren nach Brighton, Dover oder London gezogen, um dort einen Neuanfang zu machen – egal, wo, wenn es nur nicht Bulverton war. Viele Menschen hatten seit dem Sommer der Stadt den Rücken gekehrt. Auch sie zog es mit Macht fort.

Vor zwei Wochen hatte Amy gänzlich unerwartet einen Brief von ihrer Cousine Gwyneth erhalten. Gwyneth war vor zehn Jahren zu einem Arbeitsurlaub nach Australien geflogen, hatte sich dort in einen jungen Bauunternehmer verliebt und war nach Ablauf ihres Visums geblieben. Inzwischen war sie australische Staatsbürgerin, verheiratet und hatte zwei kleine Kinder. Amy und Gwyneth hatten einander seit dem vergangenen Winter nicht geschrieben. In ihrem Brief hatte sich Gwyneth sehr besorgt über das Leben geäußert, das Amy ihrer Vorstellung nach derzeit in Bulverton führte. Wie so viele Menschen, die nicht (oder nicht mehr) zu den Einheimischen gehörten, hatte sie die Katastrophe, die die Stadt heimgesucht hatte, mit keinem Wort erwähnt. Nicht zum ersten Mal drängte Gwyneth Amy, Urlaub in Australien zu machen und sich Sydney anzuschauen. Sie könne ihr ein Gästezimmer samt Gästebett zur Verfügung stellen, bis zur Innenstadt von Sydney sei es nur eine halbe Stunde, Hafen und Surfbuchten könne man ganz leicht mit der Straßenbahn erreichen …

»Hi.«

Die Amerikanerin meldete sich zurück, Amy blickte verwundert auf. »Entschuldigen Sie«, sagte sie. »Ich war völlig in Gedanken. Darf ich Ihnen etwas zu trinken anbieten?«

»Klar doch. Haben Sie einen Bourbon?«

»Ja, haben wir da. Möchten Sie ihn auf Eis?«

»Ja, bitte. Schenken Sie mir einen Doppelten ein.«

Amy griff hinter sich, holte ein Glas vom Regal und schenkte ihr einen doppelten Bourbon ein. Als sie sich wieder umdrehte, hatte Mrs. Simons auf einem der Barhocker Platz genommen und lehnte sich über die Theke, wobei sie ihre Ellbogen auf dem geschwungenen Rand des Tresens aufstützte. Sie umfasste ihr Glas mit beiden Händen und wirkte dabei müde, aber dennoch so, als ob sie sich allmählich eingewöhne.

»Ich dachte, ich würde gleich einschlafen«, bemerkte sie nach dem ersten Schluck. »Aber, wissen Sie, dann stellt man fest, dass man in einem Zimmer ein paar tausend Meilen von zu Hause entfernt herumsitzt, und merkt, dass Schlafen das Allerletzte ist, das klappen wird. Wahrscheinlich sitze ich immer noch im Flieger.«

»Sind Sie das erste Mal in England?«

»Ich weiß nicht, ob ich die Frage als Kompliment auffassen soll!« Sie zog eine schiefe Grimasse, hob das Glas, als ob sie einen weiteren Schluck Whisky nehmen wollte, entschied sich jedoch dagegen und stellte das Glas wieder auf dem Tresen ab. »Meine Mutter war Engländerin, und ich bin hier geboren. Mein Vater war bei der Armee. Ich weiß nicht, wie man's hier nennt, aber in den USA bezeichnen sie Leute wie mich als *Air Force-Gören*. Meine Mutter hat meinen Vater geheiratet, während er hier stationiert war ... Damals sind viele unserer Truppen hierher verlegt worden. Mein Vater stammte aus Virginia. Haben Sie schon mal von Richmond gehört?«

»Ja, sagt mir was. Leben Ihre Eltern noch?«

»Nein.« Mit einem scharfen Blick auf Amy fügte sie hinzu: »Schon lange nicht mehr. Wissen Sie, ich vermisse sie zwar immer noch, aber ...«

»Erinnern Sie sich noch an manches aus Ihrer Zeit in England?«

»Ich war noch ein kleines Mädchen, als wir fortzogen, und davor habe ich offenbar die meiste Zeit auf dem Stützpunkt verbracht. Sie wissen sicher, wie manche Amerikaner sind: Sie mögen es gar nicht, wenn man sie allzu sehr von dem abschneidet, was ihnen vertraut ist. Genau so war mein Vater. Wir haben auf dem Stützpunkt gewohnt, haben dort eingekauft, Hamburger und Eis gegessen, sind dort ins Kino gegangen, und alle Freunde meines Vaters wohnten ebenfalls da. Meine Mutter hat mich hin und wieder zu meinen Großeltern nach Birkenhead mitgenommen, aber daran kann ich mich kaum noch erinnern. Damals war ich einfach noch zu klein. Eigentlich bin ich in den USA aufgewachsen. Jedenfalls sage ich das, wenn mich Leute danach fragen, denn innerlich empfinde ich die USA als meine Heimat.«

Wenn sie redete, hatte sie eine eigenartige Angewohnheit, die durch ihre Müdigkeit vielleicht noch verstärkt wurde: Oft hob sie die Hand und strich sich hinter dem linken Ohr über den Kopf, wobei sie die Finger bis zum Hals hinunter gleiten ließ, um dort vorsichtig irgendetwas zu berühren. Da sie einen Seidenschal trug, war nicht zu erkennen, was sich dort befand. Amy nahm an, dass der Hals der Frau nach der Reise verspannt oder irgendeine Stelle wund war.

»Also wollen Sie hier Ferien machen?«, fragte sie.

»Nein.« Das Whiskyglas war bereits leer, sie drehte es mit den Fingern. »Ich bin hier, um zu arbeiten. Darf ich Sie zu einem Drink einladen?«

»Nein, danke.«

»Wirklich nicht? Also gut, dann schenken Sie mir noch einen Doppelten ein, und dann ist Schluss. Im Flugzeug habe ich etwas getrunken, aber, wissen Sie, da fließt es irgendwie durch einen hindurch, und man spürt gar nichts. Jedenfalls nicht, bis man aufsteht, um auf die Toilette zu gehen, und dann kommt es einem so vor, als ob das ganze Flugzeug schwankt. Aber das ist schon einige Stunden her.« Sie griff nach dem frisch gefüllten Glas mit Bourbon auf Eis, das Amy ihr hingestellt hatte. »Vielen Dank. Ich rede bestimmt zu viel. Aber nur heute Abend ... Ich will ins Bett gehen und schlafen, und das schaffe ich nach einer Reise nur nach zwei Drinks.« Sie sah sich in der fast menschenleeren Bar um. Amy warf sofort einen Blick auf den Nacken der Frau, der kurz bloß lag, als sie sich umwandte. »Also, was hat Bulverton denn überhaupt zu bieten?«

»Eigentlich nicht viel«, antwortete Amy. »Manche Leute ziehen her, um hier ihren Ruhestand zu verbringen. Wenn Sie auf Bexhill zulaufen, werden Sie viele große alte Häuser entdecken, die meisten davon wurden in Alten- und Pflegeheime umgewandelt. Im Städtchen gibt's nicht viele Arbeitsplätze.«

»Gibt es irgendetwas, das ich mir anschauen sollte? Sie wissen schon, Sehenswürdigkeiten für Touristen?«

»Die Altstadt. Das war früher die große Attraktion. Liegt gerade um die Ecke. Da hinten, wo Sie Ihren Wagen abgestellt haben, gibt's eine Straße, die von der Küste weg, zum Hügel hinauf führt. Wenn Sie dort hochlaufen, stoßen Sie auf den Marktplatz. Das ist der Kern der Altstadt.«

»Gibt es hier ein Museum?«

»Ein kleines. Ein weiteres gibt's in Bexhill, außerdem hat auch Hastings zwei Museen.«

»Mit Heimatgeschichte und Ähnlichem?«

»Ist schon lange her, dass ich irgendein Museum besucht habe, aber genau das werden Sie dort wohl finden.«

»Hat hier irgendeine Zeitung eine Geschäftsstelle, in der ich bestimmte Auskünfte bekommen kann?«

»Ja, der *Kurier*. In der Altstadt ist eine Geschäftsstelle, in der sie Kleinanzeigen annehmen. Aber die Redaktion sitzt, soweit ich weiß, in Hastings, vielleicht ist's auch Eastbourne. Ich versuche es morgen früh herauszufinden.«

»Also bringt die Zeitung nicht nur Lokalnachrichten? Ich meine, nur Meldungen aus Bulverton?«

»Für eine eigene Zeitung sind wir hier nicht groß genug. Eigentlich heißt die Zeitung *Bexhill & Bulverton Kurier*, aber alle nennen sie nur *Kurier*. Ist hier die einzige Zeitung. Sie bringt Nachrichten aus dieser Küstenregion, einschließlich der Bucht von Pevensey.«

»Alles klar. Ich danke Ihnen ... Ach, ich weiß ja noch gar nicht, wie Sie heißen.«

»Amy. Amy Colwyn.«

»Freut mich, Sie kennen zu lernen, Amy. Ich heiße Teresa.«

Teresa stand auf und erklärte, sie wolle sich in die Falle hauen. Amy fragte noch einmal nach, ob sie im Zimmer alles Nötige habe, was ihr bestätigt wurde. Beim Hinausgehen sagte Teresa: »Ich hoffe, Sie entschuldigen die Frage, aber Ihr Dialekt ... was für ein Dialekt ist das eigentlich?«

»Dialekt?« Es war das erste Mal, dass irgendjemand Amy auf ihre Redeweise ansprach. »Ich nehme an ... so weit ich weiß, sprechen wir hier alle so. Es ist kein besonderer Dialekt.«

»Aber er hört sich wirklich ganz reizend an. Also dann, bis morgen früh.«

3. k@pitel

In den ersten Simulationen extremer Gefahr war Teresa nur Augenzeugin. So ging das FBI immer vor. Man loggte sich ein, sie versorgten einen mit dem Material, und gleich darauf fand man sich in einer äußerst heiklen Lage wieder.

Wenn man Augenzeugin spielte, bestand das Problem, wie ihr erläutert wurde, darin, dass man den eigenen Standort bereits vor dem eigentlichen Geschehen wählen musste. Nahe genug, um alles beobachten und so gut sehen zu können, dass man hinterher einen Bericht abfassen konnte, weit genug entfernt, um zu überleben.

Da das FBI auf die Methode setzte, im Vorfeld nicht allzu viel von den kommenden Ereignissen zu verraten, beschränkte sich die Einweisung von Teresa und den anderen Kursteilnehmern vor der ersten praktischen Übung darauf, dass ihnen gezeigt wurde, wie sie eine Simulation abbrechen konnten.

Ihr Ausbilder war der Sonderagent Dan Kazinsky, der ihr mitteilte: »Sie müssen gar nicht wissen, wie Sie herauskommen. Das brauchen Sie nämlich nur zu wissen, wenn Sie's überstehen. Aber ich werde es Ihnen trotzdem zeigen.«

Als Gedächtnisstütze brachte er ihr eines jener bei den Ausbildern so beliebten Akronyme bei: LIVER. **L**okalisieren. **I**dentifizieren. **V**erifizieren. **E**inprägen. **R**ückzug antreten. »Aber Sie werden's sowieso nicht schaffen«, kündigte Kazinsky an. »Vielleicht später, aber anfangs ist es sehr schwierig.«

@ @ @

Die erste Simulation extremer Gefahr dauerte gerade sieben Sekunden. Aber diese kurze Zeitspanne reichte aus, um Teresa mit einer Flut von Eindrücken – manche physischer, andere psychischer Natur – zu konfrontieren, die sie überwältigten und ihr jede Orientierung raubten.

Jäh verlagerte sich ihr Standort von dem kühlen, nur schwach beleuchteten ExEx-Labor – ExEx stand für die experimentelle Erfahrung in einer simulierten Situation extremer Gefahr – im Schulungszentrum von Quantico in die Mittagssonne, die eine städtische Straße in strahlendes Licht tauchte. Als sie sich in einem fremden Frauenkörper wiederfand und sein ungewohntes Gewicht spürte, geriet sie ins Taumeln. Schlagartig trafen sie die lauten Geräusche des Verkehrs, die Hitze nahm ihr den Atem. Über ihr und ringsum ragten dicht an dicht die hohen Gebäude irgendeiner Innenstadt empor, auf den Bürgersteigen drängten sich die Menschen. Irgendwo heulte eine Sirene auf, Bauarbeiter hämmerten auf laut klirrendes Metall, Autos hupten. Von der Wucht dieser vorgetäuschten Realität überwältigt, musterte sie verblüfft die Umgebung. Ständig strömten Informationen auf sie ein: Sie befand sich in Cleveland, Ohio, auf der 55. Straße Ost, zwischen den Querstraßen Superior und Euclid. Datum: 3. Juli 1962, Zeit: 12 Uhr 17. Sie hieß Mary-Jo Clegg, war neunundzwanzig Jahre alt und wohnte …

Schon waren die ersten fünf Sekunden verstrichen, da fiel Teresa endlich wieder ein, warum sie hier war. Sofort stellte sie sich innerlich auf die Möglichkeit irgendeiner Gewalttat ein und suchte im erstbesten Hauseingang Schutz. Im selben Augenblick kam ein Mann mit Pistole durch die Innentür gestürmt und schoss ihr ins Gesicht.

@ @ @

Man konnte sich blitzschnell in eine Simulation extremer Gefahr einloggen, während der Rückzug und die Erholungsphase nach dem Tod in der virtuellen Realität einige Zeit in Anspruch nahmen und mit traumatischen Erfahrungen einhergingen. Am Tag nach ihrer ersten Übung musste sich Teresa beim Agenten Kazinsky zurückmelden, damit ihre Ausbildung fortgesetzt werden konnte. Vor diesem Termin hatte sie nur drei Stunden geschlafen, denn einen großen Teil des Vortags und den größten Teil der Nacht hatte sie damit verbracht, sich im Krankenhaus von Quantico einer Genesungstherapie zu unterziehen. Sie war erschöpft, verängstigt, entmutigt und fest davon überzeugt, dass sie nie wieder wagen würde, sich einer solchen Simulation auszusetzen.

Offenbar ging es nicht nur ihr so: Zwei der anderen Auszubildenden waren gar nicht erst angetreten und wurden sofort aus dem Kurs geworfen. Die übrigen Teilnehmer wirkten genauso erschöpft, wie Teresa sich fühlte, aber es blieb ihnen keine Zeit, Erfahrungen miteinander auszutauschen. Kazinsky kündigte an, sie müssten sich alle wieder in die schon bekannte Handlung einloggen, um ihre Aufgaben so gut wie möglich zu lösen. Die einzige Hilfestellung bestehe darin, dass man sie eingehender über die Einzelheiten des folgenden Geschehens, ihrer Bewährungsprobe, informieren werde.

Anstelle der Kurzinformation über die Augenzeugin, die sie sich in den wenigen Sekunden vor Beginn des eigentlichen Geschehens hatte einprägen müssen, erhielt Teresa jetzt ein vollständiges Charakterprofil. Sie erfuhr nicht nur sachbezogene Einzelheiten über Mary-Jo Clegg, sondern auch etwas über deren Persönlichkeit. Außerdem wurde ihr mitgeteilt – und das war ihr wichtig –, dass Mary-Jo den Zwischenfall überlebt hatte. Ihre Beschreibung des Bankräubers und die Tatsache, dass sie ihn später, als er ihr innerhalb einer Reihe von Männern gegenübergestellt wurde, hatte identifizieren können, hatten seine Verurteilung und letztendlich auch seine Hinrichtung bewirkt. Darüber hinaus erhielt Teresa auch nähere Informationen über den Schützen. Es handelte sich um einen Mann namens Willie Santiago, vierunddreißig Jahre alt, der als Wiederholungstäter eine ganze Serie von bewaffneten Raubüberfällen verübt hatte. In dem Moment, als er Mary-Jo begegnet war, hatte er aus der Bank fliehen wollen, die er gerade ausgeraubt hatte. Einen der Kassierer hatte er erschossen, vom Sicherheitspersonal der Bank wurde er verfolgt. Man hatte bereits die Polizei verständigt, die sich inzwischen auf dem Weg zum Tatort befand.

Voll böser Vorahnungen und schrecklicher Angst vor dem, was ihr, wie sie wusste, mit fast hundertprozentiger Sicherheit zustoßen würde, loggte sich Teresa später am Tag wieder in die Person der Mary-Jo Clegg und den Schauplatz des Geschehens ein.

@ @ @

Bei ihrer Ankunft in Cleveland fand sie dieselben Bedingungen vor wie beim ersten Mal, dieselben Eindrücke stürmten auf sie ein: Hitze, Lärm, eine überfüllte Innenstadt. Neu war allerdings, dass sie selbst sich in einem Zustand blinder Panik befand. Als sie den Eingang zur Bank entdeckte, war ihr nicht nur auf der Stelle klar, was gleich passieren würde, sondern auch, dass sie nichts tun konnte, um sich davor zu schützen. Sie wandte sich vom Eingang ab und rannte, so schnell sie konnte, los. Santiago stürzte heraus und lief die 55. Straße Ost in der Gegenrichtung entlang, wobei er auf Passanten schoss und zwei verletzte. Wenige Minuten später wurde er von der Polizei festgenommen.

Drei Stunden später befand sich Teresa immer noch in der Innenstadt von Cleveland und schlenderte ohne zu wissen, was von ihr erwartet wurde, durch die Straßen. Alles, was man ihr beigebracht hatte – samt Gedächtnisstützen und Akronymen –, war ihr entfallen.

Schon das bloße Ausmaß dieser Simulation überwältigte sie, die unglaubliche Genauigkeit im Detail, die scheinbar grenzenlose Ausdehnung, die Abertausenden von real wirkenden Menschen, die sie bevölkerten, der unaufhörliche Fluss des Verkehrs und der Ereignisse: Sie betrachtete Zeitungen, fand sogar eine Bar, in der ein Fernseher lief, und sah sich einen Bericht über den von Santiago verübten Banküberfall an.

Ihr Einsatz in dieser Simulation hatte mit panischer Angst begonnen, und nach einer kurzen Phase des Aufatmens, weil Santiago sie diesmal tatsächlich nicht erwischt hatte, endete er auch so: Allmählich gelangte Teresa zu der Überzeugung, dass sie hier auf Dauer festsaß, auf immer und ewig zum Cleveland des Jahres 1962 verurteilt, wo sie keinen Menschen kannte und keine Bleibe hatte, ohne Geld und ohne jede Möglichkeit, zu jener Zeit und jenem Raum zurückzukehren, von wo sie aufgebrochen war. Der Gedanke, der ihr Angst machte, setzte sich – psychisch erschöpft, wie sie war – immer nachdrücklicher in ihr fest. Es kam ihr gar nicht in den Sinn, die Gedächtnisstütze LIVER heranzuziehen und anzuwenden.

Schließlich zeigte Sonderagent Kazinsky Erbarmen und wies die Mitarbeiter in Quantico an, sie herauszuholen, ehe sie völlig die Orientierung verlor.

Körperlich und seelisch noch stärker mitgenommen als beim ersten Mal, meldete sie sich am folgenden Tag im Schulungszentrum zurück. Auf dem amtlichen Briefpapier des FBI hatte sie ihr Rücktrittsgesuch niedergeschrieben und mitgebracht.

Dan Kazinsky nahm es entgegen und las es bedächtig durch, dann faltete er es zusammen und ließ es in seiner Hosentasche verschwinden. »Agentin Gravatt«, sagte er, »es geht mir nicht darum, dass Sie weggelaufen sind, schließlich sind Ausweichmanöver berechtigt. Allerdings hat die wirkliche Augenzeugin Miss Clegg nach dem Vorfall, den Sie derzeit in den Griff zu bekommen versuchen, eine so genaue Täterbeschreibung abgeben können, dass sie für die Verurteilung und Hinrichtung Santiagos ausgereicht hat. Dabei haben Sie leider versagt. Sie können eine Pause von vierundzwanzig Stunden einlegen und melden sich hier morgen um dieselbe Zeit zurück.«

»Danke, Sir«, erwiderte Teresa, ging nach Hause und rief Andy an. In zwei Monaten wollten sie heiraten. Sie berichtete ihm, was sie sich geleistet und was Kazinsky daraufhin gesagt hatte. Andy, der die praktische Ausbildung in Simulationen extremer Gefahr schon hinter sich hatte, war es gelungen, ihr durch diese schwierige Zeit zu helfen.

@ @ @

Bei ihrem nächsten Besuch in Cleveland war sie nicht weggelaufen, sondern neben der Tür stehen geblieben, als Santiago herausstürzte. Während sie sich bemühte, einen Blick auf sein Gesicht zu werfen, hatte er auf sie geschossen.

Beim nächsten Mal hatte sie lediglich versucht, einen flüchtigen Eindruck von seinem Gesicht zu gewinnen, und sich dann mit dem Gesicht nach unten auf den Bürgersteig geworfen. Nicht nur war es ihr unmöglich, den Täter zu beschreiben, sie wurde, während sie am Boden lag, auch von einem Schuss in den Hinterkopf getroffen.

Bei der folgenden Simulation ging sie direkt auf Santiago los, warf sich auf ihn und versuchte ihn zu Boden zu zwingen. Sie gab sich alle Mühe, ihn mit der Technik, die man ihr beigebracht hatte, kampfunfähig zu machen. Auch dieses kurze, heftige Gerangel endete damit, dass Santiagos Schuss sie traf.

Von Mal zu Mal setzte ihr die Situation mehr zu, denn Teresa behielt zwar ihre eigene Identität bei – nie hatte sie den Eindruck, tatsächlich Mary-Jo Clegg zu sein –, aber die Angst, das Trauma und die Schmerzen, die mit dem sich ständig wiederholenden virtuellen Tod einhergingen, waren kaum noch zu ertragen. Nach und nach dehnten sich die Phasen, die sie nach der Simulation zur körperlichen und seelischen Erholung brauchte, bis auf zwei volle Tage aus. Während der Ausbildung war das durchaus noch im Rahmen, aber es kostete wertvolle Zeit. Ihr war klar, dass sie den Kurs würde abbrechen müssen, falls sie die Situation nicht in den Griff bekam.

Beim nächsten Durchlauf hielt sie sich an das, was Kazinsky ihr immer wieder geraten hatte, und versuchte, ihr Verhalten an Mary-Jos ureigenen Reaktionen auszurichten. Beim wirklichen Raubüberfall, der sich tatsächlich genauso wie in der Simulation abgespielt hatte, war Mary-Jo selbstverständlich nicht darauf gefasst gewesen, dass gleich ein Bewaffneter aus dem Bankgebäude stürmen würde, folglich konnte sie erst in dem Moment reagiert haben, in dem tatsächlich etwas geschehen war.

Teresa blieb kaum Zeit, sich an die neue Identität als Mary-Jo zu gewöhnen. Kaum hatte sie vier Schritte auf dem Bürgersteig getan, tauchte Santiago im Eingang auf. Mary-Jo drehte sich erschrocken zu ihm um, sah die Pistole in seiner Hand – und schon ließ sich Teresa vom eigenen Instinkt leiten: Santiagos Schuss traf sie, während sie sich niederkauerte. Diesmal brauchte er zwei Kugeln, um sie zu töten.

Beim siebenten Durchlauf bekam Teresa die Situation schließlich in den Griff. Sie ließ Mary-Jo so reagieren, wie sie es selbst getan hätte, drehte sich, als Santiago auftauchte, verblüfft um, sah ihm ins Gesicht, riss einen Arm hoch und machte einen Schritt vorwärts. Santiago schoss auf sie, verfehlte sie jedoch, da er mit diesem spontanen Angriff einer unbewaffneten Passantin keinesfalls gerechnet hatte. Teresa spürte die Hitze des Mündungsfeuers auf ihrem Gesicht, war von dem lauten

Knall der Pistole wie betäubt, aber die Kugel traf sie nicht. Schließlich kauerte sie sich nieder und beobachtete, während sie auf dem Boden in Deckung ging, wie Santiago im grellen Sonnenschein davon rannte. Kurz darauf tauchten zwei Aufseher vom Sicherheitsdienst der Bank auf. Einer reichte ihr die Hand, um ihr aufzuhelfen. Wenig später erlosch die ExEx-Simulation. Diesmal hatte Teresa überlebt und konnte den Täter beschreiben.

@ @ @

Über die folgenden Wochen hinweg wurde die ExEx-Ausbildung fortgesetzt, wobei Kazinsky und die anderen Ausbilder dafür sorgten, dass Teresa innerhalb der Simulationen in ständig neue Rollen schlüpfte: Die Augenzeugin wurde zur unbeteiligten Zuschauerin, zum Opfer, zum Wachmann, zum Täter, zum Polizisten und zur FBI-Agentin. War sie in einem Fall die Geisel, spielte sie ein andermal die Rolle der Unterhändlerin.

Am schwierigsten waren natürlich die Fälle zu lösen, bei denen gar nicht abzusehen war, welche Gewalttat sich gerade anbahnte, da die Ausbilder einen langen Vorspann einmontiert hatten. Nie würde Teresa vergessen, wie sie als verdeckt arbeitender Ermittler eine Vorstadtkneipe im San Antonio des Jahres 1981 hatte observieren müssen: Fast zwei Stunden lang hatte sie auf der Lauer gesessen, gewartet und dabei gewusst, dass sie nur eine einzige Chance haben würde. Als der Revolverheld schließlich in die Bar stürmte – der Mann stammte aus Houston, hieß Charles Dayton Hunter und stand damals ganz oben, unter den ersten zehn, auf der FBI-Fahndungsliste –, war es Teresa gelungen, ihn mit dem ersten Schuss außer Gefecht zu setzen.

Später durfte sie direkten Kontakt mit einigen noch lebenden Tatzeugen aufnehmen. Beispielsweise brachte man sie einen Monat nach Abschluss der Santiago-Simulation nach Cleveland, damit sie Mary-Jo Clegg persönlich kennen lernen konnte. Inzwischen war Mary-Jo, die früher bei der Stadt angestellt gewesen war, Ende sechzig und im Ruhestand. Es war ihr deutlich anzumerken, wie recht ihr die Gelegenheit war, sich durch diese Arbeit für das FBI ein paar zusätzliche Dollars zu verdienen. Offenbar hatte ihr entsetzliches Erlebnis im Jahre 1962 wundersamerweise kaum traumatische Spuren hinterlassen. Mary-Jo spielte ihren eigenen Beitrag zur Festnahme und Hinrichtung Willie Santiagos zwar kräftig herunter, trotzdem war es Teresa irgendwie peinlich, Mary-Jos Angst und oft genug auch ihren virtuellen Tod so hautnah miterlebt zu haben.

4. k@pitel

Zu der Zeit, in der sich das Blutbad von Bulverton ereignete, wohnte Nick Surtees noch in London. Im traumatischen Licht der folgenden Ereignisse hatte er später Mühe, sich an das zu erinnern, was er an diesem speziellen Tag eigentlich getan hatte. Er wusste nur noch, dass er offenbar wie üblich in seinem Büro in der Nähe von Marble Arch gearbeitet hatte.

Am späten Nachmittag hatte er sich auf den Heimweg gemacht. Auf der Überführung des Westway, der zur A40 gehörte, hatte er die Innenstadt verlassen. Sein Haus lag außerhalb des unmittelbaren Stadtgebiets, in Acton.

Da es ein schwüler Tag Anfang Juni war, fuhr er bei offenem Fenster und hatte das Kühlgebläse voll aufgedreht. Das Radio lief mit der Lautstärke, die ihm am liebsten war, gerade unterhalb des optimalen Hörniveaus. Wenn er Auto fuhr, dachte er gern nach. Es waren keine großartigen oder wesentlichen Gedanken, eher war es ein Zustand allgemeinen Nachsinnens, der ihm half, sich nach dem Stress des Arbeitstages zu entspannen. Seine Gedanken waren dabei halb nach innen gerichtet, halb auf die Lenkung des Wagens und die Meisterung des Verkehrs konzentriert. Wenn das Radio laut lief, störte es ihn beim Denken, unabhängig davon, ob Musik, das Gequassel von Discjockeys oder die eindringlicheren Stimmen von Nachrichtensprechern zu hören waren. Deshalb hatte er das Radio gerade so laut gestellt, dass er bestimmte Hinweise wie »Autofahrer im Westen Londons« oder »die Überführung des Westway«

nicht überhören konnte – Durchsagen also, auf die er innerlich schon eingestellt war.

An diesem Spätnachmittag hob sich gänzlich unerwartet ein Ortsname von dem Hintergrundrauschen ab: »Bulverton«.

Sofort streckte er die Hand zum Armaturenbrett, um das Radio lauter zu stellen, aber während er noch dabei war, fesselte ein weiterer Satz schlagartig seine Aufmerksamkeit: »Das ruhige Küstenstädtchen in Sussex war soeben Schauplatz einer verheerenden Katastrophe …«

Dann hörte er es bei voller Lautstärke. Der Nachrichtensprecher sagte, nach den neuesten Berichten sei ein bewaffneter Mann im Stadtzentrum Amok gelaufen und habe auf alles geschossen, was sich in seinem Umkreis bewegte, ob Menschen oder Autos. Die Lage sei immer noch unklar: Bis jetzt sei es der Polizei nicht gelungen, den Mann zu entwaffnen oder ihn an weiteren Schüssen zu hindern, sein gegenwärtiger Aufenthaltsort sei unbekannt. Man gehe von einer großen Zahl von Todesopfern aus. Immer noch kämen aktuelle Berichte herein; so bald wie möglich werde man weitere Meldungen bringen. Bis dahin fordere man die Öffentlichkeit auf, sich von Bulverton fern zu halten.

Anschließend ließ sich ein anderer Moderator in einem offenbar nicht schriftlich vorbereiteten Beitrag über den gegenwärtigen Stand der Waffenkontrolle in Großbritannien aus, erwähnte das generelle Verbot der meisten Schusswaffen und merkte an, dass die Lobbyisten der Sportschützen bislang keine Gesetzesänderung hätten bewirken können. Rechtsbeschwerden bei europäischen Gerichtshöfen seien abgewiesen worden. Er wurde von einem Bericht unterbrochen, den eine Reporterin des Senders BBC »direkt vom Schauplatz des Geschehens«, wie es hieß, per Telefon durchgab. In Wirklichkeit rief sie von Hastings aus an, das mehrere Meilen entfernt lag, und wusste trotz ihres gewichtigen

Tonfalls nur wenig Neues zu berichten. Sie sagte, sie gehe inzwischen von einer zweistelligen Zahl von Todesopfern aus. Offenbar seien auch mehrere Polizisten tödlich getroffen worden. Der Moderator fragte sie, ob, soweit bekannt, auch Kinder betroffen seien, worauf sie erwiderte, darüber habe sie keine Informationen.

Programmgemäß folgten Verkehrsmeldungen, aber auch diese Durchsagen waren von den Ereignissen in Bulverton geprägt. Den Autofahrern wurde geraten, auf keinen Fall die Küstenstraße A259 zwischen Hastings und Eastbourne zu benutzen und das Gebiet bis zu weiteren Meldungen weiträumig zu umfahren. Bulverton sei für Verkehr aus allen Richtungen gesperrt, weitere Informationen werde man bald durchgeben.

Während all diese Meldungen auf ihn einstürmten, lenkte Nick den Wagen weiter durch den stockenden Berufsverkehr und starrte mit leerem Blick auf das vor ihm fahrende Auto. In emotionaler Hinsicht hatte er sozusagen auf Leerlauf geschaltet, bewusst wollte er das, was er empfand, solange verdrängen, bis er sicher sein konnte, dass das Gehörte tatsächlich der Wahrheit entsprach. Als die Sendung sich einem anderen Thema zuwandte, holte er sein Handy aus dem Handschuhfach und wählte die Nummer seiner Eltern. Nach der kurzen Verzögerung, die der Aufbau einer drahtlosen Verbindung stets mit sich bringt, ertönte das Rufzeichen wieder und wieder, ohne dass jemand abnahm.

Er schaltete das Handy aus und wieder ein und versuchte es für den Fall, dass er sich verwählt hatte, gleich noch einmal. Wieder hob niemand ab.

Ihm war klar, dass das alles Mögliche bedeuten konnte, und es vielleicht eine ganz einfache Erklärung gab: Hin und wieder fuhren seine Eltern nachmittags nach Bexhill oder Eastbourne, um ein paar Dinge einzukaufen. Diese Ausflüge am Nachmittag gehörten bei ihnen so sehr zum Tagesablauf, dass er seine Eltern meistens erst am frühen Abend anrief, wenn er von der Arbeit nach Hause kam. Allerdings wusste er auch, dass sie nur selten so lange fortblieben. Vielleicht waren sie ja einfach nur draußen, außerhalb des Gebäudes. Oder er hatte, nervös wie er war, tatsächlich die falsche Nummer eingegeben. Mit dem nächsten Versuch musste er warten, bis der Verkehr ein paar Sekunden lang zum Stillstand kam, dann wählte er sofort noch einmal und achtete dabei ganz besonders darauf, die richtigen Zahlen einzugeben. Keine Antwort.

Seine Gedanken begannen zu rasen, er malte sich das Schlimmste aus und stellte sich vor, wie sie draußen auf der Straße Schüsse gehört hatten und ans Fenster gegangen waren, um nachzusehen, oder, noch schlimmer, vor die Tür getreten und sofort von einem Kugelhagel niedergemäht worden waren. Sein Vater war ein Mensch, der gern spontan eingriff, vor Schwierigkeiten lief er niemals davon.

Aber Nicks vorherrschendes Gefühl war immer noch, dass es einfach nicht wahr sein konnte. Wenn in den Nachrichten über schreckliche Ereignisse berichtet wird, dann betreffen sie normalerweise andere Menschen oder finden an Orten statt, die man zwar kennt, die aber keineswegs in unmittelbarer Nachbarschaft liegen. Sie betreffen einen nicht unmittelbar. Wenn diese Regeln, die man selbst für gegeben hält, plötzlich nicht mehr gelten, liegen die eigenen Gefühle jäh blank und bloß.

Nick konnte kaum glauben, dass all das in dem ihm so vertrauten, langweiligen kleinen Ort passiert sein sollte, dort, wo er aufgewachsen war und lauter Leute wohnten, die er kannte. Er konnte nicht fassen, dass all das jetzt, in diesem Moment, geschah und er offenbar selbst einer der Menschen war, die sich diesen Ereignissen würden stellen müssen – dass er mittelbar bereits betroffen war.

Erneut wurde die Sendung durch einen hastig eingeschobenen telefonischen Bericht unterbrochen, der offenbar von irgendeinem Ort nahe beim Schauplatz des Geschehens durchgegeben wurde. Der Anrufer war ein leitender Polizeibeamter, aber selbst er befand sich nicht unmittelbar vor Ort, jedenfalls nicht in Bulverton.

Nach diesem Bericht war klar, dass die Schüsse von Bulverton Hauptthema, wenn nicht einziges Thema der abendlichen Nachrichtensendungen sein würden. Inzwischen hatte auch der Nachrichtendienst des Senders BBC auf den unerwarteten Zwischenfall reagiert, so dass nach und nach Näheres bekannt wurde und sich ein schlüssigeres Bild ergab – ein Bild, das noch unmittelbarer berührte und einem Angst machen konnte. Dennoch wechselte Nick von einem Sender zum Nächsten: Wider besseres Wissen suchte er nach Nachrichten – und wenn es nur eine kurze Meldung war –, die positiver klangen und seine schlimmsten Befürchtungen zerstreuen würden. Natürlich musste er feststellen, dass sich alle Londoner und landesweiten Sender auf Bulverton konzentrierten. Offenbar berichteten sie von unterschiedlichen Schauplätzen des Geschehens. Er stellte wieder BBC ein und fuhr weiter, immer noch wie gelähmt und ohne auf den Verkehr zu achten. Ihm war klar, dass bestimmt auch die anderen Autofahrer ringsum die Nachrichten im Radio hörten, aber fast alle mussten es wohl so empfinden, als betreffe es nur andere Menschen an einem Ort, den sie nur dem Namen nach kannten. Den Gesichtern der anderen Fahrer war nichts anzumerken. Hörten sie überhaupt zu? Oder war er der einzige? Um ihn herum wogte das Irreale, rollte wie eine Welle heran und zog sich wieder zurück.

Gegenwärtig lebte Nick allein, aber er hatte eine Freundin namens Jodie Quennell. Normalerweise traf er sich mit Jodie an den Wochenenden, manchmal auch abends unter der Woche. Für diesen Abend, den Abend dieses verhängnisvollen Tages, hatte er sich mit Jodie wie so oft zum Essen verabredet, aber solange er im Auto saß, hatte er keine Möglichkeit, sich mit ihr in Verbindung zu setzen. Auch Jodie fuhr um diese Zeit von der Arbeit nach Hause, aber sie hatte kein Mobiltelefon im Auto. Er würde sie später anrufen müssen. Einige Sekunden lenkte er sich dadurch ab, dass er sich das Gespräch mit Jodie vorstellte, vor allem aber dachte er an die ruhigen, vertrauten Straßen seines Heimatstädtchens und daran, dass auf diesen Straßen auf Menschen geschossen wurde, die er vermutlich kannte.

Schließlich kam er am Autobahnkreuz Hangar Lane an, wo die North Circular Road die A40 schnitt. Er bog nach links ab, Richtung Süden, wurde aber noch lange vom dahinschleichenden Verkehr aufgehalten. Er versuchte an das zu denken, was vor ihm lag, überlegte, welche Route ihn von diesem Teil Londons aus am schnellsten in die Küstenregion rund um Bexhill bringen würde, aber die ganze Zeit über lenkte ihn das Radio ab. Er war diese Strecke schon dutzende Male gefahren, hatte die Fahrt jedoch meistens auf eine Zeit gelegt, in der er um den schlimmsten Stoßverkehr herumkam. Er konnte sich gut vorstellen, wie es jetzt, am Spätnachmittag, auf der M25 aussehen würde. Für eine solch anstrengende Fahrerei fehlten ihm im Augenblick die Nerven.

@ @ @

Nick, geboren in Bulverton, war James und Michaela Surtees' einziges Kind. Seine Eltern hatten fast ihr ganzes Erwachsenenleben im Weißen Drachen gewohnt und gearbeitet, anfangs als Pächter der großen Brauereikette, die das Gasthaus betrieb, später, als die Brauerei ihre nicht so einträglichen Niederlassungen abzustoßen begann, als Inhaber.

All die Jahre hindurch war es mit Bulverton bergab gegangen, aber James und Michaela Surtees ließen nichts unversucht, um den Weißen Drachen rentabel zu machen. Nach und nach hatten sie das, was ursprünglich eine völlig tote Kneipe in einem mittlerweile toten Küstenstrich gewesen war, modernisiert und renoviert. Als deutlich abzusehen war, dass Bulvertons Schicksal besiegelt war, entschloss sich Nicks Vater schweren Herzens dazu, in den Weißen Drachen noch mehr zu investieren und sich auf den Hotelbetrieb für Geschäftsreisende und Wochenendgäste zu konzentrieren. Alle Gästezimmer wurden aufwendig herausgeputzt und mit Satelliten- und Kabelfernsehen ausgestattet. Darüber hinaus wurden Fax- und Internetanschlüsse, Mobiltelefone und Anlagen für Telekonferenzen installiert, und eine kleine, aber gut ausgerüstete Konferenzsuite für Geschäftsbesprechungen eingerichtet. Die Schlafzimmer hatten Zentralheizung, Klimaanlage und Minibar, die Badezimmer sowohl Strahldusche als auch Badewanne mit Massagedüsen. Eine Zeit lang stellte James Surtees sogar einen Spitzenkoch ein und richtete nach und nach den, wie er behauptete, »am besten sortierten kleinen Weinkeller an der Südküste« ein.

All das führte nur vorübergehend zum Erfolg. Die örtliche Wirtschaft besaß nicht genügend Dynamik, um ein Hotel dieser Kategorie auszulasten. Zwar gab es auch gute Jahre, aber der Rückgang der Einnahmen war nicht zu verkennen. Gleichzeitig stand die allen zugängliche Bar bei den Ortsansässigen immer noch hoch im Kurs, so dass es Unsinn gewesen wäre, dieses einträgliche Geschäft aufzugeben. Folglich blieb der Weiße Drache, soweit es die angestrebte Kundschaft betraf, über Jahre ein Zwitter.

Nichts davon hatte Nick sonderlich berührt, obwohl er besser als jeder andere wusste, wie viel Arbeit und Geld seine Eltern in das Hotel gesteckt hatten, um es zu dem zu machen, was es heute darstellte. Während seiner Kindheit hatte er es einfach als naturgegeben betrachtet, wie es jedes Kind getan hätte. Später, als er alt genug war, hatte sein Vater ihm erklärt, der Betrieb werde eines Tages in seine Hände übergehen, aber Nick, der gerade die Pubertät durchmachte, hatte mit der Bewältigung der eigenen Unsicherheit schon genug am Hals. Zwar eignete er sich Grundkenntnisse über das Gastgewerbe an und half abends und an den Wochenenden im Hotel aus, war jedoch nie mit dem Herzen dabei.

In der Schule ein notorischer Faulpelz, fing Nick mit sechzehn endlich an, seine Schulausbildung ein bisschen ernster zu nehmen, und das lag an den Computern und am Programmieren. Nachdem er an den Schulcomputern über Jahre hinweg nur herumgespielt hatte, entwickelte er plötzlich Interesse und verwandelte sich in kürzester Zeit in einen typischen, von der EDV besessenen Computerfreak. Das Programmieren fiel ihm so leicht wie manchen seiner Freunde die Fächer Französisch oder Deutsch, so dass sich innerhalb weniger Wochen abzeichnete, wo seine berufliche Zukunft liegen würde. Die einzige Schwierigkeit bestand darin, dass es am Ort so gut wie keine offenen Stellen gab.

Da er die Pflichten, die er im Hotel erfüllen musste, zunehmend als lästig empfand, wuchsen die Spannungen zwischen ihm und seinen Eltern. Eine Lösung bot sich an, als Nick im *Kurier* auf Stellenangebote für Computerexperten mit Arbeitsplatz in London stieß. Er bewarb sich und erhielt innerhalb weniger Tage das Angebot, eine Vollzeitstelle als Softwaretechniker anzutreten.

Die Loslösung von Bulverton, die ihm, genau wie vielen Gleichaltrigen, gar nicht schnell genug gehen konnte, hatte sich unerwartet rasch vollzogen. Als Nick in London erst einmal Fuß gefasst hatte, fühlte er sich fast wie neu geboren. Die Erinnerungen an die Zeit in Sussex verblassten. Anfangs fuhr er noch fast jedes Wochenende nach Bulverton, um seine Eltern zu besuchen, aber mit der Zeit wurden diese Besuche seltener und fielen von Mal zu Mal kürzer aus. Nach drei Jahren wurde er befördert und erhielt die Stelle eines Abteilungsleiters. Später kaufte er eine kleine Etagenwohnung, die er in der Folgezeit zunächst gegen ein kleines, bald darauf gegen ein größeres Haus austauschte. Er heiratete, ließ sich drei Jahre später wieder scheiden, wechselte die Arbeitsstelle, verdiente mit der Zeit immer mehr Geld und übernahm bei der Arbeit immer größere Verantwortung. Während er an Gewicht zulegte, wurde seine Haarpracht spärlicher. Er trank zu viel, gab zu viel Geld für Essen, Wein und Unterhaltung aus, ging zu oft aus, hatte zu viele Freundinnen. An Bulverton dachte er kaum noch.

Aber drüben in Bulverton wurden seine Eltern nicht jünger, sie kamen nicht mehr so gut allein zurecht. Besonders die Gesundheit seiner Mutter ließ sehr zu wünschen übrig. Seine Eltern begannen davon zu reden, irgendwann den Ruhestand anzutreten, denn das kam ihrer Meinung nach zwangsläufig auf sie zu, aber bei Nick löste der Gedanke daran große Sorgen aus. Von Woche zu Woche verlangte die Frage, was mit dem Weißen Drachen geschehen sollte, dringlicher nach einer Lösung. Nick wusste, dass seine Eltern nur geringe Ersparnisse hatten, dass all ihr Vermögen im Weißen Drachen steckte und es sich keiner von beiden leisten konnte, mit der Arbeit aufzuhören.

Der Druck, der stillschweigend auf ihn ausgeübt wurde, wuchs und wuchs. Ihm war klar, dass sie nur auf die Worte warteten, er werde wieder nach Bulverton ziehen und das Hotel übernehmen, aber inzwischen hatte er sich völlig an sein Londoner Leben gewöhnt und nichts hätte seinen eigenen Wünschen ferner liegen können. Wie so oft bei wichtigen Familienentscheidungen wurde nichts Konkretes vereinbart, während aus Monaten Jahre wurden.

Bis sich an diesem heißen Juninachmittag schlagartig alles änderte.

@ @ @

Die Nachrichten aus Bulverton klangen von Minute zu Minute beängstigender. Man hatte dort schon angenommen, der Amokschütze sei in die Falle gegangen, als er es irgendwie schaffte, erneut zu flüchten. Inzwischen hatte er sich eine Geisel geschnappt, streckte sie jedoch ein paar Minuten später mit einem Kopfschuss nieder und ließ sie an Ort und Stelle zurück, wo die Polizei sie fand. Es trafen Augenzeugenberichte von Menschen ein, denen es gelungen war, ihm zu entkommen, allerdings enthielten diese Berichte kaum Angaben, die übereinstimmten: Der Schütze, so wurde behauptet, sei noch jung – nein, im mittleren Alter; er habe einen Kampfanzug an – nein, Jeans und ein T-Shirt; er sei mit einer Pistole bewaffnet – nein, mit mindestens zwei Gewehren, wenn nicht weiteren Waffen. Ein Zeuge behauptete, der Schütze sei in Wirklichkeit eine Frau, was ein anderer energisch bestritt: Es handle sich um einen Mann aus einem Nachbardorf von Bulverton, jedenfalls glaube er, ihn erkannt zu haben. All diese Angaben, die aus telefonisch durchgegebenen Berichten stammten, ergaben überhaupt kein schlüssiges Gesamtbild. Inzwischen befand sich ein weiterer Reporter von BBC am Schauplatz, dessen Beschreibungen zwar lückenhaft waren, aber wenigstens anschauliche Details enthielten. Nach einer Phase, in der sich offenbar nichts Neues getan hatte, soweit man sich auf die Radiomeldungen verlassen konnte, wurden wieder handfeste Informationen gebracht: Mittlerweile habe die Polizei den Amokschützen umstellt, allerdings habe er in eine Kirche flüchten können und erneut eine Geisel genommen, vielleicht sogar mehrere.

Aufgrund der groben Beschreibung wurde Nick klar,

in welcher Kirche sich der Schütze vermutlich aufhielt: in der Pfarrkirche Sankt Stefan, die nicht weit vom Hotel entfernt an der Eastbourne Road lag. Sankt Stefan war keine besonders alte oder schöne Kirche, aber wohlgestaltet, solide gebaut und günstig an einer Kreuzung zwischen Küstenstraße und einer Straße mit schönen Wohnhäusern und vielen Bäumen gelegen. Während des Zweiten Weltkriegs war die Kirche bombardiert worden, einige Menschen waren dabei ums Leben gekommen. Die Vorstellung, dass der Amokschütze dort untergeschlüpft war und drohend die Waffen schwang, brachte Nick dazu, Gas zu geben. Er machte sich große Sorgen um seine Eltern, aber auch um die Stadt selbst, um die Menschen, die dort lebten, um alles und jeden. Es war das Schlimmste, was ihm im Leben je widerfahren war, obwohl er es nicht an Ort und Stelle miterlebte.

Er fuhr auf Eastbourne zu und bog am Stadtrand in die erste mehrerer kleiner Landstraßen ein, die an Pevensey vorbei über die Ebene führten. Wie erwartet, war die Straße in dieser Richtung kaum befahren. Inzwischen hatte er sich mit purer Willenskraft in einen Zustand psychischer Kontrolle versetzt, fuhr überaus vorsichtig und versuchte dabei genauer abzuschätzen, welche Gefahren auf ihn zukommen konnten.

Aus dem Radio erfuhr er, dass, soweit bekannt, in Bulverton die Zahl der Todesopfer inzwischen auf siebzehn angestiegen war, die meisten davon Leute, die zu Fuß in der Innenstadt unterwegs gewesen oder mit dem Auto durch den Ort gefahren waren. Die Schüsse hatten auch drei Polizisten getroffen, zwei waren mittlerweile gestorben. Drei der zivilen Opfer waren Kinder, deren Schulbus zufällig genau in dem Moment gehalten hatte, als der Amokschütze um die Ecke bog. Darüber hinaus waren viele Kinder von verirrten Kugeln oder herumfliegenden Glasscherben verletzt worden.

Als Nick Normans Bay hinter sich gelassen hatte und

ihn nur noch zwei Meilen von Bulverton trennten, wusste der BBC-Reporter vor Ort zu berichten, dass aus der Kirche mehrere Schüsse zu hören gewesen seien. Die Polizei gehe davon aus, dass sich der Amokschütze mit einem der Schüsse selbst gerichtet habe. Jäh brachen die Meldungen ab, und der Moderator im Studio kündigte an, sie würden jetzt mit dem regulären Programm fortfahren, allerdings, soweit möglich, in regelmäßigen Abständen über die aktuelle Entwicklung in Bulverton berichten.

Nick drehte weiter und stieß auf *South-East Sound*, den örtlichen Privatsender, der fast nur Wortbeiträge brachte. Hier wurde live vom Schauplatz des Geschehens berichtet, allerdings in völlig anderem Stil als bei BBC. Dem Sender war es gelungen, zwei seiner Reporter tatsächlich in den Ort zu schleusen, so dass sie ihre Eindrücke live wiedergeben konnten. Interviews machten sie nur in der Form, dass sie zufällig vorbeikommenden Passanten kurze Fragen zuriefen. Es war eine eigentümlich primitive Art der journalistischen Berichterstattung, die inzwischen als typisch für den Sender galt, allerdings hatte es bis zu diesem Blutbad eigentlich nie ein so schwer wiegendes Thema gegeben, dass diese Methode angemessen gewirkt hätte. Aber in dieser Situation, von der die beiden jungen Reporter alternierend berichteten – beide mit heiseren Stimmen, in denen Entsetzen mitschwang –, sprach diese Art der Berichterstattung die Zuhörer unmittelbar an, ging unter die Haut und hatte nachdrückliche Wirkung. Sobald man sich zusammengereimt hatte, was sich dort abspielen musste, brachte man es nicht mehr fertig, den Sender zu wechseln. Während Nick wie gebannt zuhörte, erreichte er die Stelle, an der die schmale Landstraße wieder auf die A 259 stieß, und sah, dass die Polizei den vor ihm liegenden Streckenabschnitt gesperrt hatte. Langsam fuhr er auf die Straßensperre zu.

Sofort bemerkten ihn zwei bewaffnete Polizisten und winkten ihn auf den Seitenstreifen. Von hier aus war es nicht mehr weit bis zur Altstadt – nur hundert Meter bis zur Sankt Stefanskirche, doppelt so weit bis zum Hotel Weißer Drache. Jenseits der Kirche beschrieb die Straße eine Kurve, so dass Nick die Sicht auf alles, was dahinter lag, versperrt war. Er war fast schon zu Hause. Der zuständige Wachtmeister notierte seinen Namen und die Adresse und forderte ihn auf, am Auto zu warten, aber nicht wieder einzusteigen, was Nick ohne Widerrede befolgte.

Später erlaubten sie ihm, zu Fuß weiterzugehen, und beauftragten eine Polizistin mit dem Geleitschutz. Er musste warten, bis sie einen anderen Auftrag erledigt hatte. Als sie schließlich kam, war sie blass und nervös und vermied es, ihn direkt anzusehen.

»Wo, haben Sie gesagt, wohnen Sie?«, fragte sie.

»Ich hab's dem Wachtmeister schon gesagt: im Hotel Weißer Drache, nicht weit von hier.«

»Ich weiß, wo es ist. Haben die Ihnen mitgeteilt, was passiert ist?«

»Ja«, erwiderte Nick, obwohl es gar nicht stimmte.

Bis zu diesem Moment hatte über allem, über der Radiosendung, über der Straßensperre der Polizei, über den gelassenen Anweisungen des Wachtmeisters der Schleier des Surrealen gelegen. Jetzt war er mitten in der Wirklichkeit. Es war der Gesichtsausdruck dieser jungen Polizistin, dieser allzu kontrollierte, erschöpfte Gesichtsausdruck, der ihn schließlich davon überzeugte. Von sich aus bereitete sie ihn mit leiser Stimme darauf vor, dass er im Städtchen entsetzliche Bilder sehen werde, brach jedoch mitten im Satz ab. Sich stets zwei Schritte vor ihm haltend, hastete sie durch die ihm so vertrauten Straßen.

Das erste Warnzeichen waren die Glasscherben, die überall herumlagen, auf der Straße wie auf den Bürgersteigen. Viele der grobkörnigen Splitter stammten aus zerschmetterten Autofenstern. Sie traten über lange Streifen dunkelbrauner Flecken hinweg und liefen an Wagen vorbei, deren Fenster größtenteils zersprungen waren. Überall waren Habseligkeiten verstreut: Einkaufstüten, Kinderspielzeug, Kartons mit Lebensmitteln, Ranzen voller Schulbücher, ein Paar Schuhe. Nick sah mehrere Autos, die man mitten auf der Straße sich selbst überlassen hatte. Ihre Fenster waren herausgeschossen, die Türverkleidungen mit Einschusslöchern, die wie Pockennarben wirkten, übersät. Offenbar hatte der Schütze eine Unmenge von Kugeln abgefeuert. Verblüfft fragte sich Nick, wie viel Munition ein einzelner Mann überhaupt mit sich herumschleppen konnte. Wie viele Waffen hatte er benutzt?

Die Polizistin ging mit großen Schritten voran, wobei sie hin und wieder einen Blick zurück warf, um sich davon zu überzeugen, dass er ihr noch folgte. Als der Weiße Drache endlich in Sichtweite war, hatte Nick längst aufgehört, die Dinge am Wegesrand irgendwie zu beachten. Er starrte nur noch auf die dunkel bestrumpften Waden der Polizistin vor sich und bemühte sich, nichts wahrzunehmen und an nichts zu denken.

Schließlich waren sie am Ziel. Der Weiße Drache lag im Mittelpunkt des Blutbades, das sich über die Straßen ergossen hatte. Hier angekommen, war Nick schließlich gezwungen, die Folgen des Gemetzels mit eigenen Augen zu betrachten. Und, was noch schlimmer war: Unvorbereitet, widerstrebend und fassungslos musste er sich von da an dem langwierigen Prozess der Verarbeitung dessen stellen, was seinen Eltern an diesem Nachmittag widerfahren war. An diesem Tag, an dem sie sich offensichtlich gegen die Fahrt nach Eastbourne und den kurzen Einkaufsbummel am Spätnachmittag entschieden hatten.

5. k@pitel

Dave Hartlands Lage war äußerst unbequem. Gegen die nackten, staubigen Holzbohlen des Fußbodens unterhalb des Fensters gepresst, robbte er Zentimeter um Zentimeter vorwärts, bis sich sein Kopf auf Höhe der Fensterbank befand, allerdings konnte er von hier aus nur einen Teil der Straße überblicken. Sein Herz klopfte so heftig, dass er Mühe hatte, ruhig stehen zu bleiben. Flüchtig erhaschte er einen Blick auf ein großes Aufgebot von Polizisten, die hinter einer Reihe parkender Autos gerade in Deckung gingen. Eine Kugel schlug durchs Fensterglas und bohrte sich in die Zimmerdecke, so dass sich ringsum Glas und Mörtel auf die Holzbohlen ergossen. Reflexartig wälzte er sich herum und schützte, so gut es ging, Hals und Kopf. Auf die Ellbogen gestützt, zog er sich in den hinteren Teil des Zimmers zurück, wobei er sich die Glieder an den rauen Bohlen aufschürfte. Irgendwo da draußen suchte ein Hubschrauber nach ihm und würde sich irgendwann bis in Schussweite vorwagen, es war nur eine Frage der Zeit. Sobald dessen Infrarotsuchscheinwerfer ihn erst einmal erfasst hatte, war er ein- für allemal erledigt. Das Vibrieren des Motors klang wie ein drängender Rhythmus, ein gerade noch hörbares Hämmern, das vorwärts trieb.

Draußen im Gang konnte er sich aufrichten. Sich nach beiden Seiten hin absichernd, holte er mit dem Stiefel aus, trat die gegenüberliegende Tür ein, stürmte ins Zimmer und nahm mit einem Schwenken des Gewehrlaufs jeden Winkel aufs Korn. Nachdem er sich davon überzeugt hatte, dass das Zimmer leer war, duckte er sich, schlich zum Fenster hinüber und warf einen Blick auf die Straße. Sie war breit, verlief gerade und wurde auf der ihm gegenüberliegenden Seite von hohen Reihenhäusern gesäumt.

Bis zu diesem Augenblick hätte er sonst wo sein können, an einem Ort, der überall oder auch nirgends lag, aber jetzt wurde ihm schlagartig klar, dass dieser Ort gewiss nicht in Bulverton liegen konnte, wo er sein ganzes Leben verbracht hatte. Nirgendwo im Städtchen sah es so aus wie hier. Auf beiden Seiten der Straße parkten Autos, dahinter konnte er, wie vorhin schon, mehrere bewaffnete Polizisten erkennen, die sich zu ihrem Schutz hinter die Wagen gekauert hatten. Einer hatte kaum Deckung: Dave Hartland hob sein Gewehr, nahm ihn ins Visier und drückte ab.

Unverzüglich reagierten die anderen Polizisten damit, dass sie ihre Deckung aufgaben, ihrerseits die Gewehre hoben und das Feuer erwiderten. Dutzende von Kugeln durchschlugen das Fensterglas, bohrten sich ins Mauerwerk oder sausten pfeifend in das hinter ihm liegende Zimmer. Dave hatte keine Mühe, den Geschossen auszuweichen.

Den Kopf dem Fenster zugewandt, zog er sich Schritt für Schritt zurück, verließ das Zimmer und rannte zum Fenster am anderen Ende des Gangs. Von hier aus konnte er den Hubschrauber kreisen sehen, scharf zeichnete er sich gegen die schneebedeckten Berggipfel in der Ferne ab.

Berge?

Plötzlich durchbrach eine Lautsprecherstimme die Stille. »Wir wissen, dass Sie da drin sind, Grove«, brüllte die Stimme. »Werfen Sie alle Waffen weg, und kommen Sie mit erhobenen Händen heraus! Lassen Sie als Erstes die Geisel gehen! Legen Sie sich mit dem Gesicht nach unten auf den Boden! Legen Sie alle Waffen nieder, Sie können uns nicht mehr entkommen! Wir wissen, dass Sie da drin sind, Grove! Werfen Sie Ihre ...«

Der Name Grove nahm ihm kurzzeitig die Orientierung. Bis dahin hatte Hartwell vermutet, sich im falschen Film zu befinden. Jetzt schoss ihm erneut die Frage durch den Kopf, was da eigentlich vor sich ging.

Aber zum Nachdenken war keine Zeit! Er eilte zur Treppe, nahm beim Weg nach unten jeweils zwei Stufen auf einmal und rannte in das große Zimmer, das auf der Rückseite des Hauses lag. Die zerschmetterten Terrassentüren gingen auf einen kleinen, von hohen Mauern geschützten Innenhof hinaus. Er stürmte ins Freie, erreichte unversehrt das andere Ende des Hofs und gelangte durch ein hohes Holztor zu einer Gasse, die an den kleinen Ziergarten angrenzte. Geduckt rannte er die Gasse entlang, bis er ein zweites Tor erreichte. Er schwang sich hinüber, riss zu seiner Verteidigung sofort das Gewehr hoch und sicherte sich nach beiden Seiten hin ab.

Jetzt befand er sich wieder auf einer großen Straße, diesmal auf einer breiten, vierspurigen Schnellstraße, die in eine Hängebrücke überging und vom Geschäftsbezirk der Innenstadt über den Fluss führte. In beiden Richtungen herrschte lebhafter, schnellfließender Verkehr, so dass die Fahrer und Insassen der Wagen hinter den Scheiben, in denen sich der Himmel spiegelte, nur als vage Silhouetten auszumachen waren. Dutzende von Fußgängern waren unterwegs, manche allein, andere zu zweit oder in Gruppen, aber einzelne Gesichtszüge waren von hier aus nicht zu erkennen. Hohe Wolkenkratzer mit glänzenden goldenen, silbernen oder blauen Spiegelfassaden streckten sich endlos in schwindelnde Höhen.

Dave Hartland schob ein neues Magazin ein und eröffnete das Feuer.

Bald darauf lagen ringsum Leichen und zerstörte

Autos, deshalb machte er, dass er weg kam, und spurtete auf die Hängebrücke zu. Schneller als erwartet erreichte er die Mauthäuschen. Als er darauf zulief, tauchten zahlreiche bewaffnete Polizisten aus ihrer Deckung hinter den Häuschen auf und eröffneten das Feuer.

Während ringsum Kugeln in die Betondecke der Straße einschlugen, warf er sich zu Boden, nahm die Polizisten aufs Korn und machte sich daran, einen nach dem anderen niederzuschießen.

Jetzt kam auch der Hubschrauber ins Blickfeld, und wieder war die durchdringende Lautsprecherstimme zu hören, die ihm von oben zubrüllte: »Wir wissen, dass Sie da drin sind, Grove! Werfen Sie alle Waffen weg, und kommen Sie mit erhobenen Händen heraus! Lassen Sie als Erstes die Geisel ...«

Dave wälzte sich auf den Rücken, zielte und jagte ein Dutzend Kugeln in den Rumpf des Hubschraubers, was eine gewaltige Explosion auslöste. Das Motorengehäuse, Glasscherben und Drehflügel flogen in alle Richtungen davon.

Er wandte seine Aufmerksamkeit wieder der Polizei an den Mauthäuschen zu. Fünf Polizisten waren noch am Leben und nahmen ihn weiterhin unter Beschuss. Er stand auf, stützte sein Gewehr an der Hüfte ab und ging langsam auf sie zu, während die Kugeln sengend an seinem Gesicht vorbei zischten.

Die Polizisten rührten sich nicht von der Stelle, sondern belegten ihn weiter mit stetem Kugelhagel. Ihre Gesichter waren von den silbernen Helmen und spiegelnden Sonnenbrillen verdeckt. Eine Gestalt unterschied sich von den anderen: In der Polizeiuniform steckte eine Frau, die Helm und Sonnenbrille abgenommen hatte, so dass ihr Gesicht zu sehen war. Mit ihrer üppigen Mähne langen schwarzen Haars sah sie umwerfend aus. Sie musterte Hartland mit einer Miene, die Überraschung verriet.

Wohl wissend, dass die Polizisten ihn auf diese Entfernung nicht verfehlen konnten, blieb er stehen, ohne sich zu rühren. Kurz darauf trafen ihn Kugeln in die Brust, so dass er nach hinten auf die Straße geschleudert wurde. Sein letzter Blick fiel auf einen der hohen Masten der Hängebrücke, der sich, in glänzendes Rot getaucht, scharf gegen den erstarrten Himmel abzeichnete. Plötzlich erwachte zwischen den Brückenträgern ein Leuchtsymbol zum Leben.

Ein Schwein, Teil einer Zeichentrickanimation, torkelte dümmlich grinsend ins Bild und ließ sich Schlamm verspritzend oben am Rande der Bildfläche nieder. In seiner Schnauze steckte eine Schriftrolle, die sich jetzt entfaltete und die Worte enthüllte:

World Copyright Stuck Pig Encounters*
Besuchen Sie unsere Website
Unseren Katalog können Sie gebührenfrei
unter 1-800-STUC-PIG anfordern

Immer noch wurde sein Körper von Kugeln durchsiebt. Es tat sehr weh.

Die darauf folgende Stille dauerte zwar nicht ewig, aber selbst wenn, hätte Hartland nichts davon gemerkt, denn er war hirntot und somit ohne jedes Zeitmaß. Kurz nachdem die Technikerin das Ende seiner ExEx-Simulation registriert hatte, drückte sie auf den Türöffner, so dass Licht in die Kabine strömte, in der Dave Hartwells Leichnam lag.

Die Technikerin hieß Patricia Tarrant. Sie war hochgewachsen und hatte ein Gesicht, das man nicht so leicht vergaß, ihr braunes Haar war straff zurückgekämmt. Gelassen betrachtete sie den Mann, der dort tot am

---

* etwa: Begegnung mit abgestochenen Schweinen – weltweites Urheberrecht – *Anm. d. Ü.*

Boden lag. Er hatte beide Arme nach hinten geworfen – eine Geste, die bei ExEx-Kunden nicht ungewöhnlich war. Patricia zerrte seine Arme nach unten, wälzte den Mann mit einiger Mühe auf die Seite und holte die Nano-Spritze heraus.

Sie legte sie waagerecht unten am Nacken an und suchte nach der winzigen Klappe, die die Verbindung zu den Nervensträngen an der Wirbelsäule herstellte. Als Nächstes ließ sie die Nadel der Spritze in die Klappenöffnung gleiten und drehte die Plastikverrieglung herum, um die Klappe zu versiegeln. Während sie die Spritze dort stecken ließ, tastete sie unterhalb der winzigen Klappe nach dem Mikroschalter. Eigentlich hätte sie dazu ein besonderes Instrument benutzen müssen, aber sie hatte diese Hilfsmaßnahme schon so oft durchgeführt, dass sie inzwischen fast nur noch Fingerspitzengefühl anwandte. Zu Hartlands Reanimation legte sie den Mikroschalter um, was sofort zur Folge hatte, dass sich Hartland ächzend regte und tief Luft holte. Ein Schultermuskel zuckte leicht.

»Alles klar, keine Bange, Mr. Hartland«, murmelte sie mechanisch, um ihn zu beruhigen. »Das kommt schon wieder hin. Sagen Sie's mir, wenn irgendwas wehtut.«

Er lag da, ohne sich zu rühren, allerdings verrieten ihr die Augenbewegungen hinter den Lidern, dass er dabei oder kurz davor war, das Bewusstsein wiederzuerlangen. Sicherheitshalber griff sie zur Konsole über dem Rollwagen hinüber und gab dem Sanitätsdienst das Zeichen, sich in Bereitschaft zu halten. Das Rufsignal teilte den Sanitätern mit, dass eine Reanimation im Gange, derzeit jedoch nicht mit Komplikationen zu rechnen war.

Nachdem der Neurochip Dave Hartwell zurück ins Leben gebracht hatte, entfernte sie ihn mit der Spritze aus seinem Körper und ließ ihn geschickt in die unten angebrachte Phiole gleiten. Mit Hilfe der Sensoren ortete sie auch die übrigen Nanochips und holte sie aus der

Klappe heraus, indem sie einen nach dem anderen mit der Spritze ansaugte. Als jedes der winzigen Module geborgen war, trug sie die Phiole zur ExEx-Vitrine.

Was jetzt noch zu erledigen war, vollzog sich völlig automatisch: Die Chips wurden elektronisch geprüft, um sicherzustellen, dass es sich um dieselben handelte, die man dem Kunden vor der Simulation zugeteilt hatte, dann wurden sie zum Ultraschalldampfstrahler befördert, gesäubert und dabei von sämtlichen Körperflüssigkeiten und Zellen David Hartlands befreit. Danach wurden die Nanochips der Reihe nach deprogammiert, gescannt, formatiert, reprogrammiert und bis zur nächsten Anwendung weggeschlossen.

Die ExEx-Vitrine war nicht nur zuverlässig gegen jede Verunreinigung aus der Luft und Umwelt abgedichtet, sondern auch so gut abgesichert, dass sich kein Kunde daran vergreifen konnte. Die vollautomatischen Vorgänge nahmen nicht mehr als 4,3 Sekunden in Anspruch, wobei die meiste Zeit auf die Ultraschallreinigung der Chips entfiel.

Insgesamt waren Hartland vor der ExEx-Simulation sechshundertdreizehn Neurochips unterschiedlicher Art ins Nervensystem injiziert worden, und genau sechshundertdreizehn wurden auch wieder herausgeholt, gereinigt und reprogammiert.

Nachdem Patricia Dave Hartwells Reanimation abgeschlossen hatte, ließ sie ihn allein, damit er sich, so lange er wollte, erholen konnte.

@ @ @

Hartland setzte sich auf und musterte vom Pritschenrand aus die leere Kabine. Er fühlte sich müde und apathisch, aber als er wieder klarer denken konnte und ihm einfiel, was während der Simulation passiert war, kam er mehr und mehr zu der Überzeugung, dass man ihm übel mitgespielt hatte. Patricia kehrte nach einer Viertelstunde zurück und fragte ihn, ob er wieder fit sei. Als er bejahte, reichte sie ihm Vordrucke, auf denen er die ordnungsgemäßen Leistungen des Unternehmens mit seiner Unterschrift bestätigen sollte.

»Ich bin nicht bereit, irgendwas zu unterschreiben, Pat«, erklärte er und schob ihr die Blätter wieder zu. »Diesmal nicht.«

»Gibt's dafür einen bestimmten Grund?«, fragte Patricia, für die das offenbar nicht überraschend kam.

»Sicher. Es war großer Mist, ganz und gar nicht das, was ich sehen wollte.«

»Könnten Sie dann wenigstens das hier unterschreiben?« Patricia überschlug die ersten drei Seiten und deutete auf das letzte Blatt. »Sie wissen, was das ist. Damit bestätigen Sie, dass ich Sie unverzüglich und einwandfrei reanimiert habe.«

»Ich will mich auf nichts festlegen. Ich bin nämlich echt sauer über das, was da los war.«

Nach kurzem Zögern nahm er ihr das Blatt, das sie ihm immer noch hinstreckte, aus der Hand und las es durch. Selbstverständlich stand da genau das, was sie gesagt hatte. Als er unterschrieben hatte, bedankte sie sich bei ihm. »Falls Sie sich beschweren wollen, sollten Sie sich an Mr. Lacey wenden. Er ist hier der Chef, der für die Auswahl der Software zuständig ist.«

»Die Simulation war völliger Mist, Pat.«

»Welche war's denn?«

»Die mit Gerry Grove.«

»Hab's mir fast schon gedacht. Über die haben sich schon viele beschwert.«

»Ich war mehr als drei Monate auf der Warteliste. Was wurde ein Werberummel darum gemacht! Und dann soll man dafür sogar noch mehr Geld berappen als für alles, was ich mir jemals an Simulationen reingezogen habe …«

»Ich bitte Sie ... Ich hab damit wirklich nichts zu tun. Ich versteh ja, dass Sie sauer sind, aber ich sorge doch nur dafür, dass die Anlage richtig funktioniert.«

»Klar doch, es tut mir Leid.«

Sie verließ kurz die Kabine, ging an ihren Schreibtisch und kam mit einem weiteren Vordruck zurück. »Hier, füllen Sie das aus. Sie können's entweder am Empfang abgeben oder sich damit direkt an Mr. Lacey wenden, falls er Zeit hat.«

»Ich verlange eine Kostenrückerstattung. Ich werd doch nicht all das Geld für ...«

»Wahrscheinlich klappt das auch, aber das muss Mr. Lacey genehmigen. Ich hab die Listennummer der Simulation auf dem Blatt notiert. Sie müssen nur noch erklären, was Ihnen so missfallen hat.«

Er starrte auf den Vordruck, der den Schriftkopf trug:

GunHo Corporation – Bei uns ist der Kunde König: Unser Vertrag garantiert Ihnen die Erfüllung Ihrer Wünsche.

»Einverstanden. Danke, Pat. Tut mir Leid, dass ich Sie so angefahren habe.«

»Macht doch nichts. Aber wenn Sie ihr Geld zurückhaben wollen, dann sind Sie bei mir an der falschen Adresse.«

»Seh ich ein. Tut mir Leid.«

»Wie fühlen Sie sich? Bereit, in die Wirklichkeit zurückzukehren?«

»Glaub schon.«

@ @ @

Da Mr. Lacey an diesem Nachmittag nicht im Hause war, nahm Dave Hartland auf Einladung der jungen Frau am Empfang in der Eingangshalle Platz und füllte das Beschwerdeformular aus. Die ersten vorgedruckten Angaben strich er durch: technisches Versagen, Nachlässigkeit oder Fehler des Bedienungspersonals, unfreundlicher Service, falsche Auswahl der Software, Störung durch Stromausfall und so weiter. Stattdessen konzentrierte er sich auf ein Feld des Formulars, das die Überschrift SONSTIGES trug. Für die Antwort war viel Platz gelassen worden, hier konnte der Kunde seine Beschwerde in eigene Worte fassen, und genau das hatte Dave vor. Nach einigem Überlegen schrieb er:

1. Der Schauplatz dieser Simulation war nicht Bulverton. Weder gibt es in der Nähe von Bulverton irgendwelche Berge, noch hohe Bürogebäude, eine Hängebrücke oder einen Fluss, es gibt dort auch keinen Rechtsverkehr. Der einzige Bezug zu Gerry Grove besteht darin, dass sein Name erwähnt wird.
2. Im Mittelpunkt dieser Simulation steht eine Polizeibelagerung in typisch amerikanischem Stil, nicht ein Amokschütze, der auf der Suche nach Opfern durch die Straßen streift. Da mein Bruder eines dieser Opfer war, hoffte ich zu erfahren, wie er gestorben ist. Dieser Simulation konnte ich nichts entnehmen.
3. Ich habe mich über mehrere Wochen hinweg auf die Warteliste für diese Simulation setzen lassen, für die in der Zeitung geworben wurde, und viel Geld dafür bezahlt. Ich verlange eine Rückerstattung.

Er reichte das Formular der Empfangsdame, die es kurz überflog. »Ich werde dafür sorgen, dass Mr.Lacey es morgen früh erhält«, erklärte sie. »Über diese Simulation haben sich schon so viele beschwert, dass davon die Rede war, sie aus dem Verkehr zu ziehen und durch eine neue zu ersetzen. Allerdings gibt's immer noch Menschen, die das sehen wollen.«

»Es ist völliger Schrott, nur ein blödes Spielchen. Meine Kinder haben ähnliche Computerspiele.«

»Anscheinend wollen die Leute genau das.«

»Es könnte überall spielen. Hat überhaupt nichts mit dem zu tun, was hier passiert ist. Haben Sie's mal gesehen?«

»Nein, noch nie.« Sie verstaute das Formular in einer Schublade. »Ich glaube, mit der Rückerstattung wird's keine Probleme geben. Könnten Sie morgen Nachmittag wiederkommen oder uns anrufen?«

»Ja, klar.«

Immer noch verärgert, ging er hinaus. Es war ein kalter Abend, vom Meer her wehte ein scharfer Wind. Dave Hartland schlug den Mantelkragen hoch und machte sich auf den langen Heimweg, den Hügel hinunter zu seinem Haus in der London Road.

6. k@pitel

Am Morgen machte sich Teresa auf die Suche nach ihrem Frühstück und fand den Hotelinhaber und die Frau, mit der sie sich in der Bar unterhalten hatte, in dem winzigen Büro im Erdgeschoss, wo sie offenbar auf sie gewartet hatten. Kaum hatte sie die unterste Treppenstufe erreicht, trat der Mann aus dem Zimmer, um sie zu begrüßen.

»Mrs. Simons?«, fragte er. »Guten Morgen. Tut mir Leid, dass wir gestern Abend keine Gelegenheit hatten, uns kennen zu lernen. Ich bin Nicholas Surtees. Amy hat mir nicht gesagt, dass wir einen Gast erwarten, ich habe erst davon erfahren, als sie schon eingecheckt hatten.«

»Sie hat sich gut um mich gekümmert.«

»Sagt Ihnen das Zimmer zu?«

»Es ist wunderbar«, erwiderte Teresa und unterdrückte sofort die seltsamen, bösen Gedanken, die ihr beim Ankleiden gekommen waren. Sie war hin und her gerissen: Einerseits hatte sie, wie ihr klar geworden war, etwas typisch Englisches, Verschrobenes erwartet, nicht etwas so Vertrautes, Modernes, wie man es überall in der Welt in den Hotels für Geschäftsreisende findet. Andererseits gefiel es ihr, dass sie Satellitenprogramme einschließlich CNN empfangen konnte und das Zimmer eine Minibar hatte, außerdem imponierten ihr der persönliche Faxanschluss und das moderne, schön ausgestattete Bad. Offenbar hatte sie sich tief im Innern eine altmodische Besenkammer mit einer Waschschüssel und einem Krug kalten Wassers gewünscht, ein durchgelegenes Bett und ein Bad, das zweihundert Meter weiter auf dem Gang lag.

»Möchten Sie heute Morgen bei uns frühstücken?«

»Ich denke schon.«

Er deutete auf einen Raum am Ende des Gangs. Ihr fiel auf, dass Amy immer noch hinter ihm stand und diesen Austausch von Banalitäten mit Auge und Ohr verfolgte. Teresa lächelte höflich und ging an beiden vorbei. Schon war ihr die Situation unangenehm. Nach der großen Stille zu schließen, die sich, kurz nachdem sie zu Bett gegangen war, über das Hotel gesenkt hatte, war sie hier der einzige Übernachtungsgast. Das gab ihr das Gefühl, im Rampenlicht zu stehen, und jetzt schon tat es ihr Leid, dass sie sich nicht für ein bisschen mehr Geld in einem größeren, unpersönlicheren Hotel einquartiert hatte. Alles, was sie tat, würde registriert, kommentiert und womöglich auch kritisiert werden.

Was sie suchte … Nun ja, sie wusste bis auf ganz allgemeine Dinge selbst nicht genau, was sie hier in Bulverton eigentlich suchte, aber das allgemeine Bedürfnis schloss jedenfalls den ausgeprägten Wunsch ein, in Ruhe gelassen zu werden. Sie wollte sich im Hintergrund halten und nicht wie eine typische amerikanische Touristin aussehen oder wirken. Wahrscheinlich hätte ihr Vater einen dieser typisch amerikanischen Touristen abgegeben – er gehörte zu der Sorte von Landsleuten, die in der ganzen Welt herumreisten, ohne die Heimat je zu verlassen. Allerdings würde sie, wenn sie hier auffiel, auch nichts daran ändern können, so viel war ihr klar. Ihr Aufenthalt in Bulverton war völlig sinnlos, wenn sie nicht mitten in der Stadt übernachtete und wohnte.

Der Weiße Drache galt als bestes Hotel der Stadt. Sie war fast zufällig darauf gestoßen: Einen Abend hatte sie mit dem Surfen durchs Internet verbracht, dabei eine Liste britischer Hotels gefunden und die im Osten von Sussex angeklickt. Der Weiße Drache war das einzige

Hotel, das für Bulverton aufgeführt war, aber es wurde empfohlen. Mit ungutem Vorgefühl hatte sie ihre Buchung und Anzahlung am nächsten Tag per Luftpost weggeschickt und war freudig überrascht gewesen, als sie bereits zwei Tage später per Fax eine Empfangsbestätigung und Quittung erhalten hatte.

Im Speisesaal war es kalt, obwohl ein großes offenes Kaminfeuer brannte. Seitlich war ein Büffet mit kalten Frühstückszutaten wie Getreideflocken, Früchten, Milch und Saft aufgebaut. Offenbar hatten sie sich die ganze Mühe nur um ihretwillen gemacht. Falls sie, wie sie vermutete, der einzige Hotelgast war, wurde hier mehr aufgetischt, als sie essen konnte, und die Auswahl war größer, als ihr lieb war. Genau wie in den Restaurants daheim, die ihren ganzen Stolz darein setzten, der amerikanischen Kundschaft ihr Übergewicht zu erhalten.

Nachdem sie sich ein Schälchen mit gemischten Zitrusfrüchten und ein Müsli genommen hatte, wählte sie einen Platz am Fenster. Insgesamt gab es hier sechs Tische, und alle waren für vier Personen gedeckt. Ihr Tisch bot Aussicht auf eine Hauptverkehrsstraße, auf der sich der Verkehr langsam wie bei einem Leichenzug dahinquälte. Es waren nur wenige Fußgänger unterwegs.

Amy kam herein, um ihre Bestellung für den Hauptgang aufzunehmen.

Es schloss sich eine lange, öde Wartezeit an. Inzwischen bedauerte sie, dass sie morgens nicht als Erstes ausgegangen war und sich eine Zeitung besorgt hatte. Sie hatte angenommen, vor dem Hoteleingang auf eine Reihe von Zeitungsautomaten zu stoßen, und die Tatsache, dass es keine gab, hatte ihre Unternehmungslust gebremst. Ihre Unfähigkeit, amerikanische Vorstellungen über Bord zu werfen, hatte das beklemmende Gefühl, hier nichts als ein Eindringling zu sein, noch verstärkt. Es gefiel ihr ganz und gar nicht, allein unterwegs zu sein, und sie bezweifelte, dass sie sich jemals daran gewöhnen würde. Mittlerweile gab es für sie nur noch die Leere, in der Andy ihr fehlte, die Stille, das Wissen, dass er nie wiederkommen würde. Einen großen Teil der Nacht hatte sie in dieser Leere verbracht: Die Sehnsucht nach ihm ließ sie nie los, und als sie aufgrund des Jetlags nicht hatte einschlafen können, war ihr die ganze Zeit im Kopf herumgegangen, was sie verloren hatte. Im Dunkeln hatte sie auf die Stadt gelauscht, und die ungeheure Stille, die unheimliche Ruhe ringsum hatten ihre Phantasie beflügelt, so dass sie sich Bulverton als einen Ort vorgestellt hatte, an dem sich alle Trauer konzentrierte. Sie war nicht die einzige Witwe in Bulverton, aber das half ihr auch nicht weiter. Ganz und gar nicht.

Da von ihrem Frühstück noch immer nichts zu sehen war, stand Teresa vom Tisch auf und ging den Gang entlang zurück zum Büro, wo Nick Surtees am Computer saß.

»Kann ich hier irgendwo eine Zeitung kaufen?«, fragte sie.

»Ja, selbstverständlich. Ich lasse Ihnen eine bringen. Welche möchten Sie?«

Im Augenblick fiel ihr überhaupt keine ein, denn daheim las sie normalerweise die *Washington Post*, und sie hatte nicht weiter darüber nachgedacht. »Vielleicht die *Times?*«, schlug sie vor, da das die erstbeste Zeitung war, die ihr in den Sinn kam.

»Gut. Möchten Sie die jeden Tag? Soll ich die Zeitung für Sie bestellen?«

»Ja, bitte.«

Als sie an ihren Tisch zurückkam, hatte dort jemand, vermutlich Amy, ein silbernes Kaffekännchen hingestellt, außerdem auch mehrere dreieckige Toastscheiben, die in einem silbernen Halter steckten. Sie nahm eine noch warme Scheibe, bestrich sie mit irgendeinem fettarmen gelblichen Belag, den sie einer winzigen Fertigpackung entnahm, und sah sich nach dem Fruchtgelee um, bis ihr wieder einfiel, in welchem Land sie sich befand. Also bestrich sie den Toast mit Orangenmarmelade. Es schmeckte ihr so gut, dass sie sich vornahm, sich nach der Marke der Marmelade und dem Geschäft zu erkundigen, wo sie selbst sie beziehen konnte.

Frisch gebadet und warm angezogen, ging Teresa eine Stunde später nach unten, um Nick Surtees noch einmal in seinem Büro aufzusuchen. Obwohl sie noch gar nicht lange auf war, fühlte sie sich schon wieder müde. Beim Anziehen hatte sie im Kopf das quälende Pochen gespürt, das eine Migräne ankündigte. Sie hatte keine Anti-Migränemittel dabei, da sie angenommen hatte, diese Plage sei vorbei, aber sie hätte es besser wissen müssen. Vielleicht war der Flug an diesem Anfall schuld. Der Gedanke, sich hier einen Arzt suchen zu müssen, der ihr sicher irgendwelche unbekannten Medikamente verordnen würde, machte ihr Angst.

Nick Surtees war nicht in seinem Büro, aber der Computer war eingeschaltet, wie ihr die leuchtenden Zufallsmuster des Bildschirmschoners verrieten. Das Programm kam ihr bekannt vor. Bei dem Gedanken, dass hier dieselbe Software wie überall in den USA benutzt wurde, musste sie flüchtig lächeln.

Amy war in der Bar mit Staubsaugen beschäftigt. Teresa ging einfach dem lauten, unregelmäßigen Brummen des Geräts nach, bis sie auf Amy stieß, die bei ihrem Anblick den Staubsauger sofort ausschaltete. »Kann ich Ihnen irgendwie behilflich sein?«, fragte sie.

»Ja. Ist Mr. Surtees im Hause?«

»Müsste er eigentlich, vielleicht unten im Keller.« Zu Teresas Überraschung stampfte die junge Frau dreimal mit dem Schuhabsatz auf. »Falls er dort unten ist, wird er gleich hochkommen«, erklärte sie.

Kurz darauf tauchte Nick in der Tür auf. Er schleppte eine große Bierkiste aus Kunststoff, in der dunkle Flaschen mit Lagerbier, gekrönt von glänzender Goldfolie, aufgereiht waren. Nachdem er die Kiste auf dem Tresen abgestellt hatte, geleitete er Teresa zurück in sein Büro, da Amys Staubsauger wieder dröhnte.

»Wie ich sehe, beschäftigen Sie sich mit Computern«, bemerkte Teresa.

»Eigentlich nicht ernsthaft«, erwiderte er, »jedenfalls nicht mehr so intensiv wie früher. Ich benutze den Computer nur zum Briefe schreiben und für die Buchhaltung der Bar. Amy erfasst damit auch die Zimmerreservierungen.«

»Ich habe gehofft, Sie könnten mir mit meinem helfen. Ich habe meinen Laptop mitgebracht, weiß allerdings nicht so recht, ob ich ihn hier in England überhaupt benutzen kann. Er hat aufladbare Batterien, aber ich muss sie aus dem Stromnetz aufladen, und vielleicht ist das hier ein anderes als bei uns.«

»Haben Sie den Computeranschluss in Ihrem Zimmer schon entdeckt? Der ist mit den meisten Laptops kompatibel.«

»Nein, den hab ich nicht gesehen.« Teresa fiel auf, dass die Eigenarten des Hotels und der englischen Aussprache ihr das Gefühl von Unselbständigkeit gaben. Ihr Verhalten musste diesen Leuten wohl so vorkommen, als spiele sie die Rolle des hilflosen Weibchens. Dabei war sie selbst es gewesen, nicht etwa Andy, die den Laptop angeschafft hatte. Andy hatte gesagt, er habe bei der Arbeit so viele Computer um sich, dass er sich nicht auch noch daheim damit befassen wolle. Auch Teresa erledigte einen Großteil ihrer Arbeit mit Computern, aber gerade das hatte ihr gezeigt, wie nützlich ein tragbares Gerät sein konnte. Inzwischen konnte sie sich gar nicht mehr vorstellen, wie sie ohne ihren Laptop auskommen sollte.

»Da ist noch etwas«, sagte Teresa. »Hier gibt's doch bestimmt irgendeine Apotheke?«

»Boots hat hier eine Niederlassung, außerdem gibt's noch zwei kleinere Apotheken. Soll ich Ihnen den Weg beschreiben?«

»Nein, danke. Ich hatte sowieso vor, einen Spaziergang durch die Stadt zu machen.«

@ @ @

Es war ein kalter, windiger Tag, aber glücklicherweise regnete es nicht. In ihren Steppmantel mit der Kapuze gehüllt, verließ Teresa das Hotel und schlenderte die Straße hinauf, die seitlich am Hotel vorbeiführte. Nachdem sie das stillose Durcheinander von Stadthäusern und kleinen Geschäften aus dem Zwanzigsten Jahrhundert hinter sich gelassen hatte, befand sie sich jäh im Bereich der Altstadt.

Früher einmal hatte Bulverton dort gelegen, wo der Meeresarm in einen natürlichen Hafen übergegangen war. Inzwischen war der Hafen längst verlandet und wurde schon seit vielen Jahrhunderten nicht mehr benutzt, aber alle Häuser in diesem Stadtteil waren so gebaut, als sei der Hafen noch vorhanden. Sie lagen ringsum an den Abhängen niedriger Hügel und wiesen Richtung Meer. Dort, wo früher dem Vernehmen nach phönizische und levantinische Frachtschiffe angelegt hatten, befand sich heute ein Park mit vielen Bäumen, zu dem auch ein kleiner Teich für Boote und Enten, ein Rasen und Tennisplätze gehörten. Im Laufe der Jahrhunderte waren viele alte Häuser durch neue ersetzt oder renoviert worden, aber abgesehen von wenigen Stellen, an denen moderne Bauten eingefügt worden waren – vermutlich nach der deutschen Bombardierung während des Zweiten Weltkriegs –, sahen alle Gebäude wohltuend veraltet aus. Und selbst die modernen Häuser wirkten nicht allzu deplatziert.

Die Gebäude in Parknähe waren größtenteils kleine

Ferien- oder Wohnhäuser, viele davon inzwischen zu Geschäften, Restaurants oder Büros umgewandelt, aber oberhalb und jenseits dieser Häuser ragten auf mehreren Hangebenen stattliche weiße oder pastellfarbene Bauten auf.

Während Teresa dastand und die Reihen reizender alter Häuser betrachtete, spürte sie, wie das Gefühl eines Déjà-vus sie überwältigte: Sie war schon einmal hier gewesen, in diesem Park, in dieser freundlichen Stadt, die ihre besten Zeiten hinter sich hatte. Plötzlich stieg eine Welle von Übelkeit in ihr auf. Um das unangenehme Gefühl loszuwerden, warf sie den Kopf zur Seite, als wolle sie irgendetwas oder irgendwen in die Schranken weisen.

Es klappte: Sie spürte, wie ihr Kopf wieder klarer wurde. Ihre Migräneanfälle hatte sie mit Rücksicht auf ihren Arbeitsplatz stets für sich behalten, denn alles, was auf ein chronisches Leiden deutete, war den Aufstiegsmöglichkeiten beim FBI nicht gerade zuträglich. Auch die Einnahme von Medikamenten stellte ein Risiko dar: Alle FBI-Agenten mussten sich nach dem Zufallsprinzip Urin- und Bluttests unterziehen, und man konnte nie wissen, welche Konsequenzen der überprüfende Ärztestab aus dem Nachweis bestimmter chemischer Substanzen im Körper ziehen würde. Ein Freund von Andy hatte ihr einen Psychotherapeuten in Washington empfohlen, der ihr bestimmte Methoden gezeigt hatte, Migräneanfälle schon beim ersten Anzeichen abzuwenden. Ein paarmal hatte das auch geklappt, später hatte sie allerdings andere Möglichkeiten ausprobiert.

Als sich Teresa ein bisschen besser fühlte, spazierte sie mitten durch den Park und genoss die kalte Luft und die friedliche Atmosphäre. Durch das Dickicht von Ästen schön gewachsener Büsche und Bäume konnte sie immer wieder einen kurzen Blick auf die Häuser ringsum werfen. Sie konnte sich gut vorstellen, wie friedlich dieser Park im Sommer wirken musste. Selbst jetzt, da kaum Laub an den Bäumen hing, war der Verkehrslärm nur schwach zu hören.

Gemächlich schlenderte sie weiter, fast schon darauf gefasst, auf eine Hamburgerbude oder eine Sporteinrichtung zu stoßen, aber davon war nirgendwo etwas zu sehen, der ganze Park wirkte auf angenehme Weise verwildert. Dass irgendjemand den Park förderte, erkannte sie nur an einer Reihe von Holzbänken, die an verschiedenen Aussichtspunkten aufgestellt waren und alle kleine Plaketten zur Erinnerung an verstorbene Einwohner Bulvertons trugen. Eine Gedenktafel berührte Teresa ganz besonders: *Zur steten Erinnerung an Caroline Prodhon (gestorben 1993), die diesen Park so geliebt hat.*

Nachdem Teresa den Park ganz durchquert hatte, stieß sie irgendwann auf ein Tor, das zu einem Wohngebiet oben am Hügel führte. Sie hielt sich rechts und machte sich am Park entlang auf den Rückweg nach unten, Richtung Meer. Hin und wieder blieb sie stehen, um in die Schaufenster der kleinen Geschäfte am Straßenrand zu blicken. Aber ihr Äußeres täuschte, wie sie feststellen musste: Viele der Läden, die hier im Verborgenen zu blühen schienen, entpuppten sich, wenn man direkt davor stand, als geschlossen, manche waren sogar völlig leer geräumt. Darunter gab es auffallend viele Antiquitätenläden und Buchantiquariate, aber kaum ein Geschäft war beleuchtet oder auf Kundschaft eingestellt. Vor allem die Antiquitätenläden sahen so aus, als würden sie eher als Lagerräume als für den öffentlichen Verkauf genutzt. An ein paar von den Geschäften wiesen mit Reißzwecken befestigte Karten an der Tür darauf hin, dass Paketsendungen bei einer anderen Adresse in der Nachbarschaft zugestellt werden sollten.

Beim Blick in die Schaufenster stellte Teresa sich vor, wie schön es sein musste, einige dieser Truhen, Stehlampen, Tische, Bücherregale und Kommoden zu erwerben, die so massiv, wohlgestaltet und alt wirkten. Während sie die antiken Möbel betrachtete, spürte sie unterschwellig den Nachhall einer Kultur, die mit ihrer Geschichte, ihrer langen, viele Generationen umfassenden Tradition, ihren tief verwurzelten Sitten und Gebräuchen so gänzlich anders war als die ihr vertraute. Dies waren Zeugnisse einer typisch europäischen Zivilisation, einer Kultur, die sie hinter sich gelassen hatte, als ihr Vater sie vor so vielen Jahren nach Amerika verpflanzt hatte. In ihr steckte noch so viel vom britischen Erbe, dass sie diese Kultur mit einer Art von Nostalgie wiedererkannte, allerdings auch so viel amerikanische Sozialisation, dass sie sich einen Teil davon unbedingt sichern und kaufen wollte. Nur waren nirgendwo Preisschilder zu sehen, außerdem war da immer noch die Frage, wie sie derart schwere und sperrige Möbelstücke überhaupt nach Hause transportieren sollte. Worauf ihr mit jähem, heftigem Kummer das jetzt unbewohnte Haus in Woodbridge am Potomac einfiel, und das löste wieder einmal Gedanken an Andy und den Grund dieser Englandreise aus.

Als sie an der Hälfte der geschlossenen Geschäfte vorbeigeschlendert war, wandte sie sich nach links und stieg den Hügel hinauf, um sich die größeren Häuser anzusehen. Dieser Teil war reines Wohngebiet und musste, dem äußeren Eindruck nach, recht wohlhabende Bewohnerinnen und Bewohner haben. Zwar parkten Autos am Straßenrand, aber die vor jeder Häuserreihe angelegten Wege waren offensichtlich nur für Fußgänger bestimmt. Von diesem vergleichsweise hohen Aussichtspunkt aus hatte sie einen guten Überblick über das Städtchen, dessen schlichte Anmut sie immer noch verzauberte. Zu Hause kannte sie nicht einen Ort, der ähnliche Wirkung auf sie gehabt hätte. Unmittelbar gegenüber, auf der anderen Seite des Parks, stand eine große

Kirche mit viereckigem Turm, an die sich Häuser kuschelten. Dahinter entdeckte Teresa höhere Gebäude mit lang gestreckten Dächern und auf derselben Seite, zum Meer hin, die bunten Schirme eines offenen Marktes. Auch hier ragten im Hintergrund hohe Gebäude jüngeren Datums auf.

Landeinwärts lag in der Ferne ein Hügelkamm, auf dem sich moderne Häuser ballten. Sie versuchte sich vorzustellen, wie es an jenem Tag in dieser verschlafenen Kleinstadt zugegangen war, als Gerry Grove mit seinem halbautomatischen Gewehr Amok gelaufen war. In den Beiträgen aus England hatten die Reporter geschildert, wie das ruhige Städtchen durch die gewalttätigen Ausschreitungen erschüttert und grob aus dem friedlichen Schlaf gerissen worden war und so weiter – all das mit den üblichen Klischees, die bei den Journalisten so beliebt waren. Aber hier handelte es sich nicht um den kitschigen Aufdruck einer Bonbonschachtel oder den romantischen Schauplatz eines Liebesfilms, hier wohnten und arbeiteten Menschen, hier zogen sie ihre Kinder auf und pflegten ihre Blumen, verliebten sich oder schlugen einander den Schädel ein, bemühten sich um ihren Lebensunterhalt oder um Nützliches für die Gemeinde ... Und einer unter ihnen, ein introvertierter, einsamer Jugendlicher, mehrfach vorbestraft wegen kleinerer Vergehen, war ein Waffennarr gewesen.

Natürlich kam Teresa aus einem Land, in dem viele Menschen verrückt nach Waffen waren. Auch sie selbst fand Waffen faszinierend. An sich war das ja auch noch nichts Schlimmes, sie konnte es nachvollziehen. Aber dass sich ein solch schreckliches Blutbad ausgerechnet *hier* ereignet hatte – schließlich war Bulverton wohl der letzte Ort, an dem man mit einem Amokschützen gerechnet hätte –, erschien ihr fast unbegreiflich.

Genauso wenig hatten die Touristen im tasmanischen Port Arthur, die Schulkinder in Dublane oder die Studenten im texanischen Austin mit derartigen Ereignissen gerechnet. All das waren nette ruhige Orte gewesen, an denen es sich gut leben ließ, der Typ von Kleinstadt, in der mehr Menschen zuzogen als wegzogen. Natürlich gab es gefährliche Großstädte, und in allen Großstädten Stadtteile, in denen man, sofern man bei klarem Verstand war, nicht allein oder nach Einbruch der Dunkelheit herumspazierte. Aber die meisten Menschen hielten instinktiv und unerschütterlich an der Vorstellung fest, dass schlimme Dinge nur an schlimmen Orten passieren können. In völligem Gegensatz dazu zählte Bulverton zu den Orten, nach denen man geradezu sucht, wenn man noch tröstlichen Vorbildern Ausschau hält.

Woran lag das? Während Teresa auf das weitgestreckte Stadtgebiet hinunter starrte, das sie von hier aus überblicken konnte, versuchte sie das, was sie so ansprach, einzukreisen und zu benennen. Es war nicht nur das typisch Englische, auch nicht die Anmut der Stadt, schließlich gab es überall schöne Orte, und Bulverton bot sowieso ein viel zu großes Gemisch von Stilen, um einfach nur hübsch zu wirken. Die Umgebung ihres Hotels war durchaus hässlich, zwar auf typisch englische Weise hässlich, aber trotzdem auf vertraute Weise hässlich. Dieser Bezirk hätte überall, in jeder beliebigen Stadt liegen können. Vielleicht hatte die Anziehung, die Bulverton auf sie ausübte, mit einem Gespür für angemessene Proportionen zu tun. Jedes Gebäude hob sich vom anderen ab, dennoch war eines nach dem anderen so errichtet worden, dass es sich in die anderen Bauten einfügte. Auch das Maß spielte eine Rolle: Bulverton war eine Stadt, die allmählich gewachsen war, im Tal und rund ums Tal. Amerikanische Architekten hätten sich darin überboten, das größte, grellste Gebäude in bester Lage zu errichten, aber hier wirkten die Bauten so, als fügten sie sich organisch zu einem Ganzen zusammen – als bestehe eine stillschweigende Übereinkunft darüber, was jeder Ortsansässige von Bulverton erwarten konnte und sollte.

All das ergab ein Gesamtbild, das schlicht und natürlich gewachsen wirkte. Zwar hielt sie sich ja erst wenige Stunden vor Ort auf – und hatte den größten Teil der Zeit zu schlafen versucht –, aber sie empfand für das Städtchen jetzt schon mehr, als sie jemals für Washington, Baltimore, ja selbst für ihr nettes Schlafstädtchen Woodbridge empfunden hatte.

Noch einmal ging sie quer durch den Park, auf die Kirche zu, die sie zuvor entdeckt hatte. Die Kirche hieß Sankt Gabriel und stand auf einem niedrigen Hügel, davor lag ein kleiner Friedhof. Teresa versuchte, einige der Grabsteine zu entziffern, aber sie waren alle so verwittert, dass die Inschriften nicht mehr lesbar waren. Die Kirchentür war abgeschlossen und niemand, der sie für Teresa hätte öffnen können, in Sicht. Neben der Kirche stieß sie auf einen kleinen umzäunten Garten, dessen Tor nicht verriegelt war. Am Zaun hing ein Hinweisschild:

CROSS KEYS GARDEN

Hier stand früher das Gasthaus Cross Keys.
Am 17. Mai 1942 wurde es gegen 1 Uhr mittags von einer deutschen Bombe zerstört. Da dies an einem Sonntag um die Essenszeit geschah, war das Gasthaus voller Menschen. Es waren viele Opfer zu beklagen: Elf Einwohner von Bulverton starben, weitere sechsundzwanzig wurden schwer verletzt. Es war der schlimmste Verlust an Menschenleben, der die Stadt während des Zweiten Weltkriegs durch eine einzige Katastrophe getroffen hat.
Die Namen der Verstorbenen sind auf einer Gedenktafel festgehalten, die Sie im hinteren Teil des Gartens finden.

Teresa stieß das Tor auf und trat ein. Man hatte den Garten zwar nicht gänzlich verwildern lassen, aber er wurde offenbar auch nicht regelmäßig gepflegt. Das Gras des winzigen Rasens hätte dringend gemäht werden müssen, und von den Bäumen und Sträuchern hingen lange Schößlinge herab. Hinten an der Mauer entdeckte sie die Gedenktafel, musste zunächst jedoch den langen, dornigen Trieb eines Rosenbusches, der sich quer darüber gerankt hatte, zur Seite schieben. Sie musterte die Namen und versuchte, sie sich einzuprägen. Vielleicht würde sie unter den Stadtbewohnern ja zufällig auf den Verwandten eines Verstorbenen treffen. Da sie ihrem Gedächtnis nicht trauen konnte, kramte sie ihr Notizbuch heraus und notierte sich alle Familiennamen.

Elf Tote: Das waren weniger Opfer als bei Gerry Groves Amoklauf im letzten Jahr, dennoch war es eine furchtbare Katastrophe gewesen, die damals nicht weniger verheerend gewirkt haben musste als die spätere. Selbst für die Kriegszeit ein so grauenvolles Ereignis, dass es schlimmer kaum kommen konnte.

Gegenwärtig musste Bulverton immer noch den Schock verarbeiten, der auf Gerry Groves Amoklauf gefolgt war. Aber würde davon in fünfzig Jahren noch mehr in Erinnerung sein als der kurze Text auf einer solchen Tafel?

@ @ @

Teresa bog in eine Seitenstraße ein, die von der Kirche und der Gedenkstätte wegführte, und stieß bald darauf auf eine breite Einkaufsstraße. Wie sie dem Schild an einer der Kreuzungen entnahm, befand sie sich auf der alten Hauptstraße. Hier waren viele Menschen unterwegs, um ihre Einkäufe zu erledigen. Sie ging die Straße von Anfang bis Ende hinunter, sah jedem Menschen ins Gesicht und hatte dabei das Gefühl, viele Facetten des innerstädtischen Lebens bereits zu kennen, obwohl es ja erst ihr erster Vormittag in Bulverton war. Während des Spaziergangs ließ sie ihr Notizbuch aufgeschlagen, so dass sie sich die Adressen der Polizeiwache, der

Bücherei, des Postamts, der Banken und anderer Einrichtungen, die sie in den kommenden Tagen vermutlich noch brauchen würde, notieren konnte.

Bei einem Zeitungshändler kaufte sie sich einen Stadtplan und die Lokalzeitung, die sie im Laufen überflog. Falls das Blutbad die Menschen immer noch beschäftigte, schlug sich das jedenfalls nicht in den Lokalmeldungen nieder.

Vor den Büros der Stadtverwaltung, untergebracht in einem modernen Häuserblock, der allerdings so gebaut war, dass er sich unauffällig ins Gesamtbild fügte, entdeckte sie schließlich doch noch etwas, das ausdrücklich auf das Blutbad hinwies. Dort stand ein großes Schild in Form eines Uhrenzifferblatts, auf dem zu lesen war:

Aufruf des Bürgermeisters
anlässlich der Katastrophe von Bulverton

An der Stelle, an der sich normalerweise die Ziffer 12 befunden hätte, stand der Betrag 5 Millionen englische Pfund, und statt zwei Uhrzeigern gab es hier nur einen, der anzeigte, wie viel Geld bis jetzt schon zusammengekommen war. Gegenwärtig stand er ungefähr bei zwanzig Minuten vor der vollen Stunde, das heißt knapp über 3 Millionen Pfund, und dahinter war ein roter Balken eingezeichnet.

Neben der Eingangstür lagen Kränze. Teresa blieb kurz davor stehen und überlegte hin und her, ob sie hinübergehen und sich die Nachrufe ansehen sollte, was ihr allzu aufdringlich vorkam. Andererseits wollte sie nicht einfach so vorbeigehen, als hätte sie nichts bemerkt. Nach und nach wurde ihr klar, dass sie sich im Hinterkopf die ganze Zeit über mit der Katastrophe beschäftigt hatte. Es lag nicht nur an den Kränzen und Gedenktafeln, sie hatte ununterbrochen daran gedacht und auf Hinweise geachtet. Erst jetzt fiel ihr auf, dass sie auch in den Mienen der Passanten danach gesucht und sich, wie sie erst jetzt merkte, darüber gewundert hatte, wie wenig der Stadt nach außen hin von ihren Wunden und Narben anzumerken war. Insbesondere hatte es sie verblüfft, dass die Leute im Hotel kein Wort darüber verloren hatten. Allerdings verstanden es viele Menschen, ihren Kummer hinter einer gelassenen Miene zu verbergen.

Teresa wusste, dass auch sie selbst sich so verhielt. Es würde wohl das Beste sein, das, was sie sich vorgenommen hatte, sofort in die Tat umzusetzen: Bestimmte Menschen ausfindig machen, mit ihnen reden, Fragen stellen. Waren Sie an dem Tag, an dem es geschah, in der Stadt? Haben Sie Grove mit eigenen Augen gesehen? Wurden Sie selbst verletzt? Ist jemand, den Sie kannten, dabei ums Leben gekommen? Sie wollte sich genau das aussprechen hören, wollte die Antworten hören, wollte all diesem Kummer, der sich in ihr selbst und in diesen Menschen angestaut hatte, Luft machen.

Aber natürlich ging es sie im Grunde gar nichts an. Das entwaffnend freundliche Äußere des Städtchens, das reservierte Verhalten der Menschen auf der Straße, die Tatsache, dass sie hier niemanden gut genug kannte, um wenigstens ein beiläufiges Gespräch in Gang zu bringen – all das bestätigte ihr ja nur, dass sie überhaupt nicht hierher gehörte. Schon vor ihrer Abreise aus den USA hatte sie darüber nachgedacht. Ihr war durchaus klar gewesen, dass sie mit einer solchen Situation würde rechnen müssen, sie hatte sich gefragt, wie die Menschen in Bulverton sich ihr gegenüber, einer Außenseiterin gegenüber, verhalten würden. Würde man sie willkommen heißen oder ihr lieber aus dem Weg gehen? Inzwischen wusste sie, dass weder das Eine noch das Andere eintreten würde. Sie ließen sie einfach in Ruhe, wahrscheinlich schon deshalb, weil das ihre Art war, vielleicht aber auch deswegen, weil sie ihrerseits von ihr in Ruhe gelassen werden wollten.

Bulverton war eine Stadt, die schmerzliche Verluste erlitten hatte, und damit kannte sie sich ein wenig aus, nein, darin war sie sogar Expertin. Wieder musste sie an Andy denken. Warum konnte sie damit nicht irgendwann einmal aufhören? Nach all der Zeit tat es immer noch genauso weh, war genauso schlimm wie anfangs. Während sie sich zwang, an andere Dinge zu denken, lenkte sie bald darauf ein Zwischenfall ab.

@ @ @

Als Teresa sich auf den Rückweg zum Hotel machte, dachte sie über Amy nach. Amy war so bereitwillig auf ein Gespräch eingegangen, dass Teresa sich fragte, ob sie bei ihrer Suche nach Auskünften nicht mit Amy anfangen sollte. Sie musste im letzten Sommer zur Zeit des Massakers in Bulverton gewohnt haben und kannte wahrscheinlich viele Einheimische. Das war ja unvermeidlich, wenn man in einem kleinen Hotel hinter der Theke stand. Während Teresa noch darüber nachsann, stieß sie auf einen Platz mit Steinkopfpflaster, auf dem ein rundes Dutzend Marktstände aufgebaut waren. Zwischen den Ständen schlenderten Passanten umher und kauften ein. Ihr munteres Stimmengewirr vermischte sich mit der Musik, die aus Radios im Hintergrund der Stände drang. Viele Marktbuden boten Früchte, Gemüse oder Frischfleisch an, aber es gab auch andere, die antiquarische Bücher, Videos und CDs, Gartengeräte, Kinderkleidung, Möbel aus Kiefernholz und anderes verkauften. An einem dieser Stände – hier konnte man billige Haushaltswaren wie Plastikeimer, Schrubber, Wäschekörbe oder Besen erwerben – entdeckte Teresa Amy, die sich offenbar mit dem Inhaber herumstritt. Der Mann, dessen Gesicht von einem widerspenstigen Haarschopf und Vollbart eingerahmt wurde, hatte die Blüte seiner Jahre bereits hinter sich, sein augenscheinlich gut ausgebildeter Körper begann schon Fett anzusetzen. Er wirkte aufgebracht und redete schnell auf Amy ein, wobei er mit dem Zeigefinger auf sie deutete. Amy wirkte fast ebenso wütend und wich keinen Zentimeter zurück, sondern reckte den Kopf vor. Ihr Gesicht war zwar bleich, aber die Miene resolut. Irgendwann schob sie den Zeigefinger, der nach ihr stieß, zur Seite, allerdings war er gleich wieder zur Stelle und wies drohend in ihre Richtung.

Beim Anblick dieses Mannes blieb Teresa wie angewurzelt stehen, verblüfft starrte sie ihn an: Sie kannte ihn! Aber woher? Wie konnte das möglich sein?

Als andere Einkäufer, die hinter ihr gegangen waren, mit ihr zusammenstießen und auszuweichen versuchten, merkte sie, dass sie den schmalen Durchgang zwischen den Marktständen blockierte. So langsam, wie es ohne aufzufallen möglich war, schlenderte sie weiter.

Aus der Nähe konnte sie das Gesicht des Mannes deutlicher sehen und war sich nicht mehr so sicher, ob sie ihn tatsächlich wiedererkannt hatte oder ob es lediglich der Typ war, der ihr vertraut vorkam. An sich war an seinem Haar, dem Bart, der hohen Stirn, dem Ansatz von Schmerbauch, dem schmuddeligen weißen T-Shirt unter der Lederjacke, den breiten Schultern und dicken Armen nichts sonderlich Auffälliges, aber in seiner Körperhaltung, in der aggressiven Art, in der er Amy anfuhr, lag etwas, das sie nervte und an viele Männer erinnerte, mit denen sie sich daheim hatte befassen müssen. Er hätte gut in eine der bewaffneten Bürgerwehren gepasst, die in den letzten zwanzig Jahren im ländlichen Amerika aus dem Boden geschossen waren und sich auf weit abgelegenem Farmland oder in den Wäldern verborgen hielten. Unwillkürlich tastete Teresa seinen Körper mit Blicken ab, suchte nach der Wölbung, unter der sich die Schusswaffe verbarg, nach der länglichen Ausbuchtung, die das Pistolenhalfter verriet, oder einem sonstigen Hinweis auf eine versteckte Waffe.

Gleich darauf rief sie sich selbst zur Vernunft: Schließlich war dies England, hier waren Schusswaffen generell verboten, hier gab es, soweit sie wusste, keine bewaffneten Bürgerwehren, hier konnte man vom Äußeren eines Menschen nicht auf solche Dinge schließen. Was wusste sie denn schon über Engländer, die so aussahen? Vermutlich lenkten sie Taxis, schrieben Gedichte oder verkauften, wie der hier, Haushaltswaren auf Wochenmärkten. Dennoch hatte dieser erste Eindruck des Wiedererkennens sie so beunruhigt, dass sie ihn, während sie näher heranging, weiter mit Argwohn beobachtete.

Weder er noch Amy nahmen Notiz von ihr. Worüber sie auch reden mochten: Sie selbst war jedenfalls nicht Gegenstand dieses Gesprächs. Als sie so nahe bei ihnen stand, hatte sie erneut das Gefühl, sich in das Leben anderer hineinzudrängen. Am liebsten hätte sie sich unmittelbar neben die beiden gestellt, um mehr darüber zu erfahren, was da vor sich ging, aber sie brachte es nicht über sich. Da sie das Gefühl hatte, allzu neugierig zu wirken, wenn sie hier einfach stehen blieb, schlenderte sie weiter, an den beiden vorbei. Allerdings hatte sie, als sie sich für einen Augenblick in Hörweite befand, einige Worte aufschnappen können: » … und wollen, dass du da aufhörst«, hatte der Mann gesagt. »Du gehörst da nicht hin, und das weißt du selbst verdammt genau. Wenn Jase noch da wäre …«

Der Rest ging im allgemeinen Markttrubel unter, obwohl Teresa nur wenige Schritte von beiden entfernt stand. Amy antwortete irgendetwas, das jedoch nicht zu verstehen war.

Teresa versuchte, ihre Neugier zu bezwingen, und ging weiter. Besucher, dachte sie, dringen ständig in die Privatsphäre anderer Menschen ein, sie können gar nicht anders. Und sie entwickeln zwangsläufig Interesse an den Menschen, denen sie zufällig begegnen: Für sie sind es zwar Fremde, aber Fremde mit einer ganz eigenen Geschichte, eigenen Familien, eigenem Standort in dem Umfeld, in dem man auf sie stößt.

Allmählich bekam Teresa Hunger. Es war zwar noch längst nicht Mittagszeit, aber ihr Körper hatte sich noch nicht an die Zeitumstellung gewöhnt, er richtete sich noch nach den Uhren Washingtons. Sie sah sich nach einem Restaurant um, konnte am Marktplatz jedoch keines entdecken. Ihr fiel ein, dass sie auf der alten Hauptstraße zwei Lokale gesehen hatte, also schlenderte sie zurück, aber als sie davorstand, sagten sie ihr nicht mehr zu.

Sie beschloss, genau das zu tun, was sie auch zu Hause getan hätte, und machte sich auf den Weg zu dem großen Safeway-Supermarkt, an dem sie vorhin vorbeigekommen war. Drinnen ging sie sofort zu den Ständen mit Frischwaren und dachte daran, wie viel Spaß ihr das Kochen machen würde – bis ihr plötzlich wieder einfiel, dass sie ja in einem Hotelzimmer wohnte, in dem es keine Kochgelegenheit gab. Dass sie nicht klar denken konnte, musste wohl am Jetlag liegen. Oder daran, dass der Anblick dieses Mannes sie stärker verunsichert hatte, als sie sich eingestehen wollte. Enttäuscht und verärgert darüber, wie zerstreut sie derzeit war, bummelte sie ziellos durch den Supermarkt, wurde jedoch bald darauf neugierig, wie immer, wenn sie sich in einem fremden Laden umsah: Hier verband sich Vertrautes und Unbekanntes zu einer faszinierenden Mischung.

Innerhalb des Ladens gab es auch eine Apotheke, die Teresa aufzusuchen beschloss. »Haben Sie irgendetwas gegen Migräne?«, fragte sie den jungen Mann, der hier bediente.

»Haben Sie ein Rezept?«

»Nein … Wissen Sie, ich komme aus Amerika und bin hier nur vorübergehend zu Besuch. Zu Hause habe ich

Mittel auf Rezept, aber ich habe sie nicht dabei und hatte gehofft …«

Sie brach ab, da es ihr zuwider war, ihr Leben vor einem wildfremdem Menschen auszubreiten. In Wirklichkeit war die Situation komplizierter, als sie ihn wissen lassen wollte: Die rezeptpflichtigen Mittel nahm sie so selten wie möglich ein. Nachdem die Methoden des Psychotherapeuten ein paar Mal gewirkt hatten, ein paar Mal auch nicht, hatte sie ihre Nachbarin, eine Homöopathin, zu Rate gezogen. Sie hatte Teresa ein pflanzliches Heilmittel gegen Migräne namens Ignatia gegeben, das offenbar gewirkt hatte, denn die Migräneanfälle waren eine Weile ausgeblieben. Vor dem Aufbruch nach England hatte sie sich fast in letzter Minute dazu durchgerungen, die winzigen Tabletten zu Hause zu lassen, was sie inzwischen bereits bereute. Aber im Augenblick hatte sie keine Lust, ihre Zeit in dieser Stadt damit zu vertun, einen Homöopathen zu finden und sich noch einmal einer langwierigen Untersuchung zu unterziehen. Sie brauchte etwas, das ihre Kopfschmerzen auf der Stelle vertrieb.

Während sie sprach, hatte der Apotheker sich umgewandt, jetzt legte er zwei kleine Schachteln auf die Theke. Sie griff danach und überflog die Anwendungshinweise und Angaben zur Zusammensetzung auf der Rückseite. Das eine Mittel basierte auf Paracetamol und Kodein, das andere allein auf Kodein. Beide enthielten ein Antihistamin, in einem war es Buclizin Hydrochlorid, es war ihr von einem Medikament her bekannt, das sie zu Hause eingenommen hatte. Da sie ansonsten keinen Anhaltspunkt hatte, wählte sie dieses Mittel – es hieß Migraleve – und bezahlte es an der Einzelkasse der Apotheke. Es dauerte einen Augenblick, bis sie mit der fremden britischen Währung zurechtkam.

Ehe sie den Supermarkt verließ, kaufte sie an der Lunch-Theke ein dreieckiges, in Zellophan gewickeltes

Doppelsandwich und eine Dose Diät-Cola und stellte sich an der Hauptkasse an, um ein zweites Mal zu bezahlen. Ein Sandwich verzehrte sie, während sie die Hauptstraße hinunterschlenderte und nach der Eastbourne Road und dem Hotel Ausschau hielt.

@ @ @

»Hallo, Mrs. Simons.«

Als Teresa sich überrascht umwandte, sah sie, dass Amy sie fast eingeholt hatte. Ihre Miene wirkte nicht mehr so angespannt wie während der Auseinandersetzung auf dem Marktplatz. Teresa verlangsamte ihren Schritt. »Hi, Amy!«

»Ich habe Sie drüben am Markt gesehen. Sehen Sie sich unsere Stadt an?«

»Eine hübsche Stadt«, bemerkte Teresa. »Die Häuser am Hang mit Blick auf den Park sehen ganz bezaubernd aus.«

Beim Reden merkte sie, dass die Stadt nicht ganz so still und friedlich war, wie sie angenommen hatte: Sie mussten beide sehr laut sprechen, um den Verkehrslärm zu übertönen.

»Ich mag die Stadt auch«, erwiderte Amy. »Jedenfalls mag ich sie jetzt. Während der Schulzeit habe ich nicht viel von Bulverton gehalten.«

»Haben Sie denn die ganze Zeit über hier gewohnt?«

»In jüngeren Jahren habe ich einige Zeit auswärts gearbeitet, aber ich glaube, jetzt lasse ich mich endgültig hier nieder. Eigentlich gibt es keinen Ort, an dem ich lieber leben würde.«

»Sie müssen hier viele Menschen kennen.«

»Aber noch mehr Menschen scheinen mich zu kennen. Wissen Sie, Mrs. Simons, ich habe mir Gedanken über Ihr Zimmer gemacht. Sagt es Ihnen überhaupt zu?«

»Es ist wunderbar, warum fragen Sie?«

»Na ja, ich habe mal Urlaub in Amerika gemacht, und da drüben wirkte alles so modern.«

Im kühlen, leicht ins Silberne spielenden Tageslicht fiel Teresa auf, dass Amy nicht mehr ganz so jung war, wie sie bislang angenommen hatte. Zwar wirkte ihr Gesicht immer noch anziehend und ihre Körperhaltung wie bei einer Frau in den Zwanzigern, aber ihr Haar wies bereits leicht ergraute Strähnen auf und ihr Körper Fettpölsterchen an der Taille. Teresa fragte sich, ob Amy es jemals mit Fitness-Training versucht hatte, wie sie selbst vor zwei, drei Jahren. Damals hatte sie gemerkt, dass der größte Nutzen dabei nicht in einer besseren Figur lag – ihre Figur hatte sich nicht sichtlich verbessert –, sondern in dem Gefühl, das Bestmögliche für sich selbst getan zu haben. Wenn man nicht gerade Woche für Woche mehrere Stunden trainierte, stand nicht das gute Aussehen im Vordergrund, sondern die Überwindung des inneren Schweinehunds.

»Sie sollten sich keine Gedanken über das Zimmer machen, wissen Sie«, bemerkte Teresa. »Haben Sie während Ihres Amerika-Urlaubs mal in einem unserer Motels übernachtet?«

»Nein.«

»Ich habe schon überall in Amerika in Motels genächtigt und kann Ihnen versichern, dass einem ein Hotel wie der Weiße Drache im Vergleich dazu so gemütlich wie das eigene Zuhause vorkommt.«

Inzwischen hatten sie die Eastbourne Road erreicht, in der es furchtbar laut war. In beiden Richtungen kroch der Verkehr im Schneckentempo dahin. Nach dem Besuch der Altstadt hatte sich Teresa leicht aufgekratzt gefühlt, aber jetzt schwang ihre Stimmung bereits um.

Amy blieb stehen: »Ach, ich hab ja ganz vergessen, dass ich eigentlich etwas einkaufen wollte, ich muss noch mal zurück.«

»Meine Schuld, ich hab Sie durch das Gespräch abgelenkt.«

»Nein, es liegt nicht an Ihnen«, versicherte Amy.

»Der Mann, mit dem ich Sie gesehen habe«, sagte Teresa, »wer war das eigentlich?«

»Sie meinen im Hotel?«

»Nein, vorhin, auf dem Markt.«

Amy wandte den Blick ab und sah über die Schlange der Autos und Wohnwagen hinweg zum Meer hinüber. »Ich weiß nicht recht, wen Sie meinen.«

»Er kam mir irgendwie bekannt vor.«

»Wie soll das möglich sein? Sie sind ja erst gestern am späten Abend angekommen.«

»Jedenfalls hatte ich den Eindruck. Na ja, ist ja auch nicht weiter wichtig.«

»Da haben Sie wohl Recht«, sagte Amy, wobei ihr das Haar über die Augen fiel.

7. k@pitel

Nick war schon im Bett und hatte es sich mit der Tageszeitung gemütlich gemacht, als Amy heraufkam. Sie ging sofort ins Bad. Er hörte, wie sie sich die Zähne putzte. Bald darauf trat sie ins Schlafzimmer und begann sich auszuziehen. Wie immer sah er ihr dabei zu. Sie war daran gewöhnt, dass er sie abends vom Bett aus beobachtete, es schien ihr nichts auszumachen. In seinen Augen wirkte sie nackt noch genauso wie früher. Allem, was ihn in alten Zeiten so an ihr angezogen hatte, hatten die Jahre nichts anhaben können.

Seine Eltern und ihr Ehemann waren am gleichen Tag, weniger als eine Woche nach dem Blutbad, eingeäschert worden. Am Krematorium waren Nick und Amy einander zufällig begegnet. Sie hatte vor der Kapelle gewartet, als er herauskam. In schwarze Trauerkleidung gehüllt, ganz und gar in den eigenen Kummer vergraben, hatte sie dort mit dunkel umränderten Augen gestanden, eine einsame Gestalt, die von keinem ihrer Freunde unterstützt wurde. Sie hatten einander nur angestarrt. Es war nur ein weiterer Schock in einer Woche gewesen, in der alles von oben nach unten gekehrt worden war. Es war eine Zeit, in der die Welt aus den Fugen schien und einen nichts mehr überraschen konnte. Danach waren sie Seite an Seite in die Stadt zurückgekehrt. Auf dem Weg nach unten waren ihnen Leichenwagen entgegengekommen, die, begleitet von Kameraleuten und Reportern, im grellen Licht der Scheinwerfer zum Friedhof auf dem Hügel unterwegs waren.

Ihm war niemand geblieben, und Amy stand genauso

allein da wie er. Aufgewühlt von heftigen Emotionen, die keiner von beiden zu unterdrücken versuchte, waren sie an diesem Nachmittag zurück zum Hotel gegangen, hatten die Nacht gemeinsam verbracht und waren seitdem zusammengeblieben.

@ @ @

Damals hatten die Menschen noch über das Blutbad reden können. Überall hatte es vor Reportern gewimmelt, insbesondere im Weißen Drachen, wo viele von ihnen abgestiegen waren. In dem Bemühen, das, was Grove getan hatte, in Worte zu fassen, lag der Versuch, das Geschehene irgendwie zu verarbeiten.

Später war das anders. Wer das Blutbad überlebt hatte, musste feststellen, dass das Erzählen nicht half, sondern das fassungslose Entsetzen sogar noch steigerte. Auf die fragenden Gesichter und Stimmen, manche höflich, andere aufdringlich, auf die Notizblöcke, Tonbandgeräte und Video-Kameras waren bald Schlagzeilen und Fotos in den Revolverblättern gefolgt, die das Leid in eine Serie von Klischees umwandelten. Anfangs war es für die Menschen in Bulverton etwas Neues gewesen, die Stadt und ihre Bewohner im Fernsehen zu erleben, aber sie merkten recht bald, dass das, was der Welt gezeigt wurde, nicht das war, was sich hier tatsächlich abgespielt hatte. Es gab nur den zufälligen Eindruck von Außenstehenden wieder.

Nach und nach senkte sich Stille über Bulverton.

Aber als Amy und Nick sich fünf Tage nach der Schießerei zusammentaten, hatte noch keiner Erfahrung im Umgang mit den Medien. Allgemein war man der Ansicht, man müsse eine Erklärung für das Geschehene finden, müsse versuchen, den Bruch im Leben aller Betroffenen zu begreifen.

Als Nick, immer noch völlig fertig von der Beerdigung, in dieser Nacht kurz nach Mitternacht im Dunkeln aufwachte, hörte er Amy schluchzen. Er machte das Licht an und versuchte sie zu trösten, aber ihr Tränenstrom war nicht aufzuhalten. Also setzte er sich neben ihr im Bett auf und starrte auf ihren nackten Rücken, während sie weiter schluchzte und stöhnte. Als er, unfähig sie zu trösten, zu ihr hinübersah, musste er daran denken, was sie ihm in guten Zeiten bedeutet hatte. Damals war sie sprunghaft, witzig und sexy gewesen und hatte zahllose Auseinandersetzungen zwischen ihm und seinen Eltern heraufbeschworen. Für ein paar Wochen war er so glücklich wie noch nie gewesen – glücklich darüber, dass er jung war und eine attraktive, sexuell aufgeschlossene Freundin hatte –, und dieses Glücksgefühl hatte, selbst nachdem es mit ihrer Beziehung bergab gegangen war, noch monatelang angehalten.

Mit einer Stimme, die durch das Kissen gedämpft wurde, sagte sie: »Nick, wenn du noch mal mit mir schlafen möchtest, hab ich nichts dagegen. Aber danach geh ich.«

»Nein«, gab er zurück. »Das hab ich gar nicht im Sinn.«

»Mir ist kalt. Bitte deck mich zu.«

Er fand es wunderschön, ihre Stimme zu hören, den vertrauten Dialekt, die vertraute Satzmelodie. Nachdem er Kissen und Bettdecke so arrangiert hatte, dass sie es möglichst warm und gemütlich hatte, legte er sich wieder neben sie und nahm sie in den Arm. Lange Zeit schwiegen beide.

Schließlich sagte Amy: »Deine Mutter hat mich nie gemocht, stimmt's?«

»Na ja, das würde ich so nicht sagen …«

»Du weißt, dass es stimmt. Ich war nicht gut genug für ihren Sohn, das hat sie wirklich mal zu mir gesagt. Jetzt spielt's ja keine Rolle mehr, aber damals hat's mir wehgetan. Letztendlich kam's dann genau so, wie sie wollte, und du bist weggezogen, nach London.«

»Aber wir hatten uns ja schon Monate zuvor getrennt.«

»Drei Monate davor. Jedenfalls war es ihr überaus recht.«

»Ich glaube nicht, dass ...«

»Hör mal, Nick, ich versuche gerade, dir was zu erklären.« Wenn Amy Luft holte, war hin und wieder noch ein Schluchzer zu hören, aber ihre Stimme klang dennoch fest. »Danach hab ich angefangen, mich mit Jase abzugeben. Wahrscheinlich hast du ihn gar nicht gekannt, aber deine Eltern kannten ihn. Mit seinen Kumpels ist er oft hierher gekommen, er trank gern einen. Jase hatte seine schlechten Seiten, und ich hab diese Seiten nie unterstützt, aber mir gegenüber hat er seine besten herausgekehrt. Es war keine Liebe auf den ersten Blick, bis dahin hat's zwei Jahre gedauert. Aber er war immer für mich da, selbst in der Zeit, als ich mich mit dir traf. Ich bin mit ihm zur Schule gegangen, aber damals gehörte er nicht zu meiner Clique. Er war nur einer der Jungs, die ich vom Dorf her kannte. Oben an der Straße, dort hast du nie verkehrt. Jemanden wie Jase würdest du nie verstehen, dir wäre wohl nur seine Art aufgefallen – die Art, wie er sich betrank, wie er mit laut aufgedrehtem Radio Auto fuhr oder bei Fußballspielen ausrastete.

Wir haben beide drüben in Eastbourne gearbeitet, aber später wurde ihm ein Job bei Bauarbeiten in Battle angeboten. Nachdem er das ein paar Wochen gemacht hatte, boten sie ihm einen anderen Vertrag an, eine feste Arbeitsstelle als Vorarbeiter. Daraufhin hab ich im Hotel Metropol sofort gekündigt, und wir haben eine Wohnung in Sealand Place gemietet, etwa eine halbe Meile von hier, weißt du. Wir haben sie hübsch eingerichtet und schließlich geheiratet, nachdem wir eine Weile zusammengelebt hatten. Nach wenigen Monaten war ich schwanger, hatte jedoch eine Fehlgeburt. Im folgenden Jahr ist es wieder passiert. Später haben wir's drei Jahre ohne Erfolg probiert, dann wurde ich wieder schwanger und habe auch dieses Baby verloren. Danach haben sie mir im Krankenhaus gesagt, dass ich wohl keine Kinder mehr bekommen könne.

Von da an ging's bergab. Jase betrank sich viel öfter als früher, kehrte aber immer wieder zurück, niemals gab es eine andere Frau für ihn. Er hat immer beteuert, darüber müsse ich mir keine Gedanken machen.

Eines Tages, wir hatten uns wieder mal gestritten, fragte er mich, ob ich je daran gedacht hätte, ins Gastgewerbe einzusteigen. Und es ging dabei genau um dieses Hotel, um den Weißen Drachen, wo er so oft mit seinen Kumpels war, wenn er was trinken wollte. Er hatte die fixe Idee, dass deine Eltern das Hotel verkaufen wollten, und meinte, wir sollten es ihnen abkaufen. Natürlich hatten wir das Geld gar nicht, aber Jase behauptete, Geld sei das geringste Problem, sein Bruder Dave werde sich beteiligen. Er machte große Sprüche, und ich glaubte ihm. Wir haben alles genau durchdacht und sind damit zur Bank gegangen. Die Bank hat unser Vorhaben abgelehnt, wahrscheinlich auch noch andere Stellen, denn Jase hat die Idee schließlich fallen lassen. Stattdessen sagte er, er wolle deinen Vater fragen, ob er bei ihm arbeiten könne. Dahinter steckte die Vorstellung, er müsse nur hart genug arbeiten, dann würde dein Vater schon Vertrauen zu ihm fassen und ihn eines Tages, wenn er sich wirklich aus dem Hotelbetrieb zurückziehen wollte, vielleicht zu seinem Partner machen.

Jedenfalls wurde nichts daraus. Eines Tages suchte Jason tatsächlich deinen Vater auf, war aber schneller wieder draußen, als er reingekommen war. Ich weiß nicht, was genau damals gesprochen wurde, jedenfalls lief es auf ein erneutes Nein heraus.

An diesem Punkt kommst du ins Spiel, Nick. Jase

wusste, dass deine Eltern unsere Beziehung gar nicht gern gesehen hatten, und es kam ihm so vor, als habe unsere Heirat sie davor bewahrt, mich irgendwie akzeptieren zu müssen – fast so, als habe er ihnen einen Gefallen getan. Nachdem dein Vater ihn vor die Tür gesetzt hatte, ritt Jase ständig darauf herum, dass du ihn wohl madig gemacht haben müsstest. Auch bei sich selbst sah er eine gewisse Schuld, allerdings nur eine geringfügige. Er sagte dauernd, er sei ein Schwachkopf gewesen, überhaupt an einen solchen Vorstoß zu denken, er hätte ja wissen müssen, dass ihm Menschen wie du jede Chance verwehren. Er war voller Bitterkeit und hat dir nie verziehen.«

Als Nick Amy früher am Tag angesprochen hatte, war er ohne nachzudenken davon ausgegangen, dass sie ihren Kummer mit vielen anderen Menschen teilte, die angesichts des Todes eines Freundes ein unbestimmtes Gefühl von Verlust empfanden. Niemand hatte ihm irgendetwas über die Beziehungen der Menschen erzählt, die Grove an jenem Tag ermordet hatte. Schließlich konnte man in einem kleinen Ort wie Bulverton davon ausgehen, dass über diese Beziehungen sowieso jeder Bescheid wusste. Nick hatte sich auch nie danach erkundigt. Ihm stand nur die Namensliste zur Verfügung, die inzwischen jeder in Bulverton besaß und wahrscheinlich auswendig hersagen konnte – die Liste der dreiundzwanzig Toten, zu denen auch Jason Michael Hartland gehörte, sechsunddreißig Jahre alt, mit Wohnsitz in Sealand Place, Bulverton. Bis Amy es ihm erzählte, als sie nach den Einäscherungen zurück in die Stadt gingen, war ihm nicht klar gewesen, dass Jason Hartland ihr Ehemann war und ihre Trauer tiefer ging als bei den meisten anderen, einschließlich Nick selbst. Natürlich empfand er den Tod seiner Eltern und die Umstände dieses Todes als Katastrophe, aber noch viel schlimmer musste es für Amy sein.

Trauer äußert sich auf unberechenbare Weise, man kann sie nicht steuern. In dieser Nacht lag Nick neben Amy und konnte die Tränen nicht zurückhalten, als er daran dachte, was Jase und all den anderen widerfahren war. Der Tod gibt den Verstorbenen ihre Unschuld zurück. Welche Schwächen und Fehler Jason Michael Hartland zu Lebzeiten auch gehabt haben mochte – lärmendes Verhalten, die Neigung, sich zu betrinken, Naivität, Herumstromern –, der Tod wischte sie weg, er verlieh den Verstorbenen im Nachhinein die Unschuld von Kindern.

@ @ @

Amy erzählte weiter, während Nick, dicht an sie geschmiegt, neben ihr liegen blieb. »Jase«, sagte sie, »war derjenige, den die Zeitungen den *Mann auf dem Dach* nannten. Er war gerade dabei gewesen, einem Freund beim Dachdecken zu helfen, es war das Haus neben dem indischen Restaurant drüben bei der Kirche. Als Grove die Straße entlang lief, konnte sich Jase nirgends verstecken. Er versuchte noch, hinter dem Schornstein in Deckung zu gehen, aber Grove schoss auf ihn. Durch die Wucht des Kugeleinschlags wurde sein Körper nach hinten geschleudert, so dass Jase auf der straßenabgewandten Seite, außerhalb des allgemeinen Blickfelds, vom Dach stürzte. Nur ein Kind hat es gesehen. Der kleine Junge saß im Wagen seiner Eltern, Grove hatte das Auto wenige Minuten zuvor als Zielscheibe benutzt und demoliert. Der Kleine sah, wie Jase ums Leben kam, und versuchte es später einem Polizisten zu erzählen. Aber er war so aufgewühlt, dass er nur herausbrachte: *Da war ein Mann auf dem Dach, ein Mann auf dem Dach.* Und da Jase auf der Rückseite des Hauses hinuntergestürzt war, hat man seinen Leichnam erst am nächsten Tag gefunden.

Ich hatte zu diesem Zeitpunkt keine Ahnung, wo Jase sich aufhielt. Wir hatten uns wieder mal gestritten, und diesmal sah es nach endgültiger Trennung aus. Nach dem Streit war er abgehaun, ich hatte ihn schon zwei, drei Wochen nicht mehr gesehen. Er konnte überall sein, wo es Arbeit für ihn gab: in Hastings, Eastbourne, in einem der Dörfer ringsum oder irgendwo an der Küste. Wenn wir Krach hatten, ist er oft bei einem seiner Kumpels untergekrochen. Nach dem Blutbad führte die Polizei ihn als vermisst und setzte seinen Namen auf die offizielle Liste all der Menschen, über deren Verbleib nichts bekannt war. Tatsächlich waren sie alle tot, aber für ein paar Stunden hatte ich die irrwitzige Hoffnung, er könne noch am Leben sein. Vor allem wollte ich Jason wiedersehen, um mit ihm über das Blutbad zu reden, über dieses unfassbare, die ganze Stadt erschütternde Ereignis, über das Fernsehen und Rundfunk berichteten. Ich habe mir nichts sehnlicher gewünscht, als Jase an meiner Seite zu haben, wollte ihm sagen, wie Leid mir angesichts dieser Ereignisse unser lächerlicher Krach tat, wollte mit ihm über das, was in der Stadt passiert war, reden. Es war wohl der Versuch, das Geschehene irgendwie zu verarbeiten, vielleicht auch der Versuch, den Kopf in den Sand zu stecken. Ich habe bei meinem Vater übernachtet und in dieser Nacht kein Auge zugetan, und am Morgen hat mir die Polizei dann gesagt, sie hätten ihn gefunden.«

@ @ @

Dagegen wirkte Nicks eigene Geschichte längst nicht so tragisch und erschütternd, aber Amy wollte sie trotzdem hören. Irgendwann in dieser Nacht redete er sie sich von der Seele und schämte sich dabei für seine Schwächen. Sie tupfte sich die Tränen ab, setzte sich auf und hörte zu. In dieser langen Nacht redeten sie bis zum frühen Morgen, klammerten sich aneinander, berührten einander und versuchten herauszufinden, was eigentlich geschehen war und was sie wieder zusammengebracht hatte. Manchmal lagen sie nur da, ohne sich zu rühren oder zu reden, aber keiner von beiden schlief ein. Nach und nach kam Nick zu dem – möglicherweise voreiligen – Schluss, dass nur das Zusammensein mit Amy ihm etwas von dem würde ersetzen können, was er verloren hatte.

Am nächsten Tag zog Amy bei ihm ein. Beladen mit einem Kleiderkoffer kehrte sie mittags ins Hotel zurück. Weitere Habseligkeiten und Möbel aus der Wohnung in Sealand Place holte sie in den folgenden Tagen und Wochen nach. Bald darauf war sie aus Nicks Leben nicht mehr wegzudenken. Es dauerte nicht lange, bis sich das Staunen über die Wiedervereinigung bei beiden legte und der Alltag mit seinen festen Gewohnheiten einzog. Wenn sie überhaupt noch über Vergangenes sprachen, dann nur über die Zeit seit Gerry Groves Amoklauf – das einzig wesentliche Ereignis aus der Vergangenheit, das sie noch nicht verarbeitet hatten.

@ @ @

Zwischen damals und heute lagen Monate des Zusammenlebens. Während Nick über den Rand der Zeitung hinweg zusah, wie Amy sich auszog, merkte er, dass sie lächelte. Ihm gefiel es, dass die Jahre ihren Körper reifer und üppiger gemacht hatten, er mochte diese kräftigen, wohlgeformten Beine, den lang gestreckten, schönen Rücken, die Brüste, die viel voller waren als früher, aber kein Zeichen von Schlaffheit aufwiesen, das ausdrucksvolle Gesicht und den dunklen Haarschopf. Das Niedliche der Mädchenjahre war dahin, aber er konnte sich keine Frau vorstellen, die anziehender auf ihn gewirkt hätte.

»Was ist so komisch?«, fragte er. »Worüber lächelst du?«

»Über dich, wie du so da liegst und mich anschaust.«

Inzwischen war sie nackt und stand unmittelbar vor ihm.

»Ich sehe dir jeden Abend zu. Das magst du doch, oder nicht?«

»Soll ich mein Nachthemd anziehen?«

»Nein … Komm sofort ins Bett.«

Als sie sich neben ihn legte, schleuderte er die Zeitung weg und nahm sie in die Arme. Ihre Haut war kalt. Als sie ihm den Po zuwandte und an seine Leisten presste, spürte er ihre Kühle und unendliche Weichheit. Während er mit einer Hand eine ihrer Brüste umfasste, legte er die andere auf ihr Geschlecht und stieß dabei heftiger gegen ihre wunderbar kühlen, wunderbar üppigen Hinterbacken. Er mochte es, wenn er ihre weiche Schwere und gleichzeitig die Feuchtigkeit ihrer Scham spürte.

Wenn sie miteinander schliefen, ließen sie sich stets viel Zeit und fielen nur selten gleich danach in Schlaf. Sie genossen es, beieinander zu liegen, sich in den Armen zu halten und zärtlich mit dem Körper des anderen zu spielen. Manchmal führte es dazu, dass sie noch einmal miteinander schliefen, manchmal dösten sie auch nur gemeinsam vor sich hin oder unterhielten sich über irgendwelche Belanglosigkeiten des Tages. An diesem Abend war Amy nicht müde und setzte sich, nachdem sie sich noch ein paar Minuten wohlig aneinander gekuschelt hatten, im Bett auf, zog ihr Nachthemd an und knipste die Nachttischlampe an.

»Willst du noch lesen?«, fragte Nick und kniff angesichts der plötzlichen Helligkeit die Augen zusammen.

»Nein, ich möchte dich was fragen. Glaubst du, dass Mrs. Simons eine Reporterin ist?«

»Die Amerikanerin?«

»Ja.«

»Darüber hab ich mir noch keine Gedanken gemacht.«

»Na ja, dann tu's jetzt!«

»Wie kommst du überhaupt darauf?«, fragte er. »Und was liegt schon daran?«

»Ich hab heute zufällig Dave getroffen. Er behauptet, sie sei Reporterin.«

»Du weißt besser als ich, was von Daves Behauptungen im Allgemeinen zu halten ist.«

»Natürlich spielt es eigentlich keine Rolle. Aber mir ist aufgefallen, dass sie uns nichts davon gesagt hat. Als die anderen Reporter herumzogen und Fragen stellten, haben sie nie ein Geheimnis daraus gemacht. Sie waren nicht gerade beliebt, und das wussten sie auch, aber sie haben kein Hehl aus ihren Absichten gemacht.«

»Dann ist sie wohl auch keine Reporterin«, erwiderte Nick. »Es muss ja nicht jeder, der fremd in der Stadt ist, für einen Artikel recherchieren.«

»Ich hab mich gefragt, ob sie vielleicht anders als die anderen vorgeht, weil sie Amerikanerin ist.«

»Warum fragst du sie nicht selbst?«

»Genau das werde ich auch tun.« Amy gähnte, machte jedoch keine Anstalten, das Licht zu löschen und sich niederzulegen. »Sie hat mir erzählt, dass sie Engländerin ist, zumindest ist sie hier geboren. Ein Elternteil stammte aus England.«

»Warum interessierst du dich für sie?«

»Ich dachte, du wärst derjenige, der sich vielleicht für sie interessiert.«

»Ich hab sie ja kaum bemerkt«, erklärte Nick völlig wahrheitsgemäß.

»Den Eindruck hatte ich nicht gerade.« Diesen Gesichtsausdruck kannte er erst seit kurzem an ihr: Amys Mund war zu einem Lächeln verzogen, aber die Augen lächelten nicht mit. Normalerweise bedeutete das, dass sie Streit mit ihm suchte – Streit wegen irgendetwas, das er ihrer Meinung nach getan oder aber zu tun unterlassen hatte. Jetzt starrte sie in ihren Schoß, der sich durch die gekreuzten Beine gestrafft hatte. Er wollte nach ihrer

Hand greifen, musste jedoch feststellen, dass Amy sich seiner Berührung entzog.

»Was ist eigentlich los, Amy?«

»Ich hab dich mit ihr in deinem Büro gesehen, wie ihr gelacht habt und so weiter.«

»Was …?« Er konnte sich kaum daran erinnern. »Wann war das?«

»Heute Morgen. Ich hab dich da drinnen mit ihr gesehen.«

»Stimmt genau«, sagte Nick und tat so, als werfe er einen Blick auf die nicht vorhandene Armbanduhr. »Ich hab sie angemacht, damit ich sie heute Nacht in ihrem Schlafzimmer besuchen darf. Würde es dir was ausmachen, wenn ich jetzt gleich zu ihr gehe?«

»Halt's Maul, Nick!«

»Hör mal, wenn eine allein stehende Frau in meinem Hotel absteigt, heißt das doch noch lange nicht, dass …« Er brachte es nicht über sich, den Satz zu vollenden, die Vorstellung war einfach lächerlich.

»Sie ist keine allein stehende Frau, sie ist verheiratet«, bemerkte Amy.

»Lass uns das Licht ausmachen«, sagte er. »Langsam wird mir das hier zu kleinkariert und blöde.«

»Mir aber nicht.«

»Tu, was du nicht lassen kannst.«

Er versuchte es sich bequem zu machen, klopfte auf das Kopfkissen und zog die Bettdecke an seiner Seite hoch, aber Amy blieb unnachgiebig und wütend neben ihm sitzen. Als sie miteinander geschlafen hatten, hatte nichts in ihrem Verhalten auf diesen Blitz aus heiterem Himmel hingedeutet. Er wälzte sich hin und her und versuchte, zur Ruhe zu kommen, aber Amy blieb die ganze Zeit über mit funkelnden Augen und schmalem, vor Zorn verkniffenem Mund neben ihm sitzen. Schließlich übermannte ihn der Schlaf.

8. k@pitel

Am nächsten Morgen nutzte Teresa ihren Leihwagen zu einer Fahrt durchs ländliche Sussex, aber der Himmel war mit düsteren, niedrig hängenden Wolken bezogen, die schnell dahintrieben und vom Meer her heftige Regenschauer ins Binnenland trugen. So konnte sie kaum einen Blick auf die Landschaft werfen, wegen der sie hergekommen war, und gewann nur einen flüchtigen Eindruck von den Bäumen, Hügeln und hübschen Dörfern, die auf ihrem Weg lagen. Der Linksverkehr machte ihr immer noch zu schaffen, und noch vor der Mittagszeit reichte ihr das, was sie gesehen hatte, um ihre Neugier vorläufig zu stillen.

Ihr Mittagessen nahm sie in der Bar des Weißen Drachen ein. Amy Colwin bediente sie so wortkarg, dass es schon an Unfreundlichkeit grenzte, wärmte auf ihre Bitte hin aber wenigstens einen Quiche in der Mikrowelle auf und servierte als Beilage Kochreis. Teresa ließ sich an einem der Tische nahe am Kamin nieder und stopfte sich das lieblos zubereitete Essen mit der Gabel in den Mund, während sie die andere Hand dazu benutzte, einen Brief an Andys Mutter Joanna zu schreiben. Währenddessen blieb Amy auf einem Hocker hinter der Theke sitzen und blätterte in einer Zeitschrift, ohne Notiz von ihr zu nehmen. Zwangsläufig musste Teresa sich fragen, durch welche Worte, welches Verhalten sie diese Reaktion ausgelöst haben mochte, allerdings machte es ihr nicht viel aus. Als wenig später weitere Gäste in der Bar eintrafen, lockerte sich die bedrückend stille Atmosphäre merklich.

Nach dem Mittagessen fuhr sie an der Küste entlang nach Eastbourne und suchte die Redaktion des *Kurier* auf. Diesen Besuch sah sie als ersten Vorstoß an, da sie davon ausging, dass das Durchstöbern früherer Zeitungsausgaben zwei oder drei Tage in Anspruch nehmen würde. Zu ihrer Überraschung stellte sie jedoch fest, dass die Zeitung über ein elektronisches Archiv verfügte. In einem kleinen, aber bequem ausgestatteten Zimmer, das diesem Zweck vorbehalten war, fand sie einen Computer, der ihr Zugang zum Archiv bot. Es dauerte keine halbe Stunde, bis sie alles, was sie über Grove wissen wollte, gesichtet und auf eine Diskette geladen hatte, einschließlich kurzer Prozessprotokolle, in denen es um frühere Vergehen Groves ging, und ausführlicher Berichte über den Ablauf des Massakers und die Folgen. Auf dem Weg nach draußen bezahlte sie für die Diskette, bedankte sich bei der Frau am Empfang und war am Nachmittag schon zurück in Bulverton. Hätte sie schon früher von dieser Möglichkeit der Recherche gewusst oder sich danach erkundigt, hätte sie sich all diese Informationen auch von zu Hause aus über das Internet besorgen können. Oder auch vom Hotel aus, falls es dort ein funktionsfähiges Modem gab.

Sie kehrte kurz ins Hotel zurück und schloss die Diskette weg, die sie sich später gründlich vornehmen wollte. Ein Blick auf den Stadtplan zeigte ihr, wo die Brampton Road lag. Es war eine von vielen kleinen Straßen am nordöstlichen Stadtrand. Nachdem sie sich eingeprägt hatte, wie sie am einfachsten dorthin kam, holte sie ihr Tonbandgerät heraus, schob die neuen Batterien, die sie am Morgen besorgt hatte, hinein und überprüfte kurz, ob das Gerät auch richtig aufnahm. Offenbar funktionierte alles.

Die Brampton Road lag in einem hässlichen Wohngebiet, das in der Nachkriegszeit entstanden war. Das einzige, was diese Siedlung auszeichnete, war ihre

Hanglage, die einen eindrucksvollen Blick auf den fernen englischen Kanal bot. Die dichten Regenwolken des Morgens hatten sich nach und nach aufgelöst und ließen die Sonne durch, die das Meer in silbernes Licht tauchte. Davon abgesehen wirkte die Siedlung trostlos und niederdrückend. Die Reihenhäuser und drei- oder vierstöckigen Mietskasernen bestanden alle aus demselben blassbraunem Mauerwerk und waren völlig phantasielos in zwei parallelen Reihen angeordnet, so dass sich Teresa an die Militärsiedlungen ihrer Kindheit erinnert fühlte. Hohe Bäume, die die nüchternen Konturen der Gebäude hätten auflockern können, gab es hier kaum. Ebenso hatte man auf die Anlage von regelrechten Gärten verzichtet, offenbar waren Grund und Boden weitgehend zubetoniert: Alle Fußwege, Parkplätze, Einfahrten und Durchgänge hatten Betondecken. Auf beiden Straßenseiten parkten lange Autoschlangen halb auf dem Bürgersteig. Die kleine Ladenzeile umfasste ein Lebensmittelgeschäft, einen Anbieter von Satellitenantennen und Fernsehgeräten, ein Wettbüro, eine Videothek und eine Kneipe. Am Hügelkamm zog sich eine Hauptverkehrsstraße entlang, durch die oberen Bäume konnte Teresa hin und wieder die Umrisse von großen Lastwagen erkennen, die mit hohem Tempo vorbeifuhren. Überall roch es nach Abgasen.

Nachdem Teresa einen Parkplatz gefunden hatte und ausgestiegen war, um den Rest des Weges zu Fuß zu gehen, spürte sie die schneidende Kälte des Windes. In den weiter unten gelegenen Teilen der Stadt war davon kaum etwas zu merken gewesen, aber hier oben sorgten die Bodensenken im ansteigenden Gelände für natürliche Windkanäle, so dass die Böen vom Meer her ins Binnenland dringen konnten. Aus dem schiefen Wuchs mancher Bäume, die ungeschützt dastanden, schloss Teresa, dass hier wohl meistens ein rauer Wind ging.

Das Haus, nach dem sie suchte, war nicht schwer zu

finden. Selbst in dieser abstoßenden Umgebung stach es durch seine Hässlichkeit hervor. Es stand eindeutig leer: Alle Vorderfenster waren zerbrochen, die Fenster auf Straßenhöhe und die Eingangstür waren mit Brettern vernagelt. Auf den Betonstufen und an der Hausecke, neben der ein seitlicher Durchgang lag, waren noch die Reste eines orangefarbenen Absperrungsbandes der Polizei zu sehen. Der Rasen vor dem Haus war mehrere Wochen oder Monate nicht gemäht worden, das Gras war trotz des Winters in die Höhe geschossen und sah verwildert aus.

Das Haus bildete das Schlusslicht in einer langen Reihe von Einfamilienhäusern. Die Ziffern 24 auf dem noch sichtbaren Teil der Eingangstür verrieten Teresa, dass dies tatsächlich das Haus war, in dem Gerry Grove in den letzten Wochen vor seinem Amoklauf gewohnt hatte. Abgesehen von seiner gegenwärtigen Baufälligkeit – offenbar hatte sich seit der Zeit, als dieses Gebäude zu trauriger Berühmtheit gelangt war, niemand mehr darum gekümmert –, gab es kaum etwas, das dieses Haus von den anderen abhob. Teresa holte ihre Kleinbildkamera aus der Schultertasche und nahm das Haus aus verschiedenen Perspektiven auf. Tief über die Kinderwagen, die sie vor sich herschoben, gebeugt, schleppten sich zwei müde Frauen den Hügel hinauf, schenkten Teresa jedoch keine Beachtung.

Sie arbeitete sich bis zur Rückseite des Hauses vor, allerdings war hier der Zugang durch einen alten, mehrere Fuß hohen Holzzaun versperrt und die Gartentür durch eine quer darüber genagelte Holzbohle versiegelt. Als sie durch gelockerte Zaunlatten spähte, konnte sie einen verwilderten Garten und weitere verrammelte Fenster erkennen. Wenn ihr wirklich daran gelegen gewesen wäre, hätte sie sich gewaltsam Zutritt verschaffen und durch den demolierten Zaun brechen können, aber sie wusste nicht genau, ob sie damit Hausfriedensbruch beging. Irgendwann hatte die Polizei dieses Haus versiegelt, schützte sie es immer noch vor Eindringlingen? Warum sollte irgendjemand, abgesehen von Neugierigen wie Teresa selbst, um dieses ganz gewöhnliche Haus herumspionieren?

Sie trat einen Schritt zurück, um noch ein paar Aufnahmen von den Fenstern des Obergeschosses zu machen, und fragte sich gleichzeitig, ob es die Mühe überhaupt wert war. Schließlich war es nur ein schäbiges Haus in einer Straße voll ähnlich schäbiger Häuser, sie hätte genauso gut jedes beliebige andere fotografieren können. Abgesehen von der Tatsache natürlich, dass dies das Haus war, um das es tatsächlich ging.

Das alles war so deprimierend, dass Teresa ihre Kamera verstaute und noch einmal den Stadtplan zu Rate zog. Die Taunton Avenue war zwei Straßen weiter und verlief weiter oben am Hang parallel zur Brampton Road. Teresa ließ das Auto an Ort und Stelle und machte sich zu Fuß auf den Weg hinauf. Die Frauen mit den Kinderwagen gingen immer noch vor ihr. Der Hügel war zwar nicht steil, zog sich jedoch in die Länge. Als sie stehen blieb, um kurz Luft zu holen, sich dabei umwandte und einen Blick zurück warf, fiel ihr auf, dass sich die Straße bis zum Stadtzentrum mindestens eine Meile hinunterschlängelte. Sie konnte sich gut vorstellen, wie mühsam der Weg hinunter und wieder herauf sein musste, wenn man dabei einen Kinderwagen schob und mit Einkaufstaschen beladen war.

Als sie die Taunton Avenue erreichte, setzten die beiden Frauen ihren Weg den Hügel hinauf fort. Schlechten Gewissens war Teresa doch froh darüber, dass sie die Frauen nicht einholen und ihr ein Gespräch mit ihnen erspart bleiben würde. Immer noch war ihr deutlich bewusst, dass sie an diesem unglückseligen Ort ein Eindringling war, dem niemand etwas schuldete. Es fiel ihr schon schwer genug, sich selbst die Gründe für diese kostspielige Reise nach England einzugestehen, wie sollte sie ihre Geschichte da auch noch vor Fremden ausbreiten?

@ @ @

Die Nummer 15 der Taunton Avenue lag inmitten anderer Reihenhäuser und sah mit seinen Blumenmuster-Vorhängen, einer frisch gestrichenen Eingangstür und dem ordentlich wirkenden, gepflasterten Aufgang einigermaßen gepflegt aus. Sie näherte sich der Tür, ohne zu den Fenstern hinüberzuschauen, als könne ein solcher Blick ihre Absichten verraten, und klingelte.

Nachdem sie kurz gewartet hatte, machte ihr eine stämmige Frau mittleren Alters auf, die einen sauberen, aber ausgeblichenen Hauskittel trug. Ihr Gesicht wirkte müde, die ganze Haltung schicksalergeben. Ohne ein Wort zu sagen, starrte sie Teresa an.

»Hi«, sagte Teresa und bedauerte sofort ihren amerikanisch-lässigen Ton. »Guten Tag. Ich möchte zu Mrs. Ripon.«

»Was wollen Sie von ihr?«, fragte die Frau. Aus einem der Zimmer kam ein kleiner Junge auf sie zugetorkelt, klammerte sich an ihren Beinen fest und linste zu Teresa herüber, während er an seinem Schnuller saugte. Rund um den Mund war sein Gesicht verschmiert, die Haut wirkte blass.

»Sind Sie Mrs. Ripon? Mrs. Ellie Ripon?«

»Was wollen Sie?«

»Ich komme aus Amerika und bin nur zu Besuch in England. Ich dachte, vielleicht wären Sie bereit, ein paar Fragen zu beantworten.«

»Nein, bin ich nicht.«

»Ist dies das Haus«, fuhr Teresa fort, »in dem Mr. Steve Ripon wohnt?«

»Wen geht das was an?«

»Mich«, erwiderte Teresa. Ihr war dabei klar, dass es

eine unpassende und provozierende Antwort war und sie völlig falsch vorging. In diesem Land, in dem ihr die übliche Unterstützung fehlte, bewegte sie sich auf dünnem Eis. Sie war daran gewöhnt, den Leuten ihren FBI-Ausweis unter die Nase zu halten und ihren Willen sofort durchzusetzen. Ihr Name allein würde Steve Ripon ebenso wenig sagen wie jedem anderen in der Stadt. Im Übrigen hätte ihr hier auch der FBI-Ausweis nicht weitergeholfen. »Er wird mich nicht kennen, aber …«

»Kommen Sie vom Sozialamt? Er ist im Augenblick nicht da.«

»Können Sie mir sagen, wann er voraussichtlich zurück sein wird?«, fragte Teresa. Gleichzeitig war ihr klar, dass sie bei dieser Frau, die, wie sie jetzt mit Sicherheit wusste, Steves Mutter war, nichts erreichen würde.

»Er sagt nie, wohin er geht oder wie lange er wegbleibt. Was wollen Sie von ihm? Sie haben's noch immer nicht gesagt.«

»Ich will nur mit ihm reden.«

Im Haus brutzelte irgendetwas vor sich hin, Teresa stach der Geruch, den sie einerseits Appetit anregend, andererseits auch abstoßend fand, in die Nase. Es roch nach typischer Hausmannskost, nach der Art von Mahlzeit, die Teresa seit Jahren nicht gegessen hatte. Hausmannskost mit all ihren Vorzügen – und Nachteilen, wenn man, wie Teresa, darauf achten musste, was man zu sich nahm.

»Stimmt nicht«, erklärte Mrs. Ripon. »Wenn die Leute was von Stevie wollen, geht's nie nur ums Reden. Wenn Sie nicht vom Sozialamt sind, hat's bestimmt was mit Gerry Grove zu tun, hab ich Recht?«

»Ja.«

»Dazu sagt er gar nichts mehr. Genauso wenig wie irgendein anderer hier, kapiert?«

»Na ja, ich hatte gehofft, er würde sich vielleicht mit

mir unterhalten.« Die bewusst begriffsstutzige Miene der Frau, die sich, seitdem sie Teresa die Tür geöffnet hatte, kaum verändert hatte, sprach Bände. »Also gut. Würden Sie Steve bitte ausrichten, dass ich hier war? Ich bin Mrs. Simons und wohne im Hotel Weißer Drache, es ist in der Eastbourne Road …«

»Stevie weiß, wo das ist. Sind Sie von der Zeitung?«

»Nein.«

»Dann wohl vom Fernsehen? Also gut, ich sage ihm, dass Sie hier waren. Aber glauben Sie bloß nicht, dass er Ihnen irgendwas erzählt. Inzwischen sagt er überhaupt nichts mehr dazu – und damit hat er auch völlig Recht, wenn Sie mich fragen.«

»Ich verstehe, was Sie meinen«, erwiderte Teresa. »Das sehe ich genauso.«

»Ich begreife nicht, warum Leute wie Sie ihn nicht einfach in Ruhe lassen können. Er hatte mit der Schießerei doch überhaupt nichts zu tun.«

»Ich verstehe, was Sie meinen«, wiederholte Teresa. Beim Gedanken an das, was diese Frau in den vergangenen Monaten durchgemacht haben musste, empfand sie plötzlich heftiges Mitleid mit ihr. Steve Ripon war einer der letzten Menschen gewesen, mit denen sich Gerry Grove vor seinem Amoklauf getroffen hatte. Anfangs hatte man Steve für einen Mittäter gehalten und einen Tag nach dem Blutbad festgenommen, als er mit seiner Blechkutsche von Lastwagen zurück in die Stadt gefahren war. Er hatte behauptet, er habe einen Freund in Brighton besucht und bei ihm übernachtet. Obwohl sein Alibi bestätigt wurde, hatte die Polizei seinen Lastwagen und das Haus in der Taunton Avenue durchsucht. Im Lastwagen wurde ein kleiner Vorrat derselben Munition entdeckt, die auch Grove benutzt hatte, Ripon hatte jedoch heftig abgestritten, davon gewusst zu haben. Die forensische Untersuchung ergab, dass die einzigen Fingerabdrücke auf der Munitionsschachtel und den Kugeln tatsächlich von Grove stammten. Zu diesem Zeitpunkt lagen schon genügend Aussagen von Augenzeugen vor, die nicht nur bestätigten, dass Grove ein Einzeltäter gewesen war, sondern auch, dass er niemand in seine Pläne eingeweiht hatte, falls er überhaupt planmäßig vorgegangen war. Wegen des Besitzes von Munition wurde keine Anklage gegen Steve Ripon erhoben, aber sie kriegten ihn trotzdem dran, da er weder eine Fahrzeugversicherung noch eine Bestätigung über die Fahrtüchtigkeit des Lastwagens vorweisen konnte.

In dieser Zeit hatte die Weltpresse die Taunton Avenue belagert und herauszufinden versucht, was die Anwohner über Steves Beziehung zu Grove und über Grove selbst wussten. Diese Frau, Steves Mutter, musste dabei die Hauptlast getragen haben. Da Teresa zu Hause ganz Ähnliches durchgemacht hatte, empfand sie nichts als Mitgefühl mit ihr.

Als sie das Ende des gepflasterten Aufgangs erreicht hatte, drehte sie sich um und warf einen Blick zurück. Mrs. Ripon stand immer noch an der Eingangstür, um sich davon zu überzeugen, dass Teresa auch wirklich fortging. Spontan kam Teresa die Idee, zurückzugehen und zu versuchen, der Frau ihre Motive zu erklären, ihr zu sagen, dass es sich nicht so verhielt, wie sie wahrscheinlich annahm. Aber man hatte ihr beigebracht, niemals ohne zwingenden Grund Erklärungen abzugeben und stattdessen stets Fragen zu stellen, die Antworten abzuwarten und sie später sorgfältig auszuwerten. Für jede Situation, in der man es mit einem Angehörigen der Zivilbevölkerung zu tun hatte, war eine bestimmte Vorgehensweise vorgeschrieben: Halte dich an die festgelegten Regeln.

Der Haken daran war nur, dass sie das Regelwerk und alles, was dazu gehörte, zu Hause zurückgelassen hatte.

@ @ @

Nachdem sie ins Hotel zurückgekehrt war, untersuchte sie in ihrem Zimmer den Computeranschluss, von dem ihr Nick Surtees erzählt hatte. Er funktionierte tatsächlich ganz einfach und logisch: Der Hauptstecker ihres Laptops passte, und sofort leuchtete das Lämpchen auf, das anzeigte, dass die Batterie sich wieder auflud.

Sie machte sich an die Arbeit und beschäftigte sich eine Weile damit, das Material aus dem Zeitungsarchiv, das sie nachmittags auf der Diskette abgespeichert hatte, auf die Festplatte zu laden. Danach speicherte sie es in ihrem Textverarbeitungsprogramm ab, so dass sie es ausdrucken und sortieren konnte.

Sie hatte sich vorgenommen, den Tag, an dem Grove Amok gelaufen war, in allen Einzelheiten zu rekonstruieren – nicht nur das, was er selbst getan hatte, sondern auch, wo sich seine Opfer aufgehalten und ihn Zeugen beobachtet hatten. Davon ausgehend, wollte sie FBI-Methoden anwenden, was bedeutete, aus den bekannten Tatsachen Rückschlüsse auf Groves geistige und emotionale Verfassung zu ziehen und ein Profil seiner Persönlichkeit unter Berücksichtigung seiner Psyche und Motive zu entwerfen. Die Zeitungsberichte bildeten dabei nur das nackte Gerippe. Der nächste Schritt war die Analyse des verfügbaren Polizei- und Filmmaterials, danach kam die interessante, wenn auch ungleich schwierigere Aufgabe auf sie zu, die Zeugen zu befragen.

Was ihr Gespräch mit Steve Ripons Mutter betraf, hatte sie sich, wie ihr klar war, nicht gerade mit Ruhm bekleckert. Sie legte eine Datei für sie an, die allerdings genauso kurz und wenig aufschlussreich ausfiel wie das Gespräch selbst. Im Grunde hatte sie der Frau nur zwei Informationen entlockt, die sich festzuhalten lohnten: 1. dass sich Steve Ripon wohl nicht auf ein Gespräch mit ihr einlassen würde und 2. dass er Sozialhilfeempfänger war.

Da Teresa, wie sie sich selbst eingestehen musste, kaum etwas über das britische Sozialleistungssystem wusste, hatte sie auch keine Ahnung, was aus der Tatsache, dass er Sozialhilfe empfing, zu schließen war oder wie sie es herausbekommen konnte.

Jetzt musste sie sich den nächsten Schritt überlegen. Wahrscheinlich würde es für ihre Nachforschungen am meisten bringen, bei der Polizei anzufangen. Das war kein Kinderspiel, denn selbst ihr FBI-Ausweis würde ihr wohl kaum unbeschränkten Zugang zu allem Material verschaffen, und sie kannte sich hier zu wenig aus, um inoffizielle Wege zu gehen. Natürlich konnte sie hier nicht auf ein Netz interner Kontakte zurückgreifen, darüber hinaus gab es noch andere Probleme: Soweit sie wusste, gab es in Großbritannien kein Gesetz, das dem amerikanischen Recht auf Information entsprach, also würde sie mit ihren Nachforschungen vermutlich nur sehr langsam vorankommen.

Eine weitere Hürde, die sie nehmen musste, stellten die Augenzeugen dar. Nach dem verpatzten Gespräch mit Mrs. Ripon war Teresa nicht gerade scharf darauf, sich Hals über Kopf auf eine weitere Begegnung einzulassen, auf die sie nicht vorbereitet war.

Sie war müde, die Zeitumstellung machte ihr immer noch zu schaffen. Als sie längere Zeit auf das Display ihres Laptop-Bildschirms starrte, verschwamm ihr Blick, bis sie den Bildschirm doppelt sah und beide Bilder auseinander zu treiben schienen. Als sie den Blick konzentrierte, fügten sie sich zwar wieder zu einem einzigen Bild zusammen, aber Teresa sah es immer noch verschwommen. Sie fühlte sich wie betäubt, auf eine Art und Weise betäubt, die einem nicht erlaubt, den Blick abzuwenden, selbst wenn man weiß, dass es dazu nur der eigenen Willenskraft bedarf. Sie starrte auf den Bildschirm und versuchte, ihn mit aller Willenskraft, die sie aufbieten konnte, zu fokussieren. Aber selbst als sie den

Kopf zur Seite drehte, konnte sie ihren Blick nicht vom Bildschirm lösen, so als sei sie hypnotisiert. Und immer noch sah sie das, was sie betrachtete, nur verschwommen. Schließlich zwinkerte sie mit den Augen, und der Bann war gebrochen.

Sie sah sich im Zimmer um, das ihr inzwischen vertraut und gemütlich vorkam und sie mit seiner Sauberkeit und Funktionalität an hundert andere Hotelzimmer ihrer Vergangenheit erinnerte. Sie bedauerte nur, dass dieses Zimmer nicht in einem Holiday Inn oder Sheraton lag – in irgendeinem Hotel, das außen wie innen anonym wirkte. Jeder in der Stadt kannte den Weißen Drachen. Es würde nicht lange dauern, bis jeder, der ihr zufällig begegnete, wusste, dass sie hier abgestiegen war.

Als Teresa zum Fenster hinüber sah, merkte sie, wie ihr Blick wieder starr wurde, und diesmal war sie zu müde, sich dagegen zu wehren. Ihr Blick verharrte auf dem vom Fenster eingerahmten, schwindenden Tageslicht und den vier Glasscheiben. Jenseits davon gab es nichts Interessantes zu sehen: lediglich Mauerwerk und einen grauen Himmel. Sie wusste, dass sie nur zum Fenster hinüber gehen musste, um sich Ausblick auf andere Szenerien zu verschaffen: Auf der einen Seite würde sie einen Ausschnitt vom Parkplatz des Hotels sehen, auf der anderen einen Blick auf die Hauptverkehrsstraße werfen können. Aber da sie sich in einem Zustand geistiger Passivität befand, blieb sie einfach sitzen, wo sie war, und starrte zum Fenster hinüber. Sie fühlte sich so, als sei ihr Kopf völlig leer und all ihre Kraft erschöpft.

Mit der Zeit kam es ihr so vor, als breche das Fenster auseinander: Das, was sie vom Himmel sah, vermischte sich mit Kristallen, die weiß und in Primärfarben strahlten und so intensiv funkelten, dass ihr Anblick nicht zu ertragen war. Die Wand rund ums Fenster verdunkelte sich in ihrem Gesichtsfeld zum bloßen Schatten, der die Lichtfläche, der ihre ganze Aufmerksamkeit galt, umso deutlicher hervortreten ließ. Aber das unbeständige, strahlend helle Licht der Kristalle blendete sie so, dass sich das Bild des Fensters darin auflöste.

Diesmal war es ein wachsendes Gefühl von Schwindel und Übelkeit, das Teresa aus dem Tagtraum riss, so dass ihr schließlich klar wurde, was mit ihr los war. In einem Zustand, der fast schon an Panik grenzte, tastete sie nach ihrer Handtasche und kramte darin herum, bis sie endlich die Migraleve-Tabletten gefunden hatte. Sie drückte zwei aus ihrer Schutzfolie heraus und warf sie sofort ein, ohne sich die Zeit zu nehmen, einen Schluck Wasser nachzutrinken. Anfangs wollten die Tabletten nicht rutschen, aber Teresa zwang sie hinunter.

Sie kehrte Computer, Stuhl und Tisch und dem Fenster, das in ihrem Zustand tödlich war, den Rücken, kroch auf allen Vieren auf das Bett zu, hievte sich hinauf und fiel quer über Bettdecke und Kissen, ohne darauf zu achten, wo sie landete oder ihr Kopf lag. Ohne sich zu rühren, blieb sie liegen, wo sie war, und wartete darauf, dass der Anfall vorüberging. Stunde um Stunde verstrich, bis sie schließlich einschlief.

9. k@pitel

All das hatte sich vor vielen Jahren zugetragen.

Ihr Name war Sammie Jessup. Sammie und ihr Mann Rick waren gerade damit beschäftigt, ihr Essen in einem Familienrestaurant namens Al's Happy Burgabar einzunehmen, das in einer Kleinstadt namens Oak Springs am Highway 64 zwischen Richmond und Charlottesville lag. Man schrieb das Jahr 1958. Sammie und Rick hatten ihre drei Kinder dabei.

Der Tisch stand im Halbrund einer Fensternische, deren Mitte ein Podest bildete. Die Kinder waren hineingestürmt und hatten sich, lauthals herumalbernd, in die Mitte der Polsterbank gequetscht. Aber da Sammie aus langjähriger Erfahrung wusste, dass sich Doug und Cameron, wenn sie nebeneinander saßen, unweigerlich in die Haare geraten würden, und Kelly, falls sie zwischen ihnen saß, keinen Happen essen würde, hatte sie alle wieder herausgescheucht. Stattdessen hatte sie selbst den mittleren Platz, eingekeilt von Cameron und Kelly, in Beschlag genommen, während Doug am äußersten Rand neben Kelly und Rick am anderen Ende neben Cameron saß.

Sie hatten ihre Hamburger, Brathähnchen, Salate und Pommes frites bereits verspeist und warteten auf das bestellte Eis, als ein Mann mit halbautomatischem Gewehr leise durch die Tür trat. Er kam so leise herein, dass sie ihn anfangs kaum bemerkten. Erst als eine der Kellnerinnen quer durchs Restaurant rannte, heftig gegen einen Tisch stieß und stolperte, merkte Sammie, dass hier irgendetwas nicht stimmte. Der Bewaffnete stand inzwischen neben der Kasse und trat jetzt nervös einen Schritt zurück, um seine Waffe herumzuschwenken und auf jeden zu richten, auf den sein Blick fiel. Das war der Zeitpunkt, zu dem ihn alle im Restaurant bemerkten, aber ehe irgendjemand etwas unternehmen konnte, tauchte hinter der Salatbar ein Mann auf, dessen grell orangefarbenes Hemd ihn als Angestellten des Restaurants auswies, und gab einen Schuss auf den Eindringling ab. Er verfehlte sein Ziel.

Die Menschen ringsum begannen zu schreien und versuchten aufzuspringen oder sich unter die Tische zu ducken. Aber die meisten saßen in der Falle, da der Durchgang zwischen den Tischen und den Polsterbänken im Halbrund der Nischen so schmal war. Instinktiv streckte Sammie ihre Hände nach Kelly und Cameron aus und versuchte, sie auf ihren Schoß zu ziehen. Cameron, zwölf Jahre alt und groß für sein Alter, leistete Widerstand, weil er sehen wollte, was vor sich ging. Sammie merkte, wie Rick sich aufrichtete und den Arm schützend um Doug legte.

Den Schuss des Angestellten beantwortete der Bewaffnete sofort mit einem Kugelhagel, gleich darauf bahnte er sich den Weg durchs Restaurant, indem er in alle Richtungen feuerte. Eine der Kugeln traf Doug in den Kopf und warf ihn nach hinten. Auf die Tischplatte spritzte Blut.

Während Sammie vor Entsetzen laut den Atem einsog und verzweifelt aufzuspringen versuchte, wurde sie selbst von einer Kugel getroffen, die Hals und Kehlkopf durchschlug. Wenig später starb sie.

@ @ @

»Ich hasse diese Ausbildung«, sagte Teresa leise zu ihrer Freundin Harriet Lupi, die im selben Kurs war. »Mir war die ganze Nacht übel, ich hab kein Auge zugetan.«

»Willst du den Kurs abbrechen?«, fragte Harriet.

»Nein.«

»Ich auch nicht. Aber gestern hab ich wirklich mit dem Gedanken gespielt.«

Gemeinsam mit siebzehn weiteren Kursteilnehmern standen sie auf dem Gang und warteten auf Dan Kazinsky.

»Glaubst du, dass es wirklich passiert ist?«, fragte Teresa.

»Klar doch. Ich hab in den Akten nachgesehen.«

»Oh Scheiße! Das sind aber die allerschlimmsten Fälle.«

»Allerdings.«

@ @ @

All das hatte sich vor vielen Jahren zugetragen.

Ihr Name war Sammie Jessup. Sammie und ihr Mann Rick waren gerade damit beschäftigt, ihr Essen in einem Familienrestaurant namens Al's Happy Burgabar einzunehmen, das in einer Kleinstadt namens Oak Springs am Highway 64 zwischen Richmond und Charlottesville lag. Man schrieb das Jahr 1958. Sammie und Rick hatten ihre drei Kinder dabei.

Teresa blieb genügend Zeit, sich umzusehen und an das zu denken, was hinter ihr und vor ihr lag. Genügend Zeit, um Angst zu bekommen. Als sie über ihre Schulter hinweg einen Blick durchs Fenster warf, entdeckte sie einen Mann mit Gewehr, der zielstrebig den Parkplatz überquerte.

Sie saßen im Halbrund einer Fensternische. Die Kinder waren hineingestürmt und hatten sich, lauthals herumalbernd, in die Mitte der Polsterbank gequetscht, aber Rick und sie hatten sie alle wieder herausgescheucht. Jetzt saß sie selbst, eingekeilt von Cameron und Kelly, in der Mitte, während Doug am äußersten

Rand neben Kelly und Rick am anderen Ende neben Cameron Platz genommen hatte.

Sie warteten gerade auf das bestellte Eis, als der Mann mit dem Gewehr leise durch die Tür trat.

Teresa sah, wie eine der Kellnerinnen quer durchs Restaurant rannte, heftig gegen einen Tisch stieß und stolperte. Inzwischen stand der Bewaffnete neben der Kasse. Jetzt trat er nervös einen Schritt zurück, um seine Waffe herumzuschwenken und auf jeden zu richten, auf den sein Blick fiel. Das war der Zeitpunkt, an dem ihn alle im Restaurant bemerkten, aber ehe irgendjemand etwas unternehmen konnte, tauchte hinter der Salatbar ein Angestellter des Restaurants im grell orangefarbenen Hemd auf und gab einen Schuss auf den Eindringling ab. Er verfehlte sein Ziel.

Die Menschen ringsum begannen zu schreien und versuchten aufzuspringen oder sich unter die Tische zu ducken. Aber die meisten saßen in der Falle, da der Durchgang zwischen den Tischen und den Polsterbänken im Halbrund der Nischen so schmal war. Teresa streckte ihre Hände nach Kelly und Cameron aus und versuchte, sie auf ihren Schoß zu ziehen. Cameron, zwölf Jahre alt und groß für sein Alter, leistete Widerstand, weil er sehen wollte, was vor sich ging. Teresa merkte, wie Rick sich aufrichtete und den Arm schützend um Doug legte.

Der Bewaffnete gab mehrere Schüsse auf den Mann an der Salatbar ab, gleich darauf bahnte er sich den Weg durchs Restaurant, indem er in alle Richtungen feuerte.

Teresa war so entsetzt, dass sie laut den Atem einsog. Verzweifelt versuchte sie aufzuspringen. Gleichzeitig packte sie Doug an seiner ärmellosen Weste, um ihn herunter zu ziehen, während das Fenster in ihrem Rücken zerbarst. Wie von Sinnen packte Teresa ihre Kinder und schob sie unter die harte, feste Tischplatte. Eine

Kugel verfehlte knapp ihren Hals und bohrte sich in das dicke Polster in ihrem Rücken. Rick wurde von einer weiteren Kugel nach hinten geschleudert. Als Teresa sich zu ihm umdrehte, wurde auch sie getroffen: in den Hinterkopf.

@ @ @

Teresa war so entsetzt, dass sie laut den Atem einsog. Verzweifelt versuchte sie aufzuspringen. Gleichzeitig packte sie Doug an seiner ärmellosen Weste, um ihn herunter zu ziehen, während das Fenster in ihrem Rücken zerbarst. Als Rick sich aufrichtete, warf sich Teresa über ihn und drängte Cameron zurück auf seinen Platz. Die Kugel traf sie diesmal seitlich am Kopf.

@ @ @

Teresa war so entsetzt, dass sie laut den Atem einsog. Verzweifelt richtete sie sich auf und drückte die Köpfe ihrer Kinder mit beiden Händen nach unten. Auch Rick machte Anstalten aufzustehen. Eine Kugel verfehlte sie knapp und zerschmetterte das Fenster in ihrem Rücken. Eine weitere Kugel erwischte Doug, so dass er herumwirbelte und sein Blut über die Tischplatte spritzte. Sie warf sich über Cameron, drückte ihn auf den Sitz herunter und schob Rick zur Seite. Die Kugel verfehlte sie beide und bohrte sich in das grellbunte Porträt des Clowns, das hinter ihnen an der Wand hing. Sie hörte, wie Kelly schrie und der Mann wieder und wieder abdrückte. Es war ein seltsam schnappendes Geräusch, auf entsetzliche Weise rhythmisch, überraschend leise.

Teresa und Rick hatten sich beide zu Boden geworfen. Jetzt wälzte sie sich auf die Seite und krallte sich am Rand der harten Tischplatte fest, um sich hochzuziehen. In dem Blut, das inzwischen über den Tisch strömte, fanden ihre Finger keinen festen Halt. Als sie sich mühsam aufrichtete, drang eine Kugel in ihren Brustkorb, und sie starb bald darauf.

@ @ @

Teresa war so entsetzt, dass sie laut den Atem einsog. Ihren Kindern rief sie zu, sie sollten sich flach auf den Boden werfen, sie selbst stand auf. Eine Kugel zischte an Dougs Kopf vorbei und schlug in das Fenster in ihrem Rücken. Beim Aufstehen hielt sie sich an der harten Tischplatte fest, gleich darauf stürmte sie zum Gang hinüber. Als der Mann das Gewehr auf sie richtete, duckte sie sich und rannte in gebückter Haltung weiter. Menschen brüllten. Der Raum war voller Rauch, so dass sie den Mann für ein paar Sekunden aus den Augen verlor. Aber als sie bis zu einem seitlichen Durchgang vorgedrungen war, merkte sie, dass er rasch zu dieser Seite ausgewichen war und hier auf sie wartete. Drei Kugeln streckten sie nieder.

@ @ @

Teresa war so entsetzt, dass sie laut den Atem einsog. Ihren Kindern rief sie zu, sie sollten sich flach auf den Boden werfen, sie selbst stand auf. Eine Kugel zischte an Dougs Kopf vorbei und schlug in das Fenster in ihrem Rücken. Beim Aufstehen hielt sie sich an der harten Tischplatte fest, gleich darauf stürmte sie zum Gang hinüber. Als der Mann das Gewehr auf sie richtete, duckte sie sich und kroch so schnell sie konnte auf die Salatbar zu.

Dort lag der Angestellte, der auf den Eindringling geschossen hatte, in einem Chaos aus verstreuten Eisbrocken und Früchten.

Teresa schnappte sich seine Pistole, überzeugte sich

rasch davon, dass sie noch geladen war, und wälzte sich herum, um hinter einem riesigen Coca-Cola-Automaten in Deckung zu gehen.

Menschen brüllten. Der Raum war voller Rauch, so dass sie den Mann nicht mehr sehen konnte. Die Waffe schussbereit vor sich schwenkend, verließ sie ihre Deckung. Vor Angst schlug ihr das Herz bis zum Hals. Sie sah den Mann erst wieder, nachdem er seelenruhig zu dem Tisch geschlendert war, an dem sie mit ihrer Familie gesessen hatte. Sein Gewehr war auf ihre Kinder gerichtet, die sich niedergekauert hatten, und er drückte ab.

Teresa erschoss ihn – aber kam zu spät, um das Leben ihres Mannes und ihrer Kinder zu retten.

@ @ @

Tatsächlich sollte es Teresa nie gelingen, die Oak Springs-Situation richtig zu meistern. Beim allerletzten Durchgang der ExEx-Simulation übernahm sie die Rolle des Amokschützen: Der Mann hieß Sam McLeod und hatte früher an diesem Tag einen bewaffneten Raubüberfall auf eine Tankstelle verübt. Um sich das Geld zu schnappen, hatte er den Kassierer erschossen. Einen Monat zuvor war er vom angrenzenden Bundesstaat Kentucky nach West Virginia übergesiedelt, da er in Kentucky schon wegen mehrerer Raubüberfälle im Verbund mit Körperverletzung gesucht wurde. Am vergangenen Wochenende war er weitergezogen, nach Virginia. Als jemand, der bundesweit gesucht wurde und ganz oben auf der Fahndungsliste stand, hatte er nichts mehr zu verlieren. Ehe er an diesem Tag zu Al's Happy Burgabar gefahren war, hatte er aus einem Waffengeschäft in Palmyra mehrere Schusswaffen gestohlen, die sich jetzt in seinem offenen Lieferwagen auf dem Parkplatz vor dem Restaurant befanden.

In Gestalt von McLeod betrat Teresa den Schauplatz der ExEx-Simulation zu dem Zeitpunkt, als er den Lieferwagen gerade abgestellt hatte. Sie schob ein neues Magazin in das halbautomatische Gewehr, stieg aus, knallte die Fahrertür zu und ging hinten um den Wagen herum, um sich einen guten Überblick über alles, was auf dem Parkplatz vor sich gehen mochte, zu verschaffen. Auf dem Highway hinter dem Parkplatz herrschte lebhafter Verkehr, aber das Restaurant lag mitten in einer Waldlichtung und war nach allen Seiten hin durch dichte Bäume vor Blicken geschützt.

Beruhigt darüber, dass sie hier draußen von keinem Menschen beobachtet wurde, bahnte sich McLeod mit der Schulter den Weg durch die Schwingtür des Restaurants. Das Gewehr lässig über die Schulter gelegt, musterte sie seelenruhig die Gäste und das Personal. Nahe am Eingang stand eine Kellnerin und notierte etwas auf einem Schreibblock, der neben der Kasse lag.

»Kasse aufmachen und heraus mit dem Geld!« befahl sie, wobei sie ihren Worten mit dem Gewehr Nachdruck verlieh.

Die Kellnerin blickte auf und ergriff, Unverständliches brüllend, sofort die Flucht. Nach wenigen Schritten stieß sie gegen einen der schweren Metalltische, deren dicke Sockel fest im Boden verankert waren, und fiel quer über den Fußboden. McLeod hätte sie an Ort und Stelle erschießen können, aber Teresa hatte ja nichts gegen die Kellnerin.

Als sie einen Schuss hörte, drehte sie sich verblüfft in die Richtung, aus der das Geräusch gekommen war. Wagte da wirklich jemand, auf *sie* zu schießen? Um nachzusehen, wer das war, trat sie über die am Boden liegende Kellnerin hinweg und schlenderte quer durchs Restaurant. Den Schuss hatte ein Mann in albernem Hemd aus einer kleinen Pistole abgegeben, die in jedes Handschuhfach gepasst hätte. Er stand neben der Salatbar. Als er McLeod mit großen Schritten auf sich zukommen sah, wagte er es nicht, noch einmal abzudrücken.

Im Halbrund einer Fensternische saß, eng aneinander gedrückt, eine junge Familie. Der Tisch davor war mit leeren Tellern und Gläsern und zusammengeknüllten Papierservietten übersät. Die junge Frau, offenbar die Mutter, machte Anstalten aufzustehen und versuchte dabei, die Köpfe ihrer Kinder nach unten, unter die Tischplatte, zu drücken. Auf halbem Weg durchs Restaurant blieb McLeod stehen, um die Frau durch Blicke dazu zu bringen, sich wieder zu setzen. Augenscheinlich hatte die Frau keine Angst vor ihr und sorgte sich nur um ihre Kinder.

Beiläufig feuerte Teresa in ihre Richtung, dann ging sie weiter zur Salatbar, wo der Mann mit der Spielzeugpistole immer noch herumstand. Offenbar war er vor Angst wie gelähmt. Teresa beschloss, all diesen Menschen jeden weiteren Schrecken zu ersparen: Sie streckte die Hand aus, schnappte sich die Faustfeuerwaffe des Mannes an der Salatbar, vergewisserte sich, dass sie noch geladen war, steckte sich den Pistolenlauf in den Mund und drückte ab. Ihr Tod war eine Sache von Sekunden.

Später führten die Ausbilder Teresa Videoaufzeichnungen der Serie von Oak Springs-Simulationen vor, wiesen sie auf die Punkte hin, an denen sie falsche Entscheidungen getroffen hatte, und zeigten ihr, wie sie anders hätte vorgehen können und welche Chancen sie vertan hatte.

(Im Juli 1958 war Sam Wilkins McLeod kurz nach seinem Ausbruch aus dem Staatsgefängnis von Kentucky Amok gelaufen. In einer Burger Bar an der Route 64 hatte er mit einem halbautomatischen Gewehr sieben Menschen erschossen, darunter auch ein Kind. Am Tatort hatte sich auch eine junge Frau namens

Samantha Karen Jessup aufgehalten. Als sie versucht hatte, sich mit ihm anzulegen, war sie von einer seiner Kugeln tödlich getroffen worden. Zwischen ihr und dem Kind, das bei der Schießerei ums Leben gekommen war, hatten keinerlei verwandtschaftliche Beziehungen bestanden.)

10. k@pitel

Nachdem sie das Frühstücksgeschirr abgeräumt und abgewaschen und sich Mrs. Simons nach oben, in ihr Zimmer, zurückgezogen hatte, ging Amy ins Büro hinüber. Dort fand sie ein Fax vor, das nachts angekommen sein musste. Sie riss es ab, um es gleich zu lesen.

Am liebsten wäre sie sofort nach oben gerannt, um es Nick zu zeigen, aber er lag noch im Bett und schlief, und sie wusste, wie wenig er es mochte, so früh geweckt zu werden. Also beschloss sie, die Sache selbst in die Hand zu nehmen und ihm das Fax erst später zu zeigen. Innerhalb der nächsten halben Stunde entwarf sie ihr Antwortschreiben und faxte es an die angegebene Adresse in Taiwan. Sie bestätigte, dass im Hotel Weißer Drache in Bulverton ab dem Montagabend der kommenden Woche vier Doppelbettzimmer für vier Einzelübernachtungen mit Halbpension für eine Mindestdauer von vierzehn Tagen reserviert seien. Nach Ablauf der gebuchten zwei Wochen bestehe jederzeit die Möglichkeit, den Aufenthalt auf unbegrenzte Zeit zu verlängern. Die Preisliste fügte sie bei. Im letzten Absatz des Briefes fragte sie so höflich sie konnte an, welche Form der Zahlung erwünscht sei.

Als sie dreißig Minuten später den Originalbogen des Fax für ihre Akten kopierte und am Computer das von Nick installierte Zimmerreservierungsprogramm aufrief – in den vergangenen Monaten hatten sie es bedenklich wenig genutzt –, kam bereits die Faxantwort. In förmlichem, allerdings auch recht umständlichem Englisch wurde ihr darin mitgeteilt, dass die Absender ein Konto bei der Zweigstelle der Midland Bank in Bulverton eröffnet hätten. Von dem Konto könne sie die Übernachtungskosten wöchentlich in britischer Währung abbuchen lassen. Die Belege für die Überweisungen auf das Geschäftskonto des Hotels Weißer Drache seien direkt an die Hauptverwaltung des Unternehmens in Taipeh zu schicken. Nach einem wahren Erguss von Worten, die sie als exotische, östliche Grußformeln deutete, folgte die Unterschrift. Das Fax war von einem Mr. A. Li von der Abteilung Projektentwicklung bei der GunHo Corporation Taipeh unterzeichnet. Ganz unten standen die Namen der vier leitenden Angestellten von GunHo, für die diese Zimmer gebucht worden waren. Nach einem flüchtigen Blick auf die Namen machte sich Amy mit dem Fax auf den Weg nach oben, nur um festzustellen, dass Nick immer noch schlief.

Es wurde später und später, bis Nick mittags endlich auftauchte, aber er war offenbar wieder mal schlecht gelaunt, so dass Amy ihn wohlweislich gar nicht erst ansprach.

Am Nachmittag machte sie einen kurzen Spaziergang. Sie ärgerte sich darüber, dass sie sich von Nicks jeweiligen Stimmungen so sehr beeinflussen ließ, sich inzwischen sogar schon im Voraus durch ihr eigenes Gespür für seine Stimmungen an seinen Launen orientierte. Schließlich waren es ja keine schlechten Nachrichten, die sie zu überbringen hatte: Das Fax versprach eine jähe Belebung des Geschäfts, fast die Hälfte der Hotelzimmer würde zum ersten Mal seit dem Ende des Medienrummels im letzten Sommer wieder belegt sein. Außerdem bedeutete die Tatsache, dass die Leute aus Taiwan Übernachtung mit Halbpension gebucht hatten – sie würden jeden Abend im Hotel essen –, dass Nick und sie es sich jetzt wohl würden leisten können, zusätzliches Personal einzustellen, zumindest als Aushilfen.

Während sie durch den Park der Altstadt schlenderte,

rechnete Amy bereits durch, welche Aushilfen sie für die Küche, das Restaurant und den Zimmerservice benötigen würde. Ihr war klar, dass Nick sich zunächst gegen die Vorstellung, weiteres Personal bezahlen zu müssen, wehren würde, andererseits würden sich die Personalkosten dadurch ausgleichen, dass das Hotel – zumindest in den kommenden vierzehn Tagen, vielleicht auch danach – Gewinn machen würde.

Als Amy zum Hotel zurückkehrte, fiel ihr auf, dass Nicks Auto nicht am gewohnten Platz stand, also würde sie ihm für den Rest des Tages aus dem Weg gehen können. Seine Launen gaben ihr immer noch Rätsel auf. Früher, als sie beide noch jünger gewesen waren, hatte sie viele Seiten an ihm kennen gelernt, aber diese destruktive Übellaunigkeit hatte er damals noch nicht an den Tag gelegt.

Am Abend ging Amy, nachdem sie Teresa das Abendessen zubereitet und serviert hatte, in die Bar hinunter, da sie wusste, dass sie Nick dort finden würde. Ein Taschenbuch auf den Knien, thronte er auf dem Barhocker. An einem Fenstertisch war ein halbes Dutzend von Gästen versammelt, die Getränke vor sich stehen hatten. Aus der Jukebox drang Musik.

»Ich nehme an, das hier interessiert dich«, sagte sie, bemüht, es ganz beiläufig klingen zu lassen. Sie reichte ihm das zusammengerollte Thermopapier mit dem Faxoriginal und griff nach einem Handtuch, um die Theke, die es gar nicht nötig hatte, abzuwischen, während er das Fax überflog.

»Zwei Wochen«, sagte er. »Ist ja toll.«

»Das Hotel wird gut belegt sein.«

»Und viel Arbeit machen. Und was erwarten chinesische Gäste vom Essen?«

»Das steht hier.« Sie beugte sich hinüber und deutete auf die Stelle. »Sie erwähnen, dass sie internationale Küche erwarten.«

»Das kann alles Mögliche bedeuten. Schade, dass wir keinen Koch haben.«

»Wir schaffen das schon, Nick! Komm schon ... Sag wenigstens, dass du dich freust!«

»Ich freu mich ja auch, ich freu mich wirklich.« Er legte die Hand um ihren Nacken und zog ihr Gesicht sanft zu sich herunter, um sie zu küssen. »Aber sind überhaupt vier Doppelbettzimmer frei? Von unseren zehn Zimmern haben sechs nur Einzelbett oder zwei getrennte Betten. Ein Zimmer mit Doppelbett ist von Mrs. Simons belegt, stimmt's?«

»Ich wollte dich sowieso darauf ansprechen«, erwiderte Amy. »Was hältst du davon, wenn wir sie bitten, in ein anderes Zimmer umzuziehen?«

»Hast du's ihr gegenüber schon erwähnt?«

»Nein, bis jetzt noch nicht. Die Buchung ist ja erst heute eingetroffen. Ich dachte, wir warten erst mal ab, bis diese Leute aus Taiwan sich endgültig entschieden haben.«

»Aber das hier ist doch eine verbindliche Zimmerreservierung.«

»Stimmt.«

»Ich glaube nicht, dass Mrs. Simons sich hier wohl fühlt«, erklärte Nick. »Sie beschwert sich zwar nie, aber ich bin sicher, dass sie es bei uns nicht besonders gemütlich findet. Hin und wieder rutschen ihr kleine Bemerkungen heraus.«

»Der Meinung bin ich auch. Vielleicht würde sie gern ausziehen. Das hier würde ihr einen Grund liefern.«

»Glaubst du, sie braucht eine Rechtfertigung?«

»Keine Ahnung. Sie ist so höflich, dass man unmöglich sagen kann, was sie wirklich denkt.«

Nick legte das Fax auf den Tresen, wobei sich das Thermopapier zusammenrollte. Amy nahm es wieder an sich. »Die Namen kommen mir nicht gerade chinesisch vor«, bemerkte sie. »Kravitz, Mitchell, Wendell und Jensen.«

»GunHo Corporation«, erwiderte Nick, »klingt auch nicht gerade chinesisch. Vielleicht irgendwie asiatisch, aber was wissen wir schon. Was soll's – wenn sie bezahlen, sollen sie kommen.«

»Ist dir aufgefallen, dass zwei davon Frauen sind?«

»Ja, ich hab's bemerkt«, antwortete Nick. »Was meinst du, Amy, schaffen wir's allein oder sollten wir daran denken, zwei Aushilfen einzustellen?«

11. k@pitel

Nick war in der Bar und wartete ohne viel Hoffnung darauf, dass sich irgendetwas tat. Dick Cooden und seine Freundin June spielten Poolbillard; drei Männer, die, wie er wusste, in einer Autowerkstatt in Bexhill arbeiteten, standen am anderen Ende der Bar und schluckten jede Menge Halbe vom Fass; an einem der Tische nahe bei der Tür saßen fünf Jugendliche, bei denen es mehr als zweifelhaft war, dass sie das gesetzliche Mindestalter für Kneipenbesuche hatten, aber Nick hatte keine Lust, sie zur Rede zu stellen. Andere Gäste waren früher am Abend gekommen und wieder gegangen, und es gab immer ein paar Nachzügler, die noch kurz vor der Sperrstunde hereinschauten. Nick saß oft und gern in der Bar herum. Amy war schon zu Bett gegangen. In einer halben Stunde würde er die Bar schließen – sobald die Männer aus Bexhill Schluss gemacht hatten und heimgegangen waren.

Kurz darauf kam Teresa Simons herein und bestellte einen Bourbon auf Eis. Er gab eine Maßeinheit ins Glas und langte unter den Tresen, um Eis zu besorgen. Als er sich wieder umwandte, hatte sie, ohne auf das Eis zu warten, das Glas mit einem Zug geleert. Ihm war ganz neu, dass Amerikaner irgendetwas ohne Eis tranken.

»Ihr seid hier ja recht sparsam mit dem Einschenken«, bemerkte sie. »Geben Sie mir noch einen.« Er wollte ihr das Glas abnehmen, aber sie hielt es fest. »Würden Sie mir einen so mixen, wie ich es mag? Wenn ich es Ihnen zeigen darf, können Sie mir den Bourbon später immer auf diese Weise mixen.« Als er einwilligte, bat sie ihn um ein hohes Glas mit mehreren großen Eiswürfeln, zwei Schuss Bourbon und etwas Soda. Er notierte die Kosten für diesen und den ersten Drink auf dem Rechnungsblock, den er unter dem Tresen aufbewahrte.

»Haben Sie in der Stadt gefunden, was Sie suchen?«, fragte er im Plauderton des Barkeepers.

»Wie kommen Sie darauf, dass ich nach etwas suche?«

»Da Sie hier offensichtlich nicht Urlaub machen, habe ich angenommen, dass Sie auf Geschäftsreise sind.«

»Stimmt auch in gewisser Weise. Gibt's überhaupt Leute, die in Bulverton Urlaub machen?«

»Ein paar schon, allerdings nicht mehr so viele wie früher. Die machen hier Urlaub, weil sie die Stadt hübsch finden.«

»Sie ist ja auch hübsch, allerdings auch irgendwie bedrückend.«

»Und das aus gutem Grund, wie die meisten Einheimischen behaupten würden. Sie wissen ja sicher, was hier im letzten Jahr passiert ist.«

»Ja, natürlich ... Deshalb bin ich wohl auch hier.«

»Amy meinte, sie seien vielleicht Reporterin.«

»Wie kommt sie denn darauf? Mein Interesse ist ... Man könnte wohl sagen: eher privater Natur.«

»Tut mir Leid«, erwiderte er verblüfft über diese neue Information, da Amys Vermutung so plausibel geklungen hatte. »Das war mir nicht klar. Hatten Sie Verwandte unter den Opfern?«

»Nein, nichts dergleichen.«

Sie wandte sich abrupt ab, zeigte ihm im wahrsten Sinne des Wortes die kalte Schulter und blickte zum Fenster hinüber. Die unteren Hälften der Barfenster bestanden aus Milchglas; alles, was man dadurch erkennen konnte, waren die diffusen, von einem Strahlenkranz umgebenen Lichter der Autoscheinwerfer auf der Hauptverkehrsstraße. Die drei Männer aus Bexhill bestellten eine weitere Runde, also ging Nick hinüber, um sie zu bedienen. Als er zurückkam, hatte sich Teresa Simons wieder der Theke zugewandt, stützte ihre Ellbogen am Tresen ab und hielt ihr inzwischen leeres Glas mit beiden Händen umklammert. Mit einer Geste deutete sie an, dass sie einen weiteren Bourbon wollte. Er servierte ihn ihr auf frischem Eis in einem neuen Glas.

»Und Sie selbst, Nick? Ich darf Sie doch Nick nennen? Ihre Eltern waren unter den Opfern der Schießerei, nicht wahr?«

»Sie sind beide ums Leben gekommen, ja.«

»Reden Sie jemals darüber?«

»Nicht besonders oft. Abgesehen von dem, was auf der Hand liegt, gibt's dazu auch nicht allzu viel zu sagen.«

»Das Hotel gehörte früher Ihren Eltern, nicht wahr?«

»Ja.«

»Sie wollen wohl wirklich nicht darüber reden, wie?«

»Es gibt dazu nichts mehr zu sagen. Sie haben mir das Hotel hinterlassen, also bin ich hier. Was ich durchgemacht habe, war längst nicht so traumatisch wie bei manch anderen in der Stadt.«

»Erzählen Sie mir doch mehr darüber.«

Er dachte einen Augenblick lang nach, um die richtigen Worte für Gefühle zu finden, die er noch nie klar umrissen hatte. Ihm fiel ein, wie er damals, als sich der Gedanke an Groves Gräueltaten als unerträglich erwies, auf Klischees zurückgegriffen hatte. Bald darauf hatte er andere Menschen dieselben leeren Phrasen dreschen hören: Reporter im Fernsehen, Pfarrer auf der Kanzel, Verfasser von Leitartikeln in den Zeitungen, wohlmeinende Besucher. Es war ihm bewusst, dass diese Phrasen, an die sich alle so schnell gewöhnt hatten, einerseits am wirklichen Geschehen vorbeigingen, andererseits trotzdem etwas Wesentliches erfassten. Er hatte gelernt, dass es manchmal besser war, nicht über diese Dinge nachzudenken und sie unausgesprochen zu lassen. Das

Leben ging weiter, und er ließ sich darauf ein, weil es ihm auf diese Weise erspart blieb, über das Vergangene nachdenken oder reden zu müssen.

»Da waren all diese Toten«, sagte er vorsichtig. »Persönlich hab ich sie ja nicht mehr gekannt, weil ich weggezogen war, aber ich wusste, wer sie waren. Ihre Namen standen auf den Listen, über ihr Schicksal wurde viel geredet. All dieser Kummer, all diese Menschen, die anderen so sehr fehlten. Verwandte, Eltern, Kinder, tote Lebenspartner, es waren auch zwei dabei, die niemand kannte. Anfangs konnte mich gar nichts umhaun: Selbstverständlich litten die Überlebenden unter einem Schock. Das ist nun mal so, wenn Menschen, die einem nahe stehen, ums Leben kommen. Aber je mehr ich darüber nachdachte, desto komplizierter kam es mir vor, desto weniger konnte ich es begreifen. Also hab ich es aufgegeben, darüber nachzudenken.«

Teresa hatte den Blick abgewandt und wirbelte die Eiswürfel im Glas herum, während er erzählte.

»Aber, wissen Sie, seltsamerweise waren sie es, die Toten, die davongekommen sind. Sie mussten nicht damit weiterleben. In bestimmter Hinsicht ist das Überleben schlimmer. Wenn man überlebt, während der Freund, der Ehemann oder die Ehefrau stirbt, entwickelt man Schuldgefühle. Und dann waren da auch noch all die schwer Verletzten. Einige erholten sich bald darauf, aber nicht alle. Manche, darunter auch ein junges Mädchen, werden nie wieder gesund werden.«

»Shelly Mercer«, warf Teresa ein.

»Sie haben von ihr gehört?«

»Ja. Wie geht es ihr inzwischen?«

»Sie ist aus dem Koma erwacht und nicht mehr im Krankenhaus, aber ihre Eltern können sie daheim nicht versorgen. Sie mussten sie in einem speziellen Pflegeheim unterbringen, in Eastbourne.«

Er hatte Shelly einmal besucht, als sie noch auf der

Intensivstation des Conquest-Krankenhauses in Hastings gelegen hatte. Er war mit einer kleinen Gruppe von Stadtbewohnern hingefahren, die es aus irgendeiner Art von Zusammengehörigkeitsgefühl heraus zu diesem Besuch gedrängt hatte. Es musste wohl das Schuldgefühl gewesen sein.

Den Vorwand für diesen Besuch hatte ein Radio mit CD-Spieler geliefert, das die Menschen in der Stadt für Shelly besorgt hatten. Ehe die Schüsse sie getroffen hatten, hatte Shelly auf eine solche Anlage gespart. Man hatte für sie gesammelt, und sie hatten das Gerät ins Krankenhaus mitgenommen, um es ihr zu überreichen, während ein Fotograf des *Kurier* ein paar Aufnahmen machte. Der Anblick von Shelly hatte Nick tief getroffen. Wie sie im Krankenhausbett so dagelegen hatte, eingehüllt in Verbände, durch Tropfinfusionen und Röhrchen künstlich am Leben erhalten, durch elektronische Geräte fortwährend überwacht, hatte sie noch so kindlich gewirkt. Nicht einmal ihr Gesicht hatte er richtig sehen können. Keiner von ihnen hatte sagen können, ob sie bei Bewusstsein war oder begriff, wer sie waren und was sie hier machten. Sie hatten den CD-Spieler in seiner Verpackung gelassen, sich ihrer Karten mit den Genesungswünschen und der Blumen entledigt und waren gegangen.

»Welches Interesse haben Sie an all dem?«, fragte er Teresa.

»Ein starkes. Und Sie?«

Die Schärfe und Schlagfertigkeit ihrer Antwort verblüfften ihn erneut. Ohne mit der Wimper zu zucken, starrte sie ihn an, ihre Augen waren wenig mehr als einen halben Meter von seinen Augen entfernt. Es war ein Blick, der ihn nervös machte. Im diffusen Licht der Bar konnte er die Farbe ihrer Augen nicht ausmachen, er sah nur, dass sie blass waren. Bis jetzt hatte er überhaupt keinen Gedanken auf diese Augen verschwendet, aber in diesem Moment überstrahlten sie alles andere im Raum.

Sie griff nach ihrem Glas und trank einen Schluck. Er hörte, wie die Eiswürfel klirrten, als sie in dem hohen Glas hin und her glitten. Bei diesem Geräusch fiel ihm eine Bar in St. Louis ein, die er vor ein paar Jahren während eines Amerika-Urlaubs besucht hatte. Es war heiß gewesen, Hochsommer. In der klimatisierten Kühle der Bar hatten die Amerikaner rings um ihn herum die Eiswürfel in ihren hohen Gläsern klirren lassen. Unmengen von Eis, an jedem Tag und an jedem Ort in diesem riesigen Land. All diese fossilen Brennstoffe, die dafür verbraucht wurden, Wasser zu Eis zu gefrieren, damit die Getränke kühler und erfrischender wirkten! In den drei Tagen, die Teresa jetzt im Weißen Drachen wohnte, war der Eisverbrauch des Hotels auf das Doppelte des Üblichen angestiegen. Jeden Tag legten sie für den Fall, dass ihr amerikanischer Gast Eis wünschte, zwei zusätzliche Gefrierschalen ins Tiefkühlfach. Und hier saß sie und klimperte mit den Eiswürfeln in ihrem Cocktailglas.

»Also?«, fragte sie und stellte das Glas ab. Nach den paar Drinks legte sie bereits das unverblümte, fast aggressive Verhalten mancher Angetrunkenen an den Tag. »Welches Interesse haben Sie selbst an all dem?«

»Ein ähnlich starkes wie Sie, nehme ich an. Ich hab eigentlich noch nicht so recht darüber nachgedacht.«

»Kommen Sie denn über all das hinweg?«

»Mit der Zeit schon, nehme ich an.«

»Wissen Sie, falls irgendwelche Leute fragen, was ich hier eigentlich treibe, sagen Sie Ihnen doch einfach, dass ich eine Art Historikerin bin.«

»Sind Sie das wirklich?«

»In gewisser Hinsicht schon«, erwiderte sie, aber ihr Blick war dabei nach innen gewandt. Gleich darauf drehte sie sich weg, um die Männer aus Bexhill zu mustern, die lauthals über irgendeinen Witz lachten.

»Ich vergesse immer wieder, was Sie alle hier durchgemacht haben. Haben Sie schon mal von einem Ort namens Kingwood City in Texas gehört?«

»Nein, noch nie.«

»Ich hatte auch noch nie etwas von Bulverton gehört. Das schafft vielleicht eine Gemeinsamkeit zwischen uns, falls es überhaupt eine gibt.«

»War das, was in Kingwood geschehen ist, ähnlich wie in Bulverton?«

»In Kingwood *City*. Ja, es war genau dasselbe.«

»Ein Amokschütze? Und dabei ist jemand ums Leben gekommen, der Ihnen nahe stand?«

»Mein Mann. Andy. Er hieß Andy Simons und hat für die Bundesregierung gearbeitet. Er wurde in Kingwood City, Texas, erschossen. Deshalb bin ich hier, in Bulverton, Ost-Sussex. Weil irgendein gottverdammter Mistkerl den Mann umgebracht hat, den ich liebte.«

Sie senkte den Kopf, streckte jedoch gleichzeitig ihren Arm und die Hand mit dem Glas über die Theke, in seine Richtung. Bis auf die noch kaum geschmolzenen Eiswürfel war das Glas leer. Sie sagte zwar nichts, aber die Körpersprache der Trinkerin verriet, was sie wollte. Also schenkte er ihr noch einen doppelten Whisky ein.

»Danke«, sagte sie und sah wieder zu ihm auf, aber inzwischen war ihr Blick nicht mehr so konzentriert wie vorhin. Ihre Augen hatten den glasigen Schimmer, den jeder kennt, der jemals hinter einer Theke gearbeitet und auf die erlösende Sperrstunde gewartet hat. Sie wurde schneller betrunken, als Nick erwartet hatte. Während sie mit bemühter Konzentration auf den Sodasyphon drückte, setzte er den Preis des letzten Bourbon schweigend auf ihre Rechnung, die unterhalb des Tresens lag.

»Möchten Sie darüber reden?«, fragte er, ganz der mitfühlende Barkeeper, Angehöriger eines Berufsstandes, der sich um die Betrunkenen und Ungetrösteten kümmert.

»Ebenso wenig, wie Sie es wollten.«

Die minderjährigen Jugendlichen scharrten laut mit den Stühlen, als sie vom Tisch aufstanden, und drängten in ausgelassenem Haufen zur Tür. Der Tisch, den sie hinterließen, war ein Chaos aus leeren Gläsern und Chipstüten. Aus dem Aschenbecher stieg eine penetrant riechende Rauchsäule hoch. Nick ging hinüber, räumte den Tisch ab, löschte die vor sich hinschwelenden Kippen und das angekokelte Papier und machte sich daran, alles im Ausguss unterhalb des Tresens zu spülen. Er war noch damit beschäftigt, als sich die Tür hinter ihm auftat und Amy hereintrat.

»Soll ich dich ein Weilchen ablösen?«, fragte sie mit einem – seinem Eindruck nach – misstrauischen Blick auf Teresa Simons.

»Nein, ich komm schon klar. Mache sowieso bald dicht.« Er richtete sich auf, um sie anzusehen. Mit einem Wink dirigierte sie ihn ans andere Ende der Theke.

»Ist mit Mrs. Simons alles in Ordnung?«, fragte Amy, die Musik übertönend, die immer noch aus der Jukebox dröhnte – auch das eine Hinterlassenschaft der Jugendlichen.

»Sie hat jede Menge Bourbon intus, aber sie hat's ja nicht weit nach Hause.«

»Trägst du sie nach oben, wenn sie umkippt?«

»Lass das doch, Amy!«, sagte er mit abwehrender Geste. »Ich dachte, du wärst im Bett.«

»Ich war nicht müde. Ich konnte euch hier unten reden hören.«

»Sieh mal, ich bin doch nur der Barkeeper, der Kummerkasten für Leute mit Problemen.«

»Also hat sie welche, wie?«

»Haben wir das nicht alle?«

»Offenbar meidet sie die Bar, wenn ich Dienst habe.«

»Vielleicht hat sie das Gefühl, dass sie sich einem Mann leichter anvertrauen kann.«

»Aha, was hat sie dir denn anvertraut?«

»Lass uns später darüber reden, Amy, ja?«

»Sie kann uns doch gar nicht hören.«

»Trotzdem. Was du denkst, merkt doch ein Blinder, verdammt noch mal.«

»Es bleibt mir ja auch gar nichts anderes übrig!«

Da sie inzwischen laut geworden war, drängte sich Nick an ihr vorbei, ging zur Jukebox hinüber und drückte auf den hinten verborgenen Schalter, damit die Musik nach der gerade laufenden Platte abgestellt wurde.

»Falls du die Bar schließt, denk daran, das Fass für das Guinness auszutauschen«, rief Amy.

»Das, was im Keller zu tun ist, erledige ich morgen früh.«

»Soweit ich mich erinnere, hast du doch stets behauptet, das Guinness müsse sich über Nacht setzen.«

»Ich mach's morgen früh, Amy.«

Sie zuckte die Achseln, drängte sich an ihm vorbei und zog sich durch die Tür in den Haupttrakt des Hotels zurück. Ihm graute schon davor, welche Worte fallen, was sich abspielen würde, wenn er irgendwann nach oben ins Bett ging. Nach all den Jahren lernte er immer noch neue Seiten an Amy kennen.

Teresa Simons hatte schon wieder ausgetrunken, aber inzwischen saß sie aufrecht, die Hände leicht am Tresen abgestützt, auf ihrem Barhocker. »Hab ich richtig gehört, dass Sie gleich schließen wollen?«, erkundigte sie sich.

»Das gilt nicht für Sie, Sie wohnen ja hier. Wenn Sie möchten, können Sie die ganze Nacht durch trinken.«

»Nein danke, Mr. Surtees, das ist nicht ganz mein Stil.«

»Nick«, korrigierte er.

»Stimmt, darauf haben wir uns ja geeinigt. Ist nicht ganz mein Stil, Nick. Teufel noch mal, eigentlich schmeckt mir der Bourbon nicht einmal besonders. Andy mochte Bourbon, wissen Sie? Nur wegen Andy hab ich angefangen, das Zeug zu trinken, brachte es nie über mich zuzugeben, dass ich mir nicht viel daraus mache. Früher hab ich meistens Bier getrunken. Sie kennen sich mit dem amerikanischen Bier doch aus, nicht? Schmeckt nicht gut, also stürzt man es gleich hinunter, damit man nichts schmeckt. Deshalb trinken Menschen wie Andy Bourbon. Allerdings hat selbst er nicht allzu viel davon geschluckt. Sagte, er müsse einen klaren Kopf bewahren, sonst werde man ihm seine Dienstmarke abnehmen.«

»Seine Dienstmarke? War er Polizist?«

»Eine Art Polizist.«

»Eine Art Polizist, so wie Sie selbst eine Art Historikerin sind?«

Inzwischen war sie aufgestanden. Für jemand, der in so kurzer Zeit derart viel Bourbon geschluckt hatte, stand sie bemerkenswert sicher auf den Beinen.

»Ach, verdammt, jetzt spielt es wohl eh keine Rolle mehr. Andy war Sonderagent, er war beim Büro angestellt.«

»Beim FBI?«

»Sie haben's erfasst.«

»Und er wurde im Dienst getötet?«

»Wieder ins Schwarze getroffen. Ja, in Kingwood City, Texas. Ist ein kleiner Ort, von dem davor noch nie ein Mensch gehört hatte, auch keiner in Amerika. Vielleicht auch keiner in Texas. Ähnlich wie Bulverton. Tatsächlich ganz genau wie Bulverton, nur dass es unterschiedlicher nicht hätte sein können. Sagt Ihnen der Name Aronwitz, John Luther Aronwitz, irgendetwas?«

»Ich bin mir nicht sicher, ob ich …«

»Aronwitz hat in Kingwood City gewohnt«, fiel sie ihm ins Wort. »Niemand kannte ihn, er führte ein zurückgezogenes Leben. Blieb immer zu Hause, bei seiner Mutter. Hin und wieder sah man ihn im Kaufladen, aber er hatte, soweit bekannt, überhaupt keine Freunde. Wegen ein paar kleinerer Vergehen war er vorbestraft.

Kommt Ihnen das nicht irgendwie bekannt vor? Na ja, das war in Texas, also fuhr er in einem alten offenen Lieferwagen herum, mischte sich kaum unter die Leute, hatte ein paar Gewehre im Schrank. Nicht dass das in Texas besonders aufgefallen wäre. Ein wirklich stilles Wasser, erinnert ein bisschen an Gerry Grove, nicht? Im letzten Jahr ist er Amok gelaufen, niemand hat je begriffen, warum. Nahm seine Gewehre und fing an herumzuballern. Tötete und tötete und tötete. Männer, Frauen, Kinder. Genau wie Grove. Wen er traf, war ihm völlig gleichgültig, ihm kam es nur aufs Abdrücken an. Schließlich hat er sich mit zwei Geiseln in irgendeinem gottverdammtem Einkaufszentrum verschanzt, in irgendeinem halb leer stehenden Gebäude am Ortsrand, draußen an der Bundesstraße 20. Genau dort hat Andy ihn aufgestöbert, genau dort ist Andy gestorben. Können Sie sich jetzt ein Bild machen, Nick?«

»Ja.«

»Haben Sie je davon gehört, Nick? Falls ja, sind Sie in England eine Ausnahme.«

»Ich hab davon gehört«, erwiderte er. »Die Presse hat versucht, die Sache auszuschlachten. Mir war nur der Ortsname entfallen. Die Sache ist bekannter als Sie ...«

»Hören Sie, ist ja schon gut, Sie sind eine Ausnahme. Wissen Sie auch, wann das passiert ist?«

»Im letzten Jahr, sagten Sie? Stimmt ... am selben Tag.«

»Letztes Jahr am dritten Juni. Das war der Tag, an dem Andy gestorben ist. Und das nur, weil sich ein Kotzbrocken namens Aronwitz ein Gewehr geschnappt hat und durchgedreht ist.«

»Der dritte Juni war der Tag, an dem ...«

»Stimmt genau, wie? Das war der Tag, an dem Gerry Grove ausgerastet ist. Am selben Tag, Nick. Am selben Scheißtag. Recht merkwürdiges Zusammentreffen, nicht?«

Später, nachdem Mrs. Simons zu ihrem Zimmer hinauf getorkelt war, schloss Nick die Bar, verriegelte die Türen und machte alle Lichter aus. Oben im Hotel war alles still. Als er die Schlafzimmertür aufmachte, sah er, dass Amy noch wach war. Sie saß aufrecht im Bett und las in einer Zeitschrift. Ihre Laune hatte sich gebessert: Offenbar hatte sich ihre innere Spannung dadurch, dass sie ihn angebrüllt hatte, ein wenig gelöst.

12. k@pitel

Zum Zeitpunkt seines Todes war Andy Simons zweiundvierzig Jahre alt und wie in den vorangegangenen achtzehn Jahren als Sonderagent beim FBI beschäftigt. Er hatte sich auf Straftatpsychologie spezialisiert – unter besonderer Berücksichtigung plötzlich auftretender Gewalttätigkeiten, Amokläufe und Serienmorde. Eine auffällige Gemeinsamkeit bestand bei vielen Serienmorden darin, dass die Täter kurz oder unmittelbar davor ihren Wohnort gewechselt hatten.

Andy schätzte sich selbst als guten FBI-Mann ein, er hielt die Arbeitsmethoden des Büros für richtig und unterstützte dessen Ziele. Außerhalb des Dienstes wirkte er durchaus locker, aber während der Dienstzeit konzentrierte er sich voll und ganz auf die Arbeitsanforderungen. Zwar war er immer noch im Strafvollzug tätig, aber in den letzten Jahren hatte sich seine Arbeit immer mehr ins Labor, weg von der Straße, verlagert.

In der Abteilung Straftatpsychologie, die der Außenstelle des FBI in Fredericksburg angegliedert war, waren er selbst und dreizehn weitere FBI-Agenten damit beschäftigt, nach und nach mit größter Sorgfalt Computermodelle der psychoneuralen Strukturen psychisch gestörter Amokläufer zu konstruieren, soweit deren psychische Verfassung bekannt war oder Hypothesen dazu vorlagen. Ihre Unterlagen bezogen sie aus dem Bundeskriminalarchiv des FBI, den Polizeiakten jedes U.S.-Bundesstaats und aus vielen Ländern in Europa, Lateinamerika und Asien sowie Australien. Die psychopathologischen Profile, die sie kartografierten – Grundlage ihrer Computermodelle –, umfassten nicht nur die der Mörder, sondern auch die der Opfer.

Die Hypothese, die sie überprüfen wollten, ging davon aus, dass bei manchen, nach landläufiger Auffassung völlig unmotivierten Verbrechen – offenbar fielen Menschen ihnen nur dadurch zum Opfer, dass sie das Pech gehabt hatten, sich zur falschen Zeit am falschen Ort aufzuhalten – in Wirklichkeit eine psychoneurale Verbindung zwischen Täter und Opfer besteht. Offenbar gab es so etwas wie einen psychologischen Auslöser. Worin er bestehen mochte, war bis jetzt noch nicht recht klar, aber dieser Auslöser hatte die Wirkung, das Fass sozusagen zum Überlaufen zu bringen und sozial nicht Angepasste, etwa Milieugeschädigte oder labile Psychopathen, in Mörder zu verwandeln. Mehr und mehr waren die Mitarbeiter des Projekts inzwischen zu der Überzeugung gelangt, dass das offenbar unschuldige Opfer zur Auslösung des Abzugshebels beigetragen haben musste.

Darüber hinaus waren die üblichen Verbindungen zwischen Ursache und Wirkung zu berücksichtigen, die seit fast einem Jahrhundert bekannt und erforscht waren. Oft führten festgenommene Serienmörder als letzten Auslöser ihrer Taten die Wut über langjährige Haftstrafen an, der sie nach ihrer Entlassung mit dem Töten Luft gemacht hätten. Diese Wut habe sie krank und zu Außenseitern der Gesellschaft gemacht. Allerdings konnte man diesen Aussagen nie ganz trauen, es war offenbar nur die halbe Wahrheit, sonst hätte ja jeder nach langer Haftstrafe freigelassene Schwerverbrecher zum Serienmörder werden müssen. Deshalb wurden auch andere Faktoren örtlicher oder persönlicher Natur als wesentlich einbezogen: wachsender Groll auf irgendeine Institution, Person oder persönliche Erfahrung; ein Muster von Straftaten, die von Mal zu Mal schwerer wogen und häufig auch Sexualverbrechen einschlossen;

die gesellschaftliche und wirtschaftliche Deklassierung, bedingt durch Arbeitslosigkeit, Wechsel des Wohnorts, familiäre Krisen und andere Faktoren.

Besonderes Interesse hatte Andy Simons an einem Fall, der den Ausgangspunkt für die Arbeit der Abteilung dargestellt hatte. 1968 hatte ein Arbeitsloser, der vorher in der Detroiter Autoindustrie beschäftigt gewesen war – er hieß Mack Sturmer –, drei frühere Arbeitskollegen während ihrer Mittagspause erschossen. Vom Personalbüro der Ford-Werke war er zwei Tage zuvor entlassen worden, weil er während der letzten sechs Wochen entweder gar nicht oder ständig zu spät zur Arbeit erschienen war. Am Tag der Schießerei war es ihm während der Mittagspause gelungen, sich Zugang zum Werk zu verschaffen. Er wusste, wo die Arbeiter normalerweise ihre Pausen verbrachten. Allerdings waren ihm seine späteren Opfer gar nicht persönlich bekannt gewesen, wie während der Gerichtsverhandlung deutlich wurde.

Sturmer war kein Einheimischer, er war auf der gegenüberliegenden Seite des Erie-Sees in Lorain, Ohio, geboren und 1962 oder nicht lange danach nach Ann Arbor in Michigan gezogen. Nach einer Reihe von Straftaten, die von Mal zu Mal gewalttätiger ausfielen und mehrfach auch sexuelle Belästigung und sexuellen Missbrauch umfassten, zog Sturmer nach Detroit, wo er Arbeit fand. Obwohl er inzwischen ein langes Vorstrafenregister besaß und mehrmals im Staatsgefängnis eingesessen hatte, stellten ihn die Ford-Werke ein. Zunächst leistete er annehmbare Arbeit, zumindest in den ersten Monaten. Er bewohnte ein Einzelzimmer in einer Pension im Stadtteil Melvindale, privat verkehrte er mit keinem seiner Arbeitskollegen. An den Wochenenden besuchte er häufig Bars und Clubs, in denen er sich hin und wieder gewisse Dienstleistungen von Animierdamen erkaufte.

Er sammelte Schusswaffen. Als er verhaftet wurde, stellte man fest, dass er dreizehn Waffen verschiedener Größe und Reichweite besaß. Seine leistungsstärkste Waffe war ein Karabiner vom Typ Iver Johnson M 1. Mit diesem Karabiner hatte er auf seine Opfer geschossen, aber darüber hinaus besaß er auch mehrere Faustfeuerwaffen. Eine hatte er auch am Tag des Verbrechens bei sich gehabt.

Im Fall Sturmer war aufschlussreich, dass er über seine Opfer bis auf die Tatsache, dass sie ebenfalls bei Ford arbeiteten, gar nichts gewusst hatte. Abgesehen von diesem Umstand hatte er sie völlig zufällig ausgewählt. Mit seinen Schüssen hatte er sieben Menschen getroffen. Drei erlagen ihren Verletzungen, die Übrigen wurden nach kürzeren oder längeren Krankenhausaufenthalten wieder gesund.

Nach der Schießerei wurde Sturmer vom Werkschutz überwältigt und der Polizei übergeben. Im Verhör sagte er aus, einer der Männer habe immer wieder laut geschnieft, wenn sie auf gleicher Schicht arbeiteten, das habe er mit Absicht getan, um ihn zu ärgern. Es blieb der einzige Hinweis auf persönliche Motive, den er je geben sollte.

Die Fallgeschichte Sturmer war die Erste, die Andy Simons nachträglich in allen Einzelheiten untersuchte, als er die Arbeit in der Abteilung aufnahm. Da zu der Zeit, als er die Unterlagen zum ersten Mal durchging, die meisten Betroffenen noch lebten, konnte er sie auf dem Hintergrund moderner Erkenntnisse noch einmal befragen und dabei die gerade entwickelten experimentellen Methoden anwenden, um die psychoneuralen Verbindungen zwischen allen von der Schießerei Betroffenen aufzuzeichnen.

Beispielsweise hatte die Ehefrau eines Opfers unter Eid ausgesagt, sie habe Sturmer des Öfteren in einer bestimmten Bar gesehen, in der sie zufällig als Bedienung gearbeitet habe. Diese Aussage wurde bei Gericht nicht zu Protokoll genommen, da die Staatsanwaltschaft sie als irrelevant für den Tathergang ansah. Nichts deutete darauf hin, dass Sturmer die Frau gekannt oder sie auch nur bemerkt hatte. Und selbst wenn, gab es keinen Anhaltspunkt dafür, dass er sie als Ehefrau eines Arbeitskollegen von der eigenen Werkschicht erkannt hätte. Allerdings stellte diese Aussage auf dem Hintergrund der neuen Methoden, die von der Abteilung Straftatpsychologie angewandt wurden, eine Verbindung zwischen Sturmer und einem seiner Opfer her, die sich aufzuzeichnen lohnte.

Dieselbe unglückselige Frau lieferte eine zweite und dritte Verbindungslinie zu Sturmer: Zufällig war sie auch mit der Inhaberin der Pension in Melvindale bekannt, die Sturmer ein Zimmer vermietet hatte. Außerdem war es ein seltsames Zusammentreffen, dass sie und ihr Mann ausgerechnet in dem Jahr nach Detroit gezogen waren, in dem auch Sturmer dort gelandet war. Auch diese Information wäre in der althergebrachten forensischen Untersuchung als irrelevant unter den Tisch gefallen, aber für die psychoneurale Kartografierung hatte sie beträchtliche Bedeutung. Bei vielen Amokschießereien fiel der Umstand auf, dass der Straftäter, seine Opfer oder alle Beteiligten in der Zeit davor ihren Wohnsitz gewechselt hatten.

Natürlich sagte einem der gesunde Menschenverstand, dass der Täter Dutzende von Verbindungen zu anderen Menschen gehabt haben musste, die nicht zu seinen Opfern geworden waren. Auf den ersten Blick schienen solche, für den Tathergang nicht unmittelbar wesentlichen Verbindungslinien keine klareren Erkenntnisse zu vermitteln als jede andere forensische Vorgehensweise. Aber der Fall Sturmer war nach Sichtweise der Abteilung paradigmatisch: Als Wiederholungstäter hatte Sturmer von Mal zu Mal schlimmere Verbrechen begangen; der Schießerei war ein einschneidender Wechsel des Wohnsitzes vorausgegangen; er hatte in der Nähe seiner Opfer gewohnt und gearbeitet, und seine Täterkarriere hatte ihren Höhepunkt in einem Amoklauf gefunden.

Es folgten mehrere Jahre, in denen Andy diese Nachforschungen parallel zu seiner normalen Tätigkeit für das FBI betrieb. Die Abteilung war zu keinem geringeren Ziel eingerichtet worden, als eine integrierte Datenbank der Gewaltverbrechen in den USA zu erstellen. Der Schwerpunkt lag dabei auf plötzlichen Ausbrüchen von Gewalt (gemeinhin als nicht-vorsätzlich bezeichnet), wie »willkürliche« Angriffe auf unschuldige Opfer, Schüsse aus dem fahrenden Auto heraus, zufällige Zusammentreffen von Serienmörder und Opfern, Amokläufe, bei denen Passanten verletzt oder getötet wurden.

Wenn sich überhaupt Muster von Gewalttätigkeit herauszuschälen begannen, dann so, dass sich daraus keine zuverlässigen Schlüsse ziehen ließen – eine Tatsache, die die Glaubwürdigkeit der Abteilung innerhalb des FBI fortwährend zu untergraben drohte.

Zwar hätte sich jeder, der mit dieser Arbeit befasst war, gegen die Behauptung gewehrt, ihr Ziel sei, derartige Gewaltorgien vorherzusagen, aber mit der Zeit wurde es zwangsläufig so gesehen, was zu zu nervtötenden Witzeleien führte: Im ganzen Land machten sich andere FBI-Agenten einen Spaß daraus, sich ans Fredericksburger Büro zu wenden, um zu berichten, sie hätten gerade einen Fall gelöst, könne man ihnen jetzt bitte Hinweise auf den nächsten Fall zukommen lassen? Wie bei allen Bürowitzen mit Bart nahm der Unterhaltungswert rapide ab.

Agent Simons, zu dessen Aufgaben es auch gehörte, akkreditierten Besuchern des Fredericksburger Büros kurze Einführungen zu geben, beschrieb den grundlegenden Zweck der Computermodelle als »Gebietsvorhersage«. Mit der Zeit, sagte er, werde die Abteilung auf der Grundlage geografischer, wirtschaftlicher und sozialer Daten in der Lage sein, gewisse regionale Entwicklungstrends von Gewalttätigkeit aufzuzeigen. Die Wahrscheinlichkeit von Ausschreitungen lasse sich durchaus statistisch erfassen. Schon die alltägliche Aufklärungsarbeit der Polizei und des FBI liefere viel Material, aus dem man Schlüsse ziehen könne. Zwar trage das auch dazu bei, den einzigartigen Ansatz der eigenen Arbeit in Zweifel zu ziehen, aber die Abteilung könne als wesentliche Leistung für sich in Anspruch nehmen, mit wachsendem Datenmaterial kommende Ereignisse – um es im FBI-Jargon auszudrücken – mehr und mehr einzukreisen.

In Wirklichkeit würde es, wie Andy Teresa des Öfteren eingestand, vielleicht noch zehn oder sogar fünfzehn Jahre dauern, bis sie sich ein genaueres Bild von sozialen und anderen Faktoren würden machen können, die das Phänomen der Gewalt auslösten. Allerdings würden noch so viele Computermodelle es niemals schaffen, die schiere Unberechenbarkeit der menschlichen Natur angemessen zu berücksichtigen.

Auch weltweite Ereignisse wurden von der Abteilung genauestens verfolgt. Bei Fällen, deren Umstände ihnen aufschlussreich vorkamen, werteten die Mitarbeiter das Beweismaterial sorgfältig aus und machten sich danach an eine erste Skizzierung der psychoneuralen Verbindungslinien. Allerdings waren es die Vereinigten Staaten von Amerika, Weltspitze in Sachen Verbrechen, die ihnen die meisten Daten lieferten.

Mit dieser Art von Arbeit – einer nicht sonderlich aufregenden, akribischen, technischen Arbeit, deren unmittelbares Ergebnis nicht abzusehen war – hatte sich Andy Simons beschäftigt. Auch noch zu jener Zeit, als sich ein Landstrich in Texas, westlich von Fort Worth und nördlich von Abilene, langsam zu dem entwickelt hatte, was die Abteilung unter psychoneuralen Aspekten als »auffällig« bezeichnete.

@ @ @

Dieser Teil des texanischen Pfannenstiels war von jeher für Ackerbau und Viehzucht genutzt worden, was einigen wenigen ein hohes Einkommen, den meisten aber nur ein kärgliches Auskommen gesichert hatte. In den Fünfzigerjahren des Zwanzigsten Jahrhunderts war der Landstrich als Gebiet mit spärlicher Industrieansiedlung eingestuft worden. Für die regionale Wirtschaftsförderung wurden weder Landesmittel noch Bundesmittel locker gemacht, schließlich gab es hier nur wenige lukrative Ölquellen. Allerdings hatten sich, angelockt von den niedrigen Grundstückspreisen und Steuersätzen, Anfang der Achtzigerjahre mehrere Hersteller von Computern und Mikrochips in der Region angesiedelt, die viele Angehörige der Mittelschicht nach sich zogen – ein Strom, der ab Mitte des Jahrzehnts noch anschwoll, da steigende Ölpreise dem immer schon wohlhabenden Bundesstaat einen weiteren wirtschaftlichen Aufschwung verschafften.

Aus Sicht der Abteilung hatte damit eine soziodemografische Umschichtung eingesetzt, der erste Schritt zur Entwicklung einer Umwelt, die Gewalttätigkeit begünstigt. Als die Ölpreise Ende der Achtzigerjahre plötzlich purzelten, was auch die Steuereinnahmen und die ganze Volkswirtschaft des Bundesstaates Texas in Mitleidenschaft zog, mussten die vor kurzem aufgeblühten Silikon-Unternehmen ihr Personal reduzieren und die Betriebe umstrukturieren. Das führte dazu, dass sich ein Heer von Arbeitslosen als neue Unterschicht herausbildete. Die zweite Stufe des Prozesses war erreicht.

Es dauerte nicht lange, bis eine Welle von Verbrechen diese Region im nördlichen Texas heimsuchte: Sie reichten von Vergewaltigungen und tätlichen Angriffen mit schwerer Körperverletzung über bewaffnete Raubüberfälle bis zu Mord und Totschlag. Anfang der Neunziger Jahre war das Gebiet, im Fachjargon der Abteilung ausgedrückt, von der Kategorie »unter statistischen Gesichtspunkten unauffällig« in die Kategorie »unter statistischen Gesichtspunkten alarmierend« aufgerückt.

Andy Simons und sein Team begannen, Dienstreisen ins Gebiet rings um Abilene zu unternehmen, wo sie eng mit der örtlichen FBI-Niederlassung und der Polizei zusammenarbeiteten. Andy hielt sich selbst und seine Mitarbeiter ständig auf dem Laufenden, indem er Informationen über die Polizeistärke, Anzahl und typische Muster von Verbrechen, Waffenbesitz, Urteilspraxis der Justiz und die Handhabung von bedingten Haftentlassungen und Bewährungsstrafen in diesem Bundesstaat beschaffte.

Deshalb war es nicht bloßer Zufall, dass Andy Simons sich am dritten Juni in Abilene aufhielt – an eben jenem Tag, an dem ein Mann namens John Luther Aronwitz beschloss, mit seinem offenen Lieferwagen zur Kirche zu fahren. Vor allen Blicken verborgen, war seine Waffensammlung hinten auf der Ladefläche sicher verstaut. Und schussbereit.

13. k@pitel

»Haben Sie schon mal eine Feuerwaffe benutzt, Nick?«

Auf dem Glastablett hatte er gerade eine Schnapsflasche balanciert – das Ding, das diese unglaublich geizigen britischen Portionen ausspuckte –, hielt als Reaktion auf ihre Frage jedoch sofort in der Bewegung inne, wie sie merkte. Nachdem er die Flasche abgestellt hatte, wandte er sich ihr zu. Wieder einmal thronte sie auf dem Barhocker und hatte die Arme über den Tresen gestreckt, die Hände um das hohe Cocktailglas gelegt, ohne es anzurühren.

»Nein«, erwiderte er. »Warum fragen Sie?«

»Haben Sie je den Wunsch dazu gespürt?«

»Nein.«

»Und heutzutage?«

»Die Frage ist ohne jede praktische Bedeutung. Waffen sind in diesem Land verboten.«

»Auch in manchen Teilen der USA hat man versucht, Waffen zu verbieten, das hat aber nie geklappt. Die Leute fahren dann einfach in einen anderen Bezirk und holen sich trotzdem, was sie wollen.«

»So was kann man hier nicht machen. Waffen sind im ganzen Land verboten.«

»Aber man könnte doch nach Frankreich 'rüberfahren, oder nicht?«

»Manche tun's.«

»Warum tun Sie's dann nicht?«

»Hören Sie mal, ich hab doch überhaupt kein Interesse an Waffen!«, erklärte Nick gereizt. »Das wäre das Letzte, was mir einfiele!«

»Ist ja schon gut, beruhigen Sie sich. Es tut mir Leid.« Sie sah sich in der Bar um, die zu dieser frühen Abendstunde noch leer war. Obwohl es noch so früh war, hatte sie bereits drei große Bourbon gekippt. Mittlerweile langweilte sie sich in Bulverton. Trotz all der Dinge, die sie inzwischen unternommen hatte, hatte sie mehr und mehr den Eindruck, ihre Zeit hier sinnlos zu vertun. »Ich versuche ja nur, ein Gespräch in Gang zu bringen.«

»Verstehe.« Er griff nach zwei leeren Bierkisten. »Ich muss einiges aus dem Keller holen. Entschuldigen Sie mich.« Nachdem er hinausgegangen war, tat es ihr Leid, dass sie vorher nicht noch schnell einen weiteren Drink bestellt hatte, ihr Glas war fast leer. An diesem Abend war sie nur mit einer einzigen Absicht in die Bar hinuntergegangen: sich so schnell wie möglich volllaufen zu lassen, um danach ins Bett zu sinken.

Dennoch war sie immer noch nüchtern genug zu merken, wie sie sich anhören musste. Sie war sich selbst zuwider. Welcher Teufel hatte sie geritten, ihm gegenüber von Waffen anzufangen? Sie ballte die linke Faust, so dass sich ihre Fingernägel in die Handfläche gruben. Ihr ganzes Leben lang hatte sie immer wieder die falschen Dinge gesagt; ihr ganzes Leben lang hatte sie sich immer wieder vorgenommen, besser darauf zu achten, was sie von sich gab. Ausgerechnet hier! Befassen Sie sich mit Waffen, Nick? Aber klar doch, das mache ich ständig, seitdem dieser Verrückte meine Eltern und all die anderen abgeknallt hat. Das amerikanische Großmaul spuckt mal wieder Töne. Sie merkte, wie ihr Hals und das Gesicht vor Scham prickelten. In der Hoffnung, dass Nick nicht eher zurückkommen würde, bis sie sich wieder im Griff hatte, setzte sie sich steif und aufrecht hin.

Die Sorge war völlig unnötig: Irgendetwas hielt Nick länger im Keller, als sie angenommen hatte, also blieb ihr viel Zeit, den Ärger auf sich selbst zu verdauen. Ihr fiel eine Methode der Selbstkontrolle ein, die sie hin und wieder schon angewandt hatte: Liste im Kopf irgendetwas auf und richte deine Gedanken ganz darauf aus.

Was hatte sie bis jetzt in der Stadt unternommen? *Berichte in der Lokalzeitung*: erledigt.

Berichte in überregionalen Zeitungen: manche erledigt, allerdings waren die elektronischen Archive von *Guardian* und *Independent* nicht zugänglich gewesen, als sie deren Websites hatte aufrufen wollen. Sie würde es später noch einmal versuchen.

Gespräche mit der Polizei: abgeschlossen, allerdings war da immer noch die Frage, warum so viele Polizeibeamte nach dem Blutbad in andere Städte umgezogen waren. Freiwillig oder unter Druck?

Filmmaterial: Sie hatte vieles gesichtet, weiteres Material stand ihr zur Verfügung, allerdings hatte sie festgestellt, dass CNN und andere amerikanische Sender das meiste schon gebracht hatten.

Zeugen: Inzwischen wusste sie, warum Ellie Ripon sie im Unklaren darüber gelassen hatte, wo sich Steve derzeit aufhielt. Er saß im Gefängnis von Lewes ein, wegen des Verdachts auf Einbruchdiebstahl hatte man ihn wieder einmal in Untersuchungshaft gesteckt. Steves Anwältin hatte Teresa mitgeteilt, sie hoffe, ihn gegen Kaution freizubekommen, wenn er in der kommenden Woche nochmals dem Untersuchungsrichter vorgeführt werde. Teresa setzte darauf, dass sie dann Gelegenheit haben würde, mit ihm persönlich zu reden. Ihr zweiter Versuch, mit Ellie Ripon zu sprechen, war ebenso erfolglos gewesen wie der erste. Inzwischen hatte sie auch mit Darren Naismith, Mark Edling und Keith Wilson gesprochen, Groves Saufkumpane unmittelbar vor der Schießerei. Margaret Lee, die Kassiererin der Texaco-Tankstelle, hatte sich auf kein Gespräch eingelassen, aber Teresa verfügte über eine Videoaufzeichnung des ausführlichen Interviews, das die junge Frau letztes Jahr einem Fernsehreporter gegeben hatte, also machte das nicht allzu viel aus. Tom und Jennie Mercer, die Eltern des schwer verletzten jungen Mädchens – Shelly –, hatten sich bereit erklärt, sich am kommenden Tag mit ihr zu treffen. Inzwischen hatte sie etwa ein Dutzend Augenzeugen der Schießerei ausfindig gemacht und befragt; darunter waren wiederum viele gewesen, die nur ungern darüber reden wollten, dennoch war es Teresa gelungen, die Mosaiksteinchen zu einem recht anschaulichen Bild dessen zusammenzusetzen, was sich auf den Straßen abgespielt hatte. Immer noch bemühte sie sich, Jamie Connors zu finden, den kleinen Jungen, der, eingesperrt im zerschossenen Auto seiner Eltern, die letzte Phase von Groves Amoklauf in der Eastbourne Road mitangesehen hatte.

Sondierung des Tatorts: Inzwischen hatte Teresa sämtliche Schauplätze von Groves tragischem Abenteuer abgegrast, von der Seeseite der Stadt bis zum Picknickgebiet im Wald bei Ninfield, von der Texaco-Tankstelle bis zu den Ortsstraßen. Jeden Vorfall hatte sie, soweit bekannt, erfasst und zeitlich eingeordnet: Immer noch gab es Ungereimtheiten aufzuklären. In der Chronologie der Ereignisse klaffte einerseits eine rätselhafte Lücke, andererseits gab es zeitliche Überschneidungen. Allerdings war sie davon überzeugt, dass weitere Nachforschungen diese Ungereimtheiten wohl beseitigen würden.

Amy ging quer durch die Bar, um irgendetwas zu erledigen, und nickte Teresa lächelnd zu. Sie wollte damit wohl andeuten, dass sie beschäftigt war, zumindest nicht aufgehalten werden wollte. Als Amy schon fast aus ihrem Blickfeld entschwunden war, rief Teresa ihr hinterher: »Amy, kann ich noch was zu trinken haben?«

Wortlos kam Amy zurück, trat hinter die Theke und mixte ihr einen Bourbon mit Soda. »Wollen Sie heute Abend bei uns essen?«, erkundigte sie sich.

»Ich weiß noch nicht genau«, erwiderte Teresa, drehte das Glas zwischen den Fingern und dachte dabei daran, dass manche ihrer trinkfreudigen Kollegen beim FBI jetzt wohl gesagt hätten, sie habe den Hauptgang schon halb hinter sich gebracht – allerdings in flüssiger Form.

Amy setzte den Preis für den Bourbon auf Teresas Rechnung und machte sich ohne weitere Worte wieder an die Arbeit.

Wieder alleingelassen, fragte sich Teresa, was sie selbst wohl verbrochen hatte, dass Amy derart sauer auf sie war. Beide, Amy wie Nick, gingen ihr offenbar aus dem Weg. Mehr und mehr kam sie sich wie eine amerikanische Dummschwätzerin vor, die hier nur störte, wie ein Elefant im Porzellanladen herumtrampelte und jeden, mit dem sie sprach, gegen sich aufbrachte. Waren es vielleicht in erster Linie diese kühlen, sehr britischen Unterströmungen gewesen, diese nicht verbalisierten Ausgrenzungen, die sie dazu gebracht hatten, aus England fortzugehen? Nein, das war Unsinn. Sie war damals ja noch ein Kind gewesen und konnte davon nichts geahnt haben. Sie griff nach dem Whiskyglas, trank es fast bis zur Hälfte leer und stellte es auf dem Tresen ab.

Sie wünschte, sie hätte nicht so früh am Abend mit dem Trinken angefangen. Sie wünschte, es würden ein paar Gäste erscheinen. Sie wünschte, sie wäre irgendwo anders, nur nicht hier.

Die Autoscheinwerfer, die hinter den Milchglasscheiben als leuchtende Flecken vorbeihuschten, die von den Straßenlampen angestrahlten Regenspuren auf den klaren Glasscheiben der Oberfenster, die grelle Deckenbeleuchtung, die einem buchstäblich jeden Schatten nahm – all das verstärkte den Eindruck von Trostlosigkeit und Verlassenheit, den die Bar vermittelte. Vielleicht konnte sie dem mit ein bisschen Musik abhelfen? Sie schlenderte zur Jukebox hinüber und warf eine Münze ein, aber als sie eine Platte auswählen wollte, tat sich nichts. Sie erinnerte sich daran, dass Nick, als er die Bar nachts geschlossen hatte, irgendetwas mit dem Gerät angestellt hatte, um es zum Schweigen zu bringen. Aber als sie die Rückseite der Jukebox untersuchte, konnte sie keinen Schalter entdecken.

Die leere, stille Bar ging ihr auf die Nerven, brachte sie durcheinander. Ihr war klar, dass sie schon zu viel getrunken hatte. Sollte sie diesen letzten Bourbon mit aufs Zimmer nehmen und dort leeren, ehe sie ihren Rausch ausschlief? Wieder einmal ihren Rausch ausschlief. Als sie, sich zwischen den Stühlen durchschlängelnd, zu ihrem Platz zurückging, stieß sie so heftig an einen Tisch, dass er seitwärts umfiel. Bemüht vorsichtig richtete sie ihn wieder auf.

Nachdem sie wieder Platz genommen hatte, schrak sie zusammen, da der Raum plötzlich so hell wirkte. Lichtdurchflutet, als säße sie im Rampenlicht. Als sie sich auf dem Barhocker herumdrehte, sah sie, dass alle großen Fenster an der Wand gegenüber so hell wirkten, als ströme Tageslicht hindurch. Der Eindruck war so lebhaft, dass Teresa sich einen Augenblick fragte, ob sie ohnmächtig geworden war, mehrere Stunden durchgeschlafen hatte und jetzt nach einem Filmriss wieder aufgewacht war.

Sie verlagerte ihr Gewicht auf ein Bein, ließ sich halb vom Hocker gleiten und machte sich auf den Weg durch die Bar. Bei einer Bewegung in ihrem Rücken fuhr sie zusammen: Vom hinteren Gang her musste ein Mann die Bar betreten haben, ohne dass sie ihn gehört hatte. Hastig drehte sie sich zu ihm um. Es war ein großer, schon älterer Mann mit grauem Haar und einem fein geschnittenen Gesicht, der ein Handtuch in den Händen hielt. Seine blauen Augen starrten über sie hinweg auf eines der Fenster. Während er das Handtuch weglegte und eilig hinter die Theke trat, beobachtete er auch weiterhin mit besorgter Miene das Fenster, bis er sich schließlich umdrehte und auf den Gang hinaus rief: »Mike! Bist du da?«

Offenbar kam keine Antwort, denn er hob die Durchgangsklappe im Tresen an und ging, während die Klappe laut krachend zurückfiel, mit schnellen Schritten quer durch die Bar auf die Tür zu, die zur Eastbourne Road führte.

Erst da merkte Teresa, dass sich weitere Gäste in der Bar aufhielten. Sie zählte vier: alles Männer. Einer saß an einem Tisch, das Bierglas an die Lippen gehoben, aber die anderen waren stehen geblieben und spähten angestrengt über die Milchglasscheiben hinweg auf die Straße, weil sie sehen wollten, was dort vor sich ging. Die Jukebox spielte gerade einen alten Titel von Elton John.

Von draußen waren Schüsse zu hören. Der ältere Mann, schon fast an der Tür, kauerte sich nieder und warf einen Blick nach hinten, auf die Theke. »Mike!«, brüllte er. »Da draußen ist jemand, der mit dem Gewehr herumballert!«

Seltsamerweise blieb er jedoch nicht in Deckung, sondern ging zur Tür, riss sie auf und ging nach draußen. Inzwischen waren alle vier Männer am Fenster versammelt und hatten sich auf die Zehenspitzen gestellt, um durch die durchsichtigen Oberscheiben nach draußen zu blicken.

Völlig konsterniert, weil die Wirklichkeit plötzlich aus den Fugen schien, klammerte sich Teresa, die immer noch stand, an der glänzenden Holzplatte der Theke fest.

Die Tür zum Gang öffnete sich, eine ältere, aber immer noch schöne Frau mit aufrechter Körperhaltung hastete zur Theke. »Jim?« Sie sah Teresa direkt an. »Hat Jim nach mir gerufen?«

»Ist Jim der …?«

»Er ist draußen«, rief einer der Männer vom Fenster herüber. »Da draußen ballert irgendein Schwachkopf mit dem Gewehr herum!«

»*Jim!*«

Genau in dem Moment, als die Frau die Durchgangsklappe anhob und hindurch drängte, implodierte mit entsetzlichem Krach eines der Fenster, so dass die Glasscherben in alle Richtungen davonflogen. Alle vier Männer ließen sich zu Boden fallen, dessen Holzbohlen bereits voller Blut waren. Offenbar hatten herumfliegende Glasscherben die Frau erwischt, denn sie wirbelte herum, barg ihr Gesicht in den Händen und duckte sich halb nieder, rückte aber dennoch weiter auf die Tür zur Straße zu, während Blut zwischen ihren Fingern hervorquoll. Als sie sich erschöpft gegen die Tür lehnte, dachte Teresa, sie würde jeden Moment umfallen, aber die Frau schaffte es, sich an der Tür festzuhalten. Deutlich zeichnete sich ihre Silhouette gegen das strahlende Sonnenlicht ab. Jetzt stürmte eine jüngere Frau von der Straße herein und drängte sich an der zusammengesunkenen Gestalt vorbei. Genau in diesem Moment waren weitere rasche Schüsse zu hören. Durch die Wucht der Kugeln wurde die ältere Frau nach hinten, in den Barraum, geschleudert.

So plötzlich, wie der Eindruck von Tageslicht Teresa überwältigt hatte, verschwand er auch wieder. Sie stellte fest, dass sie wieder allein in der Bar war. Die grelle Deckenbeleuchtung, das Milchglas der Fensterscheiben, die trostlose Leere – alles war wie zuvor. Wie viel Zeit war inzwischen vergangen? War es nur ein kurzer Blick auf das Vergangene gewesen, eine flüchtige Erinnerung, die nur ein paar Sekunden oder ein paar Minuten gedauert hatte? Wie lange hatte das alles gedauert?

Sie stand dort, wo sie sich aufgehalten hatte, als das Fenster implodiert war: nur ein, zwei Schritte neben dem

Barhocker. Immer noch hatte sie die Hand nach hinten ausgestreckt, um sich an der Theke abzustützen.

Aus der Jukebox drang kein Laut. Die Durchgangsklappe war immer noch angehoben, so wie die grauhaarige Frau sie hinterlassen hatte, als sie in den Gastraum getreten war. War die Klappe vorhin offen gewesen, als Nick sie an der Bar bedient hatte? Normalerweise war sie geschlossen.

Sie starrte auf ihr noch halbvolles Glas und versuchte zu verdrängen, was es anrichten konnte, falls sie es leer trank. Beim Gedanken daran spürte sie im Hintergrund eine weitere Migräneattacke lauern, die bedrohlich näherrückte, bereit, gleich zuzuschlagen. Der Whisky war ihr Feind: Ihre Antimigränemittel vertrugen sich nicht mit Alkohol. Sie durfte sie nicht einnehmen, wenn sie getrunken hatte. Zumindest nicht, wenn sie jedes Risiko vermeiden wollte.

Als sie wieder auf den Barhocker rutschte, fühlte sie sich betrunken, kam sich wie eine betrunkene Närrin vor, eine Besoffene, die halluzinierte und gleich kotzen würde.

Aber sie hielt durch und saß in ihrem jämmerlichen Zustand immer noch an der Theke, als Nick zurückkehrte. Er schleppte zwei aufeinander gestapelte Bierkisten und stellte sie mit lautem Schnaufen auf dem Fußboden hinter der Theke ab.

»Bei Ihnen alles in Ordnung, Mrs. Simons?«, fragte er.

»Teresa, nennen Sie mich Teresa. Ob bei mir alles in Ordnung ist? Nein, ich schätze nicht. Nennen Sie mich nicht Mrs. Simons.«

»Kann ich Ihnen irgendetwas anbieten, Teresa?«

»Bloß nichts Alkoholisches mehr. Man sollte Alkohol nie auf leeren Magen trinken. Sie sehen ja, was passiert.« Sie machte eine vage Bewegung mit der Hand, um ihren Zustand anzudeuten.

»Ich könnte Ihnen eine Tasse Kaffee machen.«

»Nein, ich komme schon klar. Will aber keinen Whisky mehr, trinke nur noch den hier aus.« Da sie das allerdings gar nicht vorhatte, saß sie nur da und starrte auf das Glas, während Nick sich daran machte, die Bierflaschen in die Kühlfächer zu stellen. Gleich darauf fragte sie: »Was ist mit diesem Burschen, der manchmal herkommt, um hinter der Theke auszuhelfen?«

»Sie meinen Jack?«

»Jack? Heißt er so?«

»Jack Masters. Er kommt an Samstagen, manchmal auch freitags.«

»Jack. Beschäftigen Sie hier auch jemanden, der Mike heißt?«

Er schüttelte den Kopf. »Jedenfalls nicht, seitdem ich den Laden schmeiße.«

»Einen Mann namens Mike.«

»Nein.«

»Oder ein älteres Ehepaar? Bedienen die hier manchmal hinter der Theke? Der Mann müsste Jim heißen.«

Er richtete sich auf und stellte den oberen Bierkasten, der jetzt leer war, auf die Seite.

»Reden Sie von meinen Eltern? Sie waren früher die Inhaber.«

»Nein, ich glaube nicht.«

»Meine Mutter hieß Michaela. Mein Paps hat sie manchmal Mike genannt.«

»Ach, Scheiße«, sagte Teresa. »Mike. Sie ist hereingekommen, ich hab sie gesehen. Tut mir Leid, dass ich so betrunken bin, es wird nicht wieder vorkommen. Vergessen wir's. Ich gehe nach oben.«

Irgendwie schaffte sie es nach oben, obwohl sie auf den Treppenstufen von einer Seite zur anderen taumelte. Inzwischen war ihr von dem Migräneanfall derart übel, dass sie nicht mehr dagegen ankämpfte und sich in die Toilettenschüssel erbrach. Dabei achtete sie zwar darauf, möglichst nichts zu beschmutzen, musste jedoch so grässlich laut würgen, dass sie überzeugt war, jeder im Haus müsse sie hören. Ihr fehlte die Kraft, sich zimperlich anzustellen oder darum zu kümmern, was irgendjemand denken mochte. Später wusch sie sich das Gesicht, trank etwas Wasser und nahm eine Migraleve. Danach legte sie sich aufs Bett und gab ihrem Zustand einfach nach.

14. k@pitel

Kingwood City, Texas, unterschied sich kaum von einem der anderen Satellitenstädtchen, die rund um Abilene aus dem Boden geschossen waren. Bis die Computerfirmen sich dort angesiedelt hatten, war es ein kleines Bauerndorf auf dem flachen Land gewesen, aber während der Achtzigerjahre des Zwanzigsten Jahrhunderts hatte es sich sehr schnell ausgedehnt. Das ursprüngliche alte Stadtzentrum war inzwischen restauriert worden und stand unter Denkmalschutz, hin und wieder verpachtete der Gemeinderat es an Fernseh- oder Filmgesellschaften. Kunstgewerbliche Geschäfte und Restaurants, die Vollwertkost anboten, machten hier einen guten Umsatz. Neben dem alten Zentrum lag eine kleine, aber gut entwickelte neue Innenstadt mit Banken, Versicherungsgesellschaften, Hotels, Kreditinstituten, Transportfirmen, Tagungseinrichtungen und Werbeagenturen.

Zum Norden hin, in Richtung des texanischen Pfannenstiels, erstreckte sich eine rund acht Kilometer lange Schnellstraße, die auf beiden Seiten große Einkaufs- und Freizeitzentren, Niederlassungen von Autohändlern, Drive-in Hamburger-Raststätten und Supermärkte säumten. Außerdem ragten hier die großen Spiegelglasbauten der Gewerbebetriebe hoch, die für die Ausdehnung des Städtchens gesorgt hatten. Im selben Gebiet lagen auch sechs neu geschaffene Golfplätze, ein Landeplatz für Privatflugzeuge und, am Ufer des Lake Hubbard, ein Yachthafen. Die übrige Stadt bestand aus weitgestreckten Vorstädten, in denen die Mittelschicht wohnte. Das neue Straßen- und Häusernetz dehnte sich nach Osten und Westen bis zur Interstate 20 aus.

Im Winter litt Kingwood City unter fast nordländischer Kälte, unter den eisigen Winden, die von den Bergen und Ebenen hereindrangen. Aber während des langen Sommers, der schon Anfang Mai begann und bis Ende Oktober andauerte, schmorte die Stadt Tag und Nacht in glühender Hitze. Die Außentemperaturen betrugen dann ständig zwischen 35 und 40 Grad Celsius, und wenn man sich draußen aufhielt, war es so, als würde man die Abzugsluft eines Hochofens einatmen.

Am 3. Juni fuhr Andy nach Abilene, um sich mit dem Abteilungsleiter des örtlichen FBI-Büros, dem Sonderagenten Dennis Barthel, zu treffen. Es war eine der üblichen Besprechungen, die Andy überall im Land mit Abteilungsleitern durchführte. Allerdings hatten die von den Computermodellen erfassten demografischen Umwälzungen in dieser Region, die auf Besorgnis erregende Entwicklungen schließen ließen, seinen Besuchen in Texas in den vergangenen Monaten zusätzliche Dringlichkeit verliehen.

Während er sich in Barthels Büro aufhielt, ging eine Meldung der städtischen Polizei ein, die besagte, dass es bei der Baptistenkirche auf der North Ramsay Street einen bewaffneten Überfall und eine Schießerei gegeben habe. Der Schütze habe eine Geisel genommen und sei mit ihr zum North Cross-Einkaufszentrum gefahren. Dort habe er erneut auf mehrere Menschen geschossen, ehe man das Gelände habe sichern können. Gegenwärtig habe er sich mit zwei Geiseln im Lieferantenbereich des Einkaufszentrums verschanzt.

Das FBI kann man nicht automatisch bei jedem Verbrechen hinzuziehen: Theoretisch darf es nur in weniger als dreihundert verschiedenen Kategorien von Straftaten aktiv werden – und auch nur dann, wenn Bundesgesetze verletzt worden sind. Allerdings sind die einzelnen

Regelungen einem ständigen Wandel unterworfen, da die Gesetzgebung der realen Entwicklung Rechnung tragen muss. Die Schießerei allein wäre nicht Anlass genug gewesen, das FBI einzuschalten, es mussten zusätzliche Faktoren ins Spiel kommen: Das FBI wurde hinzugezogen, wenn organisiertes Verbrechen beteiligt war, es sich um Drogenschieberei, Terrorismus, Auslandsspionage oder extreme Gewalttätigkeit handelte oder ein Straftäter nach Verbrechen in einem anderen Bundesstaat den Wohnsitz gewechselt hatte.

In diesem Fall hatten Augenzeugen den Schützen an der Kirche als John Luther Aronwitz identifiziert. Irgendwie war er mit dieser Kirche verbunden, sei es, dass er den Gottesdienst besuchte, sei es, dass er ehrenamtlich in der Gemeinde half. Inzwischen hatte der Computer der Polizei ermittelt, dass Aronwitz wegen Gewaltverbrechen, die er während seiner Zeit im Nachbarstaat Arkansas begangen hatte, mehrfach vorbestraft war. Nachdem er vor drei Jahren seinen Wohnsitz nach Texas verlegt hatte, waren keine weiteren Straftaten registriert worden.

Aronwitz hatte noch längst nicht aufgegeben, als Andy Simons an diesem glühend heißen Juninachmittag nach Kingwood City aufbrach. Er fuhr allein. Sein Partner Danny Schneider war außer Haus gewesen, als die Meldung der Polizei im örtlichen FBI-Büro eintraf, er sollte so bald wie möglich nachkommen. Andy hatte sich nicht die Zeit genommen, Teresa anzurufen – wohl deswegen nicht, weil alles dafür sprach, dass die Polizei die Lage bereits im Griff hatte.

Die Wirklichkeit sah anders aus. Zwar hatte die Polizei Aronwitz umstellt, aber im Lieferantenbereich des Einkaufszentrums gab es weiträumige Nischen, in denen Waren gelagert wurden, und all diese Nischen waren im hinteren Bereich durch einen langen Stahlkorridor miteinander verbunden. Der Korridor war so breit und hoch, dass Gabelstapler hindurchfahren konnten. Gegenwärtig standen sie verlassen kreuz und quer auf dem Gang herum. Zusätzlich zu diesen Gabelstaplern boten die Stahltüren, die die Nischen gegeneinander abtrennten, Aronwitz Deckung und jede Menge Möglichkeiten, sich zu verstecken.

Als Andy eintraf, versuchte die Einsatztruppe der Polizei gerade, sich von den Innenräumen des Gebäudes her Zugang zu den Warenlagern zu verschaffen, während weitere Polizisten den Lieferantenbereich umstellt hatten, um Aronwitz an der Flucht zu hindern. Zwei Polizisten waren bei diesem Einsatz bereits von Schüssen getroffen worden, einer davon tödlich. Inzwischen war auch eine der Geiseln tot. Der Leichnam der Frau lag in unmittelbarem Sichtfeld der Teleobjektive, durch die zahlreiche Kameraleute des Fernsehens – sie standen grüppchenweise hinter den Polizeilinien – das Geschehen verfolgten. Vierzehn Menschen hatte Aronwitz bis zu diesem Zeitpunkt des Nachmittags erschossen, die Anzahl von Verletzten war noch nicht bekannt.

Andy Simons sollte sein fünfzehntes und letztes Opfer werden.

Als bekannt wurde, dass er sich am Tatort befand, gab ihm der Einsatzleiter eine kurze Einschätzung der Lage. Andy wies darauf hin, dass normalerweise ein weiterer Zugang zu den Warenlagern bestehen müsse, wenn man die darunter liegenden Wartungstunnel des betrieblichen Versorgungsnetzes benutze. Nachdem sich diese Möglichkeit bestätigt hatte, brach ein Teil der Einsatztruppe gemeinsam mit Verwaltungsleuten des Einkaufszentrums auf, um auf diesem Weg bis zum Lieferantenbereich vorzudringen. Kurz darauf wurde Aronwitz dabei beobachtet, wie er eine Inspektionsluke hinter einer Nische aufmachte und aus dem Blickfeld verschwand. Im Vertrauen darauf, dass dies soviel wie das baldige Ende des Einsatzes bedeuten musste, rückte die

Einsatztruppe vor, um Aronwitz tot oder lebendig zu fassen. Andy ging ihnen nach. Wenige Sekunden später tauchte Aronwitz aus einem anderen Teil des Kellers auf und eröffnete das Feuer auf die Polizisten. Als sie zurückschossen, wurde er tödlich getroffen, aber erst nachdem er auf Andy gefeuert und ihn am Kopf erwischt hatte: Andy starb binnen Sekunden.

15. k@pitel

Wie schaffen sie es, dass diese Autos so echt aussehen? war Teresas erster Gedanke. Wie kommen die an so *uralte Autos* ran? Und diese Stadt! Verblüfft wirbelte sie herum und starrte zu den Gebäuden empor. Wo trieben sie die auf, wie bauten sie die? Wer waren all diese Menschen? Schauspieler? Wurden sie für ihren Auftritt hier bezahlt?

Aber vor ihr auf der Straße befand sich ein bewaffneter Mann namens Howard Unruh, den sie entwaffnen und festnehmen musste.

Sie hielt sich im Camden (New Jersey) des Jahres 1949 auf, genauer gesagt im Camden des 9. September 1949, und es war zwölf Uhr mittags. Diesmal spielte sie keine Rolle: Bei dieser ExEx-Übung brachte jede Versuchsperson die eigene Identität in die Simulation ein.

Die Autos, der Verkehrslärm, die lauten Geräusche der Stadt, all das lenkte Teresa ab. Auf der Straße drängten sich Luxuswagen und Limousinen, die meisten schwarz oder dunkelgrau. Manche zeigten viel Chrom, andere hatten Trittbretter vor der Fahrertür, aber alle wirkten riesig, schwerfällig und langsam. Die hohen, kastenartigen Lastwagen waren mit Motoren ausgestattet, die unglaublich laut dröhnten. Über die Bürgersteige strömten Menschen in sackartiger Kleidung, die altmodische Hüte trugen.

Das ist ein Film, dachte sie. So machen sie das also! Sie heuern eine dieser Firmen an, die für Hollywood arbeiten und den Studios historische Autos vermieten. Und dann engagieren sie irgendwelche Statisten!

Sie hörte, wie ein weiterer Schuss krachte, diesmal klang es näher. Da Teresa jedoch noch nicht viel Erfahrung mit Simulationen extremer Gefahr hatte, reichte schon die mit Händen greifbare Detailgenauigkeit der Szenerie aus, um ihr einen Schock zu versetzen. Am liebsten wäre sie auf die Straße gerannt, um den Verkehr anzuhalten, sich zu einem Autofenster hinunterzubeugen, ein Gespräch mit Fahrer oder Beifahrer anzufangen und zu fragen: *Wer sind Sie? Was zahlt man Ihnen denn so für Ihren Auftritt? Müssen Sie den Wagen am Ende des Tages zurückgeben? Darf ich mal mitfahren? Wohin fahren Sie? Können wir aus der Stadt herausfahren? Was liegt jenseits dieser Stadt? Könnten Sie mich auch nach New York fahren?*

Aber da sie wusste, dass alles, was sie in der Simulation erlebte, überwacht und aufgezeichnet wurde, machte sie sich auf den Weg die Straße hinunter, vorbei an den großen Geschäften und Bürogebäuden der Innenstadt. Es kam ihr so vor, als verbringe sie die ersten paar Minuten in einem fremden Land: Alles sah so anders aus, klang anders, roch anders. Ihr klingelten die Ohren. Sie vernahm das Tuten altmodischer Autohupen, das unmelodische Röcheln vorsintflutlicher Automotoren, das entfernte Bimmeln einer Glocke, ein Meer von Stimmen mit unverkennbarem New Jersey-Akzent. Die Luft roch nach Kohlenrauch, Abgasen, Motorenöl und Schweiß. Jede Einzelheit war authentisch und genau auf die Zeit abgestimmt. Je länger sie hier war, desto mehr fiel ihr auf: Das Make-up der Frauen wirkte fehl am Platz und übertrieben; die Kleidung der Menschen sah unförmig und wenig schick aus; als Werbeflächen dienten bemalte Wände oder aufgeklebte Papierplakate, Neonreklame war kaum zu sehen; es gab weder beleuchtete Markenzeichen, noch wurde an Eingängen die Akzeptanz bestimmter Kreditkarten angekündigt.

Die Stadt kam ihr nicht nur fremdartig, sondern auch gefährlich vor, wie ein Ort, der am Rande des Chaos existiert. Ein weiterer Kugelhagel rief ihr diese Tatsache gewaltsam ins Gedächtnis.

Inzwischen hatten auch andere die Schüsse bemerkt. An der Straßenkreuzung vor ihr hatte sich ein Menschenauflauf gebildet, die Leute starrten die Straße hinunter. Am liebsten hätte sie sich dazu gestellt, um zu hören, was sie sagten, ihrem Dialekt zu lauschen und herauszufinden, was sie wussten. Als ihr schließlich wieder einfiel, warum sie hier war, griff Teresa nach dem Pistolenhalfter unter ihrer Jacke und zog die Waffe heraus. Nach Howard Unruh Ausschau haltend, machte sie sich auf den Weg.

Etwa zwanzig Meter weiter fuhren zwei Polizisten an ihr vorbei, die dasselbe Ziel hatten. Einer von ihnen saß am offenen Wagenfenster und hielt ein Gewehr in den Händen, dessen Lauf auf die Straße gerichtet war. Als er Teresa entdeckte, sagte er irgendetwas, worauf der Wagen mit quietschenden Bremsen hielt. Teresa wandte sich zu den beiden um, aber der Polizist mit dem Gewehr zielte auf ihre Brust und tötete sie mit dem ersten Schuss.

@ @ @

Dan Kazinsky, ihr Ausbilder im Schulungszentrum des FBI in Quantico, bemerkte: »Sie ziehen Ihre Waffe erst, wenn Sie tatsächlich dazu gezwungen sind. Keinesfalls rennen Sie mit einer Waffe in der Hand die Straße hinunter. *Und schon gar nicht*, wenn jemand am Ende der Straße herumballert und gleichzeitig Vertreter anderer Dienststellen am Tatort präsent sind, die darin geübt sind, eine solche Situation rasch zu beenden. Sobald Sie einen Polizisten sehen, müssen Sie ihm Ihren Ausweis zeigen. Es ist nämlich nicht Ihre Stadt, sondern seine. Konzentrieren Sie sich auf Ihre Aufgabe, Agentin Simons.«

»Ja, Sir.«

»Und hören Sie auf damit, so neugierig zu gaffen.«

»Ja, Sir.«

Teresa nahm es so gelassen wie möglich auf. Sie spielte den Videofilm nochmals ab, machte sich Notizen, verbrachte noch mehr Zeit am Schießstand und besuchte erneut Seminare zur Straftatpsychologie, die sie eigentlich schon erfolgreich abgeschlossen hatte. Thema ihrer Seminararbeit war die bewaffnete Intervention. Sie versuchte es noch einmal.

@ @ @

Das ist ein Film, dachte sie. So machen sie das also! Sie heuern eine dieser Firmen an, die für Hollywood arbeiten und den Studios historische Autos vermieten. Und dann engagieren sie irgendwelche Statisten! Sie wunderte sich darüber, wie viel Mühe sie dafür aufgewandt hatten, das Ganze authentisch zu machen.

Sie hörte, wie ein weiterer Schuss krachte, diesmal klang es näher. Hastig ging sie zu der Kreuzung, an der sich ein Menschenauflauf gebildet hatte. Die Leute starrten die Straße hinunter. Flüchtig staunte sie über die sackartigen Kleidungsstücke der Männer und die grellen Lippenstifte der Frauen.

Sie ließ eine Hand unter ihre Jacke gleiten, prüfte, ob die Waffe so saß, dass sie sich schnell ziehen ließ, und ging dann, dem Lärm der Schüsse folgend, vorsichtig die Straße hinunter. Als ein weiterer Schuss krachte, merkte sie, dass sich Howard Unruh auf der gegenüberliegenden Straßenseite postiert hatte, also spurtete sie, vorbei an den unförmigen Luxuskarossen und Limousinen, im Slalom hinüber und suchte an den Hausmauern Deckung.

Ein Streifenwagen der Polizei fuhr die Straße hinunter. Einer der Polizisten saß am offenen Fenster und hielt ein Gewehr in den Händen, dessen Lauf auf die Straße gerichtet war. Als er Teresa entdeckte, sagte er irgendetwas zum Fahrer, worauf der Wagen mit quietschenden Bremsen hielt. Teresa löste den FBI-Ausweis von der Klemme an ihrem Gürtel und streckte ihn hoch; die Polizisten nickten zustimmend, und der Wagen fuhr wieder an.

Die erste Leiche entdeckte Teresa vor einer Mülltonne an der Straßenecke. Ein Arm des Mannes hatte sich am Tonnendeckel verhakt und dafür gesorgt, dass er im Tod nicht gänzlich zusammengesackt war. Sein Kopf baumelte herunter, aus den Wunden an seinem Hals und Rücken strömte Blut. Als eine Kugel sie knapp verfehlte, warf Teresa sich hinter der Tonne zu Boden. Der Schuss war aus einem Fenster irgendwo über ihr abgegeben worden. Beim Anblick des leblosen Gesichts des Mannes, das ihr ausdruckslos zugewandt war, wich sie erschrocken zurück. Auf allen Vieren kroch sie um die Ecke, zog die Waffe, lud sie durch, griff sie so, dass sie gut in den Händen lag, und streckte sie hoch.

Als sie das Gebäude durch den Haupteingang betrat, sah sie im Foyer weitere Menschen am Boden liegen. Manche waren noch am Leben und flehten sie laut schreiend um Hilfe an, als sie, mit der Waffe jedes mögliche Hindernis, jeden Winkel aufs Korn nehmend, an ihnen vorbeiging. Sie hielt das Gebäude für eine Bank. All dieser Marmor, die hohen Fenster, die langen Schalter.

Draußen waren inzwischen Polizisten aufgetaucht, die durch Megafone in die Richtung brüllten, in der sie Unruh oben im Gebäude vermuteten. Teresa blieb stehen und versuchte sich an die Vorschriften zu erinnern. Sie konnte intervenieren und versuchen, den Bewaffneten entweder allein oder gemeinsam mit irgendeinem zuständigen FBI-Kollegen festzunehmen. Oder sie konnte sich der Polizei zur Verfügung stellen, bis das Büro Verstärkung schickte. Sie überlegte hin und her. Das hier war nicht die Wirklichkeit, sondern eine Übung. Würden die sie hierher schicken, nur damit sie ihr Schicksal in die Hände der städtischen Polizei legte?

Da sie wusste, wie die Antwort lautete, bewältigte sie die übrige Strecke des lang gestreckten Foyers im Spurt und drängte sich hastig, aber vorsichtig durch die doppelten Schwingtüren, die zu einem Treppenhaus mit Paternoster führten. Jeweils zwei Stufen auf einmal nehmend, streckte sie die Waffe suchend vor sich aus. Einmal blieb sie kurz stehen, lauschte, dachte nach und nahm jeden Winkel vor sich aufs Korn. Wie im Erdgeschoss gab es auch im ersten Stock eine doppelte Schwingtür. Sicherheitshalber richtete Teresa ihre Pistole darauf, es konnte ja sein, dass Unruh diesen Weg nach draußen wählte.

Genau das trat ein: Unruh hatte ihr den Rücken zugewandt, als er sich in geduckter Haltung und mit äußerst vorsichtigen Bewegungen durch die Tür schob.

»FBI!«, brüllte Teresa. *»Keine Bewegung!«*

Das Gewehr vor sich haltend, drehte sich Unruh verblüfft zu ihr um. Er handelte ohne Hast, aber mit tödlicher Präzision: Sie hörte ein mechanisches, von lautem Schnappen begleitetes Einrasten. Seelenruhig hob er die Waffe, nahm sie ins Visier und drückte auf den Abzug.

»Oh Scheiße!«, sagte Teresa noch, ehe die Kugel ihre Kehle traf.

@ @ @

»Das ist das Jahr 1949«, bemerkte Ausbilder Dan Kazinsky. »Da heißt es nicht ›*Keine Bewegung!*‹, wenn wir Tatverdächtige stellen.«

»Aber ich bilde mich doch für die Gegenwart aus, Sir«, wandte Teresa ein.

»Sie dürfen nicht aus Ihrer Rolle fallen, Agentin Simons«, erklärte Kazinsky. »Nichts davon ist frei erfunden. Howard Unruh hat wirklich gelebt, der Vorfall, in den Sie sich einschalten, ist FBI-Geschichte. Mr. Unruh hat den Zweiten Weltkrieg als Panzergrenadier des amerikanischen Heers mitgemacht. Bevor er 1946 aus dem Militärdienst entlassen wurde, stahl er ein Armeegewehr, das er 1949 dazu benutzte, dreizehn unschuldige Menschen in Camden, New Jersey, zu erschießen. Er wurde von FBI-Agenten gestellt. Da man ihn für unzurechnungsfähig erklärte, verbrachte er den Rest seines Lebens in einem Bundesgefängnis.«

»Ja, Sir«, erwiderte Teresa, die sich bereits vor der ersten ExEx-Simulation eingehend mit dem Fall Unruh befasst hatte. »Wie schaffen die das, all diese Einzelheiten der Stadt so genau nachzustellen? Die Autos und alles andere?«

»Da bin ich überfragt. Die haben's wirklich drauf, was? Die Einzelheiten sind deshalb so authentisch, weil man es Ihnen leichter machen will. Nächstes Mal sollten Sie sich selbst in einem Schaufenster betrachten oder auch in einem Spiegel, falls Sie einen auftreiben. Machen Sie sich mit Ihrer Kleidung vertraut, auch mit Ihrer Frisur, mit Ihrem ganzen Äußeren. Fühlen Sie sich in die Rolle ein. Ihre Aufgabe besteht darin, Mr.Unruh zu stellen – entweder allein oder gemeinsam mit FBI-Kollegen, es hängt davon ab, wie Sie selbst die Lage vor Ort einschätzen. Sind Sie so weit, dass wir die Simulation wiederholen können?«

»Ich habe ein ärztliches Attest, Sir«, erklärte Teresa. »Nächste Woche kann ich eine weitere Übung mitmachen, aber im Augenblick habe ich Probleme mit der Klappe.« Sie deutete auf die Kunststoffdichtung an ihrem Hals, die von einem Stück Verbandsmull und Pflaster geschützt wurde. Der Einschnitt an ihrem Hals hatte sich nach ihrem letzten virtuellen Einsatz beim Fall Unruh so entzündet, dass er gründlich desinfiziert und die Klappe ersetzt werden musste. Das bedeutete, dass sich dieser Ausbildungskurs um drei Tage verlängerte.

Sie war nicht sicher, ob sie die Verlängerung begrüßte oder bedauerte. Vor ihr lagen viele weitere Übungen dieser Art, noch sehr viele, und bis jetzt war es nicht gut gelaufen. Sie war hin- und hergerissen zwischen dem Wunsch, den Kurs im Schnelldurchlauf hinter sich zu bringen, und der Neigung zum Rückzug, damit sie sich gründlicher vorbereiten und die Aufgaben meistern konnte. Andy hatte einen ähnlichen Kurs schon zwei Jahre vor ihr abgeschlossen und nannte ihn ein Kinderspiel. Vielleicht war es das für ihn gewesen, aber Teresa wusste, dass diese Ausbildung anderen Kursteilnehmerinnen und Kursteilnehmern ebenso zu schaffen machte wie ihr selbst. Allerdings nicht allen. Auch bei Harriet Lupi hatte sich die Umgebung der Halsklappe entzündet, aber die Vereiterung war schnell abgeheilt, so dass sie in ihrer Ausbildung inzwischen weiter war als Teresa.

Am nächsten Tag teilte die Krankenschwester der medizinischen Abteilung Teresa mit, dass die Entzündung an ihrem Hals schon viel besser aussehe und sie die ExEx-Simulationen wieder aufnehmen könne.

@ @ @

Sie hielt das Gebäude für eine Bank. All dieser Marmor, die hohen Fenster, die langen Schalter. Draußen waren inzwischen Polizisten aufgetaucht, die durch Megafone in die Richtung brüllten, in der sie Unruh oben im Gebäude vermuteten. Sie bewältigte die übrige Strecke des lang gestreckten Foyers im Spurt und drängte sich hastig, aber vorsichtig durch die doppelten Schwingtüren, die zu einem Treppenhaus mit Paternoster führten. Jeweils zwei Stufen auf einmal nehmend, streckte sie die Waffe suchend vor sich aus. Einmal blieb sie kurz stehen, lauschte, dachte nach und nahm jeden Winkel vor sich aufs Korn. Wie im Erdgeschoss gab es auch im ersten Stock eine doppelte Schwingtür. Sicherheitshalber richtete Teresa ihre Pistole darauf, es konnte ja sein, dass Unruh diesen Weg nach draußen wählte. Als sie merkte, dass sich hinter der Tür ein Schatten bewegte, ging sie hinüber und stieß eine der Schwingtüren auf. Da war Unruh, das Gewehr im Anschlag, und wandte sich zu ihr um.

»Waffe fallen lassen!«, brüllte Teresa, aber Unruh fuhr unbeeindruckt in seiner Bewegung fort: Sie hörte ein mechanisches, von lautem Schnappen begleitetes Einrasten. Als er die Waffe gelassen anhob und sie ins Visier nahm, drückte sie ab. Ihre Kugel erwischte ihn am Arm. Er wirbelte herum, weg von ihr, und das Gewehr fiel scheppernd zu Boden. Halb niedergekauert, zog er eine Automatik aus dem Gürtel und versuchte, auf sie zu zielen. Die Pistole auf seinen Kopf gerichtet, glitt Teresa geschmeidig hinter ihn. »Waffe fallen lassen und flach auf den Boden legen!«, schrie sie, und Howard Unruh gehorchte.

@ @ @

»Harriet? Ich bin's, Teresa.«

»Hi! Wie geht's dir denn so?«

»Ich hab ihn geschnappt, ich hab Unruh geschnappt!«

»Wirklich? Mit ist das nie gelungen. Ich hab's zwar geschafft, ihn zu verletzen, aber dann ist mir die Munition ausgegangen. Die städtische Polizei ist eingesprungen und hat ihn weggezerrt. Dan Kazinsky hat mich diese Simulation abbrechen und mit einer anderen weitermachen lassen. Wie hast du's geschafft?«

Im Laufe des Gespräches fragte Teresa: »Harriet, bist du eigentlich schon mal wirklich in Camden, New Jersey, gewesen?«

»Nein, du etwa?«

»Jedenfalls kommt's mir so vor. Wie, zum Teufel, stellen die das nur an? All diese Autos und Gebäude! Sie wirken so echt!«

»Hast du schon mal einen heißen Tag in Texas miterlebt?«

»Nein.«

»Dann hast du die Whitman-Simulation noch vor dir, stimmt's?«

»Ja.«

»Whitman kommt als Nächstes. Die Simulation ist echt hart. Und dir wird dabei speiübel werden. Lass dir das gesagt sein. Es ist schlimm.«

@ @ @

1. August 1966 in Austin, Texas, um die Mittagszeit: Ein früherer Pfadfinder und Marinesoldat namens Charles Joseph Whitman befindet sich auf der Aussichtsplattform des Turms der Universität von Texas, die einen Blick auf die Guadalupe Street, die ›Abschleppmeile‹, bietet. Er verfügt über ein Sechsmillimeter-Gewehr des Fabrikats Remington-Magnum mit vierfach verstärktem Leupold-Zielfernrohr. Außerdem hat er einen ausgeliehenen Handkarren und einen grünen Matchbeutel dabei. In dem Beutel und rings um ihn herum liegen Erdnusspackungen der Marke Planters, belegte Brote, Dosen mit Schweinefleisch und Fruchtcocktail, eine Schachtel Rosinen, zwei Kanister – einer enthält Wasser, der andere mehr als zehn Liter Benzin –, ein Seil, ein Fernglas, Feldflaschen, eine Plastikflasche mit einem Sprühdeodorant der Marke Mennem, Toilettenpapier, eine Machete, ein Bowiemesser, ein .35 Kaliber Remington-Gewehr, ein .30 Kaliber Karabiner, eine .357 Magnum Smith & Wesson-Pistole, eine Neunmillimeter-Luger Automatik, ein Zwölfkaliber-Gewehr mit abgesägtem Lauf, eine Handfeuerwaffe des Fabrikats Galesi-Brescia, mehrere Waffenmagazine, die jeweils dreißig Kugeln enthalten, und Patronengurte mit mehr als siebenhundert Patronen.

In der vergangenen Nacht hat Whitman zuerst seine Mutter und dann seine Ehefrau umgebracht. Auf dem Weg in den Turm der Universität von Texas hat er vor wenigen Minuten eine Empfangsdame und eine Gruppe von Besuchern – eine ganze Familie – erschossen. Jetzt lehnt er an der Brüstung und späht durch das Zielfernrohr auf die Menschenmassen unten auf der ›Abschleppmeile‹.

In der feuchten Schwüle des texanischen Hochsommers sieht sich Teresa Simons die handgefertigten Sandalen an einem der kunstgewerblichen Stände an, ohne den Heckenschützen oben auf dem Turm zu bemerken. Die feuchte Luft riecht nach Zedernholz, heißem Straßenteer und den Räucherstäbchen, die an einigen Verkaufsständen schwelen. An einem anderen Stand wird gerade die neue Single der Beatles abgespielt: *Paperback Writer*. Teresa lächelt und lauscht auf den Text. Das Lied erinnert sie an einen Jungen, den sie mal gekannt hat, es muss schon zwanzig Jahre her sein.

Sie schlendert weiter und betrachtet die Auslagen eines anderen Standes: grellbunte Poster, lederne Schultertaschen mit Quasten, bestickte Musselinhemden und Ausrüstungen für den Eigenanbau von Cannabis.

Teresa ist Whitmans erstes Opfer. Sie stirbt an einer Kugel, die ihren Rücken durchschlägt.

Diese ExEx-Simulation ist eine der härtesten im ganzen Kurs. Fast den ganzen Winter über ist Teresa damit beschäftigt, die hohen Anforderungen, die dabei an sie gestellt werden, zu bewältigen. Aber am Ende erwischt sie den Mann.

16. k@pitel

Um die Mittagszeit ging Teresa in die Hotelbar, in der sie, wie sie wusste, belegte Brote bestellen konnte. Als Amy ihr den Imbiss brachte, wirkte sie freundlicher als bei ihrer letzten Begegnung, allerdings ließ sie Teresa gleich darauf allein. Teresa trank ein Glas eisgekühltes Mineralwasser, wobei sie sich recht tugendhaft vorkam, und danach eine Tasse Kaffee. Die Bar wirkte die ganze Zeit über durch und durch normal auf sie. Hin und wieder tauchten Nick und Amy auf, erledigten das, was gerade an Arbeit anfiel, und bedienten die wenigen weiteren Gäste, die sich hier inzwischen eingefunden hatten.

Als sie wieder auf ihrem Zimmer war, zog sie erneut den Stadtplan von Bulverton zu Rate, um nach der Welton Road zu suchen. Sie lag in einem kleinen Straßennetz am Hügel, gleich neben der Umgehungsstraße, die an den Höhenzügen entlang in den Norden des Städtchens führte und die Grenze zum ländlichen Gebiet ringsum bildete.

Oben in der Welton Road angekommen, stellte sie fest, dass die Straße zu einem jüngst erbauten Gewerbegebiet gehörte. Die Gebäude, die die Straßen säumten, unterschieden sich kaum voneinander: Es waren große Bauten aus genormten Betonfertigteilen, deren Fassaden mit Backstein verkleidet waren. Die meisten Unternehmen waren offenbar der Leichtindustrie zuzurechnen: Sie entdeckte Schilder von Computersoftware-Firmen, Verpackungsspezialisten, Herstellern elektronischer Komponenten und Transportunternehmen. Das ExEx-Gebäude fügte sich nahtlos in diese Umgebung ein. Sie fuhr zweimal daran vorbei, ehe sie es schließlich entdeckte. Der einzige Hinweis auf sein Innenleben bestand in einem unauffällig angebrachten weißen Schild neben dem Eingang, das die Aufschrift trug: *GunHo ExEx*. Das Gebäude hatte nicht viele Fenster und nur einen einzigen Eingang, vor dem ein großer Parkplatz lag. Teresa fuhr auf das Firmengelände, fand jedoch keinen freien Parkplatz, so dass sie zurückfahren und ihr Auto zweihundert Meter weiter an der Straße abstellen musste.

Sie war gerade dabei, den Wagen abzuschließen, als sie merkte, dass jemand aus dem Gebäude kam. Sie erkannte ihn sofort: Es war der Mann, den sie auf dem Marktplatz der Altstadt dabei beobachtet hatte, wie er streitsüchtig auf Amy eingeredet hatte. Unverzüglich ging Teresa zum Wagenheck und öffnete die Klappe des Kofferraums. Im Schutz der angehobenen Heckklappe blickte sie durch die Rückscheibe auf die Straße. Der Mann entfernte sich rasch vom Haupteingang, überquerte mit großen Schritten den Parkplatz und ging zu einem Wagen, der nicht weit von ihrem abgestellt war. Offenbar hatte er sie nicht bemerkt, warum sollte er auch.

Sie wartete ab, bis er weggefahren war, wobei ihr selbst nicht ganz klar war, warum sie von ihm nicht gesehen werden wollte. Nachdem sie die Wagentür zugemacht und das Auto abgeschlossen hatte, ging sie zu dem Gebäude hinüber. Doppelte Glastüren führten in einen herkömmlich eingerichteten Empfangsraum, wo eine junge Frau hinter einem großen Empfangsschalter saß.

Überall schien es vor Menschen zu wimmeln. Fünf Personen saßen im Wartebereich gegenüber der Rezeption, weitere zwei standen vor ihr am Schalter an. Die junge Empfangsdame telefonierte gerade und notierte mit der freien Hand irgendetwas auf einem Block. An einer Seite des Schalters häuften sich in Packpapier gehüllte Schachteln, die offenbar abgeholt oder irgendjemandem zugestellt werden sollten.

An der Seite jenseits des Wartebereichs befand sich eine glasgetäfelte Tür. Da es ganz so aussah, als müsse sie einige Minuten warten, schlenderte Teresa hinüber und spähte durch die Glasscheibe. Oberhalb der Tür hing ein großes Schild, dessen Leuchtbuchstaben die gesprühten Graffitis nachahmten, die man jetzt überall sah: *CYBERVILLE United Kingdom*. Dahinter lag ein lang gestreckter, fensterloser Raum, der nur schwach erleuchtet und mit mindestens einem Dutzend PCs ausgestattet war. Alle Computer waren in Betrieb, an jedem saß jemand, der völlig versunken auf den Schirm starrte. Teresa wurde klar, dass es sich um ein Internet-Café handeln musste: Fortwährend tauchten die grafischen Darstellungen irgendwelcher Websites auf und verschwanden wieder, während die endlose Suche nach Daten weiterging. Hinten im Raum gab es einige elektronische Spielgeräte, die im Augenblick aber niemand benutzte. Die meisten der Anwesenden waren junge Leute.

Teresa kehrte zur Rezeption zurück und wartete, bis sie an der Reihe war. Schließlich hatte die junge Dame, die ein Schild an ihrem Revers als *Paula Willson, Kundendienst* auswies, Zeit für sie. »Was kann ich für Sie tun?«, fragte sie.

»Ich würde gern Ihre ExEx-Anlagen benutzen.«

»Ja, wir bieten die Möglichkeit. Sind Sie Mitglied bei uns?«

»Nein, ist das denn Bedingung?«

»Ja, es sei denn, Sie sind bereits Mitglied in einem der uns angeschlossenen Clubs.«

»Ich habe ExEx-Simulationen schon in den Staaten mitgemacht«, erklärte Teresa. »Allerdings waren die Einrichtungen nicht allgemein zugänglich. Sie dienten … der Ausbildung.«

Paula Willson nahm ein Formular vom großen Stapel auf dem Schalter und reichte es ihr herüber. »Wenn Sie das hier ausfüllen«, sagte sie, »können Sie sofort Mitglied werden. Wollen Sie die Anlage heute schon benutzen?«

»Eigentlich hatte ich das vor, falls es möglich ist.«

»Wir sind immer ausgebucht, aber heute Nachmittag sind ein paar Kabinen frei. An Werktagen klappt das eher als an den Wochenenden.« Sie hatte das Formular herumgedreht und deutete mit dem Finger darauf. »Wir brauchen von Ihnen nur irgendetwas, mit dem Sie sich ausweisen können. Außerdem erheben wir eine Aufnahmegebühr, wenn Sie bei uns Mitglied werden wollen. Wir akzeptieren alle gängigen Kreditkarten.«

»Wenn ich das hier ausgefüllt habe, gebe ich es dann an Sie zurück?«

»Ja. – Was kann ich für Sie tun?« Inzwischen hatte sie sich den beiden Wartenden zugewandt, die während ihres Gesprächs hereingekommen waren und jetzt hinter Teresa standen. Teresa griff nach dem Formular und nahm es in den Wartebereich mit. Nachdem sie auf einem der schwarzen Ledersofas einen freien Platz gefunden hatte, beugte sie sich vor und legte das Formular vor sich auf den Glastisch. Auf dem Kopf des Aufnahmeantrags stand *GunHo Corporation – Experimentelle Erfahrung in Extremsituationen, Zugang zum weltweiten Netz.*

Verglichen mit manchen Formularen, die sie in den USA hatte ausfüllen müssen, schürfte das hier nicht besonders tief; es enthielt nur die üblichen Fragen nach Personalien, Familienstand, finanziellen Mitteln und Beruf, deren Beantwortung Teresa nichts ausmachte. Nur bei den Feldern *Beruf* und *Beschäftigungsverhältnis* zögerte sie und überlegte, wie sie beides am besten umschreiben sollte. Für diese Situation gab es keine offizielle FBI-Richtlinie, allerdings bezeichneten Teresa und manche ihrer Kolleginnen und Kollegen auf ähnlichen Fragebögen in den Staaten den Arbeitgeber normalerweise nur vage als *Regierung der Vereinigten Staaten* oder *Justizministerium* und den Beruf als *Verwaltungsangestellte* oder *Angehörige des Öffentlichen Dienstes*. Sie ließ das Feld fürs Erste leer und wandte das Blatt um. Auf der Rückseite fand sie eine Liste von Fragen, die sich auf die beabsichtigte Nutzung der Gun-Ho-Anlagen bezogen. Die Kategorien reichten vom Empfang und Verschicken von E-mails über Internet-Konferenzen und Surfen im Netz bis zu ExEx-Simulationen und spezieller Übungs-Software. Die Kategorie der ExEx-Simulationen war aufgeschlüsselt nach *allgemeinen* und *besonderen Nutzungsmöglichkeiten*, wobei die besonderen in einer ellenlangen Liste aufgeführt wurden. Während sie die Liste durchsah, wunderte sie sich über das große Angebot.

Sie beschloss, sich auf zwei Kategorien zu beschränken: Erstens auf *ExEx-Simulationen allgemein* – schließlich wusste sie nicht, was gerade zur Verfügung stand, und dieses Angebot schien ihr den Zugang zu allem übrigen zu gewährleisten. Und zweitens auf die Übungs-Software *Zielpraxis Handfeuerwaffen*. Unter dieser Option stand eine Anmerkung: Antragsteller, die Schießübungen mitmachen wollen, werden darauf hingewiesen, dass sie dazu eine schriftliche Beglaubigung oder einen Waffenschein sowie ein polizeiliches Führungszeugnis oder eine Bescheinigung des Arbeitsgebers vorlegen müssen.

Sie kreuzte die Kategorie trotzdem an und wandte sich dann wieder der Vorderseite des Formulars zu. In das Feld *Arbeitgeber* trug sie *Justizministerium der Vereinigten Staaten – FBI* ein, als Beruf gab sie *FBI-Agentin* an, und die Frage nach der Beschäftigungsdauer beantwortete sie mit *16 Jahre*.

@ @ @

Erneut musste sich Teresa an der Rezeption anstellen, bis sie ihren Aufnahmeantrag abgeben konnte, und anschließend warten, bis Paula Willson ihn durchgesehen hatte.

»Danke«, sagte Paula kurz darauf. »Können Sie mir irgendeinen Ausweis geben, Mrs. Simons, und Ihre Kreditkarte?«

Teresa reichte ihr die Visakarte der Baltimore First National Bank und den FBI-Ausweis. Die junge Frau ließ die Kreditkarte über das elektronische Prüfgerät gleiten und warf, während sie auf das Ergebnis wartete, einen Blick auf den Ausweis. Ohne irgendeinen Kommentar gab sie ihn Teresa zurück und tippte ein paar Daten in ihren Computer ein. Schließlich sagte sie: »Ich fürchte, ich bin nicht ermächtigt, Ihnen die Genehmigung zu Übungen mit Handfeuerwaffen zu erteilen. Würde es Ihnen etwas ausmachen, ein paar Minuten zu warten? Dann kann ich unseren Chef vom Dienst fragen, ob er Zeit für Sie hat.«

»Nein, natürlich macht es mir nichts aus. Sie sagten, heute Nachmittag wären einige Anlagen frei. Kann ich jetzt gleich etwas reservieren, selbstverständlich unter dem Vorbehalt, dass ich die Genehmigung bekomme?«

Paula Willson wirkte überrascht, tippte aber etwas ein und sagte kurz darauf: »Also gut, um 15 Uhr 30 ist Software für Schießübungen frei, in knapp einer Stunde also. Und dann noch einmal um 17 Uhr. Oder möchten Sie lieber die allgemeinen Simulationen nutzen?«

»Ich möchte die Software für Schießübungen gern ab 15 Uhr 30 buchen«, erklärte Teresa hastig. Immer noch hatte sie Angst vor den richtigen Simulationen, vor dem heftigen Ansturm körperlicher Empfindungen, dem Abheben von der Wirklichkeit. Andererseits kannte sie sich mit ExEx-Schießständen aus, das Büro nutzte sie regelmäßig für Zielübungen. Dennoch fragte sie:

»Und wie sieht es mit den anderen Simulationen aus?«

»Heute ist nichts mehr frei. Für morgen könnten Sie zwei Stunden buchen.«

Teresa überlegte hin und her, da sie mit einer Wartezeit nicht gerechnet hatte. Sie hatte angenommen, sie könne sich wie damals, im FBI-Schulungszentrum, sofort in eine Simulation einloggen. »Ist hier immer so viel los?«, fragte sie.

»Eigentlich schon. Inzwischen ist ExEx viel populärer als noch vor einem Jahr. In manchen der größeren Zentren ist's sogar noch schlimmer als hier, zum Beispiel in unserer Niederlassung in Maidstone: Dort muss man sich vier Monate auf die Warteliste setzen lassen, ehe man Mitglied werden kann. In London und anderen Großstädten muss man fast ein Jahr warten. In Bulverton werden wir bald keine neuen Mitglieder mehr aufnehmen, wir sind jetzt schon so gut wie ausgebucht.«

»Mir war gar nicht klar, dass ExEx inzwischen dermaßen verbreitet ist.«

»Es ist sehr gefragt.« Die junge Frau sah kurz auf den Bildschirm. »Was soll ich tun? Soll ich Sie für alle Fälle schon mal für 15 Uhr 30 vormerken?«

»Ja, danke. Danach buche ich weitere Zeiten im Voraus.«

Ein Drucker, der unten am Schalter installiert war, schnurrte leise – ein Geräusch, das Teresa wohlvertraut war – und spulte ruckartig Papier von einer Rolle ab. Paula Willson riss den Ausdruck ab und reichte ihn Teresa zum Unterschreiben. Es war der Beleg über die Belastung ihres Kreditkartenkontos.

»Ich gebe Ihnen am besten unsere aktuelle Preisliste mit«, sagte die Empfangsdame und reichte Teresa einen Faltprospekt, der auf Hochglanzpapier gedruckt war. »Die Broschüre für Mitglieder schicken wir Ihnen unverzüglich zu.«

»Also gehen Sie davon aus, dass ich hier Mitglied werden kann«, stellte Teresa fest.

»Ich glaube nicht, dass es damit irgendwelche Probleme gibt«, erwiderte Paula Willson. »Meines Wissens sind Sie die erste FBI-Agentin, die jemals in diesem Zentrum aufgetaucht ist.«

17. k@pitel

»Kann ich bitte mit Ms. Amy Colwyn sprechen?« Die Stimme war unverkennbar amerikanisch und gehörte einem Mann, der um Höflichkeit bemüht war.

»Ist dran«, erwiderte Amy, um sich gleich darauf zu korrigieren: »Ich bin am Apparat.«

»Ms. Colwyn, ich rufe an, um Ihnen mitzuteilen, dass wir heute Abend in Ihrem Hotel eintreffen.«

»Wer spricht dort, bitte?«

»Ich bin Ken Mitchell, von der GunHo Corporation. Unsere Hauptverwaltung in Taiwan hat bei Ihnen doch einige Zimmer reserviert?« Seine Stimme hob sich, als habe er eine Frage, aber es war unverkennbar eine Feststellung. »Bin ich richtig mit dem Hotel Weißer Drache verbunden?«

»Ja, Sir. Wir erwarten Sie heute Abend.«

»Alles klar. Wir sind eben in London Heathrow gelandet. Ich habe mir eine Kopie der Zimmerbuchungen besorgt und möchte Sie darauf hinweisen, dass unser Unternehmen es bei Reservierungen stets zur Bedingung macht, das Hotel exklusiv zu belegen. Keine weiteren Gäste! Ich sehe, dass Sie diesen Punkt in Ihrem Schreiben nicht bestätigt haben, obwohl man Sie bei der Zimmerbuchung sicherlich darauf hingewiesen hat.«

»Keine weiteren Gäste?«, fragte Amy.

»Nein. Ich weiß, dass dieser Punkt zur Sprache gekommen ist. Wir möchten das Hotel ganz für uns haben.«

»Ich habe die Buchung selbst bestätigt, kann mich allerdings nicht daran erinnern, dass dieser Punkt je erwähnt wurde. Aber unsere Zimmer sind alle völlig separat ...«

»Sie begreifen noch immer nicht, auf was ich hinauswill, wie? Keine anderen Hotelgäste. Verstehen Sie?«

»Ja, Mr. Mitchell.«

»Also gut. Wir kommen auf direktem Weg zu Ihnen.«

»Wissen Sie, wie Sie zum Hotel kommen, Sir? Ich kann dafür sorgen, dass jemand Sie vom Bahnhof abholt ...«

»Wir fahren niemals mit dem Zug«, erwiderte Mr. Ken Mitchell aus Taiwan und legte auf.

@ @ @

Kurz darauf schaute Amy in der Bar vorbei. Nick saß allein auf einem Barhocker, hatte Zeitungsblätter gegen sein Knie gelehnt und die restlichen Seiten kreuz und quer über die Theke verteilt.

»Hast du Mrs. Simons heute Nachmittag schon gesehen?«, fragte sie ihn.

»Nein«, erwiderte er, ohne den Blick von der Zeitung zu heben. »Ist sie denn nicht in ihrem Zimmer? Muss wohl ausgegangen sein.«

»Ich hatte gerade diese Amerikaner aus Taiwan am Apparat. Sie haben gesagt, sie wollen auf keinen Fall, dass sich gleichzeitig mit ihnen noch andere Gäste im Hotel aufhalten.«

»Da haben sie Pech.« Er legte die Zeitung weg und nahm einen Schluck aus dem Glas, das neben ihm stand. »Daran können wir nicht viel ändern.«

»Sein Ton gefiel mir gar nicht«, erklärte Amy. »Er scheint sehr genau zu wissen, was er will.«

»Vielleicht kann jemand anderes diese Leute aufnehmen.«

»Ist das dein Ernst? Ist dir klar, wie viel Geld die Leute uns einbringen können?«

»Na ja, vielleicht hat Mrs. Simons ja Lust, in ein anderes Hotel umzuziehen. Du hast doch gesagt, dass ihr irgendwas nicht recht passt.«

»Nein, ich hab sie gefragt«, erwiderte Amy. »Sie hat mir versichert, dass sie keine Klagen hat und bleiben möchte.«

»Und was soll ich deiner Meinung nach unternehmen?«

»Das Hotel gehört dir, Nick! Diese Leute aus Taiwan sind wild entschlossen, das Hotel ganz für sich zu haben, jedenfalls klang's ganz danach. Wie sieht's rechtlich aus? Können Sie darauf bestehen, dass wir einen anderen Hotelgast rauswerfen?«

»Die einzige Person, die das tun kann, bin ich selbst. Und ich werde den Teufel tun!« Sein Blick glitt immer wieder zur Zeitung. Amy merkte, wie sein Verhalten sie zu ärgern begann, deshalb ließ sie ihn allein und zog sich in das winzige Büro zurück. Sie nahm hinter dem Schreibtisch Platz und starrte mit leerem Blick und völlig in Gedanken verloren auf das Chaos von Papieren, bis sie schließlich die Rechnungen bemerkte, die während der letzten Woche eingegangen waren. Nick hatte sie alle auf einen Stapel auf dem Schreibtisch geworfen. Nachdem sie die Rechnungen flüchtig durchgeblättert hatte, suchte sie nach dem letzten Kontoauszug, schaltete den Computer ein und rief, nachdem er gestartet war, die Datei mit der Tabelle auf, in die sie stets die bezahlten Rechnungen eintrug. Sie sah sie durch, bemerkte ein paar Ungereimtheiten und war nach wenigen Minuten ganz zufrieden in die altbekannte Tüftelei vertieft, die eigene Buchführung zu überprüfen.

»Ich gehe nach oben und nehme ein Bad«, sagte Nick von der Tür her und warf die Zeitung herein. Sie landete auf dem Schreibtisch, wo sie die Papiere durcheinander brachte, die Amy eben erst sortiert hatte.

»Ist jemand in der Bar?«, rief sie ihm nach.

»Im Augenblick nicht.«

Sie warf ihm einen bitterbösen Blick hinterher und überließ sich wieder einmal dem vertrauten Gefühl, in diesem Hotel in der Falle zu sitzen. Nach wie vor war ihr nicht klar, was sie für Nick empfand, sie wusste ja nicht einmal, warum sie sich wieder mit ihm zusammengetan hatte. Die Leitung des Hotels war eine Art Ersatzhandlung, ein Aufschub von Entscheidungen, die ihr eigenes Leben betrafen.

Es verging kein Tag, ohne dass sie überlegte, wie leicht es wäre, einfach fortzugehen. Zwangsläufig folgte darauf jedoch ein zweiter Gedanke: Fortgehen, ja, aber wohin? Es gab nichts, was in Bulverton, Eastbourne oder irgendeinem anderen Küstenstädtchen auf sie wartete. Als sie noch jünger gewesen war, hatte sie alles Mögliche unternommen, aber es war ihr nur allzu bewusst, wie lange das her war. Inzwischen hatte sich alles verändert. Jase war tot, klar, aber darüber hinaus waren all ihre alten Freundinnen und Freunde verheiratet oder weggezogen. Nun ja, sie würden sowieso nichts für sie lösen können: Die Unzufriedenheit lag in ihr selbst. Falls sie ihr Leben wirklich zum Besseren wenden wollte, würde sie einen klaren Trennungsstrich ziehen müssen, würde Bulverton und Sussex hinter sich lassen müssen. Natürlich lag es auf der Hand, nach London zu ziehen, aber London lockte sie nicht. Oder irgendwohin ins Ausland? Wieder einmal wünschte sie, sie hätte den Schneid, Gwyneths Einladung anzunehmen und es mit dem Leben in Sydney zu versuchen. Aber auch dort und an jedem anderen Ort würde es letztendlich eine andere Ausgabe von Nick Surtees geben. Da war nichts und niemand, der sie reizte.

Es gab nur das Hier und Jetzt: eine Liste von Rechnungen, die in einem Computer abgespeichert war und in ungefähre Übereinstimmung mit dem Kontoauszug gebracht werden musste. Inzwischen standen sie finanziell noch schlechter da, als sie nach der letzten Prüfung angenommen hatte. Das Konto war deutlich überzogen, mehr als üblich überzogen, während die Einnahmen weiter zurückgegangen waren. Nur die Aussicht auf Übernachtungsgäste gab Anlass zur Hoffnung: Zwar schwankten ihre Einnahmen erheblich, aber selbst ein einziger Hotelgast wie Teresa Simons machte den Hotelbetrieb rentabel.

Wusste Nick davon? Und wenn ja, interessierte es ihn überhaupt? Ihr fiel ein, welch böse Miene er gemacht hatte, als er nach oben gegangen war. Sie hörte, wie er Wasser für sein Bad einließ, lauschte auf das Klopfen in den Rohren, und es kam ihr so vor, als sei es die rhythmische Begleitmusik ihrer Litanei der Unzufriedenheit.

Was, zum Teufel, hatte sie veranlasst, zu ihm zurückzukehren? Als sie irgendwann gemerkt hatte, worauf sie sich eingelassen hatte, gab es schon kein Zurück mehr. Und dabei hatte sie doch gewusst, dass es niemals etwas brachte, alte Geschichten wieder aufzuwärmen. Ihr fiel ein, wie diese Redensart ihrer Mutter sie als Kind verwirrt hatte, dennoch war etwas Wahres dran. Wie oft hatten sich ihre Eltern nach heftigem Streit entzweit und später, beim Versöhnungsversuch, lauthals ihre eigenen alten Geschichten wieder aufgewärmt.

Aber Nick war inzwischen Teil ihres Lebens. Schon als sie Teenager gewesen waren, hatte ihre Beziehung nicht recht geklappt, und nach den letzten Monaten mit ihm war ihr klar, dass sie vermutlich nie klappen würde. Und trotzdem saß sie wegen allem, was inzwischen passiert war, in der Falle. Es würde alles weitergehen wie bisher.

Als sie hörte, wie sich die Außentür zum Parkplatz öffnete und wieder schloss, rollte sie mit dem Drehstuhl vom Schreibtisch weg und reckte den Kopf, um auf den Gang zu sehen. Beladen mit schwerer Schultertasche, die sie auf einer Seite niederdrückte, steuerte Teresa auf die Treppe zu.

»Mrs. Simons! Teresa!«

Die Amerikanerin blieb stehen und kam durch den Gang auf Amy zu. »Hi«, sagte sie. Sie sah müde, aber gut gelaunt aus.

»Ich wollte fragen, ob Sie heute Abend im Hotel essen möchten.«

»Ich kann's eigentlich noch nicht sagen. Aber klar, warum nicht? Was soll's denn geben?«

»Sie haben die Wahl.« Amy griff nach der Speisekarte, die oben auf dem Aktenschrank lag, und reichte sie ihr. »Die meisten Gerichte von der Karte haben wir in der Tiefkühltruhe, aber wenn Sie sich jetzt schon entscheiden können oder gern etwas anderes essen würden, hätte ich noch Zeit, etwas Frisches für Sie einzukaufen.«

Teresa überflog die Speisekarte, offensichtlich war sie mit den Gedanken ganz woanders. »Vielleicht entscheide ich mich doch lieber später«, erklärte sie schließlich und gab Amy die Karte zurück. »Ich hab noch gar keinen Hunger.«

Amy tat es inzwischen Leid, dass sie überhaupt davon angefangen hatte. Eigentlich hatte sie Teresa so höflich wie möglich fragen wollen, ob es ihr etwas ausmachen würde, in ein anderes Hotel umzuziehen. Aber als sich die Gelegenheit bot, hatte sie einfach nicht die richtigen Worte gefunden. Oder schlicht keine Lust gehabt, nach den richtigen Worten zu suchen.

Sie starrte zu Teresa hoch, schob die unangenehme Sache nochmals auf und wünschte sich dabei, Nick wäre da und würde es an ihrer Stelle erledigen. Sie überlegte, wann diese Taiwanesen mit den amerikanischen Namen und Akzenten wohl ankommen würden, und fragte sich gleichzeitig, wie sie herausfinden konnte, welche gesetzlichen Vorschriften für Hotelbetriebe bestanden: Konnte ein Gast oder eine Gruppe von Gästen tatsächlich verlangen, dass ihnen die alleinige Nutzung des Hotels eingeräumt wurde? Sie nahm an, dass Filmstars oder Politiker auf der Durchreise es manchmal so hielten. In solchen Fällen jedoch wurde es sicher viel geschickter und diskreter gehandhabt. Sowieso würden Filmstars nie und nimmer in einem Hotel wie dem Weißen Drachen absteigen, also erübrigten sich diese Überlegungen. Vielleicht wurden solche Dinge durch Zahlungen geregelt: Personen, die sich abschirmen wollten, zahlten für sämtliche Hotelzimmer und nutzen nur die Gästezimmer ihrer Wahl. Aber was machten sie dann mit den Gästen, die bereits im Hotel wohnten?

»Ich muss oben noch Arbeit erledigen«, erklärte Teresa. »Später komme ich auf einen Drink herunter.«

»Alles klar. Ich glaube, Nick möchte gern was mit Ihnen besprechen.«

»Wissen Sie, um was es geht?«, fragte Teresa. Amy schüttelte den Kopf. Sie hatte keine Lust, ein Thema anzuschneiden, das sie mehr und mehr als Nicks ureigene Angelegenheit empfand. »Also gut, dann bis nachher.« Teresa hob die schwere Tasche an, hängte sie sich über die Schulter und wandte sich um. Kurz darauf hörte Amy, wie sie die Treppe hochstieg.

@ @ @

Amy legte das Hauptbuch weg und griff nach dem kleinen Stapel der Faxausdrucke, die sie mit Mr. A. Li in Taiwan ausgetauscht hatte. Sorgfältig ging sie jedes Blatt, das sie empfangen hatte, auf seinen Inhalt durch. Im Wesentlichen wurde ihr in den Schreiben mitgeteilt, die GunHo Corporation in Taipeh beabsichtige, vier Einzelzimmer, jeweils ausgestattet mit Doppelbett, für vier Erwachsene zu buchen. Es handele sich um zwei Männer und zwei Frauen namens Kravitz, Mitchell, Wendell und Jensen. Alle Unkosten seien dem Firmenkonto anzulasten. Am Ende jeder Woche werde einer der vier namentlich genannten Gäste die Rechnung prüfen und abzeichnen, danach sei sie per Fax an Mr. Li in der Hauptverwaltung Taipeh zu übermitteln. Auf Basis dieser Rechnung werde eine jederzeit einlösbare Zahlungsanweisung in US-Dollar oder britischen Pfund an die Midland Bank in Bulverton ergehen. Die Buchungsdauer betrage vorläufig zwei Wochen, den Gästen werde jedoch die Möglichkeit eingeräumt, den Aufenthalt auf unbestimmte Zeit zu verlängern. Alle geschäftlichen Anfragen seien an Mr. Li zu richten.

Soweit Amy sehen konnte, wurde ein exklusives Nutzungsrecht der Räumlichkeiten im Hotel Weißer Drache nirgendwo erwähnt. Sie warf einen Blick auf ihre Armbanduhr und rechnete durch, wie lange sie für die Fahrt von Heathrow nach Bulverton brauchen würden. Ihrer Schätzung nach konnten sie frühestens innerhalb der nächsten Stunde eintreffen, aber bis zum Abend würden sie sicher hier sein. Und sie hatte noch immer nichts in die Wege geleitet!

Als sie nach oben ging, um mit Nick zu reden, lag er nackt auf dem Bett und rauchte eine Zigarette.

»Es ist mitten am Tag und nichts los«, sagte er. »Willst du nicht ein Weilchen ins Bett kommen?«

Ihr erster Impuls war, sich umzudrehen und aus dem Zimmer zu flüchten. Zwar machten ihr all diese Dinge mit Nick noch Spaß, aber derzeit schien er Nachmittag für Nachmittag im Bett verbringen zu wollen. Sie entschied sich jedoch dafür, seinen Vorschlag mit einem Achselzucken abzutun.

»Es gibt etwas, das ich wissen muss«, erklärte sie. »Und zwar ziemlich dringend. Stimmt das, was du gesagt hast? Dass du der Einzige bist, der einen Gast aus dem Hotel werfen darf?«

»Was liegt dir auf der Seele, Amy?«

»Vorhin hab ich's dir klar zu machen versucht.«

»Mach dir doch darüber keine Gedanken.«

Sie setzte sich auf den Bettrand und legte unwillkürlich die Hand auf seine Brust. Seine Haut fühlte sich sauber, weich und warm an.

»Ich möchte aber nicht riskieren, dass wir auf das Geld verzichten müssen«, erklärte sie. »Diese Reservierung könnte viele unserer finanziellen Probleme auf einen Schlag lösen. Na ja, deine finanziellen Probleme, aber ich häng ja mit drin.«

»Überlass das mir. Ich habe ein zusätzliches Doppelbett für sie aufgestellt, das wird sie bei Laune halten. Wann kommen sie an?«

»Sie können jede Minute hier sein. Vor ein, zwei Stunden haben sie von Heathrow aus angerufen und gesagt, dass sie mit dem Auto kommen.«

»Das dauert immer länger, als die Leute meinen«, sagte Nick und rollte sich zu ihr herüber. »Komm, zieh dich aus.«

»Nein, ich will unten sein, wenn sie ankommen.«

Anstatt etwas zu erwidern, begann er entschlossen an den vorderen Knöpfen ihres Kleides zu zerren. In seiner Hast stellte er sich so ungeschickt an, dass sie sich von ihm löste und das Kleid abstreifte. Sie legte sich neben ihn und genoss, wie immer, das Gefühl, als seine Hände unter ihre Unterwäsche glitten und ihr über die Haut strichen.

Sie lagen immer noch beieinander, als sie plötzlich hörten, wie ein schwermotoriges Fahrzeug auf den Parkplatz unterhalb ihres Fensters einbog. Laut vernehmlich rasteten Gänge ein und aus, als der Fahrer auf dem begrenzten Raum hin und her manövrierte.

»Das sind sie!«, sagte Amy. »Ich bin sicher, das sind die Amerikaner.«

Als sie sich von Nick wegrollte, wälzte er sich in gespieltem Ärger auf die Seite; dabei wusste Amy nur zu gut, dass er sich nach der Liebe am Nachmittag meistens recht schnell von ihr löste, um ein kurzes Schläfchen zu halten oder die Lektüre seiner Zeitung fortzusetzen.

Nackt wie sie war, stieg sie hastig aus dem Bett, kauerte sich vors Fenster und spähte auf den Hof. Ein großer Lastwagen in unauffälligem Dunkelgrün parkte gerade auf dem Stellplatz neben Teresa Simons Leihwagen ein. Oben war eine Satellitenschüssel angebracht, die offenbar so zusammengeklappt werden konnte, dass sie sich in eine spezielle Ausbuchtung im Dach des LKW einfügte. Daneben war in hellerem Grün die Zahl 14 aufgemalt. Flüchtig fragte sich Amy, wie irgendjemand auf die Idee kommen konnte, eine Kennziffer ausgerechnet auf dem LKW-Dach anzubringen, wo kaum jemand sie jemals sehen würde.

Als sich die Beifahrertür öffnete, stieg eine junge Frau mit kurzem hellbraunem Haar aus und postierte sich hinter dem Lastwagen, um den Fahrer in die Parknische einzuwinken. Als sie zu Amys Fenster hochsah, trafen sich ihre Blicke kurz.

Amy wusste zwar, dass vom Hof aus nur ihr Kopf zu sehen war, dennoch fuhr sie zurück und beeilte sich, ihre Kleidungsstücke aufzusammeln, die neben dem Bett auf dem Boden lagen.

»Sie sind da!«, wiederholte sie, während sie sich ihren Büstenhalter so umlegte, dass die Körbchen hinten saßen. Sie hakte ihn vorne zu, drehte ihn herum, zog die Träger straff, streifte sich den Slip über und hielt nach ihrem Kleid Ausschau. Nick hatte sich inzwischen auf seine Bettseite gerollt und las die Zeitung vom Vortag – oder tat jedenfalls so. »Ist schon gut, Nick«, sagte sie. »Ich komm unten allein zurecht.«

»Das weiß ich.« Allerdings grinste er sie dabei freundlich an, schleuderte die Zeitung auf den Boden und begann sich – nach einem schnellen, verstohlenen Blick auf den Parkplatz – ebenfalls anzuziehen. Sie war vor ihm fertig, aber er packte sie und gab ihr schnell noch einen Kuss.

»Wenn du möchtest, koch ich heut Abend«, erklärte er. »Und die Bar mach ich auch.«

»Du musst aber nicht.«

»Vielleicht doch. Hat ja lange genug gedauert, bis ich's von mir aus anbiete.«

»Ist irgendwas passiert? Gibt's irgendwelche guten Neuigkeiten oder was?«

»Nein … Aber heut Abend koch ich trotzdem. Ich hab Lust dazu.«

Sie erwiderte seinen Kuss. Schließlich legte sie beide Hände gegen seine Brust und schob ihn weg. »Die Leute wollen bestimmt einchecken«, erklärte sie.

@ @ @

Noch ehe einer der Amerikaner auftauchte, war Amy unten an der Rezeption, so dass ihr Zeit blieb, sich zu sammeln und so zu tun, als habe sie sich schon seit geraumer Zeit Büroarbeiten gewidmet. Ein paar Sekunden später wurde die Außentür vom Parkplatz her geöffnet, und Amy merkte ohne aufzublicken, dass zwei Personen hereintraten.

»Guten Tag, gnädige Frau«, meldete sich eine höfliche amerikanische Stimme.

Sie stand auf und ging zum Empfang hinüber. Der Mann vor ihr musste Mitte Dreißig sein, daneben stand die junge Frau, die sie oben vom Fenster aus gesehen hatte. »Guten Tag«, erwiderte sie.

»Wir möchten uns gern anmelden, wenn es Ihnen recht ist.« Wieder hob der Mann am Ende des Satzes die Stimme wie zu einer Frage.

Amy schob den Stapel mit Anmeldeformularen in seine Richtung. »Wenn Sie bitte vier Formulare ausfüllen würden«, sagte sie. »Und darf ich Ihre Pässe sehen?«

»Selbstverständlich.«

Die Formalitäten gingen reibungslos vonstatten. Inzwischen waren auch die beiden anderen eingetroffen und füllten ebenfalls ihre Anmeldungen aus.

»Ihre Reservierung lautete auf vier Einzelzimmer, jeweils mit Doppelbett?«

»Genau.«

»In Ordnung. Leider mussten wir sie trennen, da wir nicht viele Gästezimmer haben. Zwei Zimmer liegen nebeneinander im ersten Stock, die beiden anderen im Stockwerk darüber, Ich glaube, Sie bezeichnen das als zweiten und dritten Stock. Zumindest liegt nur eine Treppe dazwischen.«

Sie nickten. Amy verteilte die elektronisch codierten Zimmerschlüssel, die die Form von Kreditkarten hatten, wobei sie absichtlich laut damit klapperte. Sie fragte sich, wie die Amerikaner die Zimmer unter sich aufteilen würden. Würden die Frauen die nebeneinander liegenden Zimmer nehmen? Die beiden Zimmer im obersten Stockwerk, die sich ins Fachwerkgebälk des alten Dachbodens einfügten, waren kleiner als die anderen, boten jedoch Aussicht auf das ferne Meer.

»Ich glaube, wir kommen damit zurecht«, erklärte der Mann, der, wie Amy dem Anmeldeformular entnommen hatte, Dennis Kravitz hieß. Als er die anderen der Reihe nach ansah, nickten sie zustimmend oder zuckten die Achseln. Eine der Frauen, der Anmeldung nach Acie Jensen, hatte sich einige Reklamezettel vom Werbeständer der Tourist Information gegriffen und sah sie durch. »Hören Sie, wir haben da draußen einen Lastwagen mit ein paar teuren Geräten stehen«, sagte Kravitz. »Mir ist aufgefallen, dass Sie kein Tor vor Ihrem Parkplatz haben. Gibt es irgendeine Möglichkeit, den Wagen abends zu sichern?«

»Der Parkplatz ist die ganze Nacht hell erleuchtet, damit Einbrecher abgeschreckt werden. Wenn Sie möchten, können wir eine Sperre vor dem Wagen aufbauen, um jeden Versuch, den Wagen wegzufahren, zu verhindern.«

Dennis Kravitz runzelte die Stirn.

»Es geht uns nicht so sehr um das Fahrzeug«, erklärte er, »sondern um die Geräte da drin. Wie können wir sicherstellen, dass da keiner Stielaugen macht, wenn der Hof nicht abgeschlossen ist?«

»Ich bin sicher, dass nichts passieren wird«, erwiderte Amy. »In Bulverton gibt's nicht viel Kriminalität.«

»Da haben wir aber anderes gehört«, erklärte Acie Jensen von der anderen Seite des Empfangs her, ohne von einem Reklamezettel hochzusehen, der für den Besuch des Bodiam Castle warb.

»Jedenfalls nicht diese Art von Kriminalität«, gab Amy entschieden zurück.

»Wie Sie meinen«, sagte die Frau, der Unterhaltung überdrüssig. Sie durchquerte den Raum, um leise mit den anderen zu reden. Kurz darauf griffen alle nach ihren elektronischen Zimmerschlüsseln und gingen ohne weitere Bemerkung auf ihre Zimmer. Falls sie danach gefragt hätten, wäre Amy bereit gewesen, ihnen Nicks Unterstützung beim Hineintragen des Gepäcks anzubieten, aber offenbar wollten sie keine Hilfe.

Eine Weile pendelten die vier Amerikaner hin und her, holten Koffer und anderes Gepäck aus dem Lastwagen auf dem Hof und trugen es herein, aber es dauerte nicht lange, bis wieder Ruhe im Hotel einkehrte.

Wie versprochen, kam Nick bald darauf herunter, sah im Büro ein paar Schriftstücke auf dem Schreibtisch durch und verzog sich dann in die Küche. Amy blieb an der Rezeption und lauschte auf die Geräusche, die jetzt im Hotel zu hören waren: Schritte auf den uralten Fußböden über ihrem Kopf, Wasser, das durch die fast ebenso alten Rohre gurgelte, Nick, der in der Küche herumhantierte. Dabei wurde Amy bewusst, dass es bis auf die kurzen Wochen unmittelbar nach dem Blutbad das erste Mal war, dass im Hotel mehr als ein oder zwei Gäste übernachteten. Vielleicht bestand letztendlich doch die Möglichkeit, wieder ein Leben aufzunehmen, das der Normalität zumindest nahe kam.

Eine halbe Stunde später kam Teresa Simons durch den Haupteingang von draußen herein, warf Amy ein freundliches Lächeln zu und machte sich auf den Weg nach oben, zu ihrem Zimmer.

18. k@pitel

Am folgenden Morgen kehrte Teresa zum ExEx-Bau zurück und nutzte die zwei Stunden Simulationszeit, die sie schließlich doch noch gebucht hatte, nachdem sie sich zaghaft in die Niederungen virtueller Schießübungen vorgewagt hatte. Allerdings hatte sie immer noch ein wenig Angst davor, voll in irgendwelche unbekannten Welten der Virtualität einzutauchen, deshalb bat sie, sobald sie den Simulationsbereich betreten hatte, einen Techniker um Hilfe.

»Machen Sie das zum ersten Mal?«, fragte der junge Mann, den ein Schild am Aufschlag als Angus Jackson von der Kundenbetreuung auswies.

»Ich habe ExEx in den USA zur Ausbildung genutzt«, erklärte Teresa. »Einsatzsimulationen.«

»Mit tödlichem oder nicht-tödlichem Ausgang?«

»Beides.« Da sie es inzwischen für sinnlos hielt, die wahre Natur ihrer Arbeit zu vertuschen, beschrieb sie ihm die Art von Simulationen, die sie benutzt hatte.

»Alles klar«, sagte Angus Jackson. »Davon haben wir hier jede Menge. Ich kann also davon ausgehen, dass Sie wissen, wie man eine Simulation abbricht?«

»Sicher. Das FBI benutzt dazu LIVER.«

»Mir nicht bekannt.«

Teresa erklärte, wofür die Abkürzung stand. Mit einem Nicken gab er zu verstehen, dass er begriffen hatte. Hier benutzten sie ein anderes Akronym, das jedoch die gleiche Wirkung hatte. Nachdem er sie zwei Minuten allein gelassen hatte, kam er mit der vertrauten versiegelten Phiole voller Nanochips zurück.

»Lassen Sie mich erklären, was ich besorgt habe«, sagte er. »Für neue Benutzer stellen wir ein Paket verschiedener Simulationen zusammen. Das hier ist eine Zufallsauswahl solcher Simulationen, wie sie derzeit von vielen Vollzugsbeamten des Polizeidienstes benutzt werden. Gut möglich, dass Sie einige wiedererkennen. Es ist eine Mischung aus authentischem Archivmaterial, das etwa neunhundert unterschiedliche Situationen enthält. Sie haben zwei Stunden gebucht, also können Sie entweder durch die Auswahl surfen, bis Ihre Zeit abgelaufen ist und Sie automatisch herausgeholt werden, oder Sie können abbrechen, wenn's Ihnen reicht.«

»Reden wir von Simulationen mit tödlichem oder mit nicht-tödlichem Ausgang?«, fragte Teresa.

»Alle mit nicht-tödlichem Ausgang. Ist das in Ordnung?«

»Ja, das ist mir auch lieber so.«

@ @ @

Teresa streifte in der vertrauten Welt plötzlich ausbrechender Gewalt umher und packte jedes Problem, das sich ihr stellte, beim Schopf, wobei sie jeweils die Waffen nutzte, die von den Autoren der Software im Drehbuch vorgesehen waren.

In São Paulo, Brasilien, war es 1995 in einem Salsa-Club zu einer Messerstecherei gekommen. Die Situation war heikel, da es im Club so düster war, trotzdem schaffte Teresa es mit einem einzigen Schuss, der die Kontrahenten kampfunfähig machte, den Streit zu beenden. LIVER.

Im australischen Sydney war 1989 ein junger Drogensüchtiger mit einer Handfeuerwaffe Amok gelaufen; für diese Situation gab es eine ziemlich schnelle Lösung – sie griff ein und nahm ihn fest –, die sie allerdings als körperlich anstrengend empfand. LIVER. Noch außer Atem von der letzten Simulation, fand sich Teresa nach Kansas City in Missouri versetzt. Hier handelte es sich um die Belagerung McLaughlins im Jahre 1967 – eine Simulation, in der sie sich bereits während ihrer FBI-Ausbildung hatte bewähren müssen. Ein ehemaliger Polizist namens Joe McLaughlin hatte sich im Haus seiner getrennt von ihm lebenden Ehefrau verschanzt und schoss auf jeden, der in die Nähe kam. Da Teresa mit der Simulation vertraut war und möglichst schnell zur nächsten übergehen wollte, schlich sie sich ungeduldig seitlich ans Haus an, drang gewaltsam in den Keller ein und erschoss McLaughlin auf der Treppe. Wäre dies Teil der FBI-Ausbildung gewesen, hätte Dan Kazinsky von ihr verlangt, den Einsatz zu wiederholen und es diesmal richtig zu machen (McLaughlin sollte lediglich festgenommen werden), aber sie wollte solche Simulationen ausprobieren, die sie noch nicht kannte. LIVER.

Die folgende Simulation war ihr neu. Sie war komplexer und nahm sie vom ersten Moment an gefangen.

@ @ @

San Diego, Kalifornien, im Jahre 1950: Nachdem William Cook in Missouri eine fünfköpfige Familie entführt und ermordet hat, befindet er sich auf der Flucht vor der Polizei. Begleitet von einem Mann, den er als Geisel genommen hat, fährt er in dem gestohlenen Familienwagen nach San Diego.

Teresa tauchte in dem Moment in die ExEx-Simulation ein, als der von Cook gestohlene Pontiac auf der Route 8 gesichtet wurde. Anstatt den riskanten Versuch zu wagen, Cook auf der Straße abzufangen, hatten sich Polizei und FBI-Agenten dafür entschieden, Cook bis zum Stadtrand von San Diego weiterfahren zu lassen, um ihn dort entweder anzuhalten oder aber bei seinem ersten Versuch, aus dem Wagen zu steigen, zu verhaften.

Seine Weiterfahrt wurde von Zivilfahndern der Polizei überwacht.

Wieder einmal war es eine Simulation, in der schon die sorgfältig gestalteten Einzelheiten des Hintergrunds, die der Szenerie Authentizität verliehen, einem den Atem nahmen. Inzwischen hatte Teresa festgestellt, dass sich vor allem Simulationen weiter zurückliegender Zwischenfälle durch diese Detailgenauigkeit auszeichneten. Dan Kazinsky hatte erklärt, das liege an der Art der Erinnerung: Momente traumatischer Erfahrung blieben vollständiger und lebhafter im *Langzeitgedächtnis* haften. Teresa und den anderen Auszubildenden war aufgefallen, dass ExEx-Simulationen vergleichsweise jüngerer Ereignisse manchmal nebelhaft wirkten, so als hätten die Menschen, die sich daran erinnerten, geistige Blockaden gegen bestimmte Sequenzen errichtet.

Der Tag, den diese Simulation reproduzierte, war glühend heiß. Vom Meer her ging ein Wind, der die Palmen niederdrückte, an den Straßenkreuzungen Staub aufwirbelte, die Markisen der Geschäfte aufblähte und die Verkehrszeichen über der Straße bedenklich schaukeln ließ. Der Himmel war wolkenlos, aber der sengende Wind führte Sandkörnchen vom Strand mit sich, drückte die Kleidung an die Körper und wirbelte das Haar durcheinander. Glänzende, klobig wirkende Autos fuhren gemächlich die Straßen entlang. Darüber zog eine DC-3 der Pan American hinweg, die auf die Landebahn zusteuerte. Die grellen Sonnenstrahlen fingen sich auf den farblosen Tragflächen und Leitwerken der Maschine. Männer in Marineuniformen standen müßig an einem Armeelastwagen herum, der neben einem Büro des Wartungspersonals parkte. Darüber flatterte die amerikanische Flagge im Wind.

Der Handlungsfaden ließ Teresa jedoch keine Zeit, weitere Einzelheiten in sich aufzunehmen. Sie hatte einen Schlüssel in der Hand und eilte, wie es die Handlung vorsah, auf eine Reihe parkender Autos zu, die auf Schrägstreifen vor dem Bürgersteig abgestellt waren. Beim Laufen geriet sie außer Atem, außerdem schmerzten ihr Beine und Rücken. Angesichts der Wucht sinnlicher Eindrücke, die ihr diese von kollektiver Erinnerung gespeiste Simulation vermittelte, drehte sich ihr der Kopf, vielleicht geriet sie auch körperlich aus dem Gleichgewicht. Die Hitze machte ihr zu schaffen, der Wind das Atmen zur Qual. Als ihr etwas aus der Luft ins Auge flog, wandte sie sich heftig zwinkernd ab, da sie sich jetzt auf den Handlungsbeginn konzentrieren musste. Sie hatte vor, ihre Identität beizubehalten und selbständig zu agieren. Als das Sandkorn aus dem Auge entfernt war, drehte sie sich so hastig um, dass sie gerade noch erkennen konnte, wie ein Gebäude seitlich von ihr – irgendein Laden, der Autoersatzteile oder Werkzeug anbot – zunächst waberte und gleich darauf, als sie weiterhin in diese Richtung blickte, feste Formen annahm. Es geschah so schnell, dass sie es sich auch hätte einbilden können – aber es bedeutete einen Bruch innerhalb der Wirklichkeit der ExEx-Simulation, den sie als seltsam tröstlich empfand. Also funktionierte selbst diese ausgefeilte Technik noch nicht hundertprozentig.

Sie steuerte auf einen silberblauen Kombi der Marke Chevrolet zu, hielt sich jedoch nicht ans vorgesehene Drehbuch, sondern wandte sich stattdessen dem daneben parkenden grünen Ford, einer Luxuslimousine, zu, dessen Fahrertür abgeschlossen war. Der Versuch, den Ford mit ihrem Schlüssel zu öffnen, erwies sich sofort als völlig sinnlos. Rings um das Schloss war das Metall von der Sonne derart aufgeheizt, dass sie sich dabei sogar noch die Hand verbrannte. Sie gab auf und ging schließlich doch zum Chevrolet hinüber, der nicht verriegelt war. Nachdem sie auf den Fahrersitz gerutscht war und ihren massigen Körper bequem untergebracht hatte, gelang es ihr schon beim ersten Versuch, den Schlüssel ins Zündschloss zu stecken. Sie kurbelte das Fenster auf der Fahrerseite hinunter.

Kurz darauf war sie bereits unterwegs, Richtung Norden. Dort, wo sich die 30. Straße mit der Universitätsstraße kreuzte, wechselte sie die Spur und bog rechts ab.

Es war das erste Mal, dass sie in einer ExEx-Simulation einen Wagen lenkte, und es machte ihr Spaß. Zwei Empfindungen vermischten sich dabei. Zum einen fühlte sie sich völlig sicher. Der Wagen konnte nicht verunglücken, sie selbst konnte keinen Schaden nehmen, da sie nicht auf eigene Faust handelte, keine unabhängigen Entscheidungen traf. Sie musste dem vorgegebenen Handlungsfaden folgen. Sie war nur deshalb nach rechts, in die Universitätsstraße abgebogen, weil das die vorgesehene Route war. Als sie kurz darauf die Stelle erreichte, an der sich die Universitätsstraße mit dem breiten Wabash Boulevard kreuzte, bog sie links ab, fuhr auf die Schnellstraße und beschleunigte, um mit dem übrigen Verkehr mitzuhalten. Die Sonne stach so heftig durch die Windschutzscheibe, dass ihr Arm und das Gesicht brannten. Um sich besser dagegen abzuschirmen, kurbelte sie das Fenster hoch und zog den vorderen Sichtschutz herunter.

Diese Handlung, diese Entscheidung bestärkte die zweite Empfindung, die der ersten widersprach: Sie hatte den Eindruck, sich der vorgesehenen Handlung durchaus widersetzen zu können. Wenn sie wollte, konnte sie auf eigene Faust handeln, den Fuß aufs Gaspedal setzen und einfach weiter, immer weiter fahren. Heraus aus der Stadt, nach Osten oder Norden, auf immer und ewig kreuz und quer durch das riesige virtuelle Amerika, das da draußen lag, knapp außerhalb des unmittelbaren Blickfelds, das die Simulation ihr zugestand. Sie musste es nur wollen, dann würde sie erleben, wie sich dieses virtuelle Amerika zu einem

Ganzen zusammenfügte, nahtlos rings um sie herum Gestalt annahm, sich grenzenlos weit vor ihr ausstreckte.

Stattdessen griff sie ins Handschuhfach und holte die Automatik heraus. Beim Weiterfahren überzeugte sie sich davon, dass die Pistole geladen war, legte sie auf den Beifahrersitz und schaltete das Radio ein: Es kam gerade ein Instrumentalstück des Duke Ellington-Orchesters, das »Newport Up« hieß. Woher wusste sie das? Nie zuvor hatte sie Duke Ellington echte Aufmerksamkeit gewidmet, normalerweise hätte sie den typischen Klang des Orchesters kaum erkannt, geschweige denn ein einzelnes Musikstück. Während das Radio lief, die Sonne auf sie niederbrannte und der wunderbar laute und langsame Verkehr des Jahres 1950 an ihr vorbeiglitt, lehnte sie sich im Sitz zurück, lenkte den Wagen mit ausgestreckten Armen und ließ den Kopf auf die Nackenstütze sinken.

Kurz darauf bemerkte sie vor sich blinkende Umleitungssignale und eine Straßensperre der Polizei. Während der Hauptverkehr links abbog und der Umleitung folgte, bremste sie, blinkte nach rechts und hielt direkt auf die polizeiliche Absperrung zu. Als sie den Wagen zum Stehen brachte und die Handbremse anzog, vibrierte die Sperre der Bremse noch lange heftig nach. Sofort kam ein Polizeibeamter herüber und beugte sich herunter, um in den Wagen zu sehen.

Plötzlich war sie nicht mehr sicher, was sie hier suchte. Hatte sie sich aus freien Stücken dafür entschieden, bis zur Absperrung vorzufahren? Oder führte sie nur das aus, was die Frau, die den Wagen ursprünglich gelenkt hatte, getan hätte? Der Polizeibeamte stand nur wenige Schritte vom Wagen entfernt und bedeutete ihr jetzt mit hochgestreckter Hand, ja nicht wieder wegzufahren.

In Sekundenschnelle kam Teresa zu dem Schluss, dass sie sich offenbar aus eigenem Antrieb geweigert hatte, der Umleitung zu folgen. Sie handelte auf eigene Faust.

Aufgrund langjähriger Gewohnheit langte sie in die Jackentasche, um ihren FBI-Ausweis zu zücken, aber er war nicht da!

Erst als sie an sich hinuntersah, merkte sie, dass sie die Kleidungsstücke einer fremden Frau trug. Und sie war dick! Trug schreckliche Klamotten! Hatte Laufmaschen in den Strümpfen! Sie tastete nach der Gürtelstelle, an der sich ihr Abzeichen befand, aber unter den üppigen Falten ihres übergewichtigen Körpers saß nur ein schmaler Plastikgürtel, der ihr bis in den Schoß hing. Als sie sich hinüberbeugte, um sich selbst im Rückspiegel zu betrachten, starrte ihr das leicht bekümmerte Gesicht einer alten schwarzen Frau entgegen.

»Ma'am, das Gebiet hier ist abgesperrt«, sagte der Polizist und beugte sich dabei zum Fenster herunter. Erst da fiel Teresa auf, dass es sich während der Fahrt irgendwie von selbst wieder geöffnet haben musste, während sie mit den Gedanken ganz woanders gewesen war. »Wenn Sie bitte wenden und dem Hauptverkehr folgen würden.«

»Ich bin FBI-Agentin Simons von der Außenstelle Richmond«, erklärte Teresa. Aber inzwischen hatte der Polizist die Automatik auf dem Beifahrersitz entdeckt und befahl ihr, langsam beide Hände hochzustrecken und aus dem Wagen zu steigen.

Ausgerechnet in diesem Moment brach die ExEx-Simulation ab. Vor Teresas innerem Auge flimmerten nur noch weiße Punkte, in ihren Ohren dröhnte lautes statisches Rauschen.

@ @ @

Teresa kehrte zu der Welt zurück, die für sie persönlich den Anschein von Realität besaß: in einen kleinen, kühlen Raum, weiß gekalkt, mit einer Neonröhre an der Zimmerdecke. Sie lag auf einer schmalen Pritsche, unter sich ein cremefarbenes Papierlaken, das raschelte, als sie sich bewegte. Irgendwo summte leise eine Klimaanlage, aus einem Zimmer oder Gang ganz in der Nähe drangen menschliche Stimmen. Nach dem Auftauchen aus der Simulation hatte Teresa augenblicklich gewusst, wo sie sich befand und was hinter ihr lag; das war ein wesentlicher Fortschritt gegenüber der traumatischen Orientierungsphase, die sie bei früheren Übungssimulationen nach jeder Handlung mit tödlichem Ausgang erlebt hatte.

Eine Technikerin wartete an der offenen Tür der Kabine. Als sie merkte, dass Teresa sich rührte, kam sie sofort herüber und blieb neben der Pritsche stehen. »Wie fühlen Sie sich, Mrs. Simons?«, fragte sie und musterte Teresa mit geschultem Blick.

»Mir geht's gut.«

»Also keine Probleme?«

Sie half Teresa beim Aufsetzen und wandte ihre Aufmerksamkeit gleich darauf der kleinen Klappe mit den Nanochips an Teresas Nacken zu. Da Teresa diese Prozedur fast noch nie bei Bewusstsein miterlebt hatte, versuchte sie zu erkennen, was die Frau mit ihr anstellte. Aber der Winkel war ungünstig: Sie erhaschte nur einen flüchtigen Blick auf ein Instrument, das wie eine Spritze aussah und jetzt aufgezogen wurde, spürte einen deutlichen Druck am Nacken, einen Anflug von Schmerz, dann ein leichtes, nicht unangenehmes Vibrieren.

Das Namensschild der Technikerin war fast das Einzige, was sie deutlich erkennen konnte: Sie hieß Patricia Tarrant und gehörte zur Abteilung Kundenbetreuung. Als Ms. Tarrant die Spritze herauszog, spürte Teresa, wie die Klappe gegen eine wunde Stelle drückte, die irgendwo unter der Haut oder in unmittelbarer Umgebung der Klappe lag. Sie streckte die Hand aus, um die Stelle vorsichtig zu berühren, und verfolgte gleichzeitig, wie

Patricia Tarrant den Inhalt der Spritze – die in einer farblosen Flüssigkeit schwimmenden Nanochips – in ein Glasröhrchen füllte, das sie in eine Vitrine am Fußende der Pritsche stellte. Nachdem sie ein paar Schalter aktiviert hatte, flackerten kurz Warnlämpchen auf.

»Alles klar. Wenn Sie so weit sind und herauskommen möchten, können wir den restlichen Papierkram erledigen.«

Immer noch gingen Teresa die verwirrenden Eindrücke von San Diego, dem heißen Wind, der offenen Straße durch den Kopf. Ehe die Technikerin verschwinden konnte, sagte sie: »Diese Simulation des Falles Cook: Darauf bin ich noch nie gestoßen.«

»Cook?«

»William Cook«, erklärte Teresa und versuchte sich zu erinnern. Noch immer brachten Eindrücke, die die Realität von ExEx-Simulationen wiedergaben, ihr Gedächtnis durcheinander, so dass sie wirkliche und simulierte Erinnerungen leicht miteinander verwechselte. »1950, San Diego. Hat irgendwas mit 'nem Mann zu tun, der mit einer Geisel vor der Polizei flüchtet.«

»Sagt mir nichts«, erklärte Patricia. »War das eine Zufallsauswahl von Simulationen? Ein ganzes Paket?«

»Ja, genau. Eine Zufallsauswahl von Simulationen, alle mit nicht-tödlichem Ausgang. Eine Zusammenstellung unterschiedlicher Situationen.« Als Ms. Tarrant die Kabine verließ, folgte Teresa ihr zu einem EDV-Arbeitsplatz ganz in der Nähe, der mit einem Riesenbildschirm und einer Unmenge von Ringbüchern, die Betriebsanleitungen enthielten, ausgestattet war. »Da ich mich mit Ihrer Software nicht auskenne, hat einer Ihrer Kollegen mir vorgeschlagen, ein ganzes Paket zu nehmen. Ich hab's einfach ausprobiert.«

»Wenn Sie möchten, kann ich nachsehen, um welche Simulation es sich handelt«, bot Patricia Tarrant an, wandte sich ihrem Computer zu und begann mit der

Eingabe, während sie gleichzeitig den Bildschirm beobachtete, auf dem in schneller Folge verschiedene Informationen auftauchten.

Als könne sie damit bei der Suche helfen, erklärte Teresa: »Ich war dort nicht in meiner eigenen Gestalt, aber ich würde die Person, die ich verkörpert habe, jederzeit wiedererkennen. Und auch die Handlung. Bis jetzt habe ich immer nur FBI-Material benutzt ...«

»Klar, da haben wir's: William Cook, 1950. Über den haben wir hier jede Menge. Erinnern Sie sich an die Handlung?«

»Die Person, die ich verkörperte, war eine ältere farbige Frau. Sie war ziemlich dick und außer Atem und fuhr einen silberblauen Kombiwagen. Einen Chevy.«

»Das muss die hier sein«, mutmaßte Patricia Tarrant und deutete auf den Bildschirm. »Das ist die einzige Simulation zum Fall Cook, die diese Woche abgerufen wurde, und zwar gerade eben. Das müssen Sie gewesen sein. Bei der Augenzeugin handelt es sich um Elsa Jane Durdle, neunundsechzig Jahre alt, wohnhaft in der North Sea Road 2213, San Diego. Wie sie die wohl aufgetan haben?«

»Sie?«

»Die Leute, die die Software entworfen haben. Es ist Shareware, frei zugängliche Software, für die nur ein symbolischer Preis erhoben wird. Kommt nicht gerade oft vor, dass Hersteller von Shareware irgendwelche Simulationen auf den Markt werfen, die auf Erinnerungen von Augenzeugen beruhen. Vielleicht kannten die diese Frau zufällig? Nein, inzwischen muss sie ja längst tot sein. Wie die das wohl hinbekommen haben?!«

»Sie war Augenzeugin? Aber sie hatte doch eine Waffe!«

»Tatsächlich? – Durchaus möglich. Ich meine, bei dieser Art von Simulation, einer Simulation mit Polizeieinsatz, muss man ja wohl eine Waffe zur Verfügung haben, nicht wahr? Vielleicht hat die Augenzeugin ja wirklich eine gehabt. Und falls nicht, hat der Programmierer ihr vielleicht eine angedichtet.«

Verblüfft über all diese Informationen lehnte sich Teresa zurück und betastete erneut die wunde Stelle an ihrem Nacken, die immer noch schmerzte. »Ich wusste gar nicht, dass Sie hier Shareware einsetzen«, erklärte sie.

»Wir beziehen alles Mögliche. Irgendjemand bei uns überprüft das alles. Und wenn nicht hier, dann jemand in unserer Zentrale. Wir hätten Ihnen einen Schelldurchlauf ohne Shareware zusammengestellt, wenn Sie Ihre Wünsche vorher deutlich gemacht hätten.«

»Macht doch nichts«, sagte Teresa. »Es war interessant. Eigentlich habe ich noch nie eine ExEx-Simulation erlebt, die so echt gewirkt hat. Ich würde sie gern noch einmal sehen.«

Patricia griff nach einem Block mit selbstklebenden Merkzetteln, notierte die Listennummer der Simulation auf dem obersten Blatt, riss es ab und reichte es Teresa. »Wann haben Sie ExEx zum letzten Mal genutzt?«, fragte sie.

»Ich war gestern schon hier. Einer Ihrer Kollegen – den Namen hab ich vergessen – hat dabei Aufsicht geführt.« Patricia nickte. »Ich hab den Schießstand für Zielübungen benutzt und bin nur eine Stunde drin gewesen. Abgesehen davon, ist es vielleicht ein, zwei Jahre her. Allerdings hab ich damals die FBI-eigenen Simulationen genutzt und immer gedacht, dass dafür die beste Software auf dem Markt verwendet wird. Natürlich wurden unsere Übungssimulationen strengstens überwacht, Sie können sich ja bestimmt vorstellen, wie das FBI arbeitet. Aber ich hatte keine Ahnung, dass so viele andere Simulationen auf dem Markt sind.«

Patricia deutete auf einen Turm von Kartons, die an der gegenüberliegenden Wand aufgestapelt waren. »Sie sollten sich mal einen Teil der Software ansehen, die derzeit hereinkommt«, sagte sie. »Das Alles ist allein in dieser Woche bei uns eingegangen. Die Schwierigkeit liegt nicht darin, sich die Produktionen zu besorgen, sondern darin, das auszuwählen, was wir ohne Risiko einsetzen können. Eine staatliche Stelle wie das FBI hätte gar nicht die Zeit, alles, was auf den Markt kommt, zu überprüfen, deshalb kaufen sie dort wohl nur die kommerziellen Produktionen an. Da geht man kein Risiko ein, aber die sind auch nicht immer die interessantesten. Die staatliche Zensur hat sich inzwischen um einiges gelockert, es sind echt scharfe Sachen auf dem Markt.«

»Und fallen in der Praxis irgendwelche Unterschiede auf?«, fragte Teresa. »Sie haben Risiken erwähnt. Ist mit dem Einsatz von Shareware denn irgendein Risiko verbunden?«

»Nein, natürlich kein körperliches Risiko. Aber im Unterschied zu den anderen sind die kommerziellen Produktionen immer sorgfältig dokumentiert und haben eingebaute Sicherungen.«

»Da komm ich nicht ganz mit.«

»Eingebaute Sicherungen bedeutet, dass die Handlungsfäden dieser Simulationen auf Zeugenaussagen, auf Rekonstruktionen des Tathergangs unter Einfluss von Hypnose, auf Täterprofilen und auf historischen Dokumenten basieren. Soweit zugänglich, wird auch Material von Film und Fernsehen genutzt. Und sie drehen stets am wirklichen Schauplatz des Verbrechens. Soweit das überhaupt möglich ist, stellt eine kommerzielle Produktion den ursprünglichen Fall tatsächlich nach. Außerdem wird die Software immer mit einer Unmenge von Begleitmaterial verschickt. Man kann fast alles anhand schriftlicher Unterlagen nachprüfen. Wir selbst produzieren auch viele Simulationen im eigenen Haus. GunHo, die Gesellschaft, der dieser Bau gehört, hat als Softwarehersteller angefangen, und zwar mit Shareware, mit all ihren Vor-

und Nachteilen. Wir überprüfen alles, soweit nur möglich, und einige der Sharewarehersteller sind uns auch persönlich bekannt, aber es gibt schlicht keine Möglichkeit, die Authentizität der Simulationen zu überprüfen. Manche sind hervorragend und zeigen bestimmte Seiten einer Persönlichkeit oder Fakten aus der Vergangenheit, die den großen Herstellern völlig entgangen sind. Solche Produktionen tragen tatsächlich etwas Neues zu dem bei, was bereits bekannt ist.«

»Auf meinem eigenen Computer hab ich auch schon Shareware genutzt«, erklärte Teresa. »Meistens ist die nicht ganz koscher. Es kommt einem immer so vor, als sei das Material noch unbearbeitet.«

»Ja, und darin liegt ein weiteres Problem. Von unserem Standpunkt als Provider aus können wir uns nie ganz auf die Qualität der Produktion verlassen. Man bekommt jede Menge schlampig gemachtes Zeug, meistens von Jugendlichen. Sie flicken Klischees aus anderen Simulationen ein, nutzen die Filmarchive der Public Domain und scheren sich einen Dreck um die wahren Hintergründe. Andere machen's gerade umgekehrt: Hin und wieder entdeckt man auch Simulationen, die fast übertrieben detailgetreu und realistisch wirken. Manchmal frage ich mich, wie die das schaffen.«

Während sie sprach, ging Patricia beiläufig die Liste der Dateien durch. Als Teresa auf den Bildschirm sah, fiel ihr auf, dass es mindestens zwanzig mit dem Fall William Cook verbundene Simulationen gab. »Kann ich noch ein paar andere Cook-Simulationen ausprobieren?«, fragte sie.

»Falls Sie der Fall Cook interessiert, sollten Sie das wohl. Wir verfügen sowohl über die vom FBI produzierte Simulation als auch über die der Polizei. Das sind die Simulationen mit höchster historischer Authentizität und Detailtreue. Die übrigen sind wahrscheinlich alle Shareware.«

»Eigentlich hab ich gar kein besonderes Interesse am Fall Cook«, erklärte Teresa. »Allerdings wäre es vielleicht ganz interessant, sich den Fall aus verschiedenen Perspektiven vorzunehmen.«

»Dann sollten Sie mit Mr. Lacey reden. Kennen Sie ihn schon?«

»War er gestern der verantwortliche Chef vom Dienst?«

»Ja.«

»Dann hab ich schon mit ihm zu tun gehabt.«

»Ted Lacey ist hier für die Bildungsprogramme zuständig. Wir arbeiten mit der Universität von Sussex zusammen und bieten eine ganze Reihe von Studienhilfen und Kursen an. Möchten Sie sich für einen Kurs vormerken lassen?«

»Nein«, erwiderte Teresa hastig. »Im Augenblick nicht. Aber ich würde gern noch mal die Simulation mit Elsa Durdle buchen.«

»Das ist ohne weiteres möglich. Jetzt gleich? Wir hatten heute zwei Stornierungen, deshalb sind Anlagen frei geworden.«

Teresa überlegte einen Moment lang und spürte dabei erneut den stechenden Schmerz am Nacken, verursacht durch die kleine Klappe. »Heute wohl nicht mehr. Würde es Ihnen etwas ausmachen, zwei weitere Fälle für mich ausfindig zu machen?«

»Keineswegs.«

»Haben Sie irgendwas über Charles Joseph Whitman?«

»Ich denke schon«, erwiderte Patricia und begann mit der Eingabe. »Texas 1966, nicht wahr?«

»Genau.«

»Klar doch, wir haben jede Menge Simulationen zu dem Fall. Warten Sie mal …«

Teresa sah, dass Eintragungen zu dem Namen **WHITMAN** den linken Rand des Bildschirms von oben bis unten füllten und sich in schneller Folge fortsetzten, als Patricia wiederholt eine der Tasten drückte. »Wir haben zweihundertsiebenundzwanzig Simulationen, in denen es vor allem um Whitman geht. Wenn wir die Hyperlinks dazurechnen, kommen wir auf etwa zwanzigtausend Zugriffsmöglichkeiten auf den Fall Whitman. Whitman ist einer unser bedeutendsten Fälle, allerdings nicht unbedingt der allerwichtigste.

»Und welcher ist der wichtigste?«

»Die Ermordung Kennedys, natürlich.«

»Ach ja, natürlich«, sagte Teresa und fragte sich, warum sie nicht von selbst darauf gekommen war. »Sind die Simulationen zum Fall Whitman Shareware?«, fragte sie.

»Viele schon, aber der Fall Whitman hat auch viele kommerzielle Produktionen nach sich gezogen.« Patricia deutete auf die Anzeige der gefundenen Eintragungen, die inzwischen als Summe auf dem unteren Bildschirmrand erschienen war. »Allein das FBI verfügt über sechzig Simulationen, allerdings sind die nicht allgemein zugänglich. Ich nehme an, Sie könnten sich Zugang dazu verschaffen. Was wir jedem anbieten können, sind die von der Bezirkspolizei Davis produzierten Simulationen, die Simulationen der städtischen Polizei von Austin, der Texas Rangers, der geisteswissenschaftlichen Fakultät der Universität Texas, außerdem Produktionen von Fox 2000, Paramount, MTV, vom Playboy Kanal, CNN – CNN hat jede Menge über Whitman – und unsere hauseigenen Zusammenstellungen. Möchten Sie einige ausprobieren?«

»Im Augenblick nicht. Könnten Sie noch etwas über Aronwitz herausfinden?«

»Wie schreibt sich Aronwitz?«

Als Teresa den Namen buchstabierte, merkte sie, dass ihre Stimme seltsam undeutlich klang.

»Gefunden«, sagte Patricia. »Kingwood City, Texas.

Mal sehen: wieder mal Material der Texas Rangers, außerdem Material der städtischen Polizei von Abilene. Das FBI verfügt über fünfzehn Simulationen, keine davon allgemein zugänglich. Außerdem ist da noch eine der Bezirkspolizei Kingwood, drei haben wir selbst produziert. Darüber hinaus Material von CNN, vom Nachrichtendienst der Fox, von NBC und ein paar kirchlichen Sendern. Alles andere ist Shareware – nicht besonders viel –, aber die meisten Quellenangaben sagen mir was. Recht gutes Material, wie ich annehme. Möchten Sie, dass ich die für Sie vormerke?«

»Ich weiß noch nicht so recht«, erwiderte Teresa.

»Fühlen Sie sich nicht wohl, Mrs. Simons?« Patricia sah sie mit gekünstelter Anteilnahme an.

»Alles in Ordnung, nehme ich an. Warum fragen Sie?«

»Macht Ihnen die kleine Klappe zu schaffen?«

»Ist schon eine Weile her, dass ich sie benutzt habe. Vielleicht haben die Anschlüsse hier in England ein anderes Format als bei uns?«

»Müssten eigentlich Standardausführung sein«, erwiderte Patricia, die inzwischen zum Haustelefon gegriffen hatte. »Ich sage dem Sanitätsdienst Bescheid, der soll sich das mal ansehen. Wird nicht länger als zwei Minuten dauern. Hallo?«

Teresa blieb still sitzen und drückte die Klappe an den Hals, als könne sie sich sonst lösen. Ihre Gedanken schweiften immer wieder zur Simulation der Stadt San Diego und ihrer schockierenden Authentizität. Sie spürte den heißen Wind und das Sandkörnchen in ihrem Auge. Sie erinnerte sich an das Gefühl, mit einem Chevy des Jahres 1940 eine breite Straße hinunterzufahren, an den Geruch der Ledersitze, an die weiche, federnde Aufhängung, an den Schalthebel, der seitlich aus der Lenkradsäule ragte, an den Knüppel der Handbremse unterhalb des Armaturenbretts. Die Erinnerung daran war wie … eine reale Erinnerung, wie eine echte persönliche Erinnerung an Dinge, die sie tatsächlich erlebt hatte.

Und dennoch war nur dieser Ort hier wirklich: der Bau, in dem Simulationsanlagen aus rein geschäftlichen Gründen betrieben wurden, mit all seinen Computern und dem funktionellen Mobiliar; die engen Kabinen; die Stapel ungeöffneter Kartons mit Software; die kleine Klappe an ihrem Nacken, die so viel Schmerzen verursachte.

»Der Sanitäter wird gleich hier sein«, kündigte Patricia an. »Bei solchen Dingen ist es immer besser, sie gleich zu untersuchen, wenn man eine Entzündung vermeiden will.«

»Da haben Sie Recht.«

»Könnten Sie das hier bitte unterschreiben, während sie warten?« Sie reichte Teresa eine Schreibunterlage aus Kunststoff, an der ein Stoß Papiere festgeklemmt war. Das oberste Formular bestand in einer vorgedruckten Erklärung, mit der die Kundin/der Kunde GunHo von jeglicher Haftung für gesundheitliche Schäden entband. Darunter lag ein Lochblatt mit der ausgedruckten Rechnung und dem Vermerk, dass die Bezahlung über Kreditkarte erfolge. Teresa unterzeichnete mit benebeltem Kopf und gab Patricia die Schreibunterlage zurück.

Nachdem sie jede Unterschrift geprüft hatte, riss sie die Deckblätter aller Formulare ab und reichte sie Teresa. »Wie geht's dem Nacken inzwischen?«, fragte sie.

»Nicht besonders gut.«

»Der Sanitäter wird gleich hier sein.«

»Wissen Sie, ich weiß Ihre Mühe wirklich zu schätzen«, sagte Teresa.

»Das ist doch Teil meiner Arbeit. Ich werde dafür bezahlt, den Kunden zu helfen.«

»Nein, ich meine, dass Sie mir von der Shareware und all dem erzählt haben.«

»Keine Ursache.«

Teresa fühlte sich so, als würde sie gleich ohnmächtig. Sie starrte auf den Bildschirm des Computers, auf dem immer noch die Liste der Aronwitz-Simulationen zu sehen war. Ihr war klar, dass es irgendwo, vielleicht in jeder einzelnen Simulation, Bilder des lebendigen Andy geben musste. Falls sie sich in irgendeine dieser Simulationen einloggte, würde sie ihn wiedersehen, wieder mit ihm reden können …

Die Sehnsucht nach ihm tat so weh, dass sie die Augen schloss, um sich wieder zu fangen. Natürlich hätte sie ihn schon in den Staaten wiedersehen können – wiedersehen in einer Simulation. Ihr Abteilungsleiter hatte ihr die uneingeschränkte Nutzung des FBI-Materials angeboten, als die ExEx-Simulationen wenige Wochen nach der Schießerei zugänglich wurden. Sie hatte das Angebot damals abgelehnt und würde es wieder tun, wie ihr klar war. Sie konnte nicht anders. Sie würde es nicht ertragen können, mit dem Wissen, dass er gleich sterben würde – noch einmal sterben würde –, die Schießerei vor Ort mitzuerleben.

Während sie auf den Sanitäter wartete, fragte Teresa, um sich abzulenken: »Haben Sie auch Simulationen des Falles Gerry Grove?«

»Im Augenblick nicht. Wir hatten Shareware, aber die wird demnächst ersetzt, weil sie nicht allzu gut war. Derzeit werden zwei neue Simulationen produziert, die müssten in wenigen Tagen hier sein. Eine, die davor spielt, und eine, die danach spielt, verstehen Sie.«

»Nein, verstehe ich nicht«, erwiderte Teresa. »Was meinen Sie damit?«

Patricia griff erneut zum Telefon. »Halten Sie noch durch, Mrs. Simons?«

»Ja, es geht schon. Was meinen Sie mit *davor* und *danach*?« Aber sie konnte dem Gespräch nicht mehr richtig folgen. In den letzten zwei Minuten war die Übelkeit so schlimm geworden, dass es schon unangenehm war und sie völlig ablenkte. Sie hätte gern noch mehr von dieser tüchtigen jungen Frau erfahren, konnte ihren Blick jedoch nicht mehr konzentrieren. Hilflos blieb sie neben dem Schreibtisch an der Stelle sitzen, die ihr Blick auf den Bildschirm bot, und schaffte es nicht einmal mehr, den Kopf abzuwenden. Wieder sprach Patricia in die Muschel des Haustelefons, aber Teresa konnte nicht verstehen, was sie sagte.

In diesem Augenblick tauchte ein hochgewachsener junger Mann in langem blauem Sanitäterkittel auf, stellte sich als der Dienst habende Sanitäter vor und entschuldigte sich dafür, dass es so lange gedauert hatte. Er half ihr beim Aufstehen und stützte sie, als er sie ins Behandlungszimmer am anderen Ende des Baus – weit entfernt von den ExEx-Anlagen – führte. Teresa schaffte es gerade noch dorthin, aber noch während er die Tür schloss, musste sie sich übergeben. Eine Stunde später fuhr er sie zum Hotel zurück, wo sie sofort zu Bett ging.

19. k@pitel

Beim Frühstück im Hotel waren ringsum amerikanische Stimmen zu hören gewesen, zumindest hatten die Leute so laut geredet, dass Teresa sich von Amerikanern umzingelt vorkam. Das war die schlimmste Art von Amerikanern, dachte Teresa böse: jung, ehrgeizig, primitiv, großmäulig, oberflächlich. Ihre teure, aber geschmacklose Kleidung, ihr Dialekt im Singsang des Mittleren Westens, ihre taktlosen Reaktionen auf alles, was ihnen typisch englisch vorkam – all das stieß Teresa ab. Diese Leute gaben ihr das Gefühl, selbst ein Snob zu sein.

Aber warum sollten sie deshalb schlechtere Amerikaner sein als sie? Oder schlechtere Menschen? Das war ihr selbst nicht klar, aber sie konnte den Gedanken nicht unterdrücken. Die Gefühle, die diese Leute in ihr weckten, gefielen ihr ganz und gar nicht.

Eigentlich mochte sie die meisten Menschen, denen sie begegnete, brachte ihnen für alle Fälle eine Art Vertrauensvorschuss entgegen. Im Augenblick war ihr jedoch überhaupt nicht danach, sich nett zu verhalten. Nach zwei stillen Tagen, in denen es ihr miserabel gegangen war und sie sich die meiste Zeit über in ihrem Hotelzimmer aufgehalten hatte, konnte jetzt der Verband an ihrem Hals entfernt werden, auch die Übelkeit war abgeklungen, allerdings musste sie immer noch Antibiotika einnehmen. In der öffentlichen Toilette neben der Bar hatte sie eine Personenwaage entdeckt. Falls sie das Gewicht richtig anzeigte, hatte sie seit ihrer Ankunft in England fünf Pfund abgenommen, was ihr mehr als recht war. In den schlimmen Monaten nach Andys Tod hatte sie es aufgegeben, auf ihre Figur zu achten, und ihre Kleider waren ihr schon ein bisschen eng geworden. Auf dem Flug nach England hatte sie den obersten Knopf an ihrem Rock aufgemacht und sich dabei eingeredet, dass sich der Körper bei längeren Flugreisen immer ein wenig aufblähte, allerdings genau gewusst, dass die Wahrheit prosaischer aussah. Die jetzige Entwicklung kam ihrer Figur eindeutig zu Gute.

Leider war es ihr nicht möglich, die Amerikaner im Hotel einfach links liegen zu lassen. Seitdem es ihr besser ging und sie sich wieder frei im Hotel bewegen konnte, schien sie auf Schritt und Tritt auf die Gruppe zu stoßen. Sie fand diese Leute ebenso abstoßend wie faszinierend, gerade weil sie so unaufrichtig und ehrgeizig wirkten und anscheinend jeden, mit dem sie zu tun hatten, ablehnten und missverstehen wollten, selbst einander. Anstatt dem Ärger in Worten Luft zu machen, trugen sie ihn schweigend, aber deutlich sichtbar, zur Schau, was ihre miese Laune noch unterstrich.

Sie bewunderte Amy für die Gelassenheit, mit der sie diese Amerikaner bei Tisch bediente. Amy hatte gelächelt und sich mit ihnen unterhalten, ohne dass ihre Miene oder Körpersprache mehr offenbart hätte als Heiterkeit und Freude darüber, sie mit dem Frühstück verwöhnen zu dürfen. Dabei brachte Amy ihnen bestimmt ähnliche Gefühle entgegen wie sie.

In den letzten Tagen hatte sich Teresa die Zeit damit vertrieben, von Amerika zu träumen, einem älteren Amerika, in dem ein heißer Wind wehte. Es war ein Amerika, das den Eindruck endloser Weite vermittelte. Ihr gefiel die Vorstellung, das Land zu erforschen, bis an die Ränder der Realität vorzustoßen, über die Grenzen der Simulation hinaus zu dringen. Ein Teil des Reizes bestand in dem seltsamen Gefühl von Verwandtschaft, das sie mit der alten Elsa Durdle verband, dieser unförmigen Gestalt, die einen großen Wagen fuhr, eine Waffe im Handschuhfach hatte und die breiten Highways Südkaliforniens entlang rollte.

Am Vortag hatte Teresa nachmittags mit dem ExEx-Sanitätsdienst telefoniert und einen Termin für diesen Morgen vereinbart, damit ihr der Verband entfernt wurde. Falls die Entzündung abgeklungen war, wollte sie sich sofort die Simulationen vornehmen. Deren äußerste Pole reizten sie so, als spüre sie Verlangen nach einem überaus starken Rauschmittel.

@ @ @

Als Teresa ein paar Minuten später aus dem Zimmer trat, um zu ihrem Wagen zu gehen, wurde sie bereits erwartet: Auf dem Gang stand einer der jungen Männer, die sie beim Frühstück bemerkt hatte. Sie sah ihn an, warf ihm die Andeutung eines höflichen Lächelns zu und wollte an ihm vorbeigehen, als er sie ansprach: »Entschuldigen Sie, Gnädigste, ich wollte Ihnen nur Guten Tag sagen. Ich bin Ken Mitchell und ein Gast aus den Staaten.«

»Hallo.« Teresa bemühte sich, den Gruß so wenig amerikanisch wie möglich klingen zu lassen, da sie sich auf kein Gespräch einlassen wollte. Aus reiner Höflichkeit setzte sie hinzu: »Teresa Simons. Nett, Sie kennen zu lernen.«

»Ganz meinerseits, Ms. Simons. Darf ich fragen, ob Sie hier im Hotel wohnen?«

»Ja.«

»Das haben wir uns schon gedacht.« Er warf einen Blick auf ihre Zimmertür, als habe er sie auf frischer Tat ertappt. »Sind Sie mit Ihrer Familie oder Ihrem Ehemann in England?«

»Nein, allein.« Woher, zum Teufel, nahm er das Recht, sie derart auszufragen? Und warum hatte sie überhaupt geantwortet? Als sie vortrat, wich er wie beiläufig zur Seite, gab den Weg jedoch nicht frei.

»Ms. Simons, haben Sie vor, bald abzureisen?«

»Keineswegs.« Die Mühe, möglichst britisch zu klingen, hätte sie sich sparen können: Es war ihm deutlich anzumerken, dass es ihm überhaupt nicht um ihre Person, sondern lediglich um ihre Anwesenheit im Hotel ging.

»Also gut, Gnädigste, das werden wir klären.«

»Vielen Dank auch«, war das Einzige, was ihr zu sagen einfiel. Zwar war das der Situation keinesfalls angemessen, aber wenigstens ein Stichwort für den Aufbruch. Als sie sich an ihm vorbeidrängte, spürte sie schwach den Duft parfümierter Seife. Seine Haut wirkte widerwärtig rein und gesund. Während sie die Treppe hinunterstieg und quer durchs Hotel zum Parkplatz ging, kochte sie vor Zorn. Das Gefühl war ihr nur allzu vertraut: Es kam ihr so vor, als hätte sie ihr Leben lang mit Menschen wie ihm zu tun gehabt. Allerdings hatte sie nicht damit gerechnet, einem solchen Exemplar ausgerechnet in England zu begegnen. Vielleicht traf man sie inzwischen überall, diese Amerikaner, die in früheren Zeiten Amerikas ureigenes Produkt gewesen waren. Offenbar wurden sie mittlerweile auch in andere Länder exportiert. Sie verkörperten eine bestimmte Abart des amerikanischen Lebensstils – den Lebensstil sauberer, getrimmter, hoch bezahlter, schleimiger, oberflächlich gesehen auch höflicher junger Männer und Frauen, die sich für nichts anderes begeistern konnten als für ihr berufliches Fortkommen. Ihr Interesse galt nur dem eigenen Ego, was in ihrem Umfeld passierte, war ihnen völlig gleichgültig.

Von dem unförmigen, riesigen Lastwagen, mit dem die jungen Amerikaner angereist waren, wurde ihr Leihwagen buchstäblich überdeckt. Eine der Frauen saß bei offener Tür vorne auf dem Beifahrersitz und musterte die Straßenkarte von Südengland auf ihrem Schoß. Teresa achtete nicht darauf, ob sie ihr Kommen bemerkte und aufsah. Ihr ging es nur noch darum, dem Hotel so schnell wie möglich den Rücken zu kehren.

Sie ließ den Wagen an, zwängte ihn mühsam aus der Parklücke neben dem Laster heraus und fuhr unverzüglich auf die Eastbourne Road, Richtung Westen. Schon nach wenigen Metern musste sie feststellen, dass sie in dem langsam dahin kriechenden Verkehr, der frühmorgens offenbar ständig die Straßen verstopfte, kaum voran kam. Nach einer halben Meile bog sie, einem Hinweisschild folgend, rechts ab und schlug die Richtung zum Gewerbegebiet oberhalb der Stadt ein. Später stellte sie den Wagen in einer Parklücke vor dem Gebäude ab, das ihr inzwischen als ›der GunHo-Bau‹ vertraut war.

Man nahm ihr den Verband ab, ersetzte ihn durch ein einfaches Pflaster, und eine halbe Stunde später saß sie schon wieder im Wagen und studierte die Straßenkarte von Sussex. Der Sanitätsdienst hatte ihr empfohlen, mit ExEx-Simulationen noch bis zu dem Zeitpunkt zu warten, an dem sie keine Antibiotika mehr einnehmen musste und die Entzündung in der Umgebung der kleinen Klappe abgeklungen war. Mindestens zwei Tage. Wieder einmal hatte sie alle Zeit der Welt.

@ @ @

Die Straßenkarte, die sie im Leihwagen gefunden hatte, faszinierte sie: In England war das Straßennetz bar jeder Logik, es folgte keinem erkennbaren Muster. Außerdem waren Vignetten eingezeichnet, die man auf einer amerikanischen Karte vergeblich gesucht hätte: Kirchen, Abteien, Weinberge, selbst Privathäuser. Clergy House, Old Mint House, Ashburnam House – ob diese Gebäude wohl noch bewohnt waren? Bedeuteten die Markierungen auf der Karte die Einladung, diese Privathäuser zu besichtigen?

Für Teresa hatte die englische Landschaft etwas Solides, Reales, stellte einen krassen Gegensatz zum Kalifornien des Jahres 1950 dar, von dem sie einen flüchtigen Eindruck gewonnen hatte, als sie vorübergehend zu Elsa Durdle geworden war. Bei dieser Simulation war sie nie das Gefühl losgeworden, dass sich die Virtualität ins Unendliche ausdehnte. Zwar existierte nur das, was sie unmittelbar wahrnahm, aber es war ihr so vorgekommen, als müsse sie lediglich den Kopf wenden oder die Route ändern, um andere Dinge und Erscheinungen ins Leben zu rufen.

Auch diese englische Landkarte stellte einen Code dar, einen faszinierenden Code, der einer Programmiersprache ähnelte. Seine Symbole standen für eine Landschaft, die bislang fast nur in ihrer Phantasie existierte, die sie noch nie mit eigenen Augen gesehen hatte. Wenn sie auf diese Symbole zufuhr, würde sich der Code in Realität verwandeln. Das uralte England ihrer Träume wartete nur darauf, von ihr entdeckt zu werden. Ein Panorama, das sich in die Unendlichkeit erstreckte.

Von Bulverton aus nahm sie die Küstenstraße, überquerte die Ebene von Pevensey und fuhr durch mehrere winzige Dörfer bis zu der Hauptverkehrsstraße, die Eastbourne mit London verband. Sobald sie in nördlicher Richtung auf London zuhielt, beschleunigte sie, schloss ihr Fenster und legte eine CD der Gruppe Oasis auf, die sie zusammen mit weiteren CDs im Wagen vorgefunden hatte. Zwar kannte sie die Band dem Namen nach, hatte jedoch noch keinen Titel gehört. Sie drehte laut auf.

Schon immer hatte sie beim Autofahren gut nachdenken können. Soweit sie sich erinnerte, hatte sie alle wichtigen Entscheidungen in ihrem Leben bei Autofahrten getroffen. Gerade deswegen hatte sie sich diese Entschlüsse gemerkt, auch wenn sie nicht immer richtig gewesen waren, natürlich nicht.

Die Heirat hatten Andy und sie bei einer Autofahrt durch den flachen, ländlichen Süden New Jerseys beschlossen, während sie gleichzeitig Ausschau nach einem Motel gehalten hatten, in dem sie die Nacht verbringen konnten. Während einer anderen Fahrt war in ihr der Entschluss gereift, sich beim FBI zu bewerben, genauso wie sie in einem Auto zu der Entscheidung gelangt war, sich vorübergehend beurlauben zu lassen, allerdings hatte dieses Auto in der Auffahrt vor ihrem leeren Haus in Woodbridge gestanden. Die Fenster waren dunkel gewesen – und die Erinnerungen an Andy und ihr Zusammenleben in diesem Haus ebenso sinnlos wie frustrierend.

Ihr Blick verschwamm, als sie weiterfuhr und an diesen Tag und die gewaltsamen Ereignisse, die zu diesem Tag geführt hatten, zurückdachte. Diese Ereignisse hatten alles andere überschattet, waren zur Grundlage all ihrer Handlungen geworden, jedenfalls hatte sie selbst es so gesehen. Dieses schreckliche Gefühl von Leere, das alles ringsum einschloss, alles erstickte, ohne irgendetwas anderes an dessen Stelle zu setzen. Schließlich hatte das Leben nur noch aus einer Aneinanderreihung von Gemeinplätzen bestanden. Manche Phrasen hörte sie von den Menschen, die ihr nahe standen und sie liebten, aber die meisten gingen ihr unwillkürlich selbst durch den Kopf. Zu ihrer Überraschung stellte sie fest, dass demjenigen, der einen geliebten Menschen verliert, ein ganzer Kanon tröstlicher Gemeinplätze angeboten wird. Ein Kanon, der seinen Ursprung zweifellos im kollektiven Unbewussten der menschlichen Gemeinschaft hat und von Generation zu Generation an die Trauernden weitergegeben wird. Nicht zuletzt war es der Wille gewesen, diesen leicht dahergesagten Plattitüden zu entkommen, der ihre Reisepläne ausgelöst hatte. Das

Schicksal Bulvertons in Ostsussex, England, hatte so schreckliche Parallelen zu dem Kingwood Citys, dass die Stadt einen unwiderstehlichen Reiz auf Teresa auszuüben begann.

In jener Zeit hatte sie vor allem das Zusammentreffen so vieler ähnlicher Faktoren an Bulverton gereizt. Wenn sie das, was sie jetzt brauchte, zu Hause nicht finden konnte, würde es vielleicht in dem englischen Küstenstädtchen, von dem kaum jemand in den Staaten je gehört hatte, auf sie warten. Wenn ein Teil von ihr den eigenen Motiven nicht recht traute, weil sie selbst nicht genau wusste, was sie dorthin zog, sagte ihr der andere Teil, dass sie der Versuchung nicht würde widerstehen können. Und das lag nicht einmal daran, dass sie sich Bulverton vor ihrer Abreise als fremden, seltsamen Ort vorgestellt hatte. Auch Kingwood war für sie vor dem Blutbad ein unbeschriebenes Blatt gewesen. Wäre es ihr nur um das Fremde, Andersartige gegangen, hätte es sie genauso zu der charakterlosen Ansammlung von Gebäuden an der Interstate 20 bei Abilene ziehen können. Die Reise wäre nicht nur kürzer, sondern auch billiger gewesen. Aber ihre innere Stimme sagte ihr, dass es Bulverton sein musste.

Inzwischen hatte das nebelhafte Bulverton feste Gestalt angenommen und sich als langweiliges, müdes, unglückseliges Küstenstädtchen voll schlimmer Erinnerungen entpuppt, dem jede Zukunftsperspektive fehlte. Die Realität Bulvertons untergrub all ihre guten Vorsätze, brachte sie ungewollt dazu, mehr an Andy zu denken, als ihr gut tat. Auch der flüchtige Eindruck fremden Leids hatte ihr nicht geholfen, war kein Trost. Im Gegenteil: Die völlige Sinnlosigkeit all dessen, was passiert war, die gedankenlose Vernichtung von Leben, der tragische, geistlose Nihilismus des Amokschützen führte ihr die eigene Tragödie nur umso deutlicher vor Augen.

Was noch schlimmer war: Der Aufenthalt in Bulverton

hatte ihre alte Begeisterung für Waffen neu geweckt. Die ExEx-Simulationen hatten dabei noch Vorschub geleistet.

Elsa Durdle ging ihr nicht mehr aus dem Kopf. Wenn sie, wie sie es nannte, laut dachte, fasste sie nur das in Worte, was sie angesichts der Hyperrealität der Shareware-Simulation – des Windes, der Hitze, des schönen alten Wagens, der endlosen Weite – empfunden hatte. Aber aus dem Bauch heraus wusste sie, dass es hier noch um andere, tiefer liegende Dinge ging, um Empfindungen, die sie bislang unterdrückt hatte.

Immer wieder musste sie an den Moment denken, als sie Elsa Durdles Handschuhfach aufgemacht, die Waffe gefunden und in die Hand genommen hatte. Sie erinnerte sich an das Gewicht der Waffe, ihre Kälte, das Gefühl, als ihre Hand sie umschloss. Ganz kurz war ihr wieder bewusst geworden, was man empfand, wenn man auf ein unmittelbar bevorstehendes Chaos der Gewalt zusteuerte und keine Ahnung hatte, wie es ausgehen würde, zumindest jedoch eine geladene Waffe bei sich hatte.

Als sie an einem Verkehrsschild vorbeifuhr, das ihr verriet, dass sie sich in Ashdown Forest befand, bog sie einer plötzlichen Eingebung folgend in eine schmale Nebenstraße ein, die sich durch offenes, dicht bewaldetes Gelände schlängelte. Sie ließ sich Zeit beim Fahren und stellte die Musik von Oasis ab, da sie beim Nachdenken zunehmend störte. Nachdem sie das Fenster heruntergekurbelt hatte, genoss sie den würzigen Geruch des Waldes, das Knirschen der Reifen auf der Straße, den kühlen Luftstrom. Sie bremste ab, bis der Wagen nur noch im Schneckentempo dahinkroch.

Irgendetwas brachte sie dazu, hin und her zu überlegen, was sie als Nächstes unternehmen sollte. Welche Richtung sollte sie einschlagen? Sie redete sich ein, dass diese Unruhe an den altvertrauten Gerüchen der feuchten englischen Winterlandschaft lag, an den milden Sonnenstrahlen auf Gras, Ästen und Fichtennadeln, an all dem, das ringsum verrottete, an Pilzen, Mehltau und Moos.

@ @ @

Als Teresa am Straßenrand einen Parkstreifen entdeckte, hielt sie an, schaltete die Zündung aus, stieg aus und blieb für ein paar Minuten an dem grasbewachsenen Abhang stehen. Manchmal brachte das Autofahren sie zum Nachdenken, selbst wenn sie es gar nicht wollte.

Sie war in eine Welt voller Waffen hineingeboren worden. Noch ehe ihre Eltern sie in die Staaten mitgenommen hatten, war sie an den Anblick von Waffen gewöhnt gewesen, hatte einen sinnlichen Eindruck von Waffen gehabt. Ihr Vater war – man konnte es wirklich nicht anders ausdrücken – ein Waffennarr gewesen. So wie andere Menschen alte Münzen oder Bücher sammelten, hatte er Waffen gesammelt. Er redete über Waffen, reinigte Waffen, baute sie auseinander und wieder zusammen, feuerte sie ab, trug sie mit sich herum, abonnierte Waffenmagazine, bestellte Waffenkataloge, freundete sich nur mit solchen Leuten an, die seine Begeisterung teilten.

In jedem Zimmer ihres Hauses hatte er mindestens eine geladene Waffe deponiert, wahrscheinlich sogar mehrere. Im Elternschlafzimmer wurden Pistolen rechts und links vom Bett aufbewahrt. Sie waren mit hoch empfindlichen Abzügen ausgestattet und warteten schussbereit auf die Nacht, in der es irgendein Einbrecher wagen würde, ins Haus einzudringen. Auch die Küche war doppelt gesichert: Für den Fall, dass sich ein Einbrecher für die äußere Küchentür entscheiden sollte, hing eine Waffe direkt daneben an der Wand. Eine weitere Pistole war in einer Schublade versteckt – immerhin war es ja möglich, dass der Einbrecher einen anderen

Weg ins Haus fand. (Aber welcher Mensch würde sich bei klarem Verstand ausgerechnet das Haus eines Waffennarren für einen Einbruch aussuchen?!) Selbst in Teresas Schlafzimmer wurden zwei geladene Pistolen in einer abgeschlossenen Schrankschublade aufbewahrt.

Die Waffen im Keller hatte sie nicht einmal zählen können, so viele waren es gewesen. Ein Großteil war in Einzelteile zerlegt, weil ihr Vater sie nach und nach restaurieren, reinigen oder sich sonst wie damit beschäftigen wollte. Niemals ging er ohne Waffe aus dem Haus. Entweder lag die Pistole dann griffbereit im Auto, oder sie steckte schussbereit in dem Halfter an seinem Gürtel oder unter seinem Hemd. Er war Mitglied von zivilen und militärischen Schützenvereinigungen, und fuhr, bis an die Zähne bewaffnet, viermal im Jahr mit einer Gruppe von Freunden in die Berge.

Schießübungen machte Teresa schon im zarten Alter von zehn Jahren, mit elf galt sie bereits als überdurchschnittliches Talent. Ihr Vater hatte sie in der Jugendabteilung seines Vereins angemeldet, brachte sie dazu zu beweisen, was in ihr steckte, sorgte dafür, dass sie bei jedem Wettkampf antrat. Da sie ein Naturtalent war, trug sie einen Sieg nach dem anderen nach Hause. Schon mit vierzehn schoss sie besser als ihre älteren Vettern, besser als die meisten Männer in den Trainingslagern, die sie während der Sommerferien besuchte, besser sogar als ihr Vater. Wenn er auf Teresa stolz war, dann vor allem auf ihre Zielsicherheit.

Teresas Zielgenauigkeit gab auch ihr selbst ein Hochgefühl. Alles, was mit dem Schießen verbunden war, empfand sie als völlig natürlich: das Gewicht der Waffe in ihrer Hand, das Austarieren, den Adrenalinschub, wenn der Rückstoß an Arm und Schultern zerrte. Und da sie dies alles so genoss, empfand sie es auch als völlig selbstverständlich, eine Waffe zu besitzen und zu benutzen. Es war Teil ihres Wesens, Teil ihrer Identität. Jedes

Mal, wenn sie auf den Abzug drückte, empfand sie absolute Macht, fand darin Erfüllung und Sicherheit.

Während sie dort am Abhang stand, über Waffen nachdachte und den Erinnerungen an ihre Familie nachhing, fühlte sie sich zum ersten Mal versucht, einfach ihre Sachen zu packen und heimzufahren. Zurück zu ihren Freunden in Woodbridge, zur hoch qualifizierten Arbeit beim FBI, zum Haus und dem, was von ihrem alten Leben noch übrig war. Zurück zum eigenen Standort innerhalb einer Kultur, die sie zumindest verstand. England gab ihr Rätsel auf, zahlreiche Rätsel, und im Augenblick war ihr nicht danach, all diese Rätsel zu lösen.

Mit der Reise hatte sie die Absicht verbunden, einen Schritt nach vorn zu tun und die Vergangenheit, ihr altes, ganz vom Vater geprägtes Nomadenleben, endgültig hinter sich zu lassen. Aber sie hatte sich auf Bulverton mit all seiner stillen Trauer eingelassen, und das hatte allzu viele Erinnerungen an das geweckt, was sie hatte überwinden wollen.

Wäre Andy jetzt hier gewesen, hätte er ihr bestimmt eine seiner Gardinenpredigten gehalten (insgesamt gesehen, war ihre Ehe zwar glücklich, aber nicht frei von Spannungen gewesen) und ein Dutzend Beispiele dafür angeführt, wie sie auch früher schon in ähnlichen Situationen orientierungslos hin und her geschwankt hatte. Die Kritik war berechtigt: Immer schon war es ihr schwer gefallen, sich für die eine oder andere Richtung zu entscheiden.

Während sie herumliegende Kieselsteine gegen den Autoreifen kickte, dachte sie: Das ist doch verrückt. Warum üben Waffen immer noch diesen Reiz auf mich aus?

Ihre Liebe zu Waffen, die Faszination, die Waffen auf sie ausübten, hatten sich in dem Moment ins Gegenteil verkehrt, als sie die Nachricht von Andys Tod erhalten hatte. Es war so gewesen, als sehe sie ihr Leben plötzlich aus anderer Perspektive. Nicht ihr Leben hatte sich geändert, sondern ihr Blickwinkel. Aus welchen Gründen auch immer war rechts zu links geworden, hatte sich das Oberste zuunterst gekehrt. Von einer Sekunde zur anderen waren ihr die eigene Fingerfertigkeit mit Waffen, ihr Talent, ihre tödliche Präzision wie ein auf ihr lastender Fluch vorgekommen. Sie beherrschte das, was letztendlich den Tod des Menschen bewirkt hatte, der ihr der liebste auf der Welt gewesen war.

Schon früher war ihr zuwider gewesen, wie sich ihr Vater bei Zusammenkünften mit seinen Waffenbrüdern oder bei Schießübungen veränderte. So veränderte, als lege er in jeder Hinsicht mehrere Zentimeter zu, als wüchse er in die Höhe und Breite, als nehme sein Körperumfang zu. Er sprach auch lauter und bewegte sich mit größerer Energie. Seine Körpersprache wirkte in solchen Situationen einschüchternd oder auch streitsüchtig, wurde zur Haltung eines Mannes, der mit dieser komplizierten Welt nur dadurch fertig wird, dass er sie in ihre Schranken verweist.

Es hatte sie auch angewidert, wie ihr eigenes Geschick mit Waffen die dunkle Seite an ihr herausgebracht hatte: Sie beherrschte etwas, das tödlich wirken konnte, Schmerzen verursachte, kein Erbarmen kannte.

In den Minuten, die sich, nachdem sie von Andys Tod erfahren hatte, endlos hinzuziehen schienen, hatte sie zum ersten Mal seit vielen Jahren wieder an Megan denken müssen.

Dieses schockierende Kindheitserlebnis hatten ihre Eltern die ganzen Jahre über erfolgreich vertuscht. Es war so lange her, dass sie sich kaum noch daran erinnern konnte, und wenn sie es versuchte, gelang es ihr nie, zwischen Wahrheit und Erfundenem zu unterscheiden. Bei all den Lügen und Ausflüchten ihrer Eltern hatte sie nie herausfinden können, was damals wirklich passiert war.

Ihre Eltern behaupteten, sie habe das alles nur geträumt. Ihre Freundin Megan sei eine Ausgeburt ihrer Phantasie gewesen, so wie alle kleinen Mädchen Freundinnen erfinden. Aber sie habe doch eine Zwillingsschwester gehabt, sagte Teresa, die weiter nach der Wahrheit bohrte und zumindest diesen Anhaltspunkt besaß. Ja, sie habe tatsächlich eine Zwillingsschwester namens Megan gehabt. Aber Megan sei schon bei der Geburt gestorben, so klein und zerbrechlich wie sie gewesen war, ein schreckliches Unglück. Du kannst dich unmöglich an Megan erinnern, sagten sie. Du glaubst dich nur zu erinnern, aber es stimmt nicht, dein Gedächtnis gaukelt dir etwas vor.

Wenn es aber tatsächlich so geschehen war, wie sie es erinnerte, ganz anders, als ihre Eltern es darstellten, wie hatten sie es dann geschafft, einen solchen Todesfall zu vertuschen? Einen Fall, bei dem ein Kleinkind Opfer einer tödlichen Kugel geworden war. Und selbst wenn sie eine Möglichkeit zur Vertuschung gefunden hatten, warum das alles? Es war doch bestimmt ein Unglücksfall gewesen. Aber ihre Eltern hatten niemals irgendetwas zugegeben. All das, was sich Teresa ins Gedächtnis geprägt hatte – ihr eigenes zerspringendes Spiegelbild, der Tod ihrer Freundin, eine Waffe, deren Rückstoß eine solche Verzerrung in ihrem Arm bewirkt hatte, dass sie mehr als ein Jahr lang immer wieder Schmerzen gehabt hatte –, hatten ihre Eltern in ein tragisches Missverständnis, einen nachhaltigen Irrtum umgedeutet.

Als, Jahrzehnte später, Andy gestorben war, hatte Teresa im Augenblick tiefster Trauer und plötzlichen Begreifens schließlich erkannt, wie Megan gestorben sein musste.

Wo sie auch wohnten, stets hatte ihr Vater jede Menge Waffen im Haus, Waffen in jedem Zimmer. Und stets waren diese Waffen geladen und schussbereit, weil ihr Vater die fixe Idee hatte, sich jederzeit wie ein Profi verteidigen zu müssen. Wie es auch jedes andere Kind in ihrem Alter getan hätte, hatte sie die Waffen untersucht, damit herumgespielt und genau das getan, was ihr untersagt worden war. Je häufiger ihre Eltern sie gewarnt hatten, desto stärker war die Versuchung geworden, die Ermahnungen einfach in den Wind zu schlagen.

Bei diesem Gedanken kam ihr eine zweite Erkenntnis, die sich allgemeiner formulieren ließ: Je mehr Menschen Waffen besaßen, sich mit Waffen auskannten, sich in bewaffneter Selbstverteidigung übten, je mehr Menschen ihre Waffen zur Jagd mitnahmen und den Schlachtruf im Munde führten: OHNE WAFFEN KEINE FREIHEIT, WAFFENBESITZ IST BÜRGERRECHT, desto größer die Gefahr, dass Waffen für andere Zwecke missbraucht wurden und in die falschen Hände gerieten.

Wie sie ja auch in die kleinen Hände der Siebenjährigen geraten waren, die sie selbst gewesen war. Einmal und nie wieder hatte sie den falschen Gebrauch davon gemacht.

@ @ @

Andys Tod war schlimm genug, dennoch war er nicht gänzlich unerwartet gekommen. Die Arbeit für den FBI brachte den Tod als Berufsrisiko mit sich.

Sie trauerte um Andy, grämte sich, bekam Medikamente verschrieben, machte Urlaub bei Freunden in Oregon, schloss sich Selbsthilfegruppen an, ging zur psychologischen Beratung. Sie war jetzt Witwe, und dennoch fügte sich das Leben ringsum nach und nach wieder zusammen. Allerdings traf es sie gänzlich unerwartet, dass Andys Tod eine weitere Veränderung nach sich zog: Ihr eigenes Zutrauen zu Waffen verkehrte sich ins Gegenteil.

Ihr ganzes bisheriges Leben erschien ihr jetzt als eine bestimmte Art von Selbsttäuschung. Mehr und mehr begann sie, nicht nur die Werte ihrer Kindheit, sondern auch ihre bisherige Ausbildung und Arbeit als Erwachsene in Grund und Boden zu verdammen.

Während dieser Phase drehten sich ihre Gedanken fast unbewusst immer wieder um ein Wort, einen Namen, einen Ort: Bulverton in England.

Was hatte das zu bedeuten? Andys Tod hatte alles andere ausgelöscht, wochenlang hatte sie sich von Zeitungen und Fernsehnachrichten fern gehalten. Ein paar Tage lang hatte sie selbst Schlagzeilen gemacht. Wenn man, aus welchem Grund auch immer, plötzlich zum Medienstar wird, hat das ablenkende Wirkung. Dennoch drängte sich ihr der Ortsname Bulverton immer wieder ins Bewusstsein. Von Anfang an war ihr tief im Innern, ohne dass sie es hätte in Worte fassen können, klar gewesen, dass eine bestimmte Verbindung zwischen Kingwood City und Bulverton bestand, dass es bestimmte Übereinstimmungen gab. Aber es gelang ihr nicht, diese Verbindung bewusst herzustellen.

Verdrängung, sagte ihr psychologischer Berater. *Sie lassen nichts an sich heran, was mit dem Tod Ihres Mannes zu tun hat.*

Selbst diese kurze Bemerkung gab ihr Rätsel auf: Wie sollte Bulverton mit Andys Tod zu tun haben? Was verdrängte sie angeblich? Welche Verbindung, die sie nicht begriff, wurde hier unterstellt?

Schließlich legten sich Kummer und Verwirrung so weit, dass sie wieder selbständig denken konnte. Kurz darauf begann sie ihre Kollegen zu befragen, suchte im Internet nach Informationen über Bulverton, ging die Zeitungsarchive auf Artikel über Bulverton durch.

Dabei sprang ihr die Übereinstimmung ins Auge: Bulverton – Kingwood City. Zwei Amokschützen, zwei Massenmorde. Am selben Tag, zur selben Zeit.

Die Ereignisse stimmten nicht gänzlich überein: In Bulverton waren dreiundzwanzig Menschen ums Leben gekommen, in Kingwood City nur fünfzehn. (Aber was hieß *›nur fünfzehn‹*, wenn einer davon Andy war?) Auch die allgemeinen Umstände der Tat wichen voneinander ab: Aronwitz war ein religiöser Fanatiker gewesen, Grove anscheinend nicht. (Aber auch hier merkwürdige Zufälle: Der Amoklauf von Aronwitz hatte in einer Kirche begonnen und sein Ende in einem Einkaufszentrum gefunden; Groves Amoklauf hatte mit dem Diebstahl eines Autos begonnen, das vor irgendeinem Laden parkte, und sein Ende in einer Kirche gefunden).

In Kingwood City gab es achtundfünfzig schwer Verletzte, genauso viele wie in Bulverton. An beiden Orten war dieselbe Anzahl von Vollzugsbeamten verletzt oder getötet worden. Die Waffen, die die Amokschützen bei sich gehabt und benutzt hatten, stammten vom selben Hersteller, wenn es auch verschiedene Ausführungen waren. Auch die Anzahl beschädigter Autos war angeblich identisch (hatten sie auch die beiden Dienstwagen der Polizei einbezogen und mitgezählt, deren Stoßstangen auf dem Weg zum Einkaufszentrum North Cross zufällig aneinander geraten waren?) Und es gab sogar noch weitere Übereinstimmungen: An beiden Orten war unter den Todesopfern jemand mit dem Familiennamen *Perkins* gewesen, an beiden Orten war auch eine *Francesca* ums Leben gekommen. Beide Amokschützen waren wegen Raubüberfällen vorbestraft, nicht aber wegen Verstößen gegen das Waffengesetz.

Solche Zufälle sorgen in der Presse für wunderbare Schlagzeilen, nähren den Verdacht von Verschwörungstheoretikern und lösen bei Philosophen Debatten über Zeit, Wahrnehmung, Bewusstsein und Realität aus. Für normale Sterbliche sind sie jedoch meist nur Anlass zu bestimmten Bemerkungen, kurzem Nachdenken oder flüchtigen Diskussionen und geraten schnell wieder in Vergessenheit.

Zwischen den Attentaten auf Präsident Lincoln und Präsident Kennedy bestanden, oberflächlich betrachtet, gewisse Ähnlichkeiten, aber war das von Belang? Wohl kaum, außer auf irgendeiner kosmischen oder metaphysischen Ebene, die den Menschen sowieso gleichgültig ist.

Auf dem allgemeinen Gebiet des Strafrechts wissen Anwälte um die überraschenden Zufälle, die selbst bei den eindeutigsten Fällen immer wieder zu Tage treten: Zwei Männer, die irgendwann einmal gemeinsam ein schweres Verbrechen begehen werden, hat der reine Zufall zusammengebracht; bis zu dem Tag, an dem sich Mörder und Opfer begegnen, ist beider Leben nahezu identisch verlaufen; wie es der Zufall will, besteht zwischen unbeteiligten Zuschauern und Tätern eine verblüffende Ähnlichkeit usw. Und doch sind all diese und hundert andere Zufälle ohne jede tiefere Bedeutung. Sie beweisen lediglich, dass das ganze Leben aus Zufällen besteht, die man erst dann richtig wahrnimmt, wenn ein bestimmtes Ereignis – beispielsweise ein Verbrechen – die Aufmerksamkeit auf sich zieht.

Wie hätte man die Serie von Zufällen, die Kingwood City und Bulverton miteinander verbanden, als unwesentlich abtun oder ignorieren können, nachdem sich alle Welt darüber ausgelassen hatte? Teresa kam es so vor, als habe irgendjemand diese Verbindung in ihr Blickfeld gerückt, damit sie mit der Nase darauf stieß.

Als sie mit der Zeit ein bisschen Abstand zu Andys plötzlichem Tod gewann, drängte es sie immer heftiger dazu, das, was geschehen war, zu begreifen.

Letztendlich hatte die aufgenommene Spur zum Hier und Jetzt geführt: zu diesem planierten Streifen am Rande einer Nebenstraße, den winterlich kahlen Bäumen von Ashdown Forest, dem Nieselregen, dem Verkehrsstrom, der unter ihr vorbeizog, während Reifen auf nasser Straße zischten und Sprühnebel aufwarfen.

Teresa atmete tief ein, genoss die kühle, feuchte Waldluft, ließ ihre Hände auf dem blitzblanken Lack des

Wagens ruhen und spürte, wie ihr der stetig tröpfelnde Nieselregen durch die Finger sickerte.

Eine wohl geordnete Welt, dachte Teresa, kann es auf keinen Fall hinnehmen, dass alles von blindem Zufall gelenkt sein soll. Nur die Überzeugung, dass Mörder wie Aronwitz oder Grove die Ausnahme zur Regel darstellen, kann einem die Kraft verleihen, deren Verbrechen irgendwann psychisch zu verarbeiten. Und zwar dadurch, dass man dem Schicksal Ausgewogenheit unterstellt und daran festhält, dass das, was Aronwitz und Grove anderen Menschen angetan haben, sozusagen einmalig ist und sich kaum wiederholen kann.

Unterstellt man jedoch, dass diese Verbrechen Teil eines Musters sind, das erklärt, interpretiert und folglich auch im Voraus berechnet werden kann, dann nimmt das der realen Welt ein Stück von ihrer Wirklichkeit.

Und dennoch hatte Andy genau das beweisen wollen, ehe Aronwitz all dem ein Ende setzte. Letztendlich hatte Andy an Prädestination geglaubt, auch wenn er selbst es nicht so ausgedrückt hätte. Ihr selbst jedoch blieb nichts anderes übrig, als diesem Glauben abzuschwören, wenn sie ihr weiteres Leben bewältigen wollte.

20. k@pitel

In San Diego kam sie an einem glühend heißen Tag an. Vom Meer her ging ein Wind, der die Palmen niederdrückte, an den Straßenkreuzungen Staub aufwirbelte, die Markisen der Geschäfte aufblähte und die Verkehrszeichen über der Straße bedenklich schaukeln ließ. Glänzende, klobig wirkende Autos fuhren gemächlich die Straßen entlang. Darüber zog eine DC-3 der Pan American hinweg, die auf die Landebahn zusteuerte. Die grellen Sonnenstrahlen fingen sich auf den farblosen Tragflächen und Leitwerken der Maschine.

Sie hatte einen Schlüssel in der Hand und eilte auf eine Reihe parkender Autos zu, die auf Schrägstreifen vor dem Bürgersteig abgestellt waren. Beim Laufen geriet sie außer Atem, außerdem schmerzten ihr Beine und Rücken. Angesichts der Wucht sinnlicher Eindrücke, die ihr diese von kollektiver Erinnerung gespeiste Simulation vermittelte, schwirrte ihr der Kopf, vielleicht geriet sie auch körperlich aus dem Gleichgewicht. Die Hitze machte ihr zu schaffen, der Wind das Atmen zur Qual, aus der Luft flog ihr irgendetwas ins Auge. Sie hatte vor, ihre Identität beizubehalten und selbständig zu agieren. Als das Sandkorn aus dem Auge entfernt war, drehte sie sich so hastig um, dass sie gerade noch erkennen konnte, wie ein Gebäude seitlich von ihr zunächst waberte und gleich darauf, als sie weiterhin in diese Richtung blickte, feste Formen annahm.

Sie steuerte auf einen silberblauen Kombi der Marke Chevrolet zu, hielt sich jedoch nicht ans vorgesehene Drehbuch, sondern wandte sich stattdessen dem daneben parkenden grünen Ford, einer Luxuslimousine, zu, dessen Fahrertür abgeschlossen war. Der Versuch, den Ford mit ihrem Schlüssel zu öffnen, erwies sich sofort als völlig sinnlos. Sie gab auf und ging schließlich doch zum Chevrolet hinüber, der nicht abgeschlossen war. Nachdem sie auf den Fahrersitz gerutscht und ihren massigen Körper bequem untergebracht hatte, gelang es ihr schon beim ersten Versuch, den Schlüssel ins Zündschloss zu stecken.

Kurz darauf war sie bereits unterwegs, Richtung Norden. Dort, wo sich die 30. Straße mit der Universitätsstraße kreuzte, bog sie rechts ab. Als sie kurz darauf die Stelle erreichte, an der sich die Universitätsstraße mit dem breiten Wabash Boulevard kreuzte, bog sie links ab, fuhr auf die Schnellstraße und beschleunigte, um mit dem übrigen Verkehr mitzuhalten. Die Sonne stach so heftig durch die Windschutzscheibe, dass ihr Arm und das Gesicht brannten. Um sich besser dagegen abzuschirmen, kurbelte sie das Fenster hoch und zog den vorderen Sichtschutz herunter.

Sie griff ins Handschuhfach und holte die Automatik heraus. Beim Weiterfahren überzeugte sie sich davon, dass die Pistole geladen war, legte sie auf den Beifahrersitz und schaltete das Radio ein: Es kam gerade ein Instrumentalstück des Duke Ellington-Orchesters, das »Newport Up« hieß.

Sie lehnte sich im Sitz zurück, lenkte den Wagen mit ausgestreckten Armen und ließ den Kopf auf die Nackenstütze sinken, während das Radio lief, die Sonne auf sie niederstrahlte und der wunderbar laute und langsame Verkehr des Jahres 1950 an ihr vorbeiglitt.

Kurz darauf bemerkte sie vor sich blinkende Umleitungssignale und eine Straßensperre der Polizei. Während der Hauptverkehr links abbog und der Umleitung folgte, bremste sie, blinkte nach rechts und hielt direkt auf die polizeiliche Absperrung zu. Aber Teresa leistete Widerstand: Sie riss das Steuer nach links und lenkte das Auto quer über alle Spuren von der Straßensperre weg. Einer der Polizisten, der sofort auf ihr Auto zugekommen war, als sie den rechten Blinker gesetzt hatte, streckte den Arm hoch und rief ihr irgendetwas nach.

Teresa brauste davon, vor sich sandbraune Hügel, die mit dunklen Bäumen gesprenkelt waren und in der Hitze flimmerten. Sekunden später lag die Straßensperre der Polizei schon weit hinter ihr. Sie ließ den Fuß auf dem Gaspedal und den großen, fast geräuschlos laufenden Wagen selbst sein Tempo bestimmen.

Als sie an sich hinunter sah, merkte sie, dass sie die Kleidungsstücke einer fremden Frau trug. Und sie war dick! Trug schreckliche Klamotten! Hatte Laufmaschen in den Strümpfen! Als sie sich hinüberbeugte, um sich selbst im Rückspiegel zu betrachten, starrte ihr das leicht bekümmerte Gesicht einer alten schwarzen Frau entgegen.

»Hi, Elsa!«, sagte Teresa laut und lächelte ihrem eigenen Spiegelbild zu.

Weder rechts noch links der Straße, die jetzt schnurgerade verlief, standen irgendwelche Gebäude, ringsum erstreckte sich nur flaches Ödland bis zum Horizont, das hier und da von Gestrüpp aufgelockert wurde.

Sie setzte die Fahrt noch ein paar Minuten lang fort, wobei sie neugierig Ausschau nach Veränderungen in der Landschaft hielt. Aber nachdem sie den Stadtrand hinter sich gelassen hatte, gab es nur noch wenig zu sehen, es waren auch keine anderen Autos unterwegs. Links und rechts der Straße zeichneten sich im Vorbeifahren nur steinige Erde und graugrünes Gestrüpp schemenhaft ab. In der Ferne sah sie Berge und weiße Wolken. Die Sonne stach auf sie nieder und stand so hoch, dass sie keine Schatten zu werfen schien.

Irgendwann musste Teresa sich eingestehen, dass es keine andere Landschaft zu entdecken gab. Sie riss das

Steuer nach rechts herum und versuchte, den Wagen von der Straße zu lenken, aber er bewegte sich lediglich etwas zur Seite und lief so leicht weiter, als ob die Reifen den holperigen Boden gar nicht berührten.

Im Rückspiegel konnte Teresa erkennen, wie sich die Häuser San Diegos am Küstenstrich zusammendrängten. Gleichzeitig fiel ihr wieder ein, wofür die Eselsbrücke LIVER stand.

@ @ @

Nachdem sie an einem glühend heißen Tag in San Diego angekommen war, schlenderte sie zu dem silberblauen Chevrolet hinüber, der auf dem Schrägstreifen vor dem Bürgersteig abgestellt war. Schon beim ersten Versuch rastete der Schlüssel im Zündschloss ein.

Kurz darauf fuhr sie auf der 30. Straße nach Norden und bog dort, wo die Universitätsstraße kreuzte, links ab. Der Wagen war bereits auf die rechte Spur geschwenkt, aber Teresa riss das Steuer herum, lenkte ihn quer durch den Verkehr auf die linke Abbiegerspur und mit aller Macht in die Gegenrichtung, was ringsum ein Hupkonzert auslöste. Da sie die Sonne jetzt unmittelbar vor sich hatte, zog sie den vorderen Sichtschutz herunter, um sich gegen das blendende Licht abzuschirmen.

Sie griff ins Handschuhfach und holte die Automatik heraus. Beim Weiterfahren überzeugte sie sich davon, dass die Pistole geladen war, legte sie auf den Beifahrersitz und schaltete das Radio ein: Das Duke Ellington-Orchester spielte gerade »Newport Up«.

Als sie in den Rückspiegel blickte, um sich selbst zu betrachten, starrte ihr das leicht bekümmerte Gesicht einer alten schwarzen Frau entgegen.

»Hi, Elsa!«, sagte Teresa laut und lächelte ihrem eigenen Spiegelbild zu.

Links und rechts der Straße standen Wohnblocks, die teilweise von Reihen hoher Palmen vor Blicken abgeschirmt wurden. In eintöniger Folge huschten sie an Teresa vorbei. Vor ihr lag das sanft schimmernde Meer. Als die Küste nach mehreren Fahrtminuten immer noch nicht nähergerückt war, loggte sich Teresa mit LIVER aus.

@ @ @

Den Rest des Tages verbrachte sie damit, sich in die Datei lieferbarer ExEx-Simulationen einzuarbeiten. Die erste nützliche Information, die sie dieser Datei entnahm, besagte, dass die Shareware der Elsa Durdle-Simulation von einer Gruppe namens SplatterInc stamme, die ihr Domizil in einem Ort namens Raymond in Oregon habe. Sie fragte Patricia, ob ihr irgendetwas über diese Gruppe bekannt sei.

»Klingt eher nach einer einzelnen Person als nach einer Firma«, erwiderte Patricia. »Vielleicht irgendein junger Computerfreak, der sich die Software für die Bildsequenzen aus dem Internet heruntergeladen hat? Das kann jeder, wenn er ausreichend Speicherkapazität hat.«

»Und man kann nicht feststellen, woher die Bildsequenzen der Simulation ursprünglich stammen?«

»Jedenfalls nicht anhand der Informationen, die uns hier zugänglich sind. Ich nehme an, Sie könnten dort anrufen oder den Leuten schreiben. Ist eine E-mail-Adresse angegeben?«

»Nur ein Postfach in Raymond.«

»Haben Sie's mal mit einer Suche im Netz versucht? Die haben bestimmt eine Website.«

»Nein, noch nicht.«

Teresa rief die Datei lieferbarer Simulationen noch einmal auf und gab die Stichworte zur Suche im Netz ein. Sekunden später tauchte die Liste aller von SplatterInc produzierten Titel auf dem Schirm auf, die Teresa hastig überflog. Nachdem sie die Elsa Durdle-Simulation gefunden hatte, klickte sie Haupt- und Untergruppen an, in denen weitere Informationen abgespeichert waren:

Interaktiv
Polizei
Mord
Waffen
William Cook
Elsa Jane Durdle

Indem sie jede neue Information zur weiteren Suche benutzte, arbeitete sie sich durch die Hierarchie der Subkategorien. Als Alternativen zu **Waffen** waren **Automobile, Bomben, Clubs, Handfeuerwaffen** und **Messer** angegeben, und jedes dieser Stichworte war mit Hyperlinks versehen, die vermutlich die Verbindung zu anderen Softwareproduzenten herstellten.

Als Alternativen zu **Mord** waren **Brandstiftung, Geiselnahme, Raubüberfall, Schüsse aus dem Hinterhalt** und **Vergewaltigung** angegeben, auch diese Stichworte waren mit Hyperlinks versehen.

Zum Stichwort **Polizei** gab es jede Menge Unterkategorien, sie füllten den ganzen Bildschirm aus. Die von SplatterInc angebotenen Wahlmöglichkeiten umfassten die Begriffe **Film, Krieg, Luftfahrt, Raumfahrt, Reise, Selbstverteidigung, Sex** und **Sport**.

Als Teresa nur zum Spaß **Sex** anklickte, wunderte sie sich über die große Anzahl von Optionen – alle mit Hyperlinks versehen –, die blitzschnell vor ihren Augen auftauchten:

Amateursex
Analverkehr
Astralleiber

Audiosex
Brüste im Superformat
Brüste in Totalaufnahme
Fesselkünste
Hintern im Kleinformat
Hintern in Nahaufnahme
Hintern im Superformat
Hintern in Totalaufnahme
Sex mit Tieren

... und so ging es seitenweise weiter.

Sie klickte alles weg und sah sich verstohlen nach Patricia um, die sich am anderen Ende des Raums aufhielt. Hatte Patricia mitbekommen, was sie gerade aufgerufen hatte? Aber Patricia war gerade vollauf damit beschäftigt, einen anderen Kunden zu beraten.

Als Teresa die Hauptkategorie **Interaktiv** anklickte, stieß sie auf das Hauptmenü der Wahlmöglichkeiten:

Aktiver Status
Beobachterstatus
Einmischung, individuelle
Einmischung als Teil einer Gruppe
Opferstatus
Passiver Status
Täterstatus

Mit dem Browser surfte Teresa durch die einzelnen Kategorien und wunderte sich insgeheim über das Ausmaß all dieser Produktionen, die auf einen einzigen Hersteller namens SplatterInc aus Raymond in Oregon zurückwiesen. Wo, zum Teufel, lag Raymond überhaupt? Und was ging in dieser kleinen Stadt sonst noch vor sich?

Sie wartete, bis Patricia in ihre Richtung sah, dann bat sie die Technikerin, herüber zu kommen und ihr zu helfen.

»Beschäftigen Sie sich immer noch mit SplatterInc?«, fragte Patricia, offensichtlich belustigt.

»Ich versuche herauszufinden, was die alles anbieten«, erklärte Teresa. »Es ist unglaublich viel.«

Patricia warf einen Blick auf den Bildschirm. »Das stimmt, die sind gut im Geschäft, allerdings gehören sie nur zu den kleinen bis mittleren Anbietern. Sie sollten mal die Kataloge sehen, die manche der Kettenunternehmen in Kalifornien oder New York herausbringen!«

»Diese Stichworte – werden die nur von den Leuten selbst benutzt oder sind die allgemein gängig?«

»Jeder benutzt sie. Sie können sich das ganze Stichwortverzeichnis herunterladen, wenn Sie mal sehen möchten, wie umfangreich es ist.«

»Und all das ist Shareware?«

»Zumindest alle Produktionen von SplatterInc. Sind Sie vor allem an diesen Leuten interessiert oder eher an Shareware ganz allgemein?«

»Das kann ich noch nicht sagen. Im Augenblick sehe ich nur alles durch und versuche festzustellen, was Sie im Angebot haben.«

»Jede Menge.«

»Das merke ich gerade.«

»Wissen Sie, vielleicht täten Sie besser daran, die Shareware links liegen zu lassen. Das hier kommt mit der Zeit nämlich ganz schön teuer, denn wir stellen Ihnen ja vor allem die Laufzeit der Geräte in Rechnung. Deshalb decken sich die meisten Kunden mit Produktionen kommerzieller Hersteller ein und nutzen Shareware nur als Ergänzung. Ich meine die kommerziellen Angebote, die ich Ihnen neulich gezeigt habe – die Angebote von Fernsehsendern, großen Softwareunternehmen und natürlich auch unsere eigenen Bausteine. Oder machen Sie's einfach wie neulich: Entscheiden Sie sich für irgendeine Untergruppe, aus der Sie eine Zufallsauswahl ordern können. Wir haben einen ganzen Katalog solcher gesampelten Simulationen.«

Teresa wandte sich vom Bildschirm ab. »Eigentlich weiß ich gar nicht, wo ich anfangen soll. Es ist so verwirrend.«

»Vielleicht sollten Sie ein paar von unseren Broschüren mit nach Hause nehmen? Da drüben liegt ein ganzer Stapel.«

»Versuchen Sie gerade höflich anzudeuten, dass ich Ihre Zeit schon über Gebühr in Anspruch genommen habe?«, fragte Teresa.

»Keineswegs ... Aber normalerweise kümmere ich mich nur um das, was die Kunden auswählen und benutzen wollen, und sorge dafür, dass die Geräte richtig funktionieren. Dabei bekomme ich einen kleinen Einblick in das, was die Kunden interessiert, aber kein Gesamtbild. Sie sollten mit Mr. Lacey oder einem seiner Assistenten sprechen, die können Ihnen genau sagen, welche Angebote für Sie in Frage kommen. Die meisten Kunden wissen gar nicht recht, wonach sie Ausschau halten, bis sie mit der Nase darauf stoßen.«

»Allmählich wird mir auch klar, woran das liegt.«

»Ich dachte, Sie wären an Waffen interessiert, das sind hier nämlich viele.«

»Mein Interesse ist beruflich bedingt.«

»Warum buchen Sie nicht einfach die umfassende Schützenausbildung? Die umfasst Zielübungen, Einsatz- und Festnahme-Simulationen mit tödlichem oder nichttödlichem Ausgang – ganz wie Sie wollen –, und Sie haben unbegrenzten Zugang zu den entsprechenden Simulationen. Solche Programme sind für uns das tägliche Geschäft.«

»Und ich müsste mich dazu an Mr. Lacey wenden?«

»Ich mache gern einen Termin für Sie aus«, erwiderte Patricia lächelnd.

»Einverstanden. Danke!«

Teresa wandte den Blick wieder dem Bildschirm zu. Immer noch war dort das Stichwortverzeichnis der Simulationen zu sehen – so detailliert aufgeschlüsselt, dass es fast schon übertrieben wirkte. »Macht es Ihnen etwas aus, wenn ich die Liste weiter durchgehe?«

»Bedienen Sie sich nur.«

21. k@pitel

Nick bediente hinter der Bar, als Teresa am späten Abend hereinschaute. Sie bat ihn um ein Club-Soda. Nachdem er ihr ein Glas mit Eiswürfeln und den Siphon gereicht und sie Wasser ins Glas gespritzt hatte, sah sie ihn mit direktem Blick an. Er fragte sich, was jetzt kommen würde; wenn Amy ihn auf diese Weise ansah, gab es meistens Probleme. Zu seiner Erleichterung merkte er, dass ein anderer Gast auf die Theke zukam, was ihm Gelegenheit gab, sich elegant aus der Affäre zu ziehen, indem er ihn bediente. Teresa hatte die Botschaft offensichtlich verstanden, denn als er schließlich fertig war, hatte sie ihr Getränk an einen Tisch mitgenommen. Sie saß allein da und las in dem Buch, das sie mitgebracht hatte.

Nach und nach leerte sich die Bar, eine halbe Stunde vor dem Schließen waren kaum noch Gäste da. Nick sammelte die Gläser und das Leergut ein, wusch ab und wischte den Tresen sauber. Als Teresa es bemerkte, nahm sie wieder ihren alten Platz auf dem Barhocker ein. Jetzt konnte er ihr nicht mehr ausweichen.

»Darf ich Sie was fragen, Nick?«, eröffnete sie das Gespräch.

»Kann ich's verhindern?«

»Wohl kaum. Warum reden Sie und alle anderen hier nie über Groves Amoklauf?«

»Was gibt's dazu schon groß zu sagen?«

»Offenbar nicht besonders viel. Es ist so, als sei es nie geschehen. Klar, ich verstehe schon«, sie trank einen Schluck Wasser, »ich bin eine amerikanische Nervensäge, die überhaupt kein Recht hat, irgendwelche Fragen zu stellen. Aber die meisten Leute hier haben auch nichts dazu zu sagen.«

»Und ich bin einer davon«, erklärte Nick.

»Aber woran liegt das, Nick?«

»Was mich betrifft, so war ich ja eigentlich gar nicht in der Stadt, als es passiert ist.«

»Nein, das haben Sie mir ja bereits erzählt. Aber es ist nur eine Ausrede, und das wissen Sie auch. Sie mögen körperlich nicht anwesend gewesen sein, als es geschah. Aber die Tatsache, dass Sie danach hier geblieben sind, deutet darauf hin, dass es Sie sehr wohl betrifft – genauso betrifft, als hätten Sie damals hier gewohnt.«

»Sie müssen's ja wissen.«

»Nein, verdammt noch mal! Wenn's nicht stimmt, warum ziehen Sie dann nicht woanders hin?«

Nick dachte daran, wie oft er das selbst schon in Gedanken oder auch gemeinsam mit Amy durchgespielt hatte. »Weil dieser Laden hier früher mal meinen Eltern gehört hat und ich es ihnen schuldig bin, den Betrieb weiterzuführen, außerdem bin ich in dieser Stadt aufge …«

»Und in Ihrer Jugend waren Sie mal mit Amy befreundet, die aus dem gleichen Grund hier geblieben ist. Und jetzt können Sie nicht mehr wegziehen, weil irgendetwas Sie hier festhält.«

Nick starrte sie an. Es widerstrebte ihm zuzugeben, dass sie fast ins Schwarze getroffen hatte. Woher wusste sie das alles?

»Das stimmt doch, Nick, oder nicht?«

»Irgendwie schon.«

»Hören Sie, darf ich Ihnen nur dieses eine Mal ein paar Fragen darüber stellen, was an jenem Tag passiert ist? Denn Sie wissen es doch.«

»Ich war doch gar nicht hier«, wiederholte er. »Ich habe gar nichts mit eigenen Augen gesehen.«

»Keiner hat alles gesehen«, entgegnete Teresa. »Und viele Menschen, die irgendetwas gesehen haben, sind inzwischen tot. Selbst diejenigen, die's überlebt haben, kennen nur einen kleinen Ausschnitt. Jeder hat dieselbe Ausrede: Ich hab doch gar nicht viel gesehen. Von den Augenzeugen, die's überstanden haben, sind mittlerweile viele weggezogen. Aber jeder, der hier geblieben ist, weiß genau, was passiert ist.«

»Dann wenden Sie sich doch an die.«

»Nein«, widersprach sie. »Ich habe einen Grund für meine Fragen. Ich versuche etwas herauszufinden, denn irgendetwas stimmt hier hinten und vorn nicht zusammen. Alles, was Grove angeblich getan hat, habe ich rekonstruiert und dabei jeweils Zeit und Ort festgehalten, aber die Rechnung geht nicht auf. Kann ich's schnell mit Ihnen durchgehen und mit dem vergleichen, was Sie wissen?«

»Klingt so, als wüssten Sie jetzt schon mehr als jeder andere.«

»Ich muss diese Sache unbedingt klären.«

Nick spürte, wie er innerlich von ihr abrückte. Woran lag das? Es stimmte, dass für ihn Groves Amoklauf immer etwas bleiben würde, das er nur über drei Ecken mitbekommen hatte, aber offensichtlich war das längst nicht alles. Die Umstände, unter denen seine Eltern ums Leben gekommen waren, hatten ihm einen tief greifenden Schock versetzt. Auch für ihn selbst war dieser tiefe und alles überschattende Kummer eine Offenbarung gewesen. Er hatte so lange in London gelebt, dass er schon angenommen hatte, seinen Eltern wohl nicht mehr besonders nahe zu stehen, aber das hatte sich als falsch erwiesen.

Außerdem gab es eine dunklere, psychologische Seite der Ereignisse, an die er kaum jemals rührte. Es hatte etwas mit dem kollektiven Trauma der Stadt zu tun, mit dem gemeinsamen Schock, der jeden dazu brachte, die unerträglichen Erinnerungen tief in sich zu vergraben. Er überlegte hin und her, wie er die richtigen Worte finden sollte. »Amy ist heute Abend nicht da«, erklärte er. »Ich hab keine Hilfe in der Bar.« Vage deutete er auf den Gästebereich des Schankraums.

Teresa blickte sich um: Die einzigen anderen Gäste waren zwei junge Burschen, die Tischbillard spielten, und ein Paar, das an einem der Ecktische saß. Erneut sah sie ihn direkt an. »Wir können das Gespräch ja unterbrechen, wenn Sie jemanden bedienen müssen. Es wird sowieso nicht lange dauern.«

Er ging zu den Zapfhähnen hinüber, um sich selbst ein Pint frisches Bier abzufüllen. Während er es umständlich zapfte und darauf achtete, das Glas, ohne etwas zu verschütten, genau bis zum Rand zu füllen, war er sich die ganze Zeit über Teresas Blicke bewusst. Als er zurückkam, stellte er sein Bier zwischen sich und Teresa.

»Inzwischen hab ich herausgefunden, was Grove an jenem Tag in der Zeit vor seinem Amoklauf getrieben hat«, erklärte Teresa. »Ich kann seine Schritte sogar bis zum Nachmittag zurückverfolgen, als er von der Texaco-Tankstelle weggefahren ist. Um 14 Uhr 37 ist er da weg. Ich weiß die genaue Zeit, weil ich das Protokoll der Polizei durchgegangen bin. Genau zu dieser Zeit hat die Polizei den Notruf der Kassiererin entgegengenommen. Ich weiß auch, was er von dem Moment an getan hat, als er zu schießen anfing. Nach Aussagen der Polizei und eines Augenzeugen hat er die ersten Schüsse um vier Minuten vor fünf in der London Road abgegeben. Deshalb möchte ich als Erstes wissen, was er in den zwei Stunden, die dazwischen liegen, getrieben hat.«

»Aber Sie wissen doch sicher, wo er sich aufgehalten hat?«

»Ich weiß, wo er sich *zeitweilig* aufgehalten hat«, erwiderte Teresa. »Er ist zum ExEx-Bau in der Welton Road gefahren. Haben Sie darauf angespielt?«

»Ja.«

»Da ist er aber nur wenige Minuten geblieben. Sie registrieren dort jedes Kommen und Gehen, die Polizei hat eine Kopie, die ich mir angesehen habe. Grove war nicht einmal fünfzehn Minuten im ExEx-Bau. Danach ist er zu Fuß in die Altstadt gegangen, den Hügel hinunter. Denselben Spaziergang habe ich auch gemacht. Obwohl ich langsam gegangen bin, habe ich nicht einmal eine halbe Stunde gebraucht. Grove hatte seine Waffen dabei, aber selbst wenn sie schwer waren und er eine kleine Pause einlegen musste, kann es keine zwei Stunden gedauert haben.«

Als zwei Gäste von der Straße hereinkamen, unterbrach Nick das Gespräch, um sie zu bedienen. Nach seiner Rückkehr gab er frische Eiswürfel in ihr Glas, das sie mit Sodawasser aus dem Siphon auffüllte.

»Soweit ich gehört habe, sind Sie selbst auch schon oben im ExEx-Bau gewesen«, bemerkte er.

Sie nickte, wirkte allerdings einigermaßen verblüfft. »Woher wissen Sie das?«

»Bulverton ist eine Kleinstadt, da fallen den Menschen solche Dinge auf. Die virtuelle Realität hat hier immer noch Neuigkeitswert. Wenn jemand auf Besuch in Bulverton ist und so was benutzt, gibt er Anlass zu Klatsch und Tratsch, nehme ich an.« In Wirklichkeit hatte Amys Schwager Dave Hartland neulich erwähnt, dass er Teresa dort gesehen habe. Aber Nick hatte keinen Grund zu der Annahme, dass Teresa Dave kannte.

»Eigentlich ist's doch gar nicht mehr so neu, oder? ExEx-Anlagen gibt's in Amerika in fast allen größeren Städten. Als ich abfuhr, hat eine Buchhandelskette dort gerade angefangen, ExEx-Konzessionen zu verkaufen. Und auch hier schießen die inzwischen überall aus dem Boden.«

»Kann sein, aber ExEx ist immer noch neu«, entgegnete Nick. »Offenbar können sich die meisten Menschen nichts darunter vorstellen. Ich weiß ja selbst nicht genau, wozu man es benutzt. Sie kennen sich damit vermutlich aus?« Teresas Mienenspiel verriet nichts. »Seitdem man die ExEx-Niederlassung hier mit Grove in Verbindung bringt, sprechen sich manche der Einheimischen für die Schließung aus.«

»Wenn er sich nicht-jugendfreie Videofilme ausgeliehen hätte, würden diese Leute auch die Schließung der Videoläden fordern.«

»Ich weiß.«

»Na, dann lassen Sie uns auf Gerry Grove zurückkommen. Wissen Sie, was die Polizei während dieser Zeitspanne von zwei Stunden unternommen hat?«

»Wahrscheinlich haben die nach dem Mann gesucht, der Mrs. Williams und ihren kleinen Sohn umgebracht und die Tankstelle beschossen hat.«

»Das ist die zweite Sache, die ich nicht verstehe. Die Polizei behauptet, unter Berücksichtigung aller widrigen Umstände prompt und wirksam reagiert zu haben. Letzte Woche habe ich mit dem örtlichen Polizeichef gesprochen, und er wollte nicht daran rütteln lassen, dass sich die Polizei korrekt verhalten hat, das habe auch die anschließende Untersuchung bestätigt. Im Großen und Ganzen mag das ja stimmen, ich habe den Untersuchungsbericht gelesen. Allerdings bin ich persönlich der Meinung, dass sie alles vermasselt haben. Sie waren nie dort, wo sie hätten sein sollen. Sie hatten mehr als zwei Stunden Zeit zu merken, dass ein Amokschütze frei herumlief. Und dennoch waren sie völlig überrascht, als Grove zu schießen anfing. Ein Streifenwagen war zur Texaco-Tankstelle hinausgefahren, trotzdem wurden keine zusätzlichen Polizisten eingesetzt, bis die Notrufe aus der Stadt kamen. Nur die Ortspolizei, und die meisten Polizisten gingen in der Stadt ihren ganz normalen Pflichten nach. Seit letztem Juni haben sich die meisten Polizisten, die mit der Schießerei zu tun hatten, zu anderen Dienststellen versetzen lassen. Für eine Körperschaft, der eine weiße Weste bestätigt wurde, verhalten die sich jedenfalls recht merkwürdig, nämlich so, als wollten sie etwas vertuschen!«

»Viele Menschen sind seit letztem Jahr weggezogen«, gab Nick zu bedenken.

»Ja, aber mit der Polizei ist das eine andere Sache. Sollte es jedenfalls sein.«

»Die Polizisten in diesem Bezirk werden ständig irgendwohin versetzt. Manche haben sich wahrscheinlich selbst um eine Versetzung bemüht, andere wären sowieso fällig gewesen. Muss ich das erklären?«

»Nein, entschuldigen Sie, ich möchte das ja nur durchsprechen. Es geht mir ständig im Kopf herum, ich möchte es endlich mal in Worte fassen.«

»Und da biete ich mich zufällig als Zuhörer an.«

»Tja ... aber Sie wissen schließlich auch einiges über die Ereignisse.«

»Weniger, als Sie vielleicht annehmen.«

»Trotzdem. Lassen Sie mich den Gedanken zu Ende führen, denn da gibt's noch etwas, das ich nicht verstehe. Grove hat nur zwei Waffen besessen, die beiden Waffen, die er an jenem Tag benutzt hat. Das wurde eindeutig festgestellt. Das Mädchen, das er kannte, Debbie ...«

»Debra«, warf Nick ein.

»Richtig, Debra. Sehen Sie, was ich meine, wenn ich sage, dass Sie einiges wissen? Also gut, Debra hat ausgesagt, dass Grove nie mehr als diese beiden Waffen besessen hat und ganz verrückt danach war, ständig hat er sie gereinigt und eingeölt. Aber er hatte nur die zwei.«

»Das hat ja auch keiner bezweifelt.«

»Hören Sie zu, denn gleich wird jemand Zweifel anmelden. Soweit ich weiß, hatte er nämlich nicht zwei, sondern vier Waffen. Die beiden Waffen, die er auf der Straße benutzt hat, und zwei weitere, die im Kofferraum des Wagens gefunden wurden, den er gestohlen hat.«

»Spielt das irgendeine Rolle?«

»Ob es eine Rolle spielt, weiß ich nicht, zumindest gibt es mir Rätsel auf. Die Waffen, die er benutzt hat, waren eine Handfeuerwaffe und ein halbautomatisches Gewehr. Die Handfeuerwaffe bezeichnet man als *All-American Colt*: In den Staaten ist sie sehr gebräuchlich. Das Gewehr war ein M 16-Karabiner, das berühmte amerikanische Gewehr. Mal abgesehen von der Frage, wie er sich die beiden Waffen in diesem Land überhaupt beschaffen konnte – ich nehme an, es gibt Möglichkeiten, wenn man wirklich alles daran setzt –, bleibt die Frage, warum er beides in doppelter Ausführung besessen haben soll.«

»Hat er das?«

»Die Polizei hat hinten im Wagen einen M16-Karabiner und einen Colt gefunden, ebenso hat sie einen M16-Karabiner und einen Colt bei Groves Leiche gefunden.«

»Genau dieselben Waffen?«

»Von derselben Machart, ja. Wahrscheinlich auch vom selben Typ. Genauer weiß ich's auch nicht.«

»Tut mir Leid, aber das halte ich für kein großes Rätsel. Wahrscheinlich handelt es sich um dieselben Waffen, da hat jemand was durcheinander gebracht.«

»Groves Wagen wurde in der Welton Road gefunden, etwa hundert Meter vom GunHo-Gebäude entfernt. Der Wagen war nicht verschlossen. Groves Fingerabdrücke waren überall, auch auf dem Gewehr und der Handfeuerwaffe, die im Wagen gefunden wurden. Ich habe das Protokoll des Einsatzleiters gelesen, in diesem Punkt ist es völlig eindeutig. Im Übrigen haben die forensischen und ballistischen Berichte bestätigt, dass es sich bei der Handfeuerwaffe um diejenige handelt, mit der Mrs. Williams und ihr Sohn erschossen wurden. Und der M16-Karabiner ist das Gewehr, mit dem Grove auf die Kassiererin in der Tankstelle geschossen hat. So weit, so gut. Das Problem besteht darin, dass Grove am Ende seines Amoklaufs genau dieselben Waffen bei sich gehabt hat.«

»Und auch die ballistischen Spuren waren identisch?«

»Genau.«

»Also, wie viele Waffen hat er denn nun wirklich besessen? Zwei oder vier?«

»Die Polizei behauptet, vier.«

»Haben Sie diese Waffen mit eigenen Augen gesehen?«

»Die Waffen sind nicht mehr da. Die Polizei hat mir zwar versprochen, Nachforschungen über ihren Verbleib anzustellen, aber sie klang nicht sonderlich interessiert.«

»Worauf wollen Sie eigentlich hinaus? Das Einzige, das zählt, ist doch wohl, dass es ihm überhaupt irgendwie gelungen ist, sich Waffen zu beschaffen, meinen Sie nicht?«

»Also gut«, sagte Teresa. »Dann lassen Sie mich eine weitere Frage stellen. Kannten Sie Gerry Grove?«

»Nein, persönlich hatte ich nie mit ihm zu tun, selbst damals nicht, als ich noch in Bulverton wohnte.«

»Kennen Sie irgendjemanden, der ihn persönlich kannte?«

»Ja, viele. Manche davon sind hier sogar Gäste.« Nick deutete mit dem Kinn zum Billardtisch hinüber, an dem die beiden jungen Männer immer noch spielten. »Die beiden Jungs da drüben sind mit Grove zur Schule gegangen. Amy hat ihn auch gekannt, soweit ich weiß. Er gehörte zu den Einheimischen. Die meisten kannten ihn allerdings nur vom Sehen, er hatte nicht viele Freunde. Als nach dem Blutbad bekannt wurde, wer dafür verantwortlich war, hat es vielen einen Schock versetzt. Schließlich rechnet man ja nicht damit, dass jemand, den man schon sein halbes Leben lang vom Sehen her kennt, zur Waffe greift und ausrastet.«

»Also gehen Sie davon aus, dass niemand vorausahnen konnte, was geschehen würde?«

»Wie hätte man das vorausahnen können? Grove war typisch für viele junge Leute, die aus der Siedlung oben am Hang stammen: Er war arbeitslos, hatte oft Probleme mit der Polizei, allerdings nie wirklich ernste, er nahm Drogen, wenn er etwas Geld locker machen konnte, trank gern mal einen oder auch mehrere. Aber er war ein stilles Wasser. Nach dem Blutbad haben sich viele darüber ausgelassen, wie auffällig still er gewesen ist. Er war ein Einzelkind, hockte viel zu Hause rum, wirkte immer ein bisschen einsam und zerstreut, wenn man ihn sah, war stets sehr zurückhaltend. Er hatte ein bisschen was von einem Neurotiker, hat jemand behauptet. Ständig hat er irgendwelche Dinge gesammelt und sie in Listen erfasst. Als die Polizei seine Wohnung durchsucht hat, fand sie einen ganzen Stoß Notizbücher, in die er lauter Zahlen geschrieben hatte. Er hat auch nie Zeitschriften weggeworfen, sie lagen überall im Haus.« Nick schwieg kurz und starrte auf sein Bier.

»Das ist nicht gerade viel«, bemerkte Teresa. »Also läuft's darauf hinaus, dass die Polizei im Grunde aus dem Schneider ist. Die sind mit einer schlampig geführten Ermittlung davongekommen.«

»Was meinen Sie damit?«

»Liegt das nicht auf der Hand? Zunächst mal ist da die Frage, welche Waffen Grove tatsächlich benutzt hat, als er die Menschen erschoss. Welche Waffen hat er von zu Hause mitgebracht? Welche hat er im Auto gelassen, als er zum ExEx-Bau ging? Und welche hat er später in der Stadt benutzt? War das Gewehr, mit dem er an der Tankstelle herumgeballert hat, identisch mit der Waffe, die er in der Stadt benutzt hat? War die Handfeuerwaffe, die er im Wald dabei hatte, dieselbe, die er auch später benutzt hat? Falls nein, woher hatte er sie dann? Welche hat er im Wagen gelassen? Wie können zwei Waffensätze dieselben ballistischen Spuren aufweisen? Des Weiteren verlangt die miserable Reaktion der Polizei nach einer

Erklärung. Warum hat die Polizei nach der Schießerei an der Tankstelle keine Straßensperren errichtet? Warum hat sie Grove nicht unverzüglich geschnappt? Warum hat sie, als er in der Stadt zu ballern anfing, nicht innerhalb von fünf oder zehn Minuten Scharfschützen auf den Straßen postiert?«

»Weil wir das hier in England nicht auf diese Weise handhaben, nehme ich an«, erwiderte Nick, dem selbst die Abwehr in seiner Stimme auffiel. »Zumindest nicht sofort.«

»Stimmt. Also hatte Gerry Grove nur deshalb freie Bahn, weil ihr ein Haufen reservierter Briten seid.«

»Auch in Amerika haben manche Amokschützen freie Bahn«, entgegnete Nick trotzig.

»Manchmal schon.«

Schließlich wurde ihm klar, worauf er, wenn auch nur unbewusst, angespielt hatte. »Auf diese Weise ist Ihr Mann ums Leben gekommen, nicht wahr?«, fragte er.

Sie wandte sich ab und sah durch die fast menschenleere Bar zum Billardtisch hinüber, an dem die beiden Jugendlichen immer noch ins Spiel vertieft waren.

»Ja«, sagte sie. »Stimmt genau.«

»Tut mir Leid«, erklärte Nick. »Ich habe nicht daran gedacht, ich hatte es vorübergehend vergessen.«

»Geschieht mir ganz recht.«

Eine Weile schwiegen sie beide, die Stille wurde nur durch die Musik aus dem Automaten und das gelegentliche Klacken der Billardkugeln unterbrochen.

Nick schämte sich nicht nur wegen seiner Worte, sondern auch deshalb, weil er ausgerechnet in der schäbigen Bar seines alten Hotels davon angefangen hatte. Ausgerechnet an dem Ort, an dem die Gäste für ein paar Stunden Zerstreuung, Ablenkung vom häuslichen Alltag suchten und sich dennoch langweilten. Auch hier. Er schämte sich, weil er immer noch in Bulverton festsaß, diese Arbeit tat, so viel trank, sich an Amy klammerte und Angst vor der Zukunft hatte.

Schließlich brach Teresa das Schweigen, indem sie fragte: »Kann ich jetzt meinen Bourbon haben?«

»Klar.«

»Nein, ich will gar keinen.« Gleich darauf schob sie ihm ihr Glas zu. »Oder doch, aber nur einen.«

22. k@pitel

Es war ein glühend heißer Tag. Im Radio kam gerade »Newport Up«, gespielt vom Duke Ellington-Orchester. Teresa setzte den Wagen vom Bürgersteig zurück, wendete und fuhr auf der 30. Straße Richtung Süden. Sie machte es sich auf dem breiten Polster des Fahrersitzes bequem und sah angestrengt zum Rückspiegel hoch, um sich darin zu betrachten. Mit leicht bekümmerter Miene erwiderte eine alte schwarze Frau ihren Blick.

»Hi, Elsa!«, sagte Teresa laut und lächelte ihrem eigenen Spiegelbild zu. »Lass uns nach Mexiko fahren!«

Quer durch die Stadt folgte sie den Verkehrsschildern, die zum Montgomery Freeway und dem Highway 5 wiesen, und schlug erneut die südliche Richtung ein. Durch Palmen und Wohnblocks hindurch konnte sie hin und wieder einen kurzen Blick aufs Meer werfen, das zu ihrer Rechten lag. Im Radio hatte inzwischen Artie Shaw mit »I'm Coming Virginia« das Duke Ellington-Orchester abgelöst. Es war nicht mehr weit bis zur mexikanischen Grenze. Während sie weiterfuhr, ließ sie den übrigen Verkehr nach und nach hinter sich. Im Rückspiegel wirkten die Häuser San Diegos wie ein Standbild.

Es gelang ihr nicht, näher ans Meer zu gelangen, das still und friedlich in weiter Ferne am Horizont glitzerte.

Als sie sicher war, dass sie so nicht weiter kommen würde, legte Teresa die Waffe ins Handschuhfach zurück. Sie wartete noch, bis das Stück von Artie Shaw zu Ende war: LIVER.

@ @ @

Als Nächstes verkörperte Teresa einen Mann, der in der Hitze schwitzte und sein Jackett ausgezogen hatte. Sie hatte eine Mütze auf dem Kopf, eine Sonnenbrille vor den Augen, eine Waffe am Gürtel, Kaugummi im Mund und einen Juckreiz im Schritt, hieß Joe Cordle und war Wachtmeister der städtischen Polizei von San Diego. Neben ihr stand Wachtmeister Rico Patresse, der seine Pistole auf der weißlackierten Motorhaube des Wagens abgelegt hatte. Ihr Streifenwagen diente an der Route 8, etwa fünf Kilometer östlich von San Diegos Innenstadt, als Straßensperre. Ein zweiter Streifenwagen blockierte in ähnlicher Weise die Gegenspur, auch drüben hielten sich zwei Polizeibeamte in Bereitschaft. Für den Fall eines Ausbruchversuchs waren zur Sicherung weitere Streifenwagen an anderen strategisch wichtigen Punkten der Straße postiert, die meisten waren von hier aus nicht zu sehen. Der Verkehr in Richtung San Diego wurde von vier bewaffneten Polizeibeamten kontrolliert, die sich am Straßenrand aufgebaut hatten und sich jedes Fahrzeug kurz ansahen, ehe sie es durchwinkten. Der Wagen, nach dem sie Ausschau hielten, war ein dunkelblauer Pontiac Baujahr 1947, in dem – dem Anschein nach – nur eine einzige männliche Person weißer Hautfarbe saß: William Cook. Allerdings war bekannt, dass ein zweiter Mann – Cooks Geisel, deren Identität immer noch nicht feststand – gefesselt auf dem Rücksitz lag. Bereits vor einiger Zeit war der Pontiac dabei gesichtet worden, wie er die Richtung nach San Diego einschlug. Daraufhin hatte die Polizei beschlossen, ihn ein gutes Stück außerhalb des besiedelten Stadtkerns abzufangen, allerdings so nahe an der Stadtgrenze, dass im Notfall ein schneller Transport zu einem Krankenhaus gewährleistet war.

Jetzt meldete der Polizeifunk, Cooks Wagen sei in unmittelbarer Nähe gesehen worden und fahre auf die Straßensperre zu, vermutlich werde er sie in wenigen

Minuten erreichen. Teresa entsicherte ihre Waffe, legte sie neben der Waffe von Patresse auf dem heißen Blech des Streifenwagens ab, wischte sich mit dem Hemdsärmel über die Stirn und spuckte, genau wie Patresse, in den Staub am Straßenrand. Dann trat sie ein paar Schritte vom Wagen zurück und musterte die Umgebung: die sanften Hügel, kleinen Bäume, Salbeibüsche, Telegrafenmasten längs der Straße, die Häuser San Diegos im Hintergrund, und in der Ferne, nur schwach zu erkennen, das Meer. Ihr war klar, dass diese Szenerie in sich abgeschlossen war, dass es jenseits davon nichts gab, das sie hätte entdecken können. Innerhalb ihres Blickfelds jedoch fügte sich alles makellos, nahtlos ineinander und stellte eine in sich ruhende Wirklichkeit dar.

Sie verschränkte Hände und Arme hinter dem Rücken, verhakte die Finger ineinander und spannte sie so, dass die Knöchel hervortraten und sich ihr gewaltiger Brustkorb und der vorspringende Bauch aufblähten. Dann streckte sie die Hände wieder vor und dehnte die Finger, wobei sie abwechselnd Handrücken und Handfläche in die Sonne hielt. Unterhalb der wild wuchernden schwarzen Behaarung war auf ihrem rechten Handrücken eine Tätowierung zu sehen: ein blaues Herz, in dem der Name *Tammy* stand. Sie wischte die verschwitzten Handflächen am Hosenboden ab, griff nach ihrer Waffe, kauerte sich nieder, stützte ihren linken Unterarm am heißen Wagenblech ab und nahm eines der Autos ins Visier, das gerade abbremste, um die Straßensperre zu passieren.

Rico Patresse, der neben ihr kauerte, war ihrem Beispiel gefolgt und redete gleichzeitig vom amerikanischen Fußball: Das Spiel der Azteken am kommenden Wochenende, sagte er, werde sicherlich hart werden, falls sie dieselbe Mannschaft wie letzte Woche aufs Spielfeld schickten. Gewinnen könnten die nur, wenn …

Als hinter zwei anderen Wagen ein blauer Pontiac auftauchte, duckten sich Teresa und Rico und legten die Finger locker, aber schussbereit an den Abzug.

»Wetten, dass der nicht anhält?«, bemerkte Patresse.

»Quatsch, der wird schon anhalten«, widersprach Teresa und schrak innerlich vor der eigenen Stimme zurück, die nach allzu viel Bier und allzu vielen Zigaretten klang. Mit mexikanischem Akzent fuhr sie fort: »Am Ende die nemmlich immer anhalte misse!«

Beide lachten. Sie schob ihren Kaugummi in die Backentasche, hinter die Zähne, um sich besser auf ihr Ziel konzentrieren zu können. Als sie hinter sich einen Wagen näher kommen hörte, ließ sie gerade so lange von ihrem Ziel ab, dass sie schnell über die Schulter blicken konnte. Ein silberblauer Kombi der Marke Chevrolet fuhr langsam von hinten auf die Sperre zu. Am Steuer saß eine dicke alte Schwarze, die nervös nach vorn spähte.

»Wer hat das gottverdammte Auto durchgelassen?«, brüllte Teresa, obwohl ihr klar war, wer am Steuer sitzen musste.

»Sofort umdrehen, Lady!«, rief Patresse, ohne sich von der Stelle zu rühren. Teresa und Patresse schwenkten beide die Arme, aber der Kombi kam weiter auf sie zu, steuerte zwischen den beiden Streifenwagen hindurch und rumpelte zögerlich weiter.

Ein paar Sekunden lang befand sich der Wagen in ihrer Schusslinie und blockierte größtenteils ihr vorderes Blickfeld. Auf dem Straßenabschnitt vor dem Chevrolet, durch den Chevy fast verdeckt, konnte Teresa gerade noch den Pontiac erkennen, der, aus der Gegenrichtung kommend, weiter auf die Sperre zufuhr. Schließlich fuhr der Chevrolet umständlich rechts ran. Im selben Augenblick musste der Fahrer des blauen Wagens die Sperre bemerkt haben: Plötzlich neigte sich die Kühlerhaube des Pontiac nach unten, während das Heck herumschleuderte, die Reifen aufquietschten und eine Staubwolke aufwirbelten.

Als sich die Fahrertür öffnete, war eine Gestalt zu erkennen, die halb aus dem Wagen fiel, halb aus dem Wagen kroch. Unverzüglich riss der Fahrer die hintere Beifahrertür auf und zerrte einen Mann heraus, dessen Hände hinter dem Rücken gefesselt waren. Gleich darauf brach die Geisel auf der Straße zusammen. Der Fahrer kauerte sich neben den zusammengesunkenen Körper und zog ein Gewehr aus dem Wageninnern. Er bewegte sich geschmeidig und beherrschte die Waffe mit widerwärtiger Geschicklichkeit und Präzision.

In diesem Augenblick fuhr der Chevrolet so weit heran, dass er mit dem Pontiac auf gleicher Höhe war. Teresa konnte sehen, wie die Frau am Lenkrad das, was sich neben ihr abspielte, voller Entsetzen beobachtete und plötzlich so scharf bremste, dass noch mehr Staub aufgewirbelt wurde. Allmählich wurde es schwierig, überhaupt noch etwas deutlich zu erkennen.

»Stell ihn kalt, Joe!«, sagte Patresse.

Teresa drückte ab. Unter dem Kofferraum von Cooks Wagen spritzte Staub auf. Sofort schwenkte Cook das Gewehr in ihre Richtung und gab in schneller Folge zwei Schüsse ab. Die erste Kugel schlug irgendwo im Fahrgestell des Streifenwagens ein, die zweite streifte das Metall der Motorhaube und bohrte sich in Teresas linken Arm. Sie spürte einen stechenden Schmerz.

»*Scheiße!*«, brüllte sie mit ihrer versoffenen, verrauchten Stimme, die wegen der höllischen Qualen noch heiserer als sonst klang.

»Hat's dich erwischt, Joe?«

Ihre Hand funktionierte, sie konnte immer noch genau zielen. Geduckt warf sie sich zur Seite und suchte hinter dem Streifenwagen auf dem steinigen Boden Deckung. Von hier aus war Cook genau in ihrer Schusslinie, sie nahm ihn ins Visier. Aber schon wieder war eine neue

Situation eingetreten: Die Fahrerin des Chevy war aus ihrem Wagen gestiegen und hielt eine Waffe auf Cook gerichtet.

»He, Joe!«, rief Rico. »Die Zeugin hat eine Handfeuerwaffe! Soll ich sie unter Beschuss nehmen?«

»Nein, zum Teufel! Überlass das mir!«

Da Cook sich immer noch direkt in ihrer Schusslinie befand, drückte Teresa ab – einmal, zweimal, dreimal. Ihre dritte Kugel traf ihn und warf ihn zu Boden. Die Geisel neben ihm versuchte mit allen Kräften, sich aus dem Weg zu rollen. Langsam setzte Cook sich auf, griff nach seinem Gewehr, nahm Teresa ins Visier und drückte ab. Dann ging er wieder zu Boden.

Sand und Geröll wirbelten vor Teresas Gesicht auf, drangen ihr in Mund, Augen und Haare. Sie duckte sich in Erwartung des nächsten Schusses. Als ein paar Sekunden lang nichts geschah, riskierte sie einen Blick.

Ihre letzte Kugel musste Cook schwer erwischt haben. Er lag auf dem Rücken. Immer noch umklammerten seine Hände den Schaft des Gewehrs, das aufrecht in den Himmel ragte. Während Teresa ihn beobachtete, lockerte sich sein Griff, schließlich fiel das Gewehr laut scheppernd zu Boden.

Cooks Körper ständig im Visier, stand sie auf und zog sich in den Schutz des Streifenwagens zurück. »Wie siehst du die Sache, Rico?«, fragte sie und merkte dabei, dass ihr das Sprechen schwer fiel, weil sie völlig außer Atem war.

»Der ist mausetot, du hast ihn erwischt. Kommst du klar, Joe?«

»Geht schon.«

Vorsichtig bewegten sie sich mit entsicherten Waffen auf Cook zu, bereit, bei der ersten Bewegung abzudrücken. Die anderen Polizisten sorgten für Verstärkung: Ein Dutzend Gewehrläufe hatten Cooks Körper im Visier, er war umzingelt. Die Fahrerin des Chevrolet warf ihre Waffe auf den Boden und barg das Gesicht in den Händen. Teresa hörte, wie sie vor Schreck und Entsetzen aufschluchzte.

Sie ließen Vorsicht walten, aber von William Cook würde keine Gefahr mehr ausgehen: Sein Kopf war in einem entsetzlich unnatürlichen Winkel zurückgebogen, sein Gesicht in qualvollem Krampf verzerrt. Die Augen starrten in eine nach innen gerichtete Ferne. Zur Sicherheit trat Teresa sein Gewehr weg, so dass es über die staubige Straße schlitterte. Ihr Arm blutete heftig.

»Ich glaub, das war's«, erklärte Patresse. »Willst du jetzt deinen Arm versorgen lassen, Joe?«

»Gleich, gleich«, knurrte sie und stieß William Cooks Leichnam mit der Fußspitze an, gerade so kräftig, dass sie sich endgültig von seinem Tod überzeugen konnte. »Mit Ihnen alles in Ordnung, Ma'am?«, fragte sie die Augenzeugin mit schnarrender Stimme.

»Klar doch, mein Lieber.«

»Haben Sie einen Waffenschein für das Ding dabei, Ma'am?«

@ @ @

Teresa trat einen Schritt zurück und warf einen letzten Blick auf die Landschaft, die wie ein Standbild wirkte. An diesem glühend heißen Tag, an dem kein Lüftchen ging, strahlte alles in leuchtenden Farben. Zeit zum **L**okalisieren, **I**dentifizieren, **V**erifizieren, **E**inprägen, **R**ückzug antreten – **LIVER**.

Weltweites Urheberrecht © GunHo Corporation

Die Schrift war noch ein paar Sekunden lang zu sehen, dann verblasste sie nach und nach. Auf eine musikalische Untermalung hatte man bei diesem Abspann verzichtet.

23. k@pitel

An diesem Abend nahm Teresa ihr Essen allein im Speisesaal des Hotels ein. Mit dem Ellbogen hielt sie das neben ihr liegende Taschenbuch aufgeklappt, während sie sich mit der Gabel der rechten Hand das Essen in den Mund schob. Sie war froh, dass kein anderer Gast im Raum war. Amy bediente sie, trug Speisen auf und wieder ab, redete nicht mehr als unbedingt nötig, wirkte aber dennoch freundlich. Von den vier jungen Amerikanern war nichts zu sehen. Als Amy Kaffee brachte, fragte Teresa, ob sie abgereist seien.

»Nein, sie haben gesagt, sie wollten heute Abend auswärts essen. Ich nehme an, sie sind nach Eastbourne gefahren.«

»Glauben Sie, dass die in Eastbourne etwas finden, das ihnen schmeckt?«

»Sie wissen wohl über die Sache mit dem Essen Bescheid?«

»Nick hat ein paar Andeutungen gemacht. Daraus schließe ich, dass sie recht wählerisch sind.«

Amy erwiderte nichts, lächelte jedoch, als sie sich vom Tisch entfernte.

Teresa ließ sich mit dem Essen Zeit, denn vor ihr lag ein langer, unausgefüllter Abend, und sie wollte so lange wie möglich der allgegenwärtigen Versuchung widerstehen, in der Bar vorbei zu schauen. Sie hatte sich vorgenommen, an diesem Abend einige praktische Dinge zu erledigen: Vor allem musste sie herausfinden, in welcher Höhe ihre Kreditkartenkonten belastet waren. Jede Nutzung der ExEx-Anlagen zog eine hohe Rechnung nach sich. Obwohl diese Rechnungen ihren Kreditrahmen theoretisch keineswegs sprengten, gab es, wie sie zu spät erkannt hatte, ein Problem: ExEx würde die Zahlungsaufforderungen an ihre Heimatadresse in den Staaten schicken. Und da dort niemand war, der ihr die Post nachsandte, würde keine Rechnung beglichen werden, bis sie wieder zu Hause war. Auf den Rückseiten der Kreditkarten hatte sie die Telefonnummern der rund um die Uhr besetzten Kundendienste bemerkt, die sich um Notfälle kümmerten, und sich vorgenommen, sie heute Abend anzurufen, um das Problem nach Möglichkeit aus der Welt zu schaffen.

Die langen und körperlich anstrengenden ExEx-Simulationen hatten sie erschöpft. Zu Hause hätte sie in ähnlicher Situation den Abend bedenkenlos vertrödelt: Sie hätte ferngesehen, Briefe beantwortet, längst fällige Hausarbeiten erledigt oder Freunde angerufen. Nichts davon lockte sie oder war praktisch durchführbar, solange sie in ihrem Hotelzimmer festsaß. Vom Telefonieren hielt sie schon der Gedanke ab, wie teuer Gespräche nach Übersee waren, wenn sie vom Hotel aus anrief. Außerdem brachte es der Zeitunterschied mit sich, dass die meisten ihrer Freundinnen und Freunde sowieso noch bei der Arbeit sein würden.

Also blieb sie am Tisch sitzen, las weiter in ihrem Taschenbuch und ließ sich mit dem Kaffee viel Zeit. Als sie merkte, dass Amy abräumen wollte, klappte sie das Buch widerwillig zu und machte sich auf den Weg nach oben. Flüchtig überlegte sie dabei, was sie den Kreditkartengesellschaften mitteilen sollte und wie sie es am besten kurz und knapp formulieren konnte.

Während sie, den elektronischen Zimmerschlüssel bereits gezückt, den kurzen Gang zu ihrem Zimmer hinunter ging, merkte sie, dass am anderen Ende des Korridors jemand im Schatten stand, was bei ihr sofort eine unangenehme Spannung und Angstgefühle auslöste. Der Mann trat aus dem Schatten, ging bis zu ihrer Zimmertür und blieb dort stehen, um auf sie zu warten.

Als sie sah, dass es Ken Mitchell war, der junge Mann, der schon einmal mit ihr gesprochen hatte, verwandelte sich ihre Angst in Ärger. Ihr fiel ein, dass er sie auch bei ihrer früheren Begegnung vor der Zimmertür abgepasst hatte.

»Hallo, Gnädigste«, sagte er mit dem typischen, aufgesetzt freundlichen Lächeln.

»Guten Abend.« Sie streckte den elektronischen Zimmerschlüssel vor, blickte auf das Türschloss und versuchte, ihn gar nicht weiter zu beachten. Aber er stand so nah neben der Tür, dass sie sich an ihm würde vorbei quetschen müssen, um ans Schloss zu gelangen. Sie spürte einen Duft, der teuer und leicht aromatisch roch, es mochte eine Hautlotion, ein Haargel oder ein Körperöl sein. Mitchell trug einen Anzug, allerdings war er aus hellem Stoff und lässig geschnitten, so dass er leger wirkte. Die Krawatte saß korrekt, sie war ordentlich gebunden und dezent gemustert, sein Haar kurz und gepflegt. Er hatte weiße, regelmäßige Zähne, der ganze Körper wirkte sportlich und durchtrainiert. All das löste bei ihr den heftigen Wunsch aus, dieses perfekte Äußere gewaltsam zu demolieren.

»Ich habe Sie gesucht, Mrs. Simons. Wir müssen miteinander reden.«

»Entschuldigen Sie, aber ich bin müde.«

»Wir wissen, wer Sie in Wirklichkeit sind, Agentin Simons.«

»Na und?«

»Und deshalb müssen wir Ihnen einen Vorschlag unterbreiten. Wir empfinden Ihre Anwesenheit in diesem Hotel als äußerst störend. Wir haben bei Ihrem Abteilungsleiter in Washington D.C. Erkundigungen eingezogen und festgestellt, dass Sie gar nicht aus dienstlichen Gründen hier sind.«

»Ich mache hier Urlaub«, erklärte Teresa und fragte sich augenblicklich, was der Inhalt des Gesprächs gewesen sein mochte, das diese Leute mit ihrer Dienststelle geführt hatten. »Würden Sie mich jetzt bitte in mein Zimmer lassen?«

»Klar doch. Aber in Wirklichkeit machen Sie hier gar keinen Urlaub, sondern führen eine Art privater Ermittlung durch. Es geht um den Fall Gerry Grove. Die FBI-Leute haben gesagt, sie wüssten nichts davon und hätten Sie in keiner Weise dazu bevollmächtigt. Sie bewegen sich außerhalb Ihres Zuständigkeitsbereichs, Gnädigste. Hab ich Recht?«

»Das geht Sie, verdammt noch mal, überhaupt nichts an. Und es geht auch meine Dienststelle nichts an. Ich bin vorübergehend beurlaubt.«

»Soweit ich sehe, ist das FBI dennoch an allem, was Sie treiben, interessiert, jedenfall solange Sie die Dienstmarke tragen. Wir jedenfalls betrachten es sehr wohl als unsere Angelegenheit. Schließlich haben wir unsere Zimmer hier unter der Bedingung gebucht, dass wir die einzigen Gäste sind …«

»Diese Angelegenheiten müssen Sie mit dem Hotel klären«, unterbrach ihn Teresa, die mittlerweile mit einem Gefühl von Paranoia kämpfte: Was hatten dieser junge Mann und seine Kollegen ihrer Dienststelle erzählt? Berufliche Probleme waren das Letzte, was sie derzeit brauchen konnte. »Mit mir hat das nichts zu tun.«

»Ich glaube, Sie werden schon noch merken, dass wir durchaus über Möglichkeiten verfügen, Sie zum Auszug aus diesem Hotel zu zwingen.«

»Dann versuchen Sie's doch«, erwiderte Teresa, insgeheim belustigt. »Es gibt nicht viele Amerikaner, die sich freiwillig mit dem FBI anlegen.«

»Wie kommen Sie auf die Idee, dass ich amerikanischer Staatsbürger bin?«

»Tut mir Leid, wenn ich mich geirrt habe. Würden Sie mich jetzt entschuldigen?«

»Wir brauchen dieses Hotel ganz für uns«, wiederholte Ken Mitchell. »Deshalb haben wir Ihnen ein anderes Zimmer im Grand Hotel von Eastbourne besorgt. Unser Unternehmen ist bereit, alle mit dem Umzug verbundenen Kosten zu tragen. Wir fordern Sie auf, Ihr Zimmer bis morgen zu räumen. Außerdem untersagen wir Ihnen, unsere firmeneigenen Anlagen in der Welton Road weiterhin in Anspruch zu nehmen.«

»Was ist nur mit Ihnen los?«, sagte Teresa. »Hören Sie denn überhaupt nicht zu?«

»Klar hab ich zugehört. Aber gilt das auch für Sie? Wir möchten, dass Sie hier ausziehen, Lady.«

»Wenn Sie mir den Grund verraten, könnte es sogar sein, dass ich darüber nachdenke.«

»Es geht darum, dass wir das Hotel zur alleinigen Nutzung beanspruchen. Schließlich wurde uns das von der Geschäftsleitung vertraglich zugesichert ...«

» ... was diese bestreitet.«

»Da täuscht sie sich, und das wird sie teuer zu stehen kommen, falls der Vertrag nicht erfüllt wird. Was die nächsten Schritte betrifft, so haben Sie die Wahl: Entweder Sie ziehen freiwillig aus, oder wir kümmern uns um eine einstweilige Verfügung gegen Sie.«

Er hatte seinen Standort nicht verlagert, immer noch lehnte er unangenehm nah an der Tür. Es war ihr zwar völlig zuwider, sich körperlichem Kontakt mit ihm auszusetzen – und das war unvermeidlich, wenn sie die Tür öffnen wollte –, dennoch streckte sie den elektronischen Schlüssel vor, um zu sehen, ob er ausweichen würde. Offenbar nicht. Sie zog sich zurück und blieb ein paar Schritte vor ihm stehen. Antipathie gegen ihn und Angst vor ihm hielten sich in etwa die Waage.

»Schließlich gibt's ja auch noch andere Stellen, die ExEx anbieten«, sagte sie. »Zum Beispiel in Brighton.

Sie können mich nicht daran hindern, dorthin zu fahren.«

»Tun Sie, was Sie nicht lassen können. Uns geht's nur um die firmeneigenen Anlagen.«

»Warum sind Sie überhaupt so scharf darauf, dass ich hier ausziehe?«

»Weil Sie bei unserem Vorhaben einen Störfaktor darstellen. Unsere Arbeit ist durch die Konzession für die Entwicklung von Software geschützt, wie sie im Vertrag von Valencia festgeschrieben wurde. Das ist die europäische Vereinbarung, die elektronischen Medien den freien Zugriff auf Information garantiert. Wären wir in den USA, würden wir uns auf ein Bundesgesetz beziehen, den *McStephens Act*. Sagt Ihnen das was?«

»Ja, selbstverständlich.« Irgendetwas klickte in ihrem Gehirn: Im letzten Jahr hatte eine Fortbildungsveranstaltung zu diesem Thema stattgefunden, allerdings hatte sie nicht recht aufgepasst. Es war dabei um bestimmte Interessensphären gegangen, die der Softwareentwicklung vorbehalten und entsprechend geschützt werden sollten. Das Gesetz gab den Softwareherstellern auch das Recht, bei entsprechendem Bedarf Räume aufzukündigen.

»Da die amerikanischen Bundesgesetze hier nicht gelten«, fuhr Mitchell fort, »beziehen wir uns in diesem Fall auf das entsprechende europäische Gesetz. Das Vertragswerk von Valencia hat nicht dieselbe rechtsverbindliche Durchschlagskraft, aber wenn man es in vollem Umfang anwendet, läuft's auf dasselbe hinaus.«

»Kann ich Ihre Genehmigung sehen?«

Er zauberte sie so schnell hervor, als handele es sich um einen Taschenspielertrick. Als sie sich vorbeugte, um die Genehmigung durchzulesen, hielt er sie ihr hin.

»In Ordnung«, sagte sie. »Warum haben Sie das nicht gleich gesagt?«

»Warum haben Sie nicht gesagt, dass Sie vom FBI sind?«

»Was ist mit dem Hotelpersonal?«, fragte Teresa. »Wollen Sie diese Leute auch zum Auszug zwingen?«

»Nein, die brauchen wir ja.«

»Warum dürfen die bleiben, und ich nicht?«

»Weil die am Tag von Groves Amoklauf hier waren, und Sie nicht. Die Leute vom Hotel haben Erinnerungen an das, was geschehen ist, und die haben Sie nicht. Wir interessieren uns für das, was sie noch wissen, dagegen haben wir keinerlei Interesse an Ihren Hypothesen.«

»Ich habe keine Hypothesen.«

»Natürlich haben Sie welche, Sie befassen sich doch damit. Und genau das können wir nicht brauchen. Ihre Anwesenheit stört.«

»Sie können doch nicht überall, wo Sie sich einquartieren wollen, die Hotels einfach räumen lassen, nur weil Ihnen gerade danach ist«, fuhr Teresa ihn, wütend gestikulierend, an.

»Wetten, dass … – Agentin Simons?«

»Also gut, aber nach dem *McStephens Act* müssen Sie den Eigenbedarf vorher anmelden, die Kündigungsfrist beträgt sieben Tage. Wie ist das im Vertrag von Valencia geregelt?«

»Sie sind ganz schön schlau, was? Darin ist es genauso geregelt, nur dass die Frist sogar acht Tage beträgt.« Er steckte die Genehmigung langsamer weg, als er sie hervorgezaubert hatte. Teresa beobachtete, wie genau er sie zusammenfaltete, ehe er das dünne Lederetui in der Gesäßtasche seiner Hose verstaute. Ken Mitchell erinnerte sie an einen Agenten, den sie in Richmond gekannt hatte, an einen Freund von Andy. Calvin Devore hieß er. Cal war ein amüsanter Bursche mit breitflächigem Gesicht, riesigen Pranken und erstaunlich zarten Bewegungen. Was war eigentlich aus Cal geworden? War ein netter Kerl gewesen.

»Also gut«, sagte sie. »Ich nehme die Frist von acht Tagen in Anspruch. Und gehen Sie mir aus dem Weg, hören Sie?« Aber sie sah dabei über Mitchell hinweg zur Lampe am Ende des Gangs und dachte daran, dass sie Cal vielleicht anrufen würde, wenn sie wieder zu Hause war.

»Kommen Sie mir doch ein wenig entgegen, Mrs. Simons«, erwiderte Mitchell. »Volle acht Tage, das bedeutet …«

»Kann sein, dass ich ohnehin früher abreise. Lassen Sie mich bis dahin in Ruhe, ja?«

»Einverstanden.« Er wandte den Blick verärgert ab. Teresa merkte, dass sie diese Runde im Schlagabtausch gewonnen hatte.

»Was soll das ganze Theater überhaupt?«, fragte sie. »Warum liegt Ihnen derart viel daran?«

»Längst nicht überall, wo wir hinfahren, müssen wir Gebrauch von der Räumungsermächtigung machen, meistens gibt es ja auch gar keine Überlagerungen. Hier jedoch kollidiert Ihr persönliches Interesse am Fall Grove mit unseren ureigenen Interessen. Sie selbst befassen sich mit Reaktionen, die einander überlagern, dagegen geht es uns um die ursprüngliche, nicht verzerrte Erinnerung und deren lineare Kohärenz. Aber im Grunde läuft's nur darauf hinaus, dass wir das Recht haben, uns hier aufzuhalten, und Sie nicht.«

»Was meinen Sie mit Reaktionen, die einander überlagern?«, fragte Teresa. Mittlerweile konzentrierte sie sich zwar wieder auf das, was er sagte, hatte jedoch Mühe, seinem Fachjargon zu folgen.

»Es hat mit Ihrer Ausbildung zu tun, mit der Art und Weise, wie das FBI ExEx-Simulationen nutzt. Sie führen Übungssimulationen durch, in denen es darum geht, ein Verbrechen zu verhindern. Sie selbst treten dabei wiederholt in die Handlung ein und agieren dabei aus jeweils verschiedenen Blickwinkeln, in jeweils verschiedenen Rollen, und das bewirkt eine neurale Überlagerung. Die fortgesetzten Erfahrungen, die Sie bei jedem Durchlauf der Simulation machen, verändern jedes Mal, wenn Sie wieder in die Handlung eintauchen, Ihre Wahrnehmung. Wir nennen das eine Überlagerung von Reaktionen aufgrund von Vorkenntnissen. Wenn so etwas eintritt, während wir programmieren, vermasselt es die ganze Aufzeichnung. Was Menschen wie Sie tun, *nachdem* wir das Material zusammengestellt haben, ist uns scheißegal – das ist ja gerade der Reiz von Ex-Ex, das Sie damit tun können, was Sie wollen. Aber während die Menschen das Geschehene gedanklich zurückverfolgen, uns ihre Erinnerungen überlassen und wir das Ganze aufzeichnen und in Software umwandeln, wollen wir keine Überlagerung von Reaktionen aufgrund von prädeterminierender Interpretation. Solche Überlagerungen stören die zeitliche Stimmigkeit des Ganzen, sie verhindern lineare Kohärenz.«

»Und was war der andere Punkt, den Sie als wesentlich erwähnt haben?«

»Die ursprüngliche, nicht verzerrte Erinnerung. *Ursprünglich* bedeutet in diesem Zusammenhang, dass …«

»Ist mir klar, zumindest bin ich bis gerade eben davon ausgegangen.«

»Also gut. Aber behalten Sie Folgendes im Kopf: Wenn wir anfangs die Parameter einer Simulation festlegen, dann zielen wir darauf ab, das Ganze als in sich stimmige Einheit zu rekonstruieren. Gemeint ist die nicht verzerrte, unverfälschte Wiederholung des Geschehens. Wir wollen das Ereignis aus der Vergangenheit so, wie es wirklich gewesen ist oder wie sich die Hauptbeteiligten daran erinnern. In Rechenoperationen ausgedrückt, ist diese Rekonstruktion identisch mit dem, was bei Ihnen als grundlegende Annäherung an das Geschehen mit Hilfe der Symbolsprache – oder als weiß Gott was – bezeichnet wird. Später können wir die Aufzeichnung aus jeder Perspektive im Schnelldurchlauf machen, aber bis dahin brauchen wir die ursprüngliche, unverfälschte Erinnerung, die ist grundlegend, verstehen Sie? Wir wollen kein Syndrom falscher Erinnerungen, wir wollen keine anekdotenhaften Reportagen, wir wollen keine nachträglichen Erfindungen oder nachträglich zusammengereimte Geschichten. Und das Letzte, was wir brauchen können, sind Leute wie Sie, die sich einmischen und versuchen, den Ereignissen durch eigene Interpretation eine bestimmte Wendung zu geben.«

»Sie sind wirklich unglaublich«, warf Teresa ein. »Ist Ihnen das eigentlich bewusst?«

»Tja«, sagte Mitchell, »dafür werde ich schließlich bezahlt.«

»Werden Sie selbst eigentlich schlau daraus? Ich meine aus dem, was Sie da gerade eben gesagt haben?«

»Es ist eine exakte Beschreibung dessen, was wir tun.«

Er hatte sich während des Gesprächs kaum von der Stelle gerührt und trug immer noch die Miene gleichgültiger Sturheit zur Schau, aber die unterschwellige Drohgebärde schwand allmählich. Teresa fiel auf, wie jung er aussah, sie versuchte, sein Alter zu schätzen. Durchaus möglich, dass er – wie viel? – zwanzig oder mehr Jahre jünger als sie selbst war. Ist das hier typisch für die Dinge, mit denen sich die jungen Leute heutzutage beschäftigen?, fragte sie sich. Zu ihrer Zeit hatte man sich, sofern man eine gute Ausbildung genossen und den Universitätsabschluss in der Tasche hatte, eine Stelle in der Industrie, im Justizwesen oder bei einer Behörde gesucht. Aber heute lernte man offenbar, sich in irgendwelchem Fachchinesisch auszudrücken, zog anschließend nach Taiwan, wechselte die Staatsbürgerschaft und entwickelte Software für die Anbieter virtueller Realitäten. Was hätte sie von ihm gehalten, wäre sie zwanzig Jahre jünger gewesen?

»Also gut«, sagte sie. »Aber ich verstehe noch immer nicht, in welcher Weise meine Anwesenheit am selben Ort ...«

»Haben Sie sich während Ihres Aufenthalts im Hotel mit dem Geschäftsführer unterhalten? Oder mit der Frau, die bei ihm arbeitet?«

»Mit Amy? Ja, natürlich.«

»Und Sie haben sich dabei nach Grove erkundigt?«

»Warum hätte ich das nicht tun sollen?! Das ist doch etwas, das die Menschen in dieser Stadt beschäftigt, schließlich haben sie's miterlebt.«

»Es ist etwas, über das *Sie* in dieser Stadt reden, Mrs. Simons. Und genau deswegen geht uns Ihre Anwesenheit hier gegen den Strich. Es ist uns bekannt, dass Sie mit Steve Ripons Mutter gesprochen haben, darüber hinaus auch mit der Polizei, den Zeitungsleuten, der Familie Mercer und Gott weiß wem. Außerdem sind Sie oben in unserer Niederlassung gewesen und haben dort Shareware benutzt. Um die Grove-Simulation zu schaffen, brauchen wir die Erinnerungen der Menschen an das, was passiert ist, und wir möchten sie unverfälscht. Und das gilt nicht nur für diese Menschen, sondern ganz allgemein. Was Sie tun, Lady, läuft darauf hinaus, auf der Schnellspur alle ursprünglichen Erinnerungen zu durchkreuzen. Schon Ihre bloße Anwesenheit in der Stadt ist uns ein Dorn im Auge, solange wir unsere Produktion nicht abgeschlossen haben.«

»Haben Sie auch mit der Stadt einen Vertrag abgeschlossen? Wollen Sie die auch verklagen, wenn ich nicht abreise?«

Er starrte sie mit unverändert gleichmütiger Miene an, aber kurz darauf lächelte er tatsächlich, wenn auch nur flüchtig. Wenn er lächelte, verwandelte sich sein Gesicht. Sie fragte sich, wie er wohl reagieren würde, falls sie ihn ein zweites Mal aufforderte, ihr seine Genehmigung zu zeigen; zu gern hätte sie noch einmal das Spiel seiner Hände beobachtet.

»Ich möchte Sie etwas fragen«, sagte sie. »Neulich war ich im ExEx-Bau und habe mich nach Grove-Simulationen erkundigt. Es kam mir so vor, als hätte ich in ein Wespennest gestochen. Die Technikerin murmelte irgendwas von *davor oder danach*. Und dann war nichts mehr aus ihr herauszubekommen.«

»Ganz recht.« Er war wieder ganz der eiskalte, unglaubliche Ken Mitchell.

»Was heißt hier *ganz recht*?«

»Ganz recht, dass sie Ihnen nichts weiter gesagt hat. Wer war sie?«

»Das werde ich Ihnen auf keinen Fall auf die Nase binden. Sie würden ihr ja doch nur Ärger machen.«

»Klingt ganz so, als hätten Sie ihr bereits Ärger eingebrockt, ich kann nämlich feststellen lassen, wer sie ist.«

»Darauf möchte ich wetten. Hören Sie, sagen Sie mir doch einfach, was sie mit *davor oder danach* gemeint hat. *Vor* oder *nach* was?«

»Sie hat gefragt, ob Sie die Grove-Simulation sehen wollen, die vor dem Amoklauf spielt, oder diejenige, in der er anfängt, herumzuballern.«

»Warum sollte es zwei geben?«

»Wir arbeiten gerade dran. Die Technikerin hat voreilig aus der Schule geplaudert.«

»Warum denn zwei Simulationen?«, hakte Teresa nach.

»Weil Grove während seines Amoklaufs, sozusagen mittendrin, unsere Niederlassung aufgesucht und sich eine ExEx-Simulation reingezogen hat. Eine Fehlhandlung, wenn man sie in diesem Zusammenhang betrachtet, aber wir müssen sie in die neue Simulation einbauen. Darin liegen ungeheure Möglichkeiten für Handlungsschleifen, die übliche lineare Abfolge wird dagegen fast schon anachronistisch wirken. Es ist das erste Mal überhaupt, dass wir es mit einer Simulation zu tun haben, in der sich jemand in eine andere Simulation einloggt. Denken Sie mal an all die Programmierung, die das erfordern wird!«

»Wo war Grove, ehe er zu schießen anfing und nachdem er den ExEx-Bau verlassen hat?«

»Das ist die eigentliche Frage, nicht wahr? Wo war er *vorher*, und wo war er *nachher*? Sie schleppen eine Menge Hypothesen mit sich herum, und all diese Hypothesen durchkreuzen hoppladihopp die ursprünglichen Erinnerungen der Menschen. Verschonen Sie uns damit.«

Teresa winkte ärgerlich ab. »Sie geben wohl nie auf, was?«

»Nicht, bis ich das, was ich will, wirklich in der Tasche habe.«

»Nun, mein Wunsch und Wille ist es, jetzt in mein Zimmer zu gehen«, entgegnete sie.

Mitchell rührte sich nicht von der Stelle, der Zugang zu ihrem Zimmer war ihr noch immer versperrt, sofern sie sich nicht an ihm vorbeidrängte. Da er nicht erkennen ließ, dass er den Weg frei machen würde, blieb ihr wohl nichts anderes übrig, als genau das zu tun.

Sie trat vor, streckte die Hand aus und drehte sie herum, um die Karte in das elektronische Steckschloss zu schieben. Mitchell blieb wie festgewurzelt stehen und lehnte sich an den Türpfosten. Sein Gesicht war nur wenige Zentimeter von ihrem entfernt. Erneut nahm sie den Duft seiner Körperlotion wahr. Es beschwor bei ihr das Bild herauf, wie er vor einem Spiegel stand, sich von oben bis unten einsprühte und sich in der vor Feuchtigkeit beschlagenen Scheibe musterte. Die Vorstellung war irgendwie erregend.

Sein Gesicht näherte sich ihrem.

»Was machen Sie überhaupt so ganz allein in diesem Hotel, Mrs. Simons?«, fragte er sanft, die Lippen fast an ihrem Ohr.

Teresa merkte, wie stark diese leisen Worte, die sanft, sinnlich spürbar und mit fast musikalischem Rhythmus auf sie eindrangen, auf sie wirkten. Fast so, als hätten sie die Haut unter ihrem Ohr, irgendwo am Hals, erhitzt.

Die Nervenenden an ihren Schultern kribbelten, ihr Gesicht glühte. Als sie den Kopf drehte, um ihn anzusehen, war sein Gesicht fast auf gleicher Höhe mit ihrem. Aus dem Abstand von höchstens zwanzig, dreißig Zentimetern sah er sie unverwandt an. Wie jung er war, es war Jahre her, dass …

Sie wandte ihre Aufmerksamkeit wieder dem Türschloss zu. Schließlich wollte sie nicht den Eindruck erwecken, mit der modernen elektronischen Technik nicht zurechtzukommen. Sie wusste, dass die Karte in einem ganz bestimmten Winkel ins Schloss eingeführt werden musste, andernfalls würde sich die Tür erneut verriegeln und sie die ganze Prozedur wiederholten müssen.

Die nächsten Worte Mitchells waren kaum mehr als ein Hauch: »Wie steht's mit Ihnen, Lady? Wie haben Sie's denn am liebsten?«

Sie gab den Versuch, die Tür zu öffnen, auf, trat einen Schritt zurück und sah Mitchell direkt ins Gesicht. »Was haben Sie da gesagt?«, fragte sie verwirrt.

»Was treiben Sie hier überhaupt, so ganz allein im Hotel, Agentin Simons? Falls Sie Lust haben, stehe ich gern zu Diensten.«

Sie reagierte nicht.

Lange Zeit schwiegen beide. Als er sie weiterhin anstarrte, konnte sie nicht umhin, den Blick abzuwenden, aber all ihre Sinne konzentrierten sich auf seine sehnige, männliche Figur, die saubere, gut sitzende Kleidung, das gepflegte Haar, den festen Körper, den verwirrenden Duft teuren Hautöls, die leise Stimme, die grauen Augen, das glatt rasierte Kinn, die geschickten Hände, auf seine Jugend, Schlankheit und Größe, seine Nähe und völlige Unnachgiebigkeit.

Er streckte eine Hand so weit aus, dass sich der nach oben gerichtete Handteller auf gleicher Höhe wie ihr Mund befand. »Wissen Sie, was ich damit alles anstellen kann?«, flüsterte er.

»Kommen Sie ein Weilchen mit herein?«, fragte sie leise.

Endlich gab er den Weg frei, so dass sie ans Schloss konnte. Die Karte glitt reibungslos hinein, es klappte schon beim ersten Versuch. Sie war froh, dass sie es nicht noch einmal probieren musste, während er zusah. Froh, dass es keine Verzögerung gab, die ihr Zeit ließ, über das, was sie da tat, nachzudenken.

In ihrem Zimmer herrschte Halbdunkel, durch die aufgezogenen Gardinen drang der schwache Schein der Straßenbeleuchtung. Als sie hineinging, hielt sich Mitchell nahe hinter ihr und stieß die Tür mit dem Fuß zu. Sie schleuderte alles auf den Boden, ihre Tasche, das Taschenbuch, die Schlüsselkarte, das leere Schlüsseletui, und wandte sich ihm sofort zu, so sehr sehnte sie sich nach seiner Berührung, verlangte es sie nach seinem Körper. In ihrer Hast stießen sie mit den Gesichtern aneinander, so dass sich ihre Wangenknochen berührten, die Lippen wie von selbst aufeinander legten und die Zähne gegeneinander klickten. Gierig schob sie ihre Zunge in seinen Mund: Er schmeckte so süßlich, kühl und sauber, als habe er gerade einen Apfel verzehrt. Ohne zu zögern, riss sie sich die Bluse auf, zog seinen harten jungen Körper an ihre Brüste, umklammerte besitzergreifend seinen makellosen Rücken, die schmale Taille und den kleinen festen Hintern.

Er ließ eine Hand auf die winzige Klappe an ihrem Nacken gleiten und reizte sie ganz leicht mit präzisen, zarten Bewegungen. Die andere Hand legte sich sanft auf ihre Brust. So sanft, als umfange sie der Sprühnebel seines Parfüms.

@ @ @

Als Mitchell eine Stunde später ging, blieb sie auf dem zerwühlten Bett liegen. Rundum lagen ihre Kleidungsstücke, die Kissen und das Bettzeug in wildem Durcheinander. Immer noch nackt, wälzte sie sich auf die Seite, streckte die Hand aus und ließ sie träge dort ruhen, wo eben noch sein Körper gewesen war. Sie genoss den Nachgeschmack dessen, was sie miteinander getrieben hatten, dachte an die Gefühle, die es bei ihr ausgelöst, die schockierende Welle von Befriedigung, die sie dabei erlebt hatte. Jetzt fühlte sie sich wohlig ausgeruht und hellwach. Immer noch war sein aufregend männlicher Geruch allgegenwärtig, sie konnte ihn auf ihrer Haut, den Laken, ihren Lippen, unter den Fingernägeln und in den Haaren wahrnehmen.

Als ihr irgendwann kalt wurde, streifte sie sich den Morgenmantel über und griff nach ihrer Haarbürste, die auf den Teppich gefallen war. Während sie auf dem Bettrand saß und sich mit der Bürste gedankenverloren durchs Haar fuhr, um die Strähnen und Locken zu entwirren, starrte sie, plötzlich unzufrieden mit sich selbst, auf die Wand, dachte über Ken Mitchell nach und rief sich ins Gedächtnis, wie es mit Andy gewesen war. Auch wenn es Andy gegenüber nicht fair war, musste sie sich eingestehen, dass Ken Mitchell sie im Augenblick genauso beschäftigte wie der Gedanke an Andy. Zum ersten Mal seit Andys Tod wirkte sich die Begegnung mit einem anderen Menschen, wie ihr jetzt klar wurde, auch auf ihre Gefühle für Andy aus. Das Land der Lebenden hatte sie wieder, ein neuer Anfang war gemacht. Der Anfang des zukünftigen Lebens – ohne Andy.

Und doch war sie schrecklich traurig, als sie wieder zu Bett ging und sich unter die Decke kuschelte. Ihr war so, als habe sie den Mann, den sie so viele Jahre lang in aller Unschuld und Aufrichtigkeit geliebt hatte, jetzt zum ersten Mal betrogen. Im Nachhinein zwar, aber dennoch wirklich betrogen. »Tut mir Leid, Andy«, murmelte sie. »Aber ich hab das gebraucht. Scheiße noch mal, ich hab's *wirklich* gebraucht.«

24. k@pitel

Sie hatten ihren Lastwagen mit der Satellitenantenne schon wieder direkt neben ihrem Leihauto abgestellt, das Ungetüm ragte bedrohlich nah neben dem Kleinwagen auf.

Teresa blieb im Hoteleingang stehen und versuchte zu erkennen, ob im Lastwagen jemand arbeitete. Sie wusste, dass Ken Mitchell und seine Kollegen mit dem Wagen zwar hin und wieder wegfuhren, ihn aber weitaus häufiger an Ort und Stelle als mobiles Büro benutzten. Als sie merkte, dass die Satellitenschüssel ausgefahren und auf irgendeinen Punkt am Himmel gerichtet war, zog sie sich sofort ins Hotel zurück. Ihren Wagen würde sie wohl kaum ausparken können, ohne die Aufmerksamkeit dieser Leute auf sich zu ziehen.

Also beschloss sie, zu Fuß zum ExEx-Bau am Hügel zu gehen; schließlich musste sie ja auch das milde Wetter ausnutzen (wie sie sich selbst einredete). Außerdem würde sie beim Ausflug per pedes ein bisschen mehr von der Stadt zu sehen bekommen. Sowieso hatte sie sich seit zwei Tagen etwas vorgenommen, das sie bei dieser Gelegenheit vielleicht in die Tat umsetzen konnte.

Sie ging die Eastbourne Road entlang und hielt auf die Sankt Stefanskirche zu. An diesem frischen, kühlen Morgen, an dem der übliche Verkehr lautstark vorbeiströmte, die Geschäfte geöffnet und einige Fußgänger unterwegs waren, konnte sie sich leicht das Chaos ausmalen, das Groves Amoklauf an jenem Nachmittag verursacht haben musste. Sicher hatten die Fahrzeuge, die sich in der Umgebung des Hotels gestaut hatten, den Verkehr auf diesem Streckenabschnitt zum Erliegen gebracht. Aber wahrscheinlich hatten die Menschen in den Wagen hier noch gar nicht gewusst, was überhaupt los war. Teresa konnte sich vorstellen, wie sie dort gesessen, die Motoren auf Leerlauf geschaltet und darauf gewartet hatten, dass sich der vorübergehende Verkehrsstau vor ihnen – denn für einen solchen hatten sie ihn sicher gehalten – auflöste. Für Grove mussten diese Menschen eine wunderbare Zielscheibe abgegeben haben. Tatsächlich waren auf diesem kurzen Abschnitt der Eastbourne Road sechs Menschen in ihren Wagen gestorben und weitaus mehr noch verletzt worden. Die übrigen hatten es geschafft, auf allen Vieren aus den Autos zu kriechen oder in Deckung zu gehen, bis Grove vorbeigezogen war.

Teresa kam bei der Sankt Stefanskirche, Ecke Hyde Avenue an, die, an den engen Altstadtgassen vorbei, ebenfalls zum Hügel führte. Teresa hatte die Straße schon mehrmals benutzt, um zum ExEx-Bau der GunHo Corporation und zurück zu fahren. In der Umgebung der Kirche war die Hyde Avenue eine attraktive Straße mit schönen Häusern und vielen Bäumen, allerdings wurde sie weiter oben von Mietskasernen und einigen gewerblichen Betrieben gesäumt. Dort, wo die Straße auf den Hügel stieß und steiler anstieg, bot sie gelegentlich Aussicht auf die Stadt und das Meer, allerdings gab es in anderen Teilen der Stadt bessere Aussichtspunkte und schönere Ausblicke.

Als sie sich den Stadtplan vorgenommen hatte, war Teresa aufgefallen, dass die Häuser in diesem Teil Bulvertons durch eine Reihe von Fußwegen und Passagen miteinander verbunden waren, die Einheimischen nannten sie ›Klatschmeilen‹. Abgesehen von ein paar Straßenkreuzungen, sorgten diese ›Klatschmeilen‹ hinter den Häusern für ein zusammenhängendes Wegenetz. Teresa hatte aus dem Stadtplan ersehen, dass sie für den

Marsch zur Welton Road und zum ExEx-Bau wohl größtenteils dieses Wegenetz benutzen konnte.

Sie überquerte die Hyde Avenue. An der Ecke gegenüber bot ein Tandoori-Restaurant Essen zum Mitnehmen an. Zwischen diesem und dem Nachbargebäude befand sich ein schmaler Durchgang, der zu einer der ›Klatschmeilen‹ führte. Auf beiden Seiten wurde die mit Steinplatten gepflasterte Passage von Hausmauern eingefasst, außerdem war sie auch überdacht, da eines der oberen Stockwerke mit einem Anbau versehen war. Als Teresa hinein ging, klapperten ihre Metallabsätze so laut über das Pflaster, dass das Echo ringsum widerhallte. Der von der Straße dringende Verkehrslärm war in diesem von Mauern umschlossenen Raum nur noch gedämpft zu hören.

Kaum befand sie sich im Halbdunkel des Durchgangs, erfasste sie ein Schwindelgefühl. Im Augenwinkel begannen grelle, nicht zu ortende Blitze aufzuflackern, die ihr nur allzu vertraut waren. Überwältigt von einer Welle wohl bekannter Übelkeit, blieb sie stehen. Sie hätte wissen müssen, dass ein Migräneanfall an einem Tag wie diesem nicht nur möglich, sondern wahrscheinlich war: Schließlich hatte sie in der vergangenen Nacht kaum ein Auge zugetan.

Während sie stehen blieb, stützte sie sich mit einer Hand an der Wand ab und richtete den Blick nach unten, auf das holperige Steinpflaster, um gegen Brechreiz und Schwindelgefühl anzukämpfen. Gleichzeitig fragte sie sich, ob sie ihre Tagespläne aufgeben, zum Hotel zurückkehren, eine Tablette einnehmen und zu schlafen versuchen sollte.

Als sie noch unentschlossen dastand, waren von der Straße her mehrere Schüsse zu hören. Es klang so nah, dass sie sich instinktiv niederkauerte. Zwischen den Schüssen vernahm sie deutlich das schnelle Einrasten eines halbautomatischen Gewehrs, ein Geräusch, das sie trotz allem, was geschehen war, immer noch faszinierte.

Teresa warf einen Blick zum Eingang: In dem Rechteck, durch das Tageslicht drang, zeichnete sich ein Kombiwagen ab. Sofort malte sie sich schreckliche Szenen aus: In der Eastbourne Road staute sich bereits der Verkehr, während ein Amokschütze durch die Straßen strich und nach Lust und Laune herumballerte.

Sie eilte zur Straße zurück, wobei sie sich, Deckung suchend, gegen die rauen Ziegelsteine der Passagenwand drückte. Durch ihre Rückkehr ins grelle, kalte Sonnenlicht vorübergehend geblendet, legte sie die Hand schützend über die Augen, um zu sehen, was vor sich ging. Da sie nicht ins Freie treten wollte, blieb sie vorsichtig im Eingang zur Passage stehen. Die Fahrzeuge, die auf der Hyde Avenue den Hügel hinunterfuhren, hatten an der Kreuzung mit der Eastbourne Road grünes Licht und bogen nach rechts oder links ab. Wie üblich dröhnten die Motoren, quietschten die Reifen, als sie in schnellem Tempo die schmale, von Häusern gesäumte Straße entlang brausten. Nichts deutete auf irgendeine Panik hin, nichts auf einen Amokläufer, der ein Gewehr mit sich herumschleppte oder herumballerte.

Während Teresa auf die Straße blickte, schaltete die Ampel an der Kreuzung von Grün auf Rot und gab dem Verkehr aus anderen Richtungen freie Fahrt. Der Kombi, den Teresa anfangs am Passageneingang bemerkt hatte, brauste zusammen mit den anderen davon. Der Fahrer blickte sich mit verdutzter Miene nach ihr um. Zweifellos fragte er sich, warum sie ihn so eindringlich gemustert hatte.

Immer noch auf der Hut vor einem Amokläufer – oder, noch schlimmer, vor einem Heckenschützen –, blieb Teresa im Eingang stehen und sah zu, wie Autos und Lastwagen vorbeifuhren. Das, was soeben passiert war, hatte sie völlig durcheinander gebracht. Es musste wohl eine Sinnestäuschung gewesen sein, offenbar hatte ja niemand auf der Straße geschossen. Andererseits war das Geräusch der Schüsse aus solcher Nähe an ihr Ohr gedrungen und ihr so bekannt und eindeutig vorgekommen, dass sie sich das unmöglich eingebildet haben konnte.

Nachdem sie einige Minuten hatte verstreichen lassen, ohne dass sich irgendetwas tat, beschloss sie, ihren Spaziergang fortzusetzen. Aber der Zwischenfall hatte sie nervös gemacht. Als sie zwischen den beiden Gebäuden ins Freie trat – der Weg führte noch weiter und war an beiden Seiten mit Maschendraht eingezäunt –, sicherte sie sich nach beiden Seiten ab. Durchaus möglich, dass der Amokläufer, der bis jetzt nur in ihrer Phantasie existierte, weitergezogen war, hinter den Gebäuden lauerte und sie von dort aus sehen konnte. Als der Pfad sich zwischen zwei Gärten gabelte, riskierte Teresa einen Blick zurück. Der Durchgang war frei, sie konnte erkennen, dass sich der Verkehr auf der Hauptverkehrsstraße immer noch ganz normal vorwärts bewegte.

So weit, so gut. Bis sie aufblickte: Auf dem Dach des Gebäudes, das ans Restaurant grenzte, befand sich ein Mann!

Auf der Stelle kauerte sich Teresa nieder und blieb in Deckung, selbst nachdem ihr klar geworden war, dass dieser Mann keine Bedrohung darstellte. Als sie wieder zu ihm hinüber blickte, war er abgestürzt und lag kopfüber auf den abschüssigen Dachziegeln. Sein Fuß hatte sich in der Querverstrebung von zwei Gerüstbalken verfangen, das hatte seinen Sturz gebremst. Mehrere Schüsse mussten ihn getroffen haben: Von Kopf und Brust sickerten dunkle Blutlachen auf die Dachziegel und Bohlen des Baugerüstes.

Teresa spürte, wie ihr Puls raste, ihr Kopf pochte, ihre Hände zitterten. Ihre spontane Reaktion war widersprüchlich: Sie wollte dem Mann etwas zurufen, laut schreien, zum Baugerüst hinüberstürzen, versuchen, irgendwie zu ihm hinaufzuklettern, aber gleichzeitig auch weglaufen und um Hilfe rufen.

Nichts davon setzte sie in die Tat um. Stattdessen blieb sie, vor Angst zitternd, einfach an der Gabelung des schmalen Pfades stehen und starrte zu dem Toten auf dem Dach hinüber.

Mehrere Unfallwagen näherten sich mit heulenden Sirenen. Teresa hörte die durch ein Megafon verstärkte Durchsage eines Mannes, dessen Stimme verzerrt klang. Knapp einen Kilometer entfernt, schwebte ein Hubschrauber auf die Altstadt zu. Erneut war eine Reihe von Schüssen zu hören, diesmal allerdings gedämpfter als zuvor.

Teresa trat hastig den Rückweg an und durchquerte die überdachte Passage im Laufschritt. Am anderen Ende zeichnete sich der Verkehrsstrom gegen das Sonnenlicht ab. Als sie die Eastbourne Road erreicht hatte, sah sie eine Frau auf sich zukommen. Sie schob einen Sportkarren, in dem zwei Kleinkinder saßen.

»Ein Mann«, rief Teresa – ohne jede weitere Erklärung, da sie außer Atem war und Mühe hatte, die richtigen Worte zu finden. »Auf dem Dach! Da hinten! Da ist ein Mann auf dem Dach!« Sie brachte nur noch ein Krächzen heraus und musste husten.

Die Frau sah sie an, als sei sie verrückt geworden, drängte sich an ihr vorbei und ging einfach weiter. Teresa wirbelte herum und sah sich verzweifelt nach einem anderen Menschen um, der ihr helfen konnte.

Der Verkehr strömte nicht anders als sonst vorbei. Weder waren die Sirenen eines Unfallwagens zu hören, noch war am Himmel ein Hubschrauber zu sehen. Sie blickte nach rechts und links. In der einen Richtung führte die Straße in großem Bogen auf die Eisenbahnbrücke zu, in der anderen Richtung schlängelte sie sich durch eine Siedlung alter Reihenhäuser aus rotem Backstein, die auf beiden Seiten von gewerblich genutzten Betonbauten ergänzt wurde, und war bald nicht mehr vom Hintergrund zu unterscheiden.

Erneut warf sie einen Blick auf das Hausdach, auf dem sie den Mann entdeckt hatte. Von hier aus war keine Spur von ihm zu sehen, auch keine vom Baugerüst. Das gab ihr ein weiteres Rätsel auf: Von ihrem früheren Standort aus hatte das Baugerüst so hoch wie der Schornstein gewirkt und bis zur Vorderseite des Gebäudes gereicht. Es hätte von hier aus zu sehen sein müssen. Sie machte sich auf den Rückweg durch die Passage, eilte zu der Stelle, an der sich der Weg gabelte, und warf einen Blick zurück.

Der Mann lag auf dem abfallenden Dachfirst und hatte sich im Baugerüst verfangen.

Aus unmittelbarer Nähe drangen Geräusche auf sie ein, die in beängstigender Weise anschwollen: Schüsse, Sirenen, Lautsprecherdurchsagen. In dem Rechteck am anderen Ende der Passage, durch das Tageslicht drang, rührte sich nichts.

Teresa griff an ihren Nacken und tastete nach der Klappe.

25. k@pitel

Inzwischen war Teresa das Verzeichnis der Simulationen so oft durchgegangen, dass sie sich schnell orientieren konnte. Allerdings empfand sie den Umfang der angebotenen Software – ganz zu schweigen von der Komplexität des abgespeicherten Materials – nach wie vor als beängstigend.

Der Eindruck, dass sich schier unendliche Möglichkeiten vor ihr auftaten, vermittelte ihr ein wunderbares Gefühl von Freiheit und stellte sie gleichzeitig vor die Qual der Wahl. Jedes Mal, wenn sie eine neue Gruppe von Dateien anklickte, tauchte eine Reihe scheinbar unbegrenzter Wahlmöglichkeiten auf; jede Option eröffnete ihrerseits unzählige weitere Möglichkeiten; jede dieser Möglichkeiten führte zu weiteren unendlich detaillierten und variationsreichen Entscheidungsebenen; und jede Entscheidung bedeutete eine bemerkenswert vollständige, in sich abgeschlossene Welt voller Lärm, Farbe, Bewegung, eine Welt voller Ereignisse, Gefahren, Reisen und körperlicher Empfindungen. Bei den meisten Simulationen gab es Querverweise oder Hyperlinks zu anderen Szenarien. Die Möglichkeit, in jede Simulation ihrer Wahl einzutauchen, kam ihr wie Zauberei vor: Vor ihr lag die Unendlichkeit; jederzeit konnte sie den Schauplatz des Geschehens verlassen, um jenseits seiner Grenzen umherzustreifen und auf Entdeckungsreise zu gehen.

Die Realität der ExEx-Simulationen war eine Landschaft sich gabelnder Wege, die sich unaufhörlich überschnitten und später wieder kreuzten, zu einem neuen

Ort führten und sich dem Rande der Wirklichkeit näherten, ohne ihn jemals zu erreichen.

Als sie ihre Auswahl für den Tag traf, versuchte sie auszurechnen, wie viel Realzeit die Simulationen jeweils kosten würden und wie viel Zeit sie insgesamt riskieren konnte. Inzwischen musste sie sich, wenn auch widerwillig, eingestehen, dass sie mit ihrer Zeit Haus halten musste. Allzu viele ExEx-Simulationen an einem Tag versetzten sie in einen Zustand der Erschöpfung.

Daher beschränkte sie sich auf drei Szenarien, die nichts miteinander zu tun hatten, und wählte den Modus aus, der ihr jederzeit erneuten Zugang zur jeweiligen Simulation bot. Zwei der Szenarien gaben eine Situation wieder, in der es um die Vereitelung eines Verbrechens ging. Von ihrer FBI-Ausbildung her waren ihr ähnliche Simulationen bekannt, allmählich empfand sie die Handlungen bereits als langweilig, selbst wenn sie alle Sinne beanspruchten. Aber sie musste ja auch an die Zukunft denken, an ihre Rückkehr in den Dienst. Sicher würde Ken Mitchells Einmischung dienstliche Unannehmlichkeiten nach sich ziehen. Da konnten Einsatzerfahrungen während des Sonderurlaubs ihr möglicherweise ein paar Pluspunkte einbringen, falls sie welche brauchen sollte. Es war jedoch nicht zu leugnen, dass sie sich zunehmend langweilte, deshalb entschied sie sich bei der Auswahl der dritten Simulation für ein Experiment: Es war eine kurze Szene, die einen schweren Verkehrsunfall darstellte. In dieser Simulation kam es darauf an, den Unfall frühzeitig vorherzusehen und zu vermeiden.

Nachdem sie ihre letzte Wahl getroffen hatte, ging sie das Verzeichnis weiter durch. Sie suchte nach etwas, das sich vom Üblichen abhob, nach einer Simulation, in der keine Risiken, keine Verantwortung, kein verhinderndes Eingreifen vorgesehen waren. Schließlich bestand das Leben ja nicht nur aus Amokläufen und Verkehrsunfällen. Es gab andere geistige und körperliche Erfahrungen, auf die sie Lust hatte, insbesondere auf die körperlichen.

Allein in einem fremden Land, in dem kaum jemand sie persönlich kannte, wollte sie die Chance nutzen, ein bisschen Spaß zu haben.

Sie hatte keine Bedenken, sich den Stoff herauszusuchen, in den sie eintauchen wollte, allerdings doch ein dummes Gefühl bei dem Gedanken, dass das Personal hier es mitbekommen würde. Beim Gedanken an das kommende Geschehen wurde ihr vor Spannung die Kehle eng; beim Gedanken, bei ihrem Tun womöglich beobachtet oder ertappt zu werden, wurde ihr angst und bange.

Deshalb nahm sie sich erst einmal das Benutzerhandbuch vor, das auf der Computerkonsole lag, und suchte das Kapitel »Datenschutz«. Beim Verfasser des Handbuchs handelte es sich offenbar nicht um einen normalen Sterblichen, sondern um ein von der Technik besessenes Genie: Wie viele andere Werke dieser Art war auch dieses Handbuch schwer zu lesen und noch schwerer zu verstehen. Aber als sie lange genug gesucht hatte, fand sie die Bestätigung, die sie brauchte: Welche Simulation der Benutzer auswählte, wurde demnach eindeutig registriert und festgehalten, vor allem deswegen, weil die entsprechenden Nanochips programmiert werden mussten. Wenn nicht andere Optionen eingegeben wurden, hatte das technische Bedienungspersonal Zugriff auf diese Informationen, allerdings konnte der Benutzer den Zugriff verhindern, falls er seine Intimsphäre schützen wollte.

Um den Datenschutz zu aktivieren, müssen Sie Folgendes eingeben …

Nachdem Teresa die entsprechende Eingabe gemacht hatte, traf sie ihre endgültige Wahl. Die Tatsache, dass sie sich, wie sie in letzter Minute gemerkt hatte, für Shareware entschieden hatte, gab ihrer Vorfreude einen zusätzlichen Kick.

Sie musste warten, bis die Nanochips für die ExEx-Simulation programmiert waren. Eine halbe Minute später tauchte, ausgelöst durch Fernbedienung, eine versiegelte Kunststoffphiole am Tischrand auf, die sie gleich zur ExEx-Anlage mitnahm, weil sie schnell anfangen wollte.

@ @ @

Teresa war als Gendarm auf nächtlicher Streife im Ausländerviertel von Lyon unterwegs; man schrieb den 10. Januar 1959.

Sie hieß Pierre Montaigne, war mit einer Frau namens Agnés verheiratet und hatte zwei Kinder, fünf und sieben Jahre alt. Der stetig tröpfelnde Regen ließ das Kopfsteinpflaster glänzen; einzelne Glühbirnen über den Türrahmen beleuchteten die Eingänge zu Clubs und Restaurants; in den Straßen verursachte der schnell fließende Verkehr ein lärmendes Chaos. Teresa versuchte, auf Französisch zu denken, obwohl sie die Sprache nicht beherrschte. In einem Anflug von Panik zwang sie sich bewusst dazu, wieder zum Englischen zurückzukehren. Die ganze Szene war in Schwarz-Weiß gehalten.

Von Anfang an fiel ihr ein Unterschied auf: In dieser Simulation hatte sie mehr Wahlmöglichkeiten als sonst und konnte die Handlung besser steuern. Das merkte sie schon daran, dass Pierre Montaigne in dem Moment, als sie sich in die Simulation einloggte, plötzlich stehen blieb und praktisch nach vorne fiel. Ihr Partner, André Lepasse, war gezwungen, sich umzudrehen und auf sie zu warten. Sofort lockerte Teresa ihre Kontrolle über Pierre Montaigne, daraufhin setzten die beiden Gendarmen ihren Rundgang fort.

Sie kamen an einem einfachen kleinen Couscous-Restaurant vorbei, dessen Tür dringend einen Anstrich gebraucht hätte. Das große Glasfenster war von Dampf beschlagen. Über der Tür hing ein handgemaltes Schild mit der Aufschrift *La Chèvre Algérienne*. Montaigne und Lepasse wollten gerade weitergehen, als jemand im Restaurant sie bemerkt haben musste. Die Tür wurde aufgerissen, es folgte ein lautstarker Wortwechsel mit zwei Männern, von denen einer offenbar der Inhaber des Restaurants war.

Teresa und ihr Partner drängten sich grob ins Restaurant, wo ein Mann eine junge Frau als Geisel genommen hatte und sie mit einem langen Messer bedrohte. Alle Anwesenden brüllten gleichzeitig los, einschließlich Lepasse. Pierre Montaigne wusste nicht, was er unternehmen sollte, da Teresa kein Französisch sprach. Sie besann sich auf LIVER.

@ @ @

Berkshire, England, 19. August 1987: Sie war Sergeant Geoffrey Verrick, ein Verkehrspolizist in Uniform, Beifahrer in einem für schnelle Verfolgungsjagden geeigneten Streifenwagen, der sich auf der Autobahn M4, rund achtzig Kilometer westlich von London befand.

Die Hauptwache der Polizei in Reading meldete über Funk, in Hungerford, einem Dorf in Berkshire, sei eine Schießerei im Gange. Alle Polizeieinheiten sollten sofort dorthin fahren, es sei größte Vorsicht geboten. Zum Einsatzleiter sei …

»Hast du das gehört, Trev?«, fragte Teresa den Fahrer, Wachtmeister Trevor Nunthorpe. »Wir nehmen die nächste Ausfahrt am Kreuz 14.«

Trev setzte das Blaulicht aufs Autodach, blendete auf und schaltete die Doppeltonsirene ein, worauf die Fahrzeuge vor ihnen den Weg frei machten. Da Hungerford an der nächsten Ausfahrt lag, raste der Streifenwagen bereits fünf Minuten nach Eingang des ersten Funkspruchs die Abfahrt zum Verkehrskreisel im Tal hinunter.

»Nimm nicht die direkte Straße nach Hungerford, Trev«, sagte Teresa. »Umfahre es besser.«

»Ich dachte, wir müssten nach Hungerford hinein, Sartsch.«

»Umfahre es!«, wiederholte Teresa. »Nimm die Ausfahrt Wantage.«

Trev riss das Steuer herum, so dass der Wagen auf den Außenrädern in die Linkskurve schleuderte. Nachdem Trev drei Viertel des Kreisels hinter sich gebracht hatte, bog er auf die A 338, die in nördlicher Richtung nach Wantage führte, während Hungerford in der Gegenrichtung lag. Auch hier wich ihnen der übrige Verkehr aus, bremste ab und scherte zum Straßenrand aus.

Ein weiterer Funkspruch forderte alle verfügbaren Polizeieinheiten auf, auf schnellstem Wege nach Hungerford zu fahren: Der Amokschütze habe inzwischen schon mehr als ein Dutzend Menschen erschossen und mache immer noch weiter, er schieße auf jeden in Sichtweite. Teresa bestätigte den Empfang des Funkspruchs und versicherte, sie seien schon auf dem Weg.

»Was hast du vor, Geoff?«, fragte Trevor, während sie mit hoher Geschwindigkeit auf falscher Straße durch die simulierte Landschaft brausten. Felder, Hecken und Toreinfahrten flogen an ihnen vorbei. »Diese Straße führt doch gar nicht nach Hungerford!«

Ohne Antwort zu geben, sah Teresa durch das Seitenfenster auf die Landschaft, versuchte, ihre Ohren gegen das entnervende, Unheil verkündende Heulen der Alarmsirene zu verschließen, betrachtete den Himmel und die Bäume und genoss den unbegrenzten Ausblick auf das sommerliche England, das sich im Vorbeifahren vor ihnen entfaltete. Es drängte sie weiter und weiter, bis an den Rand dieser Realität.

Ein plötzlicher Schlag stellte diese Wirklichkeit vor die

Zerreißprobe: Als die Szenerie ins Wabern geriet, trat Trev so unvermittelt und heftig auf die Bremse, dass der Wagen schlingernd zum Halten kam, auf die Seite kippte und im Steilflug die staubige Straße hinabstürzte. Im Nu waren sie am Hotel Zum Bären angekommen, das unten an der Hauptstraße von Hungerford lag. Die Polizei hatte die Straße mit einem Seil abgesperrt.

Nachdem sie ihren Streifenwagen abgestellt hatten, holten sie die kugelsicheren Westen aus dem Kofferraum, streiften sie über und gingen an die Arbeit.

Teresa war enttäuscht: LIVER.

Weltweites Urheberrecht © GunHo Corporation

Bis die Worte verblassten, war ein elektronischer Summton zu hören, aber keine Musik.

@ @ @

Auf dem kurvenreichen Highway 2 fuhr Teresa nördlich von Los Angeles durch die Berge; es war der 15. Mai des Jahres 1972. Durch das offene Verdeck des Wagens brannte die Sonne auf sie nieder; im Radio brachten sie einen Titel der *Mothers of Invention*; auf dem Nebensitz saß ihre Freundin, die sich liebevoll ankuschelte.

In einer Steilkurve kam ihnen ein Lastwagen entgegen, der die Steigung nicht schaffte, sich zur Seite neigte, krachend aufschlug und auf sie zuschoss. Ihr Wagen wurde regelrecht zerquetscht. Die Folgen waren katastrophal.

@ @ @

Auf dem kurvenreichen Highway 2 fuhr Teresa nördlich von Los Angeles durch die Berge; es war der 15. Mai des Jahres 1972. Sie bremste ab, lenkte den Wagen an den Straßenrand und wendete. Als sie Gas gab, um den Hügel hinunter zu fahren, wirbelten hinter ihr Steinchen und Staub auf, die sich im Sonnenschein fingen.

Nachdem sie etwa fünfzehn Kilometer auf der Straße, die zurück zur Stadt führte, geblieben war, bog sie links ab, auf die Schnellstraße, die in östlicher Richtung nach Las Vegas führte. Angesichts der langen Fahrt, die ihr bevorstand, machte sie es sich bequem. Im Radio brachten sie einen Titel der *Mothers of Invention*. Ihre Freundin drehte einen Joint. Als sie die Wüste erreichten, war die Straße vor ihnen nur noch wie durch einen Nebel zu erkennen. Der Motor gab nur noch ein monotones Klopfen von sich. Es gab nichts weiteres zu tun oder zu entdecken.

Sicherheitshalber wartete Teresa noch ein wenig ab, bis sie LIVER anwandte.

@ @ @

Teresa war sich sofort der Hitze, der grellen Scheinwerfer und der allzu engen Kleidung bewusst. Zwinkernd versuchte sie zu erkennen, was ringsum vor sich ging, aber ihre Augen hatten sich noch nicht an die grellen Scheinwerfer gewöhnt. Weiter hinten, jenseits des Lichtkreises, standen Menschen, die ihr jedoch keine Beachtung schenkten.

Gleich darauf trat eine Frau auf sie zu und fuhr ihr mit der Puderquaste grob über Stirn und Nase. »Geduldе dich noch ein bisschen, Shan«, sagte sie in unpersönlichem Ton und zog sich wieder hinter die Scheinwerfer zurück.

Shan, dachte Teresa. So heiße ich also. Hätte ich das nicht von Anfang an wissen müssen?

Neugierig sah Teresa an sich hinunter und entdeckte dabei, dass sie als Cowgirl verkleidet war. Als sie sich mit einer Hand ins Haar fassen wollte, merkte sie, dass sie eine Art Cowboyhut trug, dessen Schnüre herunterbaumelten. Die Kopfhaut darunter war verschwitzt. Als sie ihre Brust betrachtete, stellte sie fest, dass sie ein Hemd mit fröhlichem Karomuster trug. Als sie mit einem Finger den V-Ausschnitt über dem obersten Knopf anhob, erspähte sie darunter einen winzigen, mit Drahtbügeln verstärkten Büstenhalter aus schwarzer Spitze. Oberhalb der Körbchen traten ihre Brüste wunderbar üppig hervor, so wie sie es sich immer schon erträumt hatte. Der lederne Mini-Rock, den sie trug, enthüllte mehr, als dass er verhüllte. Ihre Beine steckten in reinseidenen Strümpfen, deren Berührung ihr ein wohlig-sinnliches Gefühl gab. Unter dem Rock ertasteten ihre Finger etwas, das sich wie ein Strapsgürtel anfühlte. Sie spürte, dass sie einen Slip trug, allerdings saß er reichlich eng und schnitt ihr ins Fleisch. Ihre Stiefel, die an den Füßen drückten, waren aus weißem Kalbsleder und reichten bis an die Knie.

***** SENSH *****

Als sie sich umwandte, um sich zu orientieren, spürte sie, wie sich ihre Kleidung unangenehm eng um ihren Körper legte und unter den Achseln spannte. In unsicherer Haltung thronte sie auf einem hohen Barhocker neben einer blank polierten Holztheke, dahinter lag der Arbeitsbereich des Barkeepers. In dem großen Wandspiegel, den ein Goldrahmen zierte, konnte Teresa ihr Spiegelbild betrachten, was sie äußerst interessiert und belustigt tat.

Ihr Gesicht war aufreizend und übertrieben geschminkt: Ihre Augen waren schwarz umrandet, die Wimpern stark getuscht, die Lidschatten purpurrot. Das blasse Grund-Make-up ihres Gesichts war mit allzu viel Rouge übertüncht, und die Lippen glänzten so feucht, als seien sie aus rotem Lack. Die Bemühungen der Frau, den glänzenden Schweiß auf ihrer Stirn und der Nase zu überpudern, hatten nicht allzu viel bewirkt. Was das Haar betraf: Offenbar hatte sie lange, kastanienbraune Locken, sie quollen unter dem Hut hervor.

Teresa setzte sich auf und versuchte, es sich bequemer zu machen, indem sie die Schultern dehnte und an den Nähten von Bluse und Rock zupfte. Es gelang ihr allerdings nicht, den Mini-Rock weiter herunter zu ziehen.

Neben ihr stand ein Mann mit langem, schlaff herunterhängendem Schnauzbart und Backenbart – offensichtlich waren es angeklebte Bärte –, der ebenfalls Cowboykleidung trug. Ohne Interesse an ihr zu zeigen, stützte er sich mit einem Ellbogen am Tresen ab, in der anderen Hand ein Revolverblatt, dessen Sportteil er gerade las. Ihrer Meinung nach hätte ihr sein Name bekannt sein müssen, aber diese Information war im Angebot offenbar nicht inbegriffen.

***** SENSH *****

Mit einem Blick überflog sie den übrigen Teil des Raums, hatte jedoch immer noch Schwierigkeiten, die Menschen da drüben zu erkennen, weil die Scheinwerfer so grell waren. Es mussten mindestens vier Männer sein, außerdem stand dort auch die Frau, die mit ihr gesprochen hatte. Einer der Männer trug ebenfalls Cowboykleidung. Der Raum dahinter war schwer auszumachen, aber Teresa gewann den Eindruck, dass er nicht genutzt wurde und diese kleine Kulisse, die Theke in einem *Western Saloon*, der einzige Schauplatz des Geschehens war.

Sie bemerkte, dass eine große Videokamera auf ein Stativ montiert war. Einer der Männer hielt eine zweite, etwas kleinere Kamera in der Hand und beschäftigte sich gerade mit einem Satz Batterien, die an seiner Taille befestigt waren. Nach weiterer kurzer Beratung trat einer der Männer so weit vor, dass Teresa ihn sehen konnte. Er war klein und kahlköpfig und trug ein schmuddeliges T-Shirt, auf dem vorne ein Hanfblatt aufgedruckt war. Als er die Stimme erhob, merkte Teresa zu ihrer Überraschung, dass er einen britischen Akzent hatte.

»Also gut, Leute, wir drehen jetzt weiter. Ruhe bitte! Alle auf ihre Plätze. Seid ihr so weit, Shandy und Luke?« Teresa sagte, sie sei bereit. Der Mann mit dem großen falschen Schnauzbart verstaute die Zeitung irgendwo hinter der Theke, so dass sie außer Sichtweite war. »In Ordnung, wir fangen jetzt an.«

Shandy und Luke. Als Teresa Luke ansah, zwinkerte er ihr zu.

***** SENSH *****

Teresa hatte angenommen, der Regisseur werde *Action!* brüllen, aber offenbar war das gar nicht nötig. Beide Kameras waren eingeschaltet, wie die winzigen roten Lämpchen vorne anzeigten.

Sofort machte Luke plumpe Annäherungsversuche, griff nach ihr, schlang seine Arme um ihren Rücken und versuchte sie zu küssen. Anfangs leistete Teresa instinktiv Widerstand, aber nach wenigen Sekunden zwang sie sich dazu, die innere Kontrolle zu lockern und keine Mühe darauf zu verschwenden, die Handlung dieser Simulation zu steuern. Der Teil ihres Körpers und Bewusstseins, der Shandy gehörte, sträubte sich ebenfalls gegen Lukes Annäherungen, wie sie merkte, allerdings nicht so heftig wie sie selbst.

Nach sekundenlangem, halbherzigem Ringkampf griff Luke mit beiden Händen nach ihrem Hemd und riss es vorne auf. Teresa hörte das wohl bekannte Aufreißen eines Klettverschlusses und merkte, dass die

Knöpfe nur Attrappen waren. Darunter kamen ihre enormen Brüste zum Vorschein.

Shandy wandte sich ab, holte eine Flasche von der Theke, fasste sie beim Hals und schlug sie Luke über den Schädel, worauf die Flasche sofort zerschellte. Das Geräusch dabei klang nicht sonderlich überzeugend, eher so, als ob sich präparierter Kunststoff in seine Einzelteile auflöste als nach zerspringendem Glas. Luke rappelte sich hoch, schüttelte den Kopf und war gleich wieder da, um sich einen Nachschlag zu holen.

*** **SENSH** ***

Diesmal griff er nach ihrem Büstenhalter, verhakte die Finger in dem kleinen Stück Stoff, das die beiden Körbchen miteinander verband, und zerrte heftig daran. Der Büstenhalter riss genau so schnell auf wie vorher das Hemd und fiel sofort von ihrem Körper ab. Luke schleuderte ihn weg und senkte sein Gesicht zwischen ihre Brüste, die er mit den Händen umfasste und gegen seine Wangen drückte. Teresa spürte, wie die steifen Borsten seines Schnauzbarts sich an ihr rieben, und stöhnte vor Lust. Der Mann mit der Handkamera kam näher heran.

Mehrere Sekunden lang ging es so weiter, und sie ließ Luke gewähren. Er bearbeitete ihre Brüste, bis er plötzlich unterbrochen wurde: Der Mann im Cowboyanzug, der bislang hinter den Schweinwerfern gestanden hatte, trat jetzt vor, packte Luke am Kragen, zerrte seinen Kopf von ihrem Körper weg und holte mit der Faust weit aus. Teresa kam es so vor, als habe der Schlag sein Ziel um mehrere Zentimeter verfehlt, aber Luke warf den Kopf nach hinten, zog sich, mit den Armen rudernd und unsicher torkelnd, zurück und schlug quer über einen Tisch und zwei Stühle, die unter seiner Last sofort zusammenkrachten. Beide Kameras hielten kurz drauf und wandten sich dann wieder dem Hauptschauplatz zu.

Shandys Retter maß sie mit übertrieben genüsslichen Blicken, blieb vor ihr stehen und streichelte eine ihrer nackten Brüste. Shandy reagierte darauf, indem sie mit der Zunge über ihre Lippen fuhr und ihre Brustwarzen hart wurden. Als sie ihre Hand über den Schlitz seiner Jeans gleiten ließ, stellte Teresa einigermaßen verblüfft fest, dass sich darunter bereits eine enorme Ausbeulung abzeichnete. Langsam ließ er seine Hüften kreisen, wieder und immer wieder …

***** SENSH *****

Ihr Treiben wurde von der Stimme des Regisseurs unterbrochen, der von hinten rief: »Mach schon, Shandy! Komm endlich zur Sache!«

Shandy, die sich absichtlich Zeit ließ, fuhr sich aufreizend langsam mit der Zunge über die Lippen, aber nach weiterem ärgerlichem Gebrüll des Regisseurs langte sie dem Mann an den Reißverschluss seiner Jeans und zog ihn Zentimeter für Zentimeter auf.

Teresa konnte nicht leugnen, dass das, was da vor ihren Augen hervorschnellte, sie mächtig beeindruckte und sie intensiven Anteil an dem nahm, was Shandy und ihr Partner in den nächsten, sich ins Endlose dehnenden Minuten miteinander trieben.

Sie blieb, bis alles vorbei war, und dachte darüber nach, wie wenig sie bislang über gewisse sexuelle Praktiken gewusst hatte. Shandy war eine echte Expertin und voller Begeisterung bei der Sache gewesen. All das hatte zu schneller und unmittelbarer Befriedigung geführt. Gleichzeitig hatte Teresa jedoch den Eindruck, dass es sich letztendlich kaum lohnte, sich mit all diesen Sexualtechniken zu befassen.

Als es schließlich so aussah, als werde nicht mehr viel

passieren, loggte Teresa sich mit LIVER aus. Die spärliche Bekleidung an den Körper gedrückt, machte sich Shandy gerade auf den Weg zur Dusche.

***** Abheben mit SENSH Y'ALL *** ***
***** Phantasien aus dem Wilden Westen *****
***** Urheberrechte überall und nirgends – verschwendet darauf keinen Gedanken!! *****

Seichte synthetische Musik, die irgendwie mit einem Schlagrhythmus und drei sich endlos wiederholenden Akkorden unterlegt war, dröhnte ohrenbetäubend laut auf, als Teresa – nicht ganz freiwillig – in die Wirklichkeit zurückkehrte.

@ @ @

Als Teresa später am Abend allein in ihrem Zimmer saß und voll innerer Unruhe den Tag Revue passieren ließ, holte sie irgendwann ihr Notizbuch aus der Tasche, schlug eine leere Seite auf und starrte lange auf das unbeschriebene Blatt.

Schließlich notierte sie in ihrer schönsten Handschrift:

Lieber Andy,
das war eigentlich gar nicht nötig. Tut mir Leid, es wird nicht wieder vorkommen. Allerdings hat's mir, glaube ich, Spaß gemacht. Zumindest war's interessant.

Das drückte das, was sie hatte sagen wollen, gar nicht richtig aus, es entsprach nicht einmal dem, was sie wirklich empfand. Es war gar nicht so interessant gewesen.

---

* SENSH Y'ALL: Wortspiel. Das englische *sensual* bedeutet erotisch, geil, sinnlich. SENSH Y'All in dieser Schreibweise so viel wie »geilt euch alle auf«; Ganzer Slogan: »Hebt ab und geilt euch auf«. – *Anm. d. Ü*

Die Größe war schließlich nicht alles, genauso wenig wie das Stehvermögen.

Sie unterließ es, den kurzen Brief zu unterschreiben. Stattdessen starrte sie auf die unzulänglichen Worte und versuchte, Erinnerungen an die Zeit mit Andy heraufzubeschwören, Erinnerungen an all die langen glücklichen Jahre. Von Tag zu Tag fiel es ihr schwerer, sich diese Jahre ins Gedächtnis zu rufen.

Die Schnapsidee, diese leichtfertigen Worte niederzuschreiben, war damit auf der Stelle erledigt, sie spürte nur noch Sehnsucht nach Andy, wie immer.

Unaufhaltsam entglitt er ihr. Die Person, an die sie sich erinnerte, wurde allmählich ein bloßer Name. Und dieser Name stand für den Mann, der früher eine wichtige Rolle in ihrem Leben gespielt hatte und an dessen Liebe sie sich erinnerte (nicht aber, außer in Bruchstücken, an die sexuelle Liebe. Sie erinnerte sich nur noch an bestimmte Einzelheiten, die das Erregende mit der Zeit eingebüßt hatten). Männlicher Partner, wichtiger Mensch in ihrem Leben, Liebhaber, Freund und Ehemann – all das war er für sie gewesen, aber er rückte immer weiter weg. Die Wirklichkeit der Jahre nach seinem Tod, der Jahre, in denen sie ohne ihn würde weiterleben müssen, würde er nie kennen lernen. Wie hätte er all das je vorhersehen können? Nie wäre sie nach England geflogen, nie in Bulverton abgestiegen, hätte Andy noch gelebt. Das hier war jetzt ihr eigenes Leben, ein Leben, das sie für alle Zeiten ohne ihn würde leben müssen. Ihr war klar, dass sie nicht mehr so heftig um ihn trauerte wie früher, und das bedeutete, dass sie ihn verlor, nicht weil *er*, sondern weil *sie* sich verändert hatte. Aber dagegen, dass sie sich veränderte und die Vergangenheit hinter sich ließ, konnte sie nichts machen. Immer noch hatte sie keine Ahnung, was sie ohne ihn mit ihrem Leben anfangen sollte und wo sie irgendwann landen würde, aber ihr war klar, dass es letztendlich keine Alternative gab: Sie musste Andy begraben.

Während sie duschte, ließ sie das Notizbuch aufgeschlagen auf dem Tisch liegen, aber ehe sie zu Bett ging, riss sie die Seite heraus, knüllte sie zusammen und warf sie in den Abfalleimer neben der Tür. Kurz vor dem Einschlafen besann sie sich anders: Sie stieg aus dem Bett, holte das Blatt wieder aus dem Abfalleimer heraus und zerriss es in lauter kleine Fetzen.

26. k@pitel

Ohne etwas zu sagen, starrte Nick Surtees ungläubig auf den Vertrag, den Acie Jensen ihm gerade überreicht hatte. Was im Hotel als scheinbar ganz normaler Morgen mit der üblichen Liste zu erledigender Arbeiten begonnen hatte, war durch die Aussicht auf buchstäblich unbegrenzten Reichtum plötzlich aus den Fugen geraten. Das umwälzende Ereignis hatte sich erst vor wenigen Minuten zugetragen, während eines folgenreichen Gesprächs mit Ms. Jensen, das in dem großen Lastwagen auf dem Hotelparkplatz stattgefunden hatte.

Der Vertrag selbst war eine heiße Sache, allerdings hatte Jensen angeboten, ihm diese Kopie zu überlassen, damit er sich vorab mit den darin vorgesehenen Abmachungen vertraut machen konnte. Offenbar ging sie davon aus, dass er einen Anwalt zu Rate ziehen werde. Auf Seite 17 des Vertrags waren bestimmte Zeilen freigelassen. Dort würde nach Vertragsabschluss die Geldsumme stehen, die ihm ausgezahlt werden sollte.

Bis jetzt war Ms. Jensen ihm wie ein unzufriedener Gast vorgekommen, aber an diesem Morgen war sie liebenswürdig und locker gewesen, ganz so, als freue sie sich selbst über das viele Geld, das fließen sollte. Während des Gesprächs hatte sie Nick darauf hingewiesen, wie viel Platz im Vertrag für das Honorar gelassen worden sei, das mit Sicherheit großzügig ausfallen werde.

Der Vertrag selbst war in völlig unverständlicher Juristensprache abgefasst und bestand aus einem eng und sorgfältig ausgedruckten Text, der mehr als dreißig große Blätter füllte.

Die erste Seite enthielt eine Zusammenfassung, die in recht verständlicher Sprache geschrieben war und Absicht und Wirkung des Vertrags skizzierte. Offenbar ging man davon aus, dass die meisten Menschen, denen dieser Vertrag vorgelegt wurde, sowieso nur diese erste Seite lesen würden. Gemäß dieser Zusammenfassung verpflichtete sich der Lizenzgeber gegen Zahlung eines festgelegten Honorars dazu, »relevante Informationen über ein Geschehen, so wie er es erinnere«, uneingeschränkt der GunHo Corporation mit Sitz in Taipeh, Taiwan, zur Verfügung zu stellen. Als Lizenznehmer erhalte die GunHo Corporation damit auch das vollständige und uneingeschränkte Recht auf »elektronische Gestaltung, Bearbeitung und Weiterverwertung dieser Informationen« sowie das Recht auf »Vorführung und Einzug« der elektronischen Fassung.

Bezeichnenderweise nahm der markanteste Abschnitt das untere Drittel der Seite ein. Er war größer gedruckt als der übrige Text und mit dicken roten Linien umrahmt. Darin hieß es:

IHRE RECHTE. Dieser Vertrag gilt in allen Staaten, die gegenwärtig Mitglied der Europäischen Union sind, und ist in allen offiziellen Landessprachen der Mitgliedsstaaten abgefasst. Ihnen liegt die englische Fassung vor. Ähnliche Regelungen gelten auch innerhalb der Vereinigten Staaten von Amerika, allerdings sollten Sie in diesem Fall einen Anwalt zu Rate ziehen. Der Vertrag enthält die Vereinbarung über die kreative elektronische Nutzung psychoneuraler Erinnerungen. Sämtliche Vereinbarungen dieser Art sind innerhalb der Europäischen Union durch die Protokolle zum Staatsvertrag von Valencia geschützt. WIR EMPFEHLEN IHNEN NACHDRÜCKLICH, DEN RAT JURISTISCHER EXPERTEN EINZUHOLEN, ehe Sie den Ver-

trag unterzeichnen oder ein Honorar für Ihre Erinnerungen annehmen.

Nick befand sich im Zustand eines leichten Schocks: Sein ganzes Leben drehte sich inzwischen nur noch um diese rund dreißig Seiten eng bedruckten Papiers. Die Aussicht, plötzlich über ein bedeutendes Vermögen verfügen zu können, barg die Möglichkeit in sich, das Leben von Grund auf und für alle Zeiten zu ändern. Unmöglich, die Augen vor einer solchen Geldsumme zu verschließen, unmöglich, sie schlicht zu ignorieren. Was auch geschehen mochte, es würde sich etwas ändern.

Für Nick war Geld immer etwas gewesen, das in der Regel genauso schnell wieder ausgegeben wurde, wie es hereinfloss. Er war dabei weder wirklich reich noch wirklich arm geworden – wenn schon, dann eher das Letztere. Und jetzt, innerhalb der letzten halben Stunde, hatte man ihm versprochen, er werde bald ein reicher Mann sein. Wirklich reich. Für den Rest seines Lebens.

Er brauchte nichts überstürzen. Acie Jensen hatte ihm geraten, sich Zeit zu lassen und den Vertrag gründlich zu lesen.

So musste man sich wohl fühlen, wenn man im Lotto gewann. Oder wenn man das Vermögen eines Verwandten erbte, den man kaum gekannt hatte. In jeder Hinsicht taten sich damit neue Möglichkeiten auf, vordringlich war jedoch die Konzentration auf die unmittelbare Gegenwart mit all ihren kleinen, alltäglichen Sorgen. Kurzfristig gesehen, würde er mit dem Geld endlich seine Rechnungen begleichen, sein überzogenes Konto decken (erst an diesem Morgen war ein nachdrücklich abgefasstes Mahnschreiben seiner Bank bei ihm eingegangen) und das Loch im Kreditkartenkonto stopfen können. Und dann würde er sich ein wenig Luxus gönnen: ein neues Auto, ein neues Haus, neue Klamotten, einen ausgedehnten Urlaub. Und immer noch würden ihm Millionen bleiben, und das bedeutete Investitionen, Dividenden, Grundbesitz, grenzenloser finanzieller Spielraum …

Nick hatte sich ins Schlafzimmer zurückgezogen und die Tür hinter sich zugemacht. In der ersten spontanen Reaktion hätte er am liebsten gejubelt, Amy gesucht und sie gepackt, um mit ihr durch die Straße zu tanzen und die unglaublichen Neuigkeiten mit ihr zu teilen. Aber tief innen hatte etwas Freudloses gelauert und ihn davon abgehalten.

Nicht, dass er das Geld ganz für sich haben wollte. Aber ihm war sofort klar geworden, dass es das Ende seiner Beziehung zu Amy bedeutete. Das, was ihm da so unverhofft in den Schoß gefallen war, bedeutete für ihn den Freibrief, aus Bulverton wegzuziehen, weg vom Hotel und zwangläufig auch von Amy. Nur der Druck früherer Ereignisse hatte sie bis jetzt zusammengehalten.

Das Geld veränderte alles. Es würde ihnen beiden die Möglichkeit geben, sich aus der Bindung zu lösen, es würde die Tore mit gewaltigem Ruck aufstoßen. Er versuchte Klarheit in das Chaos der Gedanken zu bringen, die ihm durch den Kopf schossen: Nein, es ging wirklich nichts ums Geld. Er konnte und wollte ihr die Hälfte davon abgeben und würde danach immer noch ein reicher Mann sein, unvorstellbar reich. Es ging um die Folgen des Geldsegens, darum, wie es sich auf sie beide auswirken würde.

In seinem Innern spürte er schreckliche Angst und Traurigkeit, aber das bestimmte sein Denken nicht, sondern lauerte eher am Rande seines Bewusstseins. Allerdings würde er sich dieser Angst und diesem Kummer stellen müssen, denn sie drängten vom Rand immer mehr ins Zentrum seines Bewusstseins. Dieser Glücksfall war allzu plötzlich eingetreten: Wo ihre Beziehung eines Tages hinführen würde, war für sie beide kein Geheimnis gewesen, aber er wollte auf keinen Fall, dass ein schäbiger Kuhhandel, der ihn reich machen würde, die Trennung herbeiführte. Und genau darum ging es hier: um einen schäbigen Kuhhandel.

Er ging in die Bar hinunter und goss sich einen großen Scotch ein. Von Amy, die vorhin in der Küche herumgewerkelt hatte, war nichts zu sehen. Leise zog er sich wieder in die Privatsphäre des Schlafzimmers zurück.

Er hatte das Gefühl durchzudrehen, so viele Gedanken wirbelten ihm gleichzeitig durch den Kopf: Er schmiedete Pläne, war aufgeregt und erleichtert, hatte Gewissensbisse, träumte von der Freiheit, an unbekannte Orte zu reisen, bestimmte Dinge zu erwerben und sich endlich lang gehegte Wünsche zu erfüllen. Und dann gab es da diese dunklere Seite: quälende Schuldgefühle Amy gegenüber, die Angst, dass sich all das Geld genauso schnell wieder in Luft auflösen würde, wie es Gestalt gewonnen hatte, Bedenken, dass die Sache einen bislang nicht erwähnten Pferdefuß haben könnte, einen bösen Haken, vor dem Ms. Jensen ihn nicht gewarnt hatte.

Er blickte auf den Vertrag, der neben ihm auf dem Bett lag, und las die Warnung auf der ersten Seite nochmals durch. Schließlich beschloss er, den Rat zu beherzigen. Nachdem er sein Adressbuch herausgekramt hatte, wählte er die Telefonnummer eines alten Freundes, der in London als Anwalt praktizierte.

@ @ @

John Wellesley war gerade in einer Besprechung, aber er rief wenige Minuten später zurück. Mit allem, was er an Selbstbeherrschung aufbringen konnte, hatte Nick es geschafft, bis jetzt nur einmal paarmal an seinem Whisky zu nippen. Aus einem wohl bekannten Instinkt heraus und aus alter Gewohnheit hätte er sich am liebsten volllaufen lassen, aber etwas Stärkeres in ihm mahnte ihn, unbedingt einen klaren Kopf zu behalten.

Er gab Wellesley eine kurze, wenn auch leicht hysterische Beschreibung dessen, was man ihm angeboten hatte. Bis er zu sprechen begann, war ihm gar nicht recht klar gewesen, wie sehr ihn die jüngste Entwicklung mitgenommen hatte. Er hörte selbst, wie er die Worte heraussprudelte und dass seine Stimme ganze Tonlagen höher klang als sonst. Er musste sich alle Mühe geben, den eigenen Wortschwall zu bremsen.

Nachdem Wellesley schweigend zugehört hatte, fragte er gelassen: »Ist das ein Vertrag nach der Konvention von Valencia?«

Nick, dem inzwischen schwindelig war, holte tief Luft: »Ich glaube schon, ja. Auf der ersten Seite wird so etwas erwähnt.«

»Hat der Vertrag zweiunddreißig Seiten?«

»Ja«, bestätigte Nick und blätterte den Vertrag rasch durch, um die Seitenzahl des letzten Blattes zu überprüfen.

»Ich muss dich etwas fragen, Nick. Ich weiß, es klingt kleinlich, aber ich muss es wissen: Möchtest du meinen inoffiziellen juristischen Rat, was diesen Vertrag betrifft, oder möchtest du, dass ich dich in dieser Angelegenheit offiziell als Anwalt vertrete?«

»Eigentlich beides. Zuerst einmal brauche ich deinen Rat, glaube ich.«

»Möchtest du erst mal eine Pause einlegen und dich ein bisschen abregen, ehe ich weiterrede?«

»Klinge ich so schlimm, John?«

»Ich kann's dir nicht verübeln. Offenbar haben diese Verträge immer diese Wirkung, ich hab schon viele solche Vereinbarungen abgeschlossen.«

»Also gut, ich werde mich bemühen, nicht mehr so zu schwafeln.« Nick kippte den Rest des Whiskys mit einem Zug hinunter und versuchte sich auf das zu konzentrieren, was Wellesley sagte.

»Ich will's dir so einfach wie möglich erklären. Im Grunde bist du auf der sicheren Seite, wenn du den Vertrag in der Form, die dir vorliegt, unterschreibst. Es gibt internationale Abkommen, die solche Vereinbarungen regeln. Bist du bereit, dich auf das elektronische Scannen einzulassen – haben sie dir erklärt, wie das vor sich geht?«

»Ja.« Acie Jensen hatte ihm tatsächlich davon erzählt, allerdings war Nick angesichts des finanziellen Angebots zu diesem Zeitpunkt noch völlig durcheinander gewesen. In einer solchen Situation neigte man dazu, nicht allzu sehr auf die übrigen Verlautbarungen zu achten.

»Also gut, du musst nur wissen, worauf du dich einlässt. Ich nehme an, es ist auch nicht schlimmer, als wenn man dir den Blutdruck misst, aber da ich keine persönliche Erfahrung damit habe, kann ich's nicht genau sagen. Soweit ich weiß, besteht in körperlicher Hinsicht kein Risiko. Im Übrigen räumt dir der europäische Staatsvertrag von Valencia die Möglichkeit ein, ärztlichen Rat einzuholen, ohne dass es die Vereinbarung berührt.«

»Darüber mach ich mir nicht allzu viele Sorgen.«

»Gut. Was das Geld betrifft: Um welches Unternehmen handelt es sich?«

»Angeblich ist es eine chinesische Firma, aus Taiwan.«

»Doch nicht etwa die GunHo Corporation?«, fragte Wellesley.

»Doch, genau die.«

»Herzlichen Glückwunsch. Die gehören zu den größten, die auf dem Markt der virtuellen Realitäten mitmischen. Du hast dein Schäfchen im Trocknen, Nick. Soweit ich weiß, schließen die immer Standardverträge ab. Nach dem, was du erzählt hast, klingt es ganz so, als ob sie den Standardvertrag immer noch verwenden.

Falls das stimmt, kannst du davon ausgehen, dass alle Hohen Gerichte dieser Welt deinen Vertrag auf Herz und Nieren überprüft haben: der Bundesgerichtshof der USA, das Revisionsgericht in Großbritannien und die europäischen Gerichtshöfe in Den Haag und Strassburg.«

»Du kennst dich damit offensichtlich gut aus«, bemerkte Nick beeindruckt.

»Wie gesagt, ich habe in den letzten zwei Jahren mehrere ExEx-Verträge unter Dach und Fach gebracht. Wie viel haben sie dir denn angeboten?«

Nick nannte die Summe.

»Nicht schlecht. Im Vergleich zum derzeit Üblichen oberes Mittelfeld. Worum geht's denn überhaupt, wofür wollen die das zahlen?«

»Es geht um den Amoklauf von Gerry Grove in Bulverton. Meine Eltern sind dabei ums Leben gekommen.«

»Klar, hätte ich eigentlich wissen müssen. Bulverton ist derzeit eine der heißesten Sachen.«

»Ich war nicht einmal hier, als es passiert ist«, sagte Nick. »Ich frag mich immer noch, ob ihnen da auch kein Fehler unterlaufen ist. Das macht mich ganz nervös. Kann ja sein, dass sich alles zerschlägt, wenn sie's merken.«

»Früher hätte die Gefahr durchaus bestanden. Bis zum vergangenen Jahr wollten die nur Leute, die bei den Ereignissen tatsächlich eine Rolle gespielt haben oder Augenzeugen waren. Aber inzwischen haben sie die Software so verfeinert, dass es offenbar ausreicht, wenn vieles nur auf Hörensagen beruht. Vor einem Gericht hätte das, was sie produzieren, keine Beweiskraft, aber was, zum Teufel, soll's?! Hier geht's um Remmidemmi, um's Showgeschäft. Du wohnst doch im Haus deiner Eltern, nicht?«

»Meine Eltern hatten ein Hotel, das hab ich übernommen.«

»Wahrscheinlich wollen sie dich wegen dem, was deinen Eltern zugestoßen ist. Meines Wissens besteht das Problem bei Bulverton darin, dass viele der wichtigsten Augenzeugen an dem Tag erschossen wurden. Teilweise ist das wohl auch der Grund dafür, dass die Produzenten virtueller Realitäten so lange gebraucht haben, sich mit der Sache zu befassen. – Hör mal, wir haben jetzt das Grundsätzliche so weit durchgesprochen, wie ich's in diesem Stadium darf. Nach den Regeln des Verbandes der Rechtsanwälte darf ich dir im Voraus nichts versprechen. Möchtest du trotzdem, dass ich dich in dieser Sache vertrete?«

»Ähm ... Versteh mich bitte nicht falsch«, sagte Nick, »aber wenn der Vertrag wirklich eine so bombensichere Sache ist, wie du behauptest, warum sollte ich dann überhaupt einen Anwalt brauchen?«

»Ob du einen brauchst, hängt davon ab, ob du noch mehr Geld herausholen willst oder nicht«, erwiderte Wellesley.

»Na ja ...«

»Du besitzt etwas, für das GunHo offensichtlich zu zahlen bereit ist. In der Sprache des Marktes ausgedrückt, stinken die vor Geld. Kannst du dir vorstellen, wie viel Einnahmen aus ExEx-Simulationen man für dieses Jahr weltweit erwartet?«

»Keine Ahnung. Bis vor kurzem wusste ich ja kaum, dass es so was gibt.«

»Das haben die Leute früher auch vom Internet gesagt. Einer meiner Kumpels in London drückt es so aus: Wäre ExEx ein unabhängiger Staat, dann würde dieser Staat gegenwärtig die zweitgrößte Wirtschaftsmacht der Welt darstellen. ExEx hat täglich mehr zahlende Kunden als alle großen Soft Drink-Hersteller der Welt zusammengenommen. Und ExEx-Preise sind wesentlich höher als Cola-Preise.«

»Willst du damit sagen, dass du noch *mehr* Geld für

mich herausholen kannst? Die Summe kommt mir jetzt schon absurd hoch vor.«

»Ich darf dir keinen materiellen Anreiz dafür bieten, mich als Rechtsvertreter zu engagieren. Schließlich bin ich Anwalt, Nick, wie müssen uns an gewisse Regeln halten.«

»Und was würdest du sagen, wenn du kein Anwalt wärst?«

»Na ja … weil du es bist. Die Grundsumme zu verdoppeln wäre die leichteste Übung. Wenn das erst einmal vom Tisch ist, könnte ich mit ihnen um den Rest rangeln, und das schließt Film- und Fernsehrechte ebenso ein wie Lizenzgebühren und Rechte an übersetzten Fassungen. Wahrscheinlich werden sie mir das Meiste zugestehen, jedenfalls in den wesentlichen Punkten. Wie steht's mit Familienangehörigen? Hast du das Mädchen, mit dem du seinerzeit zusammengelebt hast, geheiratet?«

»Amy? Nein.«

»Also hast du keine Kinder?«

»Nein.«

»Das ist schade. Man kann nämlich einiges von der Steuer absetzen, wenn man Familie hat.«

»Derzeit ist Steuer so ziemlich das Letzte, was mir Sorgen macht.«

»In einem Jahr wirst du das nicht mehr sagen.«

Das Gespräch dauerte noch ein paar Minuten. Für das, was in Nicks Kopf arbeitete, war es unbedingt nötig, dass er Gelegenheit zum Nachdenken und Reden hatte, nur so konnte er mit der neuen Situation fertig werden. Bevor sie schließlich auflegten, wurde ausgemacht, dass John Wellesley ihn offiziell als Anwalt vertreten würde. Wellesley sagte, er gehe davon aus, dass die Verhandlungen mit GunHo bis zum Vertragsabschluss etwa eine Woche dauern würden, wahrscheinlich könne er aber eine mehr oder weniger sofortige

Vorauszahlung für Nick bewirken. »Übrigens werde ich dir diese telefonische Beratung in Rechnung stellen müssen«, kündigte er an.

»Wie viel willst du?«

Wellesley nannte ihm lachend die Summe.

»Das ist ja unverschämt viel«, bemerkte Nick.

»Ja, nicht wahr? Aber du musst bedenken, dass du in der Zeit, die unser Gespräch gedauert hat, ungefähr das Fünfzigfache meines Honorars allein an Zinsen verdient hast. Du bist jetzt mein Goldesel, Nick. Da kannst du's mir doch nicht verübeln, wenn ich dich auch ein bisschen melke.«

@ @ @

Angesichts der neuen Situation war Nick auch nach dem Telefonat noch leicht durcheinander. Allerdings war ihm klar, dass er so schnell wie möglich mit Amy reden musste, also machte er sich auf den Weg nach unten. Immer noch war Amy nirgendwo zu sehen, sie musste wohl in die Stadt gegangen sein, um irgendwelche Besorgungen zu machen.

Das leere Whiskyglas vor sich auf der Theke, setzte er sich an die Bar und widerstand der heftigen Versuchung, einen weiteren Scotch zu kippen. Um Abstand zum Objekt seiner Begierde zu gewinnen, verließ er die Bar gleich wieder, um noch einmal nach Amy zu suchen. Das Gespräch mit ihr hatte jetzt Vorrang: Ohne Amy konnte er keine weiteren Überlegungen anstellen, Pläne schmieden oder sich Tagträumen hingeben. Plötzlich stand er vor einer ganz neuen Situation.

Er traf mit Amy zusammen, als sie durch die Hintertür ins Hotel trat. Sie war aufgeregt und hektisch und hielt einen Vertragsentwurf in der Hand, der genau wie seiner aussah.

@ @ @

Den Rest des Tages verbrachte Amy auswärts. Nachdem sie gegangen war, sah Nick ihren Vertrag auf dem Schlafzimmerstuhl liegen, den sie abends meist zur Ablage ihrer Sachen benutzte. Er rief Jack Masters an und bat ihn, am Abend die Bar zu übernehmen. Danach ging er in den Speisesaal, um sich um das Abendessen der Gäste zu kümmern. Sie waren vollständig versammelt und saßen, wie üblich, an zwei getrennten Tischen in entgegengesetzten Winkeln des Zimmers. Teresa hatte der Vierergruppe den Rücken zugekehrt. Nick fragte sich, ob Acie Jensen ihn auf den Vertrag ansprechen würde, aber sie sagte kein Wort.

So schnell wie möglich bereitete er die Speisen zu und dachte dabei: Meine *zweite* Tat wird darin bestehen, das Hotel zu verkaufen, aber zuvor werde ich als allererstes einen Koch einstellen.

Immer noch keine Spur von Amy. Als er die Bar am späten Abend gemeinsam mit Jack schloss, war er davon überzeugt, dass Amy endgültig auf und davon war. Er war bis nach eins auf, konnte keine Ruhe finden und blieb hellwach. Immer wieder kreisten seine Gedanken um den Reichtum, der ihm ins Haus stand, er war wie besessen davon. Nie hatte irgendein Ereignis sein Leben derart umgekrempelt, das hatten nicht einmal die schrecklichen Stunden nach dem Amoklauf Gerry Groves bewirken können.

Schließlich kehrte Amy zurück. Leise kam sie die Treppe herauf, sah, dass er im Bett lag, aber noch nicht schlief, und ging gleich ins Bad. Er wartete darauf, dass sie endlich aus der Dusche kam, und fragte sich dabei, ob es wohl die letzte gemeinsame Nacht in ihrem Leben sein würde.

Ohne etwas zu sagen, legte sie sich neben ihn und kuschelte sich zärtlich wie immer an. Es dauerte nicht lange, bis sie miteinander schliefen. Es war nicht gerade der leidenschaftlichste, lustvollste Liebesakt, den sie je miteinander erlebt hatten. Hinterher war Nick geistesabwesend und traurig.

»Du wolltest immer schon von hier weggehen«, sagte Amy. »Wirst du's jetzt tun?«

»Warum sollte ich?«, erwiderte er ausweichend.

»Jetzt hast du das nötige Geld oder wirst es bald haben. Also gibt es nichts mehr, was dich hier halten könnte. Das ist deine Chance.«

»Ich hab mich noch nicht entschieden.«

»Was in Wirklichkeit heißt, dass du wohl gehen wirst, mir aber noch nichts sagen willst.« Sie wälzte sich unruhig im Bett hin und her, warf die Bettdecke zurück und setzte sich auf. Da die Gardinen aufgezogen waren, konnte er trotz der Dunkelheit erkennen, wie sich ihr Körper gegen das Licht von der Straße abzeichnete. Als er sich gleichfalls aufsetzte, fiel sein Blick auf die obere Wölbung der Satellitenschüssel auf dem LKW-Dach. »Nun ja, ich selbst habe auch Pläne gemacht, schon seit Wochen. Ich will weg, Nick. Ich möchte Bulverton nie im Leben wiedersehen.«

»Das versteh ich, mir geht's mehr oder weniger genauso.«

»Ich hatte vor«, fuhr sie fort, »dich bei nächster Gelegenheit zu verlassen. Im ganzen Leben hab ich mich noch nie derart eingesperrt gefühlt wie jetzt. Du, Jase, das Hotel, es kommt alles zusammen. Aber dies … hat alles verändert. Und das liegt nicht am Geld, sondern an der Handlungsfreiheit, die das Geld uns gibt. Dadurch entfällt der ewige Druck, die ewigen Sorgen, wovon man leben soll. Natürlich ist mir klar, dass das Geld nicht alle Probleme löst, aber es bietet uns tatsächlich einen Ausweg aus dieser Situation. Könntest du nicht mit mir mitkommen? Wenn du jetzt nichts versprechen willst, ist das schon in Ordnung. Lass uns doch einfach erledigen, was immer diese Leute von uns erwarten, und dann nichts wie weg.«

»Hast du wirklich gesagt, dass du mich dabei haben willst?«, fragte Nick verblüfft. »Hab ich richtig gehört?«

»Ja.«

Er lachte: »Sag *bitte, bitte*.«

»Ja, bitte, Nick. Aber was ist mit dir? Möchtest du nicht lieber allein weggehen?«

»Oh, nein«, erwiderte er, ehrlich wie nie zuvor. »Jetzt nicht mehr.«

Am Morgen, nach einer schlaflosen Nacht, die sie damit verbracht hatten, Pläne zu schmieden, Entscheidungen zu treffen, Wunschvorstellungen laut auszusprechen, gingen sie gemeinsam hinunter, um für ihre Gäste Frühstück zu machen.

»Nie wieder will ich in einem Hotel arbeiten«, bemerkte Nick. »Von all den unterbezahlten, unterschätzten, unsozialen, unrentablen Jobs ist …«

»Ist dir eigentlich klar«, unterbrach ihn Amy, während sie die Kaffeemaschine säuberte und aus dem Kühlschrank den Spezialkaffee nahm (niedriger Koffein- und Natriumgehalt, hoher Zinkanteil, ein Produkt aus biologischem Anbau, abgeerntet zu fairen Löhnen), den sie für viel Geld von einem unabhängigen Spediteur im Londoner Westend bezogen, »ist dir eigentlich klar, dass es vielleicht das letzte Mal in deinem Leben ist, dass du für Hotelgäste Frühstück machen musst?«

»So schnell wird sich das nicht ändern, so schnell geht das nie«, wandte er ein.

»Erinnere mich in drei Stunden noch mal an deine Worte«, sagte sie. »Um neun.«

»Was soll um neun passieren?«

»Etwas, das ich gestern den ganzen Tag lang für dich vorbereitet habe.«

»Was ist es denn?«

»Wart's ab.«

Nachdem sie das Gästefrühstück vorbereitet hatten, setzten sie sich eine halbe Stunde später gemeinsam in die Küche und und tranken ihren eigenen Kaffe: löslichen Pulverkaffee aus der Dose mit hohem Koffein- und wahrscheinlich ähnlich hohem Natriumgehalt, Zinkanteil unbekannt.

»Wir sollten diesen Leuten nicht über den Weg trauen«, sagte Amy. »Am besten, du nimmst dir einen Anwalt.«

»Hab ich schon getan«, erwiderte Nick. »Und du solltest das auch tun.«

»Auch das hab ich gestern erledigt.«

27. k@pitel

Inzwischen fühlte sich Teresa jedes Mal, wenn sie den ExEx-Bau betrat, irgendwie befangen; für das Personal war sie mittlerweile ein vertrauter Anblick, und daran war sie nicht gewöhnt. Während ihrer Ausbildung hatte man ihr beigebracht, nicht aufzufallen, ihre Arbeit zu erledigen, sich dabei jedoch im Hintergrund zu halten. Da ihr klar war, dass sie ohne Bewusstsein in der winzigen Kabine lag, während sie durch die inneren Welten von ExEx streifte, fühlte sie sich so verletzlich wie nie zuvor in ihrem Erwachsenenleben. Vielleicht war es gerade die Kehrseite dieser Verletzlichkeit, dass sie sich auf sicherem Boden fühlte, wenn sie die Wirklichkeiten der Simulationen erkundete. In diesen Handlungsfragmenten war sie als heimlicher Eindringling präsent, als verborgene geistige Teilhaberin, die sich nach Lust und Laune über das Drehbuch hinwegsetzen konnte, ohne dass man ihr auf die Schliche kam.

Mit der Zeit lernte sie, die Grenzen der vorgesehenen Handlung zu verrücken, denn die Simulationen boten dafür einen gewissen Spielraum. Anfangs war es ihr so vorgekommen, als gelte dieser Spielraum vor allem in räumlicher Hinsicht: Schließlich gab es ferne Gebirge, Straßen, die weg vom Geschehen führten, grenzenlos weite Perspektiven und verheißungsvolle Landstriche, die sich bis ins Unendliche zu erstrecken schienen. Allerdings war sie, wenn sie die räumlichen Grenzen dieser Landschaften erkundete, meistens enttäuscht worden, bestenfalls blieben viele Fragen offen.

Schließlich wurde ihr klar, dass es auch andere Landschaften, andere Straßen gab: die inneren Welten des Bewusstseins, die sie unmittelbar berührte, wenn sie sich in eine Simulation einloggte.

Diese Welten konnte sie erkunden, diese Landschaften waren nur durch hauchdünne Linien von ihr abgegrenzt. Sie wusste noch, wie sie gemerkt hatte, dass sie selbst zu Elsa Durdle wurde: es hatte ihr gefallen; und wie sie es geschafft hatte, die Bewegungen des Gendarmen Montaigne zu beeinflussen, obwohl sie nicht einmal seine Sprache beherrschte. Sie erinnerte sich sogar noch an die alten Übungssimulationen während der FBI-Ausbildung: Manchmal hatte sie das Geschehen für kurze Zeit lenken können, bei anderen Gelegenheiten hatte sie es vergeblich versucht.

Zwei Tage nach ihrer ersten Stippvisite im Sexfilm mit dem Cowgirl entschied sich Teresa noch einmal für diese Simulation, gab auch diesmal den Befehl für Anonymität und Datenschutz ein und kehrte an den schäbigen Drehort zurück.

Luke, der Schauspieler mit dem falschen Schnauzer, wartete neben ihr in der Kulisse und las derweil den Sportteil seines Revolverblatts. In Gestalt der arglosen Shandy versuchte Teresa, ein Gespräch mit ihm anzufangen, da sie hoffte, der Handlung dadurch eine andere Richtung zu geben, aber nichts, was sie sagte oder tat, vermochte ihn bis zum Drehbeginn von der Lektüre seiner Zeitung abzubringen.

Als der so prächtig ausgestattete junge Holländer namens Willem, der den Cowboy spielte, auf sein Stichwort hin losstürzte, um Luke den vorgeblichen Kinnhaken zu versetzen, wich Shandy ihm aus und hielt sich bewusst an Luke. Aber Luke war schon wieder in seine passive Rolle zurückgefallen und einfach in den Trümmern der Requisite liegen geblieben, in die er hineingekracht war.

Während der Regisseur wütend brüllte, sie solle gefälligst mit der Szene weitermachen, löste sich Teresa von Shandy und brach, die kurze Zauberformel LIVER murmelnd, die Simulation ab.

***** Abheben mit SENSH Y'ALL *****
***** Phantasien aus dem Wilden Westen *****
***** Urheberrechte überall und nirgends – verschwendet darauf keinen Gedanken!! *****

Wieder ertönte die schwachsinnige, nervtötende Musik, die schier kein Ende nehmen wollte.

@ @ @

Am folgenden Tag schlüpfte Teresa erneut in die Rolle des Cowgirls. Diesmal überließ sie Shandy die Initiative und wartete teilnahmslos ab, bis die junge Frau mit bemerkenswert spontaner Erregung die deutlichen, inzwischen jedoch vorhersehbaren Szenen abgedreht hatte.

Als die Kameras ausgeschaltet waren und Shandy und Willem die Einzelteile der Kostüme, aus denen sie sich entblättert hatten, zusammensuchten, drang Teresa wohl überlegt in Shandys Bewusstsein vor. Sie sprach Willem an und versuchte, ein Treffen mit ihm zu vereinbaren. Willem sprach zwar kaum Englisch, aber Teresa/Shandy nervte ihn so lange, bis er zusagte, mit ihr etwas trinken zu gehen.

Immer noch nackt, machte sich Shandy auf den Weg zur Dusche, die sich auf dem Gang hinter der Kulisse befand, und hielt sich dabei die spärliche Bekleidung vor den Körper. Teresa genoss das Gefühl, das der Körper der jungen Frau von innen her ausstrahlte: Es war so, als hätten die mehrfachen konvulsiven Orgasmen eine innere Glut in Shandy entfacht und sie auf wohl tuende Weise befriedigt. Ihr Gang war leicht und graziös. Zwei

Kameraleute grinsten ihr zu, als sie an ihnen vorüberging.

Sobald sie in der Dusche war und die Tür hinter sich geschlossen hatte, veränderte sich ihre Haltung. Mit theatralischer Geste spuckte sie in die Duschwanne, gab knurrende, kehlige Laute von sich, räusperte sich, hielt den Mund unter den Kaltwasserhahn, trank etwas Wasser und spülte danach aus. Drei- oder viermal gurgelte sie, dann duschte sie gründlich, seifte sich die Finger ein, wusch alle Körperteile, in die Willem eingedrungen war, und verwandte besonders viel Schaum auf die Stellen, wo er sein Sperma verspritzt hatte.

*** **SENSH** ***

Sie holte ihre Straßenkleidung aus dem Spind des angrenzenden Umkleideraums, zog sich hastig an und legte nur leichtes Make-up auf: ein wenig Kajal, um die Augen zu betonen, ein bisschen Rouge, keinen Lippenstift. Nach einem letzten Blick in den Spiegel ging sie hinaus, um sich mit Willem zu treffen.

Draußen stellte Teresa fest, dass sie in London waren. Sofort stachen ihr Einzelheiten ins Auge: insbesondere die vielen Menschen, der laute Verkehr, die roten Busse, die Reklameschilder, das trübe Wetter. Der Gesamteindruck war der von Detailfreude, die weit über das unbedingt Nötige hinausging.

Willem führte sie in ein Pub, das ganz in der Nähe in der Rupert Street lag. Während sie zur Theke ging, um die Getränke zu bestellen, blieb er allein an einem freien Tisch sitzen. Willem wollte ein holländisches Importbier, das Oranjeboom hieß, was Shandy irgendwie lustig fand. Während sie darauf wartete, bedient zu werden, summte sie leise eine Werbemelodie vor sich hin. Der Barkeeper kannte sie und mochte sie offenbar, denn wenn er nicht gerade mit der Bedienung anderer Gäste beschäftigt war, plauderte er mit ihr über irgendeinen Menschen, den sie beide kannten. Anscheinend hatte Shandy mehrere Jobs im West End und arbeitete in Clubs, Hotels und für Hostessendienste.

Der flüchtige Einblick in Shandys Leben fesselte Teresa so sehr, dass sie das Interesse an Willem verlor. Stattdessen hörte sie zu, wie Shandy über Leute redete, die ihr Geld schuldeten, über den Mann (Freund? Zuhälter?), der offenbar über sie bestimmte, über die Widrigkeiten des Lebens, mit denen sie sich manchmal herumschlagen musste, die Nachtarbeit, die Schikanen der Polizei. Das größte Problem sei allerdings ihr alte Mutter, die in den Midlands wohne. Derzeit mache man ihr Schwierigkeiten wegen der Behindertenrente. Aufgrund irgendeiner neuen Auslegung der Bestimmungen sei ihr die Rente gekürzt worden, so dass sie vielleicht zu ihrer Tochter nach London ziehen müsse. Aber Shandys Wohnung sei für zwei Menschen zu klein, also müsse sie sich eine neue suchen.

***** SENSH *****

Das ist die Wirklichkeit, dachte Teresa. Das ist Shandys Leben! Ich könnte hier bleiben, hier in ihrem Kopf, ihr auf Schritt und Tritt folgen, sehen, wie sie wohnt, was sie isst, wo sie schläft.

Sie warf einen Blick auf Willem, der immer noch am Tisch saß und darauf wartete, dass sie mit den Getränken zurückkam. Offensichtlich fühlte er sich angesichts der Tatsache, dass sie ihn überhaupt nicht beachtete, wie bestellt und nicht abgeholt.

Der Barkeeper steckte Shandy einen kleinen Zettel zu, auf dem eine Telefonnummer stand, worauf sie nach ihrer Handtasche griff, einen Terminkalender herauskramte und den Zettel zwischen die Blätter schob. Gerade wollte Shandy den Kalender wieder in der Tasche verstauen, als Teresa der Gedanke kam, einen Blick hineinzuwerfen. Also sorgte sie dafür, dass Shandy ihn auf die Theke legte, und blätterte ihn durch.

In Wirklichkeit hieß Shandy *Jennifer Rosemary Tayler*, wie Teresa der ersten Seite entnahm. Mit rührend kindlicher Handschrift hatte sie dort ihre persönlichen Daten eingetragen. Sie wohnte im Londoner Bezirk NW 10. Im Kalender (des Jahres 1990, wie Teresa auf dem Aufdruck sah, sonst hätte sie keinen Anhaltspunkt dafür gehabt, welches Jahr man schrieb) standen vor allem Telefonnummern und Geldbeträge. Aus einer Laune heraus dirigierte Teresa Shandy zur Telefonzelle, die sich vor dem Eingang zu den Toiletten befand, und ließ sie eine der eingetragenen Telefonnummern wählen.

*** **SENSH** ***

Als sich eine männliche Stimme mit ausländischem Akzent meldete, fragte Shandy leicht verunsichert: »Bist du's, Hossein? Hallo, hier ist Shan … Hör mal, ich bin gerade im *Plume of Feathers* in der Rupert Street. Weißt du, welche Kneipe ich meine? Ich wollte nur mal nachfragen, ob du irgendwas für mich hast.« Nach langem Schweigen am anderen Ende der Leitung sagte Hossein schließlich: »Ruf mich um zehn noch mal an. Bis dahin weiß ich mehr.«

»Alles klar«, sagte Shandy, legte auf, kehrte an die Theke zurück und trug die Uhrzeit in ihren Terminkalender ein.

Willem saß immer noch allein an seinem Tisch und wartete geduldig. Teresa beschloss, ihn dort sitzen zu lassen, verließ das Pub und ging die Rupert Street bis zu der Ecke hinunter, an der sich die Straße mit der Coventry Street verband. Seitlich davon lag ein freier, von hohen Gebäuden gesäumter Platz mit vielen Bäumen und noch mehr Fußgängern: Leicester Square, wie sie Shandys Gedanken entnahm. In der anderen Richtung und viel näher, als Teresa vermutet hatte, lag der Piccadilly Circus. Neugierig wie eine Touristin starrte Teresa, während sie auf den Piccadilly zuschlenderte, auf die Sehenswürdigkeiten. Nachdem sie ein Weilchen vor der Eros-Statue stehen geblieben war, beschloss sie, sich anzusehen, wie Shandy wohnte. Unverzüglich ging sie zum nächsten U-Bahn-Eingang hinüber und eilte die Treppe hinunter, wobei Shandys stählerne Pfennigabsätze über die Metallstufen klapperten. Unten angekommen, sah sie sich einer Backsteinwand gegenüber. Nachdem Shandy die Mauer flüchtig gemustert hatte, machte sie sich schnurstracks auf den Rückweg zur Straße.

Am Piccadilly gab es einen weiteren Eingang zur U-Bahn, der in der Lower Regent Street lag. Nachdem Shandy sie durch den Verkehr auf die andere Seite der Straße geschleust hatte, trippelte sie hastig die Treppe hinunter – und stand erneut vor einer Backsteinwand. Aber Teresa wollte sich noch immer nicht geschlagen geben und schlug den Rückweg zum Pub ein, in dem Willem nach wie vor auf sie wartete.

*** **SENSH** ***

Sie nahm neben ihm Platz und bat: »Erzähl mir was von deiner Heimat, Willem. Wie ist das Leben dort? Wie heißt der Ort, in dem du geboren bist?«

»Ah«, sagte er und starrte aus alter Gewohnheit in ihren Ausschnitt, »ich aus Amstelveen, bisschen südlich von Amsterdam, auf das Deichland. Du kennst Deichland? Ich zwei Schwester habe, beide mehr alt. Mein Mutter und Vater …«

»Tut mir Leid, Süßer«, unterbrach ihn Shandy, »aber ich muss jetzt gehen.«

Erneut ließ sie ihn sitzen und kehrte auf die Straße zurück.

Ringsum pulsierte das laute, dicht bevölkerte London. Wie bewerkstelligen die das?, überlegte Teresa. Eben noch ein lausig schlechter Sexstreifen, dessen Budget gleich Null sein muss, dann gehe ich durch irgendeine Tür, und draußen wartet eine ganze virtuelle Traumstadt mit Millionen von Menschen, eine Stadt, in der ständig was los ist und in der man tausend Dinge besichtigen kann. Allerdings keine U-Bahn-Stationen. Vielleicht sind sie nicht mehr dazu gekommen, die auch noch einzuprogrammieren.

***** SENSH *****

Während sie dort stand, brauste ein Doppeldeckerbus an ihr vorbei, der zur High Road in Kilburn fuhr, wie das Schild vorne besagte.

Ich könnte diesen Bus nehmen, dachte Teresa, und sehen, was sich in Kilburn tut. Auch dort wird es Menschen geben, die ein ganz eigenes Leben führen, sich Wohnungen teilen, Pleite machen, sich verlieben, ins Ausland reisen, ihrer Arbeit nachgehen, im Gefängnis landen oder Sexfilme drehen. Hat diese Simulation denn gar keine Grenzen? Kann ich von Kilburn aus in einen anderen Bus umsteigen, bis an den Stadtrand von London und von dort aus aufs Land fahren? Und was kommt dann? Wieder eine kahle Wand als Schnittstelle zur Realität? Oder geht's von da aus weiter zu den anderen Regionen Englands, Europas und schließlich der Welt? Das Bewusstsein, einen schier unendlichen Raum vor sich zu haben, machte sie schwindelig.

Sie nahm den nächsten Bus, der vorbeikam (das Schild vorne besagte, dass er nach Edgware fuhr), allerdings kreiste er eine ganze Stunde lang ums West End, kam immer wieder an denselben Gebäuden vorbei und stoppte an denselben Haltestellen.

Als sie ins Pub zurückkehrte, saß Willem immer noch wartend da.

»Hab ich dir eigentlich schon dein Bier geholt?«, fragte Shandy.

»Nein, aber ist in Ordnung. Ich warte, ist in Ordnung.«

Unverzüglich verließ sie ihn wieder und kehrte auf die Straße zurück. Draußen war es immer noch feucht und kühl, immer noch drängten sich die Menschen an ihr vorbei. Shandys Art zu gehen bedeutete, dass sich ihr Rock bei jedem Schritt an ihre Schenkel presste. Aus vielen Richtungen folgten ihr bewundernde männliche Blicke.

***** SENSH *****

»Macht dich das nicht verrückt, Shandy?«, fragte Teresa einer plötzlichen Eingebung folgend und führte dabei einen inneren Dialog mit dem eigenen Kopf.

»Was soll mich verrückt machen?«, gab Shandy gelassen zurück. »Dass die Jungs meine Titten anstarren? Das gehört zu meiner Arbeit dazu, Liebes. Einer ist immer dabei, der fürs nächste Essen sorgt.«

»Das meine ich ja gar nicht. Ich meine das gottverdammte Computerlogo, das alle paar Minuten auftaucht. Und die elektronische Musik, mit der sie das unterlegt haben.«

»Daran gewöhnt man sich«, erwiderte Shandy und spielte ihr im Kopf die Werbemelodie vor.

»Was ist das für eine Musik?«

»Ich glaube, Vic hat sie arrangiert. Das würde zu ihm passen.«

»Wer ist Vic?«, fragte Teresa. »Der Regisseur? Der Kerl mit jeder Menge Mundgeruch und null Persönlichkeit?«

»Nein, ich rede doch von *Vic*! Sag bloß, du weißt nicht,

wer Vic ist! Der Kumpel von Luke, der das Drehbuch schreibt. Luke ist der Mann, der ...«

»Wer Luke ist, weiß ich. Erzähl mir lieber von Vic, das interessiert mich mehr.«

»Vic ist für das Drehbuch zuständig. Er ist einer dieser Computerfreaks mit höchst seltsamem Humor. Hält alles, was er tut, für ungeheuer komisch. Der hat auch Luke ins Spiel gebracht, weißt du. Luke wirkt gern bei solchen Filmen mit, aber hat nun mal nicht das, was Willem hat. Willi mit dem großen Willi.«

»Ich weiß, was du meinst.«

***** SENSH *****

»Ist ja nicht zu übersehen. Na ja, Luke macht gern ein bisschen mit mir rum, und mir macht's nichts aus, also lässt Vic ihn kurz mitspielen, ehe die eigentliche Handlung beginnt. Ist immer nur eine winzige Rolle, sozusagen als Aufwärmtraining für das, was folgt. Luke hat bei allen Videos mitgemacht, die ich mit Vic gedreht habe. Das gute alte Grapschen macht ihm ja immer noch Spaß, aber er kriegt sein Ding nicht mehr so richtig hoch, weißt du. Eigentlich ist er eher ein Kumpel für mich. Es bringt uns immer ein bisschen zum Lachen. Du hast einen amerikanischen Akzent, kommst du aus Amerika?«

»Ja«, bestätigte Teresa.

»Genau wie Vic. Ich weiß nicht genau, was er in England macht, aber es hat was mit Computern und solchen Dingen zu tun.«

»Und wie schafft er das alles?«

»Schafft er *was*?«

Teresa deutete mit Shandys Hand auf das Umliegende: »London! All diese Menschen! Der Lärm, der Regen, das Gedränge auf den Straßen!«

»Keine Ahnung. Da musst du ihn schon selber fragen.

Inzwischen kann man ja ganze Städte für die Computer bekommen, stimmt's?«

»Städte? Was meinst du damit, dass man sie für die Computer bekommen kann?«

*** **SENSH** ***

»Man bekommt sie auf Disketten, soviel ich weiß. Oder man kann sie aus dem Internet auf die Festplatte laden, wenn man weiß, wie's geht. Man kann die ganze Stadt runterladen und dann ganz einfach benutzen. Irgendwie neue Sachen damit machen. Ich meine, Vic hat ja alle möglichen Orte, die er als Schauplatz benutzen kann. Er mag Cowboys und das ganze Drumherum, deshalb spielen viele seiner Produktionen im Wilden Westen. Erinnerst du dich an die Kulisse, in der wir gerade gedreht haben? Na ja, wenn man durch die andere Tür geht, die Hintertür, dann ist's gar nicht mehr London! Dann ist man irgendwo in Amerika ... du weißt schon, im Film hast du's bestimmt schon gesehen. Die Landschaft, wo sie all diese Western gedreht haben. Jede Menge Wüste und die ganzen Rocky Mountains, total steil, aber mit flachen Gipfeln.«

»Doch nicht etwa Monument Valley?«

»Klar doch, genau das meine ich!«, sagte Shandy. »Irgendwo in Arizona. Der ist echt verrückt, der Vic. Er montiert einfach irgendwelche Software so zusammen, wie's ihm gerade passt. Zum Beispiel die Szene in Finnland – ich meine, in ganz Finnland! Ich spiele die Stewardess in einem Flugzeug und ficke mit einem Kerl auf den Sitzen. Nicht sonderlich bequem, aber wir klappen die Armstützen hoch. Ist ja auch egal. Aber wenn man aus dem Fenster guckt, hat man Wälder und Seen unter sich, Hunderte von Kilometern nur Wälder und Seen! Man kann das Flugzeug in jede beliebige Richtung steuern, aber es fliegt immer über Finnland hinweg. Ich selbst versteh eigentlich gar nicht, was der ganze Aufwand soll. Ich meine, die Leute, die so was sehen wollen, möchten ja nur das Ficken miterleben, die interessiert der Schauplatz nicht die Bohne, hab ich Recht? Aber Vic muss sich irgendwo Raubkopien der Software besorgt haben, also benutzt er sie auch. Dann hat er auch noch eine andere Sache, die in …«

***** SENSH *****

»Shandy, macht es dir was aus, wenn wir unser Gespräch irgendwo anders fortsetzen?« Ständig dem Gedränge ausweichend, waren sie die Coventry Street entlang gegangen. Aber selbst in dieser, wie Teresa zugeben musste, völlig irrealen Situation war sie sich deutlich dessen bewusst, dass anderen ihre Unterhaltung wie ein Selbstgespräch vorkommen musste. »Könnten wir in deine Wohnung gehen?«

»Nein, unmöglich.« Teresa spürte, dass der jungen Frau die Frage peinlich war und inneren Widerstand in ihr auslöste. »Ich soll mich nur in der Gegend vom West End aufhalten.«

»Aber du musst doch bestimmt hin und wieder nach Hause gehen?«

»Klar doch.«

»Und jetzt geht das nicht?«

»Nein, ich glaube nicht.« Shandy fing an, gereizt mit dem Riemen ihrer Schultertasche herumzuspielen.

An diesem Punkt wurde Teresa klar, dass es auch in Shandys Kopf eine Mauer geben musste, die besagte: bis hierher und nicht weiter, genau wie die Mauer unten an der Treppe, wo eigentlich die U-Bahn-Station hätte sein müssen.

»Können wir irgendwo anders hingehen?«

»Nein, wir müssen in dieser Gegend bleiben. Allerdings könnten wir auch dahin zurückgehen, wo wir gedreht haben. Hättest du Lust, zum Studio zurückzugehen und dir Monument Valley anzuschauen? Ich fahr dich mit dem Auto hin. Das gehört auch zu meiner Arbeit. Wir sehen uns ein paar wunderschöne Orte an …«

*** SENSH ***

»In welcher Richtung liegt das Studio?«

»Da hinten.« Shandy deutete auf eine enge Nebenstraße, die *Shaver's Place* hieß.

»Und wir können wirklich nirgendwo anders hin?«, fragte Teresa.

»Aber klar doch … Uns bleibt doch das ganze Stadtgebiet! In London kann man viel unternehmen. Ich könnte dich in die Clubs mitnehmen, in denen ich verkehre. In einem trete ich live auf. Jetzt, wo du weißt, wie's geht, könntest du sogar für mich einspringen. Einer der Jungs ist ein bisschen … na, du weißt schon. Aber der andere ist echt ein guter Kumpel von mir. Er kann's noch besser als Willem, auch wenn sein Ding nicht so groß ist. Aber der weiß wirklich, wie er mich in Fahrt bringt! Außerdem ist da auch ein Mädchen, Janey, die würde dir gefallen. Mit ihr mache ich eine Nummer auf die lesbische Tour. Letztes Jahr ist sie im Urlaub in Amerika gewesen und hat mir in allen Einzelheiten davon erzählt.«

»Nein, lieber nicht.«

Teresa zog sich in den Hintergrund von Shandys Bewusstsein zurück, damit die junge Frau sich, metaphorisch ausgedrückt, gegen sie behaupten und wieder ihr eigenes Leben aufnehmen konnte. Prompt schlug Shandy eine andere Richtung ein und steuerte auf das Pub zu, in dem sie Willem zurückgelassen hatten. Im Vorübergehen grüßte sie eine ganze Reihe von Männern, sie schien hier jeden zu kennen.

Teresa beschloss, sich noch weiter zurückzuziehen

und die Simulation endlich abzubrechen. Aber ehe sie das tat, streckte sie linkisch die Hand aus und betastete Shandy Nacken. Wie erwartet, befand sich dort keine Vorrichtung für ExEx-Simulationen. Schließlich schrieb man das Jahr 1990: ExEx war noch gar nicht auf dem Markt, es gab nur kombinierbare Software. LIVER.

***** Abheben mit SENSH Y'ALL *****
***** Phanta ... *****

Sie loggte sich schnell aus, ehe die Musik sie noch einmal nerven konnte.

@ @ @

Als Teresa sich später an der Rezeption des ExEx-Baus abmeldete und ihr die Rechnung präsentiert wurde, mit der man ihr Kreditkartenkonto belasten würde, wurde ihr angesichts des ungeheuer hohen Betrags augenblicklich schwindlig. Sie wollte schon Einwände erheben, als ihr klar wurde, dass die verbrauchte Realzeit sorgfältig registriert worden war. Sie warf einen Blick auf die Wanduhr: Fast den ganzen Tag hatte sie in der virtuellen Realität zugebracht, folglich hatte man ihr sechseinhalb Stunden gebührenpflichtiger Zeit in Rechnung gestellt. Während sie in der virtuellen Realität geweilt hatte, war es bereits Abend geworden.

Als Teresa die Rechnung abzeichnete, dachte sie an die hohe Summe aus Andys Lebensversicherung, die man ihr nach seinem Tod ausgezahlt hatte. Bis zu ihrer Englandreise hatte sie das Geld kaum angetastet. Aufgrund ihrer Anrufe bei den Hotlines der amerikanischen Kreditkartengesellschaften war das Problem, die Rechnungen von England aus zu begleichen, inzwischen gelöst, gleichzeitig war ihr Kreditrahmen erweitert worden, aber sie nahm sich dennoch vor, in Zukunft sorgfältiger mit ihrer ExEx-Zeit umzugehen.

Als Teresa auf dem Rückweg zum Hotel an Bulvertons Sozialwohnungen vorbeikam – sie alle stammten aus der Nachkriegszeit und standen in Reih und Glied nebeneinander –, hielt sie den Blick gesenkt, um sich den trostlosen Anblick zu ersparen. Den blendenden Glanz der ExEx-Simulationen zog sie dieser Realität vor.

Sie dachte daran, wie Shandys Gang auf sie gewirkt hatte. Der winzige Lederrock hatte ihr die Oberschenkel eingezwängt, während sie, sich immer weiter entfernend, mit ihren Pfennigabsätzen über das Pflaster geklappert war. Teresa vergrub die Hände in der Manteltasche und zog den Mantel enger um sich, so dass er vorne spannte – eine kleine Erinnerung an das, was sie, in Shandys Haut, beim Tragen des Mini-Rocks empfunden hatte.

Sie überlegte, wie es wohl wäre, wieder jung und hübsch zu sein, auf Beinen daherzugehen, die bei den Männern auf der Straße bewundernde Blicke hervorriefen, oder so hoch angesetzte, spitze Brüste zu haben, dass sie unabhängig von der Kleidung immer toll aussahen, selbst ohne BH. Sie genoss die Erinnerung an das Körpergefühl, das Shandy ausgestrahlt hatte: Ihr Körper hatte geschmeidig und beweglich gewirkt, und man hatte ihm die häufige Erfahrung sexueller Befriedigung angemerkt. Ihr gefiel selbst Shandys Haltung gegenüber den Menschen in ihrem Umfeld. Es war Jahre her, dass sie selbst sich die Freiheit herausgenommen hatte, gar nicht darauf zu achten, was andere Leute über sie dachten.

An diesem kalten Winterabend, an dem der Seewind feucht über ihr Gesicht strich und ringsum die Lampen der trostlosen Sozialwohnungen ihr trübes Licht verströmten, blieb ihr nichts anderes übrig, als sich sexuellen Phantasien hinzugeben. Sie malte sich aus, wie sie in einem großen Flugzeug saß, das mit gedämpftem Motorengeräusch langsam und niedrig dahinflog; wie sie sich mit ihrem Liebhaber auf den Polstern einer Sitzreihe niederließ und die Armstützen hochklappte, um Platz zu schaffen; wie sie sich nackt und wohlig der körperlichen Befriedigung hingab und von Felsenplateaus in Arizona träumte, während unter ihr die endlosen Wälder und Seen Finnlands wie in einer Fieberphantasie vorbeiglitten.

28. k@pitel

Teresa saß in einem Auto, das an der Strandpromenade von Bulverton parkte. Die Sonne, die über dem Meer stand, stach sengend auf sie nieder. Sie war gerade damit beschäftigt, das Überbrückungskabel, das sie vorhin unterhalb des Armaturenbrettes angeschlossen hatte, fester zu ziehen und fingerte, die Wange gegen die Lenkradsäule gepresst, daran herum.

Irgendjemand blieb neben dem Wagen stehen, sein Schatten verdunkelte das Sonnenlicht. Ohne ihn anzusehen, richtete Teresa sich auf und kurbelte das Fenster hinunter.

»Bist du Gerry?«, fragte der Mann.

»Klar.«

Der Mann streckte Teresa die offene Hand hin. Sie legte sechs Zehnpfundnoten hinein und sah zu, wie er die Scheine zusammenknüllte und vom Fenster wegtrat. Kurz darauf flog ein kleiner Plastikbeutel ins Auto, der ihr Gesicht knapp verfehlte, auf dem Beifahrersitz aufprallte und auf dem Boden landete.

»Leck mich«, sagte sie automatisch und langte hinüber, um den Beutel aufzuheben. Der Mann hatte bereits den Rückzug angetreten und schlängelte sich mit hastigen Schritten zwischen den vorne geparkten Autos hindurch. Er war groß und dünn, hatte langes schwarzes Haar, das hinten zu einem Pferdeschwanz zusammengebunden war, und trug eine dreckige hellbraune Jacke und ausgeblichene Jeans. Ohne sich noch einmal umzusehen, überquerte er eilig die Hauptverkehrsstraße und verschwand kurz darauf in einer Seitengasse.

Teresa wog den Beutel in der Hand: Das Gewicht schien in etwa zu stimmen, aber wahrscheinlich hatte man sie wieder mal übers Ohr gehauen – wie immer. Durch die Plastikhülle konnte sie das weiße Pulver erkennen. Als sie es leicht zwischen den Fingern rieb, zerbröselte es so, wie es sein sollte. Sie verstaute den kleinen Beutel in ihrer Jackentasche.

Als sie losfuhr, sah sie, dass Fraser Johnson vor dem Spielsalon herumhing. Er winkte sie nachdrücklich zu sich, aber sie fuhr weiter. Sie schuldete Fraser noch ein bisschen Geld, nicht viel, aber wegen dem gerade getätigten Deal würde sie es ihm vorerst nicht zurückzahlen können. Außerdem würde sie ihn abends wohl sowieso noch treffen, aber bis dahin würde die Welt schon wieder ganz anders aussehen.

Sie schlug die Richtung zu ihrer Wohnung ein und dachte beim Fahren an Debra, diese flachbrüstige Schlampe, diese gottverdammte Nutte mit dem hässlichen Pickelgesicht. Und an diesen Typ namens Mark, der am Vorabend von irgendwo mit Debra aufgetaucht und bei ihr hereingeplatzt war. Sie waren sogar allesamt bei ihr hereingeplatzt und hatten sich über Nacht bei ihr einquartiert, denn Mark hatte auch seine Kumpels mitgebracht. Und dann hatten sie in ihren Sachen herumspioniert, sich ihre Listen angesehen und total belämmert gefragt, was sie da notiert habe.

Deshalb war sie bereits auf weiteren Ärger mit diesen Typen gefasst, als auf halber Höhe der langen Steigung der Motor plötzlich zu spucken begann. Sie lenkte den Wagen an den Straßenrand und ließ ihn, ohne die Fahrertür abzuschließen, einfach auf der Hyde Avenue stehen. Der war sowieso nur noch Schrott. Zu Fuß brauchte sie zehn Minuten zu ihrer Wohnung in dem Häuschen, das die Frau vom Wohnungsamt ihr vor zwei Wochen beschafft hatte. Die Typen waren abgehauen. Sie sah nach, ob noch etwas zu essen da war, aber falls überhaupt noch was übrig gewesen war, dann hatten die Typen es mitgehen lassen. Also zog sie sich ein bisschen Kokain rein und hob den Rest für später auf.

Während sie durch das verheerende Chaos im Innern des Hauses stapfte, kochte sie vor Zorn auf alles und jeden. Irgendjemand hatte auf ihre Sachen gepinkelt. Warum mussten die Menschen ihr ständig solche Dinge antun? Unten war ein weiteres Fenster in die Brüche gegangen; es musste wohl während der Nacht passiert sein, denn die Glasscherben lagen noch immer auf dem Holzfußboden herum. Einer der Typen, ein Kerl aus Eastbourne namens Darren, hatte sie ganz übel mit diesem Fenster aufgezogen. Inzwischen wusste sie gar nicht mehr, um was es überhaupt gegangen war. Hatte wohl irgendwie mit Debra zu tun gehabt, denn Darren war derjenige, der morgens mit Debra abgehauen war, falls sie sich richtig erinnerte. Allerdings war sie sich nicht sicher. Sie krümmte die Finger so, dass sich die Nägel in die Handflächen bohrten, und wünschte dabei, sie hätte ihm eins in die verdammte Fresse gegeben, wie er's verdiente.

Draußen sah sie, dass einer ihrer Kumpels, Steve Ripon, die Straße hinunter fuhr und gleich bei ihr vorbeikommen würde, was ihr eine Mitfahrgelegenheit bot. Steve setzte sie vor dem *Bulver Arms* ab und sagte, er käme später vielleicht noch auf ein Bier vorbei. Da Steve ihr meistens auf die Nerven ging, tat sie so, als hätte sie gar nichts gehört. Einige von den Jungs waren in der Bar und spielten Tischbillard, also hockte sie sich ein Weilchen dazu, weil sie auch gern eine Partie gespielt hätte. Aber sie taten so, als hätten sie gar nichts von ihr bemerkt, und rissen wieder mal die alten Witze über sie, als sei sie gar nicht im Raum. Scheißkerle. Einer von ihnen sagte, er werde ihr ein Bier ausgeben, tat's dann aber doch nicht, so dass die anderen sich wieder über sie lustig machten. Also musste sie sich selbst ein Bier besorgen. Sie hatte Hunger, wollte sich aber nichts zu essen bestellen, da sie es sich nicht leisten konnte.

»Ich geh nach Hause«, erklärte sie schließlich, ohne dass jemand darauf reagierte.

Sie machte sich auf den Weg und schlug die Richtung nach Hastings ein, aber das bedeutete, dass sie am Meer entlang gehen musste, und dort gab es keinen Schatten. Ihr Kopf war sowieso schon leicht benebelt, und die Sonne machte es nur noch schlimmer. Deshalb bog sie bei der nächsten größeren Kreuzung von der Küstenstraße ab und ging die Battle Road entlang, die hügelaufwärts führte.

Schon wieder kam Steve Ripon an ihr vorbei, er bremste ab. Da sie keine Lust auf eine weitere Fahrt mit Steve hatte, tat sie so, als habe sie ihn gar nicht bemerkt.

»Oi, Gerry!«, rief Steve durchs Fahrerfenster. »Deine Debra hat Darren alles über dich erzählt.«

»Verpiss dich, Steve!«, brüllte sie zurück.

»Sie meint, du kriegst keinen hoch. Stimmt das?«

»Verpiss dich!«, wiederholte sie, allerdings so leise, dass er es nicht hören konnte, und bog in eine Passage ein, durch die Steve ihr nicht folgen konnte. Nach hundert Metern kam sie auf der Fearley Road heraus, die sie gut kannte. Ein Kumpel von ihr hatte hier vor zwei Jahren das Parkverbotsschild umgerissen und als Strafe dafür gemeinnützigen Dienst ableisten müssen. Allmählich hatte sie dieses ziellose Umherirren, dazu noch mit benebeltem Kopf, reichlich satt, also hielt sie Ausschau nach irgendeinem Gefährt.

Einer plötzlichen Eingebung folgend, stieg sie zu dem Parkdeck auf dem Flachdach des rund um die Uhr geöffneten Supermarkts hinauf und begann die Autotüren zu überprüfen. Sie wollte einen Wagen, der einigermaßen neu war, keine alte Rostlaube, aber die meisten wirklich neuen Autos waren schwer kurz zu schließen, wenn man sich nicht gut damit auskannte. Es stellte sich heraus, dass der letzte Wagen, den sie noch überprüfen wollte, ehe sie aufgab, am einfachsten zu knacken war: Es war ein dunkelroter Austin Montego der J-Serie. Im Handschuhfach lag eine Geldbörse (mit vierzig Pfund und einer Kreditkarte von Barclay), außerdem hatte der Wagen eine Stereoanlage und war voll getankt. Zwei Minuten später fuhr sie schon mit laut aufgedrehter Musik die Battle Road hinauf und steuerte auf ihr Häuschen zu.

Als sie parkte, kam Debra aus dem Haus. Sobald Teresa sie sah, sprang sie aus dem Montego und rannte los, aber Debra wich ihr aus. Sie hatte ein paar Klamotten im Arm und eine Plastiktasche von Sainsbury dabei, die mit irgendwelchen Sachen voll gestopft war.

»Hör mal, ich muss mit dir reden«, rief Teresa.

»Lass mich, verdammt noch mal, in Ruhe, du blöder Irrer!«, gab Debra laut brüllend zurück.

»Steig ins Auto, verdammt noch mal!«

»Ich hab die Schnauze endgültig voll! Verpiss dich, Gerry!«

Sie stürmte los, rannte den Hügel hinunter, ließ dabei ein paar Kleidungsstücke fallen und geriet auf dem holperigen Boden ins Stolpern.

»Ich krieg dich schon noch, verdammt noch mal!«

Teresa gab die Verfolgungsjagd auf und rannte ins Haus.

Drinnen hatte jemand auf den Boden gekackt. Sie raste die Treppe hoch, trat die Schranktür auf und schnappte sich Waffen und Munition. Sie musste zweimal gehen, um alles nach draußen zu tragen und im Montego zu verstauen, aber sobald sie das erledigt hatte, brauste sie den Hügel hinunter, um Debra zu suchen. Das Gewehr war hinten im Kofferraum versteckt, aber die Handfeuerwaffe hatte sie auf den Beifahrersitz gelegt.

Ihr war klar, wo Debra hingehen würde: zu ihrer Mutter, die ein Haus weiter unten in der Siedlung bewohnte. Teresa parkte halb auf dem Bürgersteig, schob die Waffe unter ihre Jacke, rannte zur Haustür und bearbeitete sie mit Füßen und Fäusten.

»Die ham gewusst, dass du kommst«, sagte eine Frau aus dem Nachbarhaus über die Mauer hinweg. »Und da sind 'se nix wie weg! War das Beste, was sie tun konnten, du kleiner Scheißer!«

Teresa war versucht, ein grässlich großes Loch in das Gesicht zu pusten, das sie über die Mauer hinweg angrinste. Stattdessen holte sie ihren Schwanz heraus und gab sich alle Mühe, die Tür von oben bis unten anzupinkeln, aber es kam nichts. Die Frau brüllte irgendetwas und verschwand. Sie kannte den Wagen von Debras Mutter, aber, genau wie die Nachbarin gesagt hatte, war er nirgendwo zu sehen.

Sie ging zum Montego zurück, wendete auf der schmalen Straße so ungestüm, dass die Reifen quietschten, und brauste los.

Sie behielt die hohe Geschwindigkeit bei, bis sie den Hügel überquert hatte und das ländliche Gebiet rings um Ninfield vor ihr lag. Die sengende Sonne machte sie verrückt. Aus der Gegenrichtung kam ein Streifenwagen der Polizei und fuhr mit eingeschaltetem Blaulicht an ihr vorbei. Instinktiv machte sich Teresa im Fahrersitz klein, aber sie verfolgten offensichtlich ein anderes Ziel, keiner der beiden Polizisten sah in ihre Richtung.

Rechts von der Straße lag dichter Wald. Teresa konnte sich schwach daran erinnern, dass sie diese Strecke schon einmal gefahren war. Irgendwann entdeckte sie ein Schild des Forstamts, das auf Picknickmöglichkeiten an einem Rastplatz hinwies. Sie fuhr zu schnell, um rechtzeitig anhalten zu können, nutzte jedoch die nächste Einfahrt zu einem Bauernhof, um zu wenden.

Plötzlich fiel ihr ein, dass keine der Waffen geladen war. Verdammte Scheiße! Sie hatte Debra verfolgt, ohne dass die Waffen überhaupt geladen waren!

Heftig schlingernd, so dass eine Staubwolke aufwirbelte, bog der Wagen auf den Rastplatz. Wütend griff Teresa nach der Handfeuerwaffe und rammte das Magazin hinein.

Zwischen den Bäumen schlängelte sich ein Waldweg hindurch, der hin und wieder den Blick auf Menschen in heller Sommerkleidung freigab. Schließlich gelangte Teresa zu einer Lichtung, in der drei lange Holztische standen. Als Sitzbänke dienten riesige Baumstämme. An einem der Tische saß eine junge Frau. Auf der Tischplatte türmten sich Plastikbecher und Plastikteller, Essensreste und Spielzeug: ein Ball, eine Spielzeugeisenbahn, ein Malbuch und Dutzende bunter Klötzchen. Die Frau lachte über ihren kleinen Sohn, der durchs Gras rannte und dort irgendwelche blöden Spielchen trieb.

Der Anblick der beiden machte Teresa buchstäblich krank: Diese blöden Arschlöcher von Spießbürgern, die nicht wussten, wo sie all ihre Zeit und all ihr Geld verplempern sollten. Ganz bewusst zog sie die Waffe mit weit ausholender Geste unter der Jacke hervor, so wie sie es in irgendeinem Film gesehen hatte, und spannte den Abzugshebel. Das zuverlässige Einrasten des Mechanismus war Musik in ihren Ohren, jetzt konnte der Tanz losgehen. Noch drei- oder viermal spannte sie den Hebel nur deshalb, weil sie das Geräusch so genoss.

Als die Frau das Klicken hörte, wandte sie sich zu ihr um. Ihr verdammtes Balg rannte einfach weiter herum, aber die Frau rief ihm etwas zu und streckte schützend die Arme nach ihm aus.

Als Grove mit gezückter Waffe auf sie zuging, dachte Teresa: Mehr kann ich nicht ertragen!

Sie lokalisierte, identifizierte … und klinkte sich in Sekundenschnelle aus der Simulation und Gerry Groves Kopf aus.

Dunkelheit und Stille umfingen sie. Später ging Teresa traurig und voll tiefem Abscheu zum Hotel zurück.

29. k@pitel

Obwohl das Gefühl aufzufallen Teresa nie verließ, sah sie einen Vorteil ihrer häufigen Besuche im ExEx-Bau darin, dass das Personal ihre Anwesenheit mit der Zeit als selbstverständlich empfand. Die Computer konnte sie mehr oder weniger nach Lust und Laune benutzen und dabei die Dateien durchforsten, ohne dass sich die Angestellten einmischten.

Von Tag zu Tag fand sie das verfügbare Material interessanter. Auf den ersten Blick wirken ja alle komplexen Computerprogramme wie ein undurchdringlicher Dschungel von Wahlmöglichkeiten und – als bekannt vorausgesetzten – Bedienungsregeln: Das Verzeichnis der ExEx-Simulationen war ein schlagendes Beispiel dafür.

Das Programm war stets betriebsbereit und mit dem weltweiten Netz verbunden. Irgendwo da draußen musste es eine Stelle geben, die es ständig aktualisierte und die entsprechende Software schrieb. Die hier erfasste Datenmenge lag deutlich über der Speicherkapazität irgendeines einzelnen, gewerblich genutzten Betriebssystems. Offenbar waren all diese Daten von mehreren, miteinander verbundenen Netzwerken in verschiedenen Teilen der Welt gespeichert. Aber wie umfassend es auch wirken mochte: Es war ein einziges, in sich geschlossenes System, in dem es von Hinweisen auf Urheberrechte nur so wimmelte. Mit ermüdender Häufigkeit tauchten darüber hinaus regelmäßig Warnungen vor unbefugter Nutzung auf.

Hatte man die Arbeitsweise der Suchmaschine erst

einmal entschlüsselt, wurden die gesuchten Informationen überraschend schnell und zuverlässig geliefert.

Bei jeder Suche tauchte das Ergebnis – meistens füllte die entsprechende Information den ganzen Bildschirm aus – so blitzschnell auf, dass man den Eindruck gewann, das Gesuchte habe der leichten Auffindbarkeit halber ganz oben auf der Liste gestanden. Das unkomplizierte Verfahren täuschte jedoch: Wenn Teresa den Browser einsetzte und die Dateien einfach der Reihe nach aufrief, wunderte sie sich ständig über Umfang, Detailfreude und Ausmaß des gespeicherten Materials.

Wieder hatte sie das Gefühl, dass sich ein grenzenlos weiter Horizont vor ihr auftat. Aber mit der Zeit merkte sie, dass die Simulationen anders waren, als sie anfangs angenommen hatte.

Letztendlich hatte jede Simulation eine fest umrissene Grenze. Die hier dargestellte Wirklichkeit endete dort, wo die abgespeicherten Erinnerungen sich in ein Nichts auflösten. Der Programmierer mochte es noch so geschickt vertuschen oder kaschieren: Man konnte nicht einfach ins Auto steigen und damit von der Virtualität in die Realität fahren. Zwar konnte man kreuz und quer über ganz Finnland hinweg bis zum Grenzland fliegen, ewig über bestimmten Seen oder Flüssen kreisen, hin und her sausen, einen Zickzackkurs einschlagen und überraschende Kehren erleben (immer noch würden sich unter einem die ruhigen, endlos weiten Landschaften Finnlands auftun), aber Finnland verlassen war ein Ding der Unmöglichkeit.

Wirklich »grenzenlos« waren nur die ausufernden Titellisten und Stichwortverzeichnisse der Simulationen, ausufernd aufgrund der Hyperlinks, Querverweise und Hyperrealitäten.

Letztendlich waren alle Simulationen auf irgendeine Weise miteinander verknüpft, es gab Schnittpunkte. Ein- und dasselbe Ereignis konnte man aus einer Vielzahl unterschiedlicher Perspektiven betrachten. Aber der Berührungspunkt mit einer anderen Simulation lag in der vierten Dimension: Die Grenzlinie zwischen zwei Simulationen konnte man nur dann überschreiten, wenn eine in die andere »hineinmontiert« war, so wie das Londoner West End oder Monument Valley in Arizona in die Filmkulisse eines Western-Saloons »hineinmontiert« worden war, was lediglich eine Erweiterung der ursprünglichen Simulation bedeutete. Die Simulation wirkte dadurch komplexer, war in Wirklichkeit allerdings nur umfassender.

Die wirkliche Verbindung bestand in ähnlich gelagerten Erinnerungen, die aufgrund bestimmter Personen, Situationen oder Sichtweisen durch Hyperlinks miteinander verknüpft werden konnten. Diese Verbindung war psychologischer Natur und basierte nicht auf ausgeklügelter Projektierung und Programmierung, sondern auf dem besonderen Inhalt von Erinnerungen.

Beispielsweise konnte die Erinnerung, die der entsprechenden Simulation zugrundelag, um eine bestimmte Person kreisen – etwa um die alte Frau namens Elsa Durdle, die einen Chevy fuhr und eine Waffe im Handschuhfach hatte.

Es gab eine Vielzahl möglicher Gründe dafür, dass diese Simulation überhaupt existierte. Irgendjemand, der mit dem Fall William Cook zu tun gehabt hatte, musste sich wohl an Elsa erinnert haben. Vielleicht kannte er ihre Geschichte auch nur vom Hörensagen, oder er hatte Elsa im Nachhinein aufgesucht und befragt. Vielleicht bestand sein Kontakt zu Elsa auch nur darin, dass er etwas über sie gelesen hatte. Was auch zugrundeliegen mochte: Elsa spielte eine so wichtige Rolle, es war so vieles über sie bekannt, dass sie bei einer der Simulationen in den Mittelpunkt gerückt war. Gleichzeitig war durchaus denkbar, dass ein anderer Mensch, der das Geschehen miterlebt hatte – sei es ein Tatzeuge, sei es ein unmittelbar Betroffener –, Elsa Durdle nur am Rande wahrgenommen hatte: als die namenlose Frau, die mit ihrem Wagen die Polizeisperre missachtet und einem Polizisten vorübergehend die Sicht genommen hatte.

Beide Darstellungen entsprachen der Wahrheit, beide Darstellungen gaben aufgrund des eigenen Standpunktes beschränkte Sichtweisen wieder, hatten jedoch so viel miteinander gemein, dass sie sich einem Schnittpunkt näherten, einem Punkt, an dem sich die wesentlichen Tatsachen und Eindrücke miteinander deckten.

Es mochte eine dritte Version geben, die sich von diesen Darstellungen deutlich abhob, aber auch Überschneidungen mit einer Simulation oder beiden aufwies. Vielleicht war es eine Simulation, in der Elsa persönlich gar nicht vorkam, wohl aber ihr Wagen, sei es, weil er die Polizeisperre umfahren hatte, einen anderen Wagen überholt hatte oder in der Ferne kurz ins Blickfeld gerückt war.

Neben einer solchen Simulation existierten stets zahllose andere, die Verknüpfungspunkte aufwiesen. Und jede dieser Simulationen bedeutete eine weitere Annäherung an die Wirklichkeit, in der Elsa Durdle sich bewegt hatte.

In diesem Computer, der ständig mit dem weltweiten Netz verbunden war und eine endlose Liste von Stichworten abspulte (jedes davon in weitere Rubriken aufgeschlüsselt, die ihrerseits Unterrubriken hatten), der ständig neue Subkategorien voll neuer Querverweise und Links erzeugte und enthüllte, deren Zahl schier unendlich war – in diesem Computer stieß die virtuelle Realität bis an ihre Grenzen vor. Reichte vielleicht sogar darüber hinaus.

Denn nie gelangte man an irgendein Ende. Stets gab es eine weitere Simulation, die mit der vorhergehenden verknüpft war.

Während Teresa allein in einer Nische saß und die

Arbeitsstation ganz für sich hatte – offenbar interessierte sich keiner der Angestellten dafür, was sie hier trieb –, klickte sie sich irgendwann bis zum Menü der **Hauptpersonen von Simulationen** durch.

@ @ @

Da sie sich denken konnte, was in diesen Dateien erfasst war, sah sie sich das Menü auf dem Bildschirm kurz an und gab gleich darauf den Namen *Tayler* und als weiteren Hinweis den Vornamen *Jennifer Rosemary* ein. Als das Stichwort *Schauplatz?* erschien, das die Suche eingrenzen sollte, tippte sie *London NW 10* ein.

Innerhalb von Sekunden erschien eine ganze Liste von Simulationen, in denen Shandy mitwirkte, mitsamt Inhaltsangaben auf dem Bildschirm. Jede Simulation war mit ihrem Titel, einer mehrstelligen Codenummer, einer kurzen Übersicht und einem winzigen Videobild aufgeführt.

Als Teresa sah, dass sie die Videofilme herunterladen konnte, klickte sie das entsprechende Menü an, worauf die Videobilder sich sofort in winzige Standbilder der Eröffnungsszenen verwandelten.

Als sie eines anklickte, erschien in dem kleinen Fenster fünf Sekunden lang ein Ausschnitt, der Appetit auf mehr machen sollte. Das Bild war so winzig, dass nur schwer zu erkennen war, was vor sich ging, dennoch merkte man, dass Shandy gleich zur Sache kommen würde.

Die Liste der Simulationen, in denen Shandy mitwirkte, war lang; beängstigend lang, wenn man bedachte, mit welcher Hingabe sie ihre jeweilige Rolle spielte. Teresa ging die ganze Liste von oben nach unten durch, um abzuschätzen, wie viele Simulationen es insgesamt waren. Sie tippte auf knapp achtzig, bis sie merkte, dass es ein Zählwerk für die Anzahl aufgefundener Informationen gab: Tatsächlich waren derzeit vierundachtzig Simulationen, in denen Shandy mitwirkte, verfügbar.

Jeder registrierte Titel war mit einem Dutzend optionaler Hyperlinks versehen, die Shandy mit anderen Simulationen verknüpften. Sie führten zu Menschen in Shandys Umfeld, zu den Videoclips, die eine Vorschau auf ihre Filme boten, zu benachbarten Themenfeldern, zu Archivmaterial, biografischem Material und zu allen gegenwärtig verfügbaren Dateien, in denen zusätzliche oder ergänzende Simulationen erfasst waren.

Angesichts der Fülle von miteinander verknüpften Informationen, die ihr Shandys ExEx-Welt offenbarten, schwirrte Teresa der Kopf.

Sie durchforstete die Liste nach Hyperlinks mit dem Namen *Willem* und sah sofort, dass Shandy und Willem gemeinsam in vierzehn Simulationen mitgewirkt hatten, einschließlich der mit dem Titel *Handgemenge im Western Saloon (Nur für Erwachsene!!!)*. Dem Verzeichnis entnahm sie auch, dass Willems richtiger Vorname Erik lautete. Aber er war tatsächlich Holländer und stammte, wie er ihr auch erzählt hatte, aus der Kleinstadt Amstelveen.

Die Liste der Simulationen, in denen Willem als Hauptdarsteller mitgewirkt hatte – Teresa rief sie als Nächstes auf –, war sogar noch beängstigender als die von Shandy: Abgesehen von den vierzehn Simulationen, in denen Shandy seine Partnerin gewesen war, hatte er bei siebenundneunzig weiteren mitgemacht. Teresa fiel auf, dass bei vielen dieser Pornofilme (sie unterstellte, dass es sich um solche handelte) eine junge Frau namens Joyhanne als Darstellerin aufgeführt wurde, auch sie war offenbar auf die Mitwirkung in Simulationen spezialisiert.

Die Suche nach *Joyhanne* ergab, dass sie in Den Haag geboren war, eine Weile als Telefonistin gearbeitet hatte (Hyperlink zur holländischen Telecom), aber offenbar schon seit ihrem vierzehnten Lebensjahr in Videofilmen mitwirkte. Mit dem Namen Joyhanne war eine weitere lange Liste von Porno-Simulationen verknüpft (jedenfalls schloss Teresa das aus den Titeln). Joyhannes Aktivitäten, allesamt mit Stichworten registriert, boten Dutzende weiterer Wahlmöglichkeiten: Die virtuelle Realität breitete sich in jeder beliebigen Richtung aus, immer schneller häuften sich die Eintragungen, erweiterte sich der gegebene Ereignishorizont.

Beispielsweise arbeitete Joyhanne nicht nur mit Willem, sondern mit einem weiteren Kollegen regelmäßig zusammen; dieser Mann, ein Deutscher, hatte schon in mehr als fünfzig Pornos (wie Teresa annahm) mitgewirkt, war darüber hinaus aber auch in zwei »richtigen« Filmen aufgetreten, die beide in Stichwortverzeichnissen aufgeführt wurden (dreihundertfünfzehn Hyperlinks); einer der Drehbuchautoren war an der geisteswissenschaftlichen Fakultät der Universität Göttingen beschäftigt, die mehr als zweihundertfünfzig Lehrfilme anbot; im Mittelpunkt dieser Simulationen standen Untersuchungen bestimmter gesellschaftlicher Entwicklungen; eine von Teresa aufs Geratewohl angeklickte Simulation befasste sich beispielsweise mit der »weichen« Drogenkultur der USA während der Jahre 1968 bis 1975; allein diese Simulation war wiederum durch mehr als fünfzehnhundert Hyperlinks mit anderen Simulationen verknüpft …

Unmöglich, das alles im Kopf zu verarbeiten!

Da Teresa aufgrund der unendlichen Wahlmöglichkeiten bereits der Kopf schwirrte, brach sie an dieser Stelle ab. Sie war auf Nebengeleise geraten und hatte sich von dem, was sie ursprünglich vorgehabt hatte, ablenken lassen.

Sie klickte sich wieder bis zum Hauptmenü von Shandys Produktionen zurück und nutzte die Abspeicherungsmöglichkeit dazu, drei Titel, die sie mehr oder weniger zufällig ausgewählt hatte, vormerken zu lassen.

Vielleicht hatte sie irgendwann ja wieder Lust, Shandy bei der Arbeit zu besuchen. Einer der Titel lautete *Heißer Wüstensand – Erlebnisse in Arizona*, ein anderer *Oben ohne (Verdeck) – eine nicht jugendfreie Fahrt durch Monument Valley*.

Als Nächstes entschied sich Teresa für das Menü der Hyperlinks und klickte die Wahlmöglichkeit **Remote Link** an, die auf weitläufige Verknüpfungen hinwies.

Sofort wurden ihr weitere Optionen angezeigt:

Stoff
Datum
Erscheinungsjahr
Geschlecht
Motiv
Name
Schauplatz
Gegenstand der Handlung
Waffen

– und das war noch längst nicht alles. Jeder Begriff war in Unterbegriffe aufgeschlüsselt: Als Teresa **Schauplatz** anklickte, erschien eine ellenlange Liste untergeordneter Kategorien:

Erdteil
Staat
Bundesland
Stadt
Straße
Gebäude
Raum

– und das war nur ein kleiner Ausschnitt.

Da sie schon wieder das Gefühl hatte, auf ein Nebengeleis zu geraten, kehrte sie zum Startmenü dieses

Hyperlinks zurück und klickte **Name** an, tippte als Nächstes *Elsa Jane Durdle* ein, fügte als Ortshinweis *San Diego* hinzu, markierte die Eingabe und bestätigte sie mit einem Doppelklick.

Bitte warten!

Mittlerweile war Teresa daran gewöhnt, dass das Programm fast ohne jeden Zeitverzug reagierte, deshalb fühlte sie sich bei dieser Aufforderung beinahe geschmeichelt: Immerhin waren ihre Eingaben derart kompliziert, dass der Computer sein Arbeitstempo merklich drosseln musste.

Allerdings dauerte es nicht lange, tatsächlich nicht einmal sechzig Sekunden, bis der Bildschirm wieder hell wurde und meldete:

Es wurden 248 Hyperlinks gefunden, die *Jennifer Rosemary Tayler* mit *Elsa Jane Durdle* verbinden. Anzeigen? JA/NEIN.

Teresa klickte auf **JA**: Unverzüglich rollte auf dem Bildschirm eine lange Liste themenverwandter Simulationen mit ihren jeweiligen Kennziffern ab. Jede war mit einem winzigen Video-Standbild versehen. Schauplatz der ersten Simulation war die Nachbildung eines Western Saloons in einem behelfsmäßigen Filmstudio, das im Londoner West End lag. Zeit der Handlung: 1990. Die letzte Simulation spielte an einem glühend heißen, windigen Tag im San Diego des Jahres 1950. Aber es gab Ereignisse, die beide Simulationen miteinander verknüpften.

Zweihundertachtundvierzig Simulationen waren in der kollektiven Erinnerung, im gemeinschaftlich genutzten Speicher miteinander verbunden. Ihre Realitäten grenzten aneinander, ohne dass eine letzte Grenze erkennbar war.

Die virtuelle Straße dieser ExEx-Simulationen reichte weiter als der Horizont, erstreckte sich bis zu fernen Gebirgen, schlängelte sich durch Wüsten, überquerte Ozeane, fand niemals ein Ende.

Teresa lud sich die Kennziffern der zweihundertachtundvierzig miteinander verknüpften Simulationen auf die Festplatte und wartete einige Sekunden, bis der Drucker die Liste ausspuckte. Vielleicht würde sie sich irgendwann, falls ihr genügend Zeit und Geld dafür blieben, die Links vornehmen, die Elsa und Shandy angeblich miteinander verbanden.

Als Nächstes gab sie den Namen *Teresa Ann Simons* in der Rubrik **Hauptpersonen von Simulationen** ein, fügte *Woodbridge* und *Bulverton* als Ortshinweise hinzu und wartete ab, was sich tun würde.

Der Computer reagierte sofort. Mit beinahe schon unheimlicher Geschwindigkeit tauchte ihr Name oben auf dem Schirm auf, darunter war nur eine einzige Simulation vermerkt. Keine Hyperlinks, keine Verknüpfungen mit der übrigen virtuellen Welt.

Teresa fand dieses Suchergebnis nicht nur verblüffend, sie war auch ziemlich enttäuscht. Als sie das kleine Standbild anklickte, wurde ihre Neugier befriedigt, gleichzeitig erhielt sie einen Dämpfer: Offenbar war in der einzigen ExEx-Simulation, in der sie überhaupt mitwirkte, nur der Tag festgehalten, an dem sie zum ersten Mal hier gewesen war und ungefähr eine Stunde lang virtuelle Schießübungen mit einer Handfeuerwaffe durchgeführt hatte.

Als sie einen Blick auf die übliche sekundenlange Vorschau dieser Simulation warf, fiel ihr vor allem auf, dass ihr Po von hinten betrachtet wesentlich üppiger wirkte, als sie gedacht hatte. Als auf dem Bildschirm die Frage erschien, ob sie sich die ganze Vorschau oder die Simulation selbst ansehen wolle, lehnte sie beide Angebote ab.

Während die Informationen, die sie selbst betrafen, immer noch auf dem Schirm zu sehen waren, versuchte Teresa, Hyperlinks herzustellen: zuerst mit Elsa Durdle, dann mit Shandy. Aber auf beide Anfragen antwortete der Computer kurz und bündig:

Keine Hyperlinks zu anderen Simulationen gefunden.

30. k@pitel

Nach London nahm Teresa den Zug. Sie wollte sich als Touristin vergnügen, ein paar Fotos machen, einige Geschenke als Mitbringsel für ihre Freundinnen und Freunde zu Hause besorgen. Ihr war klar, dass ihre Englandreise sich dem Ende näherte. Bald schon würde sie ihre Arbeit wieder aufnehmen müssen. Auch wenn ihr Abteilungsleiter ihr einen »ausgedehnten« Sonderurlaub aus familiären Gründen gewährt hatte, ohne ihr eine bestimmte Frist zu setzen, wusste sie, dass das FBI niemandem unbegrenzten Urlaub zugestand. Ihre Zeit war fast um.

Der Zug brachte sie bis zur Station Charing Cross im Herzen von London. Von hier aus war es nur ein kurzer Spaziergang zu den Sehenswürdigkeiten: Trafalgar Square, Whitehall und das Parlamentsgebäude lagen in unmittelbarer Nähe, ein Stückchen weiter würde sie auf Buckingham Palace stoßen. Nachdem Teresa pflichtschuldigst zwei Stunden lang herumgestapft war, hatte sie es satt, Touristin zu spielen. Sie nahm ein Taxi zum Piccadilly Circus und machte sich auf die Suche nach Shandy.

Sie ging die Coventry Street bis zu dem Abschnitt hinunter, an der sie zur Fußgängerzone wurde, und dann auf der anderen Straßenseite zurück.

Zwar war nicht zu verkennen, dass es sich immer noch um dieselbe Straße wie in der Simulation handelte, aber es kam ihr so vor, als hätten sich viele Einzelheiten verändert. Konnte es daran liegen, dass die Handlung, in der Shandy mitwirkte, im Jahre 1990 spielte und später Umbauten stattgefunden hatten? Oder lag es daran, dass sie eine computeranimierte Nachbildung dieses Ortes gesehen hatte, die nur annähernd die Wirklichkeit wiedergab? Sie bedauerte, an Ort und Stelle nicht mehr auf ihre Umgebung geachtet zu haben. Aber schon die Flut sinnlicher Eindrücke war äußerst verwirrend gewesen – wie so oft, wenn man in eine Simulation eintauchte.

Schließlich fand sie Shaver's Place, eine kurze, schmale Passage in südlicher Richtung, aber dort sah kein Gebäude danach aus, als könne man es als Studio für die Pornoproduktionen benutzen. Von der anderen Straßenseite ging die Rupert Street ab, die in nördlicher Richtung zur Shaftesbury Avenue führte. Auf halber Strecke lag an der Rupert Street ein Pub namens *Plume of Feathers*, genau wie sie es in Erinnerung hatte. Teresa ging hinein, merkte jedoch sofort, dass es nicht dasselbe Pub sein konnte. Die ganze Atmosphäre wirkte völlig anders. Sie blickte sich im Gastraum um, aber dort war niemand, der auch nur entfernt wie Shandy aussah, oder so, wie Shandy nach all diesen Jahren aussehen mochte.

Im Geiste verfolgte Teresa ihre damaligen Schritte zurück: Sie erinnerte sich an den Tag, an dem sie diese Straße (oder eine, die ihr zumindest ähnelte) entlang gegangen war, dabei gespürt hatte, wie eng und sexy Shandys Mini-Rock saß, der die Schenkel zusammenpresste, und sich mit Shandy über Arizona und Finnland unterhalten hatte. Sie hatten Willem im Pub warten lassen und waren eine Weile die Coventry Street hinauf und hinunter geschlendert. Teresa spazierte bis zur Statue des Eros, dann ging sie die Treppe zu einer der U-Bahnstationen hinunter und stellte fest, dass sich dort, wo das virtuelle London an einer Steinmauer geendet hatte, inzwischen der geschäftige Knotenpunkt einer belebten U-Bahnstation lag.

Sie stieg wieder zur Straße hinauf, kehrte zur Rupert

Street zurück, widerstand der Versuchung, noch einmal ins *Plume of Feathers* zu schauen, überquerte die hier kreuzende Shaftesbury Avenue und setzte ihren Weg auf der Rupert Street bis nach Soho fort.

Hier waren die Straßen viel schmaler. Ein paar hundert Meter weiter fiel ihr ein Eingang auf, den links und rechts große, beleuchtete, offenbar transportable Schaukästen aus rosa Kunststoff zierten. In jedem Kasten prangte das große Foto einiger nackter oder spärlich bekleideter Damen. Ein Mann, dessen Gesicht durch eine plumpe Cyberspace-Maske verdeckt wurde, neigte sich ihnen lüstern grapschend zu. Ein handgemaltes Schild verkündete:

Extremer Nervenkitzel – Importware – Vorführungen im Keller, hier und JETZT – ZUTRITT NUR FÜR ERWACHSENE!

Vorne im Eingang hatte sich ein Türsteher aufgebaut: ein Jugendlicher mit kurzen Stachelhaaren, dem aus einem Augenwinkel eintätowierte Tränen tropften. Er trug einen dunklen Anzug, Hemd und Krawatte, was zu seinem sonstigen Äußeren überhaupt nicht passte.

Als Teresa klar wurde, dass hier eine bestimmte Art von ExEx-Simulationen angeboten wurde, blieb sie kurz stehen, weil ihr schlagartig etwas eingefallen war: Sie kannte sich mit dem gesamten Angebot von ExEx-Simulationen aus. Gut möglich, dass es in diesem Schuppen zumindest einige der Simulationen gab, in denen Shandy mitgewirkt hatte … Vielleicht hatten sie sogar die, in der Shandy als Cowgirl auftrat – die Simulation, in der Teresa ihr zum ersten Mal begegnet war.

Teresas Gedanken galoppierten sofort mit ihr davon, hoben von der Wirklichkeit ab: Sie malte sich aus, wie sie sich in den Keller unterhalb dieses wenig anziehenden Eingangs vorwagte, dem Jugendlichen das Geld in die Hand drückte und sich in die Simulation einloggte, in der Shandy ein Cowgirl mimte. Hingebungsvoll bumste sie mit einem Cowboy, der einen holländischen Akzent hatte. Danach würde sie, wie beim letzten Mal, gemeinsam mit Shandy aufbrechen, in Shandys Körper und Gedanken schlüpfen, das erotische Gefühl der eng anliegenden, provozierenden Kleidung genießen und vom Studio aus zu diesen Straßen rund um Piccadilly und Leicester Square schlendern. Später würde sie in nördlicher Richtung weitergehen, die Shaftesbury Avenue überqueren und hier, am Eingang zu diesem ExEx-Club, ankommen. Und dann würden Shandy und sie sich ins Innere vorwagen, um in die äußerste Irrealität vorzudringen ...

»Was Sie wollen, Lady? Sie wollen rein?«

»Nein«, erwiderte Teresa, die bei der plötzlichen Ansprache erschrocken war.

»Gute Preise für Ladies. Viel Rabatt. Kommen Sie, ich zeige Ihnen.«

»Nein ... Ich will nicht hinein. Haben Sie je von einem Mädchen namens Shandy gehört?«

Einen Augenblick lang wirkte der junge Mann verwirrt – die eintätowierten Tränen trugen zu diesem Eindruck bei –, aber gleich darauf griff er in die hintere Hosentasche und holte einen kleinen Packen Visitenkarten heraus.

»Ja, Shandy. Sie hier. Sie wollen Shandy, Sie kriegen Shandy. In Ordnung. Wir haben viele Shandy. Was Sie wollen? Sie selbst Nummer mit Shandy oder lieber zugucken?«

»Wissen Sie überhaupt, wen ich meine?«, fragte Teresa. »Ihr richtiger Name ist Jennifer. Sie arbeitet in dieser Gegend, in solchen Schuppen wie diesem hier.«

»Ja, ja.« Die Finger, mit denen er die Visitenkarten umklammert hielt, waren überraschend lang und feingliedrig, und der Fingernagel, mit dem er jetzt die oberste Karte vom Packen schob, wirkte makellos sauber.

Teresa dachte schon, er wolle ihr die Karte reichen – zweifellos standen detaillierte, aber völlig unerwünschte Angaben zur Person darauf –, aber er nahm sie nur lose zwischen Daumen und Zeigefinger und fuhr damit über die Lücke zwischen zwei gelben Vorderzähnen. »Shandy. Sie gibt viel Rabatt für Nummer mit Mädchen. Wir haben viele Shandy.«

»Alles klar, ich habe verstanden.« Teresa wandte sich ab. Sie ärgerte sich darüber, dass sie sich von dem Jungen in ein Gespräch hatte verwickeln lassen. Außerdem beschäftigte sie sich in Gedanken immer noch mit den Dingen, über die sie nachgegrübelt hatte, als er sie ansprach.

Was würde tatsächlich passieren? Was würde passieren – vorausgesetzt, sie fand hier eine GunHo-Niederlassung oder irgendeinen anderen Schuppen, der mit ExEx-Anlagen ausgestattet war –, wenn sie eine Simulation dazu benutzte, in eine zweite einzutauchen? Was geschah dann mit der virtuellen Realität? Würden die Realitäten dann nicht mehr aneinander angrenzen, sondern einander überlagern?

»He, Lady!«

Sie ging weiter.

»Lady!« Der junge Mann hatte seinen Posten am Eingang verlassen und griff jetzt nach ihrem Arm, den sie ihm sofort entzog.

»Lassen Sie das!«, sagte sie energisch. »Ich habe kein Interesse!«

»Sie, Lady, Sie eine von uns? Sie Shandy?«

Seine Stimme klang nicht mehr so flach und aufgezogen wie bei einem Automaten, er sprach nicht mehr wie der Schlepper eines Bumslokals. Plötzlich ernsthaft geworden, deutete er auf ihren Nacken. Teresa fiel jetzt erst auf, wie jung er noch war, kaum älter als sechzehn oder siebzehn. Er drehte den Kopf und legte einen Finger an den eigenen Nacken. Unten saß eine winzige

Klappe für Nanochips, wie nicht zu verkennen war, aber sie unterschied sich von allen, die Teresa bisher gesehen hatte: Sie war größer als ihre, aus purpurrotem Kunststoff und eingebettet in eine Verschalung aus irgendeinem silbernen Material, das wahrscheinlich ebenfalls aus Kunststoff bestand, aber hell glitzerte. Die Klappe wirkte wie ein billiger Stein in einer protzigen Fassung.

Mit ihrer eigenen, im Nacken eingelassenen Klappe war Teresa immer befangen umgegangen, da sie das Gefühl hatte, jeder, der sich damit nicht auskannte, müsse sie für die Folge einer Operation halten. Um die Stelle möglichst gut zu kaschieren, trug sie meistens hochgestellte Kragen oder ein Halstuch.

Im Gegensatz dazu war die Klappe des jungen Mannes so gut sichtbar, dass es fast schon peinlich wirkte. Die grelle Farbe des Kunststoffs, das Glitzern an seinem Nacken fiel genauso auf wie Körper-Piercing, wirkten so, als bekenne er sich zu einer bestimmten Mode oder Subkultur.

»Sie ExEx kennen, Lady? Sie einzig Wahres erlebt! Viel, viel Rabatt für wahres ExEx! Wir Shandy finden für Sie, Sie darauf verlassen können!«

»Nein«, wiederholte sie noch einmal, allerdings weniger nachdrücklich als zuvor. »Hören Sie, ich weiß, was ExEx ist. Ich habe mich nur darüber gewundert, dass es hier angeboten wird und jeder Zutritt hat.«

»Nur Mitglieder. Sie Mitglied werden! Sie nicht reinkommen? Vor Abend Sonderpreise.«

Da Teresa inzwischen klar war, dass sie hier nur ihre Zeit verplemperte und vom ersten Wortwechsel an nichts anderes getan hatte, ließ sie ihn stehen. Als er sie noch einmal ins Innere des Schuppens locken wollte, kehrte sie ihm einfach den Rücken zu und ging mit großen Schritten energisch (jedenfalls hoffte sie, dass es so wirkte) davon. Bald darauf erreichte sie die Shaftesbury Avenue. Um hinüberzugehen, musste sie kurz abwarten, bis der Verkehr sich gelichtet hatte.

Anschließend machte sie sich auf den Weg zur Charing Cross Road und verbrachte fast eine Stunde in einem der großen Buchläden, um auf andere Gedanken zu kommen. Später kehrte sie in die Gegend rund um den Leicester Square zurück und sah sich einen Film an. Gerade noch rechtzeitig erwischte sie den letzten Zug nach Bulverton. Da sie nicht auf den Fahrplan geschaut hatte, war das reines Glück, wie sie im Nachhinein feststellte.

@ @ @

Als der Zug eine Stunde später Turnbridge Wells hinter sich ließ und durch das ländliche, fast stockdüstere Sussex ratterte, schloss Teresa, die das ganze Abteil für sich hatte, die Augen und versuchte zu dösen. Der lange Fußmarsch durch London hatte sie körperlich erschöpft, aber geistig war sie immer noch rege und munter.

Trotz der nervenden lauten Musik und dem Dröhnen der Special Effects hatte sie sich kaum auf den Film konzentrieren können, da ihr plötzlich und unerwartet etwas klar geworden war. Als sie bei Vorstellungsbeginn im Zuschauerraum gesessen und darauf gewartet hatte, dass es dunkel wurde, war ihr das Gespräch eingefallen, das sie mit Ken Mitchell auf dem Gang vor ihrem Zimmer geführt hatte. Damals waren ihr die Einwände, die er gegen ihre Anwesenheit im Hotel erhoben hatte, völlig unverständlich vorgekommen. Sein Geschwätz von »linearer Kohärenz« und »unverfälschter ursprünglicher Erinnerung« hatte in ihren Ohren wie das für Computerfreaks typische Fachchinesisch geklungen. Aber die Simulation, in der Shandy mitwirkte, hatte unterschwellig fortgewirkt: Die Dinge, über die sie vorhin vor dem ExEx-Schuppen nachgedacht hatte, hatten ihr, wie sie glaubte, letztendlich die Augen für das geöffnet, was

Mitchell ihr hatte klar machen wollen. Vielleicht gab es ja tatsächlich Möglichkeiten, die Wirklichkeit in Simulationen einzuführen. Und zwar so, dass wirkliche Welt und virtuelle Welt einander überlagerten.

Schon für sich genommen, stellte jede ExEx-Simulation eine Art von Überschneidung dar, da sie an der Schnittstelle zwischen menschlichen Variablen und digitaler Logik angesiedelt war.

Die Programmierer nutzten die Erinnerungen gewisser Menschen an bestimmte Ereignisse ebenso wie das, was diese Menschen dabei empfanden. Darüber hinaus stützten sie sich aber auch auf das, was die Menschen im Nachhinein über das Ereignis erzählten, auf die Vorstellungen, die sie damit verknüpften, ja selbst auf Spekulationen über das tatsächliche Geschehen. All das war für die Programmierer das Ausgangsmaterial, das sie aufzeichneten und anschließend in eine Art objektivierter Erfahrung verwandelten. Und diese objektivierte Erfahrung wirkte wie die Realität selbst. *War* praktisch eine bestimmte Art von Wirklichkeit: virtuelle Wirklichkeit. Auf diese Weise wurden Simulationen produziert.

Mitchell hatte von etwas gesprochen, das er eine »Überlagerung von Reaktionen« genannt hatte. Damit hatte er die Tatsache gemeint, dass der ExEx-Benutzer, ob er will oder nicht, auf die Simulation einwirkt, so dass er sie bei ein- oder mehrmaliger Wiederholung so wahrnimmt, als habe sie sich verändert. Die Ursache dafür liegt in seinen eigenen Vorkenntnissen, in der vorangegangenen eigenen Präsenz in der Simulation.

Von Anfang an war ihr der interaktive Charakter von ExEx-Simulationen nur allzu bewusst gewesen. Der einzige Unterschied zwischen damals und heute bestand darin, dass sie mit der Zeit begriffen hatte, wie man die Interaktivität dazu nutzen konnte, die Grenzen der Szenarien auszuloten.

Allerdings war ihr nach wie vor völlig unklar, warum die Programmierer ihre Anwesenheit als bedrohlich empfanden.

Sie dachte an die kühne Idee, die ihr am Nachmittag gekommen war, die Idee, noch einmal in die Simulation, in deren Mittelpunkt Shandy stand, zurückzukehren, um sich innerhalb dieser Simulation von einem Ort zum anderen zu bewegen und deren äußerste Grenzen zu testen. Was würde geschehen, wenn sie mit der Shandy der ExEx-Simulation zum ExEx-Schuppen hinter der Shaftesbury Avenue ging und sich dort in eine weitere ExEx-Simulation einloggte, in eine Simulation innerhalb der Simulation ...

Aber das war unmöglich: Die ursprüngliche Simulation spielte 1990, ehe ExEx auf den Markt gekommen war, wahrscheinlich war das Verfahren noch nicht einmal entwickelt. Folglich würde es im London dieser Simulation, dem London, in dem Shandy zu Hause war, den ExEx-Schuppen gar nicht geben.

Seit 1990 hatte sich vieles getan. Während sie im Kino saß und der Film begann, hatte Teresa sich die logischen Probleme, die der Fall Gerry Grove aufwarf, noch einmal ins Gedächtnis gerufen: Ungeklärt war bislang vor allem die Frage der Waffen und die rätselhafte Lücke im zeitlichen Ablauf dieses letzten Nachmittags in Gerry Groves Leben.

Es war bekannt, dass Grove in der Zeitspanne zwischen den ersten Morden – dem Mord an Mutter und Kind während ihres Picknicks im Wald bei Ninfield – und dem Amoklauf, mit dem alles endete, zum ExEx-Bau in Bulverton gefahren war. Nicht bekannt war, was er da drinnen getrieben hatte.

Als sie die dort beschäftigten Angestellten danach gefragt hatte, da sie annahm, sie müssten sich daran erinnern, hatten sie sich zu Einzelheiten nur vage und widersprüchlich geäußert. Wahrscheinlich war Groves

Amoklauf das einschneidendeste Ereignis, das Bulverton seit den Erschütterungen des Zweiten Weltkriegs erlebt hatte, dennoch konnten sich die Augenzeugen nur unzulänglich an die alles entscheidende Phase erinnern.

Aus der Sicht Ken Mitchells und seiner Kollegen konnte der Versuch, die Einzelheiten dieses Tages zu rekonstruieren, nur gelingen, wenn man dabei Groves Stippvisite im ExEx-Bau berücksichtigte. So viel hatte Mitchell herausgelassen.

Hatte Grove vor seinem Amoklauf einen Schnittpunkt von zwei Realitäten erlebt? Hatte die experimentelle Erfahrung einer extremen Gefahrensituation eine Rolle gespielt, war er an jenem Tag in eine ExEx-Simulation eingetaucht?

Lag darin die Erklärung für die Waffen, die man seltsamerweise im Kofferraum des gestohlenen Wagens gefunden hatte, die Waffen, die er dort versteckt hatte? Es war bekannt, welche Waffen Grove besessen hatte. Ebenfalls bekannt war, dass er beide Waffen an jenem Tag mitgenommen hatte. Keine von beiden wurde später in seiner Wohnung aufgefunden. Einerseits wurden zwei Waffen im Wagen gefunden, andererseits hatte er zwei Waffen bei sich gehabt und benutzt. Das stellte einen Schnittpunkt von zwei Realitäten dar, denn es handelte sich offenbar um ein- und dieselben Waffen.

Die meisten offiziellen Berichte und Zeitungsartikel hatten sich mit den Waffen befasst, die Grove an jenem Tag bei sich gehabt und benutzt hatte. Andere hatten sich auf die Waffen bezogen, die man später in dem gestohlenen Wagen entdeckt hatte. Aber niemand hatte beide Tatsachen miteinander in Verbindung gebracht. Augenscheinlich hatten sich die meisten vor der Erkenntnis, dass beide objektiv nachprüfbaren Tatbestände womöglich nicht unter einen Hut zu bringen waren, gedrückt und die ganze Angelegenheit lieber im Unklaren gelassen und vernebelt.

Während Teresa in der fast menschenleeren Bahn saß und trotz der widrigen Umstände – das Abteil war zugig, und sie wurde auf unangenehme Weise durchgerüttelt – ab und zu einnickte, merkte sie, dass ihr das Problem und dessen mögliche Lösung immer wieder entglitten, da sie das alles nicht richtig fassen, nicht richtig begreifen konnte.

An der Bahnstation Robertsbridge hielt der Zug für längere Zeit, ohne dass der Schaffner oder sonst jemand eine Erklärung abgab. Ringsum nur Nacht und Kälte. Zwei Bahnarbeiter schritten langsam den Bahnsteig ab, in den Händen Taschenlampen, um die Räder des Zuges abzuleuchten. Sie unterhielten sich mit jemandem weiter vorne, vermutlich mit dem Zugführer. Teresa hörte ihre Stimmen, verstand jedoch nicht, was sie sagten. Gleich darauf schlugen Zugtüren krachend zu, während unterhalb des Wagons ein Generator losratterte. Teresa kuschelte sich tiefer in den Sitz, während sie voll böser Vorahnungen auf die Ansage wartete, dass der Zug nicht mehr fahrtüchtig sei und aus dem Verkehr gezogen werde. Es war schon nach eins, sie wollte nur noch ins Bett. Es war ein langer Tag gewesen, ein allzu langer Tag, es reichte ihr. Schließlich fuhr der Zug zu ihrer großen Erleichterung doch weiter.

Immer wieder musste sie an Grove denken, vor allem, seit sie selbst sich der Simulation jenes Tages, an dem Grove Amok gelaufen war, ausgesetzt hatte.

Sie konnte nicht vergessen, was sie beim Eindringen in seine Gedankenwelt empfunden hatte. Seine Gedanken waren ihr wie der heiße, widerliche Atem eines zudringlichen Fremden vorgekommen, so als strichen sie allzu nahe über ihr Gesicht. Aber wie kann man vor einem Menschen zurückweichen, in dessen Kopf man auf der Lauer liegt? Sie hatte sich in einen Abgrund begeben. Und selbst, wenn es nicht der Abgrund des Bösen gewesen war, von dem Grove nach Ansicht vieler Menschen besessen war: Zumindest hatte sie Einblick in eine zutiefst unglückliche und schwache Seele gewonnen. Eine Seele, verstrickt in kleinliche Ängste, niedrigste Beweggründe und Rachegefühle. Grove, wie sie ihn erlebt hatte, war eindeutig nicht wahnsinnig, aber dennoch krank. Gemein, gefährlich, irrational. Er konnte sich in keine Gemeinschaft eingliedern, hatte einen Hang zur Gewalttätigkeit, war unberechenbar und von Hass zerfressen. Keiner seiner Mitmenschen hatte ihn geliebt, und er selbst hatte jeden, den er kannte, lieblos behandelt.

Seine Seele war so leer und ungeschützt, so besessen von grauenvollen Nichtigkeiten, dass jede Einmischung von außen Auswirkungen haben musste. Gut möglich, dass sie selbst innerhalb dieser Simulation eine Überlagerung von Reaktionen, ein gegenseitiges Durchdringen von Realitäten bewirkt hatte. Allein schon dadurch, dass sie überhaupt in die Handlung eingetaucht und für kurze Zeit in seine Gedanken eingedrungen war.

Als Mitchell auf dem Gang vor ihrem Zimmer mit ihr geredet hatte, waren seine Worte so formuliert gewesen, als habe sie eine solche Überlagerung von Reaktionen bereits bewirkt, obwohl das in Wirklichkeit noch gar nicht passiert sein konnte.

»In Wirklichkeit ...«

Immer wieder tauchte dieser Ausdruck auf. Aber die Existenz einer klar umgrenzten Wirklichkeit entsprach einer Hypothese, die nicht länger haltbar war.

Dass bestimmte Realitäten aneinander angrenzen, hatte Teresa inzwischen begriffen. Dass manche Realitäten einander überlagern können, hatte sie vermutet. Deshalb war sie jetzt immer stärker davon überzeugt, dass Gerry Grove eine Überlagerung, eine Überschneidung, ein wechselseitiges Durchdringen von Realitäten ausgelöst haben musste.

Und in welcher dieser Realitäten lebten sie heute, nach

Groves Amoklauf? War es die Realität, in der Grove seine Waffen im Kofferraum des gestohlenen Wagens gelassen hatte? Oder diejenige, in der Grove zum Auto zurückgegangen, die Waffen geholt und sie ins Stadtzentrum mitgenommen hatte?

Die Antwort war, dass sie in beiden Realitäten lebten. Darauf deutete auch die Tatsache hin, dass die Erinnerung in diesem Punkt nicht randscharf war. Das wechselseitige Durchdringen von Realitäten, das Mitchell befürchtete, hatte bereits stattgefunden. Aber hatte Grove es bewirkt – oder sie selbst?

Müde, wie sie war, bewegten sich ihre Gedanken im Kreis. Der Tag war zu weit fortgeschritten, um über ein derart diffiziles Thema weiter nachzudenken. Immer wieder schrak sie vor den Konsequenzen der eigenen Gedankengänge zurück.

Endlich, fünfundzwanzig Minuten später als vorgesehen, fuhr der Zug in Bulverton ein. Müde stand Teresa von ihrem Platz auf. Außer ihr war kein Mensch ausgestiegen, der schwach beleuchtete Bahnsteig war menschenleer. Das Bahnhofspersonal hatte längst Feierabend. So schnell sie konnte, lief sie zum Hotel zurück. Sie hatte nur noch den bescheidenen Wunsch, so bald wie möglich ins Bett zu kommen.

Mit Hilfe des Hauptschlüssels, den Amy ihr vor ein paar Tagen ausgeliehen hatte, verschaffte sie sich leise Zutritt zum Hotel und schlich sich, ohne Licht zu machen, zu ihrem Zimmer. Allerdings konnte sie nicht vermeiden, dass die Stufen knarrten, als sie die Treppe hochstieg. Endlich war sie in ihrem Zimmer und konnte die Tür hinter sich zumachen. Zum ersten Mal seit ihren Teenagerjahren fühlte sie sich so, als habe sie sich irgendwo herumgetrieben und sei zu spät heimgekommen.

31. k@pitel

Als sich Teresa am nächsten Morgen auf den Weg nach unten machte, um zu frühstücken, hatte sie den Eindruck, dass irgendetwas anders war als sonst. Nachdem sie am Büro vorbeigegangen war, wurde ihr auch klar, was: Fast immer lief hier morgens das Radio, aber heute war alles still. Diese winzige Abweichung vom täglichen Trott, an den sie sich inzwischen gewöhnt hatte, gab ihr ein ungutes Gefühl.

Die vier jungen amerikanischen Programmierer saßen an ihrem gewohnten Platz in der hintersten Ecke des Speisesaals und nahmen, wie üblich, keine Notiz von ihr. Eine der beiden jungen Frauen las eine Ausgabe des *Investors Chronicle* und bewegte mit der freien Hand einen Expander rhythmisch auf und ab, um die Armmuskeln zu trainieren. Die andere trug einen Trainingsanzug und ein elastisches Schweißband und hatte sich ein Handtuch um den Hals geschlungen. Ken Mitchell sprach in sein Handy, sein Kollege gab irgendetwas in einen Computer ein, der kaum größer war als sein Handteller. Alle vier hatten das übliche Frühstück vor sich stehen – faserreiche asiatische Hülsenfrüchte aus biologischem Anbau, der, wie garantiert wurde, keine Kunstdünger oder künstlichen Konservierungsstoffe verwendete (wie Amy Teresa verraten hatte, war ihr aufgetragen worden, diese Hülsenfrüchte eigens aus Holland kommen zu lassen) –, aber keiner von ihnen aß.

Auch Teresa nahm an dem Tisch Platz, an dem sie immer saß. Jedes Mal, wenn sie Ken Mitchell sah, konnte sie weder Neugier noch Ärger unterdrücken. Stets tat er so, als sei sie Luft – heute, zum Beispiel, hatte er ihrem Tisch den Rücken zugewandt –, und das passte ihr nicht. Auch wenn sie überhaupt nichts mehr mit ihm zu tun haben wollte, lag ihr am Herzen, dass er ihre Anwesenheit bemerkte, ohne dass sie ihn sozusagen daran erinnern musste.

Im Vorbeigehen hatte sie sich ihre Zeitung vom Tisch auf dem Korridor geschnappt und war gerade dabei, sie durchzusehen, als jemand zu ihr herüberkam. In der Annahme, es sei Amy, blickte sie lächelnd auf. Aber es war nicht Amy, sondern ein stämmiger Mann mit kahlrasiertem Kopf, der, mit Block und Kugelschreiber bewaffnet, an ihrem Tisch stand, um die Bestellung aufzunehmen.

»Darf ich fragen, was Sie heute Morgen frühstücken möchten?«, sagte er.

»Ja, sicher.« Verblüfft, wie sie war, griff Teresa ganz automatisch nach der Speisekarte. Im Laufe der drei Wochen, die sie hier verbracht hatte, war es ihr zur Gewohnheit geworden, Amy lediglich zu bestätigen, dass sie dasselbe wie immer wollte: Fruchtsaft, Kaffee und mehrere Scheiben getoastetes Weizenbrot. Nachdem der Mann ihre Bestellung notiert hatte, machte er sich auf den Weg zur Küche.

Teresa hatte das Gefühl, ihn schon einmal gesehen zu haben, wusste allerdings nicht mehr, wo. Ihrer Meinung nach musste es irgendwo in der Stadt gewesen sein, denn sie konnte sich nicht daran erinnern, ihm im Hotel begegnet zu sein. Sie wünschte, sie hätte genauer hingesehen.

Während sie auf seine Rückkehr wartete, standen die vier Programmierer vom Tisch auf und verließen das Speisezimmer. Niemand schien Notiz von ihr zu nehmen. Ken Mitchell war damit beschäftigt, auf die Wähltasten seines Handys zu drücken, um einen weiteren Anruf zu tätigen.

Sie blieb allein in der Stille des Speisesaals sitzen und wartete auf ihr Frühstück.

Es dauerte nicht lange, bis der Mann mit dem kahlrasierten Kopf zurückkehrte und ein silbernes Kaffeekännchen und ein großes Glas Orangensaft auf dem Tisch abstellte. »Ich wusste nicht, dass Sie Weizenbrot wollen«, sagte er. »Ich musste erst danach schicken. Wird aber nur ein paar Minuten dauern, die Bäckerei ist gleich um die Ecke.«

»Das wäre doch gar nicht nötig gewesen. Irgendein Weißbrot hätte es auch getan.« Teresa war klar, wie sie in den Augen dieses Mannes wirken musste: Noch so eine gottverdammte, verwöhnte Amerikanerin mit seltsamen Essgewohnheiten. Aber Weizenbrot stand immerhin auch auf der Speisekarte, verdammt noch mal! »Amy weiß, dass ich normalerweise gern Weizenbrot esse und besorgt es deshalb für mich.«

Er hatte sich aufgerichtet und war, das Tablett vor der Brust, ihr gegenüber am Tisch stehen geblieben. »Amy ist nicht mehr da«, erklärte er.

Angesichts dieser Neuigkeiten zuckte Teresa leicht überrascht zusammen, obwohl sie eigentlich schon seit heute Morgen – seitdem sie nach unten gegangen war –, auf bestimmte Veränderungen gefasst gewesen war.

»Was ist passiert?«, fragte sie. »Ihr ist doch hoffentlich nichts zugestoßen?«

»Nein, Amy geht's gut. Sie wollte nur mal pausieren.«

»Also haben Sie ihre Arbeit übernommen?«

»Ich habe alles übernommen. Ich führe jetzt dieses Hotel.«

»Sie führen jetzt die Geschäfte?«

»Nun ja, ich bin jetzt der Geschäftsführer. Aber nicht nur das: Ich bin auch der neue Inhaber.«

»Nick Surtees ist auch nicht mehr da?«

»Das alles ist erst gestern über die Bühne gegangen. Ich hatte schon seit längerem Interesse an diesem Hotel.

Als mir zu Ohren kam, dass Nick es verkaufen will, habe ich gleich zugeschlagen. Gestern haben wir uns geeinigt.«

»Einfach so? Gestern waren die beiden noch hier und haben kein Wort davon erwähnt!«

»Meiner Meinung nach hatten sie es schon seit längerem vor«, sagte er, worauf Teresa ihn verdutzt ansah. »Inzwischen hat meine Frau sicher das Brot gebracht. Entschuldigen Sie mich bitte.«

Während die Schwingtür zur Küche hinter ihm zuschlug, starrte Teresa ihm nach. So belanglos diese Neuigkeiten auch sein mochten: Ständig kreisten ihre Gedanken um denselben Punkt. Zwar war ihr klar, dass Hotelmanager ihre geschäftlichen Angelegenheiten nur in den seltensten Fällen mit Gästen berieten, aber beide, Nick wie Amy, hatten so offen und gesprächsbereit gewirkt, dass die Tatsache, dass keiner von beiden ihr gegenüber etwas von ihrem Vorhaben erwähnt hatte, sie einigermaßen verblüffte. Zumindest wäre es eine nette Geste gewesen, wenn sie sich von ihr verabschiedet hätten.

Sie schenkte sich Kaffee ein, trank Orangensaft und wartete auf den Toast. Ein paar Minuten später kehrte Hartland zurück. Als er ihr den Toast hinstellte – wie in England üblich, steckten die Scheiben in einem Ständer, damit sie auch wirklich schön schnell abkühlten –, bemerkte sie: »Ich hab Sie schon irgendwo gesehen. Kann es sein, dass wir uns schon mal begegnet sind?«

»Vielleicht haben Sie mich hier im Hotel gesehen. Früher hab ich hin und wieder in der Bar ausgeholfen.« Er rieb sich das Kinn. »Übrigens hatte ich früher einen Bart. Ich bin Amys Schwager, David Hartland.«

In diesem Augenblick fiel Teresa jener Tag ein, an dem sie beobachtet hatte, wie dieser Mann auf dem Markt auf Amy eingeredet hatte. Sein Verhalten hatte irgendwie aggressiv gewirkt. Allerdings hatte sie dem Vorfall damals nur wenig Bedeutung beigemessen. Und sie hatte ihn noch bei anderer Gelegenheit gesehen: als er aus dem ExEx-Bau herausgekommen war.

»Also sind Sie der Bruder von ...?«

»Jasons älterer Bruder, ja. Wahrscheinlich wissen Sie, was Jase zugestoßen ist?«

»Amy hat's mir erzählt.« Außerdem war da ihre eigene, persönliche Erinnerung an Jase als Toten, der auf dem Dach des Hauses in der Eastbourne Road gelegen hatte.

»Jase und ich wollten dieses Hotel schon vor langer Zeit übernehmen, als Nicks Eltern es noch betrieben. Damals ist nichts daraus geworden. Aber als ich hörte, dass Nick es verkaufen will, wollte ich mir die zweite Chance auf keinen Fall entgehen lassen.« Während er redete, hatte er sich von ihrem Tisch entfernt. Inzwischen stand er beim Büfett, zog eine der Schubladen auf, nahm ein paar Messer und Gabeln heraus und wickelte sie in das Tuch, das er mitgebracht hatte. »In Bulverton verändert sich derzeit einiges, vielleicht haben Sie schon davon gehört. Es strömt jetzt viel neues Geld in die Stadt.« Er sah zu dem Tisch hinüber, den die vier jungen Amerikaner vor kurzer Zeit verlassen hatten. Allerdings begriff Teresa nicht gleich, was sie damit zu tun haben sollten. »Das Leben der Menschen hier wird sich verändern, und bald auch die Stadt. In zehn Jahren wird Bulverton ganz anders aussehen.«

»Und Sie haben das Hotel erst gestern gekauft?«

»Den rechtlichen Kram, den ganzen Papierkrieg haben wir noch nicht erledigt, aber wir haben den Verkauf per Handschlag besiegelt. Nick hat einen Anwalt aus London mit der Sache beauftragt, ich selbst habe auch einen herangezogen. Sie wissen ja, wie lange Rechtsanwälte für diese Dinge brauchen. Aber Nick und Amy wollten nicht abwarten, sondern sofort los, also sind sie schon gestern Abend weggefahren. Die meisten ihrer Sachen sind noch oben, aber wir bewahren alles für sie auf, bis sie's holen kommen.«

»Wissen Sie, wo die beiden hingefahren sind?«

»Das haben sie mir nicht verraten«, erwiderte er, aber aus seinem Ton hörte Teresa heraus, dass er ihren Aufenthaltsort sehr wohl kannte. »Soweit ich weiß, machen sie so was Ähnliches wie 'ne Hochzeitsreise, wissen Sie.«

Teresa lachte zwar, aber nicht, weil sie das sonderlich komisch fand, sondern weil sie ja irgendwie auf diese Mitteilung reagieren musste. »Werde ich die beiden vor meiner Abreise noch mal sehen?«, fragte sie. »Ich hatte mich mit Amy gerade ein bisschen angefreundet.«

»Keine Ahnung. Vielleicht, wenn Sie in einem Monat oder so immer noch hier sind? Aber nach dem, was die beiden gestern Abend gesagt haben, glaube ich kaum, dass sie nach Bulverton zurückkommen wollen. Hier gibt's zu viele traurige Erinnerungen. Nicht nur für Nick und Amy, auch für viele andere Menschen.«

»Ja, ich weiß.«

Offenbar gab es darauf nichts mehr zu sagen.

Während Dave Hartland sich mit dem Besteckbündel auf den Rückweg zur Küche machte, beeilte sich Teresa, ihren Toast zu essen, der bereits kalt wurde. All diese plötzlichen Veränderungen im Hotel machten ihr zu schaffen; fast empfand sie die Situation als persönlichen Affront – so, als zahlten ihr Nick oder Amy auf diese Weise eine persönliche Beleidigung zurück. Obwohl es ganz bestimmt nicht so gemeint war – jedenfalls hoffte sie das.

Oft genug hatte Teresa schon versucht, sich in die Bewohnerinnen und Bewohner dieser Kleinstadt hineinzuversetzen, die so schwer an einem Kummer trugen, den sie alle teilten. Sie wusste nur zu gut, was man beim Tod eines nahe stehenden Menschen empfindet. Hingegen konnte sie sich kaum vorstellen, wie es einem gehen musste, wenn man, gemeinsam mit vielen anderen, ein solches Blutbad überlebt hatte. Brachte das Wissen, dass man mit seinem Kummer nicht allein dastand, ein wenig Trost? Oder wurde dadurch alles noch schlimmer? Innerer Aufruhr, Schock, das Gefühl, andere im Stich gelassen zu haben – das so typische schlechte Gewissen der Überlebenden –, der Eindruck, den Medien ausgeliefert zu sein ... all das gehörte zu den bekannten Nachwirkungen einer solchen Katastrophe. Auch die Psychologen hatten sich damit befasst. Aber keine ihrer Untersuchungen vermochte zu erklären, was unmittelbar Betroffene tatsächlich empfanden. Vor ihrer Reise nach Bulverton hatte Teresa angenommen, sie könne sich wegen Andys Tod mit den Menschen hier identifizieren, aber in Wirklichkeit gab es wohl nur eine Gemeinsamkeit: die emotionale Stasis, die auf den Tod eines geliebten Menschen folgte. Diese alles verzehrende Lähmung, die nicht nur die eigenen Empfindungen betraf, sondern auch jede Hoffnung vernichtete und verhinderte, dass man Pläne für die Zukunft machte, die nächsten Schritte einleitete. Man versuchte einfach, das frühere Leben fortzusetzen, während die Trauer einen wie eine Dampfwalze überrollte, begriff, dass einem Schlimmeres nicht mehr zustoßen konnte, und wusste dabei gleichzeitig, dass sich das Leben in diesem Punkt niemals mehr zum Besseren wenden würde.

Es hatte sich tatsächlich nicht zum Besseren gewendet. Sie hatte Andy auf immer und ewig verloren. Nur eines war seit seinem Tod geschehen: Innerhalb eines langwierigen, schmerzhaften Prozess begann sie sich jetzt allmählich der Tatsache zu stellen, dass sie ihn nie wiedersehen würde.

Während sie ihren Kaffee austrank, durchquerte Hartland den Speisesaal, ohne zu ihr herüberzusehen, legte das Besteck in die Schublade zurück, holte weitere Messer und Gabeln heraus und kehrte danach in die Küche zurück.

Teresa griff nach ihrer Zeitung und machte sich auf den Weg zu seinem Büro. Da sie ihn dort nicht antraf, klopfte sie an die Verbindungstür und warf einen Blick in die Küche, in der sich außer Hartland auch eine Frau befand, vermutlich seine Ehefrau, allerdings stellte er sie ihr nicht vor. Beide trugen Schürzen. Das Besteck war auf einer Zeitung ausgebreitet, die auf dem Küchentisch lag.

»Mr. Hartland«, sprach Teresa ihn an, »es tut mir Leid, Sie gerade jetzt damit zu belästigen, da Sie das Hotel neu übernommen haben, aber ich muss in ein paar Tagen abreisen.«

»Ist in Ordnung. Wissen Sie schon, wann genau Sie abreisen wollen?«

»Nein, noch nicht. Ich muss erst noch den Flug buchen und ein paar Dinge in der Stadt erledigen. Heute werde ich das nicht alles schaffen, aber vielleicht morgen oder übermorgen.«

Inzwischen hatte er die Schürze abgelegt. Er ging zur Tür am anderen Ende der Küche, die, wie Teresa wusste, zu der winzigen Rezeption in der Eingangshalle führte. Nick und Amy hatten diese Tür nur selten benutzt. Er hielt sie ihr auf und gab ihr einen Wink, voranzugehen. Nachdem er den Computer auf dem Schreibtisch eingeschaltet hatte, warteten sie beide ab, bis er betriebsbereit war. Hartland hantierte ungeschickt mit der Tastatur herum, offenbar versuchte er, die Dateien des Hotels aufzurufen.

»Ich hatte bis jetzt noch keine Gelegenheit, mir Ihre Rechnung vorzunehmen«, erklärte er. »Gestern war so viel anderer Kleinkram zu erledigen.«

»Möchten Sie sich erst einmal einen Überblick verschaffen und später mit mir reden?«

»Lassen Sie mich sehen, ob ich Ihre Rechnung finden

kann.« Teresa hatte mehrmals gesehen, wie Nick und Amy diese Dateien bearbeitet hatten, hielt es allerdings nicht für angebracht, ihre Hilfe anzubieten. »Machen Sie sich keine Gedanken darüber, dass Sie uns schon so bald nach unserer Geschäftsübernahme verlassen«, bemerkte Hartland. »Wenn Sie und die anderen abgereist sind, wollen meine Frau und ich sowieso keine Übernachtungsgäste mehr aufnehmen.«

»Sie wollen nur das Pub weiterführen?«

»Na ja, wir haben noch einiges andere mit dieser Lokalität vor. Aber erst muss ich bei der Gemeinde Baupläne einreichen, wir wollen das Gebäude nämlich in eine Art Multimedia-Pub umwandeln. Haben Sie schon mal davon gehört? Wir haben uns zwei in London angesehen, und vor zwei Monaten hat auch in Brighton ein großes Multimedia-Pub aufgemacht. Schließlich gibt es hier im Hotel genügend Räumlichkeiten, die bislang überhaupt nicht genutzt werden, und der Parkplatz ist fast immer leer. Und die Lage an der Hauptverkehrsstraße ist für ein solches Projekt ideal. Ich glaube nicht, dass Sie in Amerika so etwas haben?«

»Multimedia ja. Aber ein Multimedia-Pub?«

»So wird das hier genannt. Ein Multimedia-Pub ist ein Gebäudekomplex, der viele Formen der Unterhaltung unter einem Dach vereinigt. Das Herzstück, mit dem wir anfangen wollen, ist eine große Bar mit Bistro, die sich über die ganze Vorderseite des Gebäudes erstrecken wird, einschließlich einer Terrasse für die Sommermonate. Später werden wir auch die anderen Etagen umwandeln. Im Keller werden wir eine Disco haben, in den hinteren Räumen einen Familientreffpunkt und ein Restaurant, und oben wollen wir einen Veranstaltungsraum als Internet-Café einrichten. Die oberste Etage wollen wir gänzlich für Boutiquen und kunsthandwerkliche Geschäfte nutzen.

Die Leute sollen natürlich auch ihre Kinder mitbringen, deshalb wollen wir einen überdachten Abenteuerspielplatz anlegen. Von einer Empore aus können die Eltern ihren Kindern beim Spielen zugucken, während sie selbst was trinken. Wir haben sogar schon daran gedacht, ein Sportstudio einzurichten. Da könnten die Leute trainieren, ehe sie etwas essen oder trinken. Haben Sie die alte Scheune gesehen, die Nick und Amy als Lagerraum benutzt haben? Die werden wir entsprechend umbauen. Wahrscheinlich werden wir auch eine Anlage für ExEx-Simulationen einplanen, ich habe schon mit Ihren amerikanischen Freunden gesprochen. Deren Firma wird bei uns bald Franchise-Partner für das ExEx-Angebot suchen, und wenn ich mich ranhalte, werden wir die erste private ExEx-Niederlassung an der Südküste sein.«

»Sie haben wirklich ein tolles Tempo drauf«, bemerkte Teresa, beeindruckt von all diesen ehrgeizigen Plänen.

»Ich hab mein ganzes Leben in dieser Stadt verbracht und zugesehen, wie es mit diesem Hotel langsam aber sicher bergab gegangen ist. Sie wissen ja, wie's in den oberen Stockwerken aussieht. Das alles muss man niederreißen und von Grund auf erneuern. Na ja, Jean und ich wissen schon, wie man das Hotel profitabel machen kann. Und da wir auch nicht jünger werden, investieren wir alles, was wir aufbringen können, in dieses Projekt.«

»Das kann ich mir vorstellen.« Teresa hatte keine Ahnung, wie viel es kosten würde, das Hotel von Grund auf so zu sanieren und umzubauen, wie er es umrissen hatte, aber es mussten mehrere Millionen sein. Hatte sie nicht gesehen, dass er in der Altstadt eine Marktbude betrieb? Das war wohl kaum die Art von Unternehmen, das genügend Gewinn abwarf, um ein derart gigantisches Projekt zu realisieren.

Sie wartete noch ein paar Minuten, merkte aber bald, dass er die im Computer abgespeicherten Dateien des Hotels nicht finden konnte. Zusehen zu müssen, wie er hilflos mit der einfachen Software herumexperimentierte, machte sie nervös. Zudem war ihr klar, dass ihre Anwesenheit es ihm nicht leichter machte. Deshalb bot sie ihm nochmals an, später wiederzukommen, um die Rechnung mit ihm durchzugehen. Er wirkte geradezu erleichtert und nahm das Angebot an.

32. k@pitel

Während sie über die Überlagerung von Realitäten und Möglichkeiten ihrer Vermeidung nachdachte, stieß Teresa auf eine Waldlichtung, in der drei lange Holztische standen. An einem der Tische, auf dem sich Plastikbecher und Plastikteller, Essensreste und Spielzeug türmten, saß eine junge Frau. Sie lachte über ihren kleinen Sohn, der, völlig in sein Spiel vertieft, im Gras herumtollte.

Teresa zog sich, so weit sie konnte, in die hinteren Winkel von Groves Gedanken zurück. Aber wie sollte sie die Welt durch seine Augen betrachten, wenn sie den Blick abwandte?

Grove zog die Handfeuerwaffe, die er unter der Jacke verborgen hatte, mit bewusst weit ausholender Geste hervor und spannte den Abzugshebel. Noch drei- oder viermal ließ er den Mechanismus einrasten, offenbar genoss er das Geräusch.

Als die Frau das Klicken hörte, wandte sie sich zu ihm um. Angesichts der gezückten Pistole geriet sie in Panik. Voller Entsetzen rief sie ihrem Kind etwas zu und versuchte, sich auf dem klobigen Holzstamm, der als Sitzbank diente, herumzudrehen, um zu ihrem kleinen Sohn zu eilen, aber die Angst schien sie zu lähmen. Der Junge hielt das alles immer noch für ein Spiel und sauste davon. Die Frau brachte nur noch ein heiseres Krächzen hervor und holte tief Luft, bis ihre Stimme gänzlich versagte.

Grove hat diese Waffe nie zuvor benutzt!, dachte Teresa. Er hielt sie nur mit einer Hand, wie ein völlig ungeübter Anfänger. Instinktiv korrigierte sie seine Haltung: Mit der freien Hand umfasste sie das Gelenk seiner Schusshand, sorgte dafür, dass er sie ruhig hielt, zwang ihn wegen des zu erwartenden Rückstoßes, ein wenig tiefer zu zielen, brachte ihn dazu, den Finger am Abzug zu lockern und den Hebel langsam vorzuschieben, anstatt ihn ruckartig zu bedienen.

Als die Frau schließlich vom Baumstamm wegkroch, verpasste Grove ihr einen Kopfschuss. Dann richtete er die Waffe auf das Kind …

@ @ @

Sie saß wieder in dem gestohlenen Wagen, die Pistole – sie war immer noch heiß – lag auf dem Beifahrersitz. Teresas Gedanken rasten. Trotzig dachte sie: Es ist doch nur eine Simulation! Es ist wirklich passiert, aber nicht jetzt, sondern früher, die Frau wusste gar nicht, wie ihr geschah, ich konnte gar nichts unternehmen, um es zu verhindern, ich darf mich nicht einmischen, Grove muss weitermachen, der Frau und ihrem Kind wurde kein Haar gekrümmt, es ist alles nur Phantasie, schon Monate, bevor ich nach England kam, waren die beiden tot, Grove hat sie ohne mein Zutun umgebracht.

Und dennoch war sie sich so gut wie sicher, dass Grove die beiden ohne ihr Eingreifen nicht umgebracht hätte.

»Gib endlich Ruh', verdammt noch mal!«

Sie war so niedergeschlagen, dass sie nicht dagegen ankämpfte, sich weiter auf Groves Denken einzulassen, so weit, dass sie seine vordergründigen Gedanken nachvollziehen und seine Handlungen beobachten konnte, ohne selbst einzugreifen. Falls sie zu weit ging, würde sie mit ihm verschmelzen und gemeinsam mit ihm die Verantwortung für das Geschehen tragen; wenn sie zu weit zurückwich, würde sie sich zwangsläufig von seinen primitiven Beweggründen distanzieren und dadurch die Macht haben, ihn zu beeinflussen. Wie sollte sie einen Mittelweg zwischen diesen beiden Extremen finden?

Während Grove nach Bulverton fuhr, verlagerte Teresa die geistige Perspektive immer wieder, um den Standort zu finden, von dem aus sie das Geschehen am besten beobachten konnte, ohne sich dem Druck dieses heißen Atems, dieser Grausamkeit aus niedrigsten Beweggründen aussetzen zu müssen.

Wenn sie sich vordergründig in seine Gedanken hineinversetzte, schrak sie am meisten vor der Tatsache zurück, dass er gar keine Reaktion auf das zeigte, was er gerade getan hatte. Während sie selbst sich immer noch voller Entsetzen mit dem herumquälte, was sie hatte mit ansehen müssen, lamentierte Grove lediglich vor sich hin: Er habe das falsche Auto geklaut, der Wagen sei Scheiße, der verdammte Auspuff mache einen Scheißkrach, er habe nur noch die vierzig geklauten Pfund, aber die könne er nicht ausgeben, schließlich wolle er später noch einen draufmachen. Und wo steckte Debra, diese Nutte? Bestimmt hatte Mark, dieser Scheißkerl, sie letzte Nacht gefickt, das Geld langte nicht, er hätte die Handtasche dieser Frau filzen müssen …

Teresa versuchte immer noch, sich irgendwo in seinen Gedanken zu verorten, als er abbremste, das Steuer herumriss und auf den Vorplatz einer Texaco-Tankstelle einbog. Ein anderer Wagen fuhr gerade ab und hielt, nach links blinkend, an der Zufahrt zur Hauptverkehrsstraße. Als Grove an ihm vorbeifuhr, blickte der Fahrer auf.

Grove stellte den Montego quer vor die Zapfsäulen, um anderen Autos, die aus dieser Richtung kommen mochten, nach Möglichkeit den Weg zu versperren, griff nach der Pistole und machte sich auf den Weg zum Laden der Tankstelle.

An der Kasse saß nur eine junge Frau mit dunklem Haar – Margaret Lee, die Teresa ein Interview verwehrt hatte –, die damit beschäftigt war, eine vor ihr auf dem Tresen liegende Zeitschrift durchzublättern. Als Grove mit großen Schritten zwischen den Ständern mit Zeitschriften und Schokolade hindurchging und auf sie zu kam, sah sie auf. Sofort fiel ihr Blick auf die Waffe. Nach einem Moment der Unsicherheit sprang sie von ihrem Platz hinter dem Tresen auf und fuchtelte mit einem Arm herum. Im selben Augenblick fiel eine Sicherheitsschranke aus grauem Metall ratternd von der Decke hinab und schlug krachend auf dem Tresen auf. Mehrere kleine Gegenstände, die dort gelegen hatten – Werbeprospekte mit Sonderangeboten, Angebote von Fluggesellschaften, die Gutschriften von Luftmeilen versprachen, eine Schachtel mit Kugelschreibern –, wurden dabei von ihrem Platz verdrängt und verteilten sich auf dem Fußboden.

Teresa spürte, wie Groves Zorn wuchs, er gab mehrere Schüsse auf die Schranke ab. Die Kugeln hinterließen sichtbare Einschläge im Gitter, vermochten es aber nicht zu durchdringen. Grove eilte zur Schranke hinüber und versetzte ihr einen heftigen Schlag mit dem Ellbogen, aber sie gab nicht nach.

Mitten auf der Sicherheitsschranke war ein großer Aufdruck zu sehen, den Grove kaum zur Kenntnis nahm, Teresa jedoch lesen konnte:

Diese Sicherheitsschranke ist kugelsicher,
feuersicher und schalldicht.
DAS PERSONAL KANN DIESE SCHRANKE
NICHT WIEDER ÖFFNEN.
Jeder Versuch, sie gewaltsam zu entfernen,
ist zwecklos.
Automatisch wurde hiermit ein Alarm ausgelöst
und an die Notrufzentrale weitergeleitet.

Ohne etwas ausrichten zu können, gab Grove zwei weitere Schüsse auf die Schranke ab. Als Nächstes hielt er nach Dingen Ausschau, die er mitgehen lassen konnte. Als sein Blick auf einen großen Kühlschrank voller Getränke fiel, gab er mehrere Salven darauf ab, so dass dessen Glastür zersplitterte. Er langte hinein, holte zwei Dosen Cola heraus, trat sodann gegen einen der massiven Zeitschriftenständer, der sich allerdings nur um wenige Zentimeter verschob, griff sich ein paar Magazine und klemmte sie sich unter den Schussarm.

Gemächlich ging er über den Vorplatz zum Montego hinüber, öffnete die vordere Beifahrertür, warf die geklauten Sachen hinein und verstaute die Pistole zwischen den Vordersitzen auf dem Boden des Wagens. Danach machte er den Kofferraum auf und nahm das Gewehr heraus. Während er die Mündung nach oben richtete, ließ er das Magazin mit viel Getue einrasten und spannte den Abzug. Nur ein paar Meter weiter fuhren auf der Hauptverkehrsstraße Autos vorbei, aber offenbar nahmen die Menschen in den Fahrzeugen keinerlei Notiz von Grove.

Teresa, die ohne jede eigene Regung das Geschehen durch Groves Augen betrachtete, bekam alles mit. Sachte versuchte sie, in seine Gedanken einzudringen, scheute aber gleichzeitig davor zurück. Sein Kopf war völlig leer, in soweit ein Hirn überhaupt jemals frei von irgendwelchen Gedanken sein kann. Sie stieß nur auf fast sprachlose, nebelhafte Vorstellungen: Mädchen ... Töten ... Suchen ...Schlagen ... Verdammte blöde Tür ... Fenster ... Weg hier ... Auto besorgen ...

Erneut distanzierte sich Teresa, so weit sie es wagte, von Groves Gedanken und riskierte damit einen Eingriff in den Handlungsablauf. Inzwischen überquerte Grove den Vorplatz und steuerte auf die Seite des Gebäudes zu, an der sich das Fenster des Nachtschalters befand. Unmittelbar davor blieb er stehen, hob das Gewehr und nahm das Glas fest ins Visier. Zwar brannte in dem dahinter liegenden Raum Licht, aber von Margaret Lee war nichts zu sehen. Grove behauptete die Stellung und wurde wenige Sekunden später dadurch belohnt, dass die junge Frau von ihrem Platz aufstand. Als sie ihr Gesicht dem Fenster der Nachtkasse zuwandte, fiel ihr Blick sofort auf Grove und das auf sie gerichtete Gewehr.

Er drückte ab. Während der Rückstoß ihn an der Schulter traf, zersprang das Doppelglas in so viele Teilchen, dass nichts mehr zu erkennen war. Zwei weitere Schüsse trafen das Glas, aber die Kugeln waren offenbar nicht durch die Scheibe gedrungen. Hastig ging Grove zum Fenster hinüber, konnte allerdings nicht in den dahinter liegenden Raum blicken, da die durch die Haarrisse verursachte Maserung im Glas überaus fein war.

Grove wandte sich um und ging zum Wagen zurück. Nachdem er das Gewehr auf den Rücksitz geworfen hatte, stieg er ein und ließ den Motor an. Ohne sich noch einmal umzusehen, trat er hart aufs Gaspedal, fuhr mit aufkreischenden Reifen davon und streifte dabei eine Zapfsäule, so dass es laut krachte. Als er die Straße erreichte, gab er noch mehr Gas und bog, ohne den Verkehr zu beachten, so schnell auf die Fahrbahn ab, dass der Wagen ins Schleudern geriet. Wie ein Wahnsinniger fuhr er auf Bulverton zu, terrorisierte jeden Wagen, den er vor sich hatte, mit der Lichthupe und überholte rücksichtslos.

Teresa, die nach wie vor Groves Gehirn anzapfte, merkte, wie sie sich allmählich entspannte. Normalerweise bekam sie furchtbare Angst, wenn irgendjemand raste (nur bei Andy hatte es ihr nichts ausgemacht), und war dann wie gelähmt, aber ihr war klar, dass ihr mit Grove nichts passieren konnte. Selbst wenn er frontal mit einem entgegenkommenden Fahrzeug zusammenstieß, würde sie körperlich unversehrt bleiben. Im Übrigen würde es sowieso nicht zu einem Unfall kommen, wie sie wusste, schließlich hatte es auch damals keinen Unfall gegeben.

Als ein leerer Bus, von einer Nebenstraße kommend, auf die Hauptverkehrsstraße einbog und schwerfällig auf Bulverton zu rumpelte, war Grove gezwungen, sein Tempo zu drosseln. Er bremste scharf ab, folgte dem Bus und scherte gleich darauf aus, um ihn zu überholen. Allerdings musste er das Überholmanöver abbrechen, weil ihm zwei Streifenwagen der Polizei mit voll aufgeblendeten Scheinwerfern, Blaulicht und betäubend lauten, heulenden Sirenen entgegenkamen. Er setzte hinter den Bus zurück, scherte aber sofort wieder aus, nachdem die Steifenwagen vorbeigefahren waren.

Die Strecke nach Bulverton war kurz. Seit ihrer Abfahrt von der Texaco-Tankstelle waren erst wenige Minuten vergangen, als sie die Kreuzung hoch über der Stadt erreichten. Geradeaus führte die Straße durch Wohngebiete ins Stadtzentrum hinunter, falls sie nach rechts oder links abbogen, würden sie am Hügel entlang fahren. Grove bremste an der Kreuzung kaum ab und schleuderte mit quietschenden Reifen nach links, auf die Hügelstraße. Da der Verkehr hier lebhafter war, musste er jetzt ein bisschen langsamer fahren, setzte seine gefährlichen Slalommanöver jedoch fort und überholte bei jeder Gelegenheit. Die riskante, schnelle Fahrweise machte Teresa fast schon Spaß: Es war ein ähnliches Gefühl wie bei einer aufregenden Verfolgungsjagd in irgend einem Film, bei der man weiß, dass alles nur Phantasie ist und einem selbst nichts passieren kann.

Sie wartete darauf, dass er in die Nebenstraße zu dem Gewerbegebiet abbog, in dem der ExEx-Bau lag, da sie wusste, dass er dort das Auto abgestellt hatte. Folglich musste das jetzt sein Ziel sein. Als die Abzweigung näher kam, machte sie sich auf einiges gefasst, denn ihr war klar, dass er aufgrund der hohen Geschwindigkeit die Kurve nicht sicher würde nehmen können. Aber er setzte seine ständigen Überholmanöver fort, und der Montego fuhr mit unvermindertem Tempo an der Nebenstraße vorbei. Bald darauf bremste er jedoch ab und bog in die scharfe Kurve der Abzweigung ein, die zur Hereford Avenue und damit mitten durch Wohngebiet führte. Ehe der Wagen schleudernd in eine Seitenstraße glitt, konnte Teresa in der Ferne flüchtig das Meer, den leicht bewölkten Horizont und den Hitzedunst über der Stadt erkennen. Sie merkte, dass sie sich in der erhöht gelegenen Straße mit den trostlosen Reihenhäusern befanden, in der Grove gewohnt hatte. Er trat hart auf die Bremse und parkte den Wagen halb auf dem Bürgersteig. Während er mit der Hand auf die Hupe drückte, starrte er angriffslustig zum Haus hinüber. Drinnen schien sich nichts zu rühren.

»Verdammte Scheiße!«, sagte er laut, stieg wutschnaubend aus dem Wagen, riss die hintere linke Tür auf und griff sich das Gewehr. Ohne sich die Mühe zu machen, das Gewehr zu verbergen oder selbst, so weit möglich, Deckung zu suchen, machte er sich eilig auf den Weg zum Haus.

Teresa, die sich in die hinteren Winkel seines Kopfes zurückgezogen hatte, konnte nicht umhin, sich an das zu erinnern, was man ihr während der FBI-Ausbildung beigebracht hatte: Wenn man sich einem Gebäude näherte ohne zu wissen, wer dort die Oberhand hatte, musste man jede Deckung, die sich bot, ausnutzen.

Kaum hatte sie daran gedacht, tauchte Grove geschmeidig zur Seite ab. Er verließ den Steinpfad, der direkt zur Haustür führte, schlich stattdessen in geduckter Haltung hinten am Holzzaun entlang und blieb, während er weiter vorrückte, auf der Hut.

Ich wirke immer noch auf ihn ein!, dachte Teresa. Sie zwang sich dazu, sich näher auf seine Gedanken einzulassen, aber die Welle unverhüllter, irrationaler Wut, die durch Groves Hirn schwappte, stieß sie ab.

Das Gewehr im Anschlag, trat Grove gegen die klapperige Holztür auf der Rückseite des Hauses, die sofort nachgab, und stürmte ins Haus. Im hinteren Wohnzimmer stand Debra, ein Kätzchen in den Armen. Sie wirkte Mitleid erregend blass, unterernährt und verängstigt. Erst jetzt fiel Teresa auf, dass Debra schwanger war. Schneller als Debra reagierte die Katze auf Groves Anwesenheit: Sie strampelte sich frei und hinterließ dabei Striemen auf Debras dünnem Unterarm, die sofort zu bluten anfingen.

Als Grove das Gewehr hob, versuchte das magere, unglückselige Mädchen zurückzuweichen und schob sich, rückwärts gehend, gegen eine offene Truhe.

Nein!, dachte Teresa, das ist in Wirklichkeit doch gar nicht geschehen! Warum ist er nicht zum ExEx-Bau gefahren?

Stolpernd wich das Mädchen noch weiter zurück, wobei sie sich die Beine an der Metallkante der Truhe aufschrammte, schaffte es jedoch, hinter die Truhe zu gelangen, und suchte dort Deckung.

Plötzlich senkte Grove das Gewehr, wandte sich um und machte sich wortlos auf den Rückweg durchs Haus. Er riss die Eingangstür auf, stapfte mit großen Schritten zum Wagen zurück, machte den Kofferraum auf, warf das Gewehr hinein, holte gleich darauf die Pistole zwischen den Vordersitzen hervor, warf sie dem Gewehr hinterher und knallte die Heckklappe zu.

Einige Nachbarn hatten alles mit angesehen. Eine Frau drängte ihre Kinder zurück ins Haus, ging dann selbst hinein und knallte die Tür so heftig zu, dass es laut krachte.

Ist das möglich?, fragte sich Teresa. Habe ich ihn tatsächlich davon abgehalten, Debra zu erschießen? Oder hatte er das sowieso nicht vor?

Vorsichtig tastete sie sich in Groves Hirn vor und wappnete sich auf den Ansturm seiner irren Gedanken. Aber plötzlich hatte er die Ruhe weg. Er dachte darüber nach, wie er am besten zur Welton Road kommen konnte. Sollte er die Straße erst ganz hinunter und dann auf der Holman Road wieder den Hügel hinauf fahren oder hier wenden und dieselbe Straße zurücknehmen, die er gekommen war?

Die Banalität dieser Überlegungen war fast noch abstoßender als der Hass, den sie vorher miterlebt hatte. In der letzten halben Stunde hatte er zwei Menschen ermordet und zwei weiteren gedroht, sie umzubringen. Und dennoch brachte er es fertig, seelenruhig am Lenkrad seines Wagens sitzen zu bleiben und darüber nachzugrübeln, welche Straße er nehmen sollte.

Erneut zog sich Teresa in die hinteren Winkel seines Kopfes zurück. Der jüngste Verlauf der Ereignisse hatte sie verwirrt und ihr mehr und mehr zu Bewusstsein gebracht, wie empfindlich der Handlungsfaden einer Simulation auf bestimmte Einflüsse reagierte. Der Fall Grove unterschied sich von jeder anderen Simulation, die sie bislang erlebt hatte. Bei allen oder fast allen früheren Simulationen war sie in die Handlung eingetaucht, ohne über irgendwelche Einzelheiten Bescheid zu wissen. Was jedoch den Fall Grove betraf, so hatte sie schon bei ihrer Ankunft in Bulverton einen groben Überblick über das gehabt, was er getan hatte, und seitdem viele weitere Details in Erfahrung gebracht. Sie hatte sich mit Tatzeugen unterhalten, sich Videoaufzeichnungen von Nachrichtensendungen angesehen und Dutzende unterschiedlicher Zeugenaussagen und offizieller Polizeiberichte gelesen. Vermutlich hatten die ExEx-Programmierer ähnliches Material benutzt, um genau diese Simulation, die sie gerade miterlebte, zu entwickeln.

Wahrscheinlich hatten auch die anderen Zeugen etwas zu dieser Simulation beigesteuert: die Jungs, die Tischbillard gespielt hatten, als Grove ins *Bulver Arms* gegangen war; Fraser Johnson, der den Drogenhandel an der Strandpromenade beobachtet hatte; Steve Ripon, der Grove in seinem Lieferwagen mitgenommen und ihn später noch einmal in der Battle Road gesehen hatte; Margaret Lee, die von Grove an der Texaco-Tankstelle bedroht worden war; vielleicht auch die Polizisten, die auf ihrem Weg zur Tankstelle an Grove vorbeigefahren waren; möglicherweise sogar die Leute, die in den Häusern wohnten, an denen sie in diesem Augenblick vorbeikam!

Und noch weitere Menschen, mit denen sie nur kurz gesprochen hatte, oder diejenigen, die umgezogen waren – vielleicht hatten die Leute von GunHo sie aufgespürt und für ihre mündlichen Berichte bezahlt; alle, die irgendetwas von Groves verhängnisvollem Abenteuer mitbekommen hatten. Vielen dieser Zeugen war sie nie begegnet und würde ihnen auch niemals begegnen. Denen zum Beispiel, die gesundheitlich immer noch angeschlagen waren. Andere hatten ihr das Gespräch verwehrt, weil sie dachten, sie sei Journalistin, sie mochten auch andere Gründe gehabt haben. Von manchen Zeugen hatte sie gar nicht erst gehört, weil das, was sie mitbekommen hatten, nur eine Bestätigung dessen war, das andere angeblich mit eigenen Augen gesehen hatten. Folglich galten deren Aussagen als nicht relevant, auch wenn sie für die ExEx-Simulation verwendet werden konnten. Und dann waren da noch diejenigen, die Bulverton – lange vor ihrer Ankunft – fluchtartig verlassen hatten.

Während Grove den Wagen in der ihm eigenen aggressiven Fahrweise durch die engen Straßen unten am Hügel lenkte, saß sie in seinem grässlichen Hirn fest und hatte Gelegenheit, ihre Gedanken schweifen zu lassen und sich an die reale Welt zu erinnern, die Welt, in der sie lebte, in der sie Menschen zugehört und sich

Notizen gemacht hatte, in der sie die Erinnerungen, die andere mit diesen Ereignissen verbanden, gesammelt hatte. Und sie war dabei gar nicht viel anders vorgegangen als diejenigen, die diese Simulation geschaffen hatten.

In diesem Augenblick hätte sie die Simulation am liebsten abgebrochen und den virtuellen Grove für immer und ewig in diesem Schwebezustand zurückgelassen, in dem er nichts anderes tat, als den Wagen zu lenken.

In der Wirklichkeit dieser ExEx-Simulation kannte sie sich bereits aus. Das, was sie handgreiflich umgab, war identisch mit dem Bulverton, in dem sie sich aufgehalten hatte. Die für das Geschehen wichtigen Stadtteile sahen genauso aus, wie Nick, Amy, Dave Hartland, die Mercers und alle anderen Augenzeugen sie wahrnahmen und in Erinnerung hatten. Und auch so, wie sie selbst sich an sie erinnerte: Diese Wirklichkeit barg keine Überraschungen, bis auf die inzwischen vertraute Detailgenauigkeit der Simulation, die sie immer noch als geradezu schockierend empfand.

Während Grove den Wagen lenkte, betrachtete sie die Umgebung durch seine Augen, entdeckte Graffiti, die irgendjemand auf Mauern geschmiert oder gesprüht hatte, sah auf dem Boden verstreuten Abfall, Dellen im Blech parkender Autos, unterschiedlich gemusterte Gardinen hinter den Fenstern unterschiedlich gestalteter Häuser. Jede Einzelheit hob sich von anderen Einzelheiten ab, alles war unglaublich genau getroffen.

Kein Mensch konnte imstande sein, sich so irrwitzig genau auf derartige Einzelheiten zu besinnen, wenn er seine Erinnerungen zur ExEx-Software beisteuerte. Selbst im Zwiegespräch mit der eigenen Erinnerung würde kein Mensch behaupten: In dieser Straße gibt es soundsoviele Häuser, die unterschiedlich gestrichen sind, und soundsoviele kleine Vorgärten, die auf unterschiedliche Weise genutzt werden, einige sind auf diese Weise, andere auf jene Weise verwildert. Die Straßendecke weist soundsoviel Unebenheiten und Verfärbungen auf. Unter den Autos, die hier parken, sind die Marken und Modelle XYZ vertreten, soundsoviele sind im Unterschied zu den Rostlauben noch gut in Schuss. Keinem würde wieder einfallen, dass unmittelbar vor Groves Wagen eine Katze über die Straße geflitzt war oder dass sich hinter den Bäumen oben am Hang flüchtig der Verkehrsstrom abzeichnete: Auf den roten Lastwagen der Firma Norbert Dentressangle mit dem bekannten leuchtenden Markenzeichen folgten ein weißer Doppeldeckerbus der Linie Stagecoach, dessen Aufschrift für einen örtlichen Computergroßhandel warb, ein orange-weißer Lieferwagen der Firma Sainsbury und PKWs in verschiedenen Farben, von denen aufgrund des Blickwinkels und des starken Lichteinfalls nur die glänzenden Dächer zu erkennen waren.

Derartige Einzelheiten nahm man nur unterschwellig wahr und speicherte sie im Unterbewusstsein ab, aber irgendwie hatten sie Eingang in die Simulation gefunden. Nicht, weil sie als Tatsachen den Handlungsablauf entscheidend beeinflussten, sondern weil jeder, der in die Simulation eintauchte, diese Symbole als grundlegende Annäherungen ans Geschehen wahrnahm und darauf reagierte. In gewisser Weise lieferten diese Einzelheiten, die der Benutzer der Simulation seinerseits gedanklich ergänzte und mitgestaltete, die unerlässlichen Begleitumstände der spezifischen Situation. Ob instinktiv oder aus Gewohnheit: Stets setzte man ja gewisse Einzelheiten voraus.

Heutzutage ist es in England wie in jedem anderen Industrieland selbstverständlich, dass in einer Straße, die durch Wohngebiet führt, rechts und links Autos parken. Gerade weil das so selbstverständlich ist, würde keinem Menschen, der seine persönlichen Erinnerungen zur ExEx-Software beisteuert, einfallen, diese parkenden Autos ausdrücklich zu erwähnen. Dennoch würden sie Eingang in die Simulation finden, dort als unerlässliche Requisiten auftauchen und von den ExEx-Benutzern wahrgenommen werden. Und zwar allein deswegen, weil die Benutzer genau das erwarteten. Im nächsten Schritt würden die Benutzer die Einzelheiten auf der Grundlage ihrer eigenen Erinnerungen, ihres eigenen Zugriffs auf das kollektive Unbewusste oder ihrer eigenen Welterfahrung ergänzen.

So betrachtet, war der Benutzer einer ExEx-Simulation nicht nur passiver Beobachter. Aufgrund eigener Entscheidungen, Erfahrungen, Gedanken und Vorstellungen beeinflusste er das Geschehen, gestaltete es mit. In einer ExEx-Simulation hing das, was tatsächlich geschah, von den jeweiligen Einfällen aller daran Beteiligten ab. Die virtuelle Realität setzte voraus, sich vorübergehend auf ein solches interaktives Wechselspiel einzulassen.

Das Einzige, was dieses Wechselspiel einschränkte, waren die Grenzen der Vorstellungskraft. In einer Simulation konnte man den Wagen wenden, sich vom eigentlichen Schauplatz des Geschehens entfernen, die Stadtgrenzen hinter sich lassen, aufs Land fahren und der Straße bis zum Horizont folgen – und würde dabei normalerweise genau das vorfinden, was man unbewusst zu finden erwartet hatte, einschließlich einer Fülle stimmiger Details. Aber trotz dieser Flut von Eindrücken – der sinnlichen Wahrnehmung von Wärme und Kälte, von Geräuschen und Gegenständen, Einzelheiten des Wagens, in dem man unterwegs war – würde man letztendlich und unweigerlich an irgendeine Grenze stoßen, weil jede Vorstellungskraft ihre Grenzen hat. Beispielsweise würde sich herausstellen, dass die Straße sich ewig weit hinzog, dass man nie die Küste erreichen und das Meer sehen würde. Oder dass die Treppe zu einer U-Bahn-Station an einer Steinmauer endete.

Jede Wirklichkeit einer ExEx-Simulation fand ihre Grenze in der Beschränktheit der Phantasie, in der Unfähigkeit, sich vorzustellen, was jenseits des Randes dieser virtuellen Realität liegen mochte.

@ @ @

Inzwischen hatte Grove die Siedlung mit Sozialwohnungen hinter sich gelassen und fädelte sich, ohne das Tempo zu drosseln, in den fließenden Verkehr der Hügelstraße ein. Teresa war jede Neugier auf das, was ihm durch den Kopf gehen mochte, vergangen. Sie hatte sich so weit wie möglich in die hinteren Winkel seines Bewusstseins zurückgezogen und blieb dort auch, während sie durch seine Augen nach vorne spähte und nach der Straße Ausschau hielt, die hinunter zum ExEx-Bau führte. Gleich darauf tauchte sie etwa zweihundert Meter weiter auf der linken Seite auf.

Wegen der Abzweigung bremste Grove nach und nach ab – genau wie sie es getan hätte, wäre sie der Fahrer gewesen. Schon wieder hatte sie ins Geschehen eingegriffen.

Einer plötzlichen Eingebung folgend, benutzte Teresa Groves linke Hand, um an seinen Nacken zu greifen. Anfangs stieß die Berührung sie leicht ab und verblüffte sie gleichzeitig: Sein Hals war dick und von Stoppelhaaren überwuchert, außerdem klebrig vor Schweiß. Als sie den Nacken abtastete, stieß sie schnell auf die winzige ExEx-Klappe. War die Klappe schon vorher da gewesen? Oder war sie nur deshalb darauf gestoßen, weil sie genau das zu finden erwartet hatte?

Während sie darüber nachdachte, übernahm Grove wieder die Herrschaft über den Wagen und bog so schnell ab, dass die Hinterräder ins Schleudern gerieten. Wütend gestikulierend und vor sich hinfluchend, legte Grove die linke Hand wieder ans Lenkrad. Er brauchte ein bisschen, bis er sich von dem Schrecken des Schleudermanövers erholt hatte. Teresa beschloss, ihn ab sofort wieder so fahren zu lassen, wie er es gewohnt war.

Kurz darauf hielt er auf der Straße vor dem ExEx-Bau und stellte den Motor ab.

33. k@pitel

Teresa war nicht sicher, was Grove als Nächstes vorhatte, und ihre Unsicherheit wirkte sich sofort auf ihn aus: Er griff nach vorne und begann an den Knöpfen, die Lautstärke und Einstellung des Autoradios regulierten, herumzufingern. Da die Knöpfe nur durch Federn oder Klemmen befestigt waren, lösten sich die Halterungen schnell, als er daran herumzerrte. Wenige Sekunden später hatte Grove es geschafft, das ganze Gerät aus der Fassung zu reißen. Die Hersteller hatten innen einen Aufkleber mit einer Warnung angebracht, die besagte, dass das Radio durch eine elektronische Codierung gegen Diebstahl gesichert sei. Kaum hatte Grove den Aufkleber gesehen, stieß er das Radio verärgert zur Seite, so dass es an den herausgerissenen Kabeln unter der Armatur hin und her pendelte.

Er stieg aus und ging um den Wagen herum, zum Kofferraum. Da Teresa wusste, dass sie an einem entscheidenden Punkt der Handlung angekommen waren, beobachtete sie ihn genau, um zu sehen, was er vorhatte. Dies war der Punkt, an dem es zwei Möglichkeiten gab: Entweder würde er Pistole und Gewehr aus dem Wagen holen – oder aber beides, gut verborgen, im Kofferraum liegen lassen.

Während sie darüber nachdachte, ging er am Kofferraum vorbei, trommelte mit den Fingerspitzen ein einziges Mal gereizt auf die Haube, überquerte die Straße und machte sich auf den Weg zum ExEx-Bau.

Sie brachte ihn dazu, sich noch einmal umzusehen.

Ihr kam es fast so vor, als schnuppere sie ein letztes

Mal Wirklichkeit, als hole sie wie vor einem Tauchgang ein letztes Mal tief Luft.

Von hier aus schien die Stadt weit entfernt. Der Dunst des heißen Tages verlieh dem Panorama etwas Nebelhaftes, Unbestimmtes, ohne es gänzlich den Blicken zu entziehen. Dass die Einzelheiten wie mit Weichzeichner verfremdet wirkten, gefiel ihr ganz und gar nicht. Am liebsten hätte sie die Stadt mit Blicken verschlungen.

Bedeutete dieser alles vernebelnde Hitzedunst, dass die Simulation hier ihre Grenze hatte, ihre virtuelle Realität an diesem Rand ausfranste?

Da Grove inzwischen schon verärgert gegen einen Erdklumpen trat, erlaubte Teresa ihm, sich umzudrehen und weiterzugehen. Er stieß die Glastür des ExEx-Baus auf und ging zum Empfang hinüber, an dem Paula Willson Dienst tat.

Grove zog das gestohlene Geld aus der Hosentasche und warf es auf den Tresen. »Ich will Ihr Zeug hier benutzen«, erklärte er. »Hier sind vierzig Pfund ... müsste wohl reichen.«

»Sind Sie bei uns Mitglied, Sir?«, fragte Paula mit einem Blick auf die Geldscheine, die über den Tresen verstreut waren.

Grove ist bestimmt kein Mitglied, dachte Teresa. Den psychologischen Anforderungen an Benutzer ist er sicher schon bei den ersten drei Fragen des Formulars nicht gerecht geworden. Sie fragte sich, wie er sich wohl herauslügen würde.

»Hier nicht, aber in Maidstone«, erklärte er. »Normalerweise fahre ich nach Maidstone.« Grove griff in die hintere Hosentasche, kramte darin herum, bis er das Gesuchte fand, zog eine steife Plastikkarte – den Mitgliedsausweis – heraus und streckte sie Paula Willson hin. Der Ausweis waberte vor seinen Augen, so dass Teresa nicht prüfen konnte, ob er echt war. Falls er ihn noch etwas länger hochhielt, würde er jedoch klare Konturen annehmen, wie Teresa wusste.

Paula nahm ihm den Ausweis ab. Offenbar hatte sie ihn als den üblichen Mitgliedsausweis identifiziert und konnte ihn auch mühelos entziffern. Sie legte die vier Zehnpfundnoten in eine Schublade der Empfangstheke und gab die Seriennummer des Ausweises in ihren Computer ein. Kurz darauf ließ sie den Magnetstreifen über das Lesegerät gleiten und gab ihm die Karte zusammen mit dem üblichen Informationspacken für ExEx-Benutzer zurück. »Geht in Ordnung, Mr. Grove, danke. Sobald Sie Ihre Wahl getroffen haben, wird sich jemand vom technischen Personal um Sie kümmern.«

Grove nahm den Ausweis an sich, verstaute ihn wieder in der Hosentasche und ging durch die mittlere Tür. Er – oder war es Teresa? – wusste genau, wo er hin musste. Gleich darauf hatte er einen freien Computer ausfindig gemacht und ging das Gesamtverzeichnis durch, mit dem er sich genauso gut auszukennen schien wie sie selbst.

In jüngster Zeit waren ihre Besuche im ExEx-Bau so alltäglich gewesen, dass sich Teresa kaum an den Gedanken gewöhnen konnte, immer noch in Groves Haut zu stecken und lediglich eine Simulation zu erleben. Während Grove sich durch die einführende Information klickte, ging Patricia am Schreibtisch vorbei. Teresa brachte Grove dazu, aufzusehen und sie mit einem »Hi« zu begrüßen, worauf sie »Hallo, auch wieder mal hier?« entgegnete.

War Patricias Antwort an sie gerichtet und deshalb so ausgefallen, weil sie selbst, Teresa, eine solche Bemerkung von Patricia erwartet hatte? Oder galt sie tatsächlich Grove, einem wohl bekannten Kunden und Mitglied des ExEx-Clubs, den Patricia hier möglicherweise schon oft gesehen hatte?

Teresa zwang sich, die Situation aus Groves Perspektive zu sehen, um seine weiteren Entscheidungen so wenig wie möglich zu beeinflussen. Jeder Gedanke, der ihr in den hintersten Winkeln seines Hirns kam, jede winzige Einzelheit, die ihr auffiel, setzte Grove unverzüglich in eine Entscheidung oder Handlung um. Durch diese Überlagerung von Reaktionen, dieses gegenseitige Durchdringen der Persönlichkeiten **wurde** sie tatsächlich zu Grove. Noch nie hatte sie bei irgendeiner Simulation ein so unmittelbares Reagieren erlebt.

Sie versuchte, geistig passiv zu bleiben, und sah zu, wie die unterschiedlichen Wahlmöglichkeiten nacheinander auf dem Bildschirm auftauchten. Dabei fragte sie sich, nach was Grove eigentlich Ausschau hielt – und gleich darauf, ob sich auch diese Frage auf ihn auswirken würde. Zumindest zögerte er kurz.

Ihr fiel ein, wie mühelos sie sich seinerzeit im virtuellen London mit Shandy hatte verständigen können.

»Gerry?«, fragte sie.

»Wer spricht da?«

»Was genau suchst du eigentlich?«

»Halt's Maul, verdammt noch mal!«

Gleichzeitig versetzte er ihr innerlich einen Schlag, knüppelte sie geistig nieder, wies sie voller Angst, Hass und Herrschsucht zurück. Erneut hatte sie ein Gefühl, als ob sein heißer Atem sie erstickte. Während sie sich in die tiefsten Winkel seines Hirns zurückzog, hob er trotzig die Schultern und fingerte so schnell auf der Tastatur herum, dass sie nicht erkennen konnte, was er da eigentlich trieb. Mit Schwindel erregendem Tempo tauchten auf dem Bildschirm unterschiedliche Menüs und Listen auf, die ebenso schnell wieder verschwanden.

Erneut drängte sich ihr der Gedanke auf, dass sie so nicht weitermachen konnte und es Zeit war, sich auszuklinken. Das allerdings bedeutete, diese Simulation genau an dem Punkt abzubrechen, an dem sie wirklich interessant zu werden versprach. Was Grove im ExEx-Bau getrieben hatte, war für die Gewalttaten, die bald folgen würden, zweifelsohne von entscheidender Bedeutung gewesen.

Sie wollte das alles nicht ein zweites Mal miterleben müssen. Dazu stellte das, was Gerry Grove an jenem Tag getan hatte – in der Simulation bis ins kleinste Detail dokumentiert –, für sie persönlich eine allzu Zeit raubende und traumatische Erfahrung dar. Noch nie hatte Teresa eine derart lange und anstrengende Simulation erlebt, noch nie hatte das, was sie dabei erlebte, sie derart angewidert. Sie wollte sich nicht noch einmal mit der banalen Bösartigkeit seiner Vorstellungswelt auseinander setzen. Vor allem aber konnte sie den Gedanken nicht ertragen, den Anfang der Simulation – die beiden Morde – noch einmal als Augenzeugin miterleben zu müssen. Denn dabei blieb ihr offenbar nur die Möglichkeit, sich passiv zu verhalten, was der stillschweigenden Duldung der Morde gleichkam, oder aber einzugreifen und damit die Handlung in eine bestimmte Richtung zu lenken. Immerhin hatte sie bis hierhin durchgehalten, jetzt wollte sie die Sache auch zu Ende bringen und herausfinden, was Grove im ExEx-Bau tatsächlich getrieben hatte.

Er fuhr damit fort, sich hastig durch das Inhaltsverzeichnis zu arbeiten. Da er so schnell vorging, nahm Teresa an, dass er eine reine Zufallsauswahl traf und die Dateien fast mechanisch aufrief, indem er eine Wahlmöglichkeit nach der anderen anklickte. Es schien ihm völlig gleichgültig zu sein, wo er schließlich landen würde. Plötzlich brach er die Suche ab. Teresa spürte, wie sein Körper ein wenig erschlaffte. Grove beugte sich leicht vor, als lasse jetzt die Spannung nach, die seinen Körper beim Durchforsten der Dateien gestrafft hatte.

Oben auf dem Bildschirm war zu lesen:

Interaktiv
Polizei
Mord
Waffen
1950
William Cook
Elsa Jane Durdle

Neben Elsas Namen befand sich ein Fenster, das ein winziges Video-Standbild zeigte: windzerzauste Palmen in strahlendem Sonnenschein, davor eine Reihe parkender Autos, die auf Schrägstreifen standen und in der Sonne glänzten.

Dass Grove ausgerechnet diese Simulation aus unzähligen anderen herausgepickt hatte, war so wider alle Wahrscheinlichkeit, dass Teresa an keinen Zufall glaubte. Dabei hatte sie immer angenommen, dass Elsa nur ihr gehörte! Teresa merkte, dass sie sich innerlich dagegen sträubte, Elsa mit Grove zu teilen, was zur Folge hatte, dass Grove unverzüglich auf ihre Abwehr reagierte: Er fuhr mit der Suche fort. Erneut klickte er sich schnell durch die Hierarchie von Optionen, die kurz aufflimmerten und dann wieder vom Schirm verschwanden. Irgendwie schien er jedes Mal schon im Voraus zu wissen, was als Nächstes erscheinen würde. Plötzlich hielt er wieder inne, während auf dem Bildschirm zu lesen war:

Aktive Teilnahme
Potentielles Opfer
Interaktiv
Zuständige Polizeibehörde
Landespolizei
Virginia
Flüchtiger Verbrecher
Mehrfacher Mord

Amoklauf
Waffen
Sam Wilkins McLeod

Das Video zeigte eine Menschengruppe vor einem hell erleuchteten, grellbunten Hintergrund. Zunächst sagte das Bild Teresa gar nichts, aber sie brachte Grove dazu, sich vorzubeugen, es näher zu betrachten und mit der Maus anzuklicken: Sofort füllte die Vergrößerung die untere Hälfte des Bildschirms aus.

Zusammen mit ihrem Ehemann Rick befand sie sich in *Al's Happy Burgabar* am Highway 64 zwischen Richmond und Charlottesville, genauer gesagt in der Kleinstadt Oak Springs. Das Standbild zeigte die Familie in der Schlange, die an der Selbstbedienungstheke nach warmen Hauptgerichten anstand. Die grellen Farben des unverwechselbaren Firmenzeichens ***Al's Happy Burgabar*** beherrschten den Raum. Der Schock des Wiedererkennens – der Schock, ausgerechnet das wiederzuerkennen, was seit Jahren unter vielen Schichten experimenteller Erfahrung in Extremsituationen begraben gewesen war, das wiederzuerkennen, was zu einem ganz anderen, weit entfernten Abschnitt ihrer virtuellen Lebensgeschichte gehörte – löste bei Grove automatisch eine weitere Reaktion aus: Hastig setzte er die Suche fort, so dass Symbole und Titel in schneller Folge auf dem Schirm aufflimmerten. Mit dem Gefühl völliger Ohnmacht wandte Teresa den Blick wieder dem Bildschirm zu. Während sie die Welt durch die Augen eines Mannes sah, der, wie sie wusste, in Kürze einen Massenmord begehen würde, spulte sich ihre eigene virtuelle Vergangenheit vor ihr ab, raste vorwärts, sprang zurück.

Als Grove erneut innehielt, konnte sie die angezeigten Dateien deutlich erkennen:

Aktive Teilnahme
Interaktiv
Großbritannien
England
Zuständige Polizeibehörde
Bezirkspolizei
Bezirkspolizei Sussex
Mehrfacher Mord
Amoklauf
Waffen
Pistole
Halbautomatisches Gewehr
Gerald Dean Grove
TEIL I

Unmittelbar darunter stand

Aktive Teilnahme
Interaktiv
Großbritannien
England
Zuständige Polizeibehörde
Bezirkspolizei
Bezirkspolizei Sussex
Mehrfacher Mord
Amoklauf
Waffen
Pistole
Halbautomatisches Gewehr
Gerald Dean Grove
TEIL II

Während der Markierungspfeil auf dem Video-Standbild des ersten Teils verharrte, jederzeit bereit, es in Bewegung zu versetzen, starrte Grove auf den Schirm. Das Bild zeigte ihn selbst, wie er in einem Wagen an der

Strandpromenade von Bulverton saß und sich nach vorn beugte, um die kurzgeschlossenen Kabel unter dem Armaturenbrett fester anzuziehen.

In die hintersten Winkel von Groves Hirn zurückgezogen, dachte Teresa: Er treibt ein Spielchen mit mir. Oder ich mit ihm.

Ihr war klar, dass der Punkt erreicht war, an dem sie die Simulation abbrechen musste. Auf diese Entwicklung war sie in keiner Weise gefasst gewesen.

Der Gedanke allein reichte aus, Grove zum Handeln zu veranlassen. Schicksalsergeben blickte Teresa auf den Schirm, weil sie sehen wollte, was er vorhatte.

Das Fenster, das Grove als Nächstes wählte, zeigte einen *Western Saloon,* in dem eine junge Frau auf ihren Auftritt in einem Pornofilm wartete. Das Standbild hatte Shandy in einem Augenblick vor Drehbeginn eingefangen, in dem sie sich unbeobachtet glaubte. Arglos hatte sie sich an den Rücken gefasst, am Stoff ihres Hemdes gezerrt und versucht, den eng sitzenden Push up-BH zu lockern.

Grove entschied von sich aus, das Fenster zu vergrößern. Lüstern beäugte er (und zwangsläufig auch Teresa) die üppige junge Frau und geilte sich an dem aufreizenden Anblick auf. In seinem Bewusstsein, seinem Hirn (oder welches kranke Organ es auch sein mochte, das Teresa gegenwärtig mit ihm teilte) war nur noch Platz für die raubtierhafte Lust am Beutemachen und sexuelle Gier. Trotz Teresas Widerstand ließ er sich nicht davon abbringen, den Markierungspfeil auf das Buchungsfeld zu rücken, wo er, einladend blinkend, auf dem Standbild verharrte.

Grove stand auf, um gleich die Nanochips entgegen zu nehmen, die im Augenblick für ihn vorbereitet wurden.

»Nein!«, protestierte Teresa, ohne zu wissen, ob sie es laut ausgesprochen, direkt mit Grove kommuniziert oder es sonst wie angestellt hatte. »Nicht Shandy!«

»Halt's Maul, verdammt noch mal!« Inzwischen war Grove die Phiole mit den Nanochips geliefert worden, sie war über Fernbedienung direkt zu der oben im Tisch eingelassenen Vorrichtung geschickt worden. Er schwang sich aus dem Bürosessel und verließ die Nische. »Welches Fotzenhirn du auch sein magst, halt's Maul, verdammt noch mal!«

Teresa war in einer Welt aufgewachsen, in der Flüche an der Tagesordnung waren, aber diese Ausdrucksweise und die Sorte Mann, die damit um sich warf, waren ihr schon immer zuwider gewesen. Stets waren es Männer, die so redeten. Frauen mochten jede Menge von Schimpftiraden von sich geben, aber solche Ausdrücke benutzten sie kaum. Während ihrer FBI-Ausbildung hatte man ihr beigebracht, auf Beleidigungen von Verdächtigen oder Tätern überhaupt nicht zu reagieren, aber diese unbeherrschte Ausdrucksweise war ihr schon immer unter die Haut gegangen, ein paarmal sogar so sehr, dass sie sich selbst damit in Gefahr gebracht hatte.

»Das ist doch die letzte Scheiße, Lady!«, erwiderte Grove auf Teresas Gedanken. »Halt's Maul, verdammt noch mal!«

»Lass Shandy in Ruhe, du Mistkerl!«

»Ich hab dir gesagt, du sollst, verdammt noch mal, dein …«

Teresa zog sich, so weit sie konnte, zurück. Das, was sich hier abspielte, verletzte sie so sehr, dass sie sich nicht mehr in der Lage fühlte, den weiteren Handlungsverlauf zu steuern, es sei denn, sie wirkte unabsichtlich auf ihn ein.

Endlich begriff sie, zumindest ansatzweise, was in einem Mann wie Grove vorging. Alles, was sie bisher von ihm gesehen hatte, war eine unbewusste Tarnung gewesen. Er hatte sein wahres Selbst den Blicken entzogen. Die Hasstiraden, die er vor sich hin murmelte, der Wirrwarr seiner Gedanken, die kleinliche Rachsucht –

all das machte nicht den wahren Grove aus. Das waren rein instinktive Handlungen, hilflose Reaktionen eines unterentwickelten Verstandes auf eine komplexe, schwierige Welt. Ohne jede Vorwarnung war plötzlich sein wahrer Charakter zum Vorschein gekommen und jetzt am Zug.

Grove handelte zwanghaft, war ein Neurotiker, ein Mensch, der fixen Ideen anhing und stets nur eine einzige Sache, nie mehrere gleichzeitig verfolgen konnte. Die einladende Ansicht von Shandy, die sich auf den Porno-Dreh vorbereitete, hatte dafür gesorgt, dass sich in seinem kranken Hirn alles nur noch um dieses geile Foto drehte. Um das, was sie hinten am Rücken störte, zu beseitigen, hatte Shandy ihre Schultern abgewandt und sich so gedreht, dass Hintern und Brüste übertrieben hervortraten – es sah fast so aus, als parodiere sie die übliche Pose von Pin up-Girls. Offensichtlich hatte man den Schnappschuss genau deshalb ausgewählt: Er fasste den Inhalt der Simulation auf einen Blick zusammen. Natürlich konnte Grove das nicht wissen. Er konnte nur aus dem Bauch heraus auf das reagieren, was er sich von dieser Simulation versprach.

Da er jetzt nur noch eines im Sinn hatte, ließ er sich auch nicht mehr beeinflussen oder ablenken. Als blinder Passagier in seinem Kopf konnte Teresa nur voller Widerwillen, Ekel und innerer Unruhe zusehen, wie Grove das Heft des Handelns an sich riss.

Genau so musste es am Tag des Blutbads in der Altstadt von Bulverton abgelaufen sein. Nach mehreren Berichten von Augenzeugen hatte Grove völlig unverwundbar gewirkt, als er schwer bewaffnet durch die Straßen stolziert war. Die Angst vor ihm, vielleicht aber auch das Gefühl, den eigenen Augen nicht trauen zu können, hatte seine Opfer gelähmt. Niemand hatte ihm Einhalt geboten, bis es zu spät war; nur wenigen war es gelungen, wegzulaufen oder Deckung zu suchen. Nicht

Hass oder Leidenschaft hatten Grove umgetrieben, nicht einmal Wahnvorstellungen, sondern ein zwanghafter Drang, der nur ein einziges Ziel kannte.

Erst als dieser Drang mit der Zeit nachließ, hatte sich auch die Fixierung auf dieses eine Ziel gelöst. Danach hatte die Polizei ihn schnell umzingeln und seinem Amoklauf ein Ende setzen können.

In diesem Moment jedoch, in diesem schrecklichen Vorspiel zu den kommenden Ereignissen, war er nur noch Sklave seiner Zwangsneurose.

Teresa war klar, dass auch sie dieser Zwangsneurose ausgeliefert war. Grove benutzte sie. Mittlerweile hatte er von ihr gelernt, wie man richtig mit einer Pistole umging, zielte und abdrückte; er hatte nicht nur Elsa Durdle und eine der älteren Schulungssimulationen des FBI ausfindig gemacht, sondern auch die Simulation, in der es um ihn selbst ging. Und jetzt war er bis zu den naiven pornografischen Darbietungen von Shandy und Willem vorgedrungen.

Sie empfand es so, als sei er gerade dabei, ihre eigene Schutzschicht zu durchdringen, als breche er in ihr eigenes Leben ein, obwohl sie es in Wirklichkeit ja selbst war, die ihr Leben vor ihm enthüllte. Es war ihr eigenes Unterbewusstsein, das ihn lenkte und ihm neues Wissen, neue Erfahrungen vermittelte.

Dennoch war sie Grove hilflos ausgeliefert. Während ihr all dies durch den Kopf ging, hatte er bereits den Simulationsbereich erreicht und die Phiole mit Nanochips einer Frau vom technischen Personal übergeben. Während sie die Injektion vorbereitete und die Kanüle in die Klappe an seinem Nacken senkte, bereitete Teresa sich innerlich auf die Simulation innerhalb der Simulation vor. Immerhin blieb ihr als Letztes die Möglichkeit, sich auszuklinken.

@ @ @

Grove/Teresa war sich sofort der Hitze, der grellen Scheinwerfer und der allzu engen Kleidungsstücke bewusst. Zwinkernd versuchte Grove zu erkennen, was ringsum vor sich ging, aber seine Augen hatten sich noch nicht an die grellen Scheinwerfer gewöhnt. Weiter hinten, jenseits des Lichtkreises, standen Menschen, die sich miteinander unterhielten, ihrer Arbeit nachgingen und ihn gar nicht weiter beachteten.

Gleich darauf trat eine Frau zu ihm und fuhr ihm mit der Puderquaste grob über Stirn und Nase. »Geduldе dich noch ein bisschen, Shan«, sagte sie in unpersönlichem Ton und zog sich wieder hinter die Scheinwerfer zurück.

Ich kann's nicht mehr ertragen, dachte Teresa.

»Was ist los?«, fragte Grove. »Wer, zum Teufel, sagt da was?«

Und schließlich, viel zu spät, entschloss sich Teresa doch noch dazu, die Simulation abzubrechen. Sie rief sich LIVER ins Gedächtnis, stieß hastig die Worte hervor, für die das Akronym stand, konzentrierte sich auf den abschließenden Vorgang, der durch LIVER ausgelöst wurde, und loggte sich aus.

***** Abheben mit SENSH Y'ALL *****
***** Phantasien aus dem Wilden Westen *****
***** Urheberrechte überall und nirgends – verschwendet darauf keinen Gedanken!! *****

Erneut ertönte die schwachsinnige, nervtötende elektronische Musik. Es kam ihr so vor, als wolle sie nie mehr aufhören, bis ihr endlich wieder einfiel, wie sie abzustellen war.

34. k@pitel

Nachdem sich Teresa aus der Simulation ausgeloggt hatte, fand sie sich in der vertrauten Umgebung einer ExEx-Kabine wieder. Wenn sie nach einer mit sinnlichen Eindrücken überfrachteten Simulation in der Wirklichkeit aufwachte, brauchte sie jedes Mal eine gewisse Zeit, um sich darin zurechtzufinden. Stets hatte sie dabei das Gefühl, dem, was sie ringsum sah, nicht recht trauen zu können. Aber noch nie war die Rückkehr in die Wirklichkeit so beunruhigend gewesen wie diesmal.

Teresa setzte sich auf, ließ die Beine von der Pritsche baumeln, starrte auf den Teppichboden und dachte an Grove. Die Vorstellung, dass vielleicht erst ihr Eindringen in sein Hirn bestimmte schlimme Entwicklungen in Gang gesetzt hatte, machte ihr schwer zu schaffen.

Eine Technikerin namens Sharon kam herein, um die Nanochips zu entfernen und ihre Anzahl zu überprüfen. Sofort nahmen die alltäglichen, geschäftlichen Vorgänge innerhalb des ExEx-Betriebes Teresas ganze Aufmerksamkeit in Anspruch. Sharon begleitete sie zur Kasse und wartete gemeinsam mit ihr darauf, dass der Apparat die schriftliche Abrechnung ausspuckte. Normalerweise dauerte es nie lange, bis die Quittung, mit der die Rückgabe der Chips bestätigt wurde, und die Kreditkartenabrechnung ausgedruckt waren, aber diesmal tauchte irgendeine Meldung auf dem Leuchtdisplay der Kasse auf, die Teresa von ihrem Standort aus nicht entziffern konnte.

Sharon griff nach dem Telefon am Schreibtisch und gab mehrere Zahlen ein. Nach kurzer Verzögerung nannte sie laut irgendeinen Zahlencode. Schließlich sagte sie mit Blick auf Teresa: »Danke, ich werd's überprüfen.«

»Was ist los?«, fragte Teresa.

»Es gibt da irgendein Problem mit der Gültigkeitsdauer Ihrer Kreditkarte«, erwiderte Sharon und bediente die Tastatur der Kasse. Gleich darauf wurde ein Papier ausgedruckt, das sie abriss. »Haben Sie die Kreditkarte zufällig bei sich?«

»Die Karte hab ich hier doch jedes Mal benutzt«, erklärte Teresa, sah aber trotzdem in ihrer Handtasche nach. »Die junge Dame am Empfang hat die Gültigkeit überprüft. Bis jetzt hat's damit noch nie Probleme gegeben.« Inzwischen hatte sie die Kreditkarte der Baltimore First National Bank gefunden und reichte sie Sharon, die sie eingehend musterte. »Ja«, sagte sie schließlich, »genau das haben die mir mitgeteilt. Es hat nichts mit dem Ablaufdatum zu tun, das ist in Ordnung. Es geht um den ersten Tag der Gültigkeit.« Sie streckte Teresa die Karte hin, damit sie selbst nachsehen konnte. »Sie haben die Karte zu früh benutzt, sie ist erst in zwei Monaten gültig. Haben Sie die alte Karte dabei?«

»Wie bitte? Lassen Sie mich mal sehen.« Teresa nahm die Karte an sich. Wie üblich waren beide Daten – Anfang und Ende der Gültigkeit – aufgeprägt. Sie wusste nicht, was damit nicht stimmen sollte. Seit Monaten hatte sie die Karte benutzt, nie hatte es Probleme gegeben. Sie dachte kurz nach: Die Karte war seit August des Vorjahres gültig, jetzt hatten sie Februar. Und sie sollte erst in zwei Monaten gültig sein? Sie ließ die Karte in ihre Handtasche gleiten. »Ich gebe Ihnen eine andere«, sagte sie, ohne Sharon anzusehen, und kramte in ihrer Brieftasche, bis sie die GM-MasterCard fand. Ehe sie Sharon die Karte reichte, prüfte sie Beginn und Ablauf der Gültigkeit. Mit dieser Karte ging sie kein Risiko ein: Die Gültigkeitsspanne war gerade halb abgelaufen.

»Alles klar«, sagte Sharon, nachdem sie sich die Karte gründlich angesehen hatte. Und damit war diese geschäftliche Angelegenheit für beide Seiten erledigt.

@ @ @

Ehe Teresa das Gebäude verließ, suchte sie die Damentoilette auf. Gegen das Waschbecken gelehnt, starrte sie mit leerem Blick auf die blassgelbe Plastikschüssel hinunter. Sie fühlte sich völlig ausgelaugt. Die heutige ExEx-Simulation hatte sehr lange gedauert und war aufgrund von Groves schlimmer geistiger Verfassung nicht nur anstrengend gewesen, sondern hatte ihr auch Angst eingejagt. Noch immer konnte sie den Gedanken an das, was sie selbst dabei ausgelöst haben mochte, kaum ertragen.

Sie scheute davor zurück, sich mit den Folgen auseinander zu setzen. Sofort stürmten andere, ganz alltägliche und belanglose Gedanken auf sie ein – eine Reaktion auf die Anspannung der letzten Stunden.

Es gab so viele praktische Dinge zu erledigen. Beispielsweise musste sie sich den Flug bestätigen lassen. Sie hatte nur eine vorläufige Reservierung vorgenommen und brauchte eine Rückmeldung ihres Reisebüros. Außerdem musste sie packen, sich im Hotel abmelden, so rechtzeitig zum Flughafen Gatwick fahren, dass ihr Zeit blieb, den Leihwagen zurückzubringen, einchecken, die Sicherheitskontrolle hinter sich bringen, im Wartesaal der Abflughalle Platz nehmen, Bücher und Zeitschriften kaufen, die sie eigentlich gar nicht haben wollte und so weiter und so fort. Das Fliegen nahm stets viel Zeit in Anspruch, offenbar aber weniger Zeit, als man dadurch sparen konnte, sonst würde ja kein Mensch auf die Idee kommen zu fliegen. Wahrscheinlich tat sie gut daran, sich vor dem Abflug noch bei ihrem Abteilungsleiter zu melden oder ihm zumindest eine Nachricht in seinem Büro zu hinterlassen. Immer noch schwante ihr Böses, wenn sie ans Büro dachte. Konnte die eine Stunde, die sie in leidenschaftlicher Umarmung mit Ken Mitchell verbracht hatte, künftige, von ihm verursachte Unannehmlichkeiten aufwiegen? Teresa kämmte ihr Haar und betrachtete ihre Augen aufmerksam im Spiegel. Geschenke – am besten besorgte sie auch ein paar Mitbringsel. Sie überlegte, ob ihr noch Zeit für einen Einkaufsbummel in der Altstadt blieb, ehe die Geschäfte schlossen.

Sie warf einen Blick auf die Armbanduhr: Irgendetwas war hier faul. Wie viel Zeit hatte sie mit Grove in der Simulation verbracht? Was war jetzt anders als zuvor?

Der Waschraum war grau gestrichen, sauber und kühl. Und es war laut, weil die Klimaanlage so dröhnte. Das Geräusch wurde von einem Belüfter verursacht, der oberhalb der Tür in die Wand eingelassen war. Durch ein viereckiges Fenster in der schrägen Außenwand drangen Sonnenstrahlen herein.

Erneut fiel ihr Grove ein. Die Erinnerung versetzte sie in solche Panik, dass sie den Gedanken an ihn sofort wieder verdrängte. Die ganze Zeit über hatte sich in England alles nur um Grove gedreht. Und jetzt, da sie sich dem Problem Grove endlich gestellt hatte, schrak sie vor den Konsequenzen zurück.

Sie wollte nur noch nach Hause, wollte noch einmal versuchen, sich ein neues Leben ohne Andy aufzubauen. Da draußen. Sie fragte sich, wie es da draußen, in der verwirrenden Welt, die Grove geschaffen hatte, aussehen mochte. Sie hatte ihm das Schießen beigebracht. Vielleicht wären die Frau und das Kind noch am Leben, hätte sie ihn nicht in der richtigen Handhabung der Waffe unterwiesen.

Nein, dachte sie. Nein, das stimmt ja gar nicht! Grove hatte Rosalind Williams und ihren kleinen Sohn schon vor acht Monaten erschossen. An dem Tag, als es passiert war, hatte sie selbst sich in Richmond, Virginia, aufgehalten, Tausende von Meilen entfernt. Das war eine historische Tatsache, an der nicht zu rütteln war. Was sie gesehen hatte, war nur eine Simulation gewesen, eine Rekonstruktion der Ereignisse, auf deren Verlauf sie nur scheinbar eingewirkt hatte. Dadurch eingewirkt, dass sie alles aus nächster Nähe mit angesehen hatte. Allerdings hatte sie Grove beigebracht, wie er mit seiner Waffe umgehen musste, und das bedeutete sicherlich eine gewisse Einflussnahme.

Diese Gedanken waren so unerfreulich, dass sie sofort mit Abwehr reagierte und sich wieder dem ganzen Sack persönlicher Probleme zuwandte: Sollte sie das Haus in Woodbridge verkaufen, sich eine Wohnung in Baltimore oder Washington nehmen oder ganz und gar aus der Gegend verschwinden? Gute Freunde von ihr wohnten in Eugene, Oregon. Vielleicht tat sie am besten daran, mit dem früheren Leben zu brechen und an die Nordwestküste des Pazifik zu ziehen? Sollte sie bis dahin beim FBI bleiben und sich in eine andere Abteilung oder örtliche Niederlassung versetzen lassen? Vielleicht war es auch an der Zeit, über die – wie nannten sie das? – über die FSVR nachzudenken, die *Freiwillige Stufenweise Vorruhestandsregelung*. Die FBI-Führung hatte so viel Wind um die FSVR gemacht, als sei das die Antwort auf all das Gejammer über knappe staatliche Mittel, wachsende Personalkosten, den Zwang zum Personalabbau und alle anderen Verwaltungsprobleme, an die sie die Unterabteilungen regelmäßig erinnerten.

Als Teresa ihre Handtasche geschlossen hatte und wieder aufsah, fiel ihr Blick unwillkürlich auf ihr Spiegelbild. Eigentlich hätte sie auf den Anblick vorbereitet sein müssen, denn in den letzten fünf Minuten hatte sie immer wieder in den Spiegel gestarrt. In diesem Moment jedoch wurde ihr zum ersten Mal bewusst, dass ihr Spiegelbild das einer ziemlich korpulenten Frau mittleren Alters war, deren dunkelbraunes Haar bereits grau wurde und an deren Gesicht sie sich gar nicht erinnern konnte oder wollte. Während sie in ihrem warmen Steppanorak vor dem Spiegel stehen blieb, dick gegen die Kälte vermummt, dachte sie: Wie konnte das so schnell geschehen? Wie konnten meine Lebensjahre so schnell verstreichen?

Den Blick nach vorn gerichtet, durchquerte sie die Eingangshalle, zog dabei den Reißverschluss ihres Anoraks hoch und überlegte, ob sie die Kapuze aufsetzen sollte. »Auf Wiedersehen, Paula«, sagte sie zur Empfangsdame. »Auf bald.«

»Tschüss, Mrs. … Hat's zu regnen angefangen?«

»Regen? Ich weiß nicht genau.« Teresa stieß die Glastür auf und ging quer über den Parkplatz. Ringsum strahlte der von der Sonne verblichene Betonbelag Hitze ab. Die Sonne stand hoch an einem strahlend blauen Himmel. Verblüfft sah sich Teresa um: Die Bäume trugen noch ihre volle Blätterpracht, in der Ferne glitzerte silberig das Meer, über den Häusern der Unterstadt hing ein sanfter Hitzenebel, so dass sie wie weichgezeichnet wirkten. Nur im Süden, irgendwo über der französischen Küste, waren Wolken am Horizont zu sehen. Auf der Straße gingen zwei junge Frauen vorbei, die Shorts und T-Shirts trugen.

Teresa öffnete den Reißverschluss ihres Anoraks und zog ihn aus. Als sie an diesem Morgen zum ExEx-Bau hinaufgefahren war, hatte kalter, von Graupelschauern und Eisregen begleiteter Ostwind geherrscht. Ihr fiel ein, wie sie schnell aus dem Wagen ausgestiegen und zum ExEx-Bau hinüber gehastet war, wobei sie sich mit eingezogenem Kopf gegen den Wind gestemmt hatte. In der Eingangshalle hatte sie den Anorak hin und her geschwenkt, um die Wassertropfen abzuschütteln, und sich das Gesicht mit einem Papiertaschentuch abgetrocknet.

Und jetzt war es Hochsommer!

Sie sah sich nach ihrem Wagen um. Am Morgen, an diesem kalten Morgen, hatte sie ihn ein paar Meter weiter am Straßenrand abstellen müssen. Sie ging in die Richtung, in der sie den Wagen vermutete, aber an Stelle ihres Wagens parkte dort ein dunkelroter Montego. Ein Vorder- und Hinterrad ragten über den Bordstein und hatten sich in den grasbewachsenen Randstreifen gegraben. Ihr Leihwagen, der Ford Escort, war nirgendwo zu sehen.

Als Teresa zum Montego hinüberging, fiel ihr auf, dass sich über die ganze linke Seite eine Farbspur und tiefe Dellen zogen. Der Wagen musste etwas Massives von weißer Farbe gestreift haben. Während sie durch das vordere Fenster auf der Fahrerseite in den Innenraum spähte, fiel ihr Blick auf ein Autoradio, das aus der Halterung gerissen, aber immer noch mit Kabeln verbunden war und lose unter dem Armaturenbrett baumelte.

Als Teresa an den Türgriff fasste, stellte sie fest, dass der Wagen nicht abgeschlossen war. Trotz der erstickenden Hitze bekam sie vor Angst eine Gänsehaut. Sie drückte auf den Knopf, der den Kofferraum öffnete, merkte, wie das Schloss klickend aufsprang, ging um den Wagen herum und hob die Haube an.

Auf dem mit Filz ausgekleideten Boden lagen ein halbautomatisches Gewehr, eine Pistole und mehrere Schachteln Munition. Eine der Schachteln war aufgeplatzt, so dass sich ein paar Patronen auf dem Boden verteilt hatten. Sie erkannte die Pistole wieder: Es war der Colt, mit dem Grove (und sie) Mrs. Williams und ihren Sohn im Wald erschossen hatte. Das Gewehr hatte sie, solange Grove es in den Händen hielt, nicht näher betrachten können, erkannte jetzt jedoch, dass es sich um einen M 16-Karabiner handelte.

Teresa knallte die Heckklappe zu, blieb wie angewurzelt stehen, starrte auf den glänzenden Lack des Wagens und versuchte nachzudenken. Während ihr die stechend heiße Sonne den Hals verbrannte, hätte sie nichts lieber getan, als die Konsequenzen der ganzen Situation verdrängt.

Sie war in der Simulation gewesen, in deren Mittelpunkt Grove stand, in einer ganz normalen ExEx-Simulation. Und in dieser ganz normalen ExEx-Simulation hatte sie Grove beigebracht, wie er die Waffe handhaben musste. Vielleicht hätte er die Menschen sowieso erschossen; vielleicht hatte er nur beim ersten Mal versagt; vielleicht war er gar nicht eine solche Niete im Umgang mit Waffen, wie sie gedacht hatte; vielleicht hätte er weitergemacht und solange auf die beiden geschossen, bis er sicher sein konnte, dass sie tot waren.

Vielleicht ging es ihr aber auch nur darum, ihre Hände in Unschuld zu waschen.

Klar, im richtigen Leben hatte Grove die beiden, Rosalind Williams und ihren vierjährigen Sohn Tommy, zweifellos erschossen, sie hatte ihre Namen auf der Gedenktafel der Stadt gelesen. Sie hatte Filmmaterial gesichtet, auf dem der Tatort zu sehen war, und Zeitungsarchive durchforstet. Sie hatte sich mit Mrs. Williams trauerndem Ehemann und anderen Menschen unterhalten, die Mutter und Sohn gekannt hatten.

Aber bis sie Grove das Schießen beigebracht hatte, war er eine Niete im Umgang mit Waffen gewesen. Er hatte das schwere, technisch ausgereifte Gewehr wie ein kleiner Junge gehalten, der mit einer Spielzeugpistole herumfuchtelt. Jedenfalls in der Simulation.

Wie wäre es seinen beiden Opfern ergangen, wenn sie sich anders verhalten hätte? Innerhalb der Simulation, natürlich.

Teresa wandte sich von dem Montego ab, lehnte sich mit dem Rücken gegen den Wagen und starrte vom Hügel auf das ferne Meer. Obwohl die Stadt unter einem Hitzenebel waberte, konnte sie genügend Einzelheiten erkennen: die Silhouette der niedrigen Hügel, die Bulverton links und rechts säumten und zusammen den Hügelkamm bildeten; die langweiligen modernen Häuser, die stumpfsinnig in Reih und Glied standen; weiter unten die reizvoller angeordneten, verwitterten Bauten der Altstadt; dahinter das Meer, das silberblau glitzerte; ganz in der Ferne die Wolken über der französischen Küste. All das streckte sich endlos weit und einladend vor ihr aus.

Ringsum lagen die anderen Landstriche Englands, die Meere, der endlos weite Himmel, die Welt. Nur eine kurze Autofahrt nach Dover oder Newhaven, und sie konnte die Fähre nach Frankreich nehmen und von dort aus die anderen Teile Europas entdecken. Eine etwas längere Autofahrt Richtung Norden würde sie zum Flughafen Gatwick bringen. Von dort aus konnte sie nach Hause fliegen. In dieser Wirklichkeit gab es keine äußersten Pole, nichts, was sie einschränkte.

Dennoch war es nicht die Wirklichkeit, aus der sie aufgebrochen war. Es war Sommer. Sicher hatten die Menschen, die da unten in der Stadt die Straßen entlang fuhren, die Wagenfenster heruntergekurbelt und die Schiebedächer geöffnet, während sich das laut dröhnende Gebläse vergeblich um die Zufuhr kühler Luft bemühte. Sicher bummelten die Fußgänger in Shorts und luftigen Oberteilen durch die Straßen. Wegen der Hitze standen die Fenster und Türen in den Geschäften und Wohnhäusern gewiss weit offen. Eine so strahlend helle Sonne war im englischen Winter nicht denkbar. Und noch heute Morgen war sie im englischen Winter aufgewacht, war durchs winterliche England gefahren und durch eisigen Regen gehastet, den sie sich vom Anorak geschüttelt hatte.

Es war eine ganz normale ExEx-Simulation gewesen, hergestellt von der Firma, der das ExEx-Gebäude gehörte. Diese ganz normale ExEx-Simulation hatte sich zweifellos um Grove gedreht und am Tag seines Amoklaufs gespielt. Eine ganz normale experimentelle Erfahrung in einer Extremsituation, eine von GunHo mit Brief und Siegel verbürgte simulierte Wirklichkeit. Alle Simulationen der Firma GunHo genügten einem genau festgelegten kommerziellen Standard.

Aber Grove hatte weitergemacht und zusätzliche Software benutzt. Da Teresa die unverhüllte Rohheit seiner Gedanken nicht mehr hatte ertragen können, hatte sie sich aus der Simulation ausgeklinkt und ihn in der absurden Situation zurückgelassen, in der Grove Shandy in ihrer Porno-Rolle verkörperte. Wahrscheinlich war er immer noch dort und genoss das, was für jeden Mann eine neuartige sexuelle Erfahrung darstellen musste.

Ihr fiel ein, wie sie in Shandys Gedanken eingedrungen und mit ihr die Coventry Street entlang geschlendert war. Dabei hatte sie einiges über das Mädchen und die Welt, in der sie lebte, erfahren. Etwa alle dreißig Sekunden war das Logo **SENSH** vor ihnen aufgeblitzt. »Macht dich das nicht verrückt, Shan?«, hatte sie gefragt. »Nein«, hatte Shandy geantwortet, »irgendwann gewöhnt man sich daran.«

Und gerade eben war dieses Logo als Abspann der Simulation aufgetaucht, die sie abgebrochen hatte.

Die ursprüngliche Simulation, die kommerzielle Simulation, die GunHo nach den üblichen Standards über den Fall Grove produziert hatte, war nicht identisch mit der Simulation, die sie abgebrochen hatte: Sie war in Vics selbstgebastelte Software eingetaucht (grässliche Wortspiele und Rechtschreibefehler inbegriffen), eine Software, in die er kleine Ausschnitte von London und Arizona hineinmontiert hatte.

Als sie diese Simulation abgebrochen hatte, war sie zum ExEx-Bau in Bulverton zurückgekehrt. Aber der Tag war sonnig und heiß, genau wie damals, als Grove Amok gelaufen war.

Natürlich war das irgendwie einleuchtend: Als Grove sie in die Simulation mitgenommen hatte, in deren Mittelpunkt Shandy stand, war ihr als einzige Rückzugsmöglichkeit nur noch die Rückkehr in die Wirklichkeit geblieben, aus der Grove aufgebrochen war.

Die Kreditkarte, die erst später gültig sein würde, der kalte Wintertag, der hochsommerlicher Hitze gewichen war, der Montego, der den Platz ihres Wagens eingenommen hatte: All diese Indizien besagten, dass sie sich immer noch in der Simulation von Groves Amoklauf befand.

Die Implikationen waren nicht nur beängstigend, sie überstiegen auch jedes Vorstellungsvermögen. Allerdings wusste sie nun zumindest, wie sie die Lage in den Griff bekommen konnte. Noch nie hatte sie sich derart verzweifelt gewünscht, einer virtuellen Wirklichkeit zu entfliehen. Teresa rief LIVER zur Hilfe und wartete darauf, dass das GunHo-Logo den Abbruch der Simulation anzeigte.

@ @ @

Immer noch befand sich Teresa in der Welton Road, vor dem ExEx-Bau. Der Wagen, den Grove gestohlen hatte, glänzte in der Sonne des Hochsommertags. Nichts hatte sich verändert.

@ @ @

Sie hatte noch nie erlebt, dass LIVER versagte. Allerdings hatte Dan Kazinsky alle Auszubildenden warnend darauf hingewiesen, dass auf das Akronym nicht hundertprozentig Verlass war.

Während sie an Ort und Stelle stehen blieb – unter Schock, aber dennoch in Gedanken bei dem, was gerade geschehen war –, fiel Teresa ein bestimmter Tag während ihrer Ausbildung im FBI-Schulungszentrum ein: An diesem Tag hatte eine Psychologie-Professorin der John

Hopkins-Universität ihnen einen ausführlichen, mit technischen Einzelheiten gespickten Vortrag gehalten und ihnen nüchtern Möglichkeiten erklärt, sich einer Welt, die nur im eigenen Kopf existierte, geistig zu entziehen. Viele der Auszubildenden hatten hinterher im persönlichen Gespräch zugegeben, dass sie dem Vortrag nicht hatten folgen können, aber Teresa hatte die ganze Zeit aufgepasst und alles mitbekommen.

Die psychologische Grundannahme besagte, dass jeder Mensch normalerweise das innere Bedürfnis hat, sich einer fest umrissenen Wirklichkeit zu vergewissern. Daher, so die Professorin, sei der menschliche Sinnesapparat fortwährend damit beschäftigt, die Wirklichkeit der Welt zu überprüfen und die Ergebnisse non-verbal ans Bewusstsein weiterzuleiten. Darauf basiere das »normale Leben«. Und deshalb könne eine ExEx-Simulation nur dann als plausibel wirkende Alternative zum wirklichen Leben durchgehen, wenn sie sinnliche Wahrnehmungen vermittle. Das geschehe fortwährend, solange der Teilnehmer/die Teilnehmerin dieser Simulation sein/ihr Einverständnis signalisiere. Für die Dauer der Simulation sei die Wirklichkeit außer Kraft gesetzt. Daher bestehe die einzige Möglichkeit, aus der virtuellen Realität zurück in die Wirklichkeit zu fliehen, darin, einen der simulierten, an die Sinne gerichteten Reize zu identifizieren, zu isolieren und sich seiner Wirkung bewusst zu verweigern.

Im Anschluss an den Vortrag waren Fragen gestellt und beantwortet worden, danach hatte es eine kurze Kaffeepause gegeben. Nachdem die Professorin gegangen war, hatte Dan Kazinsky gesagt: »Sie müssen wissen, dass man gelegentlich auch in einer Simulation stecken bleiben kann. Das Akronym wirkt nicht immer. Aber es gibt noch einen anderen Weg hinaus, und den müssen Sie jetzt kennen lernen.« Gleich darauf hatte er erklärt, in der winzigen ExEx-Klappe selbst sei eine

Sicherung eingebaut, die es ermögliche, eine Simulation durch manuelle Steuerung abzubrechen.

Teresa berührte ihren Nacken, stieß auf die ExEx-Klappe und tastete am Rand nach dem winzigen Auslösehebel, der in einer besonders verstärkten Falte der Kunststoffumhüllung verborgen war. Als sie ihn gefunden hatte, löste sie ihn mit dem Fingernagel behutsam vom Kunststoff und bemühte sich dabei, die empfindliche Haut ringsum nicht zu verletzen.

Bis auf eine »Trockenübung« in Quantico, die Dan Kazinsky überwacht hatte, besaß sie keinerlei Erfahrung mit diesem Vorgang. Sie stellte fest, dass der Hebel viel schwerer umzustellen war, als sie angenommen hatte, es klappte erst nach zwei Versuchen.

Als sich die winzige Kunststoffvorrichtung mit spürbarem Druck schloss, bereitete sich Teresa innerlich auf die traumatische Erfahrung vor, die ein solcher »Notausstieg« wegen des plötzlichen Einbruchs der Wirklichkeit zwangsläufig mit sich brachte.

@ @ @

Immer noch befand sich Teresa in der Welton Road, vor dem ExEx-Bau. Der Wagen, den Grove gestohlen hatte, glänzte in der Sonne des Hochsommertages. Nichts hatte sich verändert.

@ @ @

Teresa berührte ihren Nacken, stieß auf die ExEx-Klappe und tastete am Rand nach dem winzigen Auslösehebel, der in einer besonders verstärkten Falte der Kunststoffumhüllung verborgen war. Als sie ihn gefunden hatte, löste sie ihn mit dem Fingernagel behutsam vom Kunststoff und schob ihn wieder in die ursprüngliche Position.

@ @ @

Irgendwann, es war schon Jahre her, war Teresa abends mit dem Auto in die Innenstadt von Baltimore gefahren, in das Gebiet nördlich der Franklin Street, ein Stadtteil, in dem sie sich gut auskannte. In ihrer Unaufmerksamkeit hatte sie eine falsche Abfahrt genommen. Da sie sich auszukennen glaubte, fuhr sie ohne zu zögern dorthin, wo sie die Wohnung ihrer Freundin vermutete, fand einen Parkplatz und stieg aus dem Wagen. Sobald sie draußen stand und sich schließlich umsah, merkte sie, dass sie sich am falschen Ort befand, war aber dennoch überzeugt, sich nicht geirrt zu haben. Sie war schon oft hierher gefahren und mit der Straße vertraut. Allerdings waren dort, wo sich eigentlich der Eingang zu dem Mietshaus hätte befinden müssen, in dem ihre Freundin wohnte, zwei kleine Geschäfte, auch die Straßenlampen wirkten fremd und die Häuser gegenüber allzu groß und heruntergekommen. Ein paar Sekunden lang hatte Teresa zwei Sachverhalte für wahr gehalten, die sich gegenseitig ausschlossen. Zwar war ihr das durchaus bewusst gewesen, aber das hatte ihr auch nicht weitergeholfen: Denn genau so sicher, wie sie wusste, dass sie hier falsch war, wusste sie auch, dass dies der richtige Ort sein musste.

In diesem Augenblick, in dem die Wärme des Sommernachmittags sie umfing, die grelle Sonne sie blendete, die Hitze, die der Straßenbelag abstrahlte, sie erdrückte, fühlte sich Teresa genauso hin- und her gerissen wie damals. Dass sie es nicht geschafft hatte, die Simulation abzubrechen, konnte nichts anderes bedeuten, als dass sie sich tatsächlich im Hier und Heute befand. Und heute war der Tag, an dem Grove einen Massenmord begehen würde. Gleichzeitig war das unmöglich: Es war bereits geschehen. Vor acht Monaten.

Von ihrem Haaransatz lösten sich Schweißtropfen und rannen an ihren Wangen herunter. Sie machte die beiden oberen Knöpfe ihrer Bluse auf, hob den Stoff leicht an und fächelte sich Luft zu, um sich abzukühlen. Als sie ein Papiertaschentuch fand, wischte sie sich das Gesicht ab, ohne dass es viel nützte. (Das Taschentuch war bereits feucht: Hatte sie sich mit genau diesem Taschentuch das Gesicht abgetrocknet, als sie morgens vor dem eisigen Wind in den ExEx-Bau geflüchtet war?) Hier auf der Straße konnte sie wohl kaum ihre wärmsten Sachen, die eng sitzenden Jeans und die dicken Strumpfhosen darunter, ausziehen. Sie hatte auch leichtere Sachen aus Amerika mitgebracht, aber die lagen, bereits für den Heimflug verpackt, in einem der Koffer, die sie im Hotel zurückgelassen hatte.

Von den Ereignissen völlig verwirrt, starrte Teresa auf Groves leeren Wagen und musterte ihn noch einmal scharf, ehe sie die Straße überquerte und zum ExEx-Bau zurückkehrte.

35. k@pitel

Paula Willson saß immer noch an der Rezeption. Schräg vor ihr drehte sich langsam ein Ventilator. Die auf der Tischplatte verstreuten Formulare hoben sich leicht, wenn der Luftstrom sie erfasste.

»Hi«, sagte Teresa, als sie eintrat und die Tür hinter sich zumachte. Nach der glühenden Hitze da draußen kam ihr das Gebäude kühl vor.

»Was kann ich für Sie tun?«, fragte Paula.

»Na ja, eine ganze Menge, hoffe ich. Zunächst mal möchte ich Sie fragen, ob ich Ihnen irgendwie bekannt vorkomme.«

»Waren Sie nicht erst vor wenigen Minuten hier?«

»Stimmt. Als ich gegangen bin, haben Sie mich gefragt, ob es zu regnen angefangen hat.«

»Richtig«, erwiderte Paula.

»Wissen Sie noch, warum Sie das gefragt haben?«

»Ich hab mich über Ihre Kleidung gewundert, Sie hatten einen Mantel an.«

»Genau. Haben Sie mich davor schon einmal hier gesehen?«

»Ich glaube nicht. Ich hab angenommen, Sie hätten die Simulationsanlagen benutzt und wären schon vor Beginn meiner Schicht gekommen. Sie sind doch Mitglied bei uns, oder?«

»Klar doch. Wissen Sie, ich versuche nämlich herauszufinden ...«

»Wie ist Ihr Name, bitte?«

»Ich habe meinen Mitgliedsausweis dabei.« Am liebsten hätte Teresa der jungen Frau erzählt, dass sie einander in den letzten drei Wochen fast jeden Morgen begrüßt hatten, aber das alles war ja völlig sinnlos. Sie war sich überhaupt keiner Sache mehr sicher. Als sie in die Hosentasche griff, in der normalerweise die Plastikkarte steckte, stellte sie fest, dass sie fehlte. Sie fand sich auch in keiner der anderen Taschen. Gleich darauf erinnerte sie sich: Grove hatte vor wenigen Stunden ein ähnliches Gespräch mit Paula geführt, gleich nach seiner Ankunft. Um die Formalitäten abzukürzen, hatte Teresa ihm dabei geholfen, einen Mitgliedsausweis hervorzuzaubern. Genau wie sie selbst gerade eben, hatte Grove sofort in die hintere Hosentasche gegriffen. Nur hatte er den Mitgliedsausweis tatsächlich darin gefunden, während sie den Ausweis vergeblich suchte.

»Meine Personalien müssen irgendwo in ihrem Computer gespeichert sein«, erklärte Teresa. »Teresa Simons, Teresa Ann Simons. Ann ohne E.«

»Das haben wir gleich«, erwiderte Paula, die bereits etwas eintippte und dabei auf den Bildschirm sah. »Nein, ich fürchte, Sie sind nicht registriert. Aber momentan werben wir sowieso neue Mitglieder. Wenn Sie jetzt Mitglied werden, bekommen Sie Rabatt, Ihnen werden Luftmeilen gutgeschrieben. Falls Sie das Anmeldeformular ausfüllen und eine der anerkannten Kreditkarten vorlegen können, erhalten Sie von uns sofort einen vorläufigen Mitgliedsausweis.« Sie schob Teresa das Formular zu.

»Ich will eigentlich nur einen Bekannten finden, der, soweit ich weiß, noch hier sein muss. Vorhin bin ich mit ihm zusammen hereingekommen. Können Sie mir wenigstens sagen, ob er noch da ist?«

Die junge Frau bewahrte die Miene professioneller Reserviertheit. »Tut mir Leid, ich darf keine Informationen über unsere Kunden nach außen geben.«

»Tja, ich verstehe das Problem. Aber hier geht's ja

eigentlich um was anderes. Ich bin mit ihm zusammen gekommen.«

»Tut mir Leid«, wiederholte Paula.

»Könnten Sie mir nicht wenigstens bestätigen, dass er noch hier ist? Es handelt sich um Mr. Grove, Mr. Gerry Grove.«

»Das darf ich leider nicht«, erwiderte Paula verlegen mit einem Blick aufs innerste Heiligtum. Flüchtig erkannte Teresa die freundliche, zuweilen sogar lockere junge Frau wieder, bei der sie auf dem Weg hinein oder hinaus oft auf ein Schwätzchen stehen geblieben war.

»Dürfen Sie eine solche Information denn an Leute weitergeben, die hier ebenfalls Mitglied sind?«, fragte sie. »Ich meine, dürfen Sie's, wenn ich das Formular hier ausfülle?«

»Ich will sehen, was ich tun kann.« In Paulas Augen blitzte kurz ein erleichtertes Lächeln auf.

Teresa zog sich zu einem der Sessel im Wartebereich zurück und trug hastig die wichtigsten Angaben zur Person ein. Der Aufnahmeantrag war nahezu identisch mit dem, den sie schon früher ausgefüllt hatte, nur war die Schrift größer und das Lay-out leicht verändert. Es war die frühere Version des Formulars, das sie hier schon einmal abgegeben hatte.

Als Paula sah, wie Teresa ihre Unterschrift unter den Antrag setzte, griff sie nach dem Hausapparat und gab eine Nummer ein. Während Teresa zur Rezeption zurückkehrte, sagte sie: »Hi, hier ist Paula vom Empfang. Ich versuche gerade, einen unserer Kunden ausfindig zu machen, er heißt Mr. Grove.«

»Gerry Grove«, warf Teresa ein.

»Ja, genau. In Ordnung, könnte Sharon es wissen? Offenbar heißt er Gerry Grove. Gerry mit G?« Sie sah Teresa fragend an, die es nickend bestätigte. Paula gab es weiter und warf ihr einen verschwörerischen Blick zu.

»Sie versuchen ihn zu finden. – Ja, ich bin noch dran. Alles klar, danke.«

Sie legte auf und notierte auf einem Zettel eine mehrstellige Zahl. »Die wissen, wen Sie meinen, haben sie gesagt.«

»Gut! Ich muss unbedingt zu ihm.«

»Einen Augenblick noch. Die Anweisung lautet, dass ich erst mal überprüfen muss, ob er bei uns registriert ist. Sie haben mir seine Mitgliedsnummer gegeben«, erklärte Paula. Sie tippte die mehrstellige Zahl, die sie notiert hatte, ein, wobei sie immer wieder auf den Zettel blickte. »Alles klar, Mr. Grove hat sich hier tatsächlich vor kurzer Zeit angemeldet.« Sie warf einen Blick auf die Wanduhr. »Vor etwa einer Stunde, glaube ich.«

»Das könnte hinkommen. Steckt er immer noch in einer Simulation?«

»Nein, sieht nicht danach aus. Er hat nicht für lange gebucht und gleich bar bezahlt, aber ...«

»Darf ich mal sehen?«

»Na ja ...«

Aber Teresa war bereits neben Paula hinter die Rezeption getreten, so dass sie gemeinsam mit ihr auf den Bildschirm blicken konnte. Ziemlich schnell tauchte eine Information auf, die Groves Namen und die Listennummer einer Simulation enthielt. Teresa erkannte sie sofort wieder: Selbstverständlich war es die, in der es um den Porno-Dreh mit Shandy und Willem ging.

»Sehen Sie mal«, sagte Paula und klopfte mit dem Ende ihres Kugelschreibers gegen den Schirm, »offenbar hat die Simulation nur ein paar Sekunden gedauert. Was das zu bedeuten hat, müssen Sie jemanden vom technischen Personal fragen, mit den Simulationen habe ich nicht zu tun. Aber man kann sie anhalten, nicht wahr? Der Kunde kann sie auf eigenen Wunsch abbrechen, stimmt's? Ich nehme an, genau das ist hier passiert.«

»Aber schon nach wenigen Sekunden?«

»Nach elf Sekunden, wie hier angezeigt wird.«

Teresa dachte einen Augenblick lang nach. Sie rief sich ins Gedächtnis, wie sie, als sie in diese Simulation eingetaucht war, Hitze und grelle Scheinwerfer wahrgenommen hatte. Und einen Push up-BH, der allzu eng saß. Sie hatte ins Licht geblinzelt und jenseits der Scheinwerfer Menschen bemerkt. Eine Frau hatte ihr Stirn und Nase gepudert und gesagt: »Gedulde dich noch ein bisschen, Shan.« Danach hatte sich die Frau wieder hinter die Scheinwerfer zurückgezogen. Ich kann's nicht mehr ertragen, hatte sie bei sich gedacht und gleich darauf die Simulation abgebrochen. Hatte all das nur elf Sekunden gedauert?

»Also steckt er, wie Sie sagen, nicht mehr in der Simulation. Aber ist er noch im Gebäude?«

»Ich kann's herausfinden, wenn ich drüben anrufe.«

»Ja, bitte tun Sie das.«

Erneut griff Paula zum Hausapparat, fragte, ob ein Mr. Grove sich noch im Erholungsbereich aufhalte, und nahm die Antwort entgegen. »Nein«, teilte sie Teresa mit, »da drüben nehmen sie an, dass er gleich gegangen ist. Im Simulationsbereich ist er jedenfalls nicht mehr.«

Teresa merkte, wie ihr alle Felle davonschwammen. »Haben Sie ihn denn fortgehen sehen?«, fragte sie.

»Hier herrscht den ganzen Tag über Durchgangsverkehr.«

»Aber Sie müssen doch noch wissen, wie er aussah. Er hatte ...« – Teresa zögerte, dann fiel es ihr wieder ein – »er hatte dunkelgrüne Hosen mit jeder Menge Taschen an, sahen aus wie Armeehosen. Und ein grünes Trägerhemd, das vorne Ölflecken hatte. Als er hier hereinkam, hatte er vierzig Pfund in bar dabei, die hat er Ihnen auf den Tisch geknallt. Und dann haben Sie ihn gefragt, ob er Mitglied ist, worauf er geantwortet hat, er benutze sonst immer die ExEx-Anlagen in Maidstone. Nachdem er Ihnen den Mitgliedsausweis gezeigt hat, haben Sie ihn durchgelassen.«

»Ein Typ mit rotblonden Haaren und schmutzigen Händen?«

»Genau das ist er! Haben Sie ihn fortgehen sehen?«

»Nein.«

»Sind Sie sicher? Sie haben nicht zufällig mal Pause gemacht?«

»Jetzt, wo ich weiß, wen Sie meinen, würde ich mich daran erinnern, wenn er wirklich gegangen wäre.«

»Dann muss er immer noch hier sein.«

Die ganze Zeit über hatte Teresa das neue Anmeldeformular in der Hand behalten. Jetzt reichte sie es Paula und gab ihr außerdem die MasterCard von GM. »Damit bin ich Mitglied, oder?«

»Ja, ich denke schon.«

»Sie werden feststellen, dass die Kreditkarte hier schon registriert ist. Ich hol sie gleich wieder bei Ihnen ab.«

Ehe Paula etwas entgegnen konnte, stieß Teresa die Zwischentür auf, die zum Haupttrakt führte. Sie brauchte nur ein paar Minuten, um sich davon zu überzeugen, dass Grove tatsächlich nicht mehr hier war. Nur wenige Angestellte hatten ihn überhaupt bemerkt, als er die Anlage benutzte; kein Mensch hatte ihn fortgehen sehen.

Teresa eilte nach draußen, in den hellen Sonnenschein, und wandte sich in die Richtung, in der das gestohlene Auto abgestellt war.

Eine Weile blieb sie neben dem Wagen stehen und starrte auf das silberblaue Meer, die fernen Dächer, die stillen Straßen und die Wolken über der französischen Küste. Ihre eigene Identität und die von Grove hatten einander überlagert, vorübergehend hatten sich ihre Persönlichkeiten wechselseitig durchdrungen; zusammen mit ihm war sie in den ExEx-Bau gegangen, und er hatte das Gebäude gleichzeitig mit ihr verlassen. Wo konnte er stecken?

Kurz darauf hörte sie in der Ferne Polizeisirenen aufheulen. Sie drangen aus Richtung der Häuserzeilen und stillen Straßen, die Bulvertons Altstadt ausmachten.

36. k@pitel

Sie holte sich ihre MasterCard an der Rezeption ab, außerdem überreichte Paula ihr die Informationsmappe für neue Mitglieder samt Einführungsbroschüre, den Berechtigungsschein für die Anrechnung von Luftmeilen, Rabattkarten für die ersten zehn Stunden Simulationszeit und zwei Werbegeschenke: einen Kuli und eine Stofftasche, die das Firmenlogo von GunHo zierte. Nachdem sie sich mit einem Lächeln bedankt hatte, machte sie sich auf den Weg in den Haupttrakt, um eine freie Arbeitsstation zu suchen.

Die Computer sahen zwar etwas anders aus als gewohnt, die Schirme zeigten jedoch das vertraute GunHo-Logo. Drei waren gerade frei. Sie entschied sich für den Computer, der am weitesten vom Durchgang des Großraumbüros entfernt stand, nahm Platz und gab die neue Mitgliedsnummer ein. Glücklicherweise hatte sie die Nummer in dem Werbematerial entdeckt, das Paula ihr ausgehändigt hatte. Sinnlos, die alte Nummer einzugeben, die sie so oft eingetippt hatte, dass sie die Zahlen längst auswendig kannte.

Nach längerer Wartezeit zeigte das Betriebssystem schließlich den Startmodus an. Teresa beobachtete, wie nach und nach ein Display nach dem anderen auf dem Schirm auftauchte. Dabei wurde ihr klar, dass man dieses System bis zu dem Zeitpunkt, an dem sie es regelmäßig benutzt hatte – acht Monate in der Zukunft –, erheblich aufgerüstet haben musste. Zwar war die Software nahezu identisch mit derjenigen, die sie bisher benutzt hatte, brauchte aber für jeden Vorgang fast die doppelte Zeit. Auch Tastatur und Bildschirm wirkten ein bisschen fremd. Da die wahnsinnige Reaktionsgeschwindigkeit der Software ihr bei früheren Besuchen stets Angst gemacht hatte, gefiel ihr diese ältere Version eigentlich viel besser.

Als das Hauptmenü auf dem Schirm auftauchte und das Programm stoppte, überflog Teresa die Wahlmöglichkeiten. Sie konnte es zwar nicht belegen, hatte jedoch den Eindruck, dass die Auswahl beschränkter war, als sie es in Erinnerung hatte. Sei's drum. Also los! Sie musste nachdenken.

@ @ @

Für ihr gegenwärtiges Dilemma gab es nur zwei Erklärungsmöglichkeiten, die beide gleichermaßen absurd schienen. Alles sprach dafür, dass sie sich jetzt in einer Zeit befand, die acht Monate in der Vergangenheit lag. Während sie mit leerem Blick auf den Bildschirm starrte, tauchte sogar noch ein weiterer Beweis dafür auf, den sie erst jetzt bemerkte: In einem winzigen Feld ganz unten am rechten Schirmrand wurde stets das Datum angezeigt. Demnach war heute der 3. Juni – der Tag, an dem Grove Amok gelaufen war.

Das als wahr zu akzeptieren, bedeutete, als ebenfalls wahr zu akzeptieren, dass sie einen Zeitsprung in die Vergangenheit getan hatte. Dafür sprachen die Probleme mit den Daten auf ihrer Kreditkarte, der Wetterumschlag, die vielen kleinen Veränderungen, die ihr im ExEx-Bau aufgefallen waren. Im Februar ihres »richtigen Lebens« hatte Paula Willson ihr erzählt, dass die ExEx-Anlagen so gut wie ausgebucht seien und sie demnächst eine Sperre für Neuaufnahmen verhängen müssten. Und vor wenigen Minuten hatte dieselbe Paula sie durch ein regelrechtes Werbegespräch dazu genötigt, Mitglied zu werden.

Aber das ganze Zeitsprung-Konzept ging nach

Teresas Auffassung so gegen jede Logik, dass sie kaum an eine Zeitreise in die Vergangenheit glauben konnte. Auch auf theoretischer Ebene hatte sie das Konzept nie recht begriffen. Außerdem hatte sie stets den Eindruck gehabt, dass ihr ganzes Umfeld den praktischen Gegenbeweis lieferte.

Falls ihre Stippvisite in der Simulation sie – vermittelt durch den Aufenthalt in Gerry Groves widerwärtiger Gedankenwelt – tatsächlich acht Monate in die Vergangenheit zurückkatapultiert hatte, wie erklärte sich dann, dass sie immer noch dieselben Kleidungsstücke trug wie heute Morgen, beim Aufbruch aus dem Hotel? Wie war es möglich, dass sie dieselbe Schultertasche bei sich hatte? Und dieselben Kreditkarten? Und dass sie, als sie sich das Gesicht hatte trocknen wollen, dasselbe Papiertaschentuch wie heute Morgen in der Hosentasche gefunden hatte – ein Taschentuch, das sie beim ersten Mal dazu benutzt hatte, den Eisregen wegzuwischen, und das zweite Mal dazu, den Schweiß abzutrocknen?

Noch schwerer wog die Frage, warum sie ihren Mitgliedsausweis eingebüßt hatte. Die einzige Erklärung war, dass Grove ihn an sich genommen hatte, als er dringend einen Ausweis brauchte.

Aber das war nicht schlüssig: Alle Ausweise waren elektronisch codiert. Und nachdem Grove seine (oder ihre) Karte Paula am Empfang hingestreckt hatte, waren im Computer gleich darauf die dort abgespeicherten Personaldaten Groves aufgetaucht.

Teresa gab es auf, weitere Überlegungen in dieser Richtung anzustellen.

Auch ihr Leihwagen war verschwunden, hier fand sie ebenfalls keinen Ansatzpunkt für eine Erklärung. Alle Handlungsfäden wiesen Ungereimtheiten auf; dort, wo man eine U-Bahnstation erwartete, rannte man gegen eine Wand.

Offenbar hieß das, dass sie immer noch der experimentellen Erfahrung in einer Extremsituation ausgesetzt war, sich in einer Simulation befand und das, was sie gerade erlebte, gar nicht zu ihrem eigenen Leben gehörte. Allerdings war es nicht mehr die Simulation, in der sie sich am Tag von Groves Amoklauf befunden hatte: In jener Simulation, die sie bewusst ausgewählt hatte, war sie in seinen Gedanken gelandet, hatte die Welt durch seine Augen gesehen und war Zeugin seiner Verbrechen geworden. Jetzt war Teresa wieder sie selbst, mit Grove in jedweder Erscheinungsform hatte sie nichts mehr gemein.

Obwohl die Hyperrealität von Simulationen sie nicht mehr überraschen konnte, hatte sie die Fülle von Details, die winzigen Einzelheiten, die alles so glaubwürdig machten, die Belanglosigkeiten am Rande des Geschehens, das Unerwartete und Zufällige nie als selbstverständlich betrachten können. Zusammengenommen, verstärkte all das den Eindruck einer übertrieben naturalistisch gestalteten Realität.

Diesen Eindruck hatte sie auch jetzt: Als sie sich umsah und nach Anzeichen unerwarteter Detailgenauigkeit suchte, fielen ihr sofort bestimmte Dinge auf.

Der Nagel ihres linken Zeigefingers war abgebrochen: Am Vorabend hatte sie ihn eingerissen, als sie eine Schublade in ihrem Hotelzimmer aufgezogen hatte, und die Bruchstelle nur mit Sandblatt abgefeilt, weil die Zeit drängte. Der Nagel sah genauso aus wie heute Morgen. Vor der Nische, in der sie saß, stand eine Topfpflanze mit löcherigen, vertrockneten Blättern. Es war deutlich zu sehen, dass die Pflanze dringend Wasser oder auch einen Umzug ins direkte Tageslicht nötig hatte. Drei Blätter wurden bereits gelb und würden bald abfallen. Auf der anderen Seite des Großraumbüros, wegen der Trennwände kaum sichtbar, war eine Neonlampe angebracht, deren Röhre dringend ausgetauscht werden musste: In unregelmäßigen Abständen flackerte sie kurz auf und sorgte dadurch für eine fast unmerkliche, aber fortwährende Störung am Rande des Blickfelds. Hinter Teresas Stuhl lag ein Kugelschreiber auf dem Boden, vielleicht war er zufällig heruntergefallen, vielleicht hatte ihn jemand weggeworfen. Sie selbst hatte ihn nicht fallen lassen, er gehörte ihr nicht, und bis jetzt hatte sie ihn nicht einmal bemerkt. (Allerdings stellte sie kurz darauf fest, dass der Werbekuli, den Paula ihr geschenkt hatte, nicht mehr an seinem Platz lag. Der Kugelschreiber am Boden war doch ihr eigener, sie musste ihn wohl vom Schreibtisch gestoßen haben. Diese Einzelheiten konnten einen in den Wahnsinn treiben).

Natürlich konnten solche Anzeichen auch dafür sprechen, dass dies die Wirklichkeit war, aber diese Möglichkeit hatte Teresa bereits verworfen. Wo immer sie sich auch befinden mochte: Die – objektiv betrachtet – reale Welt war es jedenfalls nicht.

Aber wenn diese Welt tatsächlich simuliert war, wieso hatte sie die Simulation dann nicht abbrechen können?

@ @ @

»Kann ich Ihnen bei der Auswahl der Software irgendwie weiterhelfen?«

Ein Techniker – Teresa hatte den jungen Mann hier noch nie gesehen – war beim Rundgang durchs Großraumbüro an ihrer Nische stehen geblieben.

»Nein … Ich überlege nur, worauf ich eigentlich Lust habe.«

»Ich bin dazu da, Ihnen zu helfen, falls Sie Hilfe brauchen«, sagte er. »Es sah so aus, als hätten Sie irgendwelche Probleme mit dem Programm.«

»Danke, aber ich komme schon klar.« Er konnte ja nicht ahnen, *wie* groß ihre Probleme in Wirklichkeit waren.

Sie wartete, bis er gegangen war, kniff die Augen

zusammen und versuchte erneut, ihre Gedanken zu konzentrieren.

Die Regeln hatten sich geändert. Als Grove (und damit auch sie selbst) sich innerhalb der Simulation in eine Simulation eingeloggt hatte – die Simulation, in deren Mittelpunkt Shandy stand –, hatte dieser Schritt die üblichen Verfahrensweisen zum Start und Abbruch einer Simulation außer Kraft gesetzt. Vermutlich hatte Ken Mitchell genau das mit der *Überlagerung von Reaktionen* und dem *wechselseitigen Durchdringen verschiedener Realitäten* gemeint. Er hatte das Phänomen als *Syndrom falscher* oder *verzerrter Erinnerungen,* als *Erfindung im Nachhinein,* als *interpretierendes Zurechtbiegen von Ereignissen* bezeichnet. Als sie die Simulation innerhalb der Simulation abgebrochen hatte, hatte sie sich selbst aufgrund ihrer eigenen Vorstellungen (oder falscher Erinnerungen, Erinnerungen, die auf einer Simulation basierten) in ein Leben an diesem Ort, in dieser Zeit versetzt. In Wirklichkeit hatte sich am 3. Juni keine körperlich reale Teresa Simons in einer Simulationskabine dieses ExEx-Baus befunden. Und dennoch war sie aus der Simulation, die von Shandy handelte, an diesen Ort zurückgekehrt und immer noch hier.

Grove hatte die innere Logik der Simulationen außer Kraft gesetzt. Die Linearität, die Ken Mitchell für so wesentlich gehalten hatte, war zur Matrix geworden, hatte eine dritte Dimension gewonnen.

Sie begann, wie sie es früher so oft getan hatte, das Verzeichnis zu durchforsten. Aber während sie früher vor allem von Neugier getrieben gewesen war, verband sie jetzt eine ganz bestimmte Absicht damit: Sie suchte nach den Dateien der **HAUPTPERSONEN VON SIMULATIONEN.** Ihr fiel ein, dass sie bei der Suche nach zusätzlichen Informationen über Shandy in den Hauptmenüs nichts gefunden hatte. Sie versuchte, sich ins Gedächtnis zu rufen, was sie damals unternommen hatte, konnte aber nichts entdecken, das ihr bekannt vorkam. Als sie sich zum Startmenü zurückgeklickt hatte, bemerkte sie in der unteren Ecke ein kleines Feld, in dem **MAKRO** zu lesen war. Auf den Mausklick hin entdeckte sie zu ihrer Erleichterung ein weiteres Menü mit zahlreichen Wahlmöglichkeiten, darunter auch eine Verbindung zu den **HAUPTPERSONEN VON SIMULATIONEN**.

Sie gab *Teresa Ann Simons* ein, fügte zur näheren Bestimmung die Ortsangaben *Woodbridge* und *Bulverton* hinzu, klickte und wartete, was passieren würde. Es tat sich überhaupt nichts. Nicht einmal ihr erster Ausflug in die Virtualität – die Zielübungen am Schießstand – waren abgespeichert. Allerdings war das natürlich auch in einer anderen Zeit gewesen: damals, irgendwann in der Zukunft, im kommenden Februar.

Sie tippte *Gerry Grove* ein, fügte als Ortsangabe *Bulverton* hinzu und gab nachträglich auch noch *Gerald Dean Grove* als alternative Personenbezeichnung ein. Es dauerte ein bisschen, bis die Information auftauchte, dass drei Simulationen mit Grove registriert seien. Teresa rief sie auf. Zwei der Simulationen hatten laut Anzeige keine Hyperlinks; ihre Kennziffern waren so ähnlich, dass es sich möglicherweise um ein- und dieselbe Simulation handelte. Da die dritte Kennziffer davon abwich, klickte Teresa das Video-Standbild dieser Simulation an.

Die Video-Vorschau zeigte das Innere eines Wagens, der an der Strandpromenade von Bulverton parkte. Vom Meer her fielen Sonnenstrahlen ein. Unterhalb des Armaturenbretts waren Hände zu sehen, die kurzgeschlossene Überbrückungskabel fester anzogen. Irgendjemand blieb neben dem Wagen stehen, so dass er die Sonne überschattete. Und damit war die Vorschau auch schon zu Ende.

Wieder einmal hatte Teresa das Gefühl, von der Informationsflut überwältigt und auf immer neue Nebengeleise gedrängt zu werden. Das Programm stellte ihr mehr Informationen zur Verfügung, als sie verarbeiten konnte. Die Filmsequenz, die sie gerade gesehen hatte, war der Anfang der Grove-Simulation, die sie miterlebt hatte: Auf den Drogendeal war der Autodiebstahl gefolgt, und danach hatte er die Waffen aus seiner Wohnung geholt …

Das war die Simulation, die sie miterlebt und irgendwann abgebrochen hatte. Die Simulation, in deren Zeitrahmen sie jetzt festsaß. Aber es widersprach doch jeder Logik, dass diese Simulation heute – an dem Tag, an dem sich all diese Dinge erst noch ereignen würden – bereits existierte!

Und wie verhielt es sich, abgesehen davon, mit den beiden anderen Simulationen? Bei früheren Suchläufen waren sie ihr noch nie aufgefallen, jedenfalls nicht im Zusammenhang mit Grove.

Als sie eine davon anklickte, erkannte sie die Szenerie sofort wieder. Grove hatte den virtuellen Schießstand für Zielübungen benutzt; bei der Video-Vorschau fielen ihr die eigenen Übungen ein. Sie sah sie bis zu Ende an und klickte gleich darauf auf die zweite, die von der ersten kaum abwich. Widerwillig betrachtete sie die Rückenansicht Groves – die Rückenansicht eines stämmigen, untersetzten jungen Mannes.

Allerdings wich der Schießstand ein wenig von dem ihr bekannten ab. Als sie ein Fenster mit der Bezeichnung **ORTSCODE** entdeckte, öffnete sie es und sah, dass Teile der Kennziffer durch einen Text erläutert wurden. Demnach war der hier benutzte virtuelle Schießstand eine von GunHo lizensierte ExEx-Simulation, die von der Niederlassung in Maidstone, Kent (Whitechapel Street) vertrieben wurde.

Allmählich blicke ich überhaupt nicht mehr durch, dachte Teresa, es strömen einfach zu viele Informationen auf mich ein.

Als sich Grove (innerhalb der Simulation) bei Paula an

der Rezeption angemeldet hatte, waren Worte gefallen, die sie irgendwo im Hinterkopf abgespeichert hatte. Wohl um zu erklären, warum er hier ein Unbekannter war, hatte er Paula mitgeteilt, er benutze normalerweise die ExEx-Anlagen in Maidstone.

Warum hatte er ausgerechnet Maidstone angegeben? Während ihrer Recherchen hatte Teresa jedes verfügbare Fitzelchen Information über Grove gesammelt, aber diese Stadt in Kent war, wenn sie sich recht erinnerte, niemals im Zusammenhang mit Grove erwähnt worden.

Sie war ganz sicher, dass er Maidstone gesagt hatte, weil sie ihm dabei souffliert hatte. Sie hatte sich gefragt, wie er sich an Paula vorbei mogeln würde. Daraufhin hatte er in die hintere Hosentasche gegriffen und eine Plastikkarte hervorgezaubert, die Paulas Ansprüchen genügt hatte. Den Mitgliedsausweis. Und der Computer hatte die Mitgliedsnummer als gültig anerkannt. Offensichtlich hatte Teresa selbst diesen völlig aus der Luft gegriffenen Hinweis auf Maidstone angeregt, vielleicht aufgrund der Erinnerung an das, was Paula ihr seinerzeit über die jeweilige Wartefrist für Neuaufnahmen verraten hatte.

Teresa wandte den Blick vom Bildschirm und der Flut unerwarteter Informationen ab und starrte auf die Tastatur. Während sie mit dem Finger leicht über den Rand der Plastikverkleidung strich, versuchte sie, ihre Gedanken zu ordnen. Wenn das so weitergeht, dachte sie, weiß ich bald nicht mehr ein noch aus.

Letztendlich war die Information über Maidstone unwesentlich, wie sich herausstellte. Sie führte in eine Sackgasse oder zumindest in eine Richtung, die Teresa nicht einschlagen wollte.

Sie klickte sich bis zu dem Menü zurück, das ihr die Möglichkeit bot, nach Links zwischen den Hauptpersonen von Simulationen zu suchen. Erneut gab sie ihren eigenen Namen mit den entsprechenden Ortsbezeichnungen sowie Groves Namen in alternativen Schreibweisen ein und wartete ab, was passieren würde.

Es wurden 4 Hyperlinks gefunden, die *Teresa Ann Simons* mit *Gerry/Gerald Dean Grove* verbinden. Anzeigen? JA/NEIN.

Jetzt gab es vier Hyperlinks, obwohl eben noch keine einzige Verbindung registriert gewesen war. Wieder hatte Teresa das Gefühl, immer weniger zu begreifen, was hier vor sich ging. Sie klickte auf **JA**.

@ @ @

Der erste Hyperlink zwischen ihr und Grove war nicht weiter verwunderlich oder alarmierend: Er führte zu Shandy und Willem und ihrem lustvollen Ringkampf im grellen Scheinwerferlicht. Auch der zweite Hyperlink brachte nichts Unerwartetes: Im Mittelpunkt stand Groves deprimierender Streifzug durch Bulverton.

Es waren die letzten beiden Links, die ihr Angst machten.

Offenbar hatte das Programm mittlerweile eine Verbindung zwischen ihr und Groves virtuellen Zielübungen in Maidstone hergestellt und die Termine sowie die Kennziffer für die Örtlichkeit festgehalten. Die winzigen Videofenster zeigten genau das, was sie selbst sich erst vor wenigen Minuten angesehen hatte.

Hatte die Tatsache, dass sie sich eine kurze Vorschau beider Simulationen angesehen hatte, diese Simulationen auf irgendeine Weise aktiviert und eine Verbindung zu Teresa geschaffen? Aber sie war ja gar nicht bis zu den Simulationen selbst vorgedrungen, sie hatte sich doch nur die Video-Clips angeschaut! Das hatte sie auch früher schon getan, ohne dass jemals Hyperlinks entstanden waren. Es war doch nur ein Computerprogramm, ein besseres Karteikartensystem!

Sie klickte das Video-Standbild der Simulation mit Shandy an und sah zu, wie sich die junge Frau aufs Neue unbeholfen bemühte, ihre eng sitzende Kleidung zu lockern. Als die Vorschau zu Ende war, tauchte eine neue Meldung auf dem Bildschirm auf:

Es wurden 72 Hyperlinks gefunden, die *Teresa Ann Simons* mit *Gerry/Gerald Dean Grove* verbinden. Anzeigen? JA/NEIN.

72, während es vor wenigen Sekunden erst vier gewesen waren? Teresa begriff zwar noch immer nicht, was hier eigentlich vor sich ging, aber es machte ihr große Angst. Sie klickte auf **JA**.

@ @ @

Langsam rollte das Verzeichnis vor ihr ab: So wie sie durch Hyperlinks mit Groves Schießübungen in Maidstone verbunden war, so war er seinerseits mit ihren Zielübungen in Bulverton verbunden. Darüber hinaus waren für sie beide Hyperlinks zu Shandy und Willem, Elsa Jane Durdle, William Cook und und und registriert.

Hastig deutete sie mit dem Pfeil auf **ABBRECHEN** und beendete das Programm per Mausklick. Sofort verschwand das Verzeichnis vom Schirm. Ihr war so, als habe sich Grove in ihr Leben hineingedrängt und verfolge ihre Spur. Sie hatte den ebenso deprimierenden wie deutlichen Eindruck, dass sein Bewusstsein irgendwo da draußen, in der virtuellen Realität lauerte und jede ihrer experimentellen Erfahrungen in Extremsituationen nachvollzog, um sich mit ihr zu verbinden und von seinem jämmerlichen Leben in das ihrige hinüberzuwechseln.

Nach langer Pause tauchte eine weitere Meldung auf dem Schirm auf, die besagte:

Es wurden 658 Hyperlinks gefunden, die *Teresa Ann Simons* mit *Gerry/Gerald Dean Grove* verbinden. Anzeigen? JA/NEIN.

Wo sollte das hinführen? Mit jeder Minute kamen neue Hyperlinks hinzu, die sich anscheinend sofort weiter vervielfachten. Erneut klickte sie auf **JA** und starrte voller Angst auf den Schirm.

@ @ @

Nach und nach tauchte die Liste auf dem Bildschirm auf, manche der aufgeführten Titel brauchten länger als andere, bis sie vollständig zu lesen waren.

Vieles war ihr vertraut, etwa die beiden Aufzeichnungen von Groves Schießübungen in Maidstone und die ihrer eigenen in Bulverton. Auch Shandy und Willem waren wieder dabei (sie waren mit insgesamt fünf Titeln vertreten, die inzwischen aber mit weiteren 165 nicht aufgeführten Simulationen verbunden waren). Manche Simulationen tauchten jetzt zwar zum ersten Mal im Verzeichnis auf, waren aber nicht sonderlich überraschend: Die Familie Mercer war mit dreizehn Titeln registriert, die allesamt Hyperlinks zu den Schüssen auf Shelly aufwiesen. Anderes erschien ihr tatsächlich verblüffend: Wer, zum Beispiel, war Katherine Denise Devore (zehn Hyperlinks), und welcher Art konnte ihre Verbindung zu Teresa oder Grove sein? Auch Dave Hartlands Name tauchte unerwartet auf (sogar siebenundzwanzig Mal!), sechzehn Mal wurden Amy Lorraine Hartland geborene Colwyn und Nicholas Anthony Surtees als Hauptpersonen von Simulationen genannt. Rosalind Williams wurde vier Mal aufgeführt, Elsa Jane Durdle fünfzehn Mal (warum waren es jetzt mehr als bei Teresas letzter Suche?).

Teresa kam es so vor, als bastele der Computer an einer zusammengeflickten Version ihres Lebens.

Sie klickte das erste Video-Standbild der Simulationen mit Elsa Durdle an und sah die windzerzausten Palmen, die glänzenden Autos, die davor parkten, den strahlenden Sonnenschein. Diese einfache Szenerie war ihr deshalb so ans Herz gewachsen, weil ihr bei dieser Simulation zum ersten Mal klar geworden war, dass sie in der virtuellen Realität auf Entdeckungsreise gehen konnte. Wie ein Kind, das Trost bei einem alten Spielzeug sucht, wäre sie am liebsten noch einmal in diese Simulation eingetaucht. Sie wollte in Elsas großem, bequemem Wagen durch Südkalifornien fahren, Duke Ellington und Artie Shaw im Radio hören, zusehen, wie die Stadt nach und nach aus dem Blickfeld verschwand und rund um sie herum immer wieder neu entstand, während sie auf den endlosen Straßen der Erinnerung und Gedanken dahin glitt.

Die Liste der 658 Hyperlinks, die *Teresa Ann Simons* mit *Gerry/Gerald Dean Grove* verbinden, weiter anzeigen? JA/NEIN.

Teresa klickte auf **NEIN** und verfolgte die Liste bis zum Namen Katherine Denise Devore zurück. Wer, zum Teufel, war diese Frau, dass sie ihr plötzlich so wichtig vorkam? Sie dachte gründlich nach: Katherine, Kath, Kathy, Kathie, Kate, Katie? Hatte sie irgendwann mal jemanden gekannt, der so hieß? Oder Denise? Zum Beispiel während ihrer Schulzeit? Da ihr Vater von Stützpunkt zu Stützpunkt versetzt worden war, hatte Teresa wiederholt die Schule gewechselt. Die meisten Menschen pflegen den Kontakt zu ein paar alten Schulfreunden auch in späteren Jahren, aber Teresa hatte nur Hunderte von Bekannten und kaum jemanden, an den sie sich als Freund oder Freundin erinnerte. Irgendwo musste es doch bestimmt eine Katherine gegeben haben? Vielleicht auf einer ihrer ersten Arbeitsstellen, an der Universität oder beim FBI? An dem Simulationslehrgang im Schulungszentrum von Quantico hatte auch eine Auszubildende namens Cathy Grenidge teilgenommen, deren vollständiger Vorname wahrscheinlich Catherine gelautet hatte. Allerdings hatte sie deren Namen nie ausgeschrieben gesehen, wie ihr bei näherem Nachdenken klar wurde. Gut möglich, dass sie Katherine oder Kathy geheißen hatte. Was war aus ihr geworden? Irgendetwas überschattete die Erinnerung an Cathy Grenidge. Teresa überlegte hin und her und wandte dabei bewusst eine Erinnerungstechnik an, die man ihr vor langer Zeit beigebracht hatte. FBI-Agenten mussten die Fähigkeit beherrschen, sich viele der Namen und Gesichter, denen sie hundertfach begegneten, fest einzuprägen. Es gab bestimmte Methoden, sie sich wieder ins Gedächtnis zu rufen. Welche Mnemotechnik musste sie in diesem Fall anwenden? Sie versuchte, an nichts anderes zu denken, konzentrierte sich auf Cathys Gesicht, und gleich darauf fiel es ihr wieder ein: Die Agentin Grenidge hatte ihr Examen zur selben Zeit wie Teresa abgelegt und war kurz darauf nach Delaware versetzt worden, oder war es eine ähnliche Gegend irgendwo anders gewesen? Da ihr Berufsweg innerhalb des FBI sie in verschiedene Richtungen verschlagen hatte, war die Verbindung zwischen ihnen irgendwann abgebrochen. Nein, Cathy hatte geheiratet. War sie nicht schon nach wenigen Jahren aus dem FBI-Dienst ausgeschieden? Nein, sie hatte nicht aufgehört. Teresa fiel ein, dass sie selbst und Cathy etwa zur selben Zeit geheiratet hatten, aber Cathy war kurz darauf an irgendeinen Ort im Mittleren Westen der Staaten versetzt worden. Was war aus ihr geworden? War sie nicht bei einem Unfall ums Leben gekommen? Oder war es im Dienst passiert? Wen hatte sie geheiratet? Irgendwo, in einem hinteren Winkel der Erinnerung, blitzte flüchtig ein Bild auf: Cathy und der Mann, den sie geheiratet hatte – auch er war beim FBI –, wie sie sich bei ihrer

Hochzeit über irgendeinen Schabernack amüsierten. Es hatte mit Spielkarten und einem Trick zu tun gehabt, einem glänzend ausgeführten Taschenspielertrick, der bei allen schallendes Gelächter hervorgerufen hatte; Cathys Mann hatte riesige Hände und einen massigen Körper gehabt. Cal! Calvin Devore; Andys Freund Cal, der kräftige Bursche mit den riesigen Händen und den zarten Bewegungen, die sie stets amüsiert und beeindruckt hatten. Mein Gott, Cal! Seine Frau war beim Versuch, einen Tatverdächtigen in Dubuque, Iowa zu stellen, das Opfer von Schüssen geworden. Eine Kugel hatte sie in den Kopf getroffen, danach hatte sie noch eine Woche im Koma gelegen, dann war sie gestorben. Kathy Devore. Kathy mit K.

Die Liste der 658 Hyperlinks, die *Teresa Ann Simons* mit *Gerry/Gerald Dean Grove* verbinden, weiter anzeigen? JA/NEIN.

Verärgert über das Programm, das sich seinerseits über ihr Zögern zu ärgern schien, klickte Teresa auf **NEIN.**

Hatte sie selbst irgendetwas mit Kathys Tod zu tun? Oder Grove? Worin konnte die Verbindung bestehen? Sie versuchte nachzudenken und alles, was ablenkte und unwesentlich war, wegzuschieben.

Falls sie das Programm fortsetzte oder noch einmal bis zu einem bestimmten Punkt zurückverfolgte, würden sogar noch weitere Hyperlinks, Hunderte weiterer Verbindungen hergestellt werden. Wo war die Grenze? Es gab endlose Nebengleise. Die Überschneidungen mit Grove vervielfachten sich so schnell, als handle es sich um einen lebenden Organismus: Während dieser Organismus sich von immer neuen Verbindungen zwischen ihr und Grove nährte, sie vielleicht auch selbst erst schuf, breitete er sich in der virtuellen Realität immer weiter aus.

Wieder hatte sie es mit einer Unendlichkeit zu tun, in der es keine scharfen Ränder oder Grenzen gab, nur äußerste Pole.

Jetzt reicht's, dachte sie. Ich will gar nicht wissen, was mit Kathy Devore ist. Jetzt nicht, es bringt nichts mehr. Im Augenblick darf ich mich nur auf eines konzentrieren: auf das, was ich selbst will und brauche. Da die Hyperrealität inzwischen sowieso verrückt spielt, kann ich auch bis zum Äußersten gehen.

Die Liste der 658 Hyperlinks, die *Teresa Ann Simons* mit *Gerry/Gerald Dean Grove* verbinden, weiter anzeigen?
JA/NEIN.

Teresa klickte auf **JA**. Gleich darauf setzte das Programm die scheinbar endlose Auflistung von Hyperlinks fort: William Cook (einhundertelf Mal als Hauptperson aufgeführt, aber mit Hunderten weiterer Hyperlinks registriert); Charles Whitman (zweihundertsiebenundzwanzig Mal Hauptperson, aber mit Tausenden von Hyperlinks zu verwandten Themengebieten versehen); James und Michaela Surtees (zwei Eintragungen); Jason Hartland (dreiunddreißig Eintragungen); Sam Wilkins McLeod (fünfzehn); Deke Cannigan (wer war denn das? Jedenfalls war er dreißig Mal aufgeführt); Charles Dayton Hunter (einundachtzig Eintragungen); Joseph L. McLaughlin (vierundzwanzig); José Porteiro (achtzehn) …

Nach dem sechshundertvierunddreißigsten Eintrag stockte die Auflistung, aber Teresa merkte, wie das Programm weiter arbeitete, Dateien suchte, sortierte und sammelte. Kurz darauf geriet das Display wieder in Bewegung und listete die letzten vierundzwanzig Simulationen auf.

Und in allen ging es um Andy/Andrew Wellman Simons.

Das Video-Fenster der ersten dieser vierundzwanzig Simulationen zeigte Andys massige Gestalt, wie sie wachsam neben einem Wagen stand. Während er über die Schulter in die Ferne blickte, hielt er mit beiden Händen eine Pistole umklammert. Er trug die kugelsichere Weste des FBI, der Aufdruck der berühmten Initialen war deutlich zu sehen.

Die Rubriken für diese Simulation lauteten:

Aktive Teilnahme
Handlungsbefugte Teilnahme
Keine interaktive Teilnahme
Zuständige Polizeibehörde
Landespolizei
Texas
Kingwood City
Mehrfacher Mord
Amoklauf
Waffen
John Luther Aronwitz
FBI-Agent Andrew Wellman Simons.

Sie wollte Andy, sie wollte nur noch Andy.

Als sie mit dem Pfeil auf das Feld **ANFORDERN** deutete, stiegen ihr Tränen in die Augen. Auf den Mausklick hin wurde ihr nach wenigen Sekunden die entsprechende Phiole mit Nanochips geliefert.

Während sie Leben und Tod ihres Mannes in den Händen hielt, machte sie sich auf den Weg zum Simulationsbereich, um nach einem Techniker zu suchen, der die Handlung in Gang setzen konnte.

37. k@pitel

FBI-Agent Andy Simons stellte seinen Wagen vor der Polizeisperre ab, streifte sich die kugelsichere Weste über, auf deren Vorder- und Rückseite gut sichtbar die FBI-Initialen prangten, rückte die Mütze in die Stirn und machte sich auf die Suche nach Hauptkommissar Jack Tremmins, dem Einsatzleiter. Wie es die Dienstvorschrift verlangte, wollte Andy ihm jede erforderliche Unterstützung anbieten.

Teresa hatte ganz vergessen, wie unangenehm heiß ein Sommernachmittag in Texas sein konnte: Es herrschte eine schwüle, alles vereinnahmende Hitze, die selbst im Schatten alles in Brand zu setzen schien. Der Betonbelag des Parkplatzes war so heiß, dass er Andy die Schuhsohlen versengte. Die fast senkrecht einfallenden Sonnenstrahlen stachen durch den dünnen Kunststoff der Mütze auf seinen Schädel nieder. In der Luft lag ein süßlicher Pollenduft, der Andys Nebenhöhlen reizte.

Immer schon hatte Andy unter Pollenallergien gelitten.

Mit Andys Augen sah sich Teresa auf dem riesigen Parkplatz um und versuchte, sich zu orientieren. Sie war so lange in Großbritannien gewesen, dass sie die Dimensionen texanischer Einkaufszentren gar nicht mehr im Kopf gehabt hatte. Auf diesem Parkplatz hätte man fast die ganze Altstadt von Bulverton unterbringen können, und sie wusste, dass das riesige Einkaufszentrum auch auf den anderen Seiten von vielen Tausend Quadratmetern Parkfläche umgeben war. Darüber wölbte sich die große Kuppel des texanischen Himmels, dessen Weite durch den unbegrenzten Blick, der sich in allen vier Himmelsrichtungen über die Ebenen bot, noch unterstrichen wurde. Nur die Gebäude, deren Silhouetten sich gegen den Himmel abzeichneten, vermittelten einen Eindruck von den räumlichen Dimensionen.

Texas war ein Land extremer Dimensionen, ein endlos weites Land.

Jenseits der Polizeisperre ging das Tagesgeschäft im Einkaufszentrum North Cross weiter wie an jedem anderen Tag: Nachdem der Amokschütze im Lieferantenbereich auf der Rückseite des Gebäudes in der Falle saß, hatte die Polizei den Geschäften innerhalb des Zentrums nach hastigen Beratungen mit dessen Verwaltung gestattet, den Verkauf ganz normal fortzusetzen. Nur für den Bereich, in dem Waren angeliefert, auf- und abgeladen wurden, war eine Zugangssperre verhängt worden. Die Polizei ging davon aus, dass der Amokschütze, der früher am Tag mehrere Menschen erschossen hatte, keine öffentliche Gefahr mehr darstellte.

Inzwischen hatte Andy Hauptkommissar Tremmins gefunden, der ihn kurz und bündig über den Stand der Dinge informierte. Danach machte Tremmins ihn mit Leutnant Frank Hanson bekannt, der das Sondereinsatzkommando der Polizeikräfte leitete. Andy teilte Hanson mit, er habe vor, ins Gebäude zu gehen, um mit der Verwaltung zu reden, bot jedoch für den Fall, dass hier draußen Verstärkung nötig sei, seine Unterstützung an …

Um den Eingang des weitläufigen Gebäudes zu erreichen, musste Andy ganz außen herum, am Lieferantenbereich vorbei. Als er, schweißüberströmt von der grässlichen Hitze, unter der polizeilichen Absperrung hindurch kroch, sprach Teresa ihn an: »Andy?«

Andy reagierte überhaupt nicht.

»Andy, kannst du mich hören? Ich bin's, Tess.«

Mit weit ausholenden Schritten setzte er seinen Weg

fort und blickte dabei aufmerksam von rechts nach links. Als er um die Ecke bog, lag vor ihm die riesige Eingangshalle, eine Konstruktion aus Stahl und Glas. Oben war ein Schild angebracht, so groß, dass es meilenweit zu lesen war:

EINKAUFSZENTRUM NORTH CROSS –
WESTLICHER EINGANG.

Nachdem eine Gruppe bewaffneter Polizisten Andy durch die Halle geleitet hatte, schlug ihm innen unvermittelt kühle, klimatisierte Luft entgegen.

»Andy? Kannst du mir ein Zeichen geben, dass du meine Gegenwart spürst?«

Keine Reaktion, Andy ging einfach weiter. Sie kamen an einem Stand vorbei, der Doughnuts anbot, an einem Buchladen, einem Möbelgeschäft, einem Lederwarengeschäft und erreichten schließlich einen weitläufigen Innenhof mit stattlichen Bäumen, mehreren Wasserfällen und einem Brunnen, auf dessen Wasser bunte Lichter tanzten …

Teresa fiel ein, wie sie in der Simulation mit Grove gelernt hatte, ihren jeweiligen Standort zu verlagern: Solange sie sich in den hinteren Winkeln seines Bewusstseins aufgehalten hatte, war es ihr zwar nicht möglich gewesen, mit ihm zu kommunizieren, aber sie hatte auf seine Entscheidungen und nächsten Schritte einwirken können; bei näherem Vorrücken war es ihr so vorgekommen, als sei er selbst wieder Herr seiner Entscheidungen, allerdings war sie damit auch all seinen Gedanken und instinktiven Regungen ausgesetzt gewesen.

Jetzt versuchte sie, dieses Verfahren auch bei Andy anzuwenden, aber entweder war diese Simulation anders konzipiert oder Andy war von seiner ganzen Wesensart her einfach nicht so leicht zu beeinflussen:

Jedenfalls gelang es ihr nicht, auf seine Gedanken oder nächsten Schritte einzuwirken.

»Andy! Hör mir zu! Ich bin's, Tess, deine Frau. Verfolg diese Sache nicht weiter, geh zu deinem Wagen zurück! Warte, bis Danny Schneider zu dir stößt, berate dich mit ihm, mach das hier nicht im Alleingang, denn das ist dein Tod!«

Sie hielt inne, weil ihr auffiel, wie englisch sie klang, wie höflich und vernünftig. In früheren Zeiten hatte Andy sie manchmal aufgezogen, wenn sich ein Liverpooler Ausdruck oder ein bestimmter Jargon aus Kindheitstagen in ihr Vokabular schlich. Niemand in ihrem Bekanntenkreis hatte Ringo Starr so gut imitieren können wie Teresa, Andy hatte seinen Spaß daran gehabt.

»Das solltest du besser lassen, Andrew«, erklärte Teresa und versuchte dabei, Ringos nasale Redeweise zu treffen.

Aber Andy setzte seinen Weg ohne jede Reaktion fort. Drei Polizisten in Uniform geleiteten ihn zum Verwaltungstrakt, einer fuhr im Fahrstuhl mit ihm hinauf. Höflich machte Andy Konversation und erfuhr von ihm, dass er Familie hatte, in Abilene wohnte und seine Frau wieder ein Baby erwartete. Der Polizist sprach mit texanischem Akzent und dehnte die Worte so, dass die meisten eine zusätzliche Silbe erhielten. Jeder Antwort setzte er ein »Sir« nach.

Was für ein Gefühl, noch einmal Andys Stimme zu hören! Leicht rau, manches brachte er so heraus, als habe er einen Frosch im Hals und müsse sich räuspern, aber unverkennbar seine Stimme, genau so, wie Andy stets gesprochen hatte.

»Ich liebe dich, Andy!«, rief sie verzweifelt. »Hör auf damit! Bitte … Komm mit! Du wirst hier gar nicht gebraucht! Lass uns im Auto warten, bis die Polizisten den Mann gefasst haben!«

Andy führte ein kurzes Gespräch mit der Verwaltungschefin des Einkaufszentrums, einer Frau namens Betty Nolanski. Mrs. Nolanskis Hauptsorge kreiste um die Tatsache, dass das Einkaufszentrum erst vor drei Monaten offiziell eröffnet worden war. Im Vorjahr hatten zwei der großen Kaufhausketten ihre Pachtverträge in letzter Minute annulliert, und sie fürchtete, dieser Zwischenfall könne weitere Interessenten abschrecken. Wie sie Andy berichtete, standen vierzehn große Geschäftsräume immer noch leer. Deshalb lag ihr daran, dass man den Amokschützen sofort und ohne dass weiteres Aufsehen erregt wurde, aus dem Verkehr zog.

Während all dies zur Sprache kam, gingen Andy und Mrs. Nolanski zusammen ins Erdgeschoss hinunter.

»Sag ihr, dass sie in einer florierenden Stadt lebt, Andy«, warf Teresa ein. »Wenn sie mal einen Ort mit wirklichen Wirtschaftsproblemen kennen lernen will, dann sollte sie sich Bulverton ansehen.«

Im Erdgeschoss erfuhren sie, dass Aronwitz noch immer nicht gefasst war. Andy fragte Mrs. Nolanski, ob es hier irgendwelche Versorgungsröhren oder Schächte gebe, durch die man in den Lieferantenbereich gelangen könne. Sofort trug sie einem Mann von der Gebäudeverwaltung auf, Andy die Eingänge zu zeigen. Andy musste erst richtig stellen, dass er hier nur beratend tätig war, und schlug vor, die Pläne des Versorgungstrakts Leutnant Hanson zur Verfügung zu stellen.

Beim Gedanken daran, dass die Zeit unerbittlich verrann, spürte Teresa Panik. Ihr war klar, dass das schlimme Ende dieses Zwischenfalls näher und näher rückte und sie keine Möglichkeit hatte, dieses Ende abzuwenden.

Keine interaktive Teilnahme hatte im Stichwortkatalog dieser Simulation gestanden. Dennoch machte sie einen weiteren Versuch: »Andy«, sagte sie drängend, »kannst du mich hören? Andy! Hör mir zu! Es wird dich erwischen! Überlass das hier der Polizei! Das ist deren Sache, nicht deine!«

Sie dachte daran, die Simulation abzubrechen und eine der anderen, die von Aronwitz handelten, auszuprobieren. Allerdings wusste sie von ihrer Ausbildung her, dass man Simulationen eines Polizeieinsatzes nur nach wiederholtem Versuch richtig in den Griff bekam.

Nach dem Gespräch mit Mrs. Nolanski machte Andy sich auf den Rückweg zur Absperrung der Polizei. Draußen angekommen und erneut der glühenden Hitze ausgesetzt, ging er unverzüglich zu Hauptkommissar Tremmins hinüber, um sich einen aktuellen Lagebericht geben zu lassen.

Einige von Hansons Männern waren durch Versorgungsschächte unterhalb der Lagerräume in den Lieferantenbereich vorgedrungen, aber Aronwitz hatte vor wenigen Minuten seine zweite Geisel erschossen und war danach verschwunden. Momentan hatte Tremmins weder Verbindung mit dem Sondereinsatzkommando noch mit den eigenen Männern, die zur Überwachung von Aronwitz abgestellt waren.

»Dann ist er ebenfalls in die unterirdischen Gänge abgetaucht«, erklärte Andy. »Glauben Sie, dass die Jungs vom Sondereinsatzkommando ihn da herausholen können? Haben die Erfahrung mit einem solchen Einsatz?«

»Einige schon«, erwiderte Tremmins.

»Lassen Sie uns zum Versorgungstrakt hinübergehen. Falls er ausbrechen will, dann genau dort.«

»Ja, Andy«, warf Teresa heftig ein. »Genau dort wird er sein. Hör sofort auf damit! Mein Gott! Brich es sofort ab, Andy!«

Der Versorgungstrakt lag unterhalb des Lieferantenbereichs im Verborgenen: ein weitläufiger, betonierter Innenraum mit Sammelspeichern für den Abfall, Klimatisierungsanlagen, Aggregaten zur Stromversorgung und mehreren riesigen Öltanks. Plötzlich wurde über Funk gemeldet, das Sondereinsatzkommando habe Aronwitz aufgespürt. Daraufhin habe er mehrere Schüsse abgegeben, sei ihnen entwischt und befinde sich jetzt auf dem Weg zum Versorgungstrakt.

Tremmins befahl seinen Männern, in Deckung zu gehen. Gleich darauf umzingelten etwa zwanzig Polizeibeamte den Bereich und zückten die Waffen. Es dauerte nur wenige Sekunden, bis Aronwitz mit gezogener Pistole in ihr Blickfeld stürmte. Als er die Polizisten sah, blieb er so schnell stehen, dass er fast von der Laderampe, auf die er sich geflüchtet hatte, gestürzt wäre.

»Keine Bewegung, Aronwitz! Lassen Sie die Waffe fallen!«

Stattdessen blieb Aronwitz aufrecht stehen, holte mit dem Arm bewusst weit aus und beschrieb mit der Pistolenmündung einen großen Kreis. Als er den Abzugshahn spannte, war das Klicken im ganzen Raum zu hören.

Teresa starrte ihn fassungslos an: Der Amokschütze war Gerry Grove. Diese schockierende Erkenntnis Teresas löste bei Andy die Reaktion aus, dass er aufstand. Als Grove/Aronwitz die Bewegung bemerkte, wandte er sich Andy zu. Vor Angst wie gelähmt, sah Teresa zu, wie Grove die Pistole auf Andy richtete, ruhig zielte, indem er mit der linken Hand das Gelenk der Schusshand umfasste, und langsam auf den Abzug drückte.

Genau, wie sie es ihm beigebracht hatte.

Verzweifelt rief sich Teresa LIVER ins Gedächtnis. Sie schaffte es gerade noch, die Simulation abzubrechen, ehe Groves Schuss Andy in den Kopf traf und ihm fast die ganze Schädeldecke wegriss.

Während Teresa entsetzt auf das Firmenzeichen der GunHo Corporation im Abspann starrte, vernahm sie das Krachen der Schüsse, mit denen Tremmins' Männer den Amokschützen erledigten. Dann wurde es plötzlich dunkel.

@ @ @

Im Simulationsbereich war Sharon immer noch im Dienst. Kaum hatte Teresa sich aufgesetzt, trat die Technikerin in die Kabine und entfernte die Nanochips. Teresa wirbelten Bilder von Andy durch den Kopf: sein großer, starker Körper, seine Art zu reden und zu gehen, die ruhige, sachliche Art, mit der er die Situation geschaffen hatte, die ihn selbst das Leben kosten sollte. Diese Simulation mitzuerleben, war genauso schlimm gewesen, wie sie es sich früher ausgemalt hatte: Die Simulation hatte eine schreckliche Nähe und eine noch schrecklichere Distanz zu Andy hergestellt und ihr vor Augen geführt, dass sie keine Möglichkeit hatte, sein Leben zu retten. Dass sie endlich erfahren hatte, wie er gestorben war, bot kaum eine Entschädigung – eigentlich überhaupt keine. In düsteres Schweigen gehüllt, blieb sie sitzen, wo sie war, machte noch einmal, wenn auch in abgeschwächter Form, die Qualen durch, die sie im Vorjahr durchlitten hatte, versuchte, mit ihrem Kummer fertig zu werden und sich von den Gefühlen nicht überwältigen zu lassen.

Auch Sharon wirkte in sich gekehrt, aber wenigstens warf die Bezahlung per Kreditkarte keine neuen Probleme auf. Teresa verstaute den Rechnungsbeleg in einer Reißverschlusstasche ihrer neuen Tragetasche und warf einen Blick auf die Uhr: Die Simulation mit Aronwitz hatte nicht einmal eine Stunde gedauert. Es war immer noch der 3. Juni.

Sharon war nicht gerade gesprächig und offensichtlich darauf aus, sich so schnell wie möglich anderen Aufgaben zuzuwenden. Auf Teresas Frage, was denn los sei, erwiderte sie: »In der Stadt geht irgendwas Merkwürdiges vor, die haben's im Radio gebracht. Uns Angestellten wurde gesagt, wir dürften das Gebäude nicht verlassen, bis die Polizei Entwarnung gibt.«

»Mir war vorhin auch so, als hätte ich Sirenen gehört.«

»Angeblich zieht da irgendeiner mit der Waffe durch die Gegend. Draußen ist inzwischen Polizei angerückt. Die gehen nämlich davon aus, dass der Revolverheld vorher hier oben gesehen wurde.«

Teresa nickte, ohne etwas zu erwidern. Nachdem Sharon sie allein gelassen hatte, kehrte sie zu den Nischen mit den Computern zurück und suchte sich einen freien Arbeitsplatz. Sie lud ihre Taschen auf dem Stuhl ab und machte sich auf den Weg zur Damentoilette.

Jetzt, da niemand mehr in der Nähe war, ließ sie sich gehen, sie konnte nicht anders: Sie schloss sich in einer der Kabinen ein, gab ihrem Kummer nach und ließ die Tränen strömen. Irgendwann kam jemand herein, benutzte die Toilette und entfernte sich wieder. Teresa schaffte es, den Tränenstrom so lange einzudämmen, bis sie wieder allein war, dann gab sie ihren Gefühlen erneut nach und schluchzte ihren Kummer heraus.

Im Grunde war dieser Kummer nur ein Nachhall des ursprünglichen Leids. Nachdem sie ihren Tränen freien Lauf gelassen hatte, fasste sie sich erstaunlich schnell. Während sie sich die Tränen aus den Augen wischte, wurde ihr klar, dass das, was sie so umgeworfen hatte, nichts Neues war, dass sie das Alles schon einmal durchgemacht hatte. Sie fragte sich, ob sie wieder einmal dabei war, den Kummer schlicht und einfach zu verdrängen. Aber so war es ja gar nicht, die Situation hatte sich geändert: Jetzt konnte sie tatsächlich etwas unternehmen.

Grove hatte dafür gesorgt, dass jetzt andere Regeln galten.

Die Hauptquelle des Tageslichts in diesem Raum war ein Fenster in der Dachschräge, allerdings gab es noch ein zweites, kleineres Fenster aus Milchglas, das in die hintere Wand eingelassen war. Als Teresa es vorsichtig aufstieß, stellte sie fest, dass es nicht viel Ausblick bot. Da direkt gegenüber ein Anbau des Hauptgebäudes lag, konnte sie nur einen winzigen Seitenausschnitt erhaschen. Allerdings konnte sie, wenn sie sich hinauslehnte und dabei den Hals verrenkte, einen kurzen Abschnitt der Welton Road überblicken.

Mit grell-orangefarbenem Absperrband hatte die Polizei die Reihe parkender Autos von der Straße abgetrennt; einer der Wagen war der Montego, den Grove gestohlen hatte. Niemand hielt sich in der Nähe des Wagens auf, alle Türen und Fenster des Montego waren geschlossen. Ein bewaffneter Polizist, der eine kugelsichere Weste trug, kehrte ihr den Rücken zu. Während er dort Wache schob, sicherte er sich durch Blicke nach allen Seiten hin systematisch ab. Abgesehen davon, rührte sich nichts. Teresa war klar, dass sich die örtliche Polizei genauso verhielt wie FBI-Agenten in ähnlicher Lage: Wenn man vermutete oder wusste, dass sich in einem Fahrzeug Waffen oder Sprengkörper befanden, durfte man dort nichts anrühren.

Teresa machte das Fenster zu, verließ die Toilette und kehrte zu Nische und Computer zurück. Nachdem sie ihre neue Mitgliedsnummer eingegeben hatte, begann das Programm nach kurzer Verzögerung mit den üblichen Start-Operationen. Teresa sah zu, wie die Displays kurz auftauchten und wieder verschwanden, bis das Programm schließlich das Hauptmenü zeigte und stoppte. Sie legte ihre Hand auf die Maus, starrte mit leerem Blick auf den Bildschirm und versuchte, sich für irgendetwas zu entscheiden.

Teresa fiel ein, dass sie eine Entscheidung schon sehr früh getroffen hatte: Über Aronwitz wollte sie so wenig wie möglich wissen. Er war aus dem Dunkel aufgetaucht, um ihr den einzigen Menschen zu nehmen, der in ihrem Leben wirklich etwas bedeutet hatte. Von Anfang an war es ihr so vorgekommen, als bleibe Aronwitz auch besser für immer und ewig im Dunkel. Ihre Arbeit für das FBI hatte ihr gezeigt, wie oft Kriminelle aufgrund des Medienrummels kleine Berühmtheiten wurden: Manche der Straftäter, mit denen sie selbst zu tun gehabt hatte und von denen sie wusste, dass sie nichts anderes waren als bösartig, gemein, brutal und absolut mittelmäßig, waren nach ihrer Verhaftung oder während des Prozesses für kurze Zeit bekannt, auf abartige Weise sogar berühmt geworden. Viele Kriminelle sahen es als Statussymbol an, wenn sie auf der immer noch gebräuchlichen FBI-Liste der zehn meistgesuchten Verbrecher landeten.

Eine solche Berühmtheit hatte sie Aronwitz nicht gegönnt, selbst dem toten Aronwitz nicht. Sie versuchte dagegen zu wirken – zumindest konnte sie ein Zeichen setzen –, indem sie sich vor ihm abschottete. Ganz bewusst entschied sie sich dafür, nichts über ihn herauszufinden. Über ein paar nichts sagende Lebensdaten hinaus wollte sie gar nichts über ihn wissen, wollte nicht versuchen, seine Tat zu verstehen oder zu verzeihen. Sie gab sich sogar große Mühe, nichts über sein Aussehen zu erfahren.

Während der Fall Aronwitz aktuell war, tauchte einige Tage lang immer wieder ein altes, seinerzeit von der Landespolizei des Bundesstaates Arkansas verbreitetes Fahndungsfoto von Aronwitz in Fernsehen und Zeitungen auf. Teresa sah niemals hin. Sobald sie merkte, dass gleich ein Foto gezeigt werden würde, wandte sie den Blick vom Fernseher ab. Wenn sie eine Zeitung oder Zeitschrift aufschlug und sein Gesicht darin entdeckte, verschleierte sie sofort den Blick, um ihn nicht ansehen zu müssen.

Aber natürlich konnte sie ihn nicht aus der Welt schaffen, und es dauerte nicht lange, bis sie ihn so oft flüchtig gesehen hatte, dass sie sich trotz allem eine bestimmte Vorstellung von ihm machte. Sie wusste, dass er jung, zumindest noch nicht alt, gewesen war, blondes Haar, eine breitflächige Stirn und auffällig kleine Augen gehabt hatte. Dennoch hätte sie ihn ihrer Meinung nach wohl kaum wiedererkannt oder näher beschreiben können.

Wäre sie je darauf gekommen, dass er wie Gerry Grove aussah? Oder, noch schlimmer, Gerry Grove war?

Wie war das möglich? Grove war an diesem Tag, dem Tag der Schießereien, doch in Bulverton gewesen. Auch das war, wie vieles andere, historisch belegt – eine Tatsache, an deren Wahrheitsgehalt im Unterschied zu jeder Simulation nicht zu rütteln war. Simulationen waren Konstrukte, von Programmierern gestaltete künstliche Nachschöpfungen von Ereignissen, die andere Menschen erlebt, geschildert oder sich wieder ins Gedächtnis gerufen hatten. Sie steckten voller Mängel, waren so gestaltet, dass sie auf die Menschen, die sich in solche Simulationen einloggten, reagieren konnten. Ihr Handlungsfaden war dem Eingriff der Benutzer ausgesetzt, darüber hinaus wurden auch zusätzliche Versatzstücke, zuweilen völlig unlogische Versatzstücke, in die Handlung einmontiert. Dass Gerry Grove in der Simulation, die von Andy handelte, aufgetaucht war und den Platz von Aronwitz eingenommen hatte, lag an der Funktionsweise von Simulationen, nicht daran, dass es sich wirklich so abgespielt hatte – da war sich Teresa sicher, völlig sicher.

Im Nachhinein bereute sie, dass sie sich vor Aronwitz abgeschottet hatte. Sie bedauerte, dass sie keine Akte Aronwitz angelegt und nach England mitgebracht hatte.

Am liebsten hätte sie jetzt das Gesicht betrachtet, das sie nie richtig gesehen hatte.

Als Nächstes gab sie ihren eigenen Namen und den von Gerry Grove in das Feld **Link zwischen Hauptpersonen von Simulationen herstellen** ein und wartete ab, was passieren würde. Es dauerte mehrere Minuten, bis der Computer das Ergebnis der Suche anzeigte:

> **Es wurden 16 794 Hyperlinks gefunden, die *Teresa Ann Simons* mit *Gerry/Gerald Dean Grove* verbinden. Anzeigen? JA/NEIN.**

In einer Schreibschatulle hinter dem Monitor fand Teresa selbstklebende Notizzettel. Auf einen der Zettel schrieb sie *Dieser Computer wird derzeit benutzt – bitte nichts anrühren!* Und klebte ihn mitten auf den Bildschirm. Dass er ausgerechnet den Namen »Gerald Dean Grove« verdeckte, war nicht unbedingt reiner Zufall.

Als sie zum Empfang hinüber ging, stellte sie fest, dass Paula an der Glastür stand und auf die Straße blickte. Mittlerweile waren fünf Streifenwagen der Polizei draußen vorgefahren, außerdem hatten mehrere Polizeibeamte eine Kette vor dem Haupteingang gebildet.

Nachdem Teresa Paula ihre Wünsche mitgeteilt hatte, gab die junge Frau, die nicht ganz bei der Sache wirkte, etwas in den Computer ein. Kurz darauf wurden eine Kreditkartenabrechnung und ein Zugangscode ausgedruckt. Absichtlich verzichtete Teresa darauf, sich nach dem, was draußen vorging, zu erkundigen; je weniger sie über Groves Schritte an diesem virtuellen 3. Juni erfuhr, desto besser.

Paula starrte schon wieder durch die Glastür, als Teresa sich auf den Rückweg nach *Cyberville, United Kingdom*, gleich hinter der Rezeption, machte. Cyberville war menschenleer, die langen Reihen der Bildschirme lagen verlassen da.

Teresa ließ sich an einem der Terminals nieder und gab den Zugangscode ein, den Paula ihr soeben ausgedruckt hatte. Als kurz darauf ein Startmenü auftauchte, rief sie die Website der *Abilene Lone Star News* auf, die wenige Sekunden später erschien. Nach kurzem Überfliegen klickte sie auf das Symbol für *Zeitungsarchiv.*

Als gesuchtes Datum gab sie den 4. Juni ein, den kommenden Tag, den Tag, der vor acht Monaten auf den heutigen Tag gefolgt war. Natürlich widersprach das jeder Logik: Wie konnte sie die im Archiv gespeicherten Dateien einer Zeitung aufrufen, die erst morgen erscheinen würde? Erneut stand hier historisch belegte Realität gegen virtuelle Realität. Falls sie sich hier befand, tatsächlich im Hier und Jetzt befand, tatsächlich eine Zeitreise in die Vergangenheit, ins Bulverton des 3. Juni getan hatte, dann war das, was sie gerade versuchte, selbstverständlich zum Scheitern verurteilt. Allerdings wusste Teresa eines ganz sicher: Es war überhaupt nichts mehr real, jedenfalls nicht in dem Sinne real, wie sie »real« in früheren Zeiten verstanden hatte. Nur so real, dass es einer Realität gleichkam.

Dass diese Wirklichkeit immer noch einen bestimmten Realitätsgrad besaß, bestätigte sich sogleich: Nach und nach erschien das Faksimile der Aufmacherseite der *Abilene Lone Star News* vom 4. Juni auf dem Bildschirm, langsam baute sich die grafische Darstellung von oben her auf.

Zuerst tauchte der Zeitungskopf auf, dann die schwarze zweizeilige Überschrift in zentimeterhohen Großbuchstaben. Die Schlagzeile lautete:

AMOKLAUF IM EINKAUFSZENTRUM
KINGWOOD NORTH CROSS

Der Text begann mit drei fett gedruckten Unterzeilen: Die mit diesem Fall befassten Reporter hatten darin die

Ereignisse mit knappen, emotionsgeladenen Worten zusammengefasst. Weiter unten auf der Seite war das Fahndungsfoto von Aronwitz aus den Archiven der Landespolizei Arkansas in einem umrahmten Kasten abgedruckt. Es dauerte nicht lange, bis sich das Bild aufgebaut hatte. Es war das Gesicht von Gerry Grove.

@ @ @

Nachdem Teresa zu dem anderen Computer zurückgekehrt war, der immer noch online geschaltet war, entfernte sie den Klebezettel, klickte bei der Frage, ob die 16 794 Hyperlinks angezeigt werden sollten, auf **NEIN** und löschte die Meldung vom Schirm. Dann stellte sie erneut eine Verbindung zwischen ihrem Namen und dem von Grove her, weil sie sehen wollte, bis zu welcher Gesamtzahl sich die Links inzwischen vervielfacht hatten. Nach einigen Minuten wurde das Ergebnis der Suche angezeigt:

Es wurden 73 788 Hyperlinks gefunden, die *Teresa Ann Simons* mit *Gerry/Gerald Dean Grove* verbinden. Anzeigen? JA/NEIN.

Sie klickte auf **NEIN** und gab stattdessen ihren Namen und den von Andy ein. Fast ohne Zeitverzögerung reagierte der Computer mit der Antwort:

Ein Hyperlink gefunden, das *Teresa Ann Simons* mit *Andy/Andrew Wellman Simons* verbindet. Anzeigen? JA/NEIN.

Als sie auf **JA** klickte, tauchte der Titel der Simulation auf, die in Kingwood City spielte. Diese spezielle Simulation wollte sie sich nicht noch einmal antun, deshalb brach sie den Vorgang ab.

Jetzt war ihr klar, was sie tun musste. Sie tippte Andys

Namen noch einmal ein, danach ihren. Allerdings gab sie diesmal »Teresa Ann Gravatt/Simons« ein, worauf der Computer meldete:

> **Es wurden 23 Hyperlinks gefunden, die *Teresa Ann Gravatt/Simons* mit *Andy/Andrew Wellman Simons* verbinden. Anzeigen? JA/NEIN.**

Teresa klickte auf **JA.** Und begann mit der Konstruktion ihres restlichen Lebens, indem sie sich auf dieser Liste vorarbeitete. Von einer Simulation zur Nächsten.

38. k@pitel

Teresa kam abends an, obwohl sie sich immer so daran erinnert hatte, als sei es tagsüber geschehen. Sie erinnerte sich noch ganz genau daran, dennoch musste sie wohl einer falschen Erinnerung aufgesessen sein. Diese Erkenntnis machte ihr Angst, weil sie zwangsläufig die Überlegung nach sich zog, dass das, was sie vorhatte, von Anfang an falsch lief. Sie blieb auf der Straße stehen und versuchte, zu einem Entschluss zu kommen: Sollte sie die Simulation abbrechen, ehe sich die Handlung weiterentwickelte, zurückkehren und die getroffenen Vorbereitungen nochmals überprüfen? Oder sollte sie weitermachen und abwarten, was passierte?

Während sie noch unentschlossen dastand, ging in dem großen Gebäude hinter ihr eine Tür auf, so dass ein Lichtstrahl über das Straßenpflaster glitt. Ein junger Mann trat ins Freie und zog dabei eine dicke Lederjacke fester um die Schultern. Die Fäuste in die Taschen vergraben, die Ellbogen abgewinkelt, ging er mit großen Schritten an ihr vorbei. »Guten Abend, gnädige Frau«, grüßte er unverbindlich, ohne sie dabei richtig anzusehen. »Hi«, grüßte Teresa zurück. Gleich darauf wandte sie sich ebenso erschrocken wie verblüfft um und starrte ihm nach, während er in die Nacht entschwand. Es war ihr Vater, Bob Gravatt.

Als er an einer Straßenlampe vorbeikam, sah sie seinen kahl geschorenen Kopf, die runden Ohren, den anschwellenden Hals, den Schafwollkragen oben an der Jacke. Er ging zu einem offenen Lieferwagen hinüber, stieg ein und fuhr davon.

Teresa betrat die Kaserne und stieg eine Betontreppe hinauf. Vom gemeinschaftlich genutzten Treppenhaus führten an jedem Treppenabsatz Türen zu Privatwohnungen. Im obersten Stockwerk stieß sie auf eine braungestrichene Tür, an der ein Namensschild befestigt war. *Colonel R. D. Gravatt* stand dort in der eckigen Handschrift ihres Vaters. Behutsam drückte sie die Tür auf. Ein kurzer Gang führte zur Küche im hinteren Teil der Wohnung, aus der Radiomusik und geschäftige Geräusche drangen.

Teresa konnte kaum der Versuchung widerstehen, zu ihrer Mutter hinüber zu gehen, allerdings war ihr klar, dass sie die Simulation dann zwangsläufig abbrechen würde und noch einmal von vorn anfangen müsste. Sie wollte die Kette miteinander verbundener Simulationen, bei der ihrer Berechnung nach eine zur Nächsten führen musste, nicht jetzt schon durchbrechen. Also wandte sie sich stattdessen zum ersten Zimmer rechts vom Gang, das, wie sie wusste, das Elternschlafzimmer war.

Ein kleines Mädchen stand in der Zimmermitte neben einem schlichten Holzstuhl. Auf dem Stuhl lag eine automatische Handfeuerwaffe, die Teresa sofort als eine 32-kalibrige Smith & Wesson identifizierte. Das Kind stand vor einem Spiegel, der, so groß wie eine Tür, an der Wand gegenüber dem Doppelbett angebracht war.

Ein Spiegel, tatsächlich ein Spiegel!

Das Spiegelbild des kleinen Mädchens erwiderte ihren Blick.

»Sieh mal, was ich habe«, sagte die siebenjährige Teresa, nahm die Handfeuerwaffe in beide Hände und bemühte sich angestrengt, sie anzuheben.

Das alles geschah so schnell, dass Teresa vor Entsetzen den Atem anhielt. Ihr blieb keine Zeit, irgendetwas zu sagen, sie konnte nur versuchen, nach der Waffe zu greifen – was sich als vergeblich herausstellte. Die

Bewegung lenkte das kleine Mädchen ab: Verblüfft drehte es sich mit einem Ruck herum. Irgendwie gelang es diesen winzigen Händen, den gespannten Abzug zu betätigen. Teresa duckte sich, als die Waffe losging – in dem engen Raum eine entsetzlich laute Explosion –, und sah, wie der Wandspiegel in Dutzende kleiner Scherben zersprang. Die Waffe glitt dem Kind aus den Händen und schlug polternd auf dem Boden auf. Als die Spiegelscherben aus dem Rahmen rutschten, wurde die bislang verborgene schmutzige Holztäfelung dahinter sichtbar.

»Tess?«

Vom anderen Ende des Gangs her war zu hören, wie etwas Schweres, Metallisches umgestoßen wurde, und gleich darauf das Geräusch hastiger Schritte, die auf sie zukamen.

Mit einer Miene, die vor Entsetzen, Angst und Kummer völlig starr war, blickte die kleine Teresa ungläubig auf den zersprungenen Spiegel und hielt sich das schmerzende Handgelenk.

Die Tür wurde heftig aufgerissen. Aber ehe ihre Mutter im Türrahmen erschien, klinkte sich Teresa mit LIVER aus.

@ @ @

Sie befand sich im Cleveland des Jahres 1962, auf der 55. Straße Ost, vor einer Bank. Sie wusste, was gleich geschehen würde, und sah keinen Grund, sich dem Folgenden auszusetzen. Nachdem sechs Sekunden verstrichen waren, wurde die Tür, neben der sie stand, mit einem Ruck aufgerissen. LIVER.

Ebenso wenig lockte es sie, im schummerigen Innenraum einer Bar von San Antonio zwei Stunden lang auf Charles Dayton Hunter zu warten. LIVER.

@ @ @

Sie hatte hinter einem Mauthäuschen am Nordende einer Hängebrücke, die sich in hohem Bogen über einen Fluss erstreckte, Deckung gesucht. Sie trug eine kugelsichere Weste, einen Schutzhelm und eine verspiegelte Sonnenbrille und war von zwanzig oder dreißig Polizisten mit gleicher Ausrüstung umgeben. Sie alle waren mit Gewehren eines Typs bewaffnet, den sie nicht identifizieren konnte. Über ihren Köpfen kreiste lärmend ein Hubschrauber.

»Auf wen warten wir eigentlich?«, zischte Teresa dem Polizisten neben sich.

»Auf Gerry Grove«, knurrte er und spuckte in hohem Bogen hellbraunen Tabaksaft aus. »Der ist völlig ausgerastet, drüben in England, in Bulverton, genauer gesagt. Wir müssen ihm das Handwerk legen, und zwar *sofort*! Da ist er, Jungs! Er kommt direkt auf uns zu!«

Gemeinsam mit einigen Polizisten baute sich Teresa im schmalen Durchgang zwischen zwei Mauthäuschen auf. Die anderen Polizisten verteilten sich entsprechend. Ein Mann rannte von der Mitte der Fahrbahn aus auf sie zu. In bestimmten Abständen ließ er einen Kugelhagel auf vorbeifahrende Autos los, so dass sie ins Schleudern gerieten und zusammenstießen. Ein Fahrzeug fing Feuer und rollte auf der schrägen Fahrbahn langsam rückwärts, auf die Mauthäuschen zu, wobei es eine brennende Ölspur hinterließ.

Aus dem Hubschrauber drang dröhnend eine Lautsprecherstimme, die zum Amokschützen hinunter brüllte: »Wir wissen, dass Sie da drin sind, Grove! Werfen Sie alle Waffen weg, und kommen Sie mit erhobenen Händen heraus! Lassen Sie die Geisel …«

Gerry Grove wälzte sich auf den Rücken, zielte und jagte ein Dutzend Kugeln in den Rumpf des Hubschraubers, was eine gewaltige Explosion auslöste. Das Motorengehäuse, Drehflügel und Glasscherben flogen in alle Richtungen davon.

»Kommt schon, den schnappen wir uns, Jungs!«, schrie der Einsatzleiter.

Gemeinsam mit den anderen hob Teresa ihr Gewehr und eröffnete das Feuer. Während ringsum die Geschosse ohrenbetäubend laut einschlugen, behauptete Grove mit gelassener Miene die Stellung und feuerte mit tödlicher Präzision zurück. Durch die Wucht seiner Geschosse wurde ein Polizist nach dem anderen nach hinten geschleudert.

Während Teresa auf den Mann starrte, bemerkte sie laut: »Das ist ja gar nicht Grove!« Um besser sehen zu können, nahm sie ihre Sonnenbrille ab. Gleich darauf setzte sie auch den Helm ab, schüttelte ihr langes schwarzes Haar und trat vor. Der Mann, den sie Gerry Grove genannt hatten, starrte sie verblüfft an.

Es war nicht Gerry Grove, sondern Dave Hartland, Amys Schwager.

Scheiße, dachte Teresa. Mit dieser Simulation hab ich viel Zeit verplempert! LIVER.

World Copyright Stuck Pig Encounters
Besuchen Sie unsere Website
Unseren Katalog können Sie gebührenfrei unter
1-800-STUC-PIG anfordern

»Was ist denn jetzt los?«, sagte Teresa, als es plötzlich dunkel wurde.

@ @ @

Sie fand sich an einem kalten Wintermorgen in der Altstadt von Bulverton wieder. Es war ihr erster voller Tag in England, deshalb war sie zu einem Spaziergang aufgebrochen, um sich den Ort anzusehen. Plötzlich hatte sie den Eindruck eines Déjà-vu, der ihr Gänsehaut machte. Dieser Eindruck hatte nichts mit der Gegenwart, nichts mit ihrer Rückkehr ins simulierte Bulverton mit

Hilfe des Hyperlinks tun, sondern war das, was sie damals, an diesem ersten Tag in Bulverton, empfunden hatte. Warum hatte sie sich hier so sehr zu Hause gefühlt? Das spielte jetzt wohl kaum noch eine Rolle. Sie brannte darauf, voran zu kommen. LIVER.

@ @ @

Sie befand sich in einem Hotelzimmer. Es war später Nachmittag, es dunkelte bereits. Eine Frau saß an einem Laptop, der auf einer kleinen, aus der Wand klappbaren Arbeitsplatte stand. Ihre Schultern hingen durch, und sie wirkte müde, während sie langsam etwas eintippte. Auf diese Weise, dachte Teresa, ist mir mein Leben entglitten. Dadurch entglitten, dass ich versucht habe, die von anderen Menschen verursachten Probleme zu verstehen. Ich wollte sie klären, die Wahrheit herausfinden, einen Sinn in all das Chaos bringen. Die Frau hörte auf zu tippen, stemmte sich mit den Händen an der Arbeitsplatte ab und stand langsam auf; sie wirkte krank und erschöpft. Gleich würde sie sich umdrehen. Um sich das Wiedersehen mit sich selbst zu ersparen, wandte Teresa LIVER an und machte sich davon.

@ @ @

Sie befand sich in Al's Happy Burgabar und stand an der hell erleuchteten Salattheke. Das Restaurant war voller Familien, fröhlicher Lärm füllte den riesigen Raum. Teresa erinnerte sich an die vielen Stunden, in denen sie vergeblich versucht hatte, Sam Wilkins McLeod einen Strich durch die Rechnung zu machen. Und auf diese Weise, dachte sie, ist mir auch mein übriges Leben entglitten, dadurch entglitten, dass ich ziellos in der Realität von Extremsituationen dahingetrieben bin. Eine Bewegung auf dem Parkplatz, die sie flüchtig durch das gemusterte Scheibenglas des Fensters wahrnahm, zog ihre Aufmerksamkeit auf sich. Sie sah, wie ein offener Lieferwagen in eine Lücke zwischen den Autos einparkte. Als der Fahrer ein Gewehr vom Ständer nahm, wandte Teresa LIVER an.

@ @ @

Sie befand sich wieder in Bulverton, auf dem Bürgersteig vor dem Weißen Drachen. Der 3. Juni war ein heißer Tag mit strahlendem Sonnenschein. Ein Auto war auf einen Poller der Verkehrsinsel geprallt, während der Fahrer über dem Lenkrad zusammengesackt war und Blut aus einer Kopfwunde strömte. Gerry Grove befand sich auf der anderen Straßenseite und hielt in Brusthöhe mit beiden Händen ein Gewehr umfasst. Er machte immer weiter und schoss auf jeden, der das Pech hatte, in sein Blickfeld zu geraten. Teresa sah drei Menschen auf der Straße liegen. Als Grove sie entdeckte, richtete er das Gewehr auf sie. Entsetzt trat sie einen Schritt zurück, aber in diesem Augenblick wurde Grove von einem älteren Mann abgelenkt, der aus dem Hoteleingang geeilt kam und dem Amokschützen irgendetwas zurief. Sofort gab Grove mehrere Schüsse auf den Mann ab, der nach hinten geschleudert wurde, während Blut von seinem zerstörten Gesicht spritzte. Eine verirrte Kugel schlug in eines der großen Barfenster ein, das zersprang und dessen Scherben nach innen flogen. Als Grove sich ihr erneut zuwandte, tauchte Teresa ab und hastete auf den offenen Eingang des Hotels zu, der durch eine ältere, blutüberströmte Frau teilweise blockiert wurde. »Ist Jim …?«, fragte sie. Teresa schaffte es gerade noch, sich an ihr vorbeizudrängen, ehe Grove erneut das Feuer auf sie eröffnete. Laut schreiend fiel die Frau zu Boden. LIVER.

@ @ @

Eine Bank in Camden, New Jersey; ein Universitätscampus in Austin, Texas. Beide Simulationen erfüllten Teresa mit dem wohl bekannten Entsetzen. São Paulo, Brasilien, eine Messerstecherei in einem Salsa Club; Sydney, Australien, ein junger Junkie läuft Amok; Kansas City, Missouri, die Belagerung McLaughlins ... Ich hätte wissen müssen, dachte sie, dass nicht alle Simulationen von Belang sind. Mein Leben entgleitet mir, genau wie früher, als mir die Ziellosigkeit solchen Lebens noch gar nicht bewusst war. LIVER.

@ @ @

Es war ein glühend heißer Tag. Im Radio lief gerade ein Instrumentalstück des Duke Ellington-Orchesters: »Newport Up«. Teresa setzte den Chevy, einen Kombi, zurück, wendete und nahm die 30. Straße nach Süden. Nachdem sie es sich auf dem breiten Fahrersitz bequem gemacht hatte, sah sie in den Rückspiegel, um sich selbst zu betrachten Auf der Beifahrerseite der weichen altmodischen Polsterbank saß eine ältere Farbige, deren Miene leicht bekümmert wirkte.

»Hi, Elsa!«, sagte Teresa laut und lächelte ihr zu. »Was treibst du denn so?«

»Ich richte mich ganz nach deinen Wünschen, Liebes.«

»Ist dir klar, wo wir hinfahren?«

»Ich richte mich ganz nach deinen Wünschen, Liebes.«

»Also gut, ich will dir verraten, dass ich auf der Suche nach meinem Ehemann bin. Ich muss mich zu ihm durcharbeiten. Dieses Überlappen verschiedener Geschichten nenne ich eine Schnittstelle verschiedener Realitäten. Du selbst hast mir eine solche Schnittstelle vor Augen geführt, als wir da draußen, auf der Schnellstraße, auf die Berge zugefahren sind. Die Landschaft verlor sich irgendwo in der Ferne, wir sind nie bis zu ihrem Rand vorgedrungen. Möchtest du das noch einmal erleben, Elsa?«

»Ich richte mich ganz nach deinen Wünschen, Liebes.«

»Du hast keine Ahnung, wovon ich rede, stimmt's, Elsa?«

»Ich richte mich ganz …«

Nachdem sie in einer Talsenke um eine Kurve gebogen waren und die Straße wieder geradeaus führte, entdeckten sie vor sich eine Straßensperre der Polizei. Die Polizisten hatten sich hinter ihre Wagen geduckt und ihre Waffen auf irgendein Ziel in der Ferne gerichtet. »Also war es doch an dieser Straße, nicht an der anderen!«, stellte Teresa fest. »Ich habe die falsche Straße genommen!«

Sie bremste leicht ab und warf noch einmal einen Blick auf die neben ihr sitzende alte Dame. Elsa schmunzelte. Im Takt der Musik klopfte sie mit den Fingerspitzen leicht gegen das Armaturenbrett.

Teresa bremste noch stärker ab und lenkte den Wagen vorsichtig zwischen den beiden Streifenwagen hindurch. Einer der Polizisten rief ihnen etwas zu und schwenkte die Arme. Vor ihnen war inzwischen ein blauer Pontiac aufgetaucht.

»Kommst du hier zurecht, Elsa?«

»Ich richte mich ganz nach deinen Wünschen, Liebes.«

»Ich werde dich jetzt verlassen, Elsa. Ich hab dich lieb, pass gut auf dich auf!«

@ @ @

Sie war wieder in Bulverton und stand auf der Eastbourne Road. Es war der 3. Juni, ein heißer Tag, geprägt von Blut, zerbrochenem Glas und Gerry Grove, dessen Amoklauf immer noch kein Ende gefunden hatte. Ein Kind saß in einem Auto und schrie, während seine

Eltern tot oder verletzt auf den Vordersitzen zusammengesunken waren. Der Motor lief immer noch. Das Kind deutete nach oben, auf das Dach eines der umstehenden Gebäude, auf dem rings um den Schornstein bis zum Dachrand Baugerüste angebracht waren. In einer Gerüstverstrebung hatte sich der Fuß eines Mannes verfangen, der offenbar mitten in seiner Arbeit nach hinten geschleudert worden war. Von ihm selbst war nichts sichtbar – bis auf ein Bein, das teilweise bloßlag, da die Hose bis zum Knie hochgerutscht war. »Auf dem Dach!«, schrie das Kind immer wieder. »*Da ist ein Mann auf dem Dach!*« Im Halbschatten des Eingangs zu einer überdachten Passage stand eine Frau mittleren Alters, deren Haar schon grau wurde. Ihr galt das Geschrei des Kindes, die flehentliche Bitte, dem Mann da oben zu helfen oder wenigstens hinauf zu sehen. Grove war irgendwo in der Nähe und ballerte immer noch auf alles, das sich bewegte. LIVER.

@ @ @

Sie folgte einem Gendarmen auf nächtlicher Streife durch das Ausländerviertel von Lyon; man schrieb den 10. Januar 1959. Dafür war jetzt keine Zeit: LIVER.

@ @ @

Als Nächstes landete sie bei Sergeant Geoffrey Verrick, einem Verkehrspolizisten in Uniform, Beifahrer in einem Streifenwagen: LIVER.

@ @ @

Sie saß eingezwängt auf dem Rücksitz eines Kabrios, das auf der kurvenreichen Schnellstraße 2, nördlich von Los Angeles, durchs Gebirge glitt … Allmählich verlor Teresa die Geduld, sie wollte endlich vorankommen.

Hätte sie ihr Vorgehen nur gründlicher geplant! Aber es war ihr so verdammt eilig gewesen, zu Andy vorzustoßen … LIVER.

@ @ @

Sie stand in einem schlauchartigen Raum, der nichts anderes als eine spärliche Filmkulisse beherbergte. Die Kulisse nahm den hinteren Teil des Raumes ein und stellte die Theke eines Western Saloons dar. Eine junge Frau im Kostüm eines Cowgirls wand sich unbehaglich in Kleidungsstücken, die offensichtlich zu eng saßen.

Aus dem Lichtkreis trat eine Frau, die eine Puderquaste in der Hand hielt.

Teresa ging an der Kulisse vorbei und durch die Tür, die zu den Duschen führte. Am hinteren Ende eines schmalen Durchgangs befand sich einer jener Notausgänge, die durch Metallstangen gesichert und nur zu öffnen sind, indem man die Stange nach unten schiebt. Teresa drückte sie mit aller Kraft herunter, aber die Tür schien zu klemmen. Erst als sie sich mit ganzem Körpergewicht darauf stemmte, gab sie nach.

Draußen stieß sie auf einen kleinen Innenhof, in dem sich Müllsäcke aus schwarzem Kunststoff, Kisten voll brauner Flaschen und Papierballen, die mit Draht zusammengebunden waren, stapelten. Irgendwo in der Nähe, aber unsichtbar, rauschte laut der Verkehr vorbei. Teresa rief sich ihren damaligen Weg durch die Passage ins Gedächtnis und öffnete jede Tür, an der sie vorbeikam, fand dahinter jedoch nur kleine leer stehende Büros und Wandschränke. Gleich darauf entdeckte sie jedoch eine nach unten führende Treppe, an deren Fuß sich ein weiterer, durch eine Metallstange gesicherter Notausgang befand. Als sie die Tür aufdrückte, schlug ihr die trockene, glühende Hitze Arizonas entgegen. Ebenso schlagartig breitete sich ein unendlich weiter Himmel über ihr aus.

*** **SENSH** ***

Sie warf einen Blick zurück: Von der Tür, durch die sie gerade getreten war, war nichts mehr zu sehen. Sie befand sich in wildwuchernden Buschland, dessen steiniger Boden mit Felsbrocken jeder Größe übersät war. Ein paar Schritte weiter ragte drohend ein riesiger Saguaro-Kaktus auf. Noch nie hatte Teresa diese Kaktusart aus so unmittelbarer Nähe gesehen, sie blickte ehrfürchtig an dem Saguaro hoch. Die trockene Hitze verbrannte ihr die Kehle, die Sonne versengte ihr die Kopfhaut.

Nicht weit entfernt entdeckte sie eine gepflasterte Straße, an deren Rand ein weißes Kabriolet – ein Lincoln Continental – parkte. Die Fahrerin lehnte sich über den Vordersitz, winkte ihr zu und bedeutete ihr mit Handzeichen, zu ihr zu kommen. Teresa ging schnell auf den Wagen zu und gab dabei Acht, sich nicht den Knöchel an den losen Felsbrocken zu verstauchen.

»Hallo!«, sagte die Fahrerin mit britischem Akzent. »Haben Sie Lust, sich mit mir zusammen das Monument Valley anzusehen?«

Es war die junge Frau, die Teresa zuvor in der Filmkulisse gesehen hatte. Sie trug immer noch ihr Cowgirl-Kostüm.

»Sie sind Shandy, stimmt's?«, sagte Teresa und merkte dabei, dass sie sich ja noch nie von Angesicht zu Angesicht begegnet waren.

»Ja. Woher wissen Sie das?«

»Ich bin Teresa Simons und freue mich, Sie kennen zu lernen.«

*** **SENSH** ***

»Steigen Sie doch ein, Teresa, damit wir uns näher kennen lernen. He, wirklich heiß hier, nicht? Möchten Sie nicht ein paar Sachen ablegen? Mich macht diese Hitze echt verrückt. Puh!« Als sie oben an ihrem Hemd zerrte, war das Geräusch aufreißender Klettverschlüsse zu hören. Das bis zur Taille offene Hemd gab den Blick auf ihre prallen, durch den BH kaum gezügelten Brüste frei. »Lassen Sie uns irgendwo hinfahren und ...«

»Hör mal, Shandy, das läuft einfach nicht«, erklärte Teresa.

Als sie ihren Blick nach vorne richtete, sah sie, dass die Straße in fast gerader Linie durch die Wüste verlief. Rechts und links davon ragten die phänomenalen, prächtigen Felsplateaus auf.

»Erleben Sie das zum ersten Mal?«

»Ich muss weg, tut mir Leid.«

»Ich hab einen Freund, er heißt Luke. Der würde Sie bestimmt gern kennen lernen.«

»Nein, Shan. Vielleicht ein andermal.«

»Ganz wie Sie wollen«, sagte Shandy schmollend und blickte dabei starr geradeaus, auf die Wüstenstraße.

»Tja, ich muss dich jetzt verlassen«, erklärte Teresa und klinkte sich mit LIVER aus.

***** Abheben mit SENSH Y'ALL *****
***** Phantasien aus dem Wilden Westen *****
***** Urheberrechte überall und nirgends – verschwendet darauf keinen Gedanken!! *****

Immer wieder vergaß sie, dass danach diese schreckliche Musik folgte. Aber sie brachte einfach nicht mehr die Energie auf, sie abzustellen. Also ertrug sie die Musik, bis sie schließlich ausgeblendet wurde.

@ @ @

Eine junge Frau saß an einem der Picknicktische am Rastplatz, vor ihr türmten sich Plastikbecher und Plastikteller, Essensreste und Spielzeug. Sie lachte über ihren kleinen Sohn, der, völlig in sein Spiel vertieft, im Gras herumtollte.

Teresa, die am Rande der Lichtung gestanden hatte, trat hastig hinter einen Baum, als Gerry Grove mit gezogener Waffe in ihrem Blickfeld auftauchte. Mit bewusst weit ausholender Geste hob er die Pistole, spannte den Abzugshebel und ließ den Mechanismus drei- oder viermal einrasten. Offenbar genoss er das Geräusch.

Als die Frau das Klicken hörte, wandte sie sich zu ihm um. Angesichts der gezückten Pistole geriet sie in Panik. Voller Entsetzen rief sie ihrem Kind etwas zu und versuchte, sich auf dem klobigen Holzstamm, der als Sitzbank diente, herumzudrehen, um zu ihrem kleinen Sohn zu eilen, aber die Angst schien sie zu lähmen. Der Junge hielt das alles immer noch für ein Spiel und sauste davon. Die Frau brachte nur noch ein heiseres Krächzen hervor und holte tief Luft, bis ihre Stimme gänzlich versagte.

Teresa sah, dass Grove immer noch nicht wusste, wie man eine Waffe richtig hielt und damit zielte. Er hielt die Pistole mit ausgestrecktem Arm, so dass sie leicht schwankte, als er auf die verängstigte Frau zielte.

Diesmal, dachte Teresa, werde ich ihm nicht zeigen, wie man's richtig macht.

Grove drückte ab! Beim Rückstoß wand sich die Waffe in seiner Hand. Rosalind Williams schrie vor Angst auf und eilte, nahe an den Boden geduckt, zu ihrem Kind hinüber. Als Grove nochmals abdrückte, bäumte sich die Waffe in seiner Hand auf und verdrehte ihm offenbar das Handgelenk. Während Rosalind Williams ihren kleinen Sohn auf den Arm nahm, presste Grove die Schusshand gegen den Bauch und krümmte sich vor Schmerzen. In geduckter Haltung, den brüllenden Jungen ängstlich an sich gedrückt, schlich Mrs. Williams an Grove vorbei, auf die Straße zu.

Grove versuchte, noch einmal abzudrücken, aber sein rechter Arm war offenbar so beeinträchtigt, dass sich der Schuss nicht löste. Daraufhin nahm er die Pistole in die linke Hand, zielte hastig und gab einen weiteren Schuss auf Mrs. Williams ab. Auch diesmal bäumte sich die Pistole beim Rückstoß in seiner Hand auf. Mrs. Williams, die ihren Sohn immer noch in den Armen hielt, gelang es, durch das Dickicht der Bäume zu entkommen.

Teresa war schwindlig vor Erleichterung. Sie holte tief Luft und machte ihrer Anspannung mit einem Schluchzer Luft. Als Grove das Geräusch hörte, wandte er sich zu ihr um. Sie machte sich nicht mehr die Mühe, sich vor ihm zu verbergen.

»Wer, zum Teufel, bist du?«, fragte er.

Sie musste lachen und spürte dabei, wie diese wahnsinnige Erleichterung sie so überwältigte, dass sie sich, nach Luft schnappend und hustend, vor Lachen krümmte.

»Ich werd dich, verdammt noch mal, umbringen, du blöde Kuh!«, brüllte Grove.

»Du würdest doch nicht mal einen Kuhstall treffen!«, schrie sie zurück und dachte dabei an einen Ausflug, der ewig her war. Ihr Vater hatte sie zu Schießübungen mitgenommen und sie mit eben diesen Worten angeschnauzt, als sie ausnahmsweise das Ziel verfehlt hatte.

Hi, hatte sie ihren Vater gegrüßt, als er aus der Kaserne gekommen und an ihr vorbeigegangen war. Sollte dieses *Hi* das letzte an ihn gerichtete Wort gewesen sein? *Hi, Paps, du hast mir das mit deiner Waffenbegeisterung überhaupt erst alles eingebrockt, du alter Mistkerl.* Sie bedauerte, dass sie die Gelegenheit nicht dazu genutzt hatte, noch mehr zu sagen. Allmählich bekam sie einen Lachkrampf.

»Halt's Maul, Fotzenhirn!«, brüllte Grove sie an und ballerte mit der linken Hand wild drauflos.

»Wag ja nicht, mich so zu nennen, du Arschloch!«, gab sie zurück und klinkte sich mit LIVER aus.

@ @ @

Umgeben von Polizisten, stand sie in stickiger Hitze auf dem Betriebshof eines Einkaufszentrums. Die hohe Wand des Gebäudes warf kaum Schatten. Als einer der Polizisten sie bemerkte, streckte er sofort die Arme hoch und forderte sie auf, zurückzutreten: »Wenn Sie weitergehen, begeben Sie sich in Gefahr! Bitte verlassen Sie auf der Stelle den abgesperrten Bereich!«

»FBI«, war alles, was Teresa entgegnete, während sie ihm kurz den Ausweis unter die Nase hielt.

»Tut mir Leid, Gnädigste«, sagte der Polizist, offensichtlich betreten, »aber da drinnen ist ein schwer bewaffneter Tatverdächtiger und ...«

»Ist schon in Ordnung, gehen Sie wieder in Deckung. Ist FBI-Agent Simons hier?«

»Da fragen Sie am besten den Einsatzleiter.«

Teresa zog sich hastig zurück und versuchte sich zu erinnern, wohin Andy nach dem Gespräch mit der Verwaltungschefin gegangen war. Während sie am Gebäude entlang eilte, sah sie Andy weiter vorne aus einem schmalen Personaleingang treten. Er hatte seine Dienstwaffe in der Hand. Ehe er weiterging, sicherte er sich nach allen Seiten hin ab, so dass sie sofort in sein Blickfeld geriet. Worauf er die Waffe zog.

»Andy!«, brüllte sie.

»Tess! Was, zum Teufel, machst denn du hier?«

»Andy, um Himmels willen!« Sie rannte auf ihn zu und wollte ihn umarmen. Noch nie im Leben hatte sie sich etwas so sehr gewünscht.

»Ich bin im Einsatz, Tess«, wehrte er ab. Mit flüchtiger

Zärtlichkeit fasste er sie am Arm, schob sie aber gleichzeitig von sich weg. »Willst du ein Weilchen hier bleiben und auf mich warten? Dann können wir später miteinander reden.«

»Andy, du bist in großer Gefahr. Verfolg diese Sache nicht weiter!«

»Scheiß drauf«, sagte er und sah sie plötzlich überrascht an, »was, zum Teufel, suchst du überhaupt hier in Texas?« Von plötzlicher Wut gepackt, stapfte er mit großen Schritten davon, zurück zum Versorgungstrakt.

»Andy«, flehte Teresa. »Das ist doch gar nicht dein Fall. Du bist nur der Verbindungsmann zur Polizei. Lass das die Polizei erledigen, das ist deren Aufgabe!«

»Ich bin im Dienst. Warte hier!«

Er drängte sie gewaltsam zurück, schob sie von sich weg und bog um die Ecke zum Versorgungstrakt. Genau in diesem Augenblick brüllte jemand durch's Megafon: *»Keine Bewegung, Aronwitz! Werfen Sie die Waffe weg!«*

Teresa stürmte Andy hinterher, prallte gegen seinen Rücken und brachte ihn ein wenig aus dem Gleichgewicht, was Aronwitz/Grove nicht entging. Er stand auf einem leicht erhöhten Betonsockel, der als Laderampe für Frachtgüter diente. Die Pistole baumelte locker in seiner rechten Hand. Von hier aus hatte er einen guten Überblick über das riesige Aufgebot bewaffneter Polizisten, die ihn umzingelt und sich mit gezückten Waffen niedergekauert hatten. Den Blick fest auf Andy gerichtet, holte er mit dem Arm bewusst weit aus und ließ die Pistole einen Kreis beschreiben. Als er den Abzug spannte, war das Klicken bis in den hintersten Teil des Versorgungstrakts zu hören.

Andy blieb wie angewurzelt stehen. Voller Entsetzen musste Teresa mitansehen, wie Grove die Pistole, die er mit ausgestrecktem Arm in einer Hand hielt, auf Andy richtete.

Als er abdrückte, warf der Rückstoß die Pistole in seiner Hand herum, die Kugel traf ihr Ziel nicht, sie verfehlte Andy um mehr als einen Meter.

Augenblicklich eröffneten die Polizisten das Feuer. Innerhalb von Sekunden setzte der Kugelhagel Groves Leben ein Ende.

@ @ @

»Tess, mach das *nie wieder*! Spür mir nie mehr nach, wenn ich im Dienst bin! Warum, zum Teufel, hast du das überhaupt getan? Du weißt doch, was wir abgemacht haben: dass wir niemals zusammenarbeiten.«

»Andy, du wärst jetzt tot.«

»Quatsch! Du hast doch gesehen, wie dieser Schwachkopf mit der Waffe umgegangen ist. Das war doch nur ein grüner Junge.«

»Ein grüner Junge, der es immerhin fertig gebracht hat, sehr viele Menschen umzubringen.«

»Mir hätte er nichts anhaben können.«

Andy Andy Andy. Wie soll ich's dir sagen? Wie könntest du es je begreifen? Was soll das alles überhaupt?

Sie wollte ihn umarmen, ihn wieder spüren, sich mit ihm auf dem Boden wälzen, aber stattdessen war er verständlicherweise wütend. Ihr Eingreifen hatte diesen starken zornigen Menschen gedemütigt, weil er nicht wusste – und auch nie erfahren würde –, welchem Schicksal er gerade entgangen war.

Inzwischen waren sie bei seinem Wagen angekommen. Sie wollten gerade losfahren, als Andys Partner, Danny Schneider, auf dem Parkplatz auftauchte.

»Entschuldige mich, ich hab noch zu tun«, erklärte Andy kurz angebunden und stieg aus dem Wagen, um drüben mit Danny zu reden. Als Danny sie erkannte, nickte er ihr höflich zu. Andy blieb lange bei Danny vor dessen Wagen stehen, mitten in der Sonne, unterhielt sich mit ihm, deutete hierhin und dorthin und nickte häufig. Danny schrieb irgendetwas in sein Notizbuch.

Andy, ich musste es tun. Andy, wie kann ich's dir begreiflich machen? Ach, scheiß drauf, Andy! Schließlich hab ich dir das Leben gerettet, verdammt noch mal!

Dennoch genoss sie seinen Anblick, musterte liebevoll seinen starken, vertrauten Körper, mochte seine seltsame Kopfhaltung und die Art, wie er eine Hand locker in die Seite stemmte und beim Reden hin und wieder komisch gestikulierte. Andy und Danny arbeiteten schon seit fünfzehn Jahren zusammen und kannten einander so gut, wie sich zwei offene, ehrliche Männer nur kennen können. Gelegentlich war das Anlass zu Witzen zwischen Andy und Teresa gewesen: Sollte je der Fall eintreten, dass Teresa ihn verließ, dann würde Andy eben zu Danny und seiner Frau ziehen.

Vielleicht sollte er das jetzt tun, dachte Teresa, während sie den Mann, den sie liebte, im bleichen Licht der Sonne betrachtete.

Andy Andy Andy … hör auf damit! Komm her!

Schließlich kam er, stieg in den Wagen und ließ den Motor an.

»Ich werde dich dort, wo du hin möchtest, absetzen«, erklärte er, ohne sie anzusehen. »Wir reden morgen darüber. Ich fahre zurück nach Abilene und werde die Sache wohl melden müssen. Wir können's nicht unter den Teppich kehren, dazu haben allzu viele örtliche Polizisten deine Einmischung mitbekommen, und ich kann nicht zulassen, dass mein Projekt Schaden nimmt.«

»Andy, halte dich ausnahmsweise mal nicht buchstabengetreu an die gottverdammten Regeln! Schließlich hab ich dir das Leben gerettet.«

»Herrgottnochmal, das stimmt doch gar nicht.«

»Herrgottnochmal, das stimmt sehr wohl. Dieser Verrückte war drauf und dran, dich abzuknallen.«

»Sieh das Ganze doch mal realistisch, Tess!«

Sie lachte bitter auf. »Sieh das Ganze doch mal realistisch! Du sagst es!«

»Tja, all das müssen wir später austragen. Ich muss zurück nach Abilene, und zwar sofort. Dieser Schlamassel ist noch längst nicht vorbei.«

»Da hast du Recht.«

Er fuhr los und riss den Wagen dabei so heftig herum, dass die Reifen über die heiße Teerdecke des Parkplatzes quietschten. Der Wagen prallte mit dem Unterboden auf der steilen Ausfahrt zur Straße auf und schrammte laut über den Belag.

Als sie auf die Schnellstraße zufuhren, betrachtete Teresa die Umgebung und freute sich über die unzähligen Einzelheiten dieser langweiligen texanischen Stadt. Fasziniert musterte sie die Supermärkte, die Steakhäuser, die von Geschäften gesäumten offenen Plätze, die großen Lichtspielhäuser mit mehreren Kinos, den Großhandel für Bürobedarf, die Einkaufszentren, die Leihwagenagenturen, die Tankstellen, die Blumenhändler an jeder größeren Kreuzung, die barackenähnlichen Holzhäuser, die Zentrale der Kammerjäger, die Hamburger Drive-ins, die Baumgruppen, die sich inzwischen lichteten, die umgepflügten Erdschollen auf gerodeten Parzellen, die als Bauland vorgesehen waren, das von Gestrüpp überwucherte Weideland, die endlose Straße.

Schließlich stießen sie auf die Bundesstraße 20, schlossen sich den anderen, nichts ahnenden Autofahrern an und fuhren gemächlich nach Westen, während die Sonne auf sie niederbrannte – weiter und weiter durch eine ewig gleiche Landschaft. Als Andy das Radio einschaltete, lief Country-Musik. In dieser Gegend bekommt man nichts anderes herein, sagte er. Das sagte er immer, wenn er auswärts zu tun hatte. In Wirklichkeit mochte er Country-Musik. Auf den ersten Song folgte ein zweiter, der von Liebe, Untreue und Revolverhelden handelte.

Andy meckerte, die Country-Musik klinge immer gleich, ewig höre man dieselben blöden Gitarren mit den Stahlsaiten, und wechselte zu einem anderen Sender, der gerade einen alten Hit von Stevie Wonder brachte. Teresa fiel ein, wie Andy und sie als Frischverliebte vor vielen Jahren von Philadelphia nach Atlantic City gefahren waren und nachts Stevies Songs gelauscht hatten. Am liebsten hätte sie geweint und Andy in den Arm genommen, aber als sie nach seiner Hand griff, entzog er sie ihr.

»Wo soll ich dich absetzen?«, fragte er barsch.

»Wo du willst, ich glaube, das ist ganz egal.«

»Du willst, dass ich dich hier zurücklasse? Am Rande einer Hauptverkehrsstraße?«

»Ist genauso gut wie jeder andere Ort.«

»Was hast du denn vor?«

Andy, du wirst mich begleiten. Nichts von dem, was hier geschieht, ist real. Ich kann's dir nicht begreiflich machen, du würdest es mir nicht glauben, aber wir befinden uns am Rand, dort, wo alle Realität endet. Wo bleibt Abilene?, wirst du mich in einer Minute fragen. Wir sind schon seit einer halben Stunde unterwegs, es sind immer noch dieselben Wagen vor uns und hinter uns, und Abilene ist nicht näher gerückt. Wir werden nie dort ankommen, denn Abilene ist in der Simulation nicht vorgesehen. Nicht einmal als Versatzstück, das irgendein Computerfreak hätte hineinmontieren können. Die Straße führt weiter und weiter, bis zum Rand, bis dorthin, wo die abgespeicherten Erinnerungen versiegen. Wir werden dort niemals ankommen, weil an diesem Rand das Nichts beginnt.

Immer noch verärgert, trat Andy scharf auf die Bremse, so dass der Wagen an den Straßenrand schleuderte und Staub aufwirbelte. Stevie Wonders Song klang aus – drei leise Akkorde noch, dann herrschte Stille. Auf der Bundesstraße strömte weiterhin der Verkehr vorbei, aber von den Reifen oder Motoren war nichts zu hören.

»Ist das die Stelle, zu der du wolltest?«

»Nein, Andy.«

»Also, was dann? Was hast du überhaupt vor? Wo willst du hin?«

Andy Andy Andy.

»Nach Finnland«, antwortete sie und loggte sich mit LIVER aus.

@ @ @

Sie war nackt, Andy lag auf ihr. Sein starker, behaarter Körper berührte und umschloss jeden Teil ihres Körpers. Er ließ ein Bein zwischen ihre Schenkel gleiten, drückte sich sanft an ihren Schritt, streichelte sie zärtlich und wunderbar geschickt. Während seine Hand auf ihrer Brust lag, reizten seine Finger liebevoll ihre Brustwarze. Sein Mund verharrte auf ihrem, locker spielten ihre Zungen miteinander. Sie spürte den Duft seines Haars, seines Körpers. Lang ausgestreckt wie sie waren, reichten die drei Polstersitze gerade für sie aus, allerdings stießen sie, sobald sie ihre Lage veränderten, mit Ellbogen, Hüfte und Knie unsanft gegen die harten Armstützen, die sie hochgeklappt hatten, um diese provisorische Liege zu schaffen.

Als Andy in sie eindrang, warf sie sich zurück und wälzte sich nach und nach herum, bis Andys Körper und Gesicht ihr seitlich zugewandt waren. Sie stützte sich an der Wand des Flugzeugs ab, gleich neben ihrem Kopf befand sich das Bullauge. Bei jedem seiner Stöße veränderte sie ihre Lage ein wenig und wandte ihren Kopf ein bisschen weiter dem Fenster zu. Es dauerte nicht lange, bis sie durch das Doppelglas den Boden erkennen konnte, rasend schnell glitten Wälder und Seen unter ihr vorbei. Zum Hintergrundrauschen der großen Turbinenmotoren fingen sich die letzten Strahlen der Abendsonne auf der Tragfläche. Die Maschine ging in Schräglage und beschrieb eine Kehre, glitt in niedriger Höhe über Seen, folgte gewundenen Flussläufen und zog hoch, wenn sie Bergkämme überflogen. Hin und her, vor und zurück, für immer und ewig, nichts als Wälder und Wasser, Grün und Silber, Spiegelungen des Lichts, ein Schweben durch sanfte Atmosphären, hinaus zu den äußersten Polen, an denen jede Erinnerung ein Ende hat und ein neues Leben beginnt.

Christopher Priest

Science Fiction als »Literatur des visionären Realismus«

Ein Gespräch mit Christopher Priest

Das Interview mit Christopher Priest führten Usch Kiausch und Sascha Mamczak Ende Oktober 2000 während des europäischen UTOPIA-Kongresses in Nantes, Frankreich.

F: *In einem Podiumsgespräch heute Morgen haben Sie erwähnt, dass sich Ihre Definition von Science Fiction als literarischer Gattung grundsätzlich von der Definition anderer Autoren oder Kritiker unterscheidet. In welcher Hinsicht?*

A: Dass ich mir überhaupt Mühe gebe, eine Definition von Science Fiction zu liefern, liegt schlicht daran, dass es vielen Autoren und Kritikern Spaß macht, mit Definitionen herum zu jonglieren. Oft wird Science Fiction dabei als eine »Literatur künftiger Möglichkeiten« usw. definiert. Mir fällt dabei auf, dass diese Definitionen stets deskriptiv ausfallen. Die Autoren und Kritiker nehmen sich die Bücher vor, die sie gelesen haben, und versuchen dann, sie irgendwie zu beschreiben und einzuordnen. Ich gehe völlig anders vor: Mir geht es um eine programmatische Erklärung, die besagt: So und nicht anders sollte Science Fiction aussehen. Eine deskriptive Definition muss ja auch den ganzen »Schrott« berücksichtigen. Dagegen setzt mein Postulat hohe Maßstäbe und schließt nur sehr gute Literatur ein. Für mich ist Science Fiction eine visionäre Literatur, in der eine neue oder andere Art von Realismus geschaffen wird. Diese Definition besteht also aus drei Elementen. Science Fiction ist *Literatur*, sie ist *visionär*, und sie ist in *realistischer Erzählweise* verfasst.

Dass Science Fiction Literatur sein soll, versteht sich von selbst. Das Visionäre ist die offene Dimension – man lässt beim Schreiben den eigenen Vorstellungen die Zügel schießen. Selbstverständlich sind Visionäre verrückte Menschen, die von ihren Themen besessen sind. Und genau das sollten wir als Autorinnen und Autoren auch sein, wir sollten unseren Verrücktheiten völlig nachgeben. Aber dann kommt als nächster Schritt ein weiteres Element hinzu, und das ist der Realismus, der den Schreibprozess bestimmt. Wenn man auf visionäre Weise schreiben würde, hätte man Probleme, überhaupt gelesen zu werden. Ich selbst interpretiere mich so, dass bei mir der Realismus in der realistischen oder realistisch wirkenden Prosa liegt. Das heißt, ich bemühe mich, eine Prosa zu schaffen, die für ihre Leserinnen und Leser glaubwürdig wirkt.

Science Fiction hat eine ganz bestimmte Form und muss sich verkaufen lassen. Folglich geht man am besten so vor, dass man seinen Visionen eine akzeptable Form gibt und schlicht und einfach etwas schafft, das die Leute auch tatsächlich lesen wollen. Beide Elemente sind wichtig: die Vision genauso wie der Realismus. Viele Autorinnen und Autoren versuchen ihre Werke dadurch interessanter zu machen, dass sie einen bemüht kunstvollen, ausgeklügelten Stil verwenden. Das kann dem Stoff angemessen sein oder auch nicht – jedenfalls verstärkt es nicht die Wirkung der auktorialen Vorstellungskraft, es hebt lediglich die stilistischen Elemente stärker ins Bewusstsein der Leserinnen und Leser.

F: *Ich erinnere mich daran, dass Sie vor Jahren bei einem Gespräch über Ihre Romane* The Glamour* *und* The Affirmation** *erwähnt haben, Sie selbst würden diese Romane als*

---

* The Glamour: deutsch *Der schöne Schein*, München 1987, Heyne Science Fiction 06/4413

** The Affirmation: deutsch *Der weiße Raum*, München 1984, Heyne Science Fiction 06/4073

»Metafiktion« bezeichnen. Ist das ein Etikett, das Sie auch heute noch verwenden?

A: Ja, als Etikett ist es durchaus brauchbar. Für mich bedeutet der Ausdruck »Metafiktion« so viel wie metaphysische Fiktion, eine Literatur, in der es um mehr als die reine Romanhandlung geht. Natürlich wird darin auch eine Geschichte erzählt, und man kann das ganze Buch auf diese Weise lesen, ohne dass man irgendetwas vermisst. Aber gleichzeitig sollte das Buch auch zu einer größeren Debatte beitragen, Teil eines weiteren Diskurses sein – das nenne ich »Metafiktion«.

F: *Aber die Realität dieser Romane ist nicht die Realität, die wir kennen, sie wirkt auf phantastische Weise verändert. Und Sie nutzen plausible Mittel – in* The Extremes* *sind das die Mittel moderner Technik, die Möglichkeiten der Simulation, der virtuellen Realität –, um etwas recht Phantastisches auf einer realistischen Ebene glaubwürdig zu machen.*

A: Ja, genau das trifft's. Wenn man als Autor Leserinnen und Leser dazu einlädt, sich mit komplizierten Ideen auseinander zu setzen. *The Extremes* ist ein Beispiel, aber es gilt genauso gut für *The Affirmation* –, sollte man sie meiner Meinung nach vorsichtig an diese Ideen heranführen, sie weiter und weiter locken … Unabhängig vom Inhalt dieser Ideen muss es im Roman eine Ebene geben, zu der die Leserin/der Leser Zugang hat, der Roman muss einfach gut lesbar sein. *The Affirmation* ist dafür ein anschauliches Beispiel. Gegen Ende des Buches gibt es jede Menge Enthüllungen, die das, was man bislang gelesen hat, völlig auf den Kopf stellen. An diesem Punkt ändert sich alles, was man über die Handlung zu wissen glaubte. Aber das ändert nichts daran, dass man während des vorangegangenen Leseprozesses alles genauso lesen konnte, wie es dastand.

---

* The Extremes: deutsch *Die Amok-Schleife*, München 2002, Heyne Science Fiction 06/6387

Also sind beide Versionen wahr. Nur habe ich die visionäre Seite so lange unter Verschluss gehalten, bis der Moment der Enthüllung meiner Meinung nach gegeben war. Trotzdem ist die realistische Ebene durchweg vorhanden.

F: *Deswegen vorhanden, weil Sie es dem Leser/der Leserin leichter machen wollen?*

A: Ich will keine »leichte Lektüre« anbieten, aber ich will sie auch nicht unnötig erschweren. Viele Menschen mögen es gar nicht, wenn sie zu viel nachdenken müssen. Viele Kritiker verwenden bei der Rezension meiner Romane den Ausdruck »anspruchsvoll«. Mir gefällt das gar nicht, weil ich das für ein Schlüsselwort im Verlagswesen halte, das für »schwierig« steht. In anderer Hinsicht will ich jedoch durchaus, dass meine Sachen »anspruchsvoll« sind. Ich möchte, dass die Menschen, wenn sie das Buch ausgelesen haben, schockiert sind und sagen: Das ist ja irre – völlig irre!

F: *Als ich Ihren Roman* The Prestige* *rezensierte, habe ich geschrieben, dass der Autor wohl eine sadistische Ader haben muss, da man den Schluss auf hunderttausend verschiedene Weisen interpretieren kann … Also, ich glaube schon, dass das eine Herausforderung an die Leserschaft darstellt …*

A: Das wirklich Herausfordernde an der Lektüre meiner Bücher liegt meiner Meinung nach darin, dass man gezwungen ist, sich an jede Einzelheit zu erinnern, weil diese Einzelheit später ja wieder in anderem Zusammenhang aufgegriffen wird. Viele Bücher sind leicht zu lesen, weil sie viel »Füllstoff« enthalten. Der Leser/die Leserin muss sich nur merken, dass die Protagonisten auf dem Weg nach Venedig sind. Dort haben sie eine Liebesaffäre, hinterher fahren sie nach Rom usw. Na ja, in meinen Büchern würde auf dem Weg nach Venedig

---

* The Prestige: deutsch *Das Kabinett des Magiers*, Weitbrecht Verlag, Stuttgart 1997

irgendetwas passieren, das Auswirkungen auf etwas hat, das viel später im Roman geschieht …

F: *Die Konstruktion von Romanhandlungen macht Ihnen wirklich Spaß, nicht wahr?*

A: Oh ja, ich lege darauf besonders großen Wert. Gerade, weil es da so viele Missverständnisse gibt: Wenn Leute über die Konstruktion von Science Fiction-Romanen reden, glauben sie oft, es gehe dabei nur um *Action*. Meine Vorstellung von Konstruktion hat viel mehr mit der Architektur eines Romans zu tun, mit der Romangestaltung unterhalb der reinen Handlungsebene.

Derzeit arbeite ich an einem Roman mit dem Titel *The Separation*, in dem der Nazi Rudolf Hess als Romanfigur vorkommt. Er taucht in vielen Szenen auf, und jede Szene enthält einen Schlüssel für die folgende. Natürlich kann es passieren, dass einem dieser Schlüssel entgeht, aber dann wird man es später merken, denn die Zeichen sind bewusst so gesetzt, dass man im späteren Verlauf gezwungen wird, sich daran zu erinnern.

F: *Ihre Romane bieten stets mehrfache Möglichkeiten, die Realität der Handlung – oder Realität überhaupt – zu interpretieren. Steckt hinter den Fragen, die Ihre Bücher aufwerfen, ein ganz bestimmter philosophischer Ansatz? Sind das nicht die Hypothesen des Solipsismus? Besteht die Welt nur aus den Vorstellungen, die sich der Mensch von dieser Welt macht?*

A: Es ist Solipsismus – angewandt auf die Literatur, rein literarischer Solipsismus. Wenn man irgendein Buch, irgendeinen Roman liest, betritt man eine Welt, in der man mit dem Autor einen Pakt schließt. Natürlich weiß man, dass der Roman reine Fiktion ist und deshalb nicht der Realität entsprechen kann, der Roman ist nicht die Realität. Vom ersten Wort an handelt es sich um ein Spiel mit der Wirklichkeit. Man weiß als Leser, dass dies nicht die reale Welt ist, sondern eine vorgetäuschte. Deshalb ist das erste Wort eines Romans stets eines der wichtigsten. Denn von diesem Augenblick an ändern sich alle Regeln. Und ich verwende diesen literarischen Solipsismus ganz bewusst, wenn der Leser die Welt des Romans betritt. Selbstverständlich gilt das eigentlich für alle Romane, aber ich spiele mit den darin angelegten Möglichkeiten. Das ist typisch für mein Schreiben, ich spiele mit der Form. Ich bin kein Mensch, der sich besonders viel mit Philosophie befasst – außer beim Schreiben. Wenn ich schreibe, befasse ich mich mit einer Literatur der Ideen.

F: *Ist Ihr »literarischer Solipsismus« in irgendeiner Weise von Philip K. Dick beeinflusst?*

A: Das weiß ich wirklich nicht, ich kann das nicht so allgemein beantworten. Bei Dick hatte ich stets den Eindruck, dass er entweder auf Drogen oder verrückt war. Er war wohl beides, was seine Werke nicht schmälert. Aber ich bin kein Verrückter, das Problem meiner Bücher liegt eher darin, dass sie in geistiger Hinsicht so normal und so furchtbar vernünftig sind ... (Lacht) Sie sind durch und durch logisch angelegt. Eines ergibt sich aus dem anderen. *The Affirmation* zum Beispiel ist ein Roman, in dem es ausdrücklich um Wahnsinn geht – obwohl an keinem Punkt irgendjemand durchdreht –, aber es ist ein durchweg klarer, rationaler Roman, bis zum Ende. Und je rationaler erzählt wird, desto mehr merken die Leser, dass es hier um völlig wahnsinnige Personen geht, und können vorhersagen, dass es zum Zusammenbruch kommen muss.

F: *Fragen von Erinnerung und Identität scheinen sich wie ein roter Faden durch alle Ihre Romane zu ziehen. Was bedeutet für Sie Erinnerung im Verhältnis zur Identität?*

A: Na ja, an Fragen der Erinnerung bin ich ganz besonders interessiert. Wenn ich mich an etwas nicht erinnern kann, ist es ja so, als sei es nie passiert. Hier in Nantes treffe ich Menschen, die sagen: Hallo, Chris, wissen Sie noch, dass wir uns letztes Jahr auf dem Utopie-Kongress in Poitiers begegnet sind? – und ich erinnere mich überhaupt nicht daran, obwohl ich mir sicher bin, dass eine solche Begegnung stattgefunden haben muss. Was kann man aus der Tatsache, dass ich mich nicht daran erinnere, schließen? Dass ich bei dieser Begegnung betrunken war? Dass sie mich gelangweilt hat und ich gar nicht weiter darauf geachtet habe? Dass ich in Poitiers einfach viel zu vielen Menschen begegnet bin? Also weist die Erinnerung oder das Fehlen einer Erinnerung auf viele Möglichkeiten hin, die Vergangenheit zu deuten.

In meiner Kindheit, ich war damals elf oder zwölf, bin ich einmal böse vom Fahrrad gestürzt, weil ein anderer Junge mich umgestoßen hat. Dabei fiel ich auf den Kopf, bekam eine Gehirnerschütterung und konnte mich an nichts mehr erinnern, was davor geschehen war. Die Erinnerungen an die Zeit davor sind für immer verloren gegangen, sie kamen auch nie wieder. Als ich aus meiner Ohnmacht aufwachte, war da nur eine seltsame Leere – man kann es gar nicht beschreiben, man kann es nur nachvollziehen, wenn man es selbst schon erlebt hat. Ich habe meine Eltern zwar erkannt und kannte mich auch noch mit alltäglichen Dingen aus, aber die Erinnerung an all die Tage vor dem Unfall war gelöscht. Obwohl das schon so lange her ist, denke ich immer noch oft an diese Zeit und frage mich, was damals eigentlich passiert ist. So etwas ist eine außerordentlich gespenstische Erfahrung, auch wenn der Unfall recht harmlos war.

Im Ersten Weltkrieg ist es häufig passiert, dass Soldaten beim Einschlag von Granaten in ihrer umittelbarer Nähe einen Schock bekamen. Wenn sie sich in Folge der gewaltigen Explosionen eine Gehirnerschütterung zuzogen, sind sie oft einfach davon geschlendert. Viele wurden erschossen, weil man sie für Deserteure hielt. Inzwischen wissen wir, dass dieser Zustand, der Fluchtdrang, eine direkte Folge solch traumatischer Ereignisse ist.

F: *Um das Leben zu ertragen, neigen wir dazu, unsere Ver-*

gangenheit oder Lebensphasen, die wir nicht richtig begreifen können, zu rekonstruieren. Sehen Sie das auch so? Versuchen Sie das auch in Ihren Romanen zu thematisieren?

A: Als ganz normaler Mensch, der sich in dieser Welt bewegt und bestimmte Dinge tut, verhalte ich mich meiner Meinung nach überhaupt nicht anders als der Rest der Menschheit. Aber wenn ich schreibe, kommt es mir so vor, als seien wir nichts anderes als das Produkt unserer Erinnerungen. Wenn sich diese Erinnerungen verändern oder gelöscht werden, dann werden wir in der Gegenwart zu anderen Menschen. Diese Idee zieht sich durch alle meine Bücher.

F: *Offenbar reagieren wir stets auf einen bestimmten Reiz – das kann beispielsweise ein Geruch oder ein bestimmtes Bild sein –, wenn wir eine Situation rekonstruieren. Aber wenn wir eine Situation mehrmals rekonstruieren, ist sie nie ganz identisch mit der vorherigen Rekonstruktion, wie wir heute aus der Kognitionsforschung wissen. Sind Sie an solchen Forschungen besonders interessiert?*

A: Darauf können Sie Gift nehmen. – Welche Farbe hat beispielsweise die Zahl vier?

F: *Welche Farbe hat die Zahl vier? Für mich ist sie blau …*

A: … ja, für mich auch. Aber für meine Kinder ist sie grün. Und welche Farbe hat die Zahl sechs?

F: *Für mich ist sie rosa.*

A: Und für mich gelb. (Lacht) Man stellt sich Farben vor, indem man assoziiert, indem man sie in bestimmte Beziehung zu anderen Dingen setzt. Oder nehmen wir die Musik: Manchmal kann einen ein bestimmtes Musikstück regelrecht umhauen. Plötzlich hört man etwas, das man zwanzig Jahre nicht gehört hat – und schlagartig fällt einem die Situation ein, in der diese Musik eine Rolle gespielt hat.

F: *Versuchen wir nicht ständig, unser Leben zu rekonstruieren, um eine bestimmte Linearität, eine gewisse folgerichtige Entwicklung herzustellen?*

A: Stimmt, allerdings arbeitet unsere Erinnerung nicht auf chronologische Weise, obwohl unser Leben ja chronologisch verläuft. Wir führen Tagebuch, wir schreiben Briefe, die das beweisen. Aber unsere Erinnerung arbeitet anders … Oft bin ich völlig verblüfft, wenn ich merke, dass zwei Dinge, die ich gar nicht miteinander verbinde, gleichzeitig geschehen sind. Beispielsweise habe ich während des Watergate-Skandals die ganze Zeit an meinem Roman *The Space Machine** geschrieben, beim Schreiben allerdings gar nicht weiter über Watergate nachgedacht. Als ich mir das Buch Jahre später noch einmal vornahm, sah ich ständig Nixon vor mir – er war Teil des Romans. Es war wirklich bizarr, wie ich die Dinge nachträglich miteinander verband.

***F:** Welche Auswirkung hat die virtuelle Realität Ihrer Meinung nach auf unser Wirklichkeitsempfinden?*

A: Ich glaube, die wesentlichen Auswirkungen werden sich erst in der Generation unserer Kinder zeigen. In dem Roman *The Extremes* werden Entwicklungen aufgegriffen, die zwei Parallelen in der Gegenwart haben. Die eine hat mit den Handys zu tun, die andere mit dem Internet. Handys und Internet verändern unsere Lebensweise. Und das wirkt sich zu allererst bei unseren Kindern aus. Fast alle Eltern, zumindest in England, haben ihre Kinder inzwischen mit Handys ausgestattet. Überall in England sehe ich Kinder, die über Handys miteinander schwatzen. Das wird ihr Leben so verändern, wie wir uns das heute noch gar nicht vorstellen können. In zehn Jahren, wenn diese Kinder erwachsen sind, werden bei uns völlig andere Ansichten über die Gesellschaft, über Freundschaften und den Umgang oder die Begegnung mit anderen Menschen vorherrschen. Die Erfahrungen unserer Kinder werden sich aufgrund des

---

* The Space Machine: deutsch *Sir Williams Maschine*, München 1977, Heyne Science Fiction 06/3540

Besitzes von Handys völlig von meinen oder Ihren Erfahrungen unterscheiden. Aber wie diese Erfahrungen aussehen werden, können wir heute nicht einmal ahnen.

Die zweite Entwicklung hat mit dem Internet zu tun, das ungeheure Möglichkeiten bietet. Die Kinder sind fasziniert vom Internet, sie lieben es, sie laden sich alles Mögliche herunter, stellen Dinge damit an, von denen wir keine Ahnung haben. Wir Erwachsenen nutzen es für ganz bestimmte Dinge, suchen im Internet zum Beispiel nach Buchtiteln oder ähnlich langweiligen Arbeitshilfen. Die Kinder dagegen suchen zum Beispiel nach Schlüsselwörtern für Spiele usw.

In meinem Roman *The Extremes* sind es Erwachsene, die die virtuelle Realität nutzen. Aber praktisch geht die Entwicklung dahin, dass die Kinder in zehn Jahren genauso selbstverständlich mit der virtuellen Realität umgehen werden wie heute schon mit dem Handy oder mit dem Internet. Und das hat für mich etwas wirklich Erschreckendes. Ich weiß nicht, wie sie die virtuelle Realität nutzen werden, aber sie wird ihnen zur Verfügung stehen.

Das Fernsehen ist ein weiteres Beispiel: Vor hundert Jahren gab es nichts dergleichen, aber heute sind die Kinder davon völlig vereinnahmt. Die virtuelle Realität wird das Fernsehen völlig verdrängen, schließlich ist sie viel interessanter, macht viel mehr Spaß. Außerdem bekommen die Eltern dabei überhaupt nicht mit, was ihre Kinder treiben. Mit dem Internet ist es gegenwärtig ja schon ähnlich, aber die virtuelle Realität trägt einen wirklich davon – zum Mars, ins Nirwana oder sonst wohin …

F: *Ja, und man befreit sich dabei völlig von seinem Körper, man ist körperlos. So ist es ja jetzt schon, wenn man neuen Menschen in den chat rooms des Internet begegnet. – Was mich zu Ihrem Roman* The Extremes, *Teresas Existenz in der virtuellen Realität und ihrer leiblichen Existenz im »wirkli-*

chen Leben« des Romans zurückbringt. Das Ende dieses Romans habe ich mindestens zehnmal gelesen. Irgendwann hatte ich den Eindruck, das Ende müsse bedeuten, dass Teresa mit Hilfe der virtuellen Realität den Tod ihres Ehemanns endlich verarbeitet hat und ein neues Leben beginnen kann – ein Leben, das außerhalb der virtuellen Realität liegt. Aber dann dachte ich wieder: Nein, ihr »wirkliches« Leben ist für immer auf die virtuelle Realität beschränkt. Ist diese doppelte Möglichkeit der Interpretation beabsichtigt?

A: Ja, das Ende enthält beides, Sie haben es gut zusammengefasst. Wenn man das Ende »real« interpretieren möchte, bedeutet es: Teresas Körper steckt immer noch in der virtuellen Realität, aber irgendwann wird man sie da herausholen, und dann wird sie alles verlieren. Aber in anderer Hinsicht ist die virtuelle Realität das Einzige, was ihr Leben lebenswert macht. Sie hat dadurch eine Möglichkeit gefunden, die Verbindung zu ihrem Mann wiederherzustellen – das ist alles, was sie sich wünscht. Ich selbst halte das für einen glücklichen Romanausgang, das Ende hat mich während des Schreibens sogar zum Weinen gebracht. Immer schon wollte ich einen Roman über zwei Menschen schreiben, die einander lieben, einen Roman, der damit endet, dass sie für immer und ewig in Liebe vereint sind, im Liebesakt.

Aber die dem Roman zugrundeliegende Vorstellung, dass jemand, den man liebt, stirbt und die virtuelle Realität einem die Möglichkeit bietet, diesen Menschen wiederzusehen, empfand ich als wirklich entsetzlich. So etwas muss einem einen Schock versetzen. Ich weiß, dass Menschen, die mit Schauspielern verheiratet sind oder deren Eltern Schauspieler waren, nicht gerne Filme sehen, in denen ihre Angehörigen mitspielen. Man stelle sich ein Wiedersehen mit dem verstorbenen Vater vor, in dem er so furchtbar jung und gesund aussieht ... In *The Extremes* hätte Teresa ja durchaus die Möglichkeit gehabt, unmittelbar nach dem Tod ihres Mannes nach

Texas zu fahren und ihn dort in der virtuellen Realität der FBI-Simulationen wiederzusehen. Aber sie hat das Gefühl, dass sie dazu noch nicht bereit ist, dass sie diesen Tod noch nicht verarbeitet hat. Jedenfalls hat diese grundlegende Vorstellung des Wiedersehens mit einem Toten in der virtuellen Realität mir den Stoff für einen Roman geliefert …

F: *Vorhin haben Sie gesagt, dass Sie keine Ahnung haben, wie Ihre Kinder einmal leben werden. Vielleicht wird das eine der wesentlichen Veränderungen sein: die Möglichkeit, Dinge, Menschen, Situationen wieder oder neu zu erschaffen …*

A: … und keiner wird jemals sterben …

F: *… und es gibt in bestimmter Hinsicht gar keine Vergangenheit mehr …*

A: Ja, das stimmt. Aber natürlich ist der Roman *The Extremes* nicht darauf angelegt, eine mögliche Zukunft vorherzusagen. Es handelt sich dabei ziemlich eindeutig um einen »Was wäre, wenn«-Roman. Es ist recht unwahrscheinlich, dass wir künftig in der Lage sein werden, aufgrund der Erinnerung von Augenzeugen Massaker oder traumatische Ereignisse virtuell zu rekonstruieren. Allerdings ist es eine Annahme, über die sich nachzudenken lohnt.

F: *In der FBI-Ausbildung werden offenbar bereits Simulationen von Krisensituationen verwendet, das heißt dort üben die Agenten das Eingreifen anhand von Szenarien wirklicher Verbrechen.*

A: Das war mir bekannt, deshalb habe ich das in meinem Roman auch verwendet und weiterentwickelt.

F: *Wo haben Sie recherchiert? Vor Ort, in den USA?*

A: Ich glaube, ich habe dasselbe Fernsehprogramm wie Sie gesehen! (Lacht) Irgendjemand hat mir das näher beschrieben.

Die Ausbilder verwenden dafür eine große Kinoleinwand und eine Computersimulation, und die Polizisten haben Waffen mit echter Munition. Mit den Waffen feuern sie auf die Leinwand. Die Folgeszene der Computersimulation hängt vom Einschlag der Kugeln ab. Verfehlt die Kugel ihr Ziel, hat das schlimme Folgen, dann erschießt der Kriminelle den Polizisten. Wird der Verbrecher getroffen, fällt er tot um usw. Für einen Science Fiction-Autor ist es von da aus nur ein kleiner Schritt, diese Ausbildung in die virtuelle Realität zu verlagern. Und damit tun sich sofort hundert weitere Möglichkeiten auf.

Extremsituationen, Grenzbereiche der Erfahrung haben mich immer schon interessiert, auch im wirklichen Leben. Im Roman *The Extremes* gibt es mehrere Szenen, in denen Teresa mit dem Wagen herumfährt, plötzlich wendet und die Gegenrichtung einschlägt. Manchmal ist aber auch der Speicher der Simulation erschöpft und die Szenerie kommt einfach zum Stillstand. Sie stößt an die Grenze der Simulation …

F: *Wie im Film* Truman Show, *als die Ummauerung des künstlichen Meeres sichtbar wird …*

A: Na ja, ich muss allerdings betonen, dass mein Roman eher da war als dieser Film … Aber Sie haben Recht, auch dort kommt dieser Rand der Realität vor, als Rand des Wassers. Allerdings hat mir der Film ganz und gar nicht gefallen, ich hatte den Eindruck, dass er nur aus den Ideen anderer Leute zusammengeklaubt ist … Ideen von Pohl, Dick usw.

Lassen wir das. Jedenfalls habe ich mich immer schon für solche Ränder, solche extremen Pole interessiert. Vorhin habe ich den Ersten Weltkrieg erwähnt. Während dieses Krieges erstreckten sich zwei Schützengräben über ganz Europa, von der Schweizer Grenze bis zur Nordsee. Hier der eine, dort der andere, von beiden Schützengräben aus beschossen sich die Gegner. Ich habe mich oft gefragt, was wohl dem Kerl am Ende des Schützengrabens durch den Kopf gegangen ist, denn es muss ja einen letzten Mann am Grabenende gegeben haben. Stand er am Strand? (Lacht) Haben die Wellen ihn erwischt? Und warum sind die Deutschen und die Engländer nicht auf die Idee gekommen, den Schützengraben des jeweiligen Gegners zu umgehen? Das ist einfach nur so eine verrückte Idee. Aber solche Details faszinieren mich …

F: *Welche Bedeutung hat das Detail des Spiegels für Sie? Der Roman* The Extremes *beginnt ja mit dieser Spiegelszene, in der Teresa ihren Zwilling Megan entdeckt. Ich habe den Spiegel als eine Art wiederkehrendes Motiv gesehen, das im weiteren Verlauf variiert wird. Für die kleine Teresa ist der Spiegel ein Fenster zu einer anderen Welt – wie es ja auch im Roman heißt –, aber gleichzeitig reflektiert er eigentlich nur Teresa selbst, gibt ihre inneren Vorstellungen wieder. Genau das gilt ja eigentlich auch für die Simulationen, in die später die erwachsene Teresa eintaucht. Ist der Spiegel auch ein solcher »Rand der Realität«?*

A: Der Spiegel ist eine sehr persönliche Imagination. Während ich an dem Roman schrieb, sah ich eines Tages, wie meine kleine Tochter Elizabeth vor dem Spiegel stand und sich mit ihrem Spiegelbild unterhielt. Elizabeth ist ein Zwilling, und ich hatte den Eindruck, dass sie sich mit ihrem Zwilling unterhielt. Ihr Spiegel-Zwilling hatte auch einen bestimmten Namen, möglicherweise nannte sie ihn sogar Megan. Es war eine überaus zauberhafte Szene, wie sie sich mit ihrem Spiegelbild unterhielt, dem anderen kleinen Mädchen ihre Puppen zeigte usw. Mich hat aber weniger interessiert, was sie dort tat, ich war neugierig, was ihr dabei durch den Kopf ging. War ihr klar, dass sie vor einem Spiegel stand? Ja, selbstverständlich wusste sie das, aber dieses Wissen blendete sie für eine gewisse Zeit einfach aus …

F: *Auf mich hat dieser Spiegel wie eine Metapher gewirkt, die in anderen Teilen des Romans wieder aufgegriffen wird. Teresa will in den Simulationen eine andere Art von Realität erleben, aber im Grunde reflektieren die Simulationen stets ihren eigenen Seelenzustand … Jedenfalls hat mich dieses Anfangsbild durchs ganze Buch begleitet.*

A: Ja, aber der Spiegel ist keine Metapher, die den Schlüssel zum *ganzen* Roman liefert. Der Spiegel ist nur ein Detail von Teresas Vorstellungswelt. Sie interpretieren den Spiegel zwar völlig richtig, aber der Spiegel ist keine Metapher, die streng und systematisch als »Leitmotiv« durchgezogen wird.

F: *Warum haben Sie diese Spiegelszene dann an den Anfang des Romans gesetzt?*

A: Ich will Ihnen verraten, warum: aus einem ganz anderen Grund. Irgendwo habe ich einen Artikel über den Waffengebrauch in Amerika gelesen. Oft genug kommt es dort vor, dass ein Kind von einem anderen Kind erschossen wird. Oder ein Kind findet die Waffe seines Vaters, greift danach, und es löst sich ein Schuss, der das Kind tötet. Dass so etwas passieren kann, finde ich bestürzend, es ist ein Armutszeugnis für die Gesellschaft. In dem Roman *The Extremes* geht es um ein Trauma, das durch Schusswaffen ausgelöst wird. Wer ist Opfer dieses Traumas? Jemand, der schon in seiner Kindheit ein Trauma erlebt hat, ein Trauma, das durch den Gebrauch einer Schusswaffe ausgelöst wurde. Und jetzt wird diese Person als Erwachsene erneut damit konfrontiert. Die Erfahrung, die Teresa in ihrer Kindheit gemacht hat, hat sie nie losgelassen. Am Ende des Romans gibt es eine Szene, in der Teresa Gerry Grove sieht. Als sie merkt, dass er die Waffe nicht einmal richtig halten kann, empfindet sie nichts als Verachtung für ihn. Zwar hasst Teresa Waffen, aber gleichzeitig geht sie völlig professionell mit Waffen um.

F: *Verstehen Sie sich selbst als »politischer Autor«, wenn Sie solche Themen aufgreifen? Ich habe mich das auch gefragt, als ich vor mehreren Jahren Ihren Roman* The Quiet Woman* *gelesen habe.*

---

* The Quiet Woman: deutsch *Die stille Frau,* München 1991, Heyne Science Fiction 06/4833

A: Na ja, *The Quiet Woman* ist der Roman, in dem ich mich mit Mrs. Thatcher auseinander gesetzt habe. Anfangs war sie für mich nur eine dumme Politikerin, mit deren Ansichten ich nicht übereingestimmt habe, aber später hat sich das bei mir zu einer persönlichen Feindschaft entwickelt. Wegen all dem, was sie meinem Land in all den Jahren angetan hat, immerhin war das damals ein Viertel meiner Lebenszeit. Mir war klar, dass sie alles vermasseln würde. Stück für Stück hat sie das, was meiner Meinung nach die Säulen unserer Demokratie, unseres Sozialstaats und unserer freiheitlichen Gesellschaftsordnung ausmachte, demontiert, angefangen bei der Privatisierung des staatlichen Gesundheitswesens. Irgendwann habe ich mich gefragt: Was kann sie eigentlich nicht verändern? Welcher Sektor liegt außerhalb ihres Machtbereichs, welchen Sektor kann sie unmöglich verändern? Und die Antwort lautete: Den Geheimdienst und das Spionagenetz wird sie nicht verändern können. Das würden diese Apparate niemals zulassen. Genau davon handelt jedoch *The Quiet Woman*: In dem Roman wird auch das Spionagenetz privatisiert.

Dem Roman liegt ein authentischer Fall zugrunde, der bis heute nicht aufgeklärt ist. Es gab in England eine ältere Frau, Hilda M., die seit ewigen Zeiten politisch aktiv war und immer wieder festgenommen wurde, weil sie die Straße vor einer amerikanischen Luftwaffenbasis blockierte, Lastwagen an der Zufahrt hinderte usw.

Irgendein Verwandter, es kann auch ihr Sohn oder Neffe gewesen sein, arbeitete während des Falkland-Krieges für den Geheimdienst. Er war für die Funkkommunikation zwischen der Marine – der Royal Navy – und der Thatcher-Regierung zuständig. Diese ältere Frau, die politische Aktivistin, wurde ermordet. Daraufhin schied ihr Verwandter sofort aus dem Militärdienst aus – vielleicht war es auch der Staatsdienst. Die Polizei nahm die Ermittlungen in diesem Mordfall auf, aber als die Presse Wind davon bekam, merkten die Reporter sofort, dass hier überhaupt nicht ernsthaft ermittelt wurde. Der Polizei war der Fall völlig gleichgültig. Bis heute ist er ungelöst, obwohl mit Sicherheit ein politischer Hintergrund anzunehmen ist. Die alte Frau hatte nichts, was sich zu stehlen lohnte.

Allerdings muss ich sagen, dass dieser Roman der Thatcher-Ära sich sehr von allem unterscheidet, was ich sonst geschrieben habe. Auch das Motiv, aus dem heraus ich *The Quiet Woman* verfasst habe, war völlig anders als sonst gelagert: Ich hatte damals einfach eine Stinkwut.

F: *Vielen Dank für das Gespräch.*